KB023053

이브의 세 딸

THREE DAUGHTERS OF EVE
Copyright © 2017 by Elif Shafak All rights reserved.
Korean translation copyright © 2022 by Taeil & Sodam Publishing Co.,Ltd.
Korean translation rights arranged with Curtis Brown Group Limited
through EYA (Eric Yang Agency)

이 책의 한국어판 저작권은 EYA (Eric Yang Agency)를 통해
Curtis Brown Group Limited와 독점 계약한 ㈜태일소담이 소유합니다.
저작권법에 의하여 한국 내에서 보호를 받는 저작물이므로 무단전재 및 복제를 금합니다.

이브의 세 딸

펴낸날 | 2023년 1월 5일   초판 1쇄

지은이 | 엘리프 샤팍
옮긴이 | 오은경
펴낸이 | 이태권

책임편집 | 윤주영
북디자인 | 고현정
펴낸곳 | 소담출판사
　　　　　서울특별시 성북구 성북로5길 12 소담빌딩 301호 (우)02880
　　　　　전화 | 02-745-8566   팩스 | 02-747-3238
　　　　　등록번호 | 1979년 11월 14일 제2-42호
　　　　　e-mail | sodambooks@naver.com
　　　　　홈페이지 | www.dreamsodam.co.kr

ISBN   979-11-6027-303-8 (03830)

• 책값은 뒤표지에 있습니다.
• 잘못된 책은 구입하신 곳에서 교환해드립니다.

이브의세딸

Three Daughters of Eve

엘리프 샤팍 지음
오은경 옮김

소담출판사

일러두기

1. '터키'의 국호가 '튀르키예'로 변경됨에 따라, 터키를 일컫는 본문 내 국호는 모두 튀르키예로 지칭한다.
2. 이 도서는 튀르키예어판 번역으로, 본문의 각주는 모두 역주임을 밝힌다.

차례

1장

2장

3장

4장

1장

✦

편안한 환경에 젖어 있던 물고기들은
위험한 바다에서 살아남기 힘든 법이니까.
그래도 단 1분이라도 물고기들이 맛본 자유를
아쿠아리움에서 지낸 수많은 세월과 바꾸고 싶어 하지는 않겠지.

핸드백

2016년 이스탄불

이스탄불, 평범한 어느 가을날이었다. 그날 그녀는 문득 자신이 누군가를 죽일 수도 있다는 걸 깨달았다. 이 이야기는 여느 날과 그리 다르지 않았던 그날 밤 시작된다. 납덩이처럼 무겁고 적막한 밤이었다. 아무리 순하고 사랑스러운 여자여도 난관에 봉착하면 꼭지가 돌아서 재앙을 불러올 수 있다는 것을 그녀는 경험으로 알고 있었다. 제 아무리 겉으로 이성적으로 보이는 사람이라 해도, 광기를 품고 있지 않은 사람은 없다. 그녀는 자신이 유순하지도, 귀엽지도 않다고 생각했다. 그래서 통제력을 잃을 가능성이 다른 여자들에 비해 몇 배는 더 클 수 있다는 것을 잘 알았다. 하지만 솔직히 '가능성'이라는 건 맞지 않는 말이었다. 한때 '이슬람 세계에서 가장 서구화되고, 민주적이며, 세속주의 국가의 모델'이 될 것이라고 여겨졌던 튀르키예도 결국에는 가능성을 보여 주지 못한 나라가 되지 않았던가? 어쩌면 그녀도 말 그대로,

통제력 상실이라는 가능성을 분출하지 못한 채 속으로 삭이며 살고 있었는지도 모른다.

다행히도, 그녀의 인생은—다시 말하면 누군가에게는 운명이라 일컬어지며 코란에서 모든 과거와 미래가 이미 정해져 있다고 하는 그것 말이다—그녀가 저지를 뻔한 중대한 실수들로부터 그녀 자신을 보호해 주었다. 짧지 않은 인생이었지만 평생을 그녀는 바르고 정직하게 살아왔다. 어쩌다 한 번 내뱉은 험담과 다른 사람을 행복하게 해 주려고 했던 선의의 거짓말을 제외하면, 누구에게도 해가 되는 짓을 한 적이 없다고 그녀는 스스로 생각했다. 험담이 종교적으로 죄가 아니라면, 남에게 해를 끼치지 않고 살았다는 것도 사실이다. 하지만 그 정도쯤은 누구나 그렇지 않나. 별거 아닌 험담 한 마디도 정말로 심각한 죄가 된다면 아마도 지옥 구덩이는 입구부터 미어터질 것이다. 그래서 그녀는 안심하고 있었다. 사실, 그녀의 근본적인 고민은 인간에 대한 것이라기보다는 신神에 관한 것이었다. 그녀가 굳이 따지고 묻는 대상 역시 전부 신이었다. 신이 쉽게 노하고, 요구하는 게 많다고 해도, 절대로 스스로 상처를 받거나 남에게 상처를 주는 법은 없다는 건 다행이었다.

이따금 그녀는 자신에게 질문하곤 했다. 사람들이 '좋은 사람'이라고 하는 사람은 어떤 사람일까? 마음의 동요 없이 모든 사람에게 선하게 대하면서 좋은 사람으로 남는 것이 가능하기는 할까? 알고 그랬든 모르고 그랬든, 가장 존엄해 보이는 사람도 나쁜 짓을 할 때가 있지 않은가.

나즈페리 날반트오울루Nazperi Nalbanto-lu, 그녀는 가족과 친구들에게 모두 좋은 사람이었다. 그녀를 좋아하는 사람들은 그녀를 페리Peri라고 불렀다. 그녀는 의식 있는 시민이었다. 구호 단체들을 지원했고, 알츠하이머에 대한 사람들의 인식을 일깨우기 위해 열심히 노력했다. 도움이 필요한 가정을 위해 모금 운동을 펼치기도 했고, 양로원을 방문해 홀로 남겨진 노인들과 게임을 하면서 일부러 져드리기도 했다. 이스탄불의 길고양이들을 먹이려고 가방에 사료를 넣고 다니는가 하면, 때론 자기 돈을 들여 중성화 수술을 시켜 주기도 했다. 자녀들의 학교생활도 잘 챙겼고, 남편의 회사 사장과 동료들을 초대해 성대하게 음식을 대접하기도 했다. 라마단 기간에는—보통은 시작과 끝 무렵뿐이지만—금식도 했다. 라마단 중간에는 몰래 금식을 어기기도 했지만. 매년 희생절[1]에는 축원을 받아 머리에 헤나가 표시된 양을 잡아 알라께 바쳤다. 길에 침을 뱉거나, 공원을 더럽히고, 슈퍼마켓에서 새치기를 하는 사람을 볼 때면 그녀는 늘 마음속으로 그들을 나무랐다. 어떤 경우에는 참다 참다 앞에서 대놓고 비난하기도 했다. 한마디로 그녀는 겉보기에만 좋은 사람이 아니라, 좋은 아내이자 좋은 엄마, 좋은 주부, 좋은 시민, 현대적이며, 세속적인 무슬림이었다. 이 나라가 겪은 격동적인 혼란은 결국 전부 그녀의 삶에도 녹아 있었다. 그녀의 삶과 과거, 다시 말하면 페리의 인생 이야기는 결국 튀르키예의 역사였다. 페리가 느끼는 혼란은 튀르키예라는 나라가 겪는 국가적 혼돈과 그리 다르지 않았다.

시간은 솜씨가 좋은 재봉사처럼 페리의 인생을 감싸고 있는 두 개의

---

1   이슬람 최대의 명절로 소나 양, 염소 등을 잡아 알라에게 제물로 바치는 날. 이슬람력으로 12월 10일에 시작되어 4일간 열린다. 튀르키예어로는 '쿠르반 바이람'이라고 불린다.

천을 하나로 봉합해 버렸다. 그녀에 대한 주변 사람들의 생각과 자기 자신에 대한 본인의 생각이 바로 그 두 개의 천이었다. 사람들이 보는 그녀의 이미지와 그녀 스스로 느끼는 자아 인식은 완벽하게 일치했다. 그렇다 보니, 이젠 페리도 자기 인생의 어디까지가 다른 사람들의 기대치고, 어디까지가 자신의 기대치인지 알 수 없게 되고 말았다. 가끔 그녀는 비누 거품을 담은 양동이를 들고 밖으로 나가서 거리, 광장, 관공서 할 것 없이 사정없이 뿌려 대고 싶었다. 이왕이면 국회에서 싸움질이나 하는 인간들, 내친김에 그놈들의 사악한 혓바닥까지 씻어 내고 싶었다. 싹싹 씻어 버리고 싶은 더러운 때와 오물은 물론이고, 바로잡고 싶은 잘못들이 얼마나 많은 건지……. 페리는 자신을 제외한 나머지 세상을 무자비하게 질책해 댔지만, 사실 가장 커다란 대바늘은 숨겨 두고 있었다. 사실 그녀는 끝없이 자신을 검열했다. 스스로에게 엄격한 여자였다. 그래서였을 것이다. 바로 그런 이유로, 아쉬운 것 하나 없이 존중받으며 살던 만 서른다섯 살 여자가 여느 날과 다르지 않은 어느 평범한 날에 예상치 못했던 영혼의 공백과 마주하게 되었는지도 모른다.

한참이 지나고 나서야, "이 모든 건 교통 체증 때문이었어."라고 변명처럼 둘러댈 것이다. 거대한 이 도시는 어마어마한 공사 현장으로 변해 가고 있었다. 이스탄불에서는 무계획적인 개발과 도시 팽창이 끝없이 계속되었다. 그녀가 가장 사랑하는 이 도시는 소화 가능한 양의 모이를 한참 초과해서 섭취한 것도 알지 못하고, 여전히 주위에 먹을 것을 찾아 두리번거리는 배불뚝이 금붕어를 연상시켰다. 페리는 그 운수 없는 날 밤을 떠올렸다. 만약 교통 체증이 그토록 심하지만 않았어도, 그녀의 머릿속에 오랫동안 잠자고 있던 그 기억을 되살아나게 한 연쇄 사건은 절대 일어나지 않았을 것이다.

사십 분이 넘었다. 차는 도로에서 엉금엉금 기어가듯 가고 있었다. 옆자리에는 딸이 타고 있었다. 저쪽 어딘가에 트럭이 전복되어서 양쪽 차도가 하나로 엉켜 버렸다. 온갖 다양한 자동차 모델들이 뒤엉킨 채 길이 뚫리기만을 기다렸다. 교통 상황은 악당이 들고 있는 요술 지팡이 같았다. 분침은 시간 단위로, 사람은 짐승으로, 이성 파편들은 광기로 바뀌 버리는 요술 지팡이 말이다. 물론 이스탄불은 이런 것들에 아무런 관심이 없었다. 시간, 혼돈 그리고 광기에도 이스탄불은 아무렇지도 않았다. 사실, 어느 정도 선을 넘어서고 나면 별 차이가 없다. 한 시간 덜 걸리거나, 한 시간 더 걸리거나, 조금 덜 난장판이거나, 조금 더 미치광이가 많아지는 것뿐이다. 그런다 한들 뭐가 달라지겠는가.

광기는 환각제처럼 도시의 혈관을 타고 흘렀다. 매일 이런 광기가 수백만 명의 이스탄불 사람들에게 한 방울씩 더 투여됐다. 서로 말 한마디 주고받지 않고, 인사 한번 나누지 않으며, 빵 한 조각 나눠 먹지 않는 사람들이건만 자신들도 모르는 사이에 이 광기만큼은 서로 사이좋게 나눠 먹고 있었다. '집단의식 상실'이라는 게 있다. 집단 무의식을 말한다. 같은 환영을 계속 보게 되면, 더는 환영이 아니라 실체라고 여기게 된다. 만약에 똑같이 아픈 진실을 접하고도 모든 사람이 웃어버린다면, 그 진실은 순식간에 고통이 아니라 웃긴 농담으로 둔갑하게 되는 것이다.

"손톱 물어뜯는 짓 좀 제발 그만두지 그래!"

갑자기 페리가 딸을 꾸짖었다.

"대체 몇 번이나 말해야 알아듣겠어?"

"엄마가 무슨 상관이야! 내 손톱인데 내 맘이지!"

딸 데니즈Deniz가 말대꾸를 하고는 두 사람 사이에 놓인 종이컵을 들어 물을 한 모금 마셨다. 마치 화를 삼키려는 것처럼 보였다.

그들은 길을 나서기 전 스타뵤렉 매장에 들렀었다. 최근 들어 이 스타뵤렉은 꽤 유명해졌다. 상표와 메뉴 그리고 이름을 도용했다는 이유로 스타벅스로부터 몇 차례 고소까지 당했지만, 사법 시스템의 허점 덕분에 프랜차이즈 카페 스타뵤렉은 운 좋게 살아남았다. 그들은 거기서 음료 두 잔을 샀다. 엄마 페리는 다이어트 라테, 딸 데니즈는 더블 초콜릿 크림이 덮인 프라푸치노를 주문했다. 페리는 단숨에 다 들이켜 버렸지만, 데니즈는 병든 닭처럼 한 모금 한 모금 찔끔찔끔 마셨다. 지평선 위로 해가 저물고 있었다. 일몰 저녁 햇빛에 비친 무허가 판자촌 지붕과 이슬람 사원 돔 그리고 고층 빌딩의 유리창이 옅은 적갈색으로 서서히 물들었다.

"손톱은 네 거지만, 차는 내 거야." 페리는 짜증을 냈다. "너 지금 물어뜯은 손톱을 바닥에 버리고 있잖아."

이 말을 내뱉자마자 페리는 후회했다. 내 차라니! 이 무슨 가당찮은 말인가. 자식에게—그게 어느 누가 됐든—할 말인가, 이게! 내가 돈에 눈이 뒤집혀서 재물만 탐하는 그런 추잡한 인간이 돼 버린 거야? 그녀는 입술을 깨물었다. 자신이 부끄러웠다.

의외로 딸 데니즈는 개의치 않았다. 깡마른 어깨를 돌려 창밖을 바라봤다. 그러면서도 손톱을 계속 물어뜯었다.

차들이 아주 조금씩 움직이기 시작했다. 그들이 탄 레인지로버는 앞으로 나갈 것처럼 마찰음을 냈다. 타이어가 힘차게 미끄러져 나갔다. 하지만 얼마 못 가서 차는 곧바로 정지했다. 자동차 대리점의 카탈로그에 적혀 있기로, 차는 몬테카를로 청색이었다. 카탈로그에는 다른 명칭 색상도 있었다. 다보스 백색, 베네치아 연보라색, 아시아 용 붉은색, 사하라 사막 분홍색, 가나 경찰 카키색 또는 인도네시아군 녹색……. 누가 색깔에 이런 이름을 붙였을까? 누가 이런 말도 안 되는 걸 지어냈을까? 페리는 문득 궁금했다. 자기 주변에 있는 운전자들은 돈 자랑을 하고 싶어서 과시용 고급 승용차를 타고 다닐 텐데, 이들이 가나 경찰 유니폼 또는 사하라 사막 모래 폭풍에 대해 알기는 하는 걸까?

색깔이야 뭐든 간에 이스탄불에는 고급 승용차들이 넘쳐났다. 고급 승용차들은 순종 강아지를 연상시켰다. 편안하고 안락한 삶을 위해 태어났지만, 어떤 연유로 길을 잃어 외딴곳에 떨어진 고귀한 순수 혈통 강아지처럼, 고급 승용차들은 대부분 주변 상황과는 어울리지 않았다. 속도를 낼 수 있는 곳을 찾지 못해 몸부림치는 경주용 자동차들, 운전이 아무리 능숙해도 주차장이 좁아 자리를 찾지 못하는 오프로드 지프들, 외국이나 텔레비전 광고에서나 볼 수 있는 넓고 탁 트인 길에 맞게 디자인된 고급 세단들……. 이 많은 고급 차와 꼼짝할 수 없이 꽉 막힌 교통 체증. 아무리 멋을 내본들 기반 시설은 턱없이 부족한 도시였다.

엄마인 페리가 말했다.

"어디서 내가 봤는데, 우리가 세계에서 꼴찌래."

"뭐가?"

"교통 말이야. 교통 체증으로 세계 1위라고 그러네. 카이로보다도 안 좋다나 봐. 게다가 델리보다도 더 심하대! 우리가 인도를 제친 거야."

비록 페리가 카이로나 델리를 가 보지 않았다고 해도 그건 그리 중요한 게 아니었다. 이스탄불이 그런 변두리 도시들보다는 더 문명화되었다는 점에 대해서 페리는 조금도 의심하지 않았다. 어쨌든 이스탄불은 유럽을 바로 코앞에서 마주 보고 있지 않은가. 이렇게 인접해 있다는 것만으로도 의미가 있지 않을까. 한 발을 유럽의 대문에 걸쳐 두고, 들어가 보려고 온 힘을 다해 밀어붙여 보아도 될 만큼 유럽은 지척에 있었다. 하지만 아무리 고개를 숙이고 몸을 굽혀도 들어갈 수 없을 만큼 그 문은 좁기만 했다. 유럽은 끊임없이 코앞에서 문을 걸어 잠갔다.

"멋지네, 끝내주는데!"

딸 데니즈가 대꾸했다.

"뭐가 끝내줘?"

페리는 기가 찬 듯이 물었다.

"좋잖아. 적어도 하나는 세계 1위를 했잖아, 그럼 된 거 아냐?"

둘의 관계는 줄곧 이런 식이었다. 엄마인 페리가 어떤 주제에 대해 생각을 말하면, 딸 데니즈는 그 즉시 반박하고 맞섰다. 아무리 페리의 말이 옳고 논리적이라고 할지라도, 딸은 그녀의 말을 무조건 반박했다. 그랬다. 데니즈는 열세 살이었고, 이 나이 또래 아이들은 부모의—특히 엄마들의—영향력에서 벗어나려고 했다. 페리는 이 사실을 알고 있었고 한편으로 이해도 할 수 있었다. 한 가지 이해가 되지 않는 건, 데니즈가 왜 이렇게까지 분노에 차 있는지였다. 가여운 페리는 인생 그 어느 순간에도, 사춘기에도 이렇게까지 신경질을 부리고 반발하지는 않았었다. 오히려 힘든 사춘기를 보낸 건 페리였다. 환경이 더 좋지 않았다. 페리의 어머니는 페리에 비하면 사려 깊거나, 이해심이 많은 분도 아니었다. 그렇지만 사춘기 시절 페리는 엄마에게 이렇게까지 거품을 물고 대들지는 않았다. 페리는 딸이 한 번씩 대들 때마다 어찌할 바를 몰랐다. 과거 어린 시절 자신이 엄마에게 마음껏 화를 내지 못했던 것 때문에 오히려 스스로에게 화가 나기도 했다. 할머니, 어머니 그리고 손녀, 이렇게 3대에 걸친 상호 작용은 솔직히 묘한 것이었다.

"너도 내 나이가 되어 봐라. 너도 이 도시에 대한 인내심이 한계에 이를 거야."

페리는 중얼거렸다.

"내 나이가 되면……."

데니즈는 비아냥거리며 엄마 흉내를 냈다.

"옛날에는 이런 식으로 말하지 않았잖아."

"왜냐하면, 옛날에는 이 정도로 엉망진창은 아니었으니까. 갈수록 모든 게 다 엉망이 되니까 그렇지!"

"아냐 엄마, 그래서 그런 게 아니지? 엄마가 나이를 먹어서 그래." 자기가 비꼬고 있다는 걸 숨기지 않는 목소리로 데니즈가 말했다.

"사람을 늙게 하는 건 나이가 아니야, 요즘 세상에서는 말투나 패션이지. 엄마 꼴을 좀 봐!"

"세상에, 내 꼴이 어때서?"

침묵이 흘렀다. 페리는 불안한 듯 자신이 입고 있던 옷을 훑어봤다. 신경을 써서 꾸밀 만큼 꾸몄다. 페리는 보라색 실크 옷에 비즈와 수가 놓인 재킷을 입고 있었다. 새로 개업한 쇼핑센터 바로 옆에 오픈한—마치 하나가 다른 하나를 낳은 것처럼—쇼핑센터에서 산 고가의 정장이었다. 가격이 높다고 페리가 불평하자, 점원은 아무 말도 하지 않고 입술에 조소를 머금은 채로 그냥 보고만 있었다. '돈이 없으면 여기 왜 왔어, 이 여자야.'라고 하는 것 같았다. 깔보는 듯한 시선이 페리의 자존심을 건드렸고, 페리는 단호한 말투로 말했다. "됐어요, 그냥 줘요." 정말로 그 옷이 마음에 드는 것은 아니었다. 이제야 옷이 몸에 꽉 끼인다는 걸 피부가 조여드는 감촉 때문에 알게 되었다. 색깔도 잘못 고른 것처럼 느껴졌다. 매장 형광등 불빛 아래에서는 자신감 있고 당당해 보였던 보라색도 밖에서 보니 야하게 튀었다.

사실 이런 건 다 무의미한 생각들이었다. 왜냐하면, 그렇다고 집으로 다시 돌아가서 옷을 갈아입을 만한 시간도 없었기 때문이다. 페리와 딸 데니즈는 최근 4~5년 사이 엄청난 성공을 거둔 사업가의 해안가 저택에서 열리는 만찬에 초대를 받아 가는 중이었다. 그 사업가의 성공이 튀르키예에서는 그리 특별한 건 아니었다. 이스탄불은 젊은 나이에 부자가 된 사람들로 넘쳐났다. 그들은 가능한 한 단순한 방법으로 빨리 돈을 벌고 싶어 하는 부류의 사람들이었다.

그녀는 밤늦은 시간에야 끝이 나는 저녁 초대가 싫었다. 그냥 놔두면 집에서 몇 시간이고 소설책에 머리를 파묻고 보내는 쪽을 택했을 것이다. 그녀는 책을 좋아했다. 그것도 아주 광적으로. 세상과 그녀 사이는 어휘들로 연결되어 있었다. 페리는 외로움을 타지 않았다. 이스탄불에서는 외로움도 쉽게 만나기 힘든 은총이었다. 반드시 참석해야 하는 중요한 행사 또는 급한 일들이 항상 따라다녔다. 이 사회는 마치 혼자 있는 걸 무서워하는 어린아이처럼, 쉴 새 없이 사람들과 어울리게 했다. 부르주아들의 식탁에서 오가는 수많은 가식적인 말들과 음식들. 담배, 잡담, 정치, 명품 신발과 명품 옷들, 그중에서도 가장 중요한 건 디자이너 손에서 막 출시된 핸드백이었다. 페리는 여자들이 치장에 집착하는 걸 도무지 이해할 수가 없었다. 어떤 여자들은 핸드백을 저 멀리 전쟁터에서 쟁취해 온 전리품이라도 되는 것처럼 과시했다. 사람들은 어떻게, 왜, 가죽 조각 따위를 소유했다고 으스대는 거지? 게다가 당연히 진품과 짝퉁이라는 문제도 있었다. 이스탄불의 중산층과 부자 부인들은 모조품을 살 때 다른 사람의 눈에 띄지 않으려고 그랜드 바자르[2]나 그 주변 허름한 가게로 직접 가지 않았다. 대신 가게 주인들을 집으로 불렀다. 샤넬, 루이비통, 보테가를 가득 채운 차들은 창문 유리에는 선팅지를 붙이고, 번호판은 진흙으로 가린 채—다른 곳은 반짝반짝 광채가 나는데도—부자들이 사는 동네를 오갔고, 첩보 영화에서처럼 대저택 주차장 뒷문으로 드나들었다. 계산은 현금으로 이뤄졌다. 영수증도, 세금 계산서 발행도 없었고, 특별한 질문도 없었다. 행사에 가면 모두가 앞다투어 곁눈질로 서로의 핸드백 브랜

---

2   세계에서 가장 규모가 큰 이스탄불 시장. '지붕으로 덮인 시장'이라는 뜻으로 튀르키예어로는 '카팔르 차르쉬'라고 불린다. 실크로드 종착역이었던 이스탄불에서 동서양 문물이 거래되고 유통되면서, 카팔르 차르쉬는 역사적으로 이스탄불의 무역 중심지 역할을 해 왔다.

드부터 살폈다. 솔직히 대단한 노력이었다. 이런 노력을 다른 데 쏟을 수는 없는 걸까?

왜 여자들은 이렇게 서로서로 관심이 많은 걸까? 그들은 신중하게 그리고 편견과 끝없는 호기심 섞인 눈빛으로 서로서로 머리부터 발끝까지 훑어 내려간다. 눈에 띄는 확실한 오점과 감춰진 실수를 들춰내려 애썼다. 벗겨진 매니큐어, 불어난 체중, 늘어진 턱살, 제거된 지방, 얼굴에 맞은 보톡스, 잘 가린 셀룰라이트, 뿌리가 드러난 염색 머리, 떡칠한 파운데이션 속에 숨겨진 여드름이나 주름살……. 어떤 것도 그들의 예리한 시선을 피해 갈 수는 없었다. 모임에 참석한 여자들 대부분은 이런 가혹한 검열 과정의 희생양이자 동시에 가해자였다.

딸이 다리를 풀어 보려고 차에서 잠시 내린 틈을 이용해 페리는 바로 담배를 피워 물었다. 담배를 끊은 지 10년이 넘었지만 최근 들어 다시 담배를 가지고 다니기 시작했다. 몇 모금만 피우면 만족할 수 있었기에 끝까지 피우지는 않았다. 다 태우지 못한 담배를 버릴 때면 약간의 죄책감이 들기도 했다. 담배를 피운 다음에는 냄새를 없애려고 그다지 좋아하지 않는 민트 껌을 씹었다. '껌 종류가 정치권력을 대변한다면, 민트 껌은 파시즘인 게 확실해.' 그녀는 항상 생각했다. 전체주의적이고, 엄격하고, 비효율적인 파시즘 말이다.

딸 데니즈가 차에 다시 타자마자 말했다.

"어휴 엄마, 그것 좀 끊어. 몸에 해로운 거 몰라?"

이 나이 또래 아이들은 담배를 피우는 사람을 관에서 뛰쳐나온 흡혈귀처럼 대했다. 데니즈는 몇 주 전, 학교에서 담배의 해악에 대한 발표로 만점을 받았다. 그날 이후로 그녀는 더 큰 의욕과 각오를 다졌고, 담배와의(특히 엄마의 흡연에 대해) 전쟁을 선포한 듯 보였다.

페리는 귀찮다는 듯이 손짓을 하며 대답했다.

"알았어, 알았어."

"진짜 내가 대통령이라면 아이들 앞에서 담배를 피우는 엄마나 아빠는 모조리 처벌할 거야. 진짜로!"

"아이고, 네가 정치를 안 해서 다행이네."

페리는 낮은 소리로 중얼거렸다. 그리고 창문을 내리려고 버튼을 눌렀다. 창밖으로 내뿜은 담배 연기가 둥그렇게 휘감겨 밖으로 나가고 있었다. 그 순간 예상치 못한 일이 벌어졌다. 바로 옆에 있던 차로 연기가 들어가 버린 것이다. 창문이 열려 있었다. 이 도시에서 절대 피할 수 없는 게 있다면, 아마도 이렇게 타인들과 뒤엉켜 살아야만 한다는 것 아닐까. 보행자들은 길에서 한 몸처럼 걸어가야 하고, 여객선에서는 사람들 사이에 꽉 낀 채로 앉아 있어야 한다. 버스와 지하철도 사람들을 나란히 붙여 놓은 듯 보였다. 사람들은 몸뚱이를 서로 부딪치고 스쳐야만 했다. 마치 바람에 날아가는 민들레 씨앗처럼.

옆 차에는 남자 두 명이 타고 있었다. 두 남자가 동시에 페리를 향해 씩 웃어 보였다. 이스탄불에 사는 모든 여자에게는 『입문자를 위한 가부장제 사전』이 필수다. 이 사전에 따르면, 여자가 모르는 남자의 얼굴에(또는 차에) 담배 연기를 뿜는다는 건 공개적인 성적 유혹으로 해석된다. 이 사실이 떠오르자 순간 페리의 얼굴에 핏기가 사라졌다. 이 도시는 당장 폭풍이 몰아칠 바다 같다. 그 아래 뭐가 숨어 있는지 알 수 없이 물 위로 우뚝 솟아 있는 빙하 같은 남성들 사이에서 여자들은 언제나 조심스럽게, 그리고 방어 경계를 늦추지 않은 채 항해해야 했다. 남녀평등은 말로도 그렇지만, 실제로도 존재하지 않았다.

이런 문화에서 여자들은 눈을 계속해서 아래로 깔고 살아야 했다. 정숙한 여자라는 걸 보여 주기 위해서는 가능한 한 고개를 숙여야 했다. 그래야 좋은 여자였다. 그렇게 고개를 숙이고 어떻게 차를 운전하며, 어떻게 길에서 걸어 다닐 수가 있겠는가. 물론 이것은 또 다른 문제였다. 도시 생활에서 발생하는 위험 요소들, 특히 남성들의 집적거림과 추행에 대해 여자들은 항상 대비하고 있어야 했다. 솔직히, 어떻게 여자들이 고개를 숙이고도 사방을 잘 살피라는 건지 페리는 이해할 수가 없었다. 페리는 옆 차에 있는 남자들에게서 벗어나기 위해 곧바로 담배를 길바닥에 던져 버리고 서둘러 창문을 올렸다. 마침 그때 신호등이 빨간불에서 파란불로 바뀌었다. 그런데도 차들은 그대로 있었다. 그 어떤 차도 움직이지 않았다.

그때 페리는 길 한가운데로 걸어 들어가고 있는 한 부랑자를 보았다. 장대처럼 키가 큰 남자였다. 뼈가 앙상한 얼굴에, 이마에 잡힌 주름살 때문에 실제보다 더 나이가 들어 보였다. 턱에는 붉은색 반점이, 손에는 습진 자국이 있었다. '귀중한 삶의 터전을 두고 도망쳐 나온 수천 명 시리아 난민 중의 하나겠지.' 페리는 생각했다. 우리 같은 이스탄불 사람일 가능성도 반반이겠지. 튀르키예인 또는 쿠르드인, 아니면 아랍인 그것도 아니면 집시, 어쩌면 이 모든 것에 다 속하는 사람일지도. 수없이 주인이 바뀌고 이주민, 그리고 여러 민족이 섞여 살아온 이 나라에서, 누가 백

퍼센트 단일 민족에 뿌리를 둔 사람이라고 할 수 있을까. 물론 자신과 자신의 자녀들에게 대놓고 거짓말을 하는 게 아니라면.

부랑자의 발은 말라붙은 진흙 자국으로 뒤덮여 있었다. 깃을 세운 낡아빠진 외투는 때가 묻어 거의 검은색으로 변해 있었다. 그는 페리가 버린 립스틱 묻은 반쯤 남은 담배를 주워 기분 좋게 피웠다. 그의 눈빛은 오만하고 도전적이었다. 부랑자라기보다는 마치 부랑자의 역할을 맡은 유명한 배우가 자신의 공연에 만족하면서 박수를 기다리고 있는 것 같았다.

이렇듯 못 본 척 지나가야 하는 남자가 셋이나 되자 페리는 급하게 몸을 옆으로 돌렸다. 그런데 딸과 자신 사이에 놓여 있던 음료수 컵을 생각지 못했던 것이 문제였다. 그녀의 손이 부딪히는 순간 컵에 담겨 있던 커피가 옷 위로 쏟아졌다.

"어머, 이게 뭐야!"

옷에 번지는 얼룩을 바라보며 페리가 소리를 질렀다. 딸 데니즈는 휘파람을 불며 상황에 만족스러운 듯 말했다.

"새로 유행하는 디자인이라고 해, 엄마. 커피 묻은 옷!"

페리는 못 들은 척했다. 혼잣말을 중얼거리며 다리 사이에 있던 가방에 손을 넣었다. 연보라색 타조 가죽으로 만든 버킷 백이었다. 에르메스 로고에 잘못 찍힌 악센트만 제외하면 아주 잘 만든 모조품이었다. 그녀는 핸드백에서 휴지를 꺼냈다. 문지르면 얼룩이 더 심하게 번질 것을 알면서도 시도해 보고 싶었다. 정신없는 상황 때문에 그녀는 이스탄불에 사는 경험 많은 운전자라면 절대 하지 않았을 실수를 저지르고 말았다.

핸드백을 뒷좌석으로 던진 것이다. 그것도 차 문이 잠겨 있지 않은 상태에서.

페리는 곁눈으로 뭔가 움직이는 물체가 다가오고 있음을 느꼈다. 기껏해야 열두 살쯤 돼 보이는 거지 소녀였다. 그들을 향해 다가오는 소녀는 깡마른 몸에 나풀거리는 옷을 입고 있었다. 손을 앞으로 뻗은 채 허리 위는 움직이지 않는 자세가 마치 물속에서 걷는 것처럼 보였다. 소녀는 차한 대마다 앞에서 10초 남짓 머물렀다가 다음 차로 옮겨 갔다. 짧은 시간이지만 그 시간 내에 동정심을 불러일으키지 못하면 불가능하다는 것을 경험으로 알고 있었기 때문이다. 사람들은 '첫눈에 반한 사랑'이라고 말한다. 그 꼬마 아이에게 그런 건 전혀 없었지만, '첫눈에 동정심'이라는 건 있었다. 그건 확실했다. 동정심이라는 게 어떤 사람들에게는 존재하고, 또 어떤 사람들에게는 존재하지 않는다. 동정심이 태생적으로 없는 사람들에게 그걸 기대하는 건 무의미했다.

소녀가 레인지로버로 다가왔을 때, 페리와 데니즈는 반대편으로 고개를 돌렸다. 이스탄불의 거지 소녀들은 무시당하는 것에 적응되고 준비되어 있었다. 엄마와 딸이 고개를 돌리자, 또래의 다른 아이가 역시 손을 벌리고 기다리고 있었다. 거지에게서 간신히 도망치면 다른 거지에게 붙잡히게 되는 그런 식이었다.

다행히도 그 순간 파란불이 들어왔고, 꼬여 있던 정원 호스가 풀려 물이 쏟아져 나오듯 차들이 앞으로 나아가기 시작했다. 페리가 액셀러레이터를 막 밟으려는 순간이었다. 차 뒷문이 순식간에 열렸다가 닫히는 소리가 들렸다. 누가 줄을 걸어서 당긴 것처럼 차에서 그녀의 핸드백을 채어 가는 것이 백미러로 보였다.

"도둑이야!"

페리가 소리쳤다. 너무 당황한 나머지 목소리마저 갈라져 쇳소리가 났다.

"도와주세요, 핸드백을 훔쳐 갔어요! 도둑이야!"

뒤에 있던 차들은 무슨 일이 일어났는지 모르지만, 그저 한시라도 빨리 가는 것 말고는 안중에 없었다. 미친 듯이 경적을 울려 댔다. 누구도 도와줄 의사가 없는 게 분명해 보였다. 페리는 잠깐, 정말 잠깐 멈칫했다. 순간 핸들을 능숙하게 돌려서 차를 인도에 올리고는 비상등을 켰다.

"엄마. 뭐 하는 거야! 미쳤어?"

페리는 대답하지 않았다. 설명할 시간이 없었다. 거지 아이들이 어디로 사라졌는지는 확인했다. 마음속의 느낌—어쩌면 동물적인 본능—에 의하면 당장 쫓아가면 그들을 찾을 수 있고, 가방을 돌려받을 수 있을 것 같았다.

"그냥 둬 엄마. 그저 그런 핸드백이잖아. 그것도 짝퉁!"

"안에 돈과 신용 카드가 있어."

딸 데니즈는 걱정스러운 눈으로 그녀를 바라봤다. 사람들의 주의를 끌고 싶지 않았다. 모든 반항심과 가시 돋친 말, 그리고 무시는 오직 엄마를 향한 것이었을 뿐, 사람들 사이에서 모나게 행동할 의도는 없었다. 데니즈는 잿빛 바다에서는 잿빛 물방울로 섞이는 것이 더 안전하다고 생각하는 아이였다.

"여기 앉아 있어. 차 문 잠그고 엄마가 올 때까지 기다려." 페리가 말했다. "한 번만이라도 내가 시키는 대로 해. 제발!"

"하지만 엄마……. 미친 거 아냐?"

"엄마하고 이야기할 땐 바른 말을 좀 써라!"

페리가 말했다. 그녀는 생각 없이, 정말 아무 생각 없이 차에서 뛰어내렸다. 굽 높은 신발을 신었다는 것도 잊고 있었다. 신발을 벗고 맨발로 아스팔트를 밟았다. 데니즈는 놀라움과 수치스러움으로 눈이 휘둥그레졌다. 입을 벌린 채 차 안에서 엄마를 바라보고 있었다.

수많은 사람의 시선 속에서, 나이의 무게를 느끼며 페리는 뛰기 시작했다. 볼은 붉게 상기되었다. 뛰고 있는 여자는 아내이자 주부이며 세 아이의 엄마였다. 보라색 옷 속에서 가슴이 출렁이는 것이 느껴졌지만, 별다른 방법이 없었다. 어느 잡지에서 여자 운동선수들을 위해 '출렁이는 가슴을 잡아 줄 브래지어'를 개발했다는 기사를 읽었던 게 생각났다. 그 기적 같은 개발품을 하나 샀더라면……. 어찌 됐든 그녀는 이름 모를 금지 구역에 들어간 것 같은 이상한 자유로움을 느꼈다. 운전자들의 시선과 머리 위로 날아가는 갈매기들의 울음을 들으며 그녀는 뒷골목을 향해 뛰었다. 조금이라도 멈칫했다면, 그러니까 1초만이라도 천천히 움직였다면, 자신이 무슨 짓을 했는지 보고 스스로 소스라치게 놀랐을 것이다. 녹이 슨 못과 깨진 맥주병, 쥐똥을 밟을까 봐 소름이 돋지 않았을까. 그래도 그녀는 속도를 줄이지 않았다. 그녀의 다리는 거의 그녀와 따로 움직였다. 옛날, 그러니까 지금보다 더 젊었을 때, 그녀는 달리기에 미쳐 있었다. 바람을 피부로 느끼며, 과거로부터 도망가듯 빨리 내달리는 걸 얼마나 좋아했는지 모른다. 한때 옥스퍼드 대학에서 공부할 때, 비가 오건 바닥이 진흙탕이건 가리지 않고 거의 매일 몇 킬로미터씩 뛰었다. 그러다 그녀 인생에서 작은 기쁨과 조용한 승리가 수없이 그랬던 것처럼 달리기도 세월과 함께 기억 속에서 사라졌고 잊혔다.

몇 년이 지난 지금, 이스탄불에서, 그것도 짝퉁 핸드백을 훔쳐 간 도둑을 잡으러 뛰고 있었다. 수없이 많은 사람과 차들 한가운데를 가르며 그녀는 뛰고 또 뛰었다…….

말을 빼앗긴 시인

1980년대 이스탄불

날반트오울루 가家의 딸 페리는 어린 시절 이스탄불 아시아 대륙 쪽 서민들이 모여 사는 동네, '말을 빼앗긴 시인' 마을에 살았다. 창문을 열어 놓으면 골목에 퍼져 있는 온갖 냄새가 집 안까지 스며드는 곳이었다. 마늘 넣은 요구르트, 가지 튀김, 막 내린 커피, 오븐에서 갓 구워져 나온 피데[3] 그리고 가세가 기울면서 섞인 여러 가지 냄새들……. 곳곳에 배어 있는 냄새가 얼마나 심하게 진동하는지 작은 구멍이나 균열이 있으면 거기를 통해서 집 안으로 스며들어 올 정도였다. 주민들은 이 냄새를 느끼지 못했다. 외부 사람들만이 맡을 수 있는 냄새였다. 대체로 특정 지역만이 가진 독특한 문제점이나 구체적 상황은 외부인이나 모르는 사람이 더 쉽게 파악한다. 그렇지만 이곳을 드나드는 외부인은 거의 없었다. 마

---

3   납작하고 동그랗게 만들어 그 위에 소고기나 닭고기 등을 올려 화덕에 구운 빵. 피자와 비슷하다.

을 사람들은 모두 서로서로 잘 아는 사이였다. 이렇게 저렇게 얽히고설키며 살다 보니 좋은 면도 있었지만 나쁜 면도 있었다. 주민들은 이웃끼리 문제가 생기면 서로 도움을 주고받으며, 삶의 무게를 나눴다. 하지만 그 집에 숟가락 몇 개인지 속사정까지 속속들이 서로 너무나도 훤히 알았다. 이렇게 동네 사람들끼리 유대가 강하고 외부와 차단된 폐쇄적인 환경에서 남과 다른 비판적인 생각을 가진다는 건 불가능했다.

이 동네 집들은 방치된 묘지에 박혀 있는 비석처럼 흉물스럽게 연이어 세워져 있었다. 게다가 집 안 관리를 제법 깨끗하게 잘한다는 주민들마저 자기 집만 청소했지 골목 청소는 청소부들에게 전부 떠넘겼다. 그들은 자기 집에는 먼지 한 톨 용납하지 않으면서 과일 껍질, 종잇조각, 쓰레기는 아무렇지도 않게 길가에 마구 버렸다. 사람들을 감싸고 있는 것은 안개 같은 심적 고통이었다. 골목에서 깔깔거리며 뛰어노는 아이들마저 없었다면, 그 안개는 걷힐 기미가 없었을 것이다.

이 골목에 붙여진 이상한 이름이 어떻게 생겨났는지, 그 유래에 대해서는 여러 전설이 전해졌다. 사람들은 한때 이 근방에 오스만 제국 당시의 유명한 시인이 살았다고 했다. 시인은 제국 황실에 찬양 시를 바쳤지만, 시에 대한 보상이 너무 적어서 이에 불만을 품고 술탄에게 상소를 올렸다고 한다. 만일 걸맞은 보상이 이뤄지지 않는다면, 다시는 입을 열지 않겠다고 맹세를 하면서 말이다.

'세상 모든 나라, 삼 대륙, 오대양 통치자시며, 전능하신 알라의 지상 대리자이신 술탄이시여, 한없는 아량을 베푸시어 이 보잘것없는 어린 생명을 소생시켜 주실 것을 믿어 의심치 않습니다. 그러나 제게 관용을 베풀지 않으신다면, 하찮은 저의 시 때문이라 생각하고 죽을 때까지 입을 열지 않겠나이다. 왜냐하면, 죽은 듯 사는 시인이 빈곤한 시인보다 낫기 때문입니다.'

한밤중 소리 없이 내리는 눈처럼 깊은 침묵에 빠져들기 전, 그는 이렇듯 하고 싶은 말을 다 쏟아 버렸다. 자기 주제도 모르고 이런 상소를 올린 건 아니었다. 그의 머릿속에는 당연히 술탄에 대한 존경심과 경외심, 충성심이 있었다. 어른들에게 그렇게 배우기도 했다. 통치자에 대한 무조건적 충성 말이다! 아무리 그렇다고 해도 그는 예술가였다. 자유와 예술혼에 가슴이 뛰었다. 꽉 막힌 상자 속 같은 곳에서는 글을 쓸 수가 없었다. 숨통이 트이고 볕이 드는 곳이 필요했다. 좀 더 많은 관심과 칭찬, 사랑이 필요했다. 돈을 좀 더 벌게 된다면 그것 또한 나쁘지 않으리라. 시인으로 사는 것은 어려운 일이니.

술탄은 사건을 알게 되고도 화를 내지 않았다. 오히려 시인의 그런 용기가 술탄의 마음에 들었다. 술탄은 보상해 주겠다고 약속했다. 모든 전제 군주가 그렇듯이 그도 예술가 집단에 대해 상반된 감정이 있었다. 한편으로는 예술가들의 어디로 튈지 모르는 성향과 규칙을 무시하는 반항심이 거슬리기도 했지만, 다른 한편으로는 그들이 특별해 보이고 활력소가 된다고 생각했다. 선을 넘지만 않는다면, 술탄은 그들을 곁에 두는 것도 좋다고 생각했다. 몇몇 예술가를 황실에 살게 하면서 자신의 통제 아래 두고자 한 것이다. 그들에게 노래를 부르거나, 자신을 웃기거나, 애국심을 고취하는 시를 쓰도록 명했다. 그러나 정치적 문제에 대해 언급하는 것만큼은 강력하게 금했다. 술탄은 '업무 분장은 그야말로 신성한 일'이라고 믿고 있었다. "농부는 농장을 가꾸고, 제화공은 구두를 만들라. 시인들은 풀과 나비에 관해서 이야기하라. 국가를 다스리는 일은 오직 통치자의 몫이다." 술탄은 말했다.

불행히도 운명은 뜻대로 되지 않는다. 술탄에게는 아버지보다 더 큰 야망을 가진 아들이 있었다. 열아홉이나 되는 아들 중 한 명이었다! 이 아들은 황실 권력을 손에 넣고, 일주일 안에 아버지를 퇴위시키기 위해 행동을 개시했다. 그래도 고귀한 혈통이신 술탄의 피가 땅에 떨어지지 않도록 배려하는 의미에서 활시위 줄로 목을 졸라 살해했다. 오스만 제국의 법도에 맞게 살아 있을 때와 마찬가지로 죽는 것도 신분에 맞게 처리했다. 황실 귀족들은 목을 졸라 죽이는 세심한 배려를 했고, 반역자는 목을 잘랐다. 궁녀들은 입을 꿰맨 다음 자루에 넣어 바다에 던졌다. 밧줄, 단검, 감옥……. 직업과 지위에 따라 사람들의 마지막 갈 길이 정해졌다. 매주 궁전 앞 교수대에는 동강 난 사람 머리가 전시되었다. 지위가 높은 사람의 머리는 솜으로 코와 입이 막혀 있었고, 평민들 머리는 밀짚으로 막혀 있었다. 이를 본 시인은 속으로 자신이 침묵을 강요당한다고 느꼈다. 그래서 죽을 때까지 목에 칼을 들이대도 결코 입을 열지 않았다.

마을 주민 중 어떤 사람들은 이 이야기를 아주 딴판으로 옮기곤 했다. 그들이 말하는 사건은 전혀 다른 형태로 흘러갔다. 시인이 예의를 갖춰 추가 지급을 요구하자, 술탄은 시인의 무례함에 치를 떨며 분노했다. 바로 그 자리에서 시인에게 엄벌을 내렸다.

"당장 저놈의 혀를 잘라라."

그런 이야기였다. 수 세기 전부터 현재까지 전해 내려오는 이야기의 메시지는 바로 이런 것이었다. 말 많고, 주제 모르고 선을 넘는, 불의에 반항하는 그놈이 바로 너였냐? 그렇다면 너 같은 놈이 이 땅에서 어찌 되는지 혀를 잘라 본때를 보여 주마. 되는대로 지껄여 봐라, 아가리를 찢어 버릴 테니…….

시인의 잘린 혀는 일곱 개 동네에 사는 고양이들의 먹잇감으로 쓰이기 위해 잘게 토막 낸 후 기름에 튀겨졌다. 그렇지만 가시 돋친 말을 하도 쏟아 낸 탓에 맛이 이상했던지, 꼬리 기름을 두르고 개암을 볶아서 같이 줬는데도 고양이들은 먹으려 들지 않았다. 고양이들은 고개를 돌리고 가 버렸다. 이 광경을 창살 사이로 지켜보고 있던 시인의 아내가 아무도 모르게 밖으로 나가 혀 조각을 모아서 꿰맸다. 그 혀를 조심스럽게 침대 위에 올려놓고, 혀를 남편의 입에 다시 봉합할 수 있는 외과 의사를 찾아나섰다. 하지만 그녀가 자리를 뜨자마자 열려 있던 창문으로 갈매기가 날아들더니 그 혀를 물어 가 버렸다. 이스탄불의 갈매기들은 맛이 있든 말든 아무거나 닥치는 대로 먹어 치우는 것으로 유명했으니, 그리 놀랄 만한 일도 아니었다. 자신보다 덩치가 두 배나 되는 짐승의 눈알도 파먹는 갈매기들이니 뭐든지 먹어 치울 수 있었다. 이렇게 해서 시인은 생을 마감할 때까지 어부의 집어등처럼 침묵할 수밖에 없었다. 그가 말로 표현하지 못한 시구詩句는 이스탄불 창공을 선회하며 날아다니는 하얀 새의 울음소리로 세상에 전해졌다. 갈매기의 부리에서 나오는 시는 들을 수 있는 사람들 귀에만 들렸다. 그들만이 귀를 기울였고, 나머지 사람들에게는 들리지 않았다.

동네 이름의 유래가 무엇이든지 간에, 날반트오울루 가족이 사는 동네는 조용하면서도 썰렁한 곳이었다. 이 보수적인 마을에서 가장 고귀한 종교적 덕목은 세 가지 상태로 정의되었다. 알라와 알라께서 지명하신 성자聖者 대리인에게 절대복종하고, 지속적 헌신 그리고 흔들림 없는 평정심으로 추종하는 것을 고체 상태라 할 수 있다. 아무리 지저분하고 더러운 것들이 들어 있다고 해도 '인생의 강'을 있는 그대로 받아들이는 것이 액체 상태이다. 모든 종류의 재화나 재산 그리고 노획품은 결국에는 증기처럼 사라지는 것으로 여기고 모든 욕심과 열정을 내려놓는 것은 기체 상태이다. 사람들은 모두 자신의 운명은 이미 정해져 있다고 생각했다. 고난도 운명처럼 필수적인 것이니 감수해야 한다고 여겼다. 여기에는 마을 사람들이 서로 주고받았던 고통도 포함되었다. 축구 경기 때문에 일어난 다툼도 그러했다. "네가 어떻게 내 집 마당 과일을 훔쳐 간단 말이냐!"에서 빚어진 다툼은 물론이고 폭력도 그러했다.

페리네 집은 앵두색 페인트가 칠해진 이층집이었다. 세월이 흐르는 동안 여러 색 페인트가 덧칠해졌다. 설익은 자둣빛 초록색, 호두 잼 커피색, 비트 피클 보라색 등등. 날반트오울루 가족은 아래층에 살고, 집주인은 위층에 살았다. 부富는 시간과 장소에 따라 상대적이다. 그리 부유한 가족은 아니었음에도 페리는 조금도 부족함을 느끼지 않고 자랐다. 비록 세월이 흐르면서 가족에게 불행이 닥치기도 했지만 성장한다는 건 어쩌면 부모의 부족함을 알아 가는 과정이었다.

페리는 날반트오울루 가족의 막내였다. 더구나 늦둥이었다. 아들을 둘 다 키워 놓은 부부에게 페리가 생긴 건 놀랄 만한 일이었다. 페리가 태어나고 처음 몇 년 동안 그녀는 사람들의 사랑과 관심을 한 몸에 받았고,

부모님 슬하에서 뭐든 원하는 건 다 하면서 귀한 자식으로 자랐다. 그렇지만 어린 페리도 엄마와 아빠가 같은 방에 있을 때 느껴지는 팽팽한 긴장감 정도는 감지할 수 있었다.

페리의 아빠와 엄마의 관계는 술집과 이슬람 사원만큼이나 서로 어울리지 않는 그런 것이었다. 대화할 때마다 찌푸린 눈썹과 강한 톤으로 변하는 목소리에만 신경을 곤두세우는 두 사람은 사랑하는 부부가 아니라, 체스를 두고자 마주 앉은 숙적 같아 보였다. 다음번 공격을 계산하고, 서로의 룩과 비숍, 퀸을 잡으며, 최후 승리를 위해 한 방을 먹이려고 결혼이라는 격자무늬 체스판에서 끙끙대고 있었다. 양쪽 모두 상대를 '가상의 폭군'으로 보면서 조금도 용납하려 들지 않았다. 서로 "체크메이트!"라 외칠 날을 손꼽아 기다리고 있었다. 서로에 대한 원한이 얼마나 깊이 사무쳤는지 스스로를 피해자나 억압받는 사람으로 느낄 필요조차 없었다. 그 어린 나이에도 페리는, 엄마와 아빠가 사랑해서 결혼한 것이 아니며, 지금도 그렇지만 예전에도 단 한순간도 서로 사랑한 적이 없다는 걸 느낄 수 있었다.

서로 사랑하지 않는 부부의 자식이 된다는 건 정말로 힘든 것이었다.

저녁이면 아빠는 큰 라크 병[4] 주위로 안주를 가득 차린 술상을 마련했다. 소간 구이, 파바[5], 올리브유를 곁들여 찐 아티초크, 멜론, 흰 치즈 그리

---

4 튀르키예의 전통주. 크레타섬 등 일부 그리스 지역에서도 마신다. 기호에 따라 그냥 마시는 사람도 있지만, 대체로는 매우 독한 술이라 물에 타서 마신다. 박하 향이 나는 술로 양골이나 흰 치즈를 주로 안주로 곁들인다. 튀르키예의 국부이며 초대 대통령 무스타파 케말이 라크 애호가로 유명하다.

5 누에콩을 으깨 만든 지중해 지역 요리

고 그가 가장 좋아하는 양 뇌 샐러드가 차려져 있었다. 페리의 아빠 멘수르Mensur는 식탐이 있는 사람은 아니었다. 음식을 먹는 건 순전히 빈속에 술을 마시지 않기 위한 일종의 의무 방어 같은 것이었다. 모든 안주는 하나하나 까다로운 미식가처럼 맛을 본 후 천천히 목으로 넘겼다.

"나야말로 노름도 안 해, 나쁜 손버릇도 없어, 담배도 안 피워, 여자들 꽁무니를 쫓아다니지도 않아, 뇌물을 받은 적도 없고, 도둑질한 적도 없어, 지은 죄도 없어. 누구에게 피해를 준 적도 없고, 거짓말도, 사기 친 적도 한 번 없어, 내 사전에 이런 건 없다구. 그러니 어쩌면 알라께서도 이 괴팍한 인간이 저녁에 술 한 잔 마시는 것 정도는 눈감아 주시겠지, 이 정도 죄는 용서해 주실 거야."

페리의 아빠는 가끔 말하곤 했다. 이런 긴 저녁 술자리에는 보통 아빠의 친구 한두 명이 함께했다. 그들은 정치와 정치인들에 관해 이야기했고, 나라 상황도 걱정하곤 했다. 이 나라의 대다수 국민이 그러하듯 그들도 대화의 많은 부분을 가장 싫어하는 걸 얘기하는 데 할애했다.

"세상을 한번 돌아보면 말이야, 사람들이 술 마시는 게 얼마나 다른지 너도 보게 될 거야."

아빠 멘수르는 딸 페리에게 말했다. 멘수르는 선박 기관사였기 때문에 젊은 시절 꽤 여러 곳을 다녔다.

"민주주의 국가에선 누군가가 술에 취해 있으면, '오! 내 사랑, 자기한테 무슨 일이 생긴 거야?'라며 눈물을 흘리지. 민주주의가 아닌 국가에서는 누군가 술에 취해 있으면, '오! 내 사랑, 조국에 무슨 일이 생긴 거야?'라며 운단다."

오래 지나지 않아 그들의 이야기는 멜로디로 녹아들었다. 아빠 멘수르와 친구들은 나지막이 노래를 불렀다. 처음에는 신나는 발칸 민요로 시작해서, 혁명가 같은 흑해 민요를 부르다가, 아나톨리아 내륙 지방의 비통함에 젖어 있는 긴 민요로 그 뒤를 이은 후, 쿠르드어, 튀르키예어, 자자어[6], 그리스어, 아르메니아어, 라디노어[7]로 된 노래들을 불렀다. 노래 가사들은 모락모락 공중을 향해 올라가는 담배 연기처럼 연달아 꼬리에 꼬리를 물고 이어졌다.

페리는 한쪽 구석에 혼자 앉아서 이 모습을 지켜보고 있었다. 이럴 때마다 페리의 마음은 무거웠다. 사랑하는 아빠가 왜 이렇게까지 슬픔에 빠진 건지 궁금하기도 했다. 아빠의 상처받은 마음속으로 들어갈 수도, 그렇다고 가만히 있을 수도 없었다. 가족 모두가 목격하게 될 것이지만 페리는 엄마가 아니라 아빠의 딸이었기 때문이다.

벽에 걸린 장식 테두리 액자 속의 아타튀르크[8]가 강청색 눈동자를 금빛으로 번득이며 그들을 바라보고 있었다. 위대한 국부 아타튀르크의 초상화는 집 안 곳곳에 걸려 있었다. 주방에는 군복을 입고 있는 아타튀르크, 거실에는 연미복을 입고 있는 아타튀르크, 안방 침실에는 외투에

---

6   튀르키예의 동부에서 사용되는 언어로 인도-유러피언 어족에 속하는 언어

7   스파라드 유대인의 언어로 15세기 스페인의 종교 박해를 피해 오스만 제국으로 피난 온 사람들이 쓰던 언어

8   '아타튀르크Atatürk'는 튀르키예어로 '국부國父'라는 뜻으로 본명은 무스타파 케말(Mustafa Kemal, 1881-1938)이다. 1차 세계 대전과 독립 전쟁에서 연합군을 상대로 승리하면서 현재의 튀르키예 영토를 지켜 낸 튀르키예의 구국 영웅이자 국부이다. 1923년 튀르키예 공화국이 출범하면서 초대 대통령이 되었다.

털가죽 모자를 쓴 아타튀르크, 복도에는 실크 장갑과 망토를 걸친 아타튀르크의 초상화 액자를 붙여 놓았다.

"아타튀르크가 안 계셨다면 우리는 이란처럼 됐을 거야, 절대 잊어서는 안 된단다." 아빠 멘수르는 딸 페리에게 말했다. "그렇게 됐다면 나는 어쩔 수 없이 얼굴을 다 덮을 정도로 수염을 길렀을 거고, 지하실에서 비밀리에 밀주를 만들었겠지. 물론 잡혀가서 광장에서 채찍을 맞았을 거야. 그리고 사랑하는 우리 딸, 너도 이 나이에 차도르를 뒤집어써야 했을 거다. 새까만 색으로!"

아빠 멘수르의 친구들은 대개 교사나, 은행원, 엔지니어였다. 친구들도 최소한 멘수르만큼이나 아타튀르크와 그의 이념을 신봉했다. 어떤 친구는 아타튀르크의 영웅담을 시로 읊었고, 시상이 떠오르면 자작시를 쓰기도 했다. 이 시들은 대부분 운율이 제법 잘 맞았고, 내용상 반복되는 구절이 많아서, 페리에게는 별개의 문학 작품이라기보다는 똑같은 소리의 메아리처럼 들렸다.

페리는 거실에 머물면서 이 감상적인 대화를 듣는 걸 좋아했다. 멘수르와 그의 친구들도 페리가 같이 있는 것에 대해 아무 말 하지 않았다. 오히려 자신들의 이야기에 관심을 두는 게 마음에 들었고, 젊은 세대와 미래에 대한 희망을 품게 해 주었다. 이렇게 페리는 어린 시절 내내, 아빠가 가장 좋아하는 머그잔에 오렌지 주스를 따라 마시며 매일 저녁 그의 곁에 있었다. 컵의 한쪽 면에는 아타튀르크의 서명이, 반대쪽에는 이런 글귀가 적혀 있었다.

'문명 세계는 아주 앞서 나가 있다. 우리는 거기에 도달해야 하고, 그

문명의 범주에 속해야만 한다.'

페리는 이 도자기 잔이 무척 마음에 들었다. 손안에 닿는 매끈한 느낌이 너무 좋았는데, 컵 안에 담긴 음료수를 다 마시고 나면 마치 문명 세계에 도달할 기회가 끝나 버린 것 같은 마음에 울적해지기도 했다.

물론 페리가 계속 앉아만 있을 수는 없었다. 얼음 통에 얼음을 채워 넣고, 재떨이를 비우고, 빵을 잘라 오는 일도 해야 했다. 왜냐하면, 엄마가 그 자리에 없었기 때문이다. 엄마 셀마는 음식을 요리한 후 술상을 차리면 곧바로 자기 방으로 들어갔다. 그리고는 다음 날 아침까지 방에서 나오지 않았다. 그녀도 자리에 누워서 틀림없이 그들의 이야기를 듣고 있었을 것이다. 들리지 않을 리가 없었다. 벽은 종잇장처럼 얇았다. 사실 엄마 셀마와 아빠 멘수르 사이에는 오래전 세워진 벽이 하나 더 있었다. 매년 한 칸씩 더 높아지는 벽이었다.

엄마 셀마는 얼마 전, 감동적인 설교와 엄격한 종교적 시각으로 이름난 한 종교 지도자가 이끄는 종단에 들어갔다. 사람들은 그를 '위줌바즈[9]' 스승님이라고 불렀다. 우상 숭배나 무신론과 관련된 단서를 발견하면 포도처럼 밟아 으깨 주겠다고 주장하는 바람에 생긴 이름이었다. 종단 이름이 포도즙이나 포도주 제조를 생각나게 하는 데도 이런 건 종단 지도자에게는 아무런 문제가 되지 않았다. 그에게는 밟아서 으깨는 부분만 중요한 것이었다.

셀마가 이 광적인 지도자의 영향력 아래 들어갔다는 게 확연히 겉으로

---

9 튀르키예어로 '위줌üzüm'은 '포도'를 뜻한다.

도 드러났다. 남자들과 악수를 거부하더니, 이제는 아예 버스에서 남자가 앉았다 일어난 자리에는 앉지도 않았다. 남자가 그녀에게 자리를 양보해 주더라도 마찬가지였다. 몇몇 친구들처럼 온몸을 검은색 차도르로 휘감거나 얼굴에 니캅을 착용하지는 않았지만, 어느 날 아침 갑자기 머리에 스카프를 쓰기 시작했다.[10] 팝 음악은 천박하다고 여기며 듣지 않았다. 아무리 할랄 음식이라고 적혀 있다 할지라도 단 음식과 아이스크림, 감자 칩 그리고 초콜릿 제품은 절대 집에 들이지 않았다. 왜냐하면, 위줌바즈 선생이 이런 식품들 속에는 젤라틴이 들어가며, 젤라틴 속에는 돼지 뼈 성분이 있을 수 있다고 설교를 했기 때문이다. 역시 같은 이유로 샴푸 대신 점토, 치약 대신 미스왁나무를, 양초 대신 심지를 박은 버터 덩어리를 사용했다.

셀마는 이념을 공유하는 그녀의 친구들과 함께, 이스탄불과 그 주변 해수욕장에서 일광욕하는 비키니와 원피스 수영복을 입은 여자들 대상으로 더 늦기 전에 영혼을 구원받으려면 회개하라며 설교하고 다녔다. 그녀들은 감탄사가 주를 이루고 쉼표를 거의 쓰지 않는 낮은 수준의 문장들과 비참할 정도로 오류투성이 철자로 가득한 팸플릿을 나눠 줬다. 그리고 알라는 이브의 딸들이 이렇게 반나체로 있는 걸 보시기 원치 않는다고 설득했다. 저녁이 되고 해변에서 사람들이 빠져나가면, 그 팸플

---

10 '차도르'는 머리부터 발끝까지 온몸을 가리는 검은색 히잡을 말한다. 주로 이란에서 착용한다. '니캅'은 얼굴을 가리는 검은 마스크라고 보면 된다. 극단적으로 보수적인 국가에서 검은색 차도르와 니캅을 착용하는데, 튀르키예 여성들에게서는 거의 찾아보기 힘들다. 튀르키예의 경우, 이슬람주의자 여성들은 머리에 스카프를 착용하는 경우가 일반적이다.

릿들은 찢기고 얼룩진 채 바람에 날렸다. '육체', '원죄', '지옥' 같은 단어들이 말라비틀어진 해초들과 함께 모래사장 위에 널려 있었다.

페리의 엄마 셀마는 태생적으로 격앙된 성격이었다. 게다가 자신이 이렇게 새롭게 맞이한 인생에, 다른 사람, 특히나 남편을 구원의 길로 인도하겠다는 열정은 그녀를 더욱더 말 많은 사람으로 만들었다. 그러나 멘수르가 '전도받을' 의향이 없다는 걸 확인한 뒤로는 두 사람은 집에서도 더 이상 한자리에 함께하지 않았다. 날반트오울루 가족의 일상은 전쟁터가 되었다.

신앙과 정체성 문제는 날반트오울루 가족에게 전혀 예상치 못한 순간 유성처럼 떨어졌다. 그리고 가족을 둘로 쪼개 버렸다. 신앙심이 아주 깊은 민족주의자 작은아들 하칸은 한 치의 망설임도 없이 엄마 편에 섰다. 큰아들 우무트는 한동안 결심을 못 하고 있었지만, 말과 행동에서 좌파 성향임이 분명히 드러났다. 마침내 좌파의 길을 확실히 선택했을 때는 급진 마르크스주의자가 되어 있었다.

이렇게 양분된 상황은 페리를 힘들게 했다. 아빠 멘수르도, 엄마 셀마도 그녀를 자신의 쪽으로 끌어들이려고 했다. 엄마의 완강한 종교적 믿음과 아빠의 단호한 유물론 사이에서 페리는 어찌할 바를 몰랐다. 페리는 가능한 한 그 누구의 마음도 상하지 않고, 상처를 받지 않기를 바라는 아이였다. 자신의 주변에서 이렇게 많은 다툼과 충돌이 있자, 그녀는 점차 소극적으로 변해 갔다. 그녀의 마음 가운데 불타고 있던 열망을 스스로 하나씩 잠재웠다. 다른 사람들을 화해시키고, 분위기를 진정시키려고 자기 자신에게서 스스로 멀어졌다. 아이일 때 진짜 아이로, 청춘일 때 진짜 청춘으로 살아갈 수가 없었다. 많이, 아주 많이 앞서서 살아야 했다.

페리의 엄마와 아빠 사이의 간극이 가장 확연히 드러나는 곳은 거실이
었다. 텔레비전 위에 있는 두 칸의 진열장 중 첫째 칸에는 아빠 멘수르의
책이 꽂혀 있었다. 로드 킨로스의 *아타튀르크: 한 국가의 새로운 탄생*,
아타튀르크의 연설문, 나즘 히크메트[11]의 모든 작품, 도스토옙스키의 *죄
와 벌*, 보리스 파스테르나크의 *닥터 지바고* 그리고 너무 많이 읽어서 겉
표지가 너덜너덜해진 우마르 하이얌[12]의 *루바이야트*[13]…….

둘째 칸은 완전히 다른 세상이었다. 여러 시기에 다양한 색상과 크기
로 만들어진 말 형상 도자기가 있었다. 금색 갈기와 무지개색 꼬리를 가
진 말, 뛰어놀거나 풀을 뜯는 조랑말들과 순종 아랍 말, 암컷 말 같은 것
이었다. 그리고 책이 보이기 시작하는데, 부하리[14]가 편집한 *사건들*, 이
맘 가잘리[15]의 작품들, *세신과 예배, 이슬람에서의 도덕적인 삶, 무슬림
여자의 종교 편람, 인내와 안목의 미덕, 이슬람적인 해몽* 같은 책들이
었다. 둘째 칸이 시작되는 곳에는 위줌바즈 선생의 유일한 저서도 자리

---

11 나즘 히크메트(Nâzım Hikmet, 1902-1963)는 사회주의 운동을 이유로 여러 차례 투옥되
    었으며, 러시아로 망명 후 모스크바에서 사망하였다. 튀르키예의 시인이자 극작가이며 감
    독이다.

12 우마르 하이얌(Omar Khayyám, 1048-1131)은 페르시아의 시인이자 천문학자이며 수학자이다.

13 페르시아어로 된 4행시 모음집

14 무하마드 알 부하리(Muhammad Ismail al-Bukhari, 810-870)는 부하라에서 태어난 이슬람
    신학자로 '이맘 부하리'라고도 불린다. '하디스'를 집대성한 것으로 유명하다.

15 아부 하미드 무하마드 이븐 무하마드 알가잘리(Ghazzolii, Muhammad ibn Muhammad
    ibn Ahmad Abu Homid at-Tusii, 1058~1111)는 이슬람 사상사에서 가장 중요한 신학자 중
    한 명이다. 정통 이슬람 신학과 수피즘을 결합하여 이슬람 교리를 재구성하였다.

하고 있었다. 급속히 *타락하는 세상에서 어떻게 깨끗한 삶을 살 수 있는 가?* 책이 한 권 한 권 늘어 갈 때마다 말들은 진열대에서 조금씩 밀려났고, 떨어질 것 같은 귀퉁이에서 겨우 숨을 붙이고 있었다.

집 안에 휘몰아치는 사상과 감정의 회오리는 페리를 혼란에 빠트렸다. 모든 교리가 창조주는 하나고 유일무이하다고 가르친다. 그렇지만 엄마가 두려움과 경외심으로 숭배하는 알라와 아빠가 비난도 하고 고민도 털어놓는 하나님이 동일한 존재라는 것을 페리는 믿을 수가 없었다. 한 침대에서 자지는 않더라도, 여전히 결혼반지를 나눠 끼고 있는 두 사람이 믿는 창조주가 어떻게 이토록 상반되게 다를 수 있단 말인가? 어찌하여 같은 존재, 하나뿐인 진실이 이토록 다르게 인식될 수 있단 말인가?

칼

2016년 이스탄불

페리는 얼마 지나지 않아 멀찌감치 있는 두 명의 꼬마 도둑을 발견했다. 최대한 잽싸게 도망친 것 같았는데도, 페리가 더 빨랐다. 이런 행운이 있다니—물론 이걸 운이라고 한다면—믿을 수 없었다. 자신의 가방이 여전히 그들 손에 있기는 한 건지 확실치 않았지만, 계속 뒤를 쫓아 뛰고 또 뛰었다. 페리는 끝까지 쫓아갈 생각이었다. 마침내 좁은 뒷골목으로 접어들었고, 숨을 쉴 때마다 가슴이 타들어 가는 느낌이었다.

다행히 아이들이 거기 있었다. 그 아이들 옆에는 한 남자가 앉아 있었다. 페리는 곧장 그를 알아봤다. 조금 전 자기가 피우다 버린 담배를 길에서 주워 피운 바로 그 부랑자였다!

페리는 입은 꽉 다문 채 그들을 향해 냅다 내달렸다. 아무 생각 없이, 곧바로 동물적 본능으로 나온 행동이었다. 순간 갑자기 어찌할 바를 몰라 멈칫했다. 도둑들을 쫓는 건 쉬운 일이었다. 중요한 건 잡았을 때 어떻게 할 것인지에 대해서는 아무런 생각이 없었다는 것이다.

부랑자는 그녀를 기다렸다는 듯이 태연히 미소를 지었다. 가까이서 보니 아까와는 달라 보였다. 양쪽 광대뼈를 드러내는 희미한 윤곽은 완벽한 대칭을 이루고 있었고, 까맣고 깊은 눈동자는 새파랗게 젊은 청년처럼 눈빛이 살아 있었다. 누추한 옷차림이 아니었다면 멋쟁이라고 할 수 있을 정도였다. 그는 페리의 핸드백을 가슴에 꼭 품고 있었다. 오랫동안 보지 못한 연인을 안고 있는 것처럼.

페리가 목이 멘 듯 외쳤다.

"그거 내 거야."

부랑자는 가소롭다는 시선으로 그녀를 바라봤다. 버클을 연 핸드백을 높이 쳐들더니, 갑자기 핸드백을 뒤집었다. 핸드백 안에 있던 게 모두 쏟아졌다. 집 열쇠, 립스틱, 휴대 전화, 아이라이너, 선글라스, 만년필, 작은 향수병, 화장지, 빗, 탐폰…… 그리고 가죽 지갑. 그는 맨 마지막에 떨어진 것을 조심스럽게 바닥에서 주워 들었다. 지갑 속에 있던 것들을 하나씩 꺼냈다. 지폐, 신용 카드, 주민 등록증, 운전면허증, 가족사진들. 다른 것들은 그의 관심 밖이라는 듯 현금만 주머니에 쑤셔 넣고, 휴대 전화는 자기 옆에 놓았다. 그는 걱정되는 게 없다는 걸 보여 주려는 듯 휘파람을 불었다. 그는 지갑을 던져 버리려다가 멈칫했다. 뭔가 그의 눈에 들어온 것이다. 페리가 오랫동안 조심스럽게 감춰 두었고, 가장 가까운 사람들에게조차 보여 주지 않았던 폴라로이드 사진 한 장이었다. 그건 페리의 아주 오래된 추억이자, 아무도 모르는 비밀을 담고 있었다.

부랑자는 사진 안에 있는 사람들의 얼굴을 유심히 바라봤다. 중년의 남자와 젊은 여자 세 명이 사진 속에 있었다. 그들은 대학 학사모 가운과 목도리를 하고 얼굴에 미소를 지은 채 나란히 서 있었다. 옥스퍼드 대학교 보드레이안 도서관을 등진 그들은 몹시 추운 어느 겨울날 속에 영원히 갇히기라도 한 것처럼 보였다.

부랑자는 마치 옥스퍼드 대학교를 영화에서 보기라도 한 듯 고개를 들어 페리를 향해 씩 웃었다. 사진 속의 여자 중 한 명이 지금 자기 앞에 서 있는 여자라는 걸 알았을까. 그렇다, 페리는 그 세 학생 중 하나였다. 흐르는 세월 동안 몸이 약간 붙고, 피부엔 주름살이 잡혔다. 지금 머리카락은 더 짧고 덜 곱슬거리지만, 눈은 그대로였다.

사진에 대한 부랑자의 관심은 그리 오래가지 않았다. 그는 갑자기 사진을 휙 던져 버렸다. 폴라로이드 사진은 공중에서 몇 초간 날아가다 바닥에 떨어졌다. 페리는 자기도 모르게 놀라서 멈칫했다. 사진이 살아 있어서 다칠 것만 같은 느낌이 들었다. 부랑자와 대화를 하면 핸드백—그리고 소중한 사진—을 돌려받을 수 있으리라 생각했다. 골목에는 아무도 없었고, 날도 이미 저물어 컴컴했다. 큰길에서 얼마나 멀리 떨어진 걸까? 자동차 소리는 여전히 들렸지만, 유리 벽 너머에서 들려오는 것 같이 희미했다. 페리는 갑작스레 무서워졌다. 공황 상태에 빠졌다.

부랑자는 그렇게 가만히 있었다. 아무 말도 하지 않고, 움직이지도 않았다. 두 사람 사이에 얼마나 짙은 침묵이 흘렀던지, 페리는 근처에 있던 쓰레기 더미 사이를 오가던 쥐의 발소리까지 들리는 것 같았다. 이 골목은 이스탄불 고양이들로부터도 멀리 떨어져 있는 게 분명했다. 마치 도시의 경계선 밖에 있는 것처럼 느껴졌다.

부랑자는 외투 주머니를 뒤지더니 뭔가를 꺼냈다. 비닐봉지 하나와 튜브에 든 발리[16]였다. 튜브를 열더니 안에 든 본드를 전부 비닐봉지에 짜 넣었다. 그리고 봉지에 바람을 불어 넣어 작은 풍선처럼 만들었다. 그는 자신의 작품에 만족스럽다는 미소를 지었다. 자신이 만든 것은 부푼 비닐봉지가 아니라, 마치 눈송이 하나하나가 보석이나 진주 같아 보이는 스노우 볼이라는 듯이. 그는 비닐봉지에 코와 입을 막을 수 있게 얼굴을 갖다 댔고, 깊이 숨을 들이마셨다. 한 번 더 그리고 또 한 번 더. 그가 고개를 다시 들었을 때, 그의 표정은 완전히 달라져 있었다. 여기 있는 것 같으면서도 아주 먼 곳에 있는 사람 같았다. 페리는 그 순간 자기 앞에 있는 남자가 본드 중독자라는 걸 알아차렸다. 그의 눈 흰자위에 핏줄이 드러났다. 뜨거운 지열 때문에 깨진 땅바닥처럼 보이기도 했다. 페리의 마음속에서는 당장 여기서 떠나 딸과 차가 있는 곳으로 돌아가야 한다는 생각이 들었지만, 마치 접착제를 발에 발라 놓기라도 한 것처럼 꼼짝할 수 없었다.

부랑자가 마침내 비닐봉지를 손에서 내려놓을 기색이자, 아이들 가운데 한 명이 손을 뻗어 잽싸게 낚아채더니 곧바로 비닐봉지 속에 남은 본드 냄새를 들이켰다. 거리의 아이들과 어릴 때부터 매춘으로 내몰리는 아이들이 가장 좋아하는 게 발리였다. 그건 아이들을 깃털처럼 가볍게 건물과 사원의 돔 지붕, 하늘 위로 날 수 있게 해 주었다. 교도소와 감호소, 빈곤과 매춘 그리고 포주들이 존재하지 않는 평온한 세상으로

---

16 접착제 상표 이름

데려다주는 요술 카펫이었다. 꿈은 환각에서 깨어날 때까지 계속되었고, 아이들은 나뭇가지에서 딴 황금빛 포도와 단물이 흐르는 복숭아를 맛보곤 했다. 그들은 추위와 냉혹함 그리고 배고픔이 없는 그 마법 같은 천국에서 괴물을 쫓아 버리고, 거인들을 데리고 노는가 하면, 요술 램프에서 나온 지니를 다시 램프에 집어넣고 가둬 버렸다.

모든 아름다운 꿈이 그러하듯 이런 꿈도 물론 대가를 치러야 했다. 발리는 몸속에 남아서 뇌세포를 손상시켰다. 신경 조직을 공격하고, 신장과 간을 망가뜨리고, 서서히 거리의 아이들을 갉아먹었다.

부랑자는 날렵한 몸동작으로 갑자기 자리에서 일어났다. 얼굴 표정이 소름 끼쳤다.

"내 딸이 경찰을 불렀으니 그리 알아!" 페리는 소리쳤다. 불길한 느낌이 들었다. "몇 분 내로 여기에 도착할 거야."

마치 이 말을 기다렸다는 듯 부랑자는 한 발을 앞으로 내디뎠다. 그리고 또 한 발 앞으로 다가왔다. 페리에게 생각을 바꿀 수 있는 시간을 주려는 것 같았다. 아니면 앞으로 일어날 일에 대한 책임이 자신에게 없다는 걸 확실히 해 두려는 것처럼 보이기도 했다. 그는 느리고 천천히 다가왔다.

두 아이는 어느새 사라지고 없었다. 언제, 어디로 갔는지 페리는 전혀 알 길이 없었다. 그들이 사라지는 걸 눈치채지 못한 것이다. 그녀는 그렇게 두 눈을 고정하고 부랑자만 바라보고 있었다. 그는 뒷골목의 황제였고, 쓰레기들 전리품의 술탄이었다. 그의 스타일 때문이 아닌, 그가 보여주는 행동의 진중함과 무게감이 페리에게 누군가를 연상시켰다. 과거에 가둬 놓고 그곳에 두고 왔다고 생각했던 누군가를. 이번 생애에서 더 이상 그보다 사랑한 사람은 없다고 할 수 있을 정도로, 한때 너무나도 사랑했던 사람.

앞쪽에 있던 가로등의 희미한 불빛 아래 바닥에 떨어져 먼지 속에 나뒹구는 폴라로이드 사진을 뒤돌아봤다. 몇 장 남지 않은 옥스퍼드 대학교 시절의 사진이었다. 아주르 교수와 함께 찍은 유일한 사진. 절대 잃어버리면 안 된다.

페리가 고개를 들었을 때 부랑자의 코에서는 피가 흐르고 있었다. 그녀는 소름이 끼쳤다. 그의 가슴 위로 떨어지는 핏방울이 얼마나 반짝이는 붉은색이던지 마치 그림물감 같았다. 하지만 그는 개의치 않았다. 뭔가를 하면서 그녀를 향해 다가왔다.

페리는 얼마나 무서운지 크게 한숨이 나왔다. 자신의 숨소린데도 낯설고, 거칠게 느껴졌다. 순간 페리 눈에 번득이는 금속 광채가 들어왔다. 부랑자가 칼을 꺼내 그녀를 막 찌르려는 찰나였다.

장난감

1980년대 이스탄불

어느 금요일 밤이었다. 늦은 밤 그들이 들이닥쳤다. 그들은 사냥감을 찾기 위해 망토가 도시를 뒤덮듯 어둠이 덮치기만을 기다렸던 야행성 맹금류 같았다. 초인종도 누르지 않고 문을 주먹으로 사정없이 쾅쾅 두드렸다. 쿵쿵대는 소리를 가장 늦게 들은 사람은 엄마 셀마였다. 그녀는 그날 늦게 잠들었다. 다음 날 손님이 오기로 돼 있어서 손님들이 좋아하는 음식 하나—옹기에 민트와 양 허벅다리를 넣어 찌는 요리—를 준비하느라 밤늦게까지 일하다가 이제 막 잠든 참이었다. 셀마가 일어나 정신을 차릴 무렵 경찰들은 이미 집 안까지 들이닥쳐 날반트오울루 가家의 두 아들이 함께 쓰는 방까지 뒤집어 놓은 상태였다. 셀마는 그날 압수 수색 때 늦게 일어난 것을 자책해서인지 그날 이후 더 이상 제대로 밤잠을 이룰 수 없게 되었다. 그녀도 야행성으로 바뀐 것이다.

경찰들은 집 안 곳곳을 다 뒤지고 다녔는데, 그들의 태도나 모습으로 봐서 큰아들 우무트 때문에 온 게 분명했다.

경찰들은 우무트를 한쪽 구석에 혼자 세워 두고 가족들과 눈도 마주치지 못하도록 했다. 일곱 살 먹은 페리는 오빠의 그런 모습에 너무나 슬펐다. 누구에게도 말하지는 않았지만, 페리가 가족 중 가장 사랑한 사람은 오빠인 우무트였다. 오빠가 웃을 때마다 큰 녹갈색 눈동자는 반짝였고, 넓은 이마는 나이보다 더 성숙하게 보였다. 페리처럼 우무트도 볼이 금방 빨개지곤 했다. 페리와는 반대로, 우무트는 이름처럼 희망과 긍정으로 가득 차 있었다. 둘의 나이 차이가 많은데도 불구하고 우무트는 늘 페리에게 다정했다. 여동생에게 추억을 만들어 주기 위해서 말도 안 되는 여러 가지 놀이를 함께 하며 놀아 주기도 했다. 어떤 때는 해적이 됐다가, 또 어떤 때는 점술가가 되어 주곤 했다.

대학에서 화학 공학을 전공하는 우무트는 다른 학생들과는 어울리지 않았다. 수염과 머리를 기르고, 방 벽에는 페리가 본 적이 없는 사람들 사진들만 가득 붙여 놓았다. 회색 수염이 난 할아버지, 동그란 철테 안경을 쓴 하얀 얼굴의 남자, 뒤엉킨 머리카락에 짙은 색 베레모를 쓴 또 다른 남자가 있었다. 그리고 머리카락을 묶고 흰 모자를 쓴 여자도 있었다. 페리가 사진 속의 사람들이 누구인지 묻자, "이 사람은 마르크스, 저 사람은 그람시, 베레모를 쓴 사람은 체 게바라 동지."라고 오빠가 답해 주었다.

"그렇구나."

페리는 맞장구를 쳤다. 오빠가 뭐라고 하는지 전혀 알지 못했지만, 오빠의 목소리에 담긴 흥분은 느낄 수 있었다.

"그럼 이 사람은?"

"로사."

오빠는 오랜 세월 그리워했던 친구 이름을 말하듯 다정한 목소리로 대답했다.

"내 이름도 로사였으면 좋았을 텐데."

우무트는 미소를 지었다.

"네 이름이 더 좋지만, 원한다면 로사라고 할게. 어쩌면 너도 커서 혁명가가 될지도 모르겠다."

"혁명가가 뭐야?"

우무트는 잠시 생각했다. "혁명가란, 모든 아이가 장난감을 가질 수 있도록 하면서도, 한 아이가 장난감을 너무 많이 갖지는 못하게 하는 사람을 말하는 거야."

"그…래……."라고 했지만, 페리는 혼란스러웠다. 오빠의 대답이 마음에 들기도 하고, 아니기도 했다. "장난감이 얼마나 있어야 너무 많은 걸까?"

경찰들은 벽에서 이 사람들의 초상화를 떼어 냈다. 뜯어 버릴 게 더는 없자 책을 뒤지기 시작했다. ─하칸은 책을 좋아하지 않았으니, 전부 우무트의 책이었다─ 마르크스의 공산당 선언, 프리드리히 엥겔스의 영국 노동 계급의 상황, 레프 트로츠키의 영구혁명론, 조지 오웰의 카탈루냐 찬가, 토머스 무어의 유토피아……. 경찰들은 인상을 찌푸리며 책장을 빠르게 넘겼다. 책 속에 개인적인 편지나 메모가 있는지도 꼼꼼히 살펴보았다. 그들은 아무것도 찾아내지 못했지만, 그래도 책을 압수해 갔다.

"이 새끼야, 이런 쓰레기 같은 걸 뭣 때문에 읽고 있어?"

경찰 반장이 윽박질렀다. 그는 거미 여인의 키스[17]를 우무트에게 흔들어 보였다.

"넌 무슬림 아냐? 튀르키예 사람 아니냐고? 네 아버지도 무슬림에 튀르키예인, 네 엄마도 무슬림에 튀르키예인이고. 몇 대 조상 위를 올라가도 그렇잖아. 네놈이 뭔 상관이 있어? 이런 외국 책이랑 뭔 상관이 있냐고."

우무트는 맨발인 자기 발만 보고 있었다. 동그랗고 깨끗한 발가락들은 안전하다고 느끼고 싶어서인지 안으로 꼬옥 움츠렸다.

"문제가 있으면 자기들이 해결하든가, 빌어먹을 서양 놈들."

반장이 내뱉었다.

"우리는 우리 나라에서 잘 지내고 있잖아. 모두가 똑같아, 우리 나라엔 계급이 없어. 우린 그게 무슨 뜻인지도 몰라. 너 말이야, 상대방에게 '아저씨 당신 계급이 뭐요?'라고 묻는 사람을 본 적 있어? 당연히 못 봤겠지. 하나의 종교, 하나의 민족, 모든 게 하나야. 알아듣겠어?"

반장은 우무트에게 더 가까이 다가왔다. 마치 냄새라도 맡을 것처럼 몸을 내밀었다. "이런 말도 안 되는 것들을 끝내 버리려고 이 나라에 위대한 쿠데타가 일어난 거야. 근데 지금 또다시 좌익들이 버섯 번지듯 퍼지고 있어. 우리가 가만 놔둘 거 같아? 네가 읽은 책들은 중상모략에 거짓말로 가득한 것들이야. 잉크가 아니라 전부 독약으로 쓴 책들이라고!

---

17 마누엘 푸익의 1979년 소설

아니면 너도 중독된 거야?"

우무트는 아무 말도 하지 않았다.

"너한테 묻잖아, 덜떨어진 새끼야!" 반장이 고함을 질렀다. 그는 콧구멍을 벌름거리며 한 번 더 소리쳤다. "중독된 거냐고 물었어!"

"아닙니다."

우무트는 대답했다. 간신히 속삭이는 정도의 목소리였다.

"음. 내가 보기엔 확실해." 반장은 스스로 확신하듯 고개를 끄덕이며 말했다.

그들은 매트리스, 옷장, 서랍 게다가 화목난로 속까지……. 작은 구멍 하나까지 들여다보고 구석구석을 이 잡듯이 뒤졌다. 찾고 있던 게 무엇인지 몰라도 결국 그들은 발견하지 못한 것 같았다. 그래서 더욱더 화가 난 듯 보였다.

"다 뒤져, 분명 어딘가에 숨겨 놓았을 거야."

반장은 경찰들에게 명령했다. 그는 계속 줄담배를 피우더니, 재를 바닥에 털었다.

"죄송합니다만… 저희가 뭘 숨겼다는 건지요?"

반대쪽 구석에서 다른 가족들과 함께 나란히 서 있던 아빠 멘수르가 말을 꺼냈다. 숱이 적은 멘수르의 머리카락은 헝클어져 있었고, 줄무늬 파자마에 털 실내화 차림이었다.

"찾아내면 네 똥구멍에 쑤셔 줄게, 그럼 알겠지." 반장이 대답했다. "우리가 뭘 찾는지 모르는 것처럼 말하는군."

페리는 그의 험한 말에 흠칫 놀라 아빠의 손을 잡았다. 하지만 눈은 계속 오빠를 향해 있었다. 우무트의 얼굴은 회칠한 것처럼 새하얗게 질려 있었다. 페리는 오빠가 걱정됐다.

경찰들은 방이며, 욕실, 화장실, 오이 피클과 고추 말린 것들을 넣어 두는 창고까지 다 뒤집어 놓았다. 부엌에서는 서랍이 여닫히고, 상자들을 뒤엎는 소리와 여기저기로 떨어지는 포크와 나이프 소리가 들렸다. 항상 레이스 천으로 덮여 있던 정돈된 찬장은 엉망진창이 되었다. 한 시간, 어쩌면 더 긴 시간이 흘렀다. 밖의 하늘에는 옅은 빛줄기가 모습을 드러냈다. 마치 새로 나기 시작한 아기의 젖니처럼 잿빛 하늘을 가르고 있었다.

"그럼 꼬마 애 방은?"

반장은 경찰들에게 물었다. 그는 담배꽁초를 카펫 위에 던지더니 신발 뒤꿈치로 밟아서 껐다.

"장난감들 사이에 있는지 봤어?"

엄마 셀마가 그날 청소를 했던 카펫에서 눈을 떼지 못한 채 경찰들의 대화에 끼어들었다.

"뭔가 착오가 있는 게 분명해요. 저희는 엄격한 가정이에요. 알라를 숭배한다고요."

반장은 그녀의 말을 무시하고, 페리를 향해 고개를 돌려 험상궂은 표정으로 말했다.

"네 물건은 어디에 있냐? 우리한테 내놔 봐."

페리의 눈이 동그래졌다. 어째서 모두 내 장난감에 관심을 두는 걸까? 처음엔 혁명가들이, 그리고 이젠 경찰이. 장난감이 그렇게 많은 것도 아닌데.

"말 안 할래요." 딸의 손을 계속 잡고 있던 멘수르는 페리를 자신의 뒤로 세우며 "쉿"이라고 했다.

"보여 드려, 걱정할 거 없단다."

그리고는 누구에게 말하는 건지 분명치 않게 말했다. "침대 밑에 있는 분홍색 상자에 있습니다."

몇 분 뒤, 경찰이 다시 거실로 왔을 때, 페리를 놀라게 한 건 반장이 손가락 끝으로 들고 있던 물건이 아니라 반장의 표정이었다.

"세상에, 세상에나! 여기에 뭐가 있게?" 반장이 흥분했다.

페리는 총을 본 적이 한 번도 없었다. 텔레비전에서 본 것과 비교했을 때 얼마나 작아 보이던지, 잠시 진짜 총이 맞는지 궁금했다.

"요람 속에 숨겨 뒀더군. 장난감 인형 밑에! 똑똑한데!"

"맹세하건대 우리는 몰랐어요." 떨리는 목소리로 셀마가 말했다.

"아줌마는 물론 몰랐겠지, 근데 당신 아들은 알고 있어."

"그거 제 것이 아닙니다." 우무트가 말했다. 얼굴이 새빨개져 있었다. "며칠 저보고 숨겨 두라고 했어요. 내일 가져다주려고 했다고요. 전 쏠 줄도 몰라요."

"그러라고 한 놈들이 누구야?" 반장이 물었다.

우무트는 침묵했다. 근처 사원에서 예배 시간을 알리는 아잔 소리가 밖에서 울려 퍼졌다.

"됐어, 가자. 이놈 체포해." 반장이 명령했다.

총을 보고 얼었던 멘수르는 반장에게 간청하기 시작했다.

"선생님, 제발. 뭔가 잘못된 겁니다. 설명해 드릴 수 있을 겁니다. 우리 아들은 착한 녀석입니다. 누구도 해칠 애가 아니에요. 남에게 나쁜 짓을 할 아이가 아닙니다."

현관문을 향해 몇 발자국 발을 옮기던 반장은 뒤돌아섰다.

"매번 똑같은 거짓말! 당신들은 애를 감시하지도 않았잖아. 이런 자식들이 알라를 믿지 않는 공산주의자 잡종들이랑 어울려 다니고, 온갖 더러운 일에 다 엮여 있어. 일이 커지고 난 뒤에야 당신들은 이렇게 울며 간청하지. 이런 세상에 어쩌나 하고 말이야. 제대로 애를 돌볼 게 아니면 뭐 한다고 애를 낳았지? 멍청한 자식아. 거시기를 못 참은 거야?"

반장은 갑자기 멘수르의 파자마를 잡고 무릎까지 내렸다. 좀 낡았지만 깨끗한 흰색의 속옷이 드러났다. 경찰 몇몇이 웃음을 터뜨렸다. 다른 경찰들은 본척만척했고, 나머지 몇몇은 무안해하며 고개를 돌렸다.

페리는 자기가 잡고 있던 아버지 손이 기가 다 빠져 버려서, 시체 손가락처럼 무감각하고 핏기 하나 남지 않은 것처럼 느껴졌다. 자신이 말을 하기 시작할 때부터 너무나 따르고, 존경했으며, 롤모델이었고, 목숨처럼 사랑했던 아버지가 말 한마디 못하고 수모를 당하는 걸 목격하자 페리는 혼란에 빠졌다. 멘수르가 수치심에 떨며 파자마를 끌어 올리기도 전에 경찰들은 우무트를 연행해서 집 밖으로 끌고 나가 버렸다.

*

우무트는 며칠을 구속 상태로 있었다. 그가 구속된 동안 가족들은 면회 한 번 하지 못했다. 우무트는 불법 공산주의 단체에 가담한 혐의를 받았다. 그는 고문관이 발가벗기고 눈을 가린 상태에서 금속 스프링에 묶어 전기 고문을 가하자 그때 비로소 권총이 자기 거라 인정했다. 고환에 전극을 묶고 두 배의 전류를 흘려보내자, 정부 주요 인사에 대한 연쇄 암살을 계획한 세포 조직의 우두머리라고까지 '자백'했다. 얼마나 고문을 당했던지 이젠 아무것도 상관없는 사람이 되어 버렸다. 죽음의 공포에 질려 그들이 뭐라고 하든 다 인정하고 말았다. 살이 타는 지독한 냄새, 구리에서 맡을 수 있을 것 같은 피 냄새 그리고 고문 전문가 '분수대—정원 호스로 개발한 고문 기술로 얻은 별명—' 파히르가 씹던 민트 껌 냄새.

그들은 우무트가 기절하면 차가운 물을 끼얹어 정신이 들게 했다. 밤에 그를 고문하던 경찰들은 아침이면 상처에 연고를 발라 줬는데, 그건 고문을 계속하기 위함이었다. 가끔 분수대 파히르가 우무트 곁에 앉기도 했다. 월급이 적고, 근무 시간이 길다고 불평도 하고, 자기보다 나이가 많고 가정이 있는 유부남과 도망간 어리석은 딸에 대해서도 털어놓았다. 그 둘은 6개월 뒤 빈털터리로 두려움에 떨며 돌아왔다고 했다. "그 자리에서 모가지를 붙잡았는데……." 분수대 파히르도 어쩌지는 못했다. 대부분 고문 기술자들처럼 분수대 파히르도 자기 가족은 끔찍하게 아끼면서, 상사에게는 복종하는, 그러면서 나머지 모든 사람에게는 잔인한 사람이었다.

고문과 고문 세션 사이에 가끔 튀르키에 국가國歌나 다른 수감자들의 비명을 우무트에게 들려주기도 했다. 그들에게 우무트의 비명을 들려줬던 것처럼 말이다. 한번은, 그들의 부주의로 전기 고문을 하기 전 입 안에 헝겊을 쑤셔 넣는 걸 깜박 잊어버려서 우무트는 혀를 깨물고 말았는데, 혀가 거의 두 동강이 났다. 그 후로 우무트는 아주 오랫동안 단맛, 짠맛, 그 어떤 맛도 제대로 느끼지 못하게 되었다.

1980년 쿠데타 이후, 전국 곳곳의 교도소, 경찰서 그리고 감호소에서 흔히 행해지던 고문이 없어졌다고 경찰은 주장했다. 하지만 진실은 그들의 주장과 달랐다. 그들은 옛날 습성을 쉽사리 버리지 못했다. 시간이 흐르면서 변화가 있긴 했다. 몽둥이는 줄어든 대신 그 자리를 팔레스타인 매달기[18]가 차지했다. 더 깨끗한 방법이었다. 담뱃불로 지지고, 손톱이나 이를 뽑는 건 옛날처럼 선호되는 방법이 아니었다. 옛날 방법은 고문당한 흔적을 너무 많이 남겼다. 전기 고문이 더 빠르고 효과적이었다. 수감자들에게 서로의 똥오줌을 먹거나, 몇 시간이고 며칠이고 하수구에 처박아 두는 것도 마찬가지였다. 외부에서 봤을 때 가혹 행위를 받았다는 어떤 흔적도 남지 않았다. 모든 사건을 파고드는 신문 기자 또는 유럽 인권위 사람들이 예고 없이 찾아와도 고문당한 흔적을 발견할 수 없었다.

결국, 우무트는 조건부 가석방이 없는 8년 4개월 형을 받았다.

*

---

18 일명 스트라파도Strappado. 양손을 뒤로 묶은 다음 팔에 줄을 연결한 후 공중에 매다는 고문으로 어깨 탈골을 일으키는 잔인한 고문 방법

날반트오울루 가족은 면회가 가능한 날이면 빼먹지 않고 교도소를 찾아갔다. 어떤 날은 아빠 멘수르와 작은아들, 어떤 날은 엄마 셀마와 딸, 또 어떤 날은 아빠 멘수르와 딸이 함께 갔다. 그렇지만 절대 아빠 멘수르와 엄마 셀마가 함께 가는 법은 없었다. 그들은 수많은 사람 속에서 접견을 기다렸다. 수없이 많은 사람의 걱정과 고통에 젖은 만남의 흔적이 담긴, 원래 흰색이었다는 게 믿기지 않는 더러운 플라스틱 탁자에서 접견이 이뤄졌다. 접견 온 가족들이 한쪽에 앉고, 수감자들이 반대편에 앉았다. 누구라도 아무것도 전해 주지 못하도록 하는 법규대로 양손은 보이는 곳에 올려 뒀다. 이렇듯 서로 마주 앉아 운명의 구렁텅이를 억지웃음과 어눌한 말로 덮으려 하고 있었다.

한번은 우무트가 막 일어나서 가려고 뒤로 돌았을 때 멘수르는 아들의 핏자국을 보았다. 버드나무 잎사귀 정도 되는 크기와 모양의 핏자국이었다. 이런 고문은 정치범이나 동성연애자 그리고 길거리에서 잡아 온 성전환자들 등 소수 수감자에게 자행되었다.

멘수르는 숨이 가빠 왔다. 참아 보려 노력했지만 참을 수 없었다. 다 큰 어른이 어깨를 들썩이며 울기 시작했다. 다행히도 벌써 돌아간 우무트는 아버지의 흐느끼는 울음소리를 듣지 못했다. 하지만 아버지를 따라간 페리는 그 울음소리를 들었고, 그날을 결코 잊을 수 없었다. 멘수르는 그날 이후로 다시는 오빠의 접견에 페리를 데리고 가지 않았다. 대신 아빠는 우무트에게 편지를 쓰라고 했다. 페리는 몇 번이고 편지를 썼다. 편지에는 좋은 이야기만 썼다. 페리는 실제보다 더 신나고 걱정이 없는 것처럼 보이려고 노력했다. '~한 것처럼' 행동하는 법을 배워 갔다. 세상은 공정하고 삶은 평안한 것처럼 단어 하나하나도 신중하게 조심해서 선택했다. 조금이나마 오빠의 걱정을 덜어 주고 싶어서 페리는 상상력을 동원했다. 그러자 오빠는 계속 페리 꿈에 나타났다. 무서워서 벌떡 일어나고, 어떤 날은 비명을 지르며 악몽에서 깨기도 했다. 이런 날 밤이면 침대에서 나와 조용히 방 안 옷장에 들어가서 안에서 문을 잠갔다. 그 어둡고 사방이 막힌 곳에서 오빠와 함께 있다고 상상해 보았다. 오빠와 같이 감방에 갇혀 있는 모습을 그려 보았다. 왠지 몰라도 옷장에 들어가면 두려움을 잠재울 수 있었다.

*

우무트가 철창에 갇혀 있다는 슬픔도 날반트오울루 가족을 하나로 뭉치게 하지는 못했다. 가족은 더더욱 갈라지고, 양분되었다. 멘수르는 아내를 비난했다. 자신은 온종일 직장에 있었으니 아들을 돌봐야 할 사람은 셀마였다. 광신자 선생한테 시간을 허비하지 않고 자식들을 돌봤다면 이런 재앙을 막을 수 있었다고 멘수르는 생각했다. 셀마는 정반대로 생각하고 있었다. 그녀는 너무도 상심하고 화가 난 나머지 입을 열지 않았다. 이 사태의 책임은 남편에게 있다고 봤다. 아이들의 머리에 무신론에 대한 씨앗을 심어 준 사람은 남편 멘수르가 아니었던가? 유물론과 자유주의 사상에 대한 허무맹랑한 말들로 아들을 재앙으로 몰고 간 사람은 남편이었다. 그녀가 보기엔 사람이 균형 잡힌 사고를 할 수 있게 해 주는 것은 알라에 대한 두려움이다. 그 두려움이 사라지면 잘못을 저지르는 것이다. 그러니까 멘수르가 이 모든 것의 원인이었다. 두 사람은 싸우고, 또 싸웠다.

해가 갈수록 멘수르와 셀마의 관계는 싸늘하게 식어서 속은 텅 비고 껍질만 남아 버렸다. 지금은 그 껍질마저 깨져 서로를 적으로 여겼다. 가족들이 모두 우울함에 빠져서 집 안 분위기는 무겁고 숨이 막혔다. 페리는 창문을 열어 두면 어쩌다 집 안으로 들어오는 벌들과 나비들조차도 분위기에 질려 곧바로 밖으로 나가 버리는 것 같다고 느꼈다. 만족을 모르는 모기들조차 불행이 전염될까 봐 날반트오울루 가족들은 물지 않는 것 같았다. 페리가 하나님을 추궁하기 시작한 것도 바로 그 시기였다. 엄마가 가르쳐 준 대로 매일 밤 잠들기 전에 기도할 수도 없었고, 아빠가 권한 것처럼 창조주를 무시할 수도 없었다. 그 대신에, 페리는 엄마와 아빠에게 말할 엄두도 내지 못하는 모든 비난과 불만을 글 포탄을 만들어 하나님에게 날려 댔다. 모든 문제를 두고 하나님과 언쟁을 벌였고, 쉽게 대답할 수 없다고 알고 있는 질문들을—아무도 듣지 못하게 낮은 소리로—하나님에게 물었다. *하나님 왜 이렇게 많은 부당한 일을 허락하시는 거죠? 선한 사람들에게 끔찍한 일이 벌어지는 걸 어떻게 보고만 있을 수 있어요? 교도소 벽 너머, 감방의 창살 뒤를 보고 들을 수 있기는 하신 거예요?* 만약 하나님이 보지도 듣지도 못한다면, 사람들이 말하는 것처럼 전지전능한 게 아닐 것이다. 아니, 만약 보고 듣고 계신다면, 공정하지 못한 것이다. 분명히 하나님은 사람들이 말하는 것처럼 절대 전능하지는 않은 게 분명했다.

페리는 엄마와 엄마의 스승인 위줌바즈 선생을 향한 반발과 아빠와 아빠의 걱정스러운 음주 습관, 큰오빠에게 말하지 못한 자신의 슬픔과 작은오빠와 좁히지 못한 거리를 모두 섞어서 걸쭉한 반죽을 만들었고, 거기에 하나님에 대한 자기 생각도 섞었다. 그녀는 머릿속 가마에서 이 이상한 반죽을 구워 냈다. 서서히 부풀어 오르는 반죽의 바깥 모서리 쪽이 타고 있었다.

페리가 보기에 신이라는 건, 간단한 단어 같지만 사실 너무나도 복잡했다. 그녀가 하는 모든 것을 보고 들을 수 있을 정도로 신은 가까이 있지만, 그렇다고 신에게 다가가는 건 불가능했다. 페리는 방법을 찾겠다고 결심했다. 만약에 광신도 엄마의 알라와 세속적인 아빠의 하나님이 합쳐질 수만 있다면, 두 분이 어떤 식으로든 함께할 수 있을 거라고 믿었다. 그래서 알라Allah나 하나님Tanrı이라는 단어를 쓰지 않았다. 랍Rab[19]이라는 단어가 페리 자신에겐 더 가까이 느껴졌다. 아, 두 분을 화해만 시킬 수 있다면…… 그렇다면 날반트오울루 가족들 사이에 긴장은 사라질 것이고 세상은 더 좋아질 것이다.

---

19 '알라Allah'는 이슬람교에서 믿는 유일신 하나님을 일컫는다. '탄르Tanrı'는 투르크족의 전통 신앙인 하늘을 숭배하는 텡그리즘에서 파생된 단어인데, '하늘신' 즉 '하나님'을 의미한다. 그러나 투르크족이 8세기에 이슬람을 받아들인 이후 이슬람 법학자들은 이슬람교의 '알라'와 투르크족의 '탄르'는 같은 '하나님'이라고 교리를 정리했다. 그 이후로 두 단어는 절대자 '하나님'으로 혼용되지만, 문화적, 역사적으로는 의미상 차이가 있다. 일반적으로 이슬람 종교적 색채나 교리를 강조할 때는 '알라'라고 쓰지만, 튀르키예인들이 보통 절대자라는 의미로 사용할 경우 '탄르Tanrı'라는 단어를 쓴다. '랍Rab'이라는 단어는 오스만 제국 시대에 많이 사용되었고, 창조주, 절대자, 하나님 등의 의미로 사용된다. 본문에서는 '알라'도, '탄라'도 아닌 '하나님'을 뜻하는 제3의 단어 '랍'을 사용하고자 하는 페리의 선택을 반영하고 있다. 이 소설 대부분에서 작가는 하나님이라는 뜻으로 '탄르Tanrı'를 사용한다.

하나님(랍)은 도저히 맞출 수 없는 낱말 퍼즐 같았다. 페리는 퍼즐을 풀수만 있다면, 그 많은 무의미함 속에 붙잡을 수 있는 얼마 안 되는 의미라는 지푸라기와 그 많은 광기 속에 아주 조금이나마 논리를, 그리고 그 많은 혼돈 속에서도 질서를 찾을 수 있을 것만 같았다. 그뿐만 아니다. 어쩌면 자신의 삶에서 처음으로 행복이라는 걸 배울 수 있을 것 같았다.

또래 아이들은 자기들이 골목에서 날리며 노는 연처럼 단순하고 가벼웠다. 학교에 가면 장난치고, 하루하루 내일이 없는 것처럼 살았다. 비정상적일 정도로 심각하고 내성적인 아이 나즈페리 날반트오울루만 혼자 비밀스럽게 하나님을 찾느라—좀처럼 찾을 수는 없었지만—바빴다.

노트

어느 날 저녁 멘수르는 모처럼 혼자 식탁에 앉아 있었다. 그는 딸을 불렀다.

"이리 와서 내 앞에 앉아 보렴."

페리는 바로 아빠가 하라는 대로 앞에 앉았다. 그간 페리는 같은 집에 사는데도 아빠가 그리웠다. 오빠 우무트가 잡혀간 뒤로 아빠는 계속 넋이 나간 사람 같았다. 아빠는 집에 있기도 했고, 없기도 했다.

"잘 들어 봐, 너한테 이야기 하나 해 줄게."

멘수르가 말했다.

"옛날에 네이[20]를 부는 사람이 살았단다. 좀 독특하고, 신비주의자였는데 솔직하고 겸손한 사람이었지. 그는 라크나 와인 같은 술은 병만 봐도

---

20 중동 지역에서 널리 사용되는 피리의 일종

화를 냈지. '이 술 방울이 이슬람 율법에 어긋나는 걸 몰라요?'라며 주위 사람들을 나무랐어. 그리고는 병뚜껑을 열고는 손가락을 병에 집어넣었어. 몇 초간 손가락을 담갔다가 술이 묻은 손가락을 꺼낸 다음 흔들었어. '율법에 어긋나는 더러운 물질들은 꺼내 버렸으니 이제 마음 편히 드세요.'라고 했단다."

멘수르는 자기 이야기에 자기가 웃음을 터트렸다. 저음으로 낮게 깔린 슬픈 웃음이었다.

"이 작은 기쁨도 맛볼 수 없다면 길지도 않은 이 세상 뭐 때문에 살아야 하지?"

페리는 아빠의 얼굴을 유심히 바라봤다. 그 질문 속에 저항심이 감춰져 있음을 느낄 수 있었다. 하지만 누구에게? 사회에? 광신도들에게? 원리 원칙에? 누구에게 저항하는 걸까, 사랑하는 아빠는. 페리는 조심스럽게 물었다.

"한번 먹어 봐도 돼요?"

"뭘? 라크를 마시고 싶다는 거니?"

멘수르는 크게 웃었다. 페리는 조용히 고개를 끄덕였다. 두 사람이 가까워지고, 아버지의 외로움을 해결할 수만 있다면, 페리는 기꺼이 아빠와 술을 마실 준비가 돼 있었다.

아빠는 고개를 절레절레 저었다.

"안 돼. 넌 겨우 일곱 살인걸."

"여덟 살이에요."

페리가 말했다. 멘수르는 잠시 생각에 잠겼다.

"보통의 경우라면, 솔직히 네가 술을 절대 안 마셨으면 좋겠지만 말이야. 그래도 언젠가는 마시게 될 테니, 그 첫 잔은 반드시 아빠와 건배해야 한다. 담배를 피우게 되면 첫 담뱃불은 꼭 나한테 붙여 달라고 해야 해. 금기는 문제만 만들 뿐이지. 옛날 사람 머리로는 이런 건 이해하지 못하겠지! 젊은이들을 몰래 친구들과 마시게 하느니, 자기 집에서 자유롭게 마시게 하는 게 나아. 물론 네가 열여덟 살이 되면 말이야."

그는 깊은 한숨을 내쉬었다.

"이 광신도 집단이 그때까지 술이나 남겨 둘지 모르겠다만. 그래도 박물관 같은 곳에 한 병 정도 전시는 하겠지, 나치가 한 것처럼 말이야. 타락으로 이끈 사물들의 박물관. 그러니 너무 늦기 전에 너도 맛은 봐야 하지 않을까."

멘수르는 이렇게 말하고 나서 술잔에 절반 정도 물을 채우고는 숟가락 끝으로 두세 방울 라크를 떨어트렸다. 페리는 술이 물잔 속에서 흰색 잉크처럼 퍼져 나가는 걸 바라봤다. 아빠가 다정한 표정으로 페리를 바라보고 있었다.

"저 술 방울 보이지? 나와 내가 영혼을 나눈 친구들이 저렇게 되었단다. 무지의 바다에서 버텨 보려고 했지만, 다 흩어져 버렸구나."

멘수르는 딸을 향해 잔을 들고 외쳤다. "자, 위하여!"

"네 엄마가 보면 내 가죽을 벗기려 들 거다. 정말이야."

페리는 고개를 옆으로 숙이며 수줍은 듯 미소를 지었다.

"위하여!"

페리는 입술을 잔에 가져가 조심스럽게 한 모금 마셨다. 순간 그녀 얼굴이 일그러졌다. 세상에! 지금까지 먹어 본 그 어떤 것보다 맛이 없었다. 아니스 맛이 냄새보다 더 독했다. 아빠는 이 형편없는 것을 어떻게 매일 저녁 그렇게 즐겁게 마실 수가 있었을까?

"내게 약속해." 멘수르가 말했다. "어리석은 미신에 절대 속지 말아야 한다. 내 말 알겠지?"

입에 남은 형편없는 맛을 없애기 위해 빵 한 조각을 넘긴 뒤에 페리는 "네."라고 대답했다.

"애들 위로 넘어 다니지 말라고 하잖아, 키가 안 자란다고 말이야. 손가락 마디를 꺾지 말라고도 하지, 천사의 날개가 부러진다고. 어두울 때 휘파람 불지 말라는 말도 있지, 악마를 불러온다고. 그런 종류의 말들 말이야." 멘수르가 말을 이었다. "바로 그런 것들이야, 말도 안 되는 소리지. 잘 들어라, 내가 좋아하는 행동의 기본 규칙들이 있단다. 네게도 권해 주고 싶구나. 네 눈으로 보지 않았고, 귀로 듣지 않았고, 손으로 만져 보지 않은 것 그리고 이성과 상식에 맞지 않는 것은 그 어떤 것도 믿어선 안 된다. 약속할 수 있겠니?"

아빠를 만족시켜 주고 싶은 마음에 페리는 조잘거리듯 대답했다.

"약속."

멘수르는 자신의 말을 강조하고 싶은 듯 검지를 하늘을 향해 치켜들고 말했다.

"교육만이 우리를 구원해 줄 수 있어! 유일한 길이 교육이란다. 넌 세상에서 제일 좋은 대학에 들어가야 해. 그게 내 꿈이란다, 얘야."

그는 잠시 주저하면서 어느 대학이 될 수 있을까 생각했다.

"내 자식 중에 이걸 해낼 수 있는 건 오직 너 하나뿐인 것 같구나. 네 오빠 하나는 감옥에 있고, 다른 오빠는 양아치가 돼서 건방만 떨어. 하지만 넌 달라. 열심히 공부해. 무식에서 벗어나야 해. 꼭 약속해 줘."

"꼭 약속할게요, 아빠."

"그렇지만……."

멘수르는 골똘히 생각에 잠긴 채 말을 이어 갔다.

"남자들은 그렇게 머리 좋고 교육받은 여자들을 좋아하지 않는단다. 나 때문에 노처녀가 되지는 않았으면 좋겠구나."

"뭐 어때요, 난 결혼 안 할 건데. 아빠랑 같이 살 거예요."

멘수르는 미소 지었다.

"장담하건대 너도 생각이 바뀔 거다. 조금만 크면 바로 바뀔 거야. 나처럼 나이 먹은 놈을 뭐 하러 데리고 있으려 그러니? 날 요양원에 보내 줘. 네 엄마한테 짐이 되고 싶진 않단다. 나이 먹어서까지 네 엄마의 기도나 네 엄마가 따라다니는 무당 같은 사람들과 말싸움을 하고 싶진 않아. 깨끗한 요양원에서 지내는 게 제일 나아. 아타튀르크를 존경하는 마음으로 그분을 기억하는 늙은 친구들과 함께 지내고 싶구나. 너는 말이다, 반드시 누군가를 사랑해야 하고, 동시에 사랑받아야 한다. 다만, 학문과 지식을 소중히 생각하지 않는 사람과 사랑에 빠져서는 안 돼! 네가 사랑하는 사람은 사고가 자유롭고, 경험이 많은 사람이어야 해. 한 번 더 약속할까?"

"꼭 약속할게요, 아빠."

페리는 대답했지만, 머릿속은 뒤죽박죽이었다.

의자에서 내려오는데 페리에게 새로운 궁금증이 생겼다.

"그럼 하나님은요? 우리는 보지도 못하고, 듣지도 못하고… 하나님을 만질 수도 없잖아요. 교리나 행동 수칙들은 다 어떻게 되는 거예요?"

멘수르는 길고 지친 한숨을 내쉬고는 이렇게 말했다.

"네게 비밀을 하나 말해 줄까? 하나님에 대해서는 어른들도 잘 모른단다. 아이들보다 훨씬 더 머리가 복잡해지지."

"좋아요, 그럼 하나님이 진짜 있기는 한 거예요?"

페리가 주저하며 물었다.

"그랬으면 좋겠구나. 저세상에서 그분을 보면 나한테 뭘 묻기 전에 내가 그분에게 먼저 물어볼 거야. 그렇게 오랜 시간 동안 어디 있었냐고. 우리를 이렇게 두고 가 버렸잖아!"

멘수르는 치즈 한 조각을 입에 털어 넣고 천천히 씹었다.

"아빠… 아빠가 보기엔 알라께서 왜 오빠를 도와주지 않은 것 같아요? 왜 우무트 오빠에게 이런 일이 생기도록 허락한 걸까요?"

멘수르는 침을 삼켰다.

"오, 얘야. 내가 그걸 알 수 있다면 얼마나 좋겠니."

멘수르가 그 말을 할 때, 그의 울대뼈는 일렁이는 파도 위에 떠 있는 부표처럼 오르락내리락했다.

두 사람 사이 침묵이 내려앉았다. 페리는 긴장해서 발가락을 오므렸다. 이야기의 주제를 바꿔야 할 것 같았다. 페리가 우무트 이야기를 꺼내는 바람에 그리 밝지 못한 멘수르의 심리 상태가 더 어두워졌다. 구름이 그렇지 않아도 희미한 달빛마저 가려 버린 것 같았다.

"그럼 천국과 지옥은요?"

"글쎄, 아빠는 천국을 갈 부류의 사람은 아니란다. 그렇다면 두 가지 가능성이 있겠지. 만약 하나님이 농담을 못 알아들으면, 아빠는 큰일 난 거지. 바로 지옥으로 가는 거야. 하지만 하나님이 무난한 성격이라면, 그러길 바라지만, 그렇다면 희망이 있겠지. 그러면 너와 천국에서 만나게 될 거야. 강에서 물이 아니라 포도주가 흐른다잖아, 그렇게들 말하더라!"

페리는 걱정이 되었다. 만약 하나님이 엄마가 확신에 차 주장했던 것처럼 엄중하게 벌을 내리고, 복수하는 분이라면 사랑하는 아빠가 천국에 갈 가능성은 조금도 없었다.

"그래도 난 아빠가 지옥에 가지 않았으면 좋겠어요."

페리가 걱정스러운 듯 중얼거렸다.

가만 보니, 딸이 이 주제를 너무 심각하게 생각하고 있는 것처럼 보였다. 멘수르는 미소를 지으며 말했다.

"걱정하지 마. 다른 전략을 짜면 돼."

"다른 전략요?"

"네가 내 무덤에 삽을 넣어 주기만 하면 돼. 내가 터널을 파서 널 보러 갈게."

페리의 눈이 휘둥그렇게 커졌다.

"아빠! 지옥은 엄청 깊은 곳에 있다던데, 거기에 자갈을 던지면 70년 만에 닿는다고 엄마가 그랬어요."

"물론 그 이야기도 했겠지."

멘수르는 한숨을 쉬었다.

"그럼 나도 70년 동안 파면 되겠네. 이 세상에서의 1년이 저세상에서는 겨우 1분과 같으니까 걱정하지 마. 어떻게든 내가 널 찾아갈 테니."

아빠의 얼굴이 비로소 환해졌다.

"잊어버릴 뻔했구나, 너한테 줄 게 있어!"

멘수르는 자리에서 일어나 자신의 가죽 가방을 가져왔다. 그는 가방 속에서 붉은색 벨벳 리본으로 묶인 은색 상자를 꺼냈다.

"제 거예요?"

페리는 조심스럽게 상자를 살펴봤다.

"안 열어 볼 거니?"

상자에서는 노트가 나왔다. 반짝이와 유리 조각들이 모자이크된 하늘색의 특별한 수제 노트였다.

"애야, 넌 특별한 아이란다. 넌 어려운 문제들만 생각하지. 넌 또래 애들과는 달라. 또래들이 초콜릿과 사탕을 가지고 싸울 때 넌 하나님, 종교, 신앙, 정의……. 네 나이에 이런 것들을 고민하고 있잖니. 그래서 아빠는 네가 걱정되기도 한단다. 이런 것들은 어려운 문제란다. 내가 모든 대답을 알고 있다고 할 순 없어. 다 안다고 하는 사람이 있다고 해도 난 믿지 않을 거야, 거짓말을 하는 거야." 멘수르가 말했다. "누구도 백 퍼센트 알 수가 없어. 엄마도, 그 이상한 옷을 입고 다니는 선생도 마찬가지야."

그는 라크 잔을 들이켰다.

"아빠는 종교를 좋아하지는 않지만, 그래도 하나님은 좋아한단다. 왜 지 아니?"

페리는 고개를 저었다.

"혼자라서 그렇단다, 페리야. 마치 나처럼… 너처럼. 하나님도 혼자라서." 골똘히 생각하던 멘수르가 말했다. "저 위 어딘가에서 혼자 계실 거야. 대화를 나눌 사람도 없이. 그래 어쩌면 몇몇 천사가 주위에 있겠지. 하지만 천사들과 고민을 얼마나 나눌 수 있을까? 수십억 명의 사람들이 신께 기도해. '내게 이걸 말해 주시고, 저걸 주세요, 자루 한가득 돈과 최신 모델 차를 주세요…….' 늘 같은 말들을 하고 또 하지, 그렇지만 아무도 그분에 대해서 알려고 들지는 않는단다."

멘수르의 눈동자에 잠깐 슬픔이 서렸다. 그는 다시 술잔을 채웠다.

"생각해 봐, 길에서 사고가 난 걸 보면 사람들은 어떻게 하지? 곧바로 '아이고, 하나님 도와주세요.' 한단 말이야. 믿을 수 있겠니! 첫 반응을 보라고. 자기 자신 먼저 생각하는 거야, 사고를 당한 사람들이 아니라. 남을 위해 기도하는 사람이 얼마나 적은지 아니? 끝내 자기들을 위해 기도해. 사실 그 많은 기도는 서로 베끼기라도 한 것처럼 똑같아. 날 보호해 주세요, 날 도와주세요, 내가 높은 사람이 되게 해 주세요……. 전부 자기 자신을 위한 것들뿐이지. 그 사람들에게 물어보면 자신은 '독실한 신자'라고 할 거야, 내가 보기엔 '변장한 이기주의자'일 뿐이야."

페리는 고개를 옆으로 기울였다. 아빠를 기쁘게 해 주고 싶었지만 어떻게 해야 할지 도무지 알 수 없었다. 집 안 분위기는 곧 깨질 것만 같은 침묵으로 쌓여 있었다. 한숨이라도 한번 내쉬면 당장 무너질 것만 같았다. 페리는 엄마가 벽 뒤편 침대에서 이 대화를 듣고 있는지, 듣고 있다면 무슨 생각을 하고 있을지 궁금했다.

"앞으로는 네 머릿속에 하나님이나 너 자신과 관련된 의문점이 생기
면 앉아서 이 노트에 적어 봐."

"그러니까 일기처럼요?"

"그래, 하지만 특별한 일기겠지."

아빠 멘수르 얼굴에 생기가 돌았다.

"평생, 이 노트를 사용할 수 있을 거야!"

"근데 종이가 모자랄 텐데요."

"물론! 방법이 하나 있지, 전에 썼던 걸 지우는 거야. 알겠지? 쓰고 지
우는 거야, 얘야. 우울하고 어두운 생각을 멀리하는 방법을 네게 가르쳐
줄 수는 없단다. 나도 이 나이까지 배우지 못했거든."

멘수르는 잠시 망설였다.

"하지만 지울 수는 있단다."

쓰고 나면 지워 버려. 믿음과 의심. 질문과 답. 지식을 중시하면서도
알고 있는 것에 의문을 가져야 해. 절대 한곳에 머물지 말아라. 세상
에 네가 있던 곳이 아닌 곳에 발자취를 남겨 봐. 이븐 아라비[21]의 '사랑
의 카라반'이라고 있지? 그 카라반이 어느 방향으로 가든 우리도 따라
가는 거란다. 절대 한곳에 정착하지 말아라, 뿌리를 내려서는 안 돼. 다
됐다거나 찾았다고 생각해서는 안 된단다. 어떤 소수자 집단이나 집단
적 정체성, 종교 집단, 단체, 부족에도 속해서도 안 돼. 모두 널 잘못된
길로 이끌 것이고, 혼란에 빠트릴 거다. 넌 혼자가 되어라. 너 혼자. 도

---

21 Ibn Arabi (1165-1240). 이슬람 수피즘 사상가

달하는 게 아니라, 가는 것 자체가 목적이어야 한다. 오로지 가고 있다는 그 과정…….

페리의 아빠가 정확히 하고 싶었던 말이 이것이었을까? 그러든 아니든, 몇 년이 흐른 뒤 페리는 이날 저녁 대화에서 이런 교훈을 얻었다는 걸 알게 되었다.

그날 밤 페리는 침대에 앉아서 일기장을 펼친 후 첫 번째 글을 이렇게 썼다.

아마도 하나님은 다채로운 수천 개 조각인가 보다. 어떤 사람에게 물어보면 사랑, 동정, 자비로 가득 찼다고 하고, 또 어떤 사람에게 물어보면 분노에 차 있다 하고, 인간들과 거리를 두며, 압도적인 힘을 가졌다고 한다. 내가 보기엔 하나님은 레고 세트다. 사람들은 모두 자기 생각에 따라 신을 만들어 내는 것 같다.

사진

2016년 이스탄불

부랑자가 칼을 어찌나 빠르고 겁 없이 휘둘러 댔던지 페리가 마지막 순간에 옆으로 피할 수 있었던 것은 기적이었다. 칼이 복부 몇 센티미터 옆으로 비껴가긴 했지만, 오른쪽 손바닥에 길게 상처가 났다. 페리는 갈라진 목소리로 날카로운 비명을 질렀다. 손바닥에서 아래로 흘러내리는 피가 실크 옷에 떨어지는 걸 보자 자신이 정신을 잃을까 봐 두려웠다.

심장이 가슴에서 쿵쿵 뛰었지만, 페리는 있는 힘을 다해 그를 밀쳤다. 그 순간 방심하고 있던 부랑자는 균형을 잃고, 손에 들었던 칼을 툭 떨어트렸다. 예상치 않았던 그녀의 저항에 부랑자는 화가 나 눈이 돌아갔다. 분노에 찬 부랑자가 페리의 복부를 얼마나 강하게 쳤던지 그녀는 숨을 쉴 수가 없었다. 차에서 자신을 기다리고 있을 딸이 머릿속을 스쳐 지나갔다. 집에 있는 어린 두 아들도 떠올랐다. 이 시간이면 가장 좋아하는 텔레비전 프로그램을 시청하고 있을 것이다. 남편도 눈앞에 어른거렸다.

여러 손님 사이에서 걱정하며 시계만 보고 있을 남편을 상상했다. 눈에 눈물이 고였다. 사랑하는 사람들을 어쩌면 다시는 보지 못할 것 같았다. 이런 식으로 죽다니, 얼마나 어리석은 행동을 한 것인가. 세상에는 조국과 나라 또는 명예를 위해서 죽어 가는 사람도 많은데, 그녀는 짝퉁 에르메스 핸드백 때문에 죽게 된 것이다. 하지만 어쩌면 모두 똑같이 무의미한 죽음일지도 모른다.

부랑자는 한 번 더 주먹을 날렸다. 역시나 복부, 같은 부위였다. 페리는 허리를 구부렸고, 기침을 토해 냈다. 죽을 수도 있겠다는 두려움에 소리를 질렀다.

"그만해! 그만두라고 했어!"

말썽꾸러기 아이를 혼내는 것처럼 소리쳤다. 그녀는 떨고 있었다. 그녀의 머릿속에서 들려오는 목소리는 절대 두려움에 빠지면 안 된다, 설령 빠진다 해도 겉으로 드러내지 말라고 외치고 있었지만, 몸이 말을 듣지 않았다.

"자, 만약 나를 해치면 너는 큰 실수를 하는 거야. 널 감옥에 처넣을 거라고."

부랑자는 숨을 한 번 들이키고는 이를 악문 채 "창녀!"라고 낮게 내뱉었다.

"니가 뭐라도 되는 줄 아는 모양이네? 창녀!"

페리는 살면서 한 번도 누군가에게 '창녀'라는 말을 들어 본 적이 없었다. 적어도 얼굴을 마주한 상태에서는. 이 단어가 뾰족한 얼음 조각처럼 심장에 꽂혔다. 그녀는 침착하게 상대를 진정시키려고 노력했다. 그러나 아무 소용 없는 일이었다.

"좋아 내 말 들어, 네 목적이 핸드백이라면 그거 가져가. 넌 네 갈 길을 가고, 나도 내 갈 길을 갈 테니."

"창녀!"

그는 다시 내뱉었다. 유리창에 부딪혀 죽는 파리처럼 그는 창녀라는 단어에 집착했다. 마치 벗어날 수 없는 강박증 같았다. 갑자기 그가 고개를 뒤로 확 젖혔다. 머릿속에 있는 뭔가가 떠올랐는지 그는 바로 행동에 착수했다. 표정이 어두워졌고, 실눈을 떴다. 그 순간 골목 반대편 입구에 차 한 대가 접근했다. 잠깐 비친 전조등 불빛이 도망칠 수 있는 터널을 열어 주었다. 페리는 소리쳐서 도움을 청할까 생각했지만, 너무 늦었다. 그 차는 벌써 가 버린 뒤였다. 다시 골목은 어두운 그림자 속에 묻혔다.

부랑자는 자신의 앞에 있는 여자의 목을 잡고는 바닥에 내동댕이쳤다. 페리의 머리카락이 풀어 헤쳐졌다. 올림머리를 고정하고 있던 머리핀이 땅에 부딪혔다가 튕겨 올랐다. 작은 금속성 소리가 났다. 그녀는 뒤로 넘어져 그 충격으로 아스팔트에 머리가 부딪혔다. 하늘이 저 멀리서, 청동 간판에서 잘라 낸 것처럼 갑자기 차갑게 멈춰진 듯했다. 피가 뚝뚝 흥건히 고인 바닥을 한 손으로 짚고 일어나 보려고 했다. 순식간에 부랑자가 페리 위에 올라탔다. 그는 황급히 팬티스타킹, 팬티, 입고 있던 옷을 찢었다. 남자 입에서 악취가 났다. 속이 빈 냄새, 담배 냄새, 화학 물질 냄새… 썩은 냄새. 페리는 토할 것만 같았다. 몸을 짓누르는 남자 살이 마치 시체 같았다.

늘 있는 일이다. 처음 있는 일도, 마지막도 아닐 것이다. 평균 몇 시간

간격으로 반복되는 일이었다. 모든 사건이 통계에 반영되지 않는다는 것을 감안해서 말이다. 꼭 잠긴 방문 뒤, 뻥 뚫린 마당, 싸구려 모텔 방, 고급 호텔 할 것 없이 한밤중이고 대낮이고 벌어지는 일이다. 이 도시의 사창가에서 무슨 일이 벌어지는지 알아보자면 끝도 없을 것이다. 말도 안 되는 이유로 꼭지가 돌아 버린 손님들에게 폭행당하는 콜걸들, 남창들, 늙어 빠진 매춘부들. 길 한복판에서 두들겨 맞고도 경찰서에서 무시당하는 게 더 무서워 경찰서도 못 가고 스스로 문제를 해결하는 트랜스젠더들. 어떤 이유에서인지 가족이나 선생님들을 무서워하는 꼬마 아이들. 시아버지나 시동생과 같은 방에 있는 걸 두려워하는 새 신부들. 자신의 사랑을 받아 주지 않아서 눈이 돌아간, 강박적 사랑의 분노를 경험한 젊디젊은 여자들. 남편의 성폭행을 입 밖에 낼 수도, 그럴 용기도 없어 입을 닫고 속으로 삼키는 주부들. 이런 일은 어디서나 일어나는 일이었다. 잘못을 희생자에게 돌리고, 범인들을 어떻게든 무죄로 만들 준비가 되어 있는 도덕 및 사법 시스템 속에서, 억압적인 침묵의 베일 아래에 숨겨져 있는 성폭행은 이스탄불에서 전혀 낯설지 않은 것이었다.

페리는 꿈에서 깨고도 마치 자신이 다른 사람의 악몽 속에 머물러 있는 것처럼 느꼈다. 페리의 의식은 분열 상태였다. 페리는 부랑자에 맞서고 저항했다. 하지만 부랑자는 그 깡마른 체구에서 어떻게 그런 힘이 나오는지 상상할 수 없을 정도로 힘이 셌다. 그는 돌연 힘차게 페리를 머리로 들이받았다. 페리는 충격에 몇 초간 거의 의식을 잃을 정도였다. 얼마나 아팠던지 순간 저항을 멈출 뻔했다.

바로 그때 그녀의 눈 옆으로 멀리 그림자 같은 게 보였다. 아주 부드럽고 비단 같이, 천사처럼 하늘에서 미끄러지듯 움직이고 있었다. 페리는 바로 알아봤다. 그건 '안개에 싸인 아기'였다. 분홍빛 볼에 통통하고 주름 잡힌 팔과 작은 다리. 새털 같은 머리카락은 아직 채 짙은 색으로 변하지 않은 금빛이었다. 진짜 아기 같이 보였지만 그건 아니었다. 어쩌면 귀신, 아니 어쩌면 유령 아니면 환영일지도 몰랐다. 이번에 처음 본 것은 아니었다.

아기가 좀 더 가까이 다가왔다. 미끄러지듯 날아 움직였다. 부랑자는 자신의 바로 뒤에 안개에 싸인 아기가 있는 것을 알지 못했다. 아무것도 모르고 욕을 퍼부으며 바지를 내리려 하고 있었다. 한 손으로는 페리를 억누르고, 다른 한 손으로는 허리띠처럼 두르고 있던 끈을 당겨서 풀어 보려고 발광하고 있었다.

안개에 싸인 아기는 재미난 듯 킥킥대고 있었다. 페리는 그 순진한 아기의 눈동자에 비친 자신의 처량한 모습을 보았다. 페리도 따라 웃었다. 큰 웃음소리는 페리가 전혀 두려워하지 않는다는 것을 보여 주었다. 페리의 반응에 부랑자는 순간 멈칫 놀랐다.

"잠깐, 내가 도와주지." 고개로 끈을 가리키며 페리가 말했다. "내가 풀어 줄게."

부랑자의 눈동자는 만족감과 의심이 반반 섞인 눈빛으로 반짝였다. 그가 페리를 만만하게 보고 있다는 것이 그 눈빛에 드러났다. 페리를 믿지는 못하면서도, 공포는 모든 길 가능하게 할 수 있게 만든다는 것을 과거 자신의 경험으로 알고 있었다. 잔뜩 겁을 주면 이 세상에 무릎을 꿇지 않을 사람은 없었다. 자신이 지금 올라탄 잘 차려입은 부잣집 마나님을 마음대로 통제할 수 있다는 확신에 차서 부랑자는 그녀가 자기 바지를 풀 수 있도록 약간 뒤로 물러섰다.

바로 그때였다. 페리는 온 힘을 다해 부랑자를 내리쳤다. 예상치 못한 공격을 받은 그는 그대로 뒤로 나자빠졌다. 페리는 유연하고 민첩한 동작으로 재빠르게 일어나 이번엔 사타구니 사이를 발로 찼다. 짐승처럼 부랑자는 몸을 웅크렸다.

페리는 온 힘을 동작 하나하나에 집중하며 발로 그의 얼굴을 가격했다. 마음이 불편할 정도로 큰 골절 소리가 들렸다. 코뼈가 부러지는 소리였다. 피가 흐르고 있었다. 어떻게 된 건지 알 수는 없었지만, 그녀는 그의 온몸에 발길질을 해 댔다.

발로 차면서도 아무것도 느끼지 못했다. 증오도, 분노도.

사람은 늘 다른 사람으로부터 뭔가를 배운다. 어떤 사람은 아름다움을 알게 해 주고, 어떤 사람은 잔인함을 알려 준다. 부랑자가 조금 전 흡입했던 발리가 몸속으로 퍼져 나가는 바람에 힘이 빠져서인지, 아니면 그녀 자신이 어떤 외부 에너지에서 힘을 얻은 것인지 알 수는 없었지만, 페리에게 힘이 느껴졌다. 미친 것만 같았다. 처음으로 두렵지 않았다. 부랑자는 배를 움켜쥐었다. 외투는 위로 밀려 올라갔고, 깡마른 배에서는 갈비뼈가 드러났다. 무기력하고 힘이 없었다. 이제는 쫓고 쫓기고, 치고받는 이 치열한 싸움이 진저리가 나기라도 한 것처럼 그는 발길질을 당해도 가만히 있었다. 안개에 싸인 아기가 다시 미끄러지듯 페리 앞으로 다가왔다. 바람에 섞인 속삭임처럼 가볍고, 얇은 천으로 만든 것처럼 투명한 아기였다. 밀랍을 조각한 것만 같은 얼굴선에서 더는 미소가 보이지 않았다. 방금 일어난 일에 대해서도 아무 말도 하지 않았다. 그는 이 세상에 존재하지 않았다. 다른 세상에 있었다. 페리를 전에 한 번 도와줬을 때처럼 갑자기 사라졌다. 밀려든 밤의 어둠 속으로, 흔적도 남기지 않고 흩어져 사라졌다. 수증기처럼.

페리는 부랑자에게 발길질하는 걸 멈췄다. 그녀는 숨을 헐떡였다. 그녀의 내면에서 이런 잔인함과 난폭함이 터져 나오다니……. '착하고 균형 잡힌' 사람과 광기는 정말이지 한 끗 차이였다.

산들바람에 그녀의 머리카락이 흩날렸다. 전설 속에서 오스만 제국 시인의 혀를 낚아채 먹었던 후손 중 하나일지 모를 갈매기 한 마리가 하늘 위에서 비명을 지르고 있었다. 수백만 명의 사람들과 함께 살아가고 있는 이 미친 도시에서 이 갈매기는 도대체 무엇에, 누구 때문에 화가 나서 이렇게 울부짖는 것일까?

부랑자는 고통스러워하며 신음했다. 코에서는 계속 피가 흘렀고, 윗입술은 찢어져 있었다.

페리는 "미안해."라고 사과할 뻔했다. 다행히 목이 막히는 바람에 말이 나오지 않았다. 바로 그때, 마치 지금 나오도록 입력되어 있던 것처럼, 옛 기억 속의 목소리가 들리는 것 같았다. 다정하면서도 꾸짖는 소리. '그럴 필요가 없는데 매번 사과하는군, 그러지 않아도 돼.'

만약 페리가 여전히 옥스퍼드 대학의 학생이었거나 아주르 교수가 이스탄불에 와 있었다면, 십중팔구 그렇게 말했을 것이다. 어째서 갑자기 그가 지금 생각났을까? 오늘 저녁 예상치 못한 상황 때문에 자신의 삶 전부가 흔들리고 있었다. 잠겨 있던 과거의 문이 열려 버린 것이다. 과거의 추억들이 되살아났다. 억눌렀고, 숨겨 왔던, 게다가 잊었다고 여겼던 모든 것이 살아났다. 그토록 긴 세월이 지났는데, 그 시절 학창 시절이 다시 떠올랐다.

부랑자는 흐느끼기 시작했다. 뒷골목의 황제도, 앵벌이들의 두목도, 약물 중독자도, 도둑도, 깡패도, 강간범도… 모든 신분과 자신을 정의하는 것들도 이젠 사라지고 없었다. 그는 어린 시절로 돌아갔다. 담요에 코를 박고 아무도 듣지 못하게 밤마다 눈물을 흘렸던, 수많은 세월 동안 버려졌던, 사랑받지 못하고 자랐던, 가장 가까운 사람으로부터 괴롭힘을 당했던, 누구의 도움도 받지 못했던, 단검처럼 가슴에 날을 세우는 법을 배웠던 그 남자아이로 돌아갔다.

페리는 미안한 마음에 그에게로 다가갔다. 자신이 한 행동에 자신도 무척이나 놀랐다. 부랑자의 폭력성이 페리의 내재되어 있던 폭력성을 일깨운 것이다. 어쩌면 잔인함은 전염되는지도 모른다. 어제 학대받았던 사람이 오늘 폭군이 되는 것이다. 그녀는 조용히 부랑자에게 손을 댔다. 그를 병원에 데려다주겠다고 말하려던 참에 갑자기 뒤에서 말소리가 들렸다.

"엄마, 무슨 일이야?"

페리는 재빨리 뒤를 돌아봤다. 최대한 자신의 옷매무시를 가다듬고, 정신을 차리려 했다.

"얘… 왜 차에서 안 기다렸어?"

"얼마나 더 기다리라고?"

데니즈가 대답했다. 그리고 피가 나는 엄마의 손과 찢어진 옷에 눈길이 멈추었다.

"세상에! 괜찮아?"

"걱정하지 마, 난 괜찮아. 조금 밀치고 했을 뿐이야."

페리가 말했다. 아무 소리도 내지 않고 있던 부랑자는 힘들게 일어나서 비틀거리며 한쪽 구석으로 갔다. 더는 페리와 딸에게 관심이 없었다. 모녀는 에르메스 핸드백을 찾아, 주변에 흩어져 있던 물건을 가능한 한 핸드백에 넣었다.

"어째서 난 다른 애들처럼 정상적인 엄마를 갖지 못한 거야?"

데니즈가 신용 카드를 바닥에서 집어 들며 혼자 투덜거렸다. 페리는 딸이 곤란한 질문을 하자 대꾸도 하지 않았다.

"엄마, 어서 가자." 데니즈가 재촉했다.

"잠시만."

페리는 주변을 훑어봤다. 폴라로이드 사진을 찾아보았지만, 마치 사라져 버린 것 같았다. 불안했다. 사랑하는 교수님의 사진을 어떻게 두고 간다는 말인가.

"자, 어서. 엄마!" 데니즈가 소리쳤다. "엄마! 왜 그래?"

두 사람은 뒷골목에서 나와 서둘러 차로 돌아왔다. 두 사람은 침묵 속에서 목적지로 향했다. 딸은 계속 손톱을 물어뜯었고, 엄마는 도로에서 눈을 떼지 않았다. 페리는 한참 뒤에야 자신의 휴대 전화를 놓고 왔다는 것을 알아차렸다. 그 뒷골목 어딘가, 밤의 어둠 속에서 진동하고 있을 게 분명했다. 아무도 들어주지 않는 기도 하나를 이스탄불에 보태려는 것처럼.

마당

페리가 '안개에 싸인 아기'를 처음 본 건 여덟 살 때였다. 이 사건은 그녀를 완전히 바꿔 놓았고, 늘 인생의 모험적인 순간을 즐기게 되었다.

다른 이웃집들과는 달리, 날반트오울루 가족이 사는 집은 사방이 진녹색 마당으로 둘러싸여 있었다. 가족들은 뒷마당에서 꽤 많은 시간을 보냈다. 뒷마당에서는 많은 일이 벌어졌다. 실을 꿴 고추, 가지, 오크라 깍지들을 넣어 햇볕에 말리기도 하고, 항아리마다 토마토 페이스트를 만들어 담아 두기도 했다. 희생절에는 양골 내장국 요리도 거기서 만들었다. 이불 속에서 솜을 꺼내 쌓아 놓고, 바람을 쐬어서 빤 다음 막대기로 두들겨 다시 집어넣기도 했다. 그러면 간혹 떨어져 나간 솜털 조각이 총 맞은 비둘기에서 떨어져 나간 깃털처럼 하늘거리며 날아다녔다.

마당과 바깥세상을 경계 짓는 건 나무 울타리였다. 울타리 말뚝 사이가 너무 벌어져 있어서, 멀리서 보면 군데군데 이가 빠져 있는 것처럼 보였다. 페리는 이웃집 아이들과 마당에서 노는 걸 무척 좋아했다. 두 번째로 좋아했던 건 마을 사람들이 모두 모여 단체로 카펫을 세탁하는 것이었다. 대략 6개월에 한 번 있는 이 세탁 날을 페리는 손꼽아 기다렸다. 이 날이 성사되기 위해서 날씨는 좋아야 하고, 카펫은 충분히 더러워져 있어야 했으며, 이웃 모두 걱정이 없어야 했다.

바로 그런 어느 날이었다. 마을 여자들이 돌돌 말아서 밖으로 내놓은 카펫과 작은 양탄자들이 잔디밭 위에 나란히 놓여 있었다. 수제 카펫, 공장에서 만든 카펫 등 세탁해야 할 카펫의 수가 열두 개나 되었다.

말을 빼앗긴 시인 마을 아이들은 너무나 신이 나서, 대칭 매듭과 무늬 그리고 문양 세상 위를 깔깔거리며 이리저리 뛰었다. 페리는 양탄자를 타고 대양을 건너는 상상을 했다.

한쪽 구석에서는 아궁이에 걸쳐진 뚜껑이 없는 무쇠 솥단지 안에 물이 조용히 끓고 있었다. 솥에서 바가지로 물을 퍼내 카펫 위에 뿌리고 나면, 비누칠을 하고 솔질을 한 다음에 문지르고 헹구어야 했다. 이 작업이 몇 번이나 반복되었다. 아주머니들 모두가 이 힘든 일을 하려고 들지는 않았다. 예를 들면, 페리의 엄마인 셀마는 너무 고된 일이라고 생각해 옆에서 가만히 지켜만 봤다. 그러면 용감하고 손이 빠른 여자들이 헐렁한 작업 바지를 걷어 올리고 나섰다. 양쪽 볼이 빨개지고, 머리카락은 두건 아래로 흘러내린 채로 맨발로 카펫을 밟았다.

그날 오후, 아이들은 몇 시간 동안 진흙으로 성을 만들었고, 잼을 바른 성냥갑으로 파리를 잡았다. 수박에서 씨는 빼서 말리고, 수박은 야금야금 먹어 치웠다. 솔잎으로 화환을 만들다가, 뚱뚱하거나 새끼를 밴 고양이를 쫓아다니기도 했다. 그러다 보면 놀 거리가 남지 않아 지겨워지기 시작했다……. 하지만 카펫 중 겨우 3분의 1만 세탁이 끝난 상태였다. 아이들은 다시 모이기로 하고 하나씩 자기 집으로 돌아갔다. 페리만 남아 있었다. 여긴 페리네 마당이었고, 집이었다. 마당에서 카펫을 세탁하고 있는 사람들 사이에 페리는 혼자 남아 있었다.

아름다운 하루였다. 날은 화창했고 따뜻했다. 여자들은 누군가에 대해 험담하며 웃기도 하고, 노래도 불렀다. 한 여자가 야한 농담을 했다. 페리는 완전히 이해하지는 못했지만, 엄마의 얼굴이 굳어지는 것을 보고 뭔가 좋지 않은 이야기라는 걸 추측할 수 있었다.

때가 되자 아주머니들은 마당에서 점심을 먹기로 했다. 먼저 준비해 온 음식들―양배추 말이, 치즈 파이, 오이 피클, 찐 밀 샐러드, 숯불 코프타[22], 밀가루 쿠키―을 마당으로 가져온 후, 커다란 다리 없는 상을 마당 한가운데 놓았다. 그 위에 음식과 피데, 그리고 후한 마음을 가진 하나님이 직접 손으로 만든 것 같은 뭉게구름처럼 하얗고 거품 몽글몽글한 아이란[23]을 차려 놓았다.

몹시 배가 고팠던 페리는 바로 접시에 놓인 파이 한 조각을 집어 들었다. 바로 그때 페리가 첫입을 베어 물기도 전에 어디선가 무시무시한 비명 소리가 들려왔다. 부주의하게 서두르던 페리의 엄마 셸마가 물이 끓고 있는 솥에 부딪혔지만, 운이 좋게도 솥이 엎어지기 전에 피한 모양이

---

22 고기를 다지고 갈아서 야채와 향신료를 섞어 만든 완자
23 요구르트에 소금과 물을 넣고 휘저어 만든 음료

었다. 그렇지만 셀마는 왼쪽 팔꿈치부터 손가락까지 화상을 입었다. 모두가 밥 먹는 걸 뒤로 하고 셀마를 돕기 위해 이리저리 뛰어다녔다.

"찬물을 부어!" 누군가 소리쳤다.

"치약! 화상엔 치약이 제일이야."

"식초, 식초야! 아이셀 아주머니는 화상을 식초로 치료했어, 맹세해. 더 심했는데도 말이야."

다른 사람이 말했다. 모두 자신이 알고 있는 방식으로 셀마를 돕기 위해 집 안으로 들어갔고, 페리는 마당에 혼자 남겨졌다. 햇빛이 가느다란 띠처럼 페리의 얼굴을 비추었고, 가까이에서 벌레 울음소리가 들렸다. 골목 맞은편 무화과나무 아래 통통한 고양이가 눈을 감고 있었다. 페리는 문득 마당으로 나가 고양이에게 먹을 걸 줘야겠다고 생각했다. 코프타 하나를 가지고 울타리를 뛰어넘어 단번에 밖으로 뛰쳐나갔다. 골목길을 가로질러 고양이에게 다가갔다.

"꼬마 아가씨, 너 이름이 뭐지?"

페리가 뒤를 돌아보자, 붉은색 흰색 혼방 체크무늬 셔츠에, 마치 산 뒤로 한 번도 빨지 않은 것처럼 보이는 낡은 청바지를 입은 젊은 남자가 서 있었다. 머리에 쓴 베레모는 금방 흘러내릴 것 같았다. 페리는 대답하지 않았다. 왜냐하면, 모르는 사람과는 이야기해서는 안 된다는 걸 알고 있었기 때문이었다. 하지만 그렇다고 다른 곳으로 가지도 않았다. 베레모가 신기했다. 오빠의 방에 있는 사진이 떠올랐다. 어쩌면 이 사람도 우무트 오빠처럼 혁명가일지도 몰랐다. 페리는 진실을 말하지 않는다면 이 사람에게 정보를 주는 것이 아니니 괜찮을 것이라고 생각했다.

"제 이름은 로사예요."

페리가 대답했다.

"이런, 로사라는 이름을 가진 사람을 한 번도 만난 적이 없었는데."

얼굴을 해가 보이는 쪽으로 젖히며 그 남자가 말했다.

"고양이를 좋아하는구나, 기특한데!"

낮게 깔린 답답한 목소리였다. 페리는 왠지 몰라도 창문 틈에 젖은 솜을 놓고 그 안에 숨겨 둔 콩 같다는 생각이 들었다. 마치 그 콩처럼, 낯선 사람은 자기 목소리를 감추려는 듯, 다르게 내고 있었다.

"저기 구석에 엄마 고양이가 있어." 갑자기 그 남자가 말을 했다. "새끼 다섯 마리를 낳았는데, 솜뭉치들 같아. 얼마나 예쁜지. 전부 눈동자가 분홍색이야."

페리는 관심 없는 척하며 고양이에게 계속 밥을 주었다. 마지막 코프타 한 조각까지 고양이에게 다 먹였다.

그 남자가 한 걸음 더 다가왔다. 담배 냄새, 땀 냄새 그리고 젖은 흙냄새가 났다. 페리와 눈을 맞추기 위해 무릎을 꿇었고, 미소를 지었다.

"안됐지만 어미가 새끼를 죄다 물에 빠트리고 말걸."

페리는 숨을 죽였다. 마을 아래, 주인 없는 개들이 돌아다니고, 가끔 희생절 때 쓸 양들이 풀을 뜯는 공터에는 7-8센티미터 이상 비가 오면 하수구 물과 섞이는, 아무도 사용하지 않는 지하 물탱크가 있었다. 그 물속에서 떠다니는 죽은 고양이를 보게 될까 무서워서 페리는 그쪽을 바라봤다.

"고양이들 천성이 그래."

그 남자는 한숨을 쉬며 말했다.

"근데 왜 그래요?"

페리는 질문하지 않을 수 없었다.

"분홍색 눈동자를 싫어하거든."

그 남자는 대답했다. 남자의 눈동자는 밝은 갈색이었고, 눈 밑은 움푹 들어가 있었으며, 마른 얼굴 때문에 두 눈은 과하게 붙어 있었다.

"여우 새끼를 낳은 줄 알고 죽이는 거야."

페리는 여우 새끼의 눈동자가 분홍색인지 아닌지 궁금했다. 만약 그렇다면 어미 여우는 그 눈을 보고 무슨 생각을 할까? 페리의 가족 중에 녹색 눈동자인 사람이 있다. 하지만 지금까지 누구도 그걸 문제 삼지 않았다.

아이가 혼란스러워하는 걸 본 남자는 미소를 지으며 고양이 머리를 쓰다듬었다.

"내가 가서 그 새끼들을 한번 보는 게 제일 좋겠어. 너도 가고 싶니?"

"저요?"

남자는 입술을 깨물며 한동안 말이 없었다.

"그 불쌍한 새끼들은 아주 연약하단다. 괴롭히지 않겠다고 약속할 수 있니?"

"당연하죠, 약속해요."

재빨리 페리는 대답했다.

골목 반대쪽 끝에 있는 집 창문이 열렸다. 한 여자가 바람이 불어오는 쪽을 향해 소리치며 아들을 야단치고 있었다. '셀림, 셀림!' 만약 2분 내로 점심을 먹으러 오지 않으면 다리를 부러트릴 기세였다.

남자는 문득 긴장한 듯 좌우를 살폈다.

"함께 가지 않는 게 좋겠구나. 고양이가 우릴 보면 안 되니까. 내가 먼저 갈 테니 넌 뒤따라와."

"새끼 고양이들은 어디에 있는데요?"

"바로 저기 있어, 멀지 않아."

그는 대충 손짓을 하며 발걸음을 빨리 옮겼다.

"그래도 우리는 차로 가자꾸나. 내 보스보스 자동차가 바로 저기 있거든."

페리는 이렇게 해서 전혀 알지 못하는 남자의 뒤를 따라 걷기 시작했다. 자신이 하는 행동이 올바른 건지 의심이 들었지만, 태어나서 처음으로 엄마와 아빠의 간섭 없이 스스로 뭔가를 결정한 것이었다. 페리는 뭔가 자유 같은 것을 느꼈다.

잠시 뒤 남자가 어깨 위로 흘깃 페리를 보더니, 모퉁이를 돌았고 눈앞에서 사라졌다. 페리도 막 모퉁이를 돌려는 순간 뭔가—직감이라기보다는 물리적인 뭔가—가 자신을 멈춰 세웠다. 묘한 공허함에 몸이 굳어 버렸다. 마치 자신의 위로 얼음 같은 바람이 지나간 것 같았고 몸이 떨렸다. 그러나 그녀를 가장 놀라게 한 건 자신의 주변을 둘러싸고 시야를 가리는 안개였다. 포목상에 펼쳐져 있는 천 뭉치처럼 겹겹이 쌓이는 잿빛 안개. 근처에 있는 나무와 울타리, 식물들의 형태는 알아볼 수 있었지만, 그것들보다 멀리 있는 세상은 보이지 않았다. 안개는 잠깐 그녀를 당황케 했고, 어디로, 왜 가는지 알 수 없게 했다.

페리는 그 잿빛 구름 속에서 이상한 것을 보았다. 그건 아기였다. 두세 살 정도의 남자 아기. 동그란 얼굴에 순진한 표정이었고, 한쪽 볼에는 목까지 내려오는 보라색 반점이 있었다. 마치 조금 전 미음을 먹은 뒤 토한 것처럼 입 주변이 약간 젖어 있었다.

페리는 너무 놀라 그 아기만 쳐다보다가, 낯선 사람 뒤를 쫓아가던 걸 그만두었다. 눈앞에 보이는 게 너무 신기했기 때문이다.

"페리야 어디 있니?"

엄마의 걱정스러운 목소리가 앵두색 집에서 들려왔다. 페리는 바로 대답할 수 없었다. 놀란 눈을 깜빡이며 안개 속에 있는 아기를 보고 있으니 너무나 무서웠다.

"페리야! 대답해!"

셀마가 소리쳤다. 안개에 싸인 아기는 마치 그 목소리를 아는 것처럼 얼굴을 찌푸렸다. 잿빛 안개가 걷히기 시작했다. 아기도 그림이 지워지듯 서서히 흩어졌다.

마침내 입을 열 수 있게 되자 페리는 대답했다. "여기 있어, 엄마." 이어 뒤를 돌아 집으로 재빨리 뛰어갔다.

페리는 이후 마을 어디에선가 새로 태어난 고양이 새끼들이 있는지 여기저기 물어보았다. 아무도 아는 사람이 없었다. 그 남자가 거짓말을 한 것이었고, 자신이 큰 불상사를 모면했다는 걸 알았다.

자신이 일간지 기삿거리가 될 뻔했다는 걸 세월이 흐르면서 알게 되었다. 신문 기사에는 본명이 다 나오지는 않고, 약자로 N. N.으로 표기된 채 눈을 모자이크한 사진이 실렸을 게 분명했다. 이스탄불에서 발생한 마피아 두목에 대한 공격, 남동부 국경 도시에서 발생한 교전 그리고 법원이 '헨리 밀러의 북회귀선[24]'을 금지했다는 판결 소식들 사이에 자신에 관한 기사가 자리했을 것이다.

소름 돋는 사건 세세한 부분까지 전국이 알게 될 테고, 사람들은 고개를 양옆으로 설레설레 흔들면서 책상을 두드리며 주문처럼 외칠 것이다. "저를 악마에게서 보호해 주세요." 이런 재앙을 자신이 아닌 다른 사람에게 내린 알라에게 감사하면서 말이다.

페리는 천우신조로 큰 사고를 피한 것이다. 이 나라에서 이런 재앙을 이렇게 마지막 순간에 천우신조로 피할 수 있던 사람들 혹은 여자들은 얼마나 될까. 아니면 벗어나지 못한 사람들은 또⋯⋯. 페리는 자신을 구한 그것을 '안개에 싸인 아기'라고 이름 붙였다. 어디서 온 것인지 알 수도 없었고, 알아볼 생각도 없었기에 이 문제는 그냥 덮어 버렸다. 하지만 같은 환상─물론 환상이라면─은 기대하지 않은 순간에도 계속 나타났다. 위험한 순간에만 나타나는 것이 아니라, 평소에도 아기가 보였다. 실내, 실외, 밤낮을 가리지 않았다. 안개는 어디서나 나타났다. 마치 페리가 얼마나 고독한지 스스로 인정하게 만들려는 것처럼 사방을 둘러쌌다.

세월이 흐르고 열아홉 살이 되던 해, 옥스퍼드 대학교로 가기 위해 처음 길을 나섰을 때 여행 가방에 이 비밀도 담아 갔다. 유럽 국가가 아닌

---

24 원제 'Henry&June'을 영화화한 필립 카우프만 감독의 작품

다른 나라에서 영국에 입국하는 여행자가 고기나 유제품을 반입하는 것은 금지였어도, 어린 시절 겪었던 두려움과 아무에게도 털어놓지 않은 환상 그리고 트라우마까지 금지는 아니었다.

퇴마사

1980년대 이스탄불

어느 날 저녁, 페리는 용기를 냈다. 드디어 자신과 가장 가깝다고 생각한 사람에게 비밀을 털어놓기로 했다.

"어떻게 됐다고? 헛것이 보이는 거니?"

아빠 멘수르가 물었다. 그는 손에는 만년필을 들고, 풀다 만 낱말 퍼즐 페이지가 있는 신문을 품에 안고 있었다. 아빠는 몇 년째 늘 같은 신문만 읽었다.

"헛것을 본 게 아니에요, 아빠." 곤란해하며 페리가 말했다. "정확히 나도 모르겠어요. 항상 같은 아기가 보여요."

"그럼 정확하게 그 아기가 어디에 있는 거니?"

페리의 볼이 빨개졌다.

"허공에, 마치 날아다니는 것 같아요."

멘수르는 당장 뭐라고 하지는 않았다. 거의 무표정한 얼굴이었다.

"넌 똑똑한 내 딸이야." 마침내 그가 입을 열었다. "네 엄마처럼 되고 싶은 거니? 그 좋은 머리를 무속 신앙이나 미신으로 썩힐 거야? 그렇다면 계속해. 근데 난 말이다, 너한테 더 나은 걸 기대했단다."

"죄송해요." 페리는 아빠를 실망시켰다는 것 때문에 울적했다.

페리는 창피해하며 아빠의 말이 옳다고 생각했다. 어쨌거나 안개 속에 있던 아기를 만져 보지는 못했다. 그래도 눈으로 보기는 했잖은가. 그리고 나중에는 목소리도 듣게 될 것이었다. 하지만 기이한 현상이라 솔직히 감각에 맡길 수는 없었다. 결국, 아빠의 세계관에 따르면 '안개에 싸인 아기' 같은 건 존재하지 않았다. 이 모든 것은 터무니없는 것이었다. 페리의 머릿속에서만 존재하는 것이었고, 억지로 지어 낸 것이었다.

"문명 세계는 근거 없는 신앙 위에 세워진 게 아니란다, 페리야. 학문, 이성 그리고 기술을 기반으로 하는 거야. 너도, 나도 이 문명화된 세상에 속한 사람이란다."

"알아요, 아빠."

"그렇다면 이제 그 이야기는 그만하자. 절대 엄마에게 이야기해서는 안 된다."

하지만 어쩔 수 없었다. 페리의 아빠가 그토록 사랑했던 과학에도 나름의 보편적 법칙이 있다면, 인간 심리에도 법칙이 있다. 누군가에게 "오, 절대 저 문은 열면 안 돼." 또는 "절대 저 상자 속을 봐선 안 돼."라고 하면, 그 문을 기어이 열고 말 것이고, 결국 그 상자 안도 들여다보게 될 것이다. 페리가 최대한 약속을 지키려 했다는 점만은 인정해 주어야 한다. 그런데도 안개에 싸인 아기가 다시 나타나자 페리는 무서웠다. 이번에는 곧바로 엄마에게 달려갔다.

"이런! 아가, 어째서 더 일찍 말하지 않았니?"

엄마 셀마가 말했다. 셀마는 머리가 복잡했다. 페리는 머뭇거렸다.

"아빠한테 말했어요."

"아빠한테? 그 사람이 뭘 안다고?"

셀마는 하늘을 향해 눈을 치켜떴다.

"보자, 귀신들 같구나. 귀신을 설명하기란 어렵단다. 어떤 것들은 좋은 귀신이고, 어떤 것들은 나쁜 귀신이야. 코란은 귀신을 조심하라고 경고하고 있단다. 귀신은 사람 속으로 숨어들기 위해 무슨 짓이든 한다고 말이야. 특히나 여자들을 괴롭히지. 우리 여자들은 더 조심해야 한단다."

엄마 셀마의 말에 따르면, 이것들은 연기 없는 불에서 만들어졌고, 아담과 이브가 사는 낙원 훨씬 이전부터 세상에 존재했다. 그러니까 역사적으로 이야기하자면, 이 유한의 세상은 사실 귀신들의 것이었다. 인간들은 나중에 생겨나기 시작한 불청객이었다. 귀신들은 먼 곳―가파른 산, 끝이 없는 동굴, 불모의 들판―에서 살았지만, 종종 도시로 내려와, 악취 나는 화장실과 어두운 창고, 컴컴한 지하실로 숨어들었다. 귀신들이 원하는 대로 주위를 돌아다닐 수 있으니 우리는 주의해야 한다. 왜냐하면, 사람이 실수로 악귀를 밟으면 그 자리에서 마비가 되기 때문이었다.

셀마는 몸을 숙여 페리의 머리를 쓰다듬었다. 별거 아닌 듯 다정하게 답하는 엄마의 태도에 페리는 미소를 지었다.

"제가 어떻게 하면 되는 거예요?" 페리는 걱정스럽게 물었다.

"우선, 다시는 내게 뭘 숨기지 마. 알라께서는 모든 비밀을 알고 계신단다. 엄마와 아빠도 창조주가 세상에 보낸 눈과 귀란다. 엄마한테 거짓말을 하면 안 돼!"

페리는 아무 말도 하지 못했다.

다음 날 아침 두 사람은 함께 귀신 들린 사람들의 저주를 풀어 주는 것으로 유명한 선생에게 갔다. 눈꺼풀이 처져 있고, 검은 콧수염과 작은 키에 배가 나온 사람이었다. 그는 호박 묵주를 천천히 돌리고 있었다. 머리가 몸과 비교했을 때 조금 과할 정도로 컸다. 마치 창조주가 마지막 순간에 생각나서 급하게 머리를 올려놓은 것처럼 보였다. 맨 위까지 단추를 채운 셔츠의 깃이 얼마나 목을 꽉 조였던지 목은 보이지도 않았다.

그는 페리에게 먹는 것과 노는 것, 공부와 잠, 화장실 습관 등 많은 질문을 했다. 송곳 같은 시선이 페리를 불안하게 했지만, 의자에서 꼼짝 않고 최대한 솔직하게 대답하려고 노력했다. 그는 페리에게 최근에 거미나 애벌레, 도마뱀, 바퀴벌레, 메뚜기, 말벌 또는 개미를 죽인 적 있는지도 물었다. 이 질문에 페리는 약간 주저했다. 어쩌면 모르는 사이에 개미를 밟았는지 알 수 없는 일이었기 때문이다.

그는 귀신이라는 게 어디에 있을지 불분명하고, 동물이나 곤충의 형태를 띠기도 하는데, 알라께 용서를 구하지 않고 실수로 이것 중 하나와 닿으면 바로 거기서 귀신이 들어오는 건 일도 아니라고 설명했다.

이 말을 한 뒤에 퇴마사는 엄마 셀마에게 시선을 돌렸다.

"아이에게 반드시 파티하Fatiha[25]를 주문呪文하듯 암송하고 나서 밖으로 나가라고 가르쳤다면 이런 일이 없었을 거야, 이봐요! 난 애가 다섯인데 한 놈에게도 귀신이 접근한 적 없어요. 왜겠어? 간단해, 그놈들도 누구한테 접근해야 하는지 알고 있거든, 그래서 그런 거야. 당신은 이 아이한테 아무것도 가르치지 않은 거야?"

셀마의 얼굴이 새빨개졌다.

"하려고 했는데요, 선생님. 하지만 제 말을 듣지 않아요. 전부 쟤 아빠 때문이에요."

"그럼 어떻게 되는데요?"

페리가 대화에 끼어들었다.

그는 대답 대신, 페리의 어깨를 잡고 얼굴 쪽으로 몸을 숙였다. 그는 절대 끝내지 않을 것처럼 한동안 그렇게 가만히 있다가 갑자기 소리를 지르기 시작했다.

"네 이놈, 네 이름이 뭐든 내가 찾아서 끄집어낼 테다. 이 죄 없는 아이한테서 당장 나가. 다른 사람이나 찾아! 안 그러면 후회하게 될 거야!"

페리는 무서움에 떨며 눈을 꼭 감았다. 자신의 어깨를 잡았던 그의 손에 힘이 풀렸다. 귀신이 나가도록 기다렸지만, 아무 일도 일어나지 않았다.

그는 악귀를 쫓는다는 신주神呪를 외면서 페리의 머리에 장미수를 뿌려 댔다. 그리고 아랍어로 뭔가를 쓴 작은 종이를 삼키게 했다. 페리의

---

25 코란의 첫 구절

혀가 밝은 파란색 잉크로 물들어 며칠 동안 지워지지 않았다. 그래도 아무런 변화가 없었다. 그날 밤, 퇴마사의 지시와 엄마의 강요로 페리는 골목의 희미한 가로등 아래에서 몇 시간을 혼자 앉아 있었다. 조그만 소리에도 소스라치게 놀라면서 말이다. 다음 날에는 페리에게 주인 없이 돌아다니는 개 떼를 쫓으라고 했지만, 실상은 개들이 페리를 쫓아다니고 말았다.

또다시 퇴마사를 찾았을 때, 그는 소리쳤다. "야, 악귀야, 마지막 기회를 주마." 그는 산수유나무 가지를 들고 있었다. "재빨리 나오든지, 아니면 제대로 패 줄 테니 두고 봐!"

페리가 이 말뜻을 알아듣기도 전에 그는 페리의 등을 내리쳤다. 페리의 입에서 비명이 터져 나왔다.

셀마의 얼굴은 새하얗게 질렸다.

"꼭 이렇게 해야 하나요?"

"다른 방법이 없어." 퇴마사가 말했다. "겁을 줘야 해, 그렇게 하지 않고서야 어떻게 나오게 하겠어?"

"이건… 안 돼요."

엄마 셀마가 말했다. 얼마나 꼭 다물었는지 셀마의 입술이 아주 가늘어졌다. 그 퇴마사를 존경한다고 해도 딸을 아프게 하는 건 허락할 수 없었다.

"저희는 그만 가 볼게요."

모녀는 패닉에 빠져 급히 그 집에서 나왔지만, 그래도 당연히 나오기 전에 꽤 많은 돈을 내야만 했다.

"엄마, 걱정하지 마세요. 괜찮아졌어요."

버스 정류장에 도착했을 때 페리가 말했다. 페리는 엄마의 손을 꼭 잡았다.

"귀신이 벌써 나가 버린 것 같아요."

"인샬라[26]. 그래야지 내 새끼." 셀마는 딸의 이마에 입을 맞췄다. "그래도 언제든 다시 찾아올 수 있단다. 다시 나타나면 반드시 내게 말해야 해. 귀신들은 복수한단 말이야."

"네, 그럴게요."

그렇지만 페리는 더는 말하지 않을 생각이었다. 그날 이후에도 안개에 싸인 아기를 여러 번 봤지만, 그 누구에게도 이야기를 하지 않았다. 엄마는 지나치게 미신을 믿었고, 과도하게 신앙생활을 하는 사람이었던 반면에, 아빠는 지나치게 합리적이고 완고한 유물론자였다. 엄마 셀마는 조금이라도 특별한 경험이나 정상적인 범주를 벗어나는 것은 모두 바로 이슬람으로 해석했지만, 아빠 멘수르는 모두 '황당무계한 헛소리'라고 무시했다. 페리는 자신만의 다른 길을 찾고 싶었다.

페리가 보아하니 달리 선택권이 없었다. 이 비밀은 혼자만 알고 있어야겠다고 생각했다. 불편하지만 삶의 수많은 불가사의한 일 중 하나로 받아들이기로 했다. 마치 목에 걸린 생선 가시를 삼키지도 뱉지도 못하는 것처럼 그랬다. 안개에 싸인 아기와 함께 사는 법을 배우는 것 말고는 다른 방법이 없었다. 이렇게 해서 안개에 싸인 아기—귀신이든, 미친 소

---

26 '알라의 뜻대로 그렇게 되기를 바란다'라는 의미로 어떤 일이 잘 풀리기를 기대할 때 일상적으로 쓰는 말이다.

리든, 상상의 존재든 간에—는 풀지 못한 낱말 퀴즈처럼 페리의 머릿속 조용한 한쪽 구석에 남겨 두게 되었다.

세월이 흘러 옥스퍼드 대학교로 떠나기 위해 길을 나서기 전날, 그녀는 일기에 이렇게 기록했다.

나는 엄마처럼 독실한 신자도 아니고, 아빠처럼 오감으로 파악한 우주만이 전부라고 확신하지도 않는다. 무조건적 맹신도, 절대적인 합리주의도 거부하는 사람들에게 새로운 접근법, 새로운 존재 방식은 없을까? 예를 들면 제3의 길은 없는 것일까? 그건 알 수 없는 일이다.

아쿠아리움

2016년 이스탄불

모녀가 초대받은 해안가 저택에 도착했을 땐 9시 15분 전이었다. 연철 장식 발코니, 하얀 대리석 계단, 모자이크 바닥 수영장, 최첨단 보안 카메라, 자동 개폐 정문, 철조망 울타리……. 저택은 집이라기보다는 방어가 잘 된 섬처럼 보였다. 도시와는 격리된, 성벽으로 둘러싸인 궁전 같았다. 거지나 잡상인, 도둑처럼 달갑지 않은 사람들이 문턱을 넘어서지 못하도록 온갖 보안 조치가 취해져 있었다.

페리는 다친 손을 가슴에 대고 왼손으로 핸들을 잡았다. 오는 길에 약국에 들렀다. 회색 콧수염의 중년 약사에게 상처를 소독해 달라고 부탁했다. 페리는 약국에서 얼굴을 씻고, 옷매무새를 최대한 정돈했다. 약사가 어떻게 해서 베인 것인지 물었을 때, 페리는 "채소를 썰다가요."라고 재빨리 대답해 버렸다.

"음식을 할 때 서두르다 보면 이런 일이 생기잖아요."

약사는 웃었다. 이스탄불의 약사들은 노련했다. 경험도 많았고, 세상 돌아가는 물정을 아는 지혜로운 사람들이었다. 손님들의 거짓말을 한 마디도 놓치지 않았지만, 손님에게 불편을 주지 않으려고 캐묻지도 않았다. 손님들 혹은 포주에게 얻어맞은 창녀들, 남편에게 구타당한 여자들, 교통 체증 속에서 다른 운전자에게 주먹질을 당한 사람에다, 다른 사람을 때린 사람들까지, 모두 약국에 와서 도움을 청했다. 그럴 수 있는 건, 약사들이 자신들이 한 이야기를 믿지는 않더라도 최소한 곤란하게 질문을 해 대거나, 괴롭히지는 않을 것이라는 걸 알았기 때문이었다.

붕대를 살펴보다가 페리는 거즈에 배어 나온 붉은색을 보고는 얼굴을 찌푸렸다. 대답하기 곤란한 질문들을 받지 않기 위해서 저택으로 들어가기 전에 붕대를 풀까 생각도 했지만, 감염될 수도 있겠다 싶어 생각을 바꿨다.

정원으로 들어가는 대문에 도착했을 때, 검은색 정장에 진한 애프터 쉐이브 냄새를 풍기는 해적같이 생긴 경비가 그들을 맞이했다. 그 남자가 차를 대신 주차해 주는 동안 페리와 딸 데니즈는 복잡한 문이 달린 새장으로 주변을 장식한 잘 가꿔진 정원을 지났다. 가벼운 바람에 플라타너스 잎사귀들이 스치는 소리가 들렸다.

"미안해, 걱정하게 해서."

페리가 침묵을 깨고 말했다. 마치 분노로 가득한 유리잔이 깨질까 두려운 듯이 페리는 조심스럽게 딸을 쓰다듬었다.

"무서워 죽는 줄 알았어. 엄마 정말 큰일 날 뻔했잖아! 죽을 수도 있었어!"

데니즈가 말했다.

딸의 말이 옳았다. 그 뒷골목에서 부랑자는 페리를 간단히 죽일 수 있었다. 하지만 데니즈가 모르는 것이 있었다. 정반대 상황도 가능했다는 것이다. 페리도 그 부랑자를 죽일 수 있었다.

"네 말이 맞아. 다시는 그런 짓 안 할게, 믿어도 돼. 나중에 이야기하자, 됐지?"

페리는 저택으로 들어가는 계단에 다다라서 딸에게 말했다.

"근데, 아빠한테는 아무 말도 하지 마. 쓸데없이 걱정할까 봐 그래."

데니즈는 잠깐 멈칫했다. 그리고 고개를 저었다.

"약속은 못 하겠어. 아빠도 알아야 하잖아."

페리가 뭔가 말하려던 찰나 꽃과 나뭇잎 장식이 새겨진 거대한 참나무 문이 저택 바깥쪽으로 열렸다. 검은색 치마에 흰색의 시폰 블라우스를 입은 도우미가 입구에서 미소를 지었다. 도우미 뒤로 집 안에서 계속되는 만찬의 소음과 음식 냄새가 가득했다. 그녀는 "환영합니다. 어서 오세요."라고 페리와 딸에게 인사했다.

특이한 억양이 있었는데, 몰도바나 조지아 또는 우크라이나 사람인 것 같았다. 그녀는 외할머니나 이웃들 손에서 자라는 아이들과 매달 아내가 보내는 월급을 기다리는 남편을 둔, 이스탄불 가정에서 일하는 수많은 외국인 여성 노동자 중 하나인 듯했다.

저택 안으로 들어선 순간, 페리는 남편이 걱정 가득한 표정으로 손님들 사이를 헤치며 자신을 향해 걸어오고 있는 걸 보았다. 슬림 핏

적갈색 재킷에 티끌 하나 없는 흰색 셔츠, 적갈색 넥타이, 거울처럼 광을 낸 구두까지 남편 아드난이 얼마나 외모에 신경을 썼는지 알 수 있었다. 평범한 가정에서 태어나 자수성가했고, 부동산 업계에서 일하면서 차근차근 자기 자리까지 올라온 사람이었다. 그는 자신의 성공은 모두 전지전능한 알라의 덕이라고 말하곤 했다. 페리는 남편의 머리와 성실함을 인정했지만, 조물주께서 어째서 다른 사람이 아니라 그를 선택했는지 확신이 서지 않았다. 남편인 아드난은 아내 페리보다 열여섯 살이 많았다. 남편이 화를 낼 때면 이마에 주름살이 깊어졌는데, 그럴 때마다 이 나이 차이는 더 벌어지는 것 같았다. 바로 지금도 그랬다.

"어디에 있었던 거야? 수십 번 전화했어! 옷은 또 왜 그래?"

"전화기를 잃어버렸어, 그래서 전화 못 했어." 페리는 최대한 차분한 목소리로 답했다. "나중에 이야기하면 안 될까?"

"아빠, 왜 늦었는지 알아?" 데니즈가 대화에 끼어들었다. "엄마가 골목 사이로 도둑을 쫓아갔거든. 그래서 늦은 거야."

"뭐라고?"

데니즈는 눈앞으로 흘러내린 한 움큼의 머리카락을 뒤로 넘겼다. 얼굴선은 아빠를 연상케 했다. 길고 콧대가 솟아 있는 코와 자신감은 아빠를 닮은 것이었다.

"날 못 믿겠으면 엄마한테 물어봐."

그리고 데니즈는 어른들 사이에서 지루해하고 있는 얼핏 자기 나이 또래로 보이는 여자아이를 향해 걸어갔다.

아드난은 호기심과 걱정스러운 눈초리로 페리를 바라봤다. 하지만 설명할 시간이 없었다. 저택의 주인이 유명 언론인과 이야기를 나누다 말고 그들에게 다가오고 있었다. 그는 넓은 어깨에 키가 땅딸막한 대머리였다. 술을 심하게 좋아하는 사람들에게서 보이는 홍조 띤 얼굴이었다. 그래도 얼굴 모든 곳에 최신 노화 방지 시술을 받아서인지 주름 하나 없었다. 미소를 지어도 얼굴 근육이 전혀 움직이지 않았다. 오로지 입술 끝이 희미하게 움찔거리는 정도였다.

"마침내 오셨네요!"

사업가 집주인이 말했다. 교활하게 반짝이는 파란 눈동자로 페리를 훑어봤다.

"손은 어떻게 된 건가요? 누가 당신을 납치라도 하려고 했나요? 당신 잘못이에요. 이렇게 예쁘지 말았어야지요!"

페리는 농담이 불쾌했지만, 미소를 지었다. 자신의 손과 옷 상태 때문이라도 설명을 할 필요가 있다고 느꼈다.

"오는 길에 작은 사고가 있었어요."

아드난은 걱정스러운 듯 미간을 찌푸렸다.

"사고라고?"

"별거 아냐, 여보." 페리는 남편의 팔꿈치를 건드렸다. 절대 질문하지 말라는 신호였다. 페리는 집주인을 보며 다소곳하게 말했다. "정말 너무 멋진 집이에요."

"집은 좋은데 불행하게도 재수 없는 일들이 있었지 뭐요! 하나를 넘기니 다른 일이 일어나네요. 먼저 수도관이 터졌지 뭐예요. 1층이 물에 잠졌어요, 무릎까지 말이죠. 그다음에는 벼락이 떨어졌지 뭡니까, 지붕 위로 나무가 쓰러졌어요. 상상이나 돼요? 이 모든 게 몇 달 사이에 벌어진 거라니까요."

"집에 나자르 본죽[27]을 걸어 두세요." 아드난이 말했다.

"정말 몇 개나 걸었다니까요. 별 소용이 없었어요. 하지만 지금 더 확실한 조치를 했지요. 오늘 밤에 심령술사를 초청했다오!"

"오, 정말이세요?"

페리가 물었다. 관심이 있어서가 아니라, 뭔가 말을 해야 할 것 같아서 한 말이었다. 페리가 보기엔 최근 들어 사회적으로 심령술사와 점쟁이에 관한 관심이 많이 늘어난 것 같았다. 나라가 안정되지 못하고 불안하니 사람들이 예언과 점 같은 것에 매달리는 것도 이상한 일은 아니었다. 여자들만이 아니라, 남자들도 겉으로 드러내지 않을 뿐이지 점쟁이들에 대해 관심이 많았다. 고질적인 정치적 긴장과 제도적인 투명성의 결여 속에서 수정 구슬을 들여다보고 예언하는 이 사람들은—진짜든 가짜든— 연금술사들처럼 모호함을 명료함으로 바꾸어 놓았다. 그들은 한편으로 사회적 필요를 충족시키고 있었다.

"그 사람 굉장한가 봐, 모두 그렇다고 하네."

사업가 집주인이 말했다.

"귀신들과 대화를 한다는군. 그냥 잡담 수준이 아니라니까! 그가 말하면 뭐든 포주가 있어서 시키는 대로 한다는 거야. 귀신 마누라도 있다는

---

27 Nazar Boncuğu. 파란색 눈동자 모양의 유리 공예품. '제3의 눈'이라 불린다. 튀르키예인들이 액운을 막아 준다고 믿는 일종의 부적

거야. 하렘이 따로 없지, 재미 좀 보겠는걸!"

이 말을 하면서 그는 장난치듯 웃었지만, 페리가 거북해하는 걸 눈치채고 곧바로 수습했다. 그리고 페리를 뚫어지게 보더니 물었다.

"무슨 일이에요? 유령이라도 본 사람처럼."

"저 말이에요?"

약간 떨리는 목소리로 페리가 대답했다. 안개에 싸인 아기가 떠올랐다.

다행히도 사업가 집주인은 자기 말 외에는 다른 사람의 말을 들을 생각이 없었다.

"주식을 사기 전에 이 심령술사를 찾아가 상담한 주식 브로커를 안다니까요. 미쳤어, 그렇잖아요? 심령술사와 주식 시장이라니."

그는 큰 소리로 웃었다.

"아내가 이런 생각을 해냈지 뭐요. 불쌍한 아내가 무슨 죄가 있겠어, 배 사고 이후로 정신이 나갔어!"

모든 신문이 그 사건을 다뤘었다. 약 4주 전, 전장 102미터 규모의 시에라리온 선적의 화물선이 해안 저택에 충돌해서 좌초된 적이 있다. 바닷가 쪽 벽과 남쪽 발코니가 무너졌다. 그런데 이 발코니는 오스만 제국의 마지막 100년에 지어진 아주 오래된 역사 유물이었다.

독일 제국 황제 빌헬름 2세는 그 유명했던 이스탄불 방문 당시, 바로 그 발코니에 앉았었다. 그는 독일 문화와 군사력을 동경하고 권좌에 대한 야망으로 잘 알려져 있던 오스만 제국의 장군과 함께 차를 마셨다. 그 장군이 나중에 독일 황제가 사실은 무슬림이라는 소문을 퍼트렸다.

하지[28] 빌헬름! 그가 태어나자마자 파티하 기도문을 읽어 주며 축원해 주었다는 주장도 있었다. 그래서 이슬람 세계와 매우 가깝고, 확고한 옹호자라고 했다. 매일 자신의 방에서 비밀리에 예배를 올렸다는 말도 있었다. 하지만 이 모든 것은 물론 근거 없이 만들어진 소문이었는데, 오스만 제국이 독일 편에 서서 참전할 수 있는 유리한 기반을 다지기 위한 술책이었다.

역사적으로 이 발코니에서 수많은 사건이 일어났다. 예를 들면, 볼셰비키 혁명 이후, 이스탄불로 도피한 백러시아 무용수에게 마음을 빼앗겼던 한 젊은 튀르키예 상속자가 자신의 가족을 설득하는 데 실패하자, 권총을 머리에 대고 여기서 자살했다. 머리를 통과하고 두개골을 뚫은 뒤 왼쪽 귀 뒤로 빠져나온 총알은 발코니 벽 균열이 난 부위에 박혔고, 수십 년 후 그 탄환이 발견되기 전까지 그곳에 그대로 남았다.

오랜 세월이 흐르는 동안, 이 저택은 영웅들의 탄생과 몰락, 제국의 흥망성쇠, 영토의 확장과 축소, 거대한 야망이 사라져 가는 것을 목격했다. 하지만 배와 충돌한 적은 없었다. 한번은 선수船首가 벽을 뚫고 집 안까지 들어와 진품인 파흐넬니사 제이드[29]의 그림은 다 찢어져 버렸고, 무라노 샹들리에와 부딪히기 직전에 기적적으로 멈췄다고 했다. 그날을 기념하기 위해 샹들리에에는 작은 모형 배가 아직도 걸려 있다. 집주인에게 그 사건을 계속 사람들에게 이야기할 기회를 만들어 주기 위해서다.

---

28 이슬람교에서 성지인 메카 순례를 마친 남자를 높여 부르는 칭호

29 Fahrelnissa Zeid (1901-1991). 튀르키예의 여성 추상화 작가

"왔구나, 자기! 오늘 저녁에 자기를 못 보면 어쩌나 하고 걱정했는데."

흥분된 목소리가 페리의 뒤에서 들려왔다. 사업가 집주인의 아내였다. 요리사들에게 이것저것 지시를 쏟아 내고 주방에서 나오다가 페리를 본 것이었다. 그녀는 높은 옷깃에 등이 드러나고 허리는 꽉 조이는, 디자이너가 직접 만든 에메랄드 초록색의 드레스를 입고 있었다. 손가락에는 같은 색 반지가 반짝이고 있었는데, 반지의 보석은 제비 알만큼이나 컸다. 입술에는 반짝이는 빨간색 립스틱을 발랐고, 머리카락을 얼마나 땅겨서 묶었던지 페리는 그녀의 얼굴이 다르부카에 덮어씌워진 염소 가죽 같다고 생각했다.

"길이 막혀서……."

페리는 안주인의 양 볼에 자기 볼을 맞대며 말했다. 이스탄불 사전에는 아무리 약속 시각에 늦게 도착한다고 해도 용서받을 수 있는 유일한 핑계가 있는데, 바로 교통 체증이었다. 모두가 교통 체증으로 고통을 받기 때문에 아무도 이 이유에 의문을 제기하지 않았다. 주인의 얼굴을 유심히 살핀 페리는 자신의 변명이 통했다는 사실에 안도했다. 그러나 그녀의 남편은 그렇지 않았다. 그와는 별도로 대화를 해야 할 것 같았다.

"걱정하지 마, 우리가 그걸 모를까 봐?"

안주인이 말했다. 그러면서 페리의 옷과 화장을 살펴보고 있었다. 뭘 입었는지, 돈을 얼마나 썼는지, 신발은 어떻고, 가방은 무슨 메이커일까? 페리의 옷에 남은 얼룩과 찢어진 자국도 물론 놓치지 않았다.

"미안해요, 옷을 갈아입을 시간이 없었어요."

페리가 말했다. 하도 하나하나 뜯어보는 듯한 시선 때문에 자신이 벌

거벗겨졌다는 느낌이 들었다. 하지만 한편으로는 이상한 자유를 맛봤다. 앞으로는 모든 초대에 찢어지고 해어진 옷을 입고 갈 수도 있을 것 같은 생각이 들었다. 단순히 모든 게 지겨운 여자들에게 충격을 주기 위해서 라도!

"신경 쓰지 마, 그게 무슨 말이야, 우리끼린데."

표정은 그 말이 거짓이라고 알려 주고 있었지만, 안주인은 그렇게 말했다.

"내 옷 중에서 하나 빌려줄까?"

페리는 고개를 저었다. 그래도 되지만, 잘못해서 안주인의 비싼 옷에 뭐라도 엎지르기라도 할까 봐, '가시방석에 앉아 있으니 이 몰골이 낫 다'라고 생각했다.

"안 그러셔도 돼요, 감사합니다, 정말 친절도 하셔라."

"그럼 와서 뭐 좀 들어요. 배가 엄청 고팠을 텐데." 안주인이 말했다.

"마실 거로 뭘 줄까요? 레드? 화이트?" 사업가가 물었다.

"먼저 화장실에 다녀와야 할 것 같아요." 페리가 말했다. 한숨 좀 돌려 야 할 것 같았다.

그녀가 도우미를 따라 저택 안쪽으로 들어가는 동안 등 뒤로 남편의 시선이 느껴졌다. 아드난은 페리가 말한 것을 하나도 믿지 않았고, 걱정 과 궁금증에 빠져 있었다.

*

페리는 욕실에 들어가 문을 잠근 다음 변기 뚜껑을 닫고 그 위에 앉았다. 크게 심호흡을 하고 손가락 끝으로 관자놀이를 문질렀다. 갑자기 피로가 몰려왔다. 나가서 사람을 대면할 기력도, 생각도 없었다. 화장실 창문에서 몰래 빠져나갈 수만 있다면 그랬을 텐데.

그녀는 조심스럽게 붕대를 풀었다. 칼날이 그녀의 손바닥을 베었는데, 아주 깊게 베인 것은 아니어서 꿰맬 필요까지는 없었다. 하지만 작은 움직임에도 여전히 아팠고, 다시 피가 나기 시작했다. 그녀의 심장이 박동할 때마다 상처가 욱신거렸다. 얼마나 큰일을 당했는지 이제야 감이 왔다. 입 안은 모래처럼 바싹 말라 있었다. 그녀는 다시 붕대를 감았다.

페리는 얼굴을 씻기 위해 일어났다. 바로 그 순간 깜짝 놀라 눈이 동그래졌다. 자신의 맞은편에 거대한 아쿠아리움이 있었기 때문이었다. 세면대와 수도꼭지를 아쿠아리움 앞에 설치한 것이었다. 아쿠아리움 유리 뒤로 수십 마리의 이국적인 물고기들이 헤엄치고 있었다. 물고기는 전부 노란색 또는 빨간색이었다. 사업가가 좋아하는 축구팀을 상징하는 색이었다. 그가 열렬한 갈라타사라이 팬이고 경기장에 개인 관람석이 있을 정도이며, 기회가 있을 때마다 선수들과 사진을 찍는 것을 즐긴다는 건 모두가 알았다. 그는 머지않아 구단주가 될 속셈이었다. 그는 구단주가 되기 위해 보이지 않게 움직이고 있었다.

페리는 걱정할 것 없는 인공적 세상에서 유영하는 물고기들을 구경했다. 화장실 양쪽으로 세공된 은장식이 있는 석재 안에는 풀을 빳빳이 먹여서 완벽하게 말아 놓은 손수건이 들어 있었다. 바닥 사방에는 초가 타고 있었다. 달콤한 과일 향이 느껴졌다. 알 수는 없지만, 그녀의 발밑에서 나는 진한 세제 냄새가 부랑자를 생각나게 했다.

갑자기 그녀는 미친 짓을 하고 싶은 충동을 느꼈다. 찾아보면 이 멋진 집 어딘가에 망치가 있을 것이다. 그 망치로 아쿠아리움을 부수고 싶어졌다. 유리 조각이 사방으로 흩어지고, 물고기가 대리석 바닥에서 미끄러져 흩어지는 걸 보고 싶었다. 물고기들은 꼬리를 흔들고 벌려진 입으로 숨을 쉬면서 탈출한다는 설렘을 안고 도망칠 것이다. 물고기들은 복도를 지나, 샹들리에에서 쏟아지는 불빛에 비늘을 반짝이며, 손님들의 발 사이로 비켜 지나가겠지. 뒷문으로 미끄러지듯 빠져나와, 현관의 한쪽 끝에서 다른 쪽 끝으로 건너갈 테고, 죽기 직전 순간에 바다에 도착해 푸른 물속으로 뛰어들 거야. 그리고 늘 같은 물속에 사는 것에 신물이 나 있는 예전과 조금도 다르지 않은 옛날 친구들, 친척들과 만나겠지.

막 바다에 도착한 물고기들은 다른 물고기들에게 이야기해 주겠지. 그 어마어마한 저택에서의 삶과 저녁이면 뭘 먹어야 할지 고민하지 않는 대신 자유를 포기하는 것이 어떤 것인지. 얼마 지나지 않아, 도망쳐 나온 물고기들은 큰 물고기들의 밥이 될 거야. 편안한 환경에 젖어 있던 물고기들은 위험한 바다에서 살아남기 힘든 법이니까. 그래도 단 1분이라도 물고기들이 맛본 자유를 아쿠아리움에서 지낸 수많은 세월과 바꾸고 싶어 하지는 않겠지.

아, 망치를 찾을 수만 있다면……. 찾아서 저 인공적 세상을 무너트릴 수 있다면 좋으련만.

솔직히 페리는 자신의 마음이 두려웠다.

그런 생각도 두렵고, 그걸 실행에 옮길지도 모를 자신도 두려웠다.

공백

1990년대 이스탄불

우무트의 투옥은 날반트오울루 가족에게 엄청난 파문을 일으켰다. 자신과 주변 사람들이 감추고 있던 모든 결점과 실수가 칠흑 같은 어둠 속 손전등으로 비추기라도 한 것처럼 훤히 드러나는 계기가 된 것이다. 삶에서 드러난 커다란 공백을 그들은 서로 다른 방식으로 채우려 했다. 멘수르는 술을 더 많이 마시기 시작했다. 한 번에 급격히 많이 마시기 시작한 건 아니었다. 한 잔씩 한 잔씩 그렇게 술이 늘어 갔다. 노래를 부르거나 정치 이야기를 나누면서 친구들과 라크를 들이켜며 술자리를 즐기던 그 남자는 사라지고 없었다. 대부분 혼자 마시기를 원했다. 그가 기울이는 술잔을 함께하는 유일한 친구는 침묵이었다. 아빠의 상심이 너무나 깊고 커서, 페리는 차마 아빠에게 손을 뻗지 못했다. 페리는 어떻게 해야 아빠의 기분이 나아질지 알 수가 없었다.

멘수르의 육체는 이런 식의 삶의 템포를 견디지 못했고, 기진맥진한 자신을 드러내지 않으려고 억지로 버티고 있었다. 하지만 창백한 하늘에 나타나는 초승달처럼 눈 밑에 움푹 파인 반원들은 어쩔 수가 없었다. 그러면서 그의 건강은 더 나빠지기 시작했다. 아침이면 땀에 젖고, 온몸에 통증을 느꼈다. 마치 자면서 돌이라도 져다 나른 것처럼 힘들게 자리에서 일어났다. 종종 정신이 혼미해졌는지 자기가 무슨 말을 했는지 잊어버리기도 했다. 스스로 통제할 수 없는 몸 떨림 현상을 숨기기 위해 사람들과 거리를 두거나 말을 하지 않았다. 아니면 반대로 도가 지나치게 말을 많이 하기도 했다. 모두 자신을 방어하기 위한 방식이었다. 더 일할 수 있는 상황이 아닌 게 분명해지자, 직장에서는 그를 조기 퇴직시켰다. 이렇게 해서 그는 집에서 더 많은 시간을 보내게 되었다. 이런 변화가 아내와 작은아들 하칸에게는 결코 좋을 리가 없었다. 멘수르가 처한 상황은 두 개의 전선에서 동시에 싸우며 온갖 수단을 다 동원했던 오스만 제국을 연상시켰다. 동부 전선에서는 아내와의 전쟁, 서부 전선에서는 아들과 새로 시작된 전쟁. 그는 두 전선에서 모두 패배하고 있었다.

아버지와 아들은 끊임없이 격렬하게 부딪혔다. 남자들의 목소리가 오가는 아침 식탁은 서로를 비난하는 무대가 되었다. 다이너마이트가 폭발한 후 죽은 물고기 떼가 수면 위로 떠오르는 것처럼, 서로를 헤집는 말 폭탄이 식탁에서 터져 댔다. 밖에서 보면 싸움의 원인은 하찮은 문제들이었다. '넌 차를 후루룩거리며 마셔, 왜 멋대가리 없는 셔츠를 입니?' 하지만 보이지 않는 갈등은 더 깊은 내면에 있었다.

엄마 셀마는 예외 없이 항상 아들 편이었다. 아들 문제라면, 자신을 위해 싸우는 것보다 더 독하게 대들었다. 마치 새끼를 지키는 매처럼 사납고 억셌다. 2 대 1 싸움이었으니 공정하지 않았다. 그러니 자신을 세상에서 가장 사랑해 주는 아버지를 돕기 위해 페리가 나설 수밖에 없었다. 어린 페리는 집에서 벌어지는 대전투에 참여하기 시작했다. 페리는 최선을 다했지만 싸움꾼이 아니었다. 그녀의 사고방식과 본성은 다른 사람과 달랐다. 이기는 게 문제가 아니었다. 그녀가 원하는 건 휴전 협정이었다. 싸움과 긴장 상태를 없애는 게 페리의 목표였다.

좋은 교육의 가치를 전혀 알지 못했던 하칸은 얼마 지나지 않아 대학을 그만둔다고 했다. 다시는 그는 아무짝에 쓸데없는 가축우리 같은 곳으로 돌아갈 생각이 없었다. 그는 생각을 바꿀 마음이 전혀 없었고 완강했다. 아들이 하루아침에 학생 신분을 버리자 어머니와 아버지는 절망에 빠지고 말았다. 아들의 지성이 열리기도 전에 닫혀 버린 채 봉인되었기 때문이다. 하칸 자신도 얼마나 고통받고 있는지 그 눈동자가 말해 주고 있었다. 그는 분명 분노했고, 반항하고 있었다. 자신의 처지에 대해 끊임없이 불평을 토해 냈다.

하칸은 이제 배를 채우고, 옷을 갈아입거나, 잠을 자기 위해서만 집에 들렀다. 새로운 친구들을 만나기 전까지 그는 바람에 날아가는 풍선처럼 목적 없이 한동안 여기저기 떠돌았다. 그들과 그는 이마를 양옆으로 맞대며 인사를 나눴다. '영광', '명예', '애국'과 같은 단어를 주로 사용하는 그 친구들을 통해 하칸은 자신만의 이념을 갖게 되었다. 곧바로 그 친구들의 회의론과 비관론 모두를 자기 것으로 받아들였다. 그런 다음 그는 극우주의 지역 신문으로부터 일자리 제의를 받았다. 문법과 철자법은 형편없었지만, 어휘력은 뛰어났다. 하칸은 공격적인 칼럼을 쓰기 시작했다. 가명을 사용하면서 날이 갈수록 날카롭고 공격적인 칼럼을 썼다. 매주 그는 '배신자—우리 주변에 있는 나쁜 놈, 썩은 부패 세력—'를 폭로하는 글을 썼다. 유대인, 아르메니아인, 그리스인, 쿠르드인, 알레비파[30], 자자인[31], 라즈인[32]……. 민족주의는 맞춤 양복처럼 하칸의 정신세계와 완벽하게 들어맞았다. 하칸은 새로운 정체성을 등에 업고 자신은 강하고 원칙적이며 천하무적이라고 느꼈다. 그는 미국, 이스라엘, 러시아, 중동에 대해 허무맹랑한 생각을 하고 있었는데, 이 모든 나라와의 관계에 음모와 숨겨진 로비가 있다고 보았다.

하칸이 어느 날 아침 식사 때 벌어진 말다툼 끝에 아버지에게 소리 질렀다. "아빠는 감옥에 있는 아들이 하나뿐이라고 생각하세요? 저도 이 집에 갇힌 죄수예요."

"우무트 형은 운이 좋네, 매일 아빠의 연설을 안 들어도 되니까."

"부끄러운 줄 알아! 불쌍한 형에게 운이 좋다니. 이 망할 자식."

멘수르가 윽박질렀다. 평소 떠는 손보다 더 떨리는 목소리였다.

페리는 고개를 쭉 빼고 어깨를 움직이지 않은 채 그들의 말다툼을 듣고 있었다. 가족 내 불화를 목격한다는 건 페리에겐 너무나 힘든 일이었다.

"애를 좀 내버려 둬요. 다 큰 청년이라고요."

셀마는 남편을 향해 소리쳤다.

---

30 이슬람 열두 이맘파의 분파로 시아파에 속하는 종파

31 튀르키예 동부 지역에 주로 거주하는 소수 민족

32 튀르키예 북동부 흑해 연안 조지아 국경 지역을 중심으로 거주하는 소수 민족

"아, 그러니까 이 식탁에서 밥 먹지도 말라는 말씀이군요, 그렇죠? 좋아요, 앞으로 손도 안 댈 거예요."

하칸은 비어 있던 빵 소쿠리를 벽에 집어 던졌고, 소쿠리는 고무공처럼 튕겨 나가면서 빵 부스러기를 사방에 흩뿌렸다.

"알코올 중독자의 빵을 누가 원하겠어?"

알코올 중독자라는 말은 이 집 그 누구도 입 밖에 낸 적이 없는 말이었다. 한 집안의 가장에게 '알코올 중독자'라는 말은 지나친 모욕이었다. 다시는 주워 담을 수 없는 말로 마침내 선을 넘고 만 것이다. 무거운 침묵이 내려앉았다. 아들 하칸은 그 무게를 못 이긴 듯 화를 내며 밖으로 나가 버렸다.

셀마는 울기 시작했다. 흐느낌 사이로 커졌다 작아졌다 하는 그녀의 울음소리가 들렸다.

"천벌을 받은 거야, 온 가족이. 이건 우리가 지은 죄에 대한 대가야."

셀마는 장남의 기구한 운명을 알라의 징벌이자 경고로 해석했다. 이 신성한 알라의 메시지에 귀를 기울이지 않았기 때문에 더욱더 큰 고난을 겪게 될 것이라고 확신하고 있었다.

"평생 들었던 말 중 제일 멍청한 소리야!" 멘수르가 대꾸했다. "위대하신 알라께서 뭣 때문에 고작 우리 날반트오울루 가족을 가지고 그러시겠어? 다른 할 일이 없으시대?"

"왜냐하면, 우리… 당신한테… 교훈을 주려고 그러시는 거야."

"뭔데, 그 교훈이라는 게?"

"우리의 잘못이 뭔지 우리 스스로 깨닫기를 원하시는 거야." 셀마가 답했다. "당신이 그걸 이해할 때까지 우리 가족 중 누구도 편안하지 못할 거야."

"우무트에게 일어난 일이 알라의 복수라니, 하나님이 우리에게 교훈을 주기 위해 감옥에 가두고, 고문을 했다는 거야? 당신이 문제야, 이 여자야. 당신한테 문제가 있거나, 당신의 알라한테 문제가 있어."

"회개합니다, 회개합니다……." 셀마가 중얼거렸다.

알라의 분노라고 생각했던 이 상황을 원래대로 되돌려 놓으려는 마음에 셀마는 며칠, 때로는 몇 주 동안 제대로 먹지 않았다. 그녀는 빵, 요구르트, 물, 대추야자만으로 끼니를 해결했다. 그녀는 기도를 올렸다. 신과 거래하기 위한 맹세들을……. 그녀는 거의 밤마다 잠을 자지 않았고, 마음을 진정시키는 두 가지 일, 그러니까 기도와 청소에 몰두했다. 그녀는 누우면 가구를 덮고 있는 미세한 먼지 층이 떠올랐다. 그리고 나무 옷장을 갉아 먹는 빈대 소리에 귀를 기울였다. 어떻게 그 소리는 셀마에게만 들리는 걸까? 그녀는 으깬 아스피린, 백식초, 레몬즙, 베이킹소다를 섞어 온 집 안 곳곳을 닦고 또 닦았다. 그런 다음 헹구고, 솔질하고, 광을 냈다. 가족들은 매일 아침 독한 세제 냄새를 맡으며 잠에서 깨어났다.

손을 너무 자주 씻는 바람에 셀마 손에서는 소독약 냄새가 났다. 건조해진 피부는 벗겨지고 피가 났다. 그러다 보니 세균 감염에 대한 두려움이 더 커져 손을 더 자주 씻게 되었다. 그녀는 검은 장갑도 끼기 시작했다. 히잡과 발뒤꿈치까지 내려오는 남색 외투를 본 사람들은 독실한 신자라서 장갑을 끼고 있다고 생각했지만, 사실 그녀는 손을 감추기 위해서 장갑을 꼈다. 어느 날 저녁, 셀마와 페리가 시장에서 집으로 돌아오는 길이었다. 페리가 뒤를 돌아봤을 때, 희미한 가로등 아래에서 엄마가 잠깐 보이지 않았다. 어두운 저녁과 그녀가 입은 짙은 색 옷이 그렇게 하나로 뒤섞일 정도였다.

아내의 이런 낯선 모습에 충격을 받은 멘수르는 그녀와 함께 사람들 앞에 나타나고 싶지 않았다. 이젠 필요한 물건이 있어도 직접 샀다. 그의 관점에서 그의 아내가 입는 옷은 아주 오래전부터 그가 혐오해 왔고, 받아들일 수 없는, 자신이 반대해 왔던 중동의 모든 것을 상징하고 있었다. 그는 그것을 '광신도들의 무지'라고 불렀다. 그는 다른 종교와 문화에 대해 아무것도 모르면서 —정형화된 교육을 제외하고— 자신의 사고방식이 최고라고 가정—그들이 그 문화에 태어나 가르치는 것에 대해 의구심을 갖지 않고 그대로 받아들이는 바람에—하는 것을 도무지 이해할 수가 없었다.

반면 남편 멘수르의 방식과 태도에는 오랫동안 셀마를 괴롭히고 짜증 나게 했던 모든 것이 집약되어 있었다. 남편의 눈에는 경멸이, 목소리에는 확신이, 턱을 들어 올릴 때는 자신감이 있었다. 그녀는 그것을 '세속주의자들의 오만함'이라고 불렀다. 그녀는 세속주의자들이 자신들은 마치 공동체를 벗어나 높은 곳에 떨어져 사는 것처럼, 수백 년간 이어져 온 전통을 무시하는 교만을 이해할 수 없었다.

이렇게 해서 셀마와 멘수르는 한집에서 한마디 대화도 없이, 서로 스치듯 지냈다. 사랑 없는 삶은 분노가 덮고 있었다.

페리는 책에 몰두했다. 문학은 불행한 가정에서 자란 아이들에게는 최고의 안식처였다. 단편, 소설, 시……. 그녀는 학교의 열악한 도서관에서 거기 있는 책은 뭐든 손에 잡히는 대로 읽어 내려갔다. 더 이상 읽을 책이 없자 백과사전까지 속속들이 읽었다. 압바스 왕조에서 좀비에 이르기까지 사는 데 아무 소용없는 여러 가지 지식을 백과사전에서 배웠다. 언젠가는 쓸모 있으리라 생각했다. 비록 아무 도움이 안 된다고 해도, 그녀는 단지 배움에 대한 갈망에 이끌려 계속 책을 읽었다.

책은 그녀의 창의력을 키웠고, 생각에 자유를 가져다주었다. 페리에게는 문학이라는 세계가 집이었다. 주말에는 아예 방에서 나가지 않았다. 간간히 끼니도 걸렀다. 사과와 견과류를 먹으며 빌려 온 책 하나를 다 읽고 나면 다음 책으로 넘어갔다. 그녀는 지능도 근육처럼 발달할 수 있다는 것을 깨달았다. 기억력도 마찬가지였다. 그녀는 학교에서의 암기식 교육에 만족하지 못했기에 지식을 기억할 수 있도록 말로 그리고 시각적으로 외울 수 있는 암기 기법을 개발했다. 라틴어 식물 이름에 오스만 제국 역사에 아주 자주 등장하는 전쟁과 평화 시기를 갖다 붙이는 식으로 말이다. 페리는 문학에서 수학, 물리학에서 화학에 이르기까지 모든 과목에서 우수한 성적을 받아야겠다고 결심했다. 의지도 강했고, 노력도 했다. 공부가 그녀에게는 일종의 도피처였다는 것을 그 누구도 알지 못했다.

페리는 이렇게 열심히 공부하는 것이 페리 자신을 또래 친구들에게서 멀어지도록 한다는 것도 알고 있었다. 하지만 신경 쓰지 않았다. 날반트오울루 가족 모두가 그렇듯이 그녀도 태어날 때부터 외롭게 살아야 하는 운명이었다. 다른 아이들이 자기에게 '선생님의 어린 양'이라는 별명을 붙였지만 신경 쓰지 않았다. 인기 많은 여자아이들이 그녀를 생일 파티에 초대하지 않거나, 영화를 보러 갈 때도 불러 주지 않는 것이 신경 쓰이긴 했지만, 페리는 그것도 당연하게 받아들였다. 그러면서 그녀는 새로운 친구를 사귀었다. 구두시험을 보면 무서워서 오줌을 지리는 여학생, 엄마의 실수 때문에 조롱과 모욕을 당하는 남학생, 말을 더듬어서 따돌림 당하는 여학생……. 페리는 아무도 좋아하지 않는 이런 들풀 같은 아이들을 사랑했다. 자신이 그러하듯 남들과 다른 아이들과 친구가 되었다.

페리에게 인생의 의미는 열심히 공부하는 것이었다. 그녀도 사랑에 빠지고, 가정을 꾸리고, 직업을 구해야 한다는 것을 알고는 있었다. 적어도 이론상으로는 그랬다. 하지만 농땡이 치고, 게으름 피우고, 대충하는 척하는… 이런 건 그녀에게 어울리는 삶이 아니었다.

책은 그녀에게 고국이자 동시에 영원한 도피처이기도 했다.

저승사자와의 탱고

1990년대 이스탄불

페리가 열한 살이 되었을 때, 그녀의 엄마는 오랜 소원이던 성지 순례를 떠났다. 큰오빠는 여전히 감옥에 있었고, 작은오빠는 누구와 어울려 다니는지도 알 수 없었다. 자연스럽게 집은 페리와 그녀의 아빠 차지가 되었다. 부녀는 점심에는 코프타와 감자 요리, 저녁에는 코프타와 파스타를 함께 요리했다. 대충 설거지를 마친 후에는 보고 싶은 텔레비전을 마음껏 시청했다. 일종의 휴가 같았다.

페리는 어느 날 아침, 복통 때문에 잠에서 깼다. 처음에는 복통이 코프타 때문인 것 같아 메뉴를 바꾸는 게 좋겠다고 생각했다. 하지만 화장실에 들어간 그녀는 깜짝 놀랐다. 속옷에 핏방울이 묻어 있던 것이다. 페리는 책이나 이웃 언니들을 통해 이런 일에 대해서 보고 들은 적이 있었다. 언니들은 속삭이며 이야기했다. "아주머니가 또 왔네." 자기들만의 은어로 불평했다. "뒤에 묻었는지 봐 줘." 하면서 한 발 앞으로 나서서 서로 친구들끼리 말하곤 했다. 페리는 열네 살쯤 그날이 올 것이라고 예상했다. 이렇게 빨리 그날과 맞닥뜨리게 되리라고는 짐작도 못 했다. 열네 살이 될 때까지 페리는 엄마에게 이 일을 비밀로 해야만 했다. 그녀는 오래된 헝겊을 가져와 잘랐다. 세탁해서 말리면 몇 년 동안 계속 사용할 수 있었다. 이날 페리에게는 또 하나의 비밀이 생겼다.

엄마 셀마는 2주 뒤 돌아왔다. 피부는 햇볕에 그을렸고, 몸은 야위어 있었다. 그녀는 소파에 몸을 던지자마자 여행 이야기를 시작했다.

"작년에 터널에서 발생한 압사 사고 이후로 사우디아라비아가 더 주의하는 것 같더라. 그런데 전염병은 막지를 못했어. 얼마나 아팠던지 죽는 줄 알았지 뭐야."

"세상에, 당신 안 죽기를 잘했어, 당신 없이 우린 어떻게 살라고." 남편 멘수르가 말했다. "알라시여, 감사합니다. 집에 돌아오게 해 주셔서."

셀마가 한숨을 쉬며 말했다. "병이 낫지 않았더라면 거기에 묻혔겠지, 성지에."

"이스탄불 묘지 풍경이 낫지." 멘수르는 말장난을 계속했다. "신선한 바다 공기도 있지. 메디나에 묻혔다면 대추야자나무 거름이나 됐을 거야. 하지만 이스탄불에는 매스틱나무, 린덴나무, 단풍나무…… 당신이 원하는 나무 다 있잖아. 재스민나무 아래에 묻히는 게 제일 좋지. 일 년 내내 향기가 살랑거리고 말이야."

남편의 비꼬는 듯한 말에 셀마는 장작불에 불꽃 튀듯 발끈했다.

두 사람이 다시 싸울까 두려워서 페리는 곧바로 두 사람의 대화에 끼어들었다.

"가방에 뭐가 들어 있어요, 엄마. 우리를 위해 뭐 안 사 왔어요?"

"안 사 올 리가 있겠니? 메카를 통째로 사 왔단다."

페리와 멘수르는 기대감에 들떴다. 그들의 얼굴은 의욕에 넘치는 아이들처럼 빛났다. 대추야자, 꿀, 미스왁Miswak[33], 콜로냐Kolonya[34], 기도용 깔개, 히잡, 성수가 든 작은 병…….

"이 액체가 성수라는 걸 어떻게 알아?" 멘수르가 성수 병들 중 하나를 흔들며 물었다. "누구한테든 확인은 해 본 거야? 수돗물을 팔았을 수도 있잖아."

셀마는 그 병을 낚아채서는 뚜껑을 열고 단숨에 마셔 버렸다.

"이건 순수 성수야, 당신의 정신이 깨끗하지 않은 것 같네! 성수가 당신한테 필요가 있을까?"

"오, 그래. 알았어." 멘수르는 어깨를 으쓱했다.

페리는 옆에 있는 커다란 상자를 가리키며 물었다.

"이건 뭐예요, 엄마?"

상자에서는 예상치 못한 것이 나왔다. 모스크 모양의 청동 벽시계로 아래에는 진자가 있고, 양옆에는 첨탑이 있었다. 셀마는 이 벽시계가 전 세계 수천 개 도시의 예배 시간을 보여 주도록 프로그램 되어 있다고 했다. 그리고는 벽시계를 아타튀르크 초상화 바로 맞은편, 메카를 향하고 있는 거실 벽 못에 걸었다.

---

33 칫솔 대용으로 사용하던 나무

34 19세기 독일에서 들여온 콜론의 변형된 형태로 에틸알코올을 함유량이 60-80%에 달하는 가벼운 소독제이자 향수

멘수르는 인상을 찌푸리며 말했다.

"나는 내 집 지붕 아래에 모스크가 있는 건 싫어."

"그래? 나는 한 지붕 아래에서 믿음도 없는 사람과 함께 살고 있는데 뭐."

셀마가 곧바로 쏘아붙였다.

"이것 봐 당신, 내가 무슨 죄를 짓든 그 절반은 당신 것이야. 그 이상한 걸 가지고 오지 않았다면 나도 이러지 않았지. 모스크를 모방한 시계라니 말이 돼? 이런 말도 안 되는 거! 저거 치워!"

"못 치워." 셀마가 소리 질렀다. "내 마음에 들어서 돈 주고 내가 산 거고, 성지에서 여기까지 가져왔어. 거기서 병이 나서 거의 죽을 뻔했는데도 가져온 거라고. 난 이제 성지 순례를 마친 사람이야, 조금이라도 예의를 갖춰!"

페리는 엄마가 아빠에게 고함지르는 걸 처음 들었다. 페리는 오랫동안 인내하고 침묵하며 낮은 목소리로 말해 왔던 엄마가 이토록 거센 저항이 담긴 고함을 치는 것을 듣고 충격을 받았다. 결국, 벽시계는 그 자리에 있게 되었지만, 절대 알람을 울리게 하지 않는다는 조건이 붙었다. 그렇다고 이 절충안은 어느 쪽도 만족시키지 못했다.

멘수르는 그날 이후 깊은 침울함에 빠져들었다. 문제는 종교나 신념이 아니라, 뭔가에 포위되었다는 느낌 때문이었다. 그는 사방이 자신을 포위하고 있다고 느꼈다. 막강한 군대에 에워싸인 작은 섬나라처럼, 끊임없이 자기 삶의 방식을 지키기 위해 투쟁해야 하는 상황인 셈이었다.

그날 저녁, 집이 갑자기 정전이 되었다. 멘수르는 아타튀르크 초상화와 기도 시간을 알리는 시계를 사이에 두고 술상 앞에 홀로 앉았다. 그의 창백한 얼굴에 촛불의 그림자가 드리워졌다. 얼마 지나지 않아 그는 몸이 이상하다고 했다. 마치 귀신이라도 맞이하듯 그는 심장을 손으로 움켜쥐더니 옆으로 쓰러졌다.

심장 마비가 온 것이었다.

페리는 평생 그 불길했던 밤을 잊을 수 없었다. 시간의 흐름과 더불어 날은 점점 어두워졌고, 어둠은 그녀의 어깨를 짓눌렀다. 페리는 아빠가 탁자에 이마를 부딪치면서 생명이 없는 마네킹처럼 땅으로 고꾸라지던 모습과 거기에서 소파로 옮겨진 후 들것에 실려 구급차에 옮겨져서 응급실에 실려 가더니, 삐 소리가 나는 기계로 가득 찬 중환자실로 들어가는 모습을 공포에 질려 바라보았다. 아직 어린아이였던 페리에게는 아빠가 벌을 받은 것이 아닐까 하는 생각만 들었다. 그게 아니라면, 하나님이 시계를 모욕한 아버지 때문에 화가 난 것일까? 그녀 곁에서 울고 계신 엄마에게 여쭤볼까 생각하다가 결국 포기했다. 엄마의 대답이 무서웠다. 이것이 창조주의 방식인가? 먼저 누군가가 농담하며 진면목을 드러내도록 해 놓고 '이런, 대놓고 그런 말을 한 게 너냐?'라며 대가를 치르게 하는 것일까? 하나님이 이렇게 복수심에 불타고, 가혹하며, 징벌적 존재라는 것만으로도 너무 무서운 일이 아닌가? 하나님의 언어는 사랑이 아니었나? 그게 아니라면 공포인가?

그날 밤 딸 페리와 엄마 셀마는 병원 대기실 낡은 소파에 몇 시간 동안 앉아 있었다. 창을 통해 들어오는 달빛 줄기가 기분 나쁜 형광등 불빛과 뒤섞였다. 텔레비전은 켜져 있었지만, 소리는 잘 들리지 않았다.

화면에서 반짝이는 빨간 드레스를 입은 여성이 행운의 수레바퀴를 돌렸는데 '파산'에 바퀴가 서는 것을 보고 그들은 몹시 상심했다. 텔레비전 주위에서 그 방송을 보고 있던 덩치가 크고, 콧수염을 기른 청소부만 혼자 크게 웃었다. 그는 다른 사람들이 망하는 것을 보고 기뻐하는 사람 중 하나였다.

"가서 예배를 드려야겠다." 셀마가 조용히 말했다.

"나도 가도 돼요?"

이 말을 기다렸다는 듯 셀마는 딸을 바라보았다.

"가도 되지. 알라께서는 아이들의 기도를 들어주신단다."

페리는 순순히 고개를 끄덕였다. 그녀는 학교에서 암기한 몇 가지 기도문 외에는 아무것도 몰랐고, 예배를 드려 본 적도 없었다. 엄마가 가르쳐 주려고 했을 때 페리는 거부했다. 페리는 아빠를 더 좋아하는 딸이었기 때문이다. 멘수르의 기도는 그의 아내와는 반대로 짧고, 개인적이며, 의식에 얽매이지 않았다. 그러나 이제 페리는 엄마가 하자는 대로 할 준비가 되어 있었다. 만약 사랑하는 아빠가 하나님을 화나게 했다면, 최선을 다해 자신이 만회하고 싶었다.

그들은 예배를 드리기 위해 병원 화장실에서 손발을 씻었다. 물은 차가웠지만, 페리는 불평하지 않았다. 그들은 대기실의 한구석에서 예배를 봤다. 텔레비전은 여전히 켜져 있었고, 빨간 반짝이 드레스를 입은 여성은 여전히 행운의 수레바퀴를 돌리고 있었다.

그들은 기도 매트가 없었기 때문에 카디건을 바닥에 깔았다. 그녀의 엄마가 무슨 행동을 하든, 페리는 조금 늦게 돌아오는 메아리처럼 그대로 따라 했다. 엄마 셀마는 가슴에 손을 모았고, 딸 페리도 똑같이 따라 했다. 셀마는 앞으로 몸을 숙인 다음 허리를 곧게 펴고 엎드렸다. 페리도 따라 했다. 단 하나 차이가 있다면, 엄마의 입술은 끊임없이 움직이는데, 페리의 입술은 움직이지 않는다는 것이었다. 페리는 갑자기 알라께서 이런 자신의 행동을 마음에 들어 하지 않을 수도 있다고 생각했다. 소리 없는 기도라니! 속 빈 편지 같아. 속에 아무것도 들어 있지 않은 빈 봉투 같아. 페리는 뭔가 말해야겠다고 마음먹었다. 그리고 잠시 생각한 뒤에 이렇게 말했다.

"사랑하는 나의 알라시여,

우리 엄마는 당신이 항상 나를 지켜보고 있다고 했습니다. 감사합니다……. 좋은 일이긴 하지만 조금 불안합니다. 가끔은 제 방에서 혼자 있고 싶거든요. 어쨌든, 우리 엄마는 모든 걸 알라께서 듣고 계신다고 했습니다. 혼잣말도요. 제 머릿속 생각도요. 일어나는 모든 일을 지켜보고 계신다면서요. 우리 눈은 작아서 깜박이는 데 1-2초가 걸립니다. 하지만 알라의 눈은 아마도 엄청나게 크겠죠. 눈을 깜박이는 데 최소 한 시간이 걸리지 않을까요. 저희 아버지는 좋은 사람입니다. 제가 인생에서 가장 사랑하는 사람입니다. 아빠의 마음은 순수합니다. 아빠가 죄를 지었다 해도, 당신께서 그걸 못 본 것으로 하시면 안 되나요? 아버지를 보실 때 눈을 깜박이시면 안 될까요? 제가 누군가에게 화를 내면 아빠는 항상 '너는 아기가 아니니 다른 사람을 용서할 수 있을 거다.'라고 말씀하셨어요. 그러니까 알라께서도 아빠에게 화가 나셨다면 제발 아빠를 용서하시고 바로잡아 주시겠어요? 이제부터 매일 밤 기도할 것을 약속드릴게요.

아멘.

추신: 엄마가 지금 기도 중에 무슨 말씀을 하시는지 모르겠는데, 엄마가 아빠에 대해 나쁜 말을 하면 그것도 그냥 넘어가 주시겠어요?"

카디건 위에 앉아 있던 페리는 엄마가 고개를 오른쪽, 왼쪽으로 돌리고 손으로 얼굴을 쓸어내리며 기도를 마치는 것을 보았다. 페리도 엄마를 따라 하고, 자신이 쓴 편지를 봉인했다.

다음 날 아침, 멘수르는 베개에 등을 대고 침대에 앉아서 방문객들과 농담을 주고받았다. 며칠 후, 그는 비싼 청구서와 심장 박동 조절기를 달고 병원에서 나왔다. 그는 의사로부터 술을 끊어야 하고, 홍차에 설탕을 넣지 않고 마셔야 하며, 스트레스를 피하라는 처방을 받았다. '스트레스'라는 것은 마치 초대하지 않아도 찾아오는 미운 손님 같았다. 아무튼, 멘수르는 그 말을 듣지 않았다. 그는 자신이 저승사자와 탱고를 춰 본 사람이니 두려워할 것이 없다고 했다.

그날 이후로 페리의 꿈에는 자꾸만 그 이미지가 나타났다. 그녀는 해골만 남은 아빠가 머리가 쭈뼛 설 정도로 이상하고 해괴한 음악에 맞춰 춤을 추는 것을 자주 꿈에서 보게 되었다.

시

2016년 이스탄불

페리는 화장실에 가만히 서서 청동 조각으로 장식된 거울 속에 비친 자신을 물끄러미 바라보았다. 딸에게 보였던 냉정한 태도는 어디로 사라졌는지, 뭐라 할 수 없는 초조함이 밀려왔다. 커다란 아쿠아리움에서 혼자 노는 물고기를 보고 있자니, 외딴 섬에 남았지만, 헤엄을 쳐 탈출할 엄두를 내지 못하는 만화 속의 불쌍한 주인공이 떠올랐다. 우리는 살아가면서 아주 오래된 습관도 버릴 수 있고, 성격 장애도 고칠 수 있다. 가장 가까운 친구와의 우정은 깨질 수 있고, 약물 중독은 극복할 수 있다. 그런데 어쩌면 사람이 가장 바꾸기 힘든 건 특정 공간에 대한 소속감일 것이다. 왜 우리는 정든 거리, 도시, 늘 반복되는 일상에서 벗어나지 못하는 걸까? 불행하다고 느끼면서도 왜 우리는 우리가 사는 곳에서 멀리 미지의 곳으로 떠나지 못할까?

문 저편에서 웃음소리가 커졌다. 사업가 집주인이 굵은 목소리로 농담을 하고 있었다. 페리는 그 농담을 듣지는 못했지만, 선정적인 거라는 건 알 수 있었다. "오, 당신들 남자들이란!"이라고 하는 반쯤은 불평 섞인, 반쯤은 바람기가 서린 여자 목소리가 들렸다.

페리는 입술을 삐죽거렸다. 페리 자신은 그 여자처럼 모두 들으라는 듯이, 게다가 교태 섞인 목소리로 "오, 당신들 남자들이란!"이라고 말하는 그런 여자는 절대로 될 수 없었다.

남자든 여자든 그녀는 과거가 남긴 여러 개의 흉터가 있고, 눈동자에는 모호한 슬픔과 외로움이 묻어나며, 보이지 않는 영혼의 상처가 느껴지는 사람들에게 주로 관심이 갔다. 페리는 그런 사람들에겐 아낌없이 시간을 할애할 수 있었고, 아름답게 우정을 지속할 수도 있었다. 하지만 그건 몇몇 사람에게만 허락되는 관계였다. 그녀는 이런 면에서 세련되지 못했고, 누구에게도 쉽게 다가가지 않았다. 늘 똑같은 허공을 맴도는 대화에 싫증이 났다. 도망가고 싶었다. 오늘 밤, 이 화려한 부르주아들의 지루한 만찬은 도무지 끝나지 않을 것 같은 느낌이 들었다. 어쩌면 그녀도 즐거움을 만끽하기 위해 은밀한 자신만의 게임을 생각해 내야 할지도 몰랐다.

페리는 서둘러 세수를 했다. 립스틱이 부러지지 않았고, 그 골목에서 아이섀도를 잃어버리지만 않았다면, 화장을 다시 했을 것이다. 손가락으로 대충 머리를 빗으며 그녀는 거울 속 자신을 바라보았다. 여전히 예쁜 편이다. 하지만 무슨 이유에서인지는 몰라도, 어떤 여자들은 자신을 꾸밀 줄도, 아름다움을 유지할 줄도 몰랐다. 그녀도 그런 여자 중 하나였다. 그녀는 화장실 문을 열자마자 눈앞에 보인 딸을 보고 깜짝 놀라

흠칫했다.

"아빠가 엄마 어디 있냐고 물었어."

"세수했는데." 페리는 잠시 망설였다. "아빠한테 뭐라고 했어?"

딸 데니즈의 눈동자에 잠깐 동정심의 빛이 반짝였다. 희미하고 순간적으로 빛났다.

"아무 말도."

"잘했어, 고마워. 안으로 들어가자."

"잠깐만, 이걸 잊은 것 같은데."

딸 데니즈가 손에 들고 있던 것을 엄마에게 건네며 말했다.

그건 페리가 골목에서 그토록 찾았지만, 발견하지 못했던 폴라로이드 사진이었다. 데니즈가 바닥에서 발견하고는 바로 주머니에 넣은 게 분명했다.

"엄마, 난 왜 이걸 한 번도 본 적이 없지?"

사진에는 네 명이 있었다. 교수 하나와 세 여학생. 그들은 미래가 그들에게 무엇을 숨기고 있는지, 그들 앞에 무엇을 준비하고 있는지 알지 못했다. 그들은 행복하고, 희망적이었으며, 세상을 바꿀 준비가 되어 있었다. 페리는 사진을 찍었던 그 날이 기억났다. "옥스퍼드 대학교에 이렇게 길고 추운 겨울은 없었어."라고 사람들이 이야기했다. 그녀는 아침마다 뼛속까지 스며드는 추위와 꽁꽁 얼어붙은 파이프들, 거대한 눈 더미, 그리고 온몸을 감쌌던 설렘, 사랑에 빠진 흥분까지 모두 기억했다.

"이 사람들은 누구야, 엄마?"

심장이 빠르게 뛰는 것을 느꼈지만 페리는 평정심을 유지했다.

"옛날 사진." 그녀는 중얼거렸다.

"그래서 지갑에 넣고 다닌 거야? 우리 사진이랑 같이?"

데니즈가 호기심 가득한 목소리로 물었다.

"말해 줘, 이 사람들은 누구야?"

페리는 사진 속 젊은 여자 세 명을 가리켰다. 그들 중 한 명은 두건을 쓰고 있었다. 아몬드같이 생긴 눈가로 두꺼운 아이섀도가 그려져 있었다.

"이 친구가 모나야. 이집트 출신의 미국인 학생이었지."

데니즈는 호기심에 차서 사진 속 젊은 여자의 완벽한 눈 화장을 살펴보고 있었다.

"다른 여자애는 쉬린……. 가장 가까운 친구였어." 페리가 말했다. "이란에서 태어나서 영국에서 자랐지. 얼마나 많이 돌아다녔던지 스스로 어느 나라 출신으로 느껴야 하는지 구분이 안 갈 정도라고 했어."

"엄마는 이 사람들을 어디서 알게 된 거야?"

페리는 잠시 머뭇거렸다.

"엄마 대학 친구들이야. 같은 집에서 살았지. 모두 같은 수업을 들었어, 같은 교수님한테서. 하지만 같은 학기에 들었던 건 아냐."

"무슨 수업이었는데?"

페리의 얼굴에 고요한 미소가 번졌다.

"수업의 주제는… 신神이었어."

데니즈는 자신이 관심 없는 일에 반응을 보일 때 그랬던 것처럼 "와!"라고 했다. 그리고 중앙에 서 있는 키 큰 남자를 손가락으로 가리켰다. 모양이 잘 안 잡히는 그 남자의 금발 갈색 머리는 물결치듯 어깨까지 흘러내리는 긴 머리였다. 회녹색 눈빛이 모자 아래에서 빛났다. 그의 턱은 강하고 모양이 잘 잡혀 있었다. 그의 표정은 평온했지만, 그렇다고 완전히 편안해 보이지는 않았다.

"그럼 이 사람은 누구야?"

뭔가 불안한 듯 페리 얼굴이 일그러졌다.

"그 사람은 우리 교수님이었어."

"정말? 오히려 반항적인 학생처럼 보이는데."

"반항적인 교수님이었지."

페리는 신난다는 투로 말했다.

"그럴 수가 있어?"

데니즈가 물었다.

"이름이 뭐였어?"

"아주르."

"근데 이름이 이상해. 여기가 어디야?"

"영국……. 옥스퍼드 대학교."

"뭐? 엄마가 옥스퍼드에 다녔다고? 왜 지금까지 말해 주지 않았어?!"

페리는 머뭇거렸다. 무슨 말을 해야 할지 몰랐다. 왜 지금까지 이 사실을 아무에게도 말하지 않았는지 자신도 몰랐다.

"졸업하지 않고 그만뒀거든."

그녀가 작은 목소리로 말했다.

"어떻게 합격한 거야?"

페리는 딸의 질문에서 오만함을 느꼈다. 엄마를 무시해 왔던 딸이 느끼는 놀라움이었다. 아직 몇 년이 남아 있기는 하지만 데니즈는 벌써 대학 입학시험을 걱정했다. 데니즈는 그리 우수한 학생은 아니었다. 교육 시스템은 학생들을 경쟁시키기 위해 만들어져 있었다. 어린 시절의 페리처럼 쉬지 않고 공부만 하는, 어차피 다른 삶이 없는 학생들에게는 괜찮았을지 몰라도, 이런 교육 시스템은 데니즈처럼 꿈이 많고, 창의적이며, 에너지 넘치는 아이들에게는 너무 억압적이었다.

"점수가 높아서 선발 과정을 통과했어. 네 외할아버지가 학교에 지원하는 데 도움을 주셨지. 고맙게도 돌아가신 외할아버지께서 넓은 세상을 배워야 한다며 지지해 주셨거든."

"할아버지가?"

데니즈가 물었다. 머리가 흔들흔들하던 노인네 이미지와 이렇게 강한 진취적 성격이란 쉽게 연결되지 않았다. 페리는 미소를 지었다.

"그래, 외할아버지는 항상 나를 자랑스러워하셨지."

"그럼 외할머니는? 외할머니는 어떠셨어?" 약삭빠르게 데니즈가 물었다.

"외할머니는 걱정하셨지. 혹시라도 외국에서 무슨 일이 생길까 봐. 물론 내가 아주 어렸기도 했고. 집을 떠나는 것도 처음이었어. 엄마 처지에서는 쉽지 않았겠지."

페리는 한숨을 쉬었다. 자신이 엄마에게 공감한다는 사실에 스스로 놀랐다.

데니즈는 잠시 생각하더니 물었다.

"이 모든 게 언제 일이야?"

"9.11 즈음이었을 거야. 너 같은 아이들에게 그게 어떤 의미인지 모르겠다만."

"9.11이 뭔지 알 것 같은데." 데니즈가 대꾸했다. 그리고 데니즈의 얼굴은 새롭게 뭔가를 알아낸 것이 흥분된다는 듯이 반짝였다. "그러니까 아빠를 만나기 전이구나."

"옥스퍼드 대학교를 그만두고 이스탄불로 돌아왔구나. 그 후 공부를 그만두고 결혼해 세 아이를 낳고 주부가 된 거네. 완전히 삶이 달라졌네, 브라보!"

"난 달라지려고 한 건 아냐." 페리가 말했다. 딸의 빈정거림에도 적응한 지 오래다.

데니즈는 못 들은 척 아랫입술을 깨물었다.

"근데 왜 대학을 그만둔 거야?"

"힘들었어……. 수업, 시험……."

페리는 여기서 거짓말은 그만해야겠다고 생각했다. 데니즈는 아무 말 없이 엄마를 곁눈질로 쳐다봤다. 엄마 말이 믿어지지 않는 게 분명했다. 데니즈는 태어나서부터 매일 보아 온, 자신의 모든 요구와 변덕을 받아 줄 것으로 기대했던 한 여자가 자기와 형제들이 태어나기 전에 완전히 다른 삶을 살았을 수도 있다는 그런 생각을 해 본 적이 없었다. 웬일인지 데니즈는 엄마의 젊은 시절—특히나 광란의 시절이었다면—을 생각하고 싶지 않았다. 자신을 불편하게 만드는 생각이었다. 엄마라고 하면, 평화로운 계곡, 고요한 호수, 손바닥처럼 훤히 알고 있는 높은 산, 이미 정복한 땅 같은 존재였다. 데니즈는 그 대지에 아직 지도에도 없는 미지의 땅이 존재할 수 있다는 점이 마음에 들지 않았다.

"이제 사진을 좀 줄래?"

"잠깐."

천장에 붙어 있는 램프 불빛이 그녀의 속눈썹 아래 춤추는 동안 데니즈는 사진을 얼굴에 더 가까이 가져갔다. 눈살을 찌푸리면서 거의 사팔처럼 눈을 치켜떴다. 데니즈는 어딘가에 숨겨져 있을 단서를 찾으려는 것 같았다. 불현듯 사진을 뒤집더니 뒷면에 적힌 글을 보았다.

"쉬린이 페리에게, 자매애를 담아.

기억해 줘, 생쥐야. 나는 더 이상 남자도, 여자도, 천사도, 순수한 영혼도 아니야……"

"생쥐는 누구야?" 데니즈가 킥킥대며 물었다.

페리는 고개를 살짝 숙이며 답했다.

"쉬린이 나를 그렇게 불렀어."

"엄마가… 생쥐라고?"

데니즈는 엄마를 놀리기 시작했다.

"내가 엄마에게 별명을 지어 준다 해도 생쥐는 도저히 어울리지 않는데. 포악한 호랑이나 그런 걸 지어 줬어야지!"

"내가 변한 거지. 너도 시간이 지나면 변할 거야." 페리가 말했다. "자, 이제 가야지."

데니즈의 찌푸려진 미간을 보니 아직도 의문이 남았다는 걸 알 수 있었다.

"여기 '남자도 여자도 천사도 아닌'이라는 건 뭐야?"

"그냥 시야. 이란의 시인 하피즈의 시 구절이야." 페리는 얼버무렸다.
"얘, 사진 그만 이리 줘."

갑자기 홀에서 박수와 환성이 터져 나왔다. 누군가 다른 누군가의 화를 돋우고 있었다. 궁금했던 데니즈는 잠시 망설이다 엄마에게 사진을 건네고 서둘러 홀로 돌아갔다.

복도에 혼자 남겨진 페리는 사진을 손에 꼭 쥐었다. 마치 살아 있는 것처럼 온기가 퍼지는 걸 느끼자 자신도 놀랐다. 생각해 보니 정말 이상했다. 순간은 흘러가 버리고, 마음은 단단해지고, 몸은 늙어 버리고, 맹세는 잊힌다. 아주 강했던 믿음조차도 세월 속에서 흔들리고 만다. 그런데 진실을 고작 2차원으로밖에 담아낼 수 없는 허상에 불과한 사진이 이렇게 변함없이 영원히 남아 있을 수 있다니.

페리는 사진 속 얼굴을 보지 않으려 애썼다. 그녀는 과거와 마주하고 싶지 않았다. 쉬린, 모나 그리고 사랑하는 아주르 교수……. 사진 속 세 번째 여자는 그녀 자신이었다. 그때의 페리가 지금의 페리를 본다면 뭐라고 할까? 분명히 좋아하진 않을 것이다. 그녀는 사진을 지갑에 넣었다. 그리고 등을 곧게 폈다. 만나고 싶지 않은 수많은 사람과 원치 않는 대화를 나누기 위한 준비는 끝났다. 그녀는 천천히 안으로 걸어갔다.

동의

1990년대 이스탄불

사람들은 대부분 '신앙'이라는 문제에 있어서는 어느 정도 허세가 있다. 마치 지금 생각을 오래전부터 해 왔던 것처럼 주장하지만, 사람이라는 게 본질이 그럴 수가 없다. 사람은 자라면서 많은 우여곡절을 경험한다. 믿음과 불신은 모두 이런 경험을 토대로 형성된 것들이다. 이런 체험을 겪지 않고 어떻게 정신이 진화할 수 있다는 말인가?

고등학교에 다니는 동안 페리는 '신앙'과 '불신' 사이를 오갔다. 아빠에게 이 사실을 한 번도 말하지 않았지만, 아빠의 심장 마비 후, 페리는 한동안 하나님과의 약속에 충실했다. 그녀는 매일 밤 잠들기 전에 아빠의 건강과 평안을 위해 간절히 기도했다. 하나님께 자신이 아빠를 위한 뇌물이 되어 드리기 위해 '독실한 신자'가 되겠다고 했다. 그건 물론 도저히 이성적으로도 논리적으로 받아들일 수 없는 말도 안 되는 조건이기는 했지만, 창조주와 맺는 모든 계약이라는 게 어느 정도는 그럴 수 있는 것 아닌가?

그러나 그녀가 기도할 때 생각지 못했던 게 하나 있었는데, 그건 일관성이었다. 처음부터 끝까지 유일하고 한결같아야 한다는 것! 하지만 페리가 기도할 때마다 그녀의 생각은 여러 갈래로 나뉘었다. 수십여 개의 목소리가 그녀의 내면으로부터 나왔다. 어떤 목소리는 선의로 애원하는 것이었고, 어떤 목소리는 모든 것에 의문을 제기했으며, 또 어떤 목소리는 무시하고 넘기자는 것이었다. 죽음, 잔인함, 대량 학살, 묘지, 어둠, 때로는 섹스와 같은 원치 않는 이미지가 그녀의 마음을 가득 채웠다. 페리는 자신의 머릿속에 있는 생각들이 너무 부끄러웠다. 다른 사람들은 모두 경외심 가득하게 기도를 하는데 어째서 그녀에게는 그런 마음이 들지 않는 것일까? 눈앞에 나타나는 기분 나쁜 장면이 자신의 기도를 더럽힐까 염려되어, 그녀는 나쁜 생각이 자신의 마음에 들어오기 전에 기도를 끝내려고 서둘렀다. 조급함 속에 올리는 기도였다.

그녀는 집에서 혼자 기도하는 것보다 다른 사람들과 함께 하나님께 기도를 드린다면 내면의 소리를 잠재울 수 있을 것만 같았다. 그래서 비슷한 생각을 하는 몇몇 친구와 함께 근처에 있는 모스크를 찾기 시작했다. 그녀는 그 사원의 높은 아치형 창문을 통해 들어오는 빛의 아름다움과 샹들리에, 서예 작품, 시난[35]의 건축미가 마음에 들었다. 그러나 사원에서 여성을 위한 기도 장소는 맨 뒤쪽 구석에 있거나, 위층에 있었다. 커튼 뒤에 숨어서 또는 멀리 떨어진 구석의 격리된 작고, 어두운 곳에서 예배

---

35 미마르 시난(Mimar Sinan, 1489-1588). 오스만 제국의 건축가이자 토목 기사

를 드리는 것이 마음에 들지 않았다.

한번은 중년 남자가 그녀들을 따라와서는 모스크 정원에 불러 세웠다. 그는 누군가 자기에게 의견을 물어보기라도 한 것처럼 말했다.

"너희 같은 여고생들은 집에서 기도하는 게 더 나아."

그 남자의 눈은 페리의 몸과 가슴을 훑고 있었다.

"여기는 창조주의 집이 아닌가요? 이 집의 문은 누구에게나 열려 있어요."

페리는 그 중년 남자에게 대들었다. 남자는 가슴을 내밀면서 페리를 향해 한 발짝 다가섰다. 그의 몸짓은 경고와도 같은 것이었다.

"이 모스크는 남자들에게도 부족해. 신도들이 길거리로 나가 인도에서 기도를 올린다고. 여학생들이 들어올 자리는 없어."

페리는 그들의 대화를 들은 이맘이 자신들을 두둔해 주지도 않고 지나쳐 가는 것에 화가 났다.

한번은 위스퀴다르에 있는 유서 깊은 사원의 아름다움을 감상하기 위해 여성 예배 장소로 분리해 놓은 위층으로 올라가 칸막이 커튼을 젖혀 본 적이 있었다. 남자들은 아래층에 있었고, 아무도 그들을 보지 못했다. 그런데도 머리부터 발끝까지 가린 여자가 화를 내며 뭐라고 중얼거리더니 순식간에 커튼을 확 닫아 버렸다. 여자가 남자들의 눈에 띄지 않도록 먼 구석에 있기를 바라는 게 남자뿐만은 아니었다. 불행하게도 여자들도 남자들과 똑같은 사고방식을 가지고 있었다.

페리는 깊은 신앙심과 믿음을 가진 사람이 되어, 엄마와 가까워지려고 진심으로 노력했다. 하지만 현실과 출생증명서에 적힌 종교 사이에는 좁힐 수 없는 거리가 있었다. 신분증에 종교란을 집어넣은 건 도대체 무슨 이유 때문이란 말인가? 갓 태어난 아기가 무슬림인지, 기독교인인지, 유대인인지, 그렇지 않으면 신을 믿지 않는지, 누가 결정한단 말이지? 아기 스스로 결정한 것은 아닐 것이다. 아기 때 주어지지 않은 발언권은 커서도 주어지지 않았다. 다른 사람이 자신의 종교를 결정했다.

그녀가 종교란을 직접 채울 수 있었다면, 페리는 아마도 '지옥과 천국의 사이', '우유부단', '미정', '여전히 질문 중'이라고 썼을 것이다. 누군가는 천국에 가고 누군가는 지옥에 간다면, 자신의 위치는 '중간'이 될 것이라고 페리는 확신했다. 그녀는 종교가 모든 것인 사람들과 이런 문제에 관한 이야기는 피하려고 했다. 왜냐하면, 그들은 의심과 믿음 사이를 오가고 있다는 것을 알아차리면 바로 자신을 세뇌하려 들었기 때문이다. "그 책 읽어 봤어? 이 기도를 매일 반복하면 모든 의심이 사라질 거야." 무척이나 끈질기고 자신만만한 사람이었다. '불신자'를 자신의 종교로 끌어들이려는 전도의 욕망은 자신에게 상을 주기 위해서처럼 보였다. 하나님으로부터 점수를 따려는 것일까? 페리는 왜 모든 걸 경쟁으로 받아들이는지 알 수 없었다. 신앙은 혼자만의 개인적 차원의 것이다. 내면에서 추구하는 평생의 여정이 아닌가?

그녀는 아빠가 선물로 준 일기장에 이렇게 썼다.

나는 늘 천국과 지옥 사이에 있는 것 같다. 어쩌면 한 번에 너무 많은 것을 생각하는 것일지도 모르지만, 나는 그 어느 것도 열정적으로 원하지 않는다.

*

페리가 1등으로 고등학교를 졸업하던 날, 그녀는 아버지와 함께 아침 식사를 준비했다. 토마토를 잘게 썰고 파슬리를 다지고 달걀을 풀었다. 얼마나 많은 양념을 넣어 메네멘을 만들었던지 먹을 때마다 마치 혀에 구멍이 뚫리는 것 같았다. 아빠 멘수르의 손 떨림은 갈수록 심해졌다. 양파를 자르다가 그는 손가락을 베었다. 페리는 못 본 척했다. 마치 부엌에서 그들과 함께 돌아다니고 있는 안개에 싸인 아기를 못 본 체하는 것처럼.

아침 식사 후, 멘수르와 페리는 해외 대학에 지원하려는 학생들을 대학과 연결해 주는 유학원에 들르기로 했다. 이전에도 여러 번 갔었고, 부모님과 함께 신난 표정으로 앉아 있는 젊은 지원자들과 함께 순서를 기다리기도 했다. 그들은 외국 대학의 안내 팸플릿을 한참 동안 읽어 보았다. 안내서에는 백인, 흑인, 아시아인… 모든 인종의 학생들이 함께 있는 사진이 있었다. 인종은 달랐지만, 모두 행복해 보였다.

그들은 차를 타고 유학원까지 갔다. 멘수르는 자신이 차를 몰겠다고 고집부렸다. 어쨌거나 조만간 차를 비롯해 그들의 유일한 땅인 올리브밭도 팔 것 같았다. 그녀의 아빠는 페리가 공부할 수 있도록 모아 둔 재산을 처분하기로 했기 때문이다. 유학원으로 가는 도중에 그들은 바다 위에 있어서 유명해진 클르츠 알리 파샤 사원 옆 신호등에서 차를 멈췄다. 사원의 돔 주변에는 갈매기가 진주알처럼 줄지어 앉아 있었다.

"아빠, 왜 아빠는 한 번도 독실한 신자가 되지 못한 거예요?"

"나는 수많은 가짜 종교 지도자를 봤지, 수많은 거짓 설교도 들었고. 결국, 나의 길을 스스로 찾아야겠다고 결심했어."

"그럼 하나님은? 그러니까 하나님의 존재를 믿어요?"

"물론 믿지. 그분이 하는 모든 일의 의도는 알 수 없지만."

관광객처럼 보이는 독일인 한 쌍이 모스크 안뜰에서 사진을 찍고 있었다. 긴 드레스를 입은 여성은 입구에서 나눠 주는 스카프로 머리와 팔을 가렸다. 어쩌면 경고를 받았을지도 모른다. 그에 비해 남자는 샌들과 반바지 차림이었다. 그들을 가리키며 멘수르는 한숨을 쉬었다.

"내가 여자라면 훨씬 더 비판적으로 접근했을 거다."

아빠의 대답은 예상했지만, 페리는 "왜요?"라고 물었다.

"우리 종교 문화는 남성 중심적이니까. 여성에 대한 기준이 다르고, 남성에 대한 기준이 다르잖아."

그때 빨간 차가 그들 옆에 멈췄다. 그 안에는 두 청년이 타고 있었다. 차 안에서는 볼륨을 최대한 키워 쿵쾅거리는 음악이 큰 소리로 흘러나오고 있었다.

멘수르는 다시 한숨을 쉬었다.

"나는 사실 벡타쉬-메블레비-멜라미[36] 전통을 무척 좋아한단다. 사람을 소중히 여기고, 누구에게도 상처를 주지 않을뿐더러 모두를 평등하게 보지. 편협한 광신도를 농담거리로 삼던 오래된 전통은 이제 사라져 버렸어. 이 땅에는 없어. 여기에만 없냐고? 어디에도 없단다. 억압받

---

36 이슬람 신비주의 수피즘의 여러 종파들

고, 침묵을 강요당했지. 모든 것이 정치 이슈화돼 버렸어. 무엇 때문에? 종교라는 미명으로, 신앙이라는 이름으로 사람들을 신에게서 멀어지게 하고 있단다."

신호등이 파란불로 바뀌었다. 신호가 바뀌기 몇 초 전에—몇 초 후가 아니라— 뒤에서 이미 경적을 울리고 있었다. 멘수르는 가속 페달을 밟았다.

"엄마 배 속에서는 어떻게 기다렸을까?"

"아빠, 신앙은 사람에게 균형과 안정감을 주는 거 아니에요?"

"그럴 수도 있지, 하지만 결국 우리는 모두 죽을 거야. 군중, 종교 집단, 단체에 소속되는 게 무슨 의미가 있지? 사람은 홀로 태어나서 홀로 죽잖아."

페리는 뭔가 말을 하려고 입을 열었지만, 그녀의 아빠는 계속 말을 이어 갔다.

"네가 어릴 때 나에게 '아빠는 지옥에 안 가지, 그렇지?'라고 물은 적이 있었어. 기억나니? 아마 네 엄마가 네게 겁을 줬던 모양이야."

"그때 아빠가 저한테 '내가 지옥에 가더라도 터널을 팔 거야'라고 했잖아요!"

멘수르는 웃었다.

"내가 왜 천국에 가고 싶지 않은지 아니?"

"왜요?"

"천국에 갈 만한 사람들을 보면, 그러니까 빠짐없이 기도하고, 금식을 지키고, 모든 계율을 성실하게 따르는 사람들 말이야. 물론 그들 중 일부는 정말 바르고 정직하지, 다 그런 건 아니고 말야. 하지만 사람들 대부분은 기도한 다음, 가서 뇌물을 받고, 험담하고, 나쁜 눈으로 사람을 보거든. 나도 그게 이해가 안 된단다. 나 자신에게 물어보지, 만약 저놈들이 천국에 간다면 천국에 있고 싶겠냐고. 난 차라리 지옥에서 편안하게 불타는 게 더 나을 것 같단다."

페리는 걱정스러웠다.

"아빠, 남들 앞에서 그런 소리 하지 마세요. 문제가 생길 수도 있어요."

"얘야, 걱정하지 마, 너와 단둘이 있으니 말이 많아진 거니까. 그리고 술이라도 몇 잔 마셔야 이런 말을 하는 거지. 내가 말했던 그런 경건한 스타일의 사람들은 술자리를 하지 않을 테니 내 말을 들을 일은 없을 거다. 내게 아무 일도 없을 거야."

그는 씁쓸한 미소를 지었다. 잠시 후 그들은 돌마바흐체 궁전을 지나쳤다.

"여기 물고기 이야기를 아니?" 멘수르가 물었다.

술탄 무라트 4세가 폭풍이 치던 어느 날 밤, 자신이 머물던 궁에서 그리 멀지 않은 곳에 앉아 있었다고 한다. 그의 손에는 네피[37]의 풍자시를 모은 시햐므 카자[38]라는 작품이 들려 있었는데, 시집을 읽자마자 궁의 정원에 있던 나무에 벼락이 내리쳤다는 것이다. 불안함을 느낀 술탄은 그 책을 바다에 던졌고, 그날 밤 네피가 자신의 숙적들로부터 형벌을 받도

---

37 Nefi(1572-1635) 오스만 제국 시대의 시인

38 Sihâm-ı Kaza. 운명의 화살들이라는 뜻의 풍자 시집

록 교지를 내렸다고 한다. 며칠 후, 올가미에 목이 졸린 채 물에 빠진 시인의 시신이 물 밖으로 나왔다.

멘수르는 "무지한 자의 손에 권력이 넘어가면, 그땐 무서워해야 한단다."라고 했다. "강력한 무지와 무지한 강자로부터 세상이 얼마나 고통을 겪었니."

그리고 그는 고개를 저으며 "그래서 보스포루스 해협에서 이 부근에서만 물고기가 검게 보이는 거란다."라고 덧붙였다. "잉크를 먹어서. 시에서는 어휘를, 시인에게서는 살점을 뜯어 갔지."

페리는 창밖으로 햇빛에 반짝이는 은빛 바다를 바라보았다. 그녀는 물고기나 시인에게 일어났던 일을 결코 잊지 못할 것이다. 그녀는 어렸을 때부터 그랬다. 여기저기 흩어져 있는 삶의 슬픈 조각들을 찾아 조심스럽게 숨겨 두었다. 다른 사람들이 우표, 냅킨, 동전을 모으듯이 그녀는 '슬픔 수집'을 했다.

페리는 아빠의 이야기를 좋아했다. 그녀는 그 이야기들과 함께 성장했다. 하지만 그 이야기들에 담긴 슬픔은 때때로 피부 아래로 파고 들어가 가끔은 가시처럼 찔렀다. 그냥 둘 수도, 빼낼 수도 없었다. 때때로 그녀는 모든 곳이—단지 육체뿐만 아니라, 마음도— 가시로 뒤덮인 것 같다고 생각했다.

"내가 왜 이런 말을 하는 거지?" 멘수르는 기분을 전환하며 말했다. "옥스퍼드 대학 이야기나 하자! 와! 흥분되지 않니?"

페리는 미소를 지었다.

"아직 일러요. 아직 가는 게 확정된 것도 아니고요."

"확정이야!" 멘수르가 말했다. "원서도 냈고, 선발 과정도 통과했잖아. 받아 줄 거야, 느낌이 왔어."

다른 외국 대학에도 지원했지만, 멘수르는 유독 옥스퍼드를 원했다. 멘수르는 젊었을 때, 옥스퍼드를 다니던 히피 학생을 이스탄불에서 만난 적이 있었다. 그 학생과 함께 몇 주 동안 튀르키예를 여행했다. 그때 처음으로 멘수르는 다른 사람의 눈을 통해 자기 나라를 객관적으로 바라볼 수 있었다. 그에게는 평범해 보이는 것이 외국인에게는 특별하다는 사실에 놀랐다. 그의 히피 친구는 튀르키예에 이어 이란을 방문했다. 멘수르는 다시 그를 보지 못했지만, 결코 잊지 못했다.

"그래도 학비가 너무 비싸요."

"내게 맡겨라. 졸업하면 요트나 사 줘!"

두 사람의 눈이 마주쳤고, 페리는 킥킥대며 웃었다. 그녀는 말하지 않으려고 노력했지만, 옥스퍼드 대학에 무엇보다 합격하기를 원했다.

"아빠… 엄마가 동의할까요? 확신해요?"

페리가 물었다. 그녀의 얼굴에서 불안을 읽을 수 있었다.

"엄마와 이야기해 본 적 있어요?"

"아직까진."

멘수르는 솔직히 말했다.

"때가 되면 이야기할 거야. 자기 딸이 세계 최고의 대학에 갈 수 있는 자격을 갖게 될 텐데, 안 기쁠 수가 있어? 당연히 좋아할 거야."

그러나 페리는 아빠가 부지런히 거짓말을 한다는 것을 알고 있었다. 멘수르는 페리가 옥스퍼드 대학에 지원했고, 몇 달 동안 장학금을 받으려고 노력하고 있다는 걸 셸마에게 말하지 않았다. 몇 주 후에 합격 통지서가 왔을 때도 그들은 그 이야기를 꺼내지 않았다.

엄마 셸마는 마지막 순간까지 그녀의 외동딸이자 막내가 영국으로 유학 가기 위해 몰래 모든 절차를 밟고 있다는 사실을 알지 못했다.

튀르키예 부르주아의 마지막 만찬

페리가 넓은 홀로 들어갔을 때, 손님들은 모두 식탁에 둘러앉아 삼삼오오 수다를 떨고 있었다. 아드난은 가족끼리 잘 알고 지내는 투자 은행 CEO 친구와 잡담을 하고 있었다. 흥분해 있는 표정으로 보아 정치나 축구에 관한 이야기임이 틀림없었다. 이 나라에서 남자들이 마음껏 자신의 감정을 표출할 수 있는 주제라곤 그런 것들뿐이었다. 테이블 양쪽 끝에는 집주인 부부가 앉아 있었다. 집주인 사업가는 남들 앞에 나서서 이야기하는 걸 좋아하는 사람이었다. 특유의 자신감으로 휴가 때의 추억을 주위 사람들에게 풀어놓고 있었다. 그의 아내는 무관심한 표정으로 멀리서 듣고 있었다. 순식간에 모든 사람의 시선이 자신에게 향할 것이라는 걸 알고도 페리는 테이블 쪽으로 걸어갔다. 그녀는 모든 사람에게 "안녕하세요."라고 인사하기 전에 밖으로 향하는 문을 마지막으로 한번 쳐다봤다. 도망칠 수만 있다면… 하지만 이미 너무 늦었다.

"오, 자기야, 왜 거기 서 있어?" 사업가의 아내는 즉시 페리를 알아차렸다. "이리로 와."

얼굴에 그늘진 미소와 함께 페리는 그녀를 위해 준비된 의자에 앉았다. 그녀는 자신의 드레스에 묻은 얼룩과 눈물 자국을 숨길 수 없다는 걸 알았다. 달리 방법도 없었다. 그녀가 화장실에 있는 동안 손님 대부분은 이미 그녀가 '사고를 당했다는 것'을 들었다. 이제 모두가 그녀의 이야기를 들으려고 호기심 어린 눈으로 그녀를 바라보고 있었다. 그녀는 자신이 현미경 아래에서 관찰당하는 곤충 같다고 생각했다.

"괜찮아요?" 유명한 광고 회사 여자 대표가 물었다. "우리 모두 걱정 많이 했어요."

"그래, 무슨 일이 있었는지 말 좀 해 봐요." 은행 CEO가 끼어들었다.

페리는 남편과 눈이 마주쳤다. 평소 다정한 아드난의 눈빛에 걱정이 가득했다. 아드난 앞에는 빈 접시와 물 잔이 놓여 있었다. 페리의 남편은 술을 마시지 않았다. 종교보다는 건강상의 이유였다.

페리는 대답했다.

"이렇게 좋은 자리에서 언급할 만한 일은 아니에요."

그녀는 은행 CEO를 향해 돌아앉으며 화제를 돌렸다.

"사실 행장님과 제 남편이 무슨 이야기를 그렇게 열띠게 하고 있는지 궁금한데요."

"슈퍼 리그의 부패!"

그가 대답했다.

"어떤 팀은 경기에서 지는 걸 더 선호하는 것 같아요. 사람들은 승부

조작이라고 생각할 거야."

그는 집주인을 향해 장난스러운 눈길을 보냈다.

"거기까지만." 사업가가 대화에 끼어들었다. "자네가 내 팀을 비방하려 들면 말이야, 내가 장담하건대 끝까지 해 볼 거야."

그리고 논쟁이 불붙었다. 이 소란이 얼마나 오래 갈지 예측할 수는 없었지만, 페리는 적어도 지금은 자기에게 몰렸던 대화의 중심이 다른 곳으로 향했다는 데 안도하며 의자에 몸을 기댔다.

다른 사람들은 이미 수프를 다 먹은 상태였다. 한 도우미가 손에 페리의 수프 그릇을 들고 왔는데, 크림을 얹은 사탕무 당근 수프였다. 누군가 그녀에게 묻지도 않고 잔을 채웠다. 나파 밸리산 레드 와인이었다. 페리는 잔을 입술에 갖다 대기 전 조용히 아버지의 명복을 빌었다. 그녀는 남편과 달리 와인을 좋아했다.

페리는 식사를 시작하기 전에 주위를 둘러보았다. 이탈리아산 가구, 영국산 샹들리에, 프랑스산 커튼, 이란산 카펫, 오스만 제국 모티브로 장식된 많은 집기. 평균보다 훨씬 더 화려하고 호화로운 이 집은 대부분의 이스탄불 가정과 마찬가지로 문화와 취향 면에서 잡탕이었다. 반은 동양, 반은 유럽이었다. 벽은 유명하거나, 유망한 중동 예술가들과 서양 화가들의 그림과 설치 미술품으로 장식되어 있었다. 마치 지역 정치가 그러하듯이 지역 예술 시장이 제대로 자리를 잡지 못했기에, 작품들 대부분이 너무 저평가되었거나 고평가되었다고 페리는 생각했다.

페리는 과거에 보수주의자와 술을 마시는 사람들이 나란히 앉아 있는 많은 자리에 참석했다. 이런 자리에 셀 수 없이 많이 초대받았다. 술을 마시지 않는 사람들이 때때로 물 잔으로 얌전히 축배를 드는 모습도 목격했다. 이 나라에선 종교와 신앙이 일종의 콜라주가 되어 버렸다. 일 년 내내 술을 마시는데, 라마단 기간에는 금식하고 술을 끊는다. 한편으로는 종교적 의무를 다하고, 다른 한편으로는 '해독'하기를 원하는 많은 사람을 그녀는 알고 있었다. 이런 잡탕 문화에서는 가장 합리적인 사람들조차도 귀신을 믿었고, 집 안 어딘가에 나자르 본죽을 걸어 두었다. 그리고 가장 독실한 신자들조차도 텔레비전 앞에서 벨리 댄스를 보며 새해를 맞이했다. 여기서 조금, 저기서 조금 섞인 현대적 무슬림……. 그녀는 쉬린의 말이 생각났다.

그러나 이런 것들도 모두 지나간 일이 되었다. 지금 튀르키예의 상황은 달랐다. 전선은 더 명확해졌고 진영은 더욱 뚜렷해졌다. 색깔도 흑백으로 바뀌었고 중도는 사라졌다. 부부 중에 한쪽이 더 종교적으로 독실하고 다른 한쪽이 더 세속주의적인 그런 결혼―자신들의 부모처럼―은 점점 줄어들었다. 사회는 보이지 않는 유리 장벽으로 나뉘었다. 이스탄불은 거대 도시라기보다는 서로 어울리지 않는 여러 공동체 파편과도 같았다. 사람들은 '열렬한 보수주의자'이거나, '열렬한 반보수주의자'였다. 그러나 과거에 이 나라에는 독실하면서도 세속적인, 전통을 따르면서도 자신의 방식으로 창조주와 거래하는 사람들이 있었다. 서로 다른 부류들 사이에서 연결 고리를 만들려는 사람들도 있었다. 이젠 그런 사람들이 점점 줄어들었다. 사람들은 위축되고 지쳐 있었다.

그런 측면에서 오늘 밤 만찬은 아주 파격적이었다. 테이블에는 다양한 시각을 가진 손님들이 있었다. 궁전을 방불케 하는 장엄한 분위기는 르네상스 시대의 회화를 방불케 했다. 적어도 페리에게는 그렇게 보였다. 그녀는 참지 못하고 만찬에 참여한 사람들의 수를 세어 보았다. 흥미롭게도 열세 명이었다. 그래, 이것이 그림이라면 그녀는 이 그림의 이름을 뭐라고 붙여야 할지 알고 있었다. 튀르키예 부르주아의 마지막 만찬.

"오, 심지어 우리 말을 듣지도 않네." 광고 회사 대표가 말했다.

자신에 관해 이야기하고 있다는 것을 깨닫고 페리는 미소를 지었다.

"죄송해요, 무슨 말씀을 나누고 계셨죠?"

"따님이 그러던데 옥스퍼드 대학에 다녔다면서요?"

페리는 놀랐다. 데니즈가 이 호기심 많은 여자와 언제 이야기를 나눈 걸까? 그녀는 딸을 찾아보았지만, 그때 데니즈는 옆방에서 다른 아이들과 함께 밥을 먹고 있었다.

"오, 정말이야?" 사업가의 아내가 말했다. "이런, 입이 정말 무겁네, 세상에! 왜 한 번도 말 안 했어?"

페리는 가볍게 기침을 했다. "제가 졸업까지는 안 해서……."

"누가 그걸로 뭐라고 한대요?" 유명 기자가 대화에 끼어들었다.

"그래도 자랑할 만한 일이에요."

"맙소사, 내 동생의 자기 자랑을 들어야 하는데!"

광고 회사 대표가 유쾌하게 말했다.

"동생도 옥스퍼드에서 공부했거든요. 처음 만나는 사람에게 가장 먼저 하는 말이 그거예요."

그녀가 페리를 향해 돌아앉아서 물었다.

"몇 년도에 거기 있었어요?"

"2001년경이었어요."

"오, 동생이랑 같은 시기네요!"

페리는 심장이 내려앉는 것 같았다. 불안한 마음에 주위를 둘러보았다. 그러던 중 그녀의 남편이 예상치 못한 부탁을 했다.

"데니즈가 당신 지갑에 대학 시절 사진이 있다고 하던데. 보여 줘 봐."

페리 얼굴이 백지장처럼 하얘졌다. 아드난이 일부러 보여 달라고 하는 것 같았다. 그녀가 아직도 그 사진을 가지고 있다는 것을 알았을 때 상처를 받았던 것이다. 그는 페리가 젊은 시절 무슨 일을 겪었는지 알았다. 전부는 아니더라도 어느 정도는 알고 있었다. 페리가 옥스퍼드를 떠난 후 어떤 상태였는지 아드난은 직접 목격했다. 깨진 조각들을 주워 담아 준 사람은 바로 아드난이었다.

"사진이 있었어요? 어서 보여 줘요!"

누군가가 적극적으로 나섰다. 페리는 화제를 바꾸려 했지만 통하지 않았다. 이번에는 실패였다. 사람들은 그녀가 대학 시절에 어떤 스타일이었는지 궁금해했다. 그녀는 조심스럽게 가방을 열었고, 사진을 꺼내 탁자 위에 놓았다. 손에서 손으로 폴라로이드 사진이 돌았다. 모든 손님이 사진을 유심히 살펴보고 나서야 옆 사람에게 넘겼다.

"오, 진짜 젊었었네!"

"세상에, 머리카락 좀 봐! 파마한 거야?"

사진이 도착하자 광고 회사 대표는 안경을 꺼내 썼다.

"잠깐만."

그녀가 눈썹을 치켜세우며 말했다.

"이런, 나 이 얼굴 알아."

그녀는 매니큐어가 칠해진 손톱으로 사진 속 남자를 톡톡 쳤다.

"그래, 이 사람 스캔들에 휘말렸던 그 교수 아니야?"

페리의 표정이 굳어졌다.

"매년 남동생을 만나러 영국에 갔었거든요. 언젠가 동생이 신문 기사를 내게 보여 줬었어요. 옥스퍼드에서 퇴출당한 교수에 관한 기사였죠! 모두가 그 이야기를 했던 걸로 기억해요. 완전 스캔들이었죠."

그녀는 페리에게 시선을 돌렸다.

"기억나요?"

페리는 그렇게 꼼짝 못 하게 돼 버렸다. 그녀는 거짓말을 할 수 없었고, 진실을 말하는 것도 내키지 않았다. 다행히 바로 그때 도우미들이 애피타이저를 들고 홀 안으로 들어왔다. 온갖 종류의 식욕을 돋우는 냄새가 홀 안에 가득 찼다. 음식이 식탁 위에 차려지는 동안, 기분 좋은 소란 속에서 페리는 사진을 챙겨 가방에 넣을 수 있었다. 그녀의 손이 얼마나 심하게 떨리는지 진정될 때까지 테이블 아래에 숨겨야 했다.

그녀가 그토록 오랫동안 조심해서 숨겨 왔던 비밀이 거의… 거의 드러나기 직전이었다.

2장

✦

페리가 자신의 내면에 숨겨 둔 여자와
사람들이 페리에게서 기대하고 있는 여자의 이미지
사이에는 간극이 있었다. 하지만 그녀는 단호했다.
그녀는 어머니의 삶을 반복하고 싶지 않았다.

대학

고등학교를 갓 졸업한 나즈페리 날반트오울루는 걱정스러워하는 아빠와 그보다 더 근심에 차 있는 엄마와 함께 옥스퍼드에 처음 도착했다. 부모님은 페리와 하루를 보내면서 딸이 짐을 푸는 것을 도와준 다음, 저녁 기차를 타고 런던으로 돌아갈 계획이었다. 런던에서는 비행기를 타고 이스탄불 집으로 귀국할 예정이었다. 그들은 오래되고 낡았지만, 여전히 유지되고 있는 결혼 생활로 돌아갈 것이다. 하지만 부모는 쉽게 발이 떨어지지 않았다. 엄마 셀마는 견디지 못하고 몇 번이나 흐느껴 울었다. 오후 내내 페리의 엄마는 걱정, 슬픔, 자부심 사이에서 감정이 요동쳤다. 그녀는 종종 히잡 끝으로 얼굴을 닦는 척하며 눈물을 닦았다. 한편으로 그녀는 딸의 성공에 행복하기도 했다. 온 집안을 통틀어 옥스퍼드는 물론 외국 대학에 입학한 사람은 페리가 처음이었다.

다른 한편으로 막내인 데다, 특히나 딸자식인 페리가 멀리 너무나 낯선 곳에서 혼자 살게 된다는 사실을 셀마는 좀처럼 받아들일 수가 없었다. 그녀는 페리가 자기에게 알리지도 않고, 동의도 없이 이 학교에 지원했다는 사실에 화가 나 있었다. 물론 그녀는 남편이 배후에 있다는 것을 알았다. 아빠와 딸은 모든 절차를 마친 후에야 셀마에게 알렸다. 셀마가 보일 수 있는 반응은 맥없는 반대뿐이었다. 그녀는 어려운 딜레마에 직면했다. 페리가 옥스퍼드에 가는 것을 반대하면 아마도 딸과의 관계는 평생 틀어질 것이고, 자식의 교육을 막았다는 비난을 받을 게 뻔했다. 좋든 싫든 그녀는 자신의 감정을 억눌렀다. 그녀는 이 외국 도시에 자신의 딸을 맡길 수 있는 친척이 있다면 좋았을 거라 생각했다. 최소한 무슬림에 튀르키예인, 이스탄불 사람, 그리고 '우리 동네 사람', 같은 사고방식과 외모를 갖고 알라를 숭배하며 코란을 읽는 사람, 그리고 원할 때마다 연락할 수 있는 그런 사람……. 하지만 아는 사람 중 그런 좁은 카테고리에 딱 들어맞는 사람은 없었다.

한편, 외동딸이 좋은 대학에 가는 것을 보는 것이 누구보다 꿈이었던 멘수르였지만, 막상 페리와 헤어진다고 하니 그 역시 허탈했다. 표를 내지 않으려고 노력했지만, 목소리와 눈빛에서 그가 얼마나 힘들어하는지 알 수 있었다. 페리 자신도 부모님이 불안해하는 마음이 이해도 되고, 공감도 됐다. 그들은 지금껏 단 한 번도 헤어진 적이 없었다. 페리는 지금까지 한 번도 가족도, 집도 그리고 튀르키예도 떠나 본 적이 없었다.

"여기가 얼마나 아름다운지 봐요."

페리는 부모님과 자기 자신에게 말했다. 그녀는 설렘에 가슴이 뛰었고, 여느 젊은이들처럼 새로운 삶의 날개를 펼칠 준비가 되어 있었다.

가을바람이 불어오긴 했어도, 간간이 구름 사이로 비치는 햇살은 다시 여름으로 돌아간 것 같은 위안을 주었다. 조약돌이 박힌 거리, 쐐기 모양의 탑, 돌기둥이 늘어선 주랑 현관, 발코니 창과 조각된 차양 지붕이 있는 옥스퍼드는 동화에 나오는 도시처럼 보였다. 주변 모든 것에서 역사의 향기가 풍겼다. 카페와 상점조차도 수백 년 된 유산처럼 보일 정도였다. 이스탄불도 아주 오래된 도시였지만, 너무 오래돼서 이젠 버틸 수 있는 시간을 초과한 상태라 마치 불청객 손님 같은 존재였다. 그와는 반대로 여기 옥스퍼드에서 역사는 영예로운 손님인 게 분명했다.

날반트오울루 가족은 담쟁이덩굴이 뒤덮고 있는 고건축물로 둘러싸인 교정 안을 밖에서 구경하며 아침 시간을 보냈다. 그들은 안뜰로 들어갈 수 있는지 없는지도 알 수 없었고, 주변에 물어볼 사람도 찾지 못해 긴장한 상태로 걸었다. 도시의 어떤 곳들은 너무 비어 있고 조용해서, 오래된 거리의 풍화된 석회암 벽들이 지루함을 못 이겨 서로 속삭이고 있는 것 같았다.

그들은 지치고 허기가 졌다. 알프레드 스트리트에서 펍을 발견하자 곧바로 아무 생각 없이 그곳으로 들어갔다. 천장은 낮고 바닥은 삐걱거리며 손님들은 시끄러웠다. 그들은 주눅 든 채로 창가의 작은 테이블에 자리를 잡았다. 모두 거인들의 손에나 맞을 정도로 큰 잔을 들고 맥주를 마시고 있었다. 눈썹과 아랫입술에 피어싱을 한 웨이트리스가 다가오자, 멘수르는 피시 앤 칩스 3인분과 화이트 와인 한 병을 주문했다.

"생각해 봐. 여기가 수백 년 된 곳이야, 정말 오래된 곳이라고……."

멘수르가 말했다. 그는 참나무로 된 벽을 마치 암호라도 적혀 있는 듯 뚫어지게 쳐다보고 있었다.

한편, 셀마는 불안하게 주위를 둘러보았다. 그녀의 관심은 다른 곳에 가 있었다. 한쪽 구석에서 남녀가 섞인 채 술을 마시는 젊은이들, 팔에 장미 문신을 한 남자, 가슴이 셀마와 멘수르 사이보다 더 아찔하게 깊이 파인 옷을 입고 있는 여자……. 이 이상한 사람들 사이에 페리를 두고 어떻게 떠나지? '서양인들은 과학, 교육, 기술에서 뛰어날 수 있지만 도덕은?' 셀마는 생각했다. 그녀는 남편과 딸을 화나게 하지 않기 위해 자기 생각을 말하지 않았지만, 짜증이 났다.

아내가 무슨 생각을 하는지 몰라도, 아내와 아내의 우려를 잘 아는 멘수르는 어깨를 으쓱했다.

"와, 우리 딸이 옥스퍼드에 가다니! 우리는 네가 얼마나 자랑스러운지 모르겠구나, 페리야."

페리는 감정이 북받쳐 올랐다. 경제 사정이 좋지 않음에도 불구하고 아빠는 교육의 힘을 전적으로 믿었고, 많은 투자를 했다. 페리는 아빠를 실망시키지 않겠다고 다짐했다.

"건배하자." 와인이 도착하자마자 멘수르가 말했다. "똑똑한 우리 딸과 세계 최고의 대학을 위해!"

셀마는 얼굴을 찌푸렸다. "알잖아요, 내가 같이 안 마실 거라는 거."

"맘대로 해." 멘수르가 말했다. "당신 몫도 내가 마시면 되지. 죄는 다 내 몫이야. 죽으면 당신이 천국에서 나를 위해 손을 좀 써 줘."

"그렇게 쉬운 일이라면." 셀마가 답했다. "창조주에게 손을 쓴다는 건 안 돼요! 당신 스스로 노력해서 알라 눈에 들어야지."

멘수르는 입술을 깨물었다. 아내의 설교를 듣는 것은 마치 완벽하게 빚어진 반짝이는 나비넥타이를 보는 것 같았다. 그는 그것을 당겨서 풀어 버리고 싶어 어쩔 줄 몰랐다.

"듣는 사람도 신의 머릿속에 뭐가 들었는지 당신이 제일 잘 안다고 생각하겠네. 뭐야, 신의 머릿속에라도 들어갔다 나왔어? 당신이 어떻게 알아? 신이 뭘 보는데?"

"모든 것이 코란에 기록되어 있으니까. 힘들더라도 읽어 봐요, 그럼 알 테니." 셀마가 말했다.

"제발, 하루만이라도 싸우지 않고 지낼 수는 없어요?" 페리가 애원했다. "적어도 오늘만이라도?"

멘수르와 셀마는 미안한 듯 서로 다른 곳을 바라봤다. 화제를 바꿔 긴장된 분위기를 가라앉히려고 페리는 바로 덧붙였다.

"곧 결혼식 때문에 이스탄불에 갈 거예요."

오빠 하칸이 결혼할 예정이었다. 출소 후 지중해 연안의 작은 마을에 정착한 우무트는 여전히 미혼이었지만, 작은아들 하칸은 순서를 기다리지 않고 결혼하기로 했다. 처음에는 모두가 이런 조급함 뒤에 뭔가 숨겨져 있을 거로 생각했다. 숨길 수 없을 정도로 불러오는 신부의 배라든지! 하지만 이 모든 소동의 이유는 하칸의 조급한 성격 때문이었다는 것을 가족들은 나중에 알게 되었다.

그들은 조용히 식사했다.

계산서를 기다리는 동안 셀마는 딸의 손을 잡았다. "나쁜 사람들을 멀리해라." 셀마가 말했다. "남자들은 잃을 게 없어. 여자들은 조심해야만 한단다."

"알고 있어요, 엄마."

"교육이 중요해, 맞아. 하지만 여자에게는 더 중요한 것이 있단다. 그것을 잃으면 졸업장도, 그 어떤 것도 널 구할 수가 없어."

"네……." 페리는 엄마의 시선을 피하며 대답했다.

처녀성……. 직접 거론하지는 않지만 늘 간접적으로 언급되는 다 아는 주제였다. 엄마와 딸, 이모와 조카, 교사와 여학생 사이에 그 많은 대화가 숨겨진 이유이기도 했다. 그건 마치 방 한가운데에서 뻗어서 자는데도 아무도 깨울 용기를 내지 못하는 거칠고 성깔 있는 사람 같은 것이었다. 처녀성은 조심스럽게 주변만 돌아야 하는 그림자 같은 것이었다.

"나는 내 딸을 믿는다……." 멘수르가 대화에 개입했다. 와인을 혼자 다 마셨기 때문에 그의 목소리에는 취기가 있었다.

"나도 그래." 셀마가 멘수르의 말을 잘랐다. "다른 사람들을 믿지 마."

"바보 같은 말 하고 있어." 멘수르가 말했다. "당신이 당신의 딸을 믿으면 되는 거지, 다른 사람이 무슨 상관이야? 세상에는 수십억 명의 사람들이 있는데, 당신이 누구를 단속할 거야?"

셀마는 입술을 오므렸다. "나를 바보라고 부르기 전에 당신의 잘못을 돌아봤으면 좋겠어요. 이대로 가면 간경변으로 죽을 거야."

그들은 또 싸우기 시작했다. 서로에 대한 분노는 절대 사그라지지 않았다. 그들이 다툴 때마다 페리는 창밖을 내다보지 않을 수 없었다. 이번에도 수년간 그녀의 학교이자, 삶의 공간, 그리고 어떤 의미에서는 집이 될 도시 한복판을 바라보는 것 말고는 무엇을 해야 할지 몰랐다.

그녀의 엄마도, 아빠도 이런 사실을 알지 못했다. 페리는 걱정 때문에 위가 아플 정도였다. 자신감은 바닥이었고, 근심은 너무나 넘쳐났다. 여기서 해내지 못할까, 실패할까, 낙제할까 두려웠다. 혹시라도 아빠를 실망시킨다면?

지도

날반트오울루 가족은 12세기에 만들어졌다고 하는 시청 맞은편 탑 앞에서 누군가를 기다렸다. 그들은 대학 소개를 위해 배정된 2학년 학생과 만나기로 되어 있었다.

"여러분, 안녕하세요!" 유쾌한 목소리가 들렸다.

뒤를 돌아보니 새까만 머리카락에 키가 큰 젊은 여자였다. 그녀는 너무도 꼿꼿하고 자신감 있는 포즈여서 시대와 장소만 잘 타고났다면 여왕으로 태어났을 것 같았다. 그녀는 페리가 어렸을 때 좋아했던 머랭 색깔을 닮은 하늘하늘한 밝은 핑크빛 드레스를 입고 있었다. 풍성한 그녀의 머리카락은 곱슬곱슬하게 그녀의 등 쪽으로 흘러내리고 있었다. 그녀는 입술을 새빨갛게 칠하고 볼 터치까지 했는데, 가장 눈에 띄는 것은 보라색 아이라이너로 테두리를 만들고, 밝은 청록색 아이섀도로 덮은 그녀의 검고 미간이 약간 넓은 눈이었다. 그녀의 화장이 얼마나 진한지 마치 어느 나라 국기같이 보였다.

매니큐어를 칠한 손을 그들에게 뻗으며 친근한 미소와 함께 학생이 말했다. "옥스퍼드에 오신 것을 환영합니다. 제 이름은 쉬린입니다."

매부리코에 튀어나온 턱 때문에 전통적인 의미에서 예쁘다고 할 수는 없지만, 그래도 강한 매력이 있었다. 색다른 느낌이었다. 미소를 지으며 그녀에게 다가섰던 페리의 첫인상도 아마 그랬을 것이다.

"안녕하세요, 저는 페리예요. 저희 엄마 아빠입니다." 하루 동안 평범한 가족인 척해 보자고 그녀는 마음속으로 생각했다.

"만나서 반갑습니다. 제가 들은 바로는 튀르키예인이시라고 하던데. 저도 테헤란에서 태어났어요, 하지만 그곳으로 돌아가지 못하고 있어요." 쉬린이 말했다. "그럼, 구경하실 준비는 되셨나요?"

멘수르와 페리는 의욕적으로 고개를 끄덕였다. 쉬린의 짧은 치마와 하이힐 그리고 진한 화장이 마음에 들지 않았던 엄마 셀마의 표정이 일그러졌다. 그녀의 눈에 쉬린은 학생같이 보이지 않았다. 이란 사람처럼 보이진 더더욱 않았다!

"무슨 학생이 저래?" 셀마가 투덜거렸다.

이란계 영국인 학생이 튀르키예어를 알아들을 수 있을까 봐 지나치게 걱정한 페리는 속삭이듯 대답했다. "제발 엄마, 제발, 참아."

쉬린은 "자, 가시죠!"라고 하더니 곧바로 옥스퍼드의 역사에 관해 설명하기 시작했다. 그녀는 설명과 함께 울퉁불퉁한 골목을 지나 구시가지로 그들을 안내했다. 다정하고 쾌활한 태도로 얼마나 말을 빨리하던지, 광란의 홍수처럼 말을 쏟아 냈다. 날반트오울루 가족, 특히 셀마는 오래전에 학교에서 배운 엉터리 영어와 지금 듣고 있는 영어가 같은 영어라는 생각이 들지 않았다. 이 영어의 홍수를 따라가는 게 어려웠다. 페리는 엄마의 이해를 돕기 위해 통역을 하기 시작했다. 부분적인 통역이었다. 그녀는 엄마를 불편하게 할 만한 것들은 부드럽게 고치거나 그냥 통역하지 않고 넘어갔다.

쉬린은 옥스퍼드의 모든 단과 대학은 스스로 운영할 수 있도록 자치기관이 있다고 했다. 멘수르에게는 이 개념이 혼란스러웠다. "하지만 모든 문제를 총괄하는 기관, 총장이 있어야 하는데." 모자란 영어로 멘수르가 자기 생각을 말했다. 그는 도시가 갑자기 무정부 상태에 빠질 수도 있다는 걱정에 주위를 둘러보았다.

"미안하지만, 저는 당신의 말에 동의하지 않습니다." 쉬린이 말했다. "제 경험에 따르면, 권위는 마늘과 같습니다. 많이 사용할수록 냄새가 독해집니다. 중앙 집중적인 권위가 적으면 적을수록, 자유는 더 커집니다! 저는 언제나 자유의 편입니다."

이슬람 근본주의의 부상을 막을 강력하고 견고하며 세속적인 중앙 집권을 갈망하며 인생의 대부분을 보낸 멘수르는 미간을 찌푸렸다. 이 이란 학생은 무정부주의에 대해 말하고 있었다. 멘수르의 시각에서 권위는 통합 역할을 하는 접착제 같은 것이었다. 조각난 것들을 질서 있게 한곳에 붙여 둘 수 있는 회반죽이었다. 그것이 없으면 벽돌은 떨어지고 건물의 뼈대는 무너지는 것이었다.

"모든 중앙 집권 체제가 나쁜 것은 아니죠." 멘수르가 주장했다. "예를 들어 여성의 권리? 여성을 옹호하는 문명화된 지도자는 어떤가요?"

"고맙습니다만, 전 싫습니다! 나 자신의 권리를 나 스스로 지킬 수 있습니다. 우리의 권리를 보호할 더 높은 권위는 필요 없습니다! 저는 위에서부터 명령하는 방식이 아닌 밑에서부터 올라가는 의사 결정 메커니즘을 선호합니다."

쉬린은 몸을 돌려 셀마의 히잡과 길고 모양새 없는 외투를 바라봤다. 늘 다른 사람의 에너지를 감지하는 것에 민감했던 페리는 쉬린이 엄마를 좋아하지 않는다는 것을 알아챘다. 이란 태생의 영국 학생은 히잡을 좋아하지 않는 게 분명했다.

"엄마, 이리 와." 페리가 말했다. 몇 년 전 카펫 청소를 하던 중 생긴 화상 자국이 남아 있는 셀마의 팔을 조심스럽게 잡아당겼다. 이 둘은 뒤에서 걸었다.

잠시 뒤 엄마와 딸은 애쉬몰린 박물관 입구 계단에서 키스하는 커플을 발견했다. 페리는 남자의 품에 안긴 여자가 마치 자기 자신이라도 되는 것처럼 얼굴이 붉어졌다. 그녀는 곁눈질로 셀마가 인상을 쓰고 있는 걸 보았다. 셀마는 페리에게 성적인 것과 관련해서 아무것도 알려주지 않았었다. 늘 그 문제에 대해서는 입 밖에 내지 않고 덮으려고만 했다. 한번은 페리가 아주 어렸을 때, 목욕탕에서 남자 꼬마 아이의 다리 사이에 달린 게 뭐냐고 엄마에게 물어봤었다. 페리는 그 일을 어제 일처럼 기억하고 있었다. 셀마는 대답 대신 화를 내며 일어나 그 아이 엄마에게 다가가더니, 속옷도 입히지 않고 모두가 보는 앞에 돌아다니게 했다고 꾸짖었다. 그녀의 목소리는 대리석 수전으로 흘러내리는 물소리와 섞였다. 페리는 궁금해해서는 안 되는 것을 물었다는 생각에 스스로 죄책감을 느꼈고, 자신이 더럽다고 생각했다.

시간이 흐르고 페리는 호기심에 또 한 번 굴복했다. 그녀는 또다시 엄마에게 묻지 말아야 할 질문을 했다. 첫 두 번 출산 이후 십수 년이 지나 예기치 않게 임신하게 되었을 때 낙태를 생각했느냐고 물었다. 그녀의 부모는 둘이면 충분하다고 생각해서 그녀를 낳지 않는 것을 선택할 수도 있었다.

"정말로 창피하지 않았다고 하면 거짓말일 거야. 내가 널 임신했을 때 마흔다섯 살이었어." 셀마가 말했다. "사람들이 뭐라고 할까 생각했지. 지금 이 나이가 돼서도……."

"근데 왜 낙태를 안 했어요?" 페리는 집요하게 물었다.

"죄를 지을까 봐, 그래서 안 한 거지. 나 자신에게 말했지, 알라에게 짓는 죄가 주위 사람에게 짓는 죄보다 더 나쁜 거라고. 그래서 지우지 않고 널 낳았지."

이 얼마나 이상하고, 불쾌하고, 감정 없는 대답이란 말인가. 페리는 엄마의 이 대답 때문에 얼마나 속이 상했는지 솔직하게 말하지는 않았다. 페리는 엄마가 다정한 말을 해 줄 것이라고 기대하고 있었다.

"잠시 낙태에 대해 고민했지만 널 생각했지. 그렇게 하지 않은 게 정말 다행이었어, 예쁜 내 딸." 또는 "병원에 예약했는데 전날 밤 꿈에 널 봤지 뭐야. 초록색 눈동자에 작고 귀여운 내 딸을." 예를 들자면 이런 말 정도는 할 수 있었다. 하지만 페리는 죄의식과 수치심이라는 두 가지 부정적인 개념 사이에서 태어난 샌드위치 아기였다. 어쩌면 늘 답답함을 느꼈던 건 이 때문이었을 거다.

오후에 쉬린은 날반트오울루 가족에게 래드클리프 카메라라는 원형 건물, 셸도니언 극장 및 과학 역사 박물관을 안내해 주었다. 그리고 그들은 페리가 머물게 될 곳으로 갔다. 기숙사라기보다는 박물관을 연상케 했는데, 최고 등급의 역사 유물 같았다. 쉬린과 페리가 앞서고 부모들이 뒤를 따르며 건물 전체를 둘러보았다. 높은 천장, 참나무 패널로 된 벽, 시대를 초월한 전통에는 깊은 인상을 받았지만, 페리는 좁고 단순한 방 때문에 실망했다. 세면대, 침대, 책상, 옷장. 그게 전부였다. 건물의 장엄한 외관은 소박한 자신의 방과는 놀라울 정도로 대조적이었다. 하지만 어쩔 수 없는 상황이어서 그녀는 아무 말도 하지 않았다. 처음으로 혼자 살게 된다는 사실이 주는 감격과 해방감은 값으로는 매길 수 없는 것이었다.

그들은 방을 나와 나무 계단을 내려갔다. 계단이 너무 좁아서 다른 학생들이 지나갈 수 있도록 옆으로 비켜서야 했다. 그 순간 쉬린이 몸을 돌려 페리에게 윙크했다.

"가능한 한 빨리 친구를 사귀고 싶다면 문을 열어 둬. 방에서 고개를 내밀고 대화를 할 수 있거든. 문이 닫혀 있으면 '나는 방해받고 싶지 않아. 멀리 떨어져 있어 줘, 나는 사교성이 없어.'라는 뜻이야."

"정말로?" 페리가 속삭이며 물었다. 그녀는 부모님이 그 말을 듣는 것을 원치 않았다. "근데 그렇게 귀찮게 하면 공부는 어떻게 해?"

쉬린은 공부한다는 게 우스꽝스러운 농담이라도 되는 듯이 웃었다.

그들은 다음 순서로 보드레이안 도서관으로 갔는데, 대부분 보드라고 불렀다. 쉬린은 옛날에 이 건물에 들어가는 사람들에게 책을 훔치거나 훼손하지 않겠다는 맹세를 하게 했다고 설명했고, 옥스퍼드의 일부 도서관에는 중세 시대처럼 쇠사슬로 묶어 둔 책이 여전히 있다고 했다.

멘수르는 벽에 있는 문장 속에 있는 글을 가리키며 물었다.

"저기 뭐라고 쓰인 거죠?"

"Dominus illuminatio mea, 신은 나의 빛."

쉬린이 하늘을 올려다보며 말했다. 무의식적으로 한 행동인지 조롱인지 분간하기 어려웠다.

말보다 행동을 이해한 셀마는 남편을 가볍게 팔꿈치로 쳤다.

"자, 보라고, 우리 나라 대학 벽에 '알라는 나의 빛'이라고 적힌 걸 봤으면 화가 나서 미쳤을 텐데. 하지만 지금은 아무 말도 하지 않네!"

"왜냐하면 여기서는 종교의 본질이 다르니까." 멘수르는 무시하듯 대답했다.

"어떻게 달라?" 셀마는 작은 미소를 지으며 말했다. "종교는 종교지."

"아니, 여보. 어떤 사람들은 더… 종교적이지." 멘수르가 말했다. "유럽의 종교는 모든 것을 장악하려고 들지 않아. 과학도 자유! 학문도 자유! 간섭을 안 하잖아."

"안달루시아에서 과학은 자유로웠어." 셀마가 말했다. "알라의 은총이 있기를. 위줌바즈 선생님이 우리에게 모든 것을 설명해 주셨어. 대수학을 누가 발명했다고 생각해? 칫솔은? 커피! 백신! 모두 무슬림들이 만든 거야! 우리가 서양인들에게 과학을 가르쳤어, 이제 와서 그들이 우리에게 되팔고 있는 것일 뿐이야."

"누가 뭘 발견했는지가 무슨 상관이야?" 멘수르가 말했다. "요점은 지금까지 누가 과학을 더 많이 활용했는가라니까!"

"아빠! 엄마! 제발 그만 좀 해요." 페리는 낯선 사람이 이런 싸움을 목격했다는 사실에 부끄러워하며 말했다.

쉬린은 긴장감을 느낀 후 불난 곳에 풀무를 가져가려고 한 것인지, 아니면 순전히 우연의 일치였는지, 옥스퍼드의 가장 오래된 학교들이 기독교 수도원에서 바뀐 것이라는 말을 했다. 물론 페리는 이 설명을 하나도 엄마에게 통역하지 않았다.

보드레이안 도서관 중간 계단에서 페리는 금도금 게시판을 보았다. 거기에는 여러 사람 이름이 새겨져 있었다. 도서관에 거액을 기부한 사람들의 이름이었다. 부유하고 권력을 가진 사람들이 아주 오래전부터 이 멋진 도서관을 지속적으로 지원해 온 것이었다. 페리는 이런 도서관이 대략 비슷한 시기에 오스만 제국의 이스탄불에 세워졌다면, 지금까지 몇 번은 파괴되었을 것이며, 매번 그 시기의 지배적인 이념에 맞도록 다른 건축 양식, 대조적인 디자인, 새로운 이름으로 재건축되었을 것이라고 생각했다. 그러다 결국 어느 날 쇼핑센터로 바뀌게 되었을 것이다. 과거를 자신들의 정치적 목적에 따라 평가하고, 폄하하고, 지워 버리는 데는 튀르키예 정치인을 따라올 사람들이 없었다. 옥스퍼드에 역사적 연속성이 있었다면 튀르키예에는 단절과 파괴가 있었다. 그녀는 걱정스러운 듯 긴 한숨을 내쉬었다.

"괜찮아?" 옆에 있던 쉬린이 물었다.

"튀르키예에 이렇게 아름다운 도서관이 있었다면 얼마나 좋았을까."
페리가 말했다. "슬프네."

"얼마든지 슬퍼해도 돼." 페리의 마음을 알고 있다는 듯 쉬린이 말했다. "유럽인들은 중세부터 책을 인쇄해 왔어. 중동에서는 언제부터 책을 펴냈는지 정확히는 모르지만, 유럽과 중동 사이에 엄청난 차이가 있는 것은 확실해. 이란, 튀르키예, 이집트… 그래, 이 나라들은 많은 역사적 유물을 가지고 있어. 그런데 문화는 어때? 책은 지식을 의미하고 지식은 힘을 의미하지. 이렇게 큰 격차를 어떻게 좁힐 수 있겠어?"

페리는 혼잣말로 "약 287년."이라고 했다.

"뭐라고?"

"미안해." 페리가 소심한 목소리로 말했다. "구텐베르크가 1440년경에 활자판을 발명했어. 1550년대에 몇 권의 아랍어 책이 이탈리아에서 출판되었지. 하지만 체계적인 출판은 오랫동안 없었어. 무슬림들이 정확한 의미로 책을 출판하게 된 건 오스만 제국 때 뮈테페리카[1]에 의해서야. 물론, 엄격한 검열 하에. 그러니까 기껏해야 그 차이는 287년이야."

"근데 너 재미난 아이구나." 쉬린이 장난스러운 미소를 지으며 말했다. "옥스퍼드가 네게 잘 맞겠는걸!"

그들은 근처 카페에서 커피를 마시며 쉬기로 했다. 페리와 쉬린이 빈 테이블을 찾는 동안, 멘수르와 셀마는 서로 떨어져 걸으며 화장실을 찾아 나섰다.

---

1   Ibrahim Müteferrica(1674-1745). 오스만 투르크 제국의 인쇄업자이자 출판업자

"큰 격차 이야기가 나와서 그런데," 쉬린은 멘수르와 셀마를 고갯짓으로 가리키며 말했다. "너희 엄마와 아빠 사이에도 꽤 큰 간격이 있는 것 같은데."

페리의 얼굴이 빨개졌다. 페리는 살면서 이렇게 솔직하고 무례한 사람을 만난 적이 없었다. 그래도 크게 상관하지 않았다. 이 여자아이에게는 이상한 에너지가 있었다. 그녀는 모든 일에 간섭하고, 모든 걸 캐물었지만, 그만큼 정직하고 솔직했다. 그녀를 어떻게 상대해야 할지 몰라서 페리는 이야기 주제를 바꿨다.

"테헤란에서 태어났다고 했지?"

"응, 네 자매 중에 장녀야. 불쌍한 아빠! 아들을 그렇게 원했는데, 악마가 침실까지 간섭했나 봐, 하하! 그는 굴뚝에서 연기 나듯 줄담배를 피웠고, 새처럼 조금밖에 안 먹었거든. 돌아가신다면 그것 *때문에* 돌아가실 거라고 했지. 그런데 사실은 담배나 딸들이 아니라 이란 정권이 아빠를 죽이고 있었던 거야. 아빠는 우리를 사랑하셨어. 마침내 아빠는 이란을 탈출할 방법을 찾으셨지. 엄마는 떠나고 싶어 하지 않지만, 아빠를 사랑해서 동의하신 거야. 우리는 스위스로 망명했어. 스위스에 가 본 적 있어?"

"아니. 나는 이스탄불을 떠나 본 적이 없어."

"스위스는 아름다운 곳이야. 조용하고, 문명화된 곳이지. 녹아내린 캐러멜 푸딩에 목욕하는 것 같았어. 그러니까 달아도 너무 달아! 무슨 말인지 알겠어? 내 인생의 7년을 시옹에서 무기력하게 보냈어. 그 이후로 나는 공백을 메우기 위해 열심히 살고 있어. 거기서 우리 가족 모두 포르투

173

갈로 갔지. 망명 중인 이란 가족을 너도 한번 봤어야 하는데 말이야. 우리 모두 엉망이었어. 나는 그곳을 좋아했지만, 아빠는 그렇지 않았나 봐. 담배도 많이 태우셨고, 여전히 불만이 많았어. 우리는 2년 동안 리스본에 살았어. 내가 포르투갈어를 완전히 마스터했다고 생각했을 때, 펑! 애들 챙겨, 영국으로 간다. 여왕이 우리를 기다리고 있어! 내가 열네 살일 때였지. 열네 살에는 자기 문제나 여드름 걱정을 해야 되는데. 망명 같은 게 아니라. 어쨌든 우리 아버지는 우리가 영국에 도착한 해에 돌아가셨어. 의사는 아빠의 폐가 석탄처럼 변했다고 했어. 의사가 은유법을 사용하는 게 이상하지? 자기가 시인이라고 생각했나?" 그녀는 귀여운 손가락으로 탁자를 두드리며 매니큐어를 보고 있었다. "영국은 내 꿈이 아니라 아버지의 꿈이었어. 그런데 네가 보다시피 여기 있는 건 나야!"

"많이 돌아다녔구나." 페리는 호기심으로 물었다. "그래, 고향이 어디냐고 사람들이 물으면 뭐라고 해?"

"고향?" 쉬린은 그 질문이 마음에 들지 않는다는 듯 입술을 다물었다. "보편적인 법칙을 말할게. 사람의 고향은 외할머니가 계신 곳이야."

페리는 미소를 지었다. "그거 괜찮네. 외할머니는 어디 계셔?"

"무덤에. 5년 전에 돌아가셨어. 외할머니는 나를 많이 사랑하셨거든. 내가 첫 손주였으니까. 이웃들이 편지를 보냈어. 외할머니가 마지막 숨을 거두기 전까지 우리를 기다리셨다더군. 이게 내 고향이야! 외할머니는 외할머니의 엄마와 함께 테헤란에 묻히셨지. 그러니까 엄밀히 따지자면 나는 무국적자야."

"음… 그거… 안됐네." 페리가 말했다. 이렇게 외향적이고 활기 넘치

는 사람들—쉬린도 분명히 그런 사람 중 하나였다— 곁에 있으면 페리
는 어찌할 바를 몰랐다.

"이란에서 묘지를 뭐라고 부르는지 알아? '제흐라의 천국'이라고 해.
너무 과한 것 같지? 모든 묘지의 이름은 '천국'이어야 해. 심판의 날, 끓
는 가마솥, 머리카락으로 만든 가느다란 다리 이런 거로 누굴 괴롭힐 필
요도 없어. 죽으면 곧바로 천국으로 가는 거야, 그러니까 무덤으로, 그럼
끝이야!"

페리는 누구도 사후 세계에 대해 이런 식으로 말하는 것을 들어 본 적
이 없었다. 페리는 꼼짝 않고 있었다. 페리는 그녀의 사고 속도에 깊은
인상을 받았고, 다소 불편하기도 했다. 새 친구는 자신과 동갑인데도 마
치 두 배를 산 것 같았다. 쉬린은 날반트오울루 가족보다 더 많은 곳을
보았고 더 많은 경험을 한 것이었다.

마침내 아빠 멘수르와 엄마 셀마가 돌아왔다. 그들은 결국 한 가지 사
실에는—비록 그들은 그것을 몰랐지만— 의견 일치를 보고 있었다. 이
유는 달랐지만, 둘 다 쉬린이라는 여자아이 때문에 불안했다. 둘 다 페
리에게 이란 학생을 멀리하라는 주의를 줄 생각이었다.

*

한두 시간 뒤, 한 바퀴 원을 그리듯 돌고 옥스퍼드 연합 학회 건물 앞에
도착하자 모든 캠퍼스 투어가 끝났다. 헤어지기 전 쉬린은 페리를 마치
오랜 친구처럼 포옹했다. 그녀의 향수가 너무 강렬해서 페리는 향기 가

득한 구름 속에 있는 것 같았다.

쉬린은 영국인들이 상냥하고 예의가 바르지만, 외국인들에게는 조금 거리를 두는 것 같고, 조심스러워하는 것처럼 보일 수도 있다고 했다. 페리는 외국 유학생들—또는 쉬린처럼 다문화 출신들—과 더 쉽게 사귈 수 있을 것 같았다.

"그럼 또 보자." 페리는 진심으로 그렇게 말했다. 쉬린의 성격은 다소 위협적인 것 같았지만, 그녀의 끝없는 수다와 대담함은 매력 있었다.

"물론이지, 또 봐야지!" 쉬린은 자신에게 매우 딱딱한 태도를 보였는데도 신경 쓰지 않고 셀마와 멘수르의 볼에 키스한 뒤 말했다. "말한다는 걸 잊었네. 나 너와 같은 기숙사에서 지내."

"정말이야?"

"정말로."

쉬린의 입이 귀에 걸려 있었다.

"심지어 넌 내 옆방이야! 절대 시끄럽게 하지 마……. 농담이야, 농담. 아주 재미있을 거야. 튀르키예와 이란, 마치 지도에서처럼 말이야. 3차 세계 대전을 우리가 일으키자!"

그런 다음 그녀는 페리의 부모에게로 고개를 돌려서는 성도 틀리게 불러 가며 소리쳤다.

"미세스 그리고 미스터 남바불루 부부시여, 딸 걱정은 하지 마세요. 이제부터는 페리를 돌보는 건 제 일입니다. 믿을 만한 사람이 따님을 돌본다구요!"

적막

2000년 옥스퍼드

부모님이 기차역으로 길을 나서자 페리는 가슴을 후벼 파는 외로움을 안고 터벅터벅 자신이 앞으로 묵게 될 기숙사로 돌아왔다. 엄마와 아빠의 말다툼과 갈등에서 해방된 기쁨도 컸지만 벌써부터 부모님이 그리웠다. 부모님이 곁에 없으니, 마치 발밑에 깔려 있던 카펫을 누군가가 갑자기 획 당겨 가져가 버리는 바람에, 거칠고 울퉁불퉁한 맨땅에서 걸어야 하는 듯한 긴장감에 싸였다. 온종일 느꼈던 자부심과 흥분은 사라지고, 불쾌한 불안감이 그녀를 사로잡았다. 그녀는 자신이 생각했던 것만큼 인생의 다음 단계에 대한 준비가 돼 있지 않다는 걸 깨달았다. 그녀는 오후면 이스탄불에 불던 짠 내 나는 산들바람과는 다른 바람을 맞으며 깊게 숨을 들이쉬었다. 그녀의 후각은 그동안 익숙했던 냄새를 찾고 있었다. 봄에는 유다나무, 가을에는 마조람 향기와 뒤섞인 홍합 튀김, 군밤, 시미트 빵, 코코레치, 매연, 담배 냄새, 대도시의 냄새들……. 아주 오래전부터 이스탄불은 자신의 물약 제조법을 잊어버린 노쇠한 마법사처럼 가장 특이한 냄새를 혼합해 왔다. 이스탄불은 유쾌하고 불쾌한 것, 아름다운 것과 추한 것을 능숙하게 섞었다. 하지만 여기 옥스퍼드에서는 공중에 송진 냄새가 퍼져 있었다.

사람이 낯선 곳에 와서 혼자가 되면 걸음걸이마저 달라지는 것 같았다. 심지어 목소리도.

페리는 짙은 색의 나무 계단을 올라 자신의 방으로 들어갔다. 그녀는 여행 가방을 열고 옷을 꺼내 옷장에 걸었고, 서랍을 정리했다. 책상 위에 가족사진과 나자르 본죽을 놓았다. 일기장은 침대 옆에 두었다.

그녀는 좋아하는 책을 몇 권 가지고 왔다. 몇 권은 튀르키예어로 된 책이었고, 나머지는 영어로 쓰인 책이었다. 사데크 헤다야트의 눈먼 부엉이, 앨리스 먼로의 착한 여자의 사랑, 제이디 스미스의 하얀 이빨, 마이클 커닝햄의 디 아워스, 아룬다티 로이의 작은 것들의 신, 오우즈 아타이의 단절된 사람, 이탈로 칼비노의 보이지 않는 도시들, 가즈오 이시구로의 부유하는 세상의 화가 등이었다.

"왜 항상 외국 작가의 책만 읽어?" 그녀의 남자 친구가 물었다.

그녀는 지금까지 오직 한 명의 남자와 사귀었다. 고등학교 막바지에 이르렀을 때였다. 남자 친구는 대학에서 사회학을 공부했고, 세 살 연상이었다. 비난 섞인 질문 어조에 페리는 놀랐다. 사실 그녀는 튀르키예 작가와 외국 작가의 작품 모두를 읽었다. 그녀는 편식해서 독서를 하지는 않았다. 관심을 끄는 책이 있을 때마다 그녀는 저자의 국적이나 평판과 관계없이 그 책에 빠지곤 했다. 하지만 남자 친구의 독서 목록은 매우 달랐다. 그는 주로 튀르키예 작가의 책을 읽었다. 생존해 있는 작가가 아니라, 현존하지 않은 작가들만 읽었다. 또한 "문화 제국주의의 흐릿한 렌즈를 통해 바라보지 않고, 그래서 썩지 않은" 작가들이라고 러시아와 남미 작가들을 좋아했는데 그 정도였다. 한마디로 남자 친구의 책에 비하면 페리의 책은 '유럽풍'이었다.

"널 보면 나는 전형적인 튀르키예 지식인을 보는 것 같아." 페리의 남자 친구가 말했다. "아니면 동양의 지식인. 유럽과 사랑에 빠졌다고나 할까, 자신의 뿌리를 부정하면서 말이야."

페리는 이 뜻밖의 비난에 아무 말도 하지 못했다. 왜 사람들은 '뿌리'에 집착할까? 예를 들면 '가지'도 아름답지 않은가, '잎'과 '과일'도. 물론 뿌리도 사랑한다. 정확히 말하면 그녀는 나무 자체를 사랑했다. 뿌리는 땅속과 땅 위로, 사방으로 뻗어 나간다. 그러니까 하나의 선이 아니다. 나무뿌리도 고정—또는 고정 관념—을 거부하는데, 사람들에게 반드시 '뿌리에 충실해야 한다'라고 하는 건 얼마나 모자란 생각에서일까?

그럼에도 페리는 그를 많이 사랑했기에 자기 자신을 나무랐다. 그녀는 항상 자책하곤 했다. 하지만 그녀는 남자 친구보다 책을 더 많이 읽었고, 지식도 풍부했다. 페리의 남자 친구는 고리키, 투르게네프, 도스토옙스키 등 러시아 유명 작가들의 걸작을 읽으며 경제적으로 시간을 활용했다. 페리는 끊임없는 호기심과 열린 생각으로 자신의 시선을 사로잡는 모든 책을 탐독했다. 그녀는 '책의 도시' 뒷골목에 묻혀 삼매경에 빠지곤 했다.

페리는 자신을 낮췄다. 여자들은 항상 이랬다. 사귀는 남자가 어떤 분야에서 자기들보다 더 무지하다는 것을 알게 되면, 비난하기는커녕 자신을 나무란다. 남자가 성장하기를 기다려 주기보다는, 여자들은 스스로 뒷걸음쳤다. 불필요한 갈등, 모순, 긴장이 발생하지 않도록 자신의 지능을 필요한 수준으로 낮췄다. 그래서 페리는 한동안 남자 친구가 인정한 작품만 읽으려고 했다. 하지만 이런 생각은 얼마 가지 못했다. 그녀는 남자 친구가 문학에 대해 가지고 있는 비난과 반발을 결코 이해할 수 없었다. 튀르키예처럼 정체성 문제로 어려움을 겪고 있는 나라에서는 자신이 읽은 책보다는 읽고 싶지 않은 책이 화제가 되었다. 사람들은 읽지 않은 책과 작가를 주제로 토론하는 데 더 많은 시간을 할애했다.

그들은 얼마 가지 않아 헤어졌다. 책 취향의 차이라기보다 성性적인 문제에 대한 견해 차이 때문이었다. 페리는 '아니'라고 말하지 않았지만, 성에서는 신중해지고 싶었다. 하지만 남자 친구는 마음이 급했다. 중동에는 자신의 여자가 침실에서 자기의 모든 욕망을 받아 주기를 기대하는 남자들이 흔하다. 만약 여자가 그걸 받아 주지 않으면 화를 내고 씩씩거릴 것이고, 그 요구를 바로 받아 주면 여자는 가치를 잃고 '창녀'로 낙인찍히게 되는 것이다. 그런 사람들과 잠자리를 하지 않으면 "그래, 넌 날 정말로 사랑하지 않아!"라고 하며 기분 나빠하고, 인상을 쓰며 강요할 것이다. 만약 잠자리를 함께하면 '와, 너 정말 음란한 년이구나.'라고 무시하면서 꼬리표를 달고, 모욕할 것이다. 어떤 식으로든 젊은 여성이 이런 사고방식 앞에서 자신을 지키는 것은 불가능했다.

페리는 방에 짐을 풀고 나서 창문을 열었고 안뜰을 내려다보았다.

주위에 공허함이 느껴졌다. 그녀는 근처 나무들의 그림자를 바라보던

중에 소름이 돋았다. 마치 그녀의 외로움을 안타깝게 여기는 영혼이나 귀신이 그녀를 살짝 건드린 것 같았다. 안개에 싸인 아기였을까? 그녀는 아니라고 생각했다. 한참 동안 안개에 싸인 아기를 보지 못했다. 아마 영국 귀신이었는지도 모른다. 옥스퍼드는 귀신이 어둠 속에서 누구를 겁주지 않고도 마음 놓고 돌아다닐 수 있는 곳 같아 보였다.

옥스퍼드에서 그녀가 가장 신기했던 건 '고요함'이었다. 적응이 힘들 것 같았다. 묵직하고 짙은 적막함이었다. 그에 반해 이스탄불은 밤낮으로 염치없이 떠드는 난봉꾼 같았다. 블라인드를 내리고, 커튼을 치고, 귀마개를 하고, 이불을 머리 위로 끌어올려도, 소란한 소음이 벽을 넘고, 문틈을 통해 스며들고, 잠에 녹아들었다. 노점상들의 고함, 트럭의 소음, 구급차 사이렌, 보스포루스 해협을 지나는 배들, 자정 이후에 더해지는 욕설과 기도가 증발해 사라지지 않고 하늘을 떠돌았다. 마치 자연처럼 이스탄불도 공허함을 싫어했다.

페리는 가슴에 맺힌 응어리를 안고 침대에 앉았다. 부모님 걱정이 그녀에게로 전파되었다. 그녀는 자신이 사기꾼같이 느껴졌다. 여기서, 자신보다 더 똑똑하고 더 교양 있고 잘 교육받은 학생들 틈바구니에서 성공하지 못하면? 버티지 못하면? 그녀가 아나톨리아 고등학교[2]에 다니면서 스스로 책과 소설을 읽으며 늘린 영어 실력은 어쩌면 어려운 수업을 따라가기에 충분하지 않을지도 몰랐다. 최대한 숨겼지만, 실패에 대한 두려움은 컸다. 목이 멨고, 눈에 눈물이 고였다. 그녀는 이렇게 쉽게 우는

---

2 Anadolu lisesi. 우수한 학생을 선발하여 교육시키는 공립 고등학교. 영어로 수업을 진행한다.

사람이 되기 싫었다.

그때 문을 두드리는 소리에 페리는 소스라치게 놀랐다. 대답하지 않았는데 문은 열렸고 쉬린이 들어왔다.

"안녕, 친구. 잘 지내?"

페리는 무의식적으로 코를 훌쩍였고 미소를 지으며 정신을 차리려 했다.

"문을 열어 두라고 했잖아!" 쉬린은 두 손을 허리에 올리고 방 한가운데 서 있었다. "남자 때문이야?"

"뭐라고?"

"너 울고 있잖아. 남자 친구랑 헤어졌어?"

"아니."

"그래, 남자 때문에 눈물을 흘리지 마. 그럴 가치가 없어. 그럼? 여자 친구랑 헤어진 거니?"

"뭐? 무슨 소리야, 아냐!"

"알았어." 쉬린은 사과하듯이 양팔을 들어 올리며 말했다. "넌 이 문제에 대해서는 곧기만 하구나. 마른 스파게티처럼. 난 삶은 스파게티 같은데, 하하!"

페리는 인상을 찌푸렸다. 무슨 말인지 전혀 이해되지 않았다.

"사랑하는 사람 때문에 눈물 흘리는 게 아니라면, 집이 그리운가 보구나." 쉬린이 결론지었다. "넌 행복하네!"

"내가 행복하다고?"

"물론이지, 집이 그립다는 건 어딘가에 집이 있다는 거잖아. 보금자리

말이야!"

이 말을 하고 나서 쉬린은 책상 옆 의자에 털썩 주저앉아 주머니에서 매니큐어 병 하나를 꺼냈다. 매니큐어가 얼마나 진한 빨간색이던지 그걸 만들기 위해 여러 마리의 양을 도살한 것처럼 보였다. "안 되는 거 아니지?"

역시나 대답을 기다리지 않고 그녀는 슬리퍼를 벗은 다음 발톱에 매니큐어를 칠하기 시작했다. 진한 화학 약품 냄새가 공기 속에 퍼졌다.

"부모님이 가셨으니 몇 가지 질문을 해도 돼?" 쉬린이 물었다. "너 독실한 신자니?"

"나 말이야? 아니 그렇진 않은데……." 페리가 답했다. "하지만 하나님을 사랑하고, 하나님이 중요하다고 생각해."

"음. 그것보단 더 많은 정보가 필요해. 예를 들어 돼지고기 먹어?"

"물론 안 먹지!"

"그럼 와인은? 마셔?"

"응, 가끔 아빠랑."

"하, 나도 그렇게 생각했어. 그러니까 혼혈이네. 반반."

페리는 미간을 찌푸렸다. "그게 무슨 말이야?"

하지만 쉬린은 페리의 말을 듣지도 않았다. 그녀는 주머니에서 다른 뭔가를 찾았다. 찾지 못하자 그녀는 찡그린 얼굴로 일어섰다. 조금 전 바른 매니큐어가 손상되지 않도록 발뒤꿈치로 밟으며 비틀거리면서 옆방으로 갔다. 궁금하기도 하고 조금 화도 난 페리도 자리에서 일어나 쉬린을 따라갔다. 쉬린의 방문은 완전히 열어 젖혀져 있었다. 페리는 엉망진창으로 어질러져 있는 방을 보고 너무 놀랐다. 메이크업 키트, 페이스 크림, 레이스 장갑, 향수병, 사과 속대, 과자 포장지, 감자 칩 봉지, 찌그러진 콜라 캔, 찢어진 잡지와 책에서 뜯어낸 종이들이 여기저기 흩어져 있었다. 벽은 그림과 글로 가득했다. 사방에 온갖 종류의 밴드 포스터가 걸려 있었다. 이란의 시인 포루그 파로흐자드[3]의 거대한 그림이 눈에 띄었다. 다른 구석에는 덥수룩한 콧수염을 기른 니체의 거대한 사진이 페리를 바라보고 있었다. 그 옆에는 화려한 금박 액자에 이란 미니어처를 확대한 컬러 복사본이 있었다. 쉬린은 그 액자 밑 배낭에서 무언가를 찾고 있었다.

"무슨 말이야?" 페리가 다시 물었다.

"반은 전통적이고 반은 현대적이라는 말이야. 돼지 꼴은 참을 수 없지만, 와인—아니면 보드카, 테킬라—은 절대 '사양'하지 않잖아. 무슨 말인지 알아들었을 거야. 라마단도 느슨하기 짝이 없지. 여기저기서 금식을 하지만, 가끔 건너뛰기도 해. 종교를 포기하는 것도 아니야, 왜냐하면 사후 세계가 있으면 안전장치를 해야 하니까. 그렇지만 자신의 자유를 포기하고 싶지도 않거든. 여기서 조금, 저기서 조금. 우리 시대의 위대한 융합체인 라틴어 이름으로 '세속적 무슬림'인 거지. 아, 물론 이건 내가 지어낸 거야."

"무… 무슨 말을 하는 건지 모르겠지만 화나는데."

"당연히 화날 테지. 세속적 무슬림은 자신이 세속적 무슬림이라는 사

---

3   Forugh Farrokhzad (1934-1967). 이란의 여성 시인이자 영화감독

실을 인정하지 않을 테니까." 쉬린은 이렇게 말하며 배낭에서 찾은 투명하고 반짝이는 매니큐어를 꺼냈다. "아하, 여기 있었구나!"

페리는 인상을 찌푸렸다. "고맙네! 네 말대로라면 그럼 넌 뭐야?"

"나? 나는 그냥 이 세상의 여행자야." 쉬린은 도전적으로 말했다. "나는 어디에도 속해 있지 않아. 속하기도 싫고!"

발톱에 매니큐어를 칠하는 동안 그녀는 편협한 사람들, 위선자들, '적응해'라고 하는 사람들, 바보들을 계속 비난했다. 그녀의 생각은 강물처럼 흘렀고, 말은 거품을 만들어 내며 솟아올랐다. 그녀는 진심으로 종교에 대한 믿음을 가진 사람들과 진심으로 종교를 믿지 않는 사람들 모두 존중한다고 했다. 그녀가 참을 수 없는 것은 생각하지 않고, 질문하지 않고, 자기 계발을 하지 않고 모방만 하는 사람들이었다. 그러니까 인간이라는 종의 대다수를 차지하는 사람들.

페리는 조용히 듣고 있었다. 그녀는 두 개의 정반대 방향으로 신경이 쓰인다는 걸 느꼈다. 한편으로는 쉬린의 호전적인 자신감이 마음에 들지 않았다. 쉬린의 분노를 느낄 수 있었지만, 정확히 무엇에—조국인지, 아버지인지, 종교인지— 화가 나 있는지 확신할 수 없었다. 다른 한편으로는, 쉬린의 말에서 페리 자신의 아버지가 했던 주장들이 메아리쳐서 들렸다. 분명한 건, 처음으로 집에서 멀리 떠나서 지내는 날 저녁, 그녀는 그런 대화를 할 마음의 준비가 되어 있지 않았다는 것이었다. 페리는 더 간단한 주제에 관해 이야기하게 되리라 예상했다. 예를 들어 강의와 교수에 관해서, 또는 제일 맛있는 커피를 마시려면 어딜 가야 하고, 어디서 점심을 먹을 수 있는지 등등 일상의 소소한 디테일에 관한 이야기들을 나누게 될 거라고 생각했다.

비가 내리기 시작했다. 부드러운 빗방울 소리가 그칠 줄 몰랐다. 그 소리가 쉬린에게 진정 효과를 준 것이 분명했다. 그녀가 다시 입을 열었을 때 그녀의 목소리는 여전히 감정적이었지만 훨씬 더 차분했다.

"미안해. 네게 헛소리만 퍼부었나 보네. 뭘 믿든 네게 달린 거고 내가 상관할 바는 아니지. 뭣 때문에 그렇게 몰입했는지 모르겠네. 사실 내가 말하는 걸 좋아하거든."

"괜찮아." 페리가 말했다. "다행히도 우리 엄마가 여기 안 계시니까."

쉬린은 방정맞게 마치 아이들이 킥킥대듯 웃었다.

"다른 학생들에 관해 이야기해 줘. 다들 많이 똑똑해?"

"아하! 옥스퍼드에 있는 모든 학생이 아인슈타인이라고 생각하는구나?" 쉬린이 말했다. "들어 봐, 여기 학생들은 다양해. 나는 여섯 개의 그룹으로 나눌 수 있다고 봐."

첫 번째 그룹은 세상을 구하려는 애들이야. 쉬지 않고 사회 운동에 참여하는 사회 정의 유형들이지. 헐렁한 스웨터, 구슬 목걸이, 형편없는 머리 스타일, 아랫단을 접은 청바지, 단호한 표정, 서명을 받기 위해 항상 가지고 다니는 볼펜과 동의서 등이 특징이야. 이 그룹은 토론회를 열고, 포스터와 현수막을 만들고, 열띤 토론에 이어 또 다른 토론을 하는 유형이야. 사람들에게 죄책감을 느끼게 하지. 그들이 숭고한 인간의 가치를 다루고 있다는 것 때문에 우리가 평범한 삶에 연연하는 걸 부끄럽게 느끼게 하거든.

두 번째 그룹은 응석받이 유럽 아이들이야. 이 아이들은 유럽의 부유한 가정 출신으로 서로를 다 알아. 방학이면 늘 같은 곳으로 스키를 타러 가서 그을린 피부와 사진을 갖고 돌아와. 항상 자기들과 비슷한 애들끼리 사귀지. 유럽의 크루아상이 더 신선하고, 카푸치노가 더 진하다고 떠들고 다니는 애들이야. 그리고 날씨가 됐든, 구름이 됐든 뭐든 하나의 불평거리를 찾지.

세 번째 그룹은 특별한 학교를 졸업한 애들이야. 선택적으로 사람을 사귀지. 그 애들은 보통 친구를 그전에 다녔던 학교를 보고 정하고, 재빨리 자신들만의 파벌을 만들어. 무한한 에너지와 자신감으로 많은 과외 활동에 뛰어들지. 조정, 카누, 연극반, 토론반에 들어가. 이런 유형의 아이들은 크리켓, 골프, 테니스, 럭비, 수구를 하고, 한가한 시간에는 태극권이나 가라테를 하지. 이렇게 활동을 해도 부족한 건지 우아한 옷을 차려입고 좋은 술을 마시려고 자주 모이기도 해. 자신들의 클럽엔 아무나 쉽게 받아 주지도 않지.

네 번째 그룹은 옥스퍼드에 재학 중인 외국인 학생들이야. 인도인, 중국인, 아랍인, 인도네시아인, 아프리카인……. 이들은 두 개의 소그룹으로 나뉘지. 첫 번째 그룹은 자기 나라 학생들하고만 친구가 되는 부류야. 그 애들은 모국어를 사용하고 싶어서 함께 밥 먹고, 공부하고, 담배 피우고 어울리곤 해. 두 번째 부류는 정반대야. 무슨 이유에서인지 최대한 같은 나라 학생들을 피해. 이 범주에 속하는 학생들은 영국인—또는 미국인—처럼 말하려 하고, 억양도 똑같이 바꾸려고 하지.

다섯 번째 그룹은 천재들이야! 진지하고, 근면하고, 지적이고, 호기심이 많고, 생각이 깊고, 짜증 날 정도로 세심한 아이들이야. 존경스러운 애들이지. 하지만 그 애들과 연애는커녕 어울리는 것도 불가능해. 수학, 물리학, 철학, 그 아이들의 관심사는 널렸지. 하지만 그 외에는 햇빛 드는 곳보다 한적하고 조용한 구석을 선호해. 도서관에서 나와 강의실로 달려가거나, 강의동 현관에서 교수들과 토론하는 걸 보면 아주 활력이 넘치지만 까칠하고 혼자 있는 것을 좋아해.

쉬린의 이야기를 듣는 동안 페리의 마음속에서는 설렘과 불안이 뒤섞였다. 그녀는 이 새로운 세계를 탐험할 준비가 되어 있기도 하지만 망설여지기도 했다.

"넌 이걸 어떻게 다 알아?"

쉬린은 크게 웃었다. "이 모든 그룹의 남자아이들—그리고 여자아이들—과 사귀었거든."

"정말?" 페리가 혹시나 하고 물었다. 충격을 받아서인지 말까지 더듬었다. "그럼 여섯 번째 그룹은?"

"아!" 쉬린은 호박색 반점이 있는 검은 눈을 반짝이며 말했다. "대학에 와서 달라진 아이들! 미운 오리는 백조로, 호박이 마차로, 신데렐라는 공주가 된 학생들이지. 어떤 학생들에게 대학은 마법의 지팡이인 셈이야. 지팡이로 툭 건드리면, 짠! 개구리가 왕자로 변하는 거야."

페리는 고개를 가로저었다. "어떻게?"

"다양한 형태로 나타날 수 있지만, 보통은 누군가의 영향을 받지……. 대부분이 교수의 영향을 받아. 똑똑하고 지적이며 평범하지 않은 교수를 만나게 되면 행운을 얻게 되는 거지. 네 마음을 흔들고, 머리를 깨우쳐 주는 사람 말이야."

페리는 쉬린의 목소리 톤이 바뀐 걸 알아챘다. "그런 사람을 알아?"

"물론 알지. 나도 여섯 번째 그룹에 속하거든." 쉬린이 대답했다. "1년 전에 나를 본다면 못 알아봤을 거야. 나는 완전한 분노로 똘똘 뭉쳐져 있었거든. 지금은 평온해."

이게 평온한 상태라면 그전 상태는 어땠을까, 페리는 생각했다.

"그래서 어떻게 됐어?"

"아주르 교수를 만났지." 쉬린이 말했다. "그가 내 눈을 뜨게 해 줬어! 나 자신을 돌아볼 수 있게 해 줬어. 나는 이제 더 논리적인 사람이 됐지."

"그 아주르 교수라는 사람이 누구야?"

"누군지 몰라?" 쉬린이 물었다. "여기서 아주르 교수는 전설적인 인물이야."

"그가 무슨 강의를 하는데?"

쉬린의 얼굴에 미소가 번졌다. "신!"

"정말로? 옥스퍼드에 신에 대한 강의가 있다고?"

"정말이야. 아주르 교수 자신이 조금 신 같다고 해야 할까. 미안하지만 그는 책을 아홉 권이나 썼고, 쉬지 않고 토론이나 학술회의에 참석해. 명성 그 자체지. 지난해 타임스가 선정한 가장 영향력 있는 인물 100인에도 이름을 올린 사람이야."

바깥에서 바람이 불었다. 건물 어딘가에서 창문이 큰 소리를 내며 닫혔다.

"난 두 학기 동안 세미나 수업을 들었어!" 쉬린은 신나서 말을 계속 이어 갔다. "아 얼마나 많은 자료를 봐야 했던지! 미칠 정도였어! 수업이 끝날 때마다 내 배낭은 복사본으로 가득 찼었어. 엄청나게 많은 종류의 이상한 자료들이었지. 시, 철학, 역사. 오해하지 마, 나도 다 좋아해. 좋아하지 않는데 왜 인문학을 공부하겠어? 하지만 아주르 교수는 아무도 알지 못하는 자료를 찾아서는 우리가 그것들을 완전히 이해하길 바랐어. 꽤 힘들게 했지. 그래도 재미있었어. 내가 변했다니까. 그는 내게 엄청난 영향을 끼쳤고 날 흔들어 놨어. 내 사고를 깨어나게 해 줬지."

쉬린은 말을 한 번 시작하면 브레이크가 터진 자동차처럼 끝없이 달렸다. 외부에서 힘이 가해지지 않는 한, 정지는커녕 감속도 하지 않았다. 그녀는 빠르게 말을 이어 갔다.

"너도 아주르 교수의 세미나 수업을 꼭 들어. 선택 과목으로 말이야. 물론 아주르 교수가 허락할 경우지만. 허락받기가 힘들어. 낙타한테 도랑을 뛰어넘으라는 게 더 쉬울 거야."

페리가 웃으며 그녀의 말에 끼어들었다. "튀르키예에서도 똑같은 표현을 써. 수업 듣기가 왜 그렇게 어려운데?"

"수업을 들으려면 학문적으로 준비가 되어 있어야 해. 그러니까 너의 지도 교수와 먼저 상담을 해야 하고 어쩌고 하는 과정이 필요하다는 거지. 지도 교수가 허락하면 아주르 교수에게 가면 돼. 아주르 교수에게 가면 조금 까다로운 과정이 남아 있어. 그 사람의 눈에 드는 게 쉽지 않거든. 사후 세계에 관한 아주 이상한 질문만 해."

"물어보지 않는 게 없어… 선과 악… 과학과 신앙… 나와 타인……."
쉬린은 미간을 찌푸리며 다른 단어를 찾고 있었다. "일종의 학술적인 선정 과정 같은 거지. 나도 정확히 그 교수가 뭘 확인하는지 전혀 모르겠어. 그런 과정을 거쳐서 결국 소수의 학생만 세미나 수업에 들어오도록 허락받거든."

"하지만 넌 두 번이나 뽑혔잖아."

왠지 모를 질투를 느끼며 페리가 말했다.

"맞아." 쉬린이 대답했다. 그녀의 목소리에 자부심이 묻어났다.

짧은 침묵이 흘렀다.

"나는 아직도 아주르 교수를 일주일에 한 번 이상 만나. 조언이 필요해서 말이야." 쉬린이 들뜬 목소리로 말했다. "내가 그 사람한테 좀 빠졌나봐. 너무 잘생겼어. 그러니까 전형적인 잘생긴 남자가 아니라 섹시해!"

페리의 얼굴이 붉어졌다. 그녀는 어떻게 반응해야 할지 몰라 의자에 앉았다. 외부에서 보면 둘 다 이슬람 문화권에서 왔고, 비슷한 지역에서 태어났다. 하지만 쉬린은 너무 달랐다. 자기 자신과 성에 대해 아무런 두려움이 없었다.

"세상에, 교수와 사랑에 빠진 거네." 불편했던 침묵 뒤에 페리가 말했다. "그럼 안 되는 거 아냐?"

쉬린은 고개를 뒤로 젖히며 크게 웃었다.

"이런, 아주, 아주 많이 잘못된 거지. 폐하의 명령에 따라 즉시 나를 체포하시오."

순진해 빠진 자신이 부끄러워서 페리는 어깨를 으쓱했다.

"그러니까…… 세미나 수업이 재미있을 것 같기는 한데. 하지만 난 다른 할 일이 있어."

"넌 그러니까 덧없는 세상일에만 관심 있다는 거구나." 쉬린은 새로

사귄 친구를 날카롭게 쳐다보며 말했다. "넌 하나님을 위해 할애할 시간이 없다는 거잖아!"

농담으로 한 말이라고 해도 쉬린의 말은 너무 의외였고, 그 말투가 너무 까칠해서 페리는 깜짝 놀랐다. 그녀는 마지막 불빛이 사라지고 있는 잿빛 하늘이 보이는 창문으로 시선을 돌렸다. 바람과 비, 이제 막 가을의 시작인데도 하늘에 자리 잡은 겨울의 찬 공기. 그녀는 이후 몇 년 동안 이 모든 것을 기억하게 될 것이었다. 그 순간이 그녀 인생의 전환점 중 하나였지만, 그녀는 훨씬 나중에서야 그것을 깨달았다.

심심풀이

2016년 이스탄불

손님들은 전채 요리—구운 가지 샐러드, 으깬 호두와 닭 가슴살 요리, 콩을 곁들인 아티초크, 속을 채운 애호박 요리, 구운 문어—를 모두 먹어 치웠다. 요리사에게 보내는 찬사도 잊지 않았다. 문어를 본 페리의 얼굴에는 그림자가 드리워졌다. 사실, 그녀가 문어를 먹지 않은 지는 꽤 되었다. 그녀는 포크 끝으로 조심스럽게 문어를 옆으로 밀어냈다.

얼마 지나지 않아 농담이 오가기 시작했다. 손님들은 테이블 이쪽저쪽에서 이야기꽃을 피웠다. 축구계 뒷이야기를 끝낸 터라, 이제 이스탄불 식탁 맡에서 가장 많이 오르내리는 관심사로 화제가 넘어갔다. 정치! 튀르키예 사람 네 명만 모이면 절대 그냥 넘어가지 않는 질문이 나왔다. 이 나라가 어떻게 되려고 이러지?

정치 이야기는 국민 스포츠였다. 전국 방방곡곡마다 일곱 살부터 일흔 살까지 모두의 관심사였다. 그러나 자칭 부르주아들만큼 이 스포츠를 즐기는 계층도 없었다. 물론 자신들의 집에서 비밀스럽게! 페리는 이 지역의 부르주아 계급을 수박에 비유하곤 했다. 겉은 초록색이고 속은 빨간색인 수박. 녹색은 보수적 이념과 현상 유지의 색깔이었고, 빨간색은 반항과 불만의 색이었다. 엘리트의 경우, 그들의 공적 신분과 사생활에서의 자아 사이에는 메울 수 없는 간극이 있었다. 특히나 재계의 엘리트 계층의 경우 그 간극은 더 컸다. 그들은 항상 경계하고, 조심하고, 자기네 계급끼리만 교류했다. 그들은 자기 생각을 숨겼고, 꼭 필요한 경우가 아니면 정치에 관해 이야기하는 것을 피했다. 반드시 정치에 관해 이야기해야 하는 상황이라면, 그저 몇 마디 해가 되지 않는 일상적인 말만 했고, 그게 다였다. 종종 있는 일이었지만 자신을 괴롭히는 것에 대해 공개적으로 대응할 수가 없었다. 그들은 눈을 감고 귀를 막고 혀를 악물었다.

하지만 집 담벼락 안에서 그들은 완전히 달랐다! 그들은 변신했다. 대중 앞에서 보이는 의연함은 집에서는 용기로, 속삭임은 고함으로, 자제는 분노로 바뀌었다. 밖에서의 침묵을 만회하려는 듯 이스탄불 부르주아는 하우스 파티와 사적인 모임에서는 정치에 관해 이야기하고, 또 이야기했다.

대학에서 공부하는 동안 페리는 역사 전반에 걸쳐 부르주아의 중요한 역할에 관한 책들을 읽었다. 서구에서 부르주아는 자유주의적 가치를 고수하고 봉건제에 반대하면서 한동안 진보적인 역할을 맡았었다. 반면, 튀르키예에서 자본가 계급은 진화 과정을 끝내지 못했고, 뒤늦게 떠오른 어설픈 사상처럼 공허하기 짝이 없었다. 마르크스가 튀르키예에서 공산당 선언을 썼다면 그의 주장은 완전히 바뀌었을 것이다. 튀르키예에서 부르주아는 사회를 변화시키기는커녕 사회에 용해되어 버렸다. 여전히 일관성이 없었고, 신뢰할 수도 없었다. 단 한 번도 독립된 계급이 된 적이 없었다.

이 나라에서 모든 것의 시작과 끝은 국가였다. 가장 호화로운 별장부터 가장 소박한 무허가 판잣집에 이르기까지 하늘의 거대한 폭풍 구름처럼 강력한 국가가 모든 집을 다스렸다. 이 저택을 예로 들어 보자. 이 저택은 오스만 제국 시대에 유누스 장군이라는 크로아티아 출신의 데브쉬르메[4]에 의해 지어졌다. 유누스 장군이 어떤 이유 때문인지 한직으로 물러나자, 이전에는 그를 치켜세웠던 제국이 이번에는 그의 재산을 몰수하여 제국에 더 충성하는 사람에게 넘겨 버렸다. 수 세기가 지난 오늘날에도 상류층은 여전히 비슷한 일이 다시 일어날 것에 대한 두려움에 떨고 있다.

페리는 테이블에 앉아 있는 사람들의 얼굴들을 바라봤다. 사실 부자도, 부자를 동경하는 사람도, 재벌도 같은 걱정을 했다. 사람들의 지위, 권력, 부, 이 모든 것이 국가와의 관계에 달려 있었다. 가장 강한 자도 무력해지는 것을 두려워했고, 가장 부유한 자조차도 파산을 두려워했다. 종교를 가르친 것처럼 국가도 어릴 때부터 똑같이 가르쳤다. 이 가르침에는 공포가 지배적이었다. 그 모든 찬란함과 화려함에도 불구하고 엘리트 부르주아는 자신의 아버지를 두려워하는 어린아이와 마찬가지였다. 이 나라에서 아버지는 사랑보다 권위를 의미했다. 이렇다 보니, 유럽

---

4 오스만 제국의 점령지 내 비무슬림 소년을 무슬림으로 개종하여 군인 또는 관료로 활용하기 위한 강제 징집 제도. 15-17세기에는 제국의 주요 관직을 독점하기도 했다.

의 사례와는 달리 튀르키예에서 부르주아들에게는 주도력, 자율성, 연속성 또는 집단적 기억이 존재하지 않았다. 그들은 자신이 기대하는 것과 되고 싶은 것 사이에 존재했다. 페리는 '마치 나처럼'이라고 생각했다. *마치 나처럼⋯⋯.*

향초 향과 음식 냄새가 섞였다. 담배를 피우려고 나간 사람들이 열어둔 발코니 문을 통해 시원한 바람이 불어왔지만, 방의 공기는 무겁고 더웠다. 몇몇 손님들 간에 긴장감이 흐르고 있다는 걸 페리는 눈치챘다. 정치는 난파선이 가득한 폭풍우가 몰아치는 바다 같았다. 친구를 적으로 만들었다. 하지만 그 반대도 존재했다. 공통점이 거의 없는 사람들이 한데 모이기도 하고, 적을 동료로 만들기도 했다.

이후 30분 동안 접시에 있던 소스는 굳어 가고, 손님들의 자세는 변했으며, 굳어진 얼굴에 미소는 진지함으로 변했다. 손님들은 자신들의 주장을 강조하는 따옴표를 손짓으로 만들어 가며 갑작스러운 흥분과 헛소리들로 튀르키예의 미래를 토론했다. 튀르키예의 미래가 지구의 미래와 분리된 것이 아니기에 미국, 유럽, 인도, 파키스탄, 중국, 이스라엘, 이란에 대해서도 비난을 늘어놓았다. 그들이 이 나라들 가운데 어느 나라도 신뢰하지 않는다는 건 분명했다. 튀르키예에 맞서는 사악한 로비스트들과 그들의 꼭두각시들, 제국주의자들과 그 추종자들, 멀리서 모든 것을 조종하는 보이지 않는 손들⋯⋯. 길을 걸을 때 약물 중독자들과 거지를 바라보는 것처럼, 그들은 국제 관계에 대해 논쟁할 때도 같은 방식으로 다른 나라들을 바라보았다. 언제든 공격받아 약탈당하기를 기대라도 하는 것처럼.

주자 走者

2000년 옥스퍼드

옥스퍼드 학생이 된 이후 페리에게는 두 가지 측면에서 변화가 생겼다. 첫 번째는 영화처럼 느껴지는 일이었다. 안뜰이 있는 고풍스러운 건물, 평화로운 교정, 하늘에 닿을 듯 높은 첨탑, 처마가 있는 지붕, 공식 연회장과 화려한 장식이 붙는 대학은 그녀에게 모든 게 가능하다고 느끼게 했다. 그것은 페리가 주연으로 출연하는, 마치 모든 세부적인 것까지 기획된 영화의 일부 같았다. 그녀의 마음속에서 커지는 열정은 그녀 자신이 중요한 일을 해낼 것이라는 굳은 믿음을 갖게 해 주었다.

종종 그녀는 에너지와 야망으로 가득한 벅찬 감정으로 잠에서 깨어났다. 마치 열심히 노력하면 하지 못할 일이 없을 것 같았다. 그녀의 계획은 졸업 후 대학에 남거나 신뢰받는 국제기구에 취직하는 것이었다. 그녀는 아버지가 자신을 자랑스러워했으면 했다. 액자에 넣어서 거실 벽에 걸려 있는 아타튀르크 초상화 중 하나의 바로 옆에 자신의 빛나는 졸업장이 걸려 있는 모습을 벌써부터 상상했다. 멘수르가 저녁에 아타튀르크의 초상화를 바라볼 때면 딸의 성공을 축하하며 술잔을 드는 모습도 그려 보았다.

옥스퍼드가 페리에게 미친 두 번째 영향은 첫 번째와는 정반대였다. 그건 밀실 공포증이었다. 일종의 내성적 성격, 불안, 공황 발작 같은 것이었다. 옥스퍼드는 그녀가 쉽게 정복할 수 있는 곳이 아니었다. 한 걸음 한 걸음 나아갈 수밖에 없었다. 이런 감정에 휩싸이면서 페리는 내성적으로 변했다. 그녀는 어려운 수업과 거리를 두는 교수들의 태도에 겁을 먹었고, 부정적인 생각에 갇혀 버렸다.

대학 이름이 새겨진 목도리, 스웨터, 장난감 곰이 상점에서 판매되고 있었다. 학생들보다는 관광객들이 이런 기념품을 사 갔다. 그래도 그녀는 참지 못하고 커피 잔을 샀다. 오빠 결혼식 때 집에 가지고 가서 그녀의 어머니에게 선물할 생각이었다. 셀마는 아마도 그걸 선반 위 도자기로 만든 말 형상, 기도 책과 하디스[5] 옆에 놓을 것이다.

어느 날 아침, 페리는 달이 아직 하늘에 떠 있는 이른 시간임에도 귀에 헤드폰을 끼고 뺨은 붉게 상기된 채 달리고 있던 여학생을 봤다. 페리는 이스탄불에서 도로에 흩어져 있는 장애물에도 불구하고 몇 번 달리기를 시도해 봤었다. 달리기가 좋았다. 여기서는 깨진 보도블록, 패인 구덩이, 남자들의 추행, 건널목에서도 속도를 줄이지 않는 차들에 대한 걱정 없이 달릴 수 있다는 것 자체가 특권이었다. 그녀는 그날 운동화

---

5   예언자 무하마드의 언행록

한 켤레를 샀다.

몇 번의 시행착오 끝에 페리는 이상적인 코스를 찾았다. 그녀는 막달렌 다리를 건너고 식물원을 지나 크라이스트처치 녹지를 통과해 템스강 유역을 따라 달렸고, 힘이 남아 있으면 다시 산책로를 돌아 기숙사로 돌아왔다. 때때로 조약돌이 박힌 거리가 그녀의 발아래 뻗어 있었다. 이 멋지고 오래된 구불구불한 거리의 끝은 마치 자신을 다른 세기로 데려다줄 것처럼 느껴졌다. 가장 힘든 부분은 템포를 유지하는 것이었지만, 한번 템포를 잡으면 거의 한 시간 동안 계속 유지할 수 있었다. 그녀는 속도보다 이동 거리에 더 관심이 있었다. 공기는 거의 액체처럼 녹아내렸다. 한참을 달린 뒤 축축해진 머리카락이 목덜미에 달라붙고 심장이 아플 정도로 빠르게 뛰기 시작하면 그녀는 문턱을 넘어 다른 차원으로 들어가는 것 같이 느꼈다. 만약에 영원이라는 것에 느낌이 있다면, 분명히 이럴 거라고 생각했다.

옥스퍼드에서는 조깅을 하는 사람들이 많았다. 교사, 학생, 교직원 등. 그녀는 스포츠를 좋아하는 사람과 의사, 배우자, 자기 자신처럼 누군가와의 약속을 지키기 위해 뛰는 사람을 바로 구분할 수가 있었다. 페리는 자신보다 빨리 뛰는 사람들을 부러워했지만, 자신의 속도와 안정감에 만족했다. 그녀는 마음을 굳게 먹고 있었다. 주중, 주말 할 것 없이 매일 달렸다. 때로는 일몰 후에, 때로는 동이 트기 전에 달렸다. 몇 번은 정신을 집중하기 위해 밤중에 달렸다. 그녀는 철저하게 특별한 자신만의 규율을 만들어서 그걸 지켜 나갔다. 그렇게 한 건 육체적인 이유에서가 아니라 정신적인 것 때문이었다. 그녀는 뛰면서 자아 도피를 하고 있었다.

가끔 다른 사람과 나란히 뛰게 되면 그녀는 그 사람이 무슨 생각을 하고 있는지 궁금했다. 어쩌면 아무 생각도 하지 않을지도 모른다. 하지만 페리는 내면의 속삭임을 좀처럼 가라앉힐 수 없었다. 불안, 두려움, 걱정이 거미줄의 가녀린 실처럼 그녀의 머릿속에서 흩날렸고, 그녀는 더 빨리 달렸다. 언제든 비로 변할 수 있는 습한 공기를 들이마시면서 생각했다. 집에서 아주 멀리 떨어져 있는 게 원했던 일이라고 해도 슬픔은 늘 자신의 등 뒤에 있었다.

어부

2000년 옥스퍼드

사람들은 이번 주를 신입생 주간이라고 불렀다. 10월, 첫 학기가 본격적으로 시작되기 전, 신입생들은 대학과 주변을 알아 가고 새로운 친구—아니면 적—를 사귈 수 있었다. 은행나무가 첫서리에 모든 잎사귀를 떨어뜨리는 것처럼, 짧은 시간 안에 학생들이 소심함을 극복할 수 있는 많은 활동과 오락 행사가 며칠 동안 집중되었다. 바비큐 파티, 피크닉, 교수들과 만남, 요리 대회, 오후 차 모임, 댄스, 노래방, 가장무도회까지…… 페리는 신입생 티셔츠를 입고 어리벙벙한 상태로 돌아다녔다. 그녀는 몇몇 학생 그리고 교직원들과 어색하고 지루한 대화를 나눴다. 그녀에게는 자신을 제외한 모두가 자신감에 차 있는 것처럼 보였다.

최근 들어 옥스퍼드는 '엘리트주의' 인식을 바꾸기 위해 '더 많은 다양성'을 채택했다. 특히, 경제적으로 어려운 학생들에게 장학금이 지급되었다. 페리는 주변 사람들의 얼굴로 민족, 인종 및 종교 등은 확인할 수 있었지만, 그들의 재정 상황을 예측하기는 어려웠다.

그녀는 이 열기로 가득한 행사에서 몇몇 여학생과 몇몇 남학생이 서로를 유심히 바라보고 있다는 걸 알았다. 게다가 앞에 있는 한 남학생은 그녀에게 관심이 있는 것 같았다. 그 남학생은 키가 컸다. 그는 짧게 자른 금발 머리, 넓은 어깨, 그리고 승리한 자의 당당한 자세를 하고 있었다. 페리는 그가 수영 또는 조정 선수일 것이라고 추측했다.

그때, "오, 멀리 떨어져."라는 목소리가 들렸다.

페리가 돌아서니, 히잡을 두른, 전에 한 번도 만난 적이 없는 여학생이 서 있었다.

"학교 조정 동아리에서 그 남학생은 인기가 정말 많아." 여학생이 윙크하며 말했다. 그녀는 커다란 아몬드 같은 눈에 아이섀도를 칠하고 있었다. "물고기 잡으러 온 거야."

"뭐라고?"

"저 남학생에 관해 이야기하는 거야. 저 애는 매년 똑같은 짓을 해. 그런 다음 일주일 동안 내 그물에 얼마나 많은 물고기가 들어왔는지 자랑스럽게 떠들며 돌아다니지. 작년 기록을 깨려고 한다는 말을 들었어."

"물고기라면… 여학생을 말하는 거야?"

"응! 웃긴 건 어떤 여자애들은 멍청한 물고기 취급을 받는 것에 대해 불평하지 않는다는 거야." 그녀의 목소리에는 비아냥거리는 어투가 자리하고 있었다.

페리는 열심히 들었다.

"이곳 사람들에게 '페미니즘이 누구에게 필요한가요?'라고 물어봐.

뭐라고 대답하는지 아니. '인도, 나이지리아, 사우디아라비아 여성에게 필요해, 영국에 있는 여자들이 아니라. 우리는 벌써 그런 상황을 극복했어!'라고 해. 특히나 옥스퍼드에서는 전혀 필요 없겠지? 그러나 진실은 그렇지 않아. 여기 여학생들이 더 좌절하고 있다는 사실을 알고 있니? 시험 결과를 보면 성별 격차가 커. 옥스퍼드 1학년 여학생에게는 이집트의 여성 농민 못지않게 페미니즘이 필요해! 내 말에 동의한다면 우리 청원에 서명할래?" 그녀는 그렇게 말하고 '옥스퍼드 페미니스트 팀'이라고 적힌 종이 뭉치와 볼펜을 페리에게 건넸다.

"미안한데, 너 페미니스트야?" 페리가 조심스럽게 물었다. 페리는 히잡을 쓴 여자가 페미니스트가 될 수 있다고 생각해 본 적이 없었다.

"물론이지." 그 여학생이 말했다. "나는 이슬람 페미니스트야. 이것이 불가능하다고 생각하는 사람들이 있다면 그건 그 사람들의 문제야."

페리는 서명하면서 자신의 전 남자 친구를 떠올렸다. 그는 유럽 문학뿐만 아니라, 모든 서구 이데올로기 특히, 페미니즘에 반대했다. 우리 자매들을 실질적인 문제―계급 투쟁―에서 멀어지게 하려고 고안된 궤변이라고 했다. 경제적 착취의 종식으로 온갖 차별이 종식될 것이기 때문에 여성 운동이 별도로 필요하지 않다는 것이었다. 여성의 해방은 어쨌든 프롤레타리아의 해방과 함께 실현될 것이라고 했다.

"고마워." 그녀가 볼펜과 청원서를 회수하며 말했다. "참고로 내 이름은 모나야. 네 이름은 뭐야?"

"페리."

"만나서 반가웠어." 모나가 말했다. 그녀의 미소는 반짝였다.

모나는 페리에게 뉴저지에서 태어난 이집트계 미국인이라고 자신을 소개했다. 그녀는 10살 때 카이로로 이주한 모양이었다. 몇 년 후 그들은 그곳에서 버틸 수 없어 미국으로 돌아왔다고 했다. 옥스퍼드에서 2년 차였지만, 그녀는 철학을 공부하려고 과를 바꿨다. 그녀의 어머니도 히잡을 썼지만, 언니는 쓰지 않았다. "자매가 각자 다른 선택을 한 거야."

"그러니까 네 말은……. 스스로 머리를 가리기로 했다는 거야?"

"물론 부모님이 선택권을 주셨지. 내 히잡은 내 개인적인 결정이자 내 신앙의 표현이야. 내게 마음의 평화와 자신감을 줘." 그녀의 얼굴에 그늘이 드리워졌다. "단지 그 선택 때문에 내가 얼마나 굴욕을 당했는지 넌 모를 거야."

이 여자아이에게서 페리는 엄마의 젊은 시절을 보았다. 똑같은 결심과 자기 헌신을.

"우리 엄마도 히잡을 쓰셔." 페리가 조용히 말했다.

"아? 그래?" 모나는 더 많은 이야기를 듣고 싶다는 듯 눈을 반짝였지만, 페리는 더는 이야기하고 싶지 않았다. 그녀는 낯선 사람에게 자신과 엄마 사이가 좋지 않다는 걸 털어놓고 싶지 않았다.

"좋아, 나는 우리가 다시 만날 거라는 확신이 들어. 나는 항상 여기에서 어떤 일로든 서명을 받고 있어." 모나가 말했다. "너도 와서 자원봉사해. 해결해야 할 문제가 너무 많거든."

두 사람은 헤어지기 전에 악수했다. 그것도 거칠게. 그게 모나의 스타일이었다.

그날 밤, 페리는 일기장에 이렇게 썼다.

어떤 사람들은 세상을 바꾸고 싶어 하고, 또 어떤 사람들은 배우자나 친구를 바꾸고 싶어 한다……. 자신을 바꾸고자 하는 사람은 거의 없다. 그들이 만약 내게 묻는다면, 나는 하나님 혹은 하나님에 대한 인식을 바꾸고 싶은 것 같다. 정말 멋지잖아. 모두를 위해.

*

이스탄불에 있을 때 페리는 외향적인 삶을 살고자 했다. 하지만 그게 성공적이었다고 말할 수는 없었다. 옥스퍼드에서 그녀는 문화적 압박감이 사라진 고독을 즐겼다. 소란스러운 삶을 피한 유일한 이유가 그녀의 내성적인 성격 때문만은 아니었다. 학생 모임방, 티타임, 교수와의 만남과 같은 일부 행사들은 무료였지만, 비건 미니 파스타, 과자, 채식 피자와 같은 다른 행사는 비용을 지급해야 했다. 얼마 안 되는 그녀의 용돈으로는 이 모든 말도 안 되는 행사와 멀리하는 게 더 나았다. 대신 그녀는 자신의 해야 할 일 목록 작성에 집중했다. 학생증 받기, 교과서 싸게 구하기, 은행에서 학생 계좌 개설하기 등. 그녀는 생존을 위해 가장 돈이 적게 드는 방법을 찾으려고 다양한 상점과 슈퍼마켓의 가격을 비교하기도 했다.

페리는 아마도 학생들이 한껏 즐기면서 보낸 신입생 주간이 끝난 걸 보고 행복해한 유일한 학생이었을 것이다. 곧바로 학기가 시작됐다. 마음을 놓은 페리는 세미나, 강의, 독서 목록과 과제로 둘러싸인 일상에 전념했다. 공부는 이 완전히 낯선 환경에서 붙잡을 수 있는 단단한 밧줄이었다.

쉬린은 공기 중에 퍼진 향수의 향기를 남기며 페리와는 다른 시간에 기숙사를 왔다 갔다 했다. 그들의 일상생활 리듬, 특히 저녁의 리듬은 완전히 달랐고, 서로 맞지 않았다. 그러나 그들은 거의 매일 아침과 점심을 함께 먹었다. 서로 다른 점에도 불구하고 그들의 대화 주제는 너무 많았다. 그들의 우정은 빠르게 단단해져 갔다.

그동안 페리는 쉬린이 자주 상기시켰던 세미나 수업을 잊지 않고 있었다. 철학과에서 개설한 수업 목록 중 스토아학파 심리학과 인식론, 플라톤의 철학자 왕, 좋은 삶과 고귀한 거짓말, 아퀴노의 토마스: 중세의 비평가와 지지자, 독일 관념론과 칸트 철학과 같은 인상적이고 복잡한 제목들 속에서 그 수업을 찾아냈다.

목록의 끝에 짧은 제목의 수업이 눈에 띄었다. 하나님. 첨부된 수업 내용은 다음과 같았다.

본 수업은 고대에서 현재에 이르기까지, 문헌에서 시까지, 신비주의에서 뇌 과학에 이르기까지, 동양 철학자에서 서양 철학자에 이르기까지 다양한 문헌에 기초하여 우리가 하나님이라고 할 때 무엇을 말하는지를 탐구한다.

교수의 이름은 괄호 안에 있었다. 교수 안토니 자카리아스 아주르. 아래에 메모가 있었다.

주의: 이 과정은 귀하에게 적합하지 않을 수 있습니다. 제한 사항이 있

으니 먼저 교수님과 상의하세요!

페리는 수업에 관한 설명이 흥미로웠다. 반면 설명 방식의 오만함에 거부감이 들면서도 매력적이라고 느꼈다. 그녀는 좀 더 살펴봐야겠다고 생각했지만, 개강 첫날이라 너무 정신없고 바빠서 그만 잊어버리고 말았다. 쉬린의 말이 맞았다. 페리는 너무 바빴고 '하나님'은 기다려야 했다.

블랙 캐비아

2016년 이스탄불

주요리는 버섯 리소토와 사프란을 곁들인 오븐에 구운 양고기였다. 구운 채소로 테두리를 장식한 큰 은색 접시에 주요리가 담겨 나왔다. 제복을 입은 웨이터들이 연극처럼 등장해서 김이 모락모락 나는 고기 더미를 덮고 있던 뚜껑을 들어 올렸다. 몇몇 손님들이 손뼉을 쳤다. 맛있는 음식과 포도주를 즐기면서 손님들의 목소리는 점점 더 커졌고 대담해졌다.

"솔직히 나는 민주주의를 믿지 않아." 이스탄불 전역에 벌여 놓은 사업을 통해 막대한 수익을 올리고 있는 한 건축가가 말했다. "서양 사람들은 민주주의가 유일한 선택이라고 계속 설교하잖아. 거짓말쟁이들! 싱가포르를 봐, 정말 성공한 사례라고. 민주주의 없이도 가능해. 중국과 러시아도 마찬가지고. 우리는 빠르게 변하는 시대에 살고 있어. 번개 같은 속도로 결정을 내려야 해. 유럽이 공허한 토론으로 시간을 낭비하는 동안 싱가포르는 기회를 잡은 거야. 왜냐고? 집중했거든. 민주주의는 쓸데없는 시간 낭비야. 돈 낭비."

"브라보, 자기." 조만간 건축가와 결혼할 것으로 보이는 인테리어 디자이너가 말했다. "내가 항상 말하지만 우리 나라는 민주주의가 과해. 솔직히 서양에서도 문제인데, 우리 나라에는 전혀 어울리지 않아!"

집주인 사업가의 아내도 동의했다. "우리 아들은 법학과 경영학을 복수 전공 해. 남편은 직원이 수천 명이야. 하지만 우리 가족의 투표수는 다 합해 세 표뿐이야! 우리 집 운전기사는 자녀가 다섯 명이나 돼. 그의 형은 내륙의 외딴 마을에 살고 있는데 두 명의 아내와 열한 명의 자녀가 있다니까! 그들은 일생 동안 단 한 권의 책도 읽지 않을 거야, 하지만 투표권은 동등해. 유럽에서는 국민의 교육 수준이 높잖아. 그래서 민주주의로 인해 누구도 피해를 보는 일이 없지. 중동은 그렇지 않아. 무지한 사람과 교육받은 사람에게 동등한 투표권을 주는 것은 아기의 손에 성냥을 쥐여 주는 것과 같다고 생각해. 집을 다 태울 거라고!"

검지로 수염을 쓰다듬으며 건축가가 대화에 끼어들었다. "자기야, 그렇게 너무 나가지 말자. 투표는 아주 중요한 거야. 투표권에 차별을 두는 건 문명 세계에서는 설명이 안 돼. 통제되고 제한된 민주주의면 충분하지. 강력한 지도자 아래 선출된 관료와 과학 기술 전문가들로 구성된 팀이면 되지 않을까 해. 총책임자가 자신이 뭘 하는지 알고 있다면 권위는 좋은 거지. 그렇지 않으면 외국인 투자자들이 오겠어?"

모두가 테이블에 앉아 있는 유일한 미국인인 이스탄불을 방문한 펀드 매니저를 바라보았다. 그는 옆에서 속삭여 주는 통역의 도움으로 대화

내용을 따라가고 있었다. 모두의 시선이 자신을 향하는 것을 느끼자 그는 불안한 듯 몸을 움직였다. "물론 누구도 불안정한 중동을 원하지 않죠. 워싱턴에서 이 지역을 뭐라고 부르는지 아십니까? 잡탕 아시아라고 해요. 미안합니다만, 지금 이 지역은 혼란 그 자체예요."

일부 손님은 킥킥대며 웃었고, 다른 손님들은 얼굴을 약간 찡그렸다. 혼란인 것은 맞지만 그들의 혼란이었다. 손님들은 마음껏 비판할 수 있지만, 부유한 미국인은 그렇게 생각하지 않는 게 좋을 것 같았다.

"내 주장을 뒷받침하네." 건축가는 리소토를 입에 가득 넣은 채 말했다.

"음, 갈수록 모두 같은 결론에 도달하는 것 같군." 은행 CEO가 그의 말에 동의했다. "아랍의 봄 사태 이후, 제정신이 아닌 사람은 강력한 지도력과 안정이 중요하다는 걸 부정하지 않을 거야."

"민주주의는 유행이 지났어, 이제 끝난 거야! 이 사실이 일부 사람들에게는 충격일 것이라는 걸 알고 있지만, 그런다고 뭐 달라지나." 건축가가 말했다. 그는 자신의 견해가 받아들여지자 기분이 좋았다. "개인적으로 나는 선한 독재에 반대할 생각은 없어."

"문제는 우리 나라 같은 국가에서 민주주의는 캐비아와 같다는 것이지. 지나친 사치야." 이스탄불 다음으로 유럽에서 개원한 성형외과 의사가 말했다. "중동에서 민주주의는 사치야."

"유럽조차도 더는 민주주의를 신뢰하지 않아." 유명 기자는 양고기 조각을 칼로 썰면서 말했다. "유럽 연합도 무너지고 있잖아."

흥이 오른 건축가는 말했다. "러시아가 이빨 빠진 호랑이가 되니 우크라이나에서 우유를 엎지른 고양이처럼 찌그러져 있잖아."

"금세기는 호랑이들의 세기야. 우리도 호랑이가 되고 있고. 물론, 그러면 좋아하지는 않겠지만, 두려워할 거야. 그게 중요한 거지."

"개인적으로, 나는 유럽 연합이 우리를 받아 주지 않아서 기뻤어." 광고 회사 대표가 말했다. "받아 줬다면 우리는 그리스 꼴이 났을 테니까." 그녀는 가볍게 귀를 잡아당기고 손가락으로 테이블을 두 번 두드렸다. 그런 일이 없어야 한다는 의미로.

"그리스? 개네는 오스만 제국이 다시 통치했으면 하고 난리라잖아. 그리스는 우리 지배를 받을 때 더 행복했지." 건축가가 웃으며 말했다. 그러나 페리의 표정을 보고는 그는 웃음을 멈췄다. 그는 아드난 쪽으로 눈을 돌려 윙크를 하며 말했다. "자네 아내는 내 농담을 좋아하지 않나 봐."

한 손으로 턱을 괴고 대화를 듣고 있던 아드난은 차분한 미소로 남자에게 대답했다. 예의상인 말투였다. "그렇지 않을 겁니다."

페리의 눈동자는 접시에 있는 기름이 굳어 버린 리소토 덩어리로 향했다. 그녀는 건축가의 농담을 무시할 수 있었다. 마치 시가 연기처럼 싫지만 참을 수 있는 불쾌함 정도로 여길 수 있었다. 못 들은 척할 수도 있었다. 하지만 오래전 스캔들로 인해 옥스퍼드 대학을 떠나올 때 그녀는 인생을 결코 수동적으로 살지 않을 것이라고 자신에게 약속했다.

"아니야, 맞아." 페리가 남편에게 말했다. "당신도 알다시피, 나는 그런 모욕적인 말을 좋아하지 않아. 민주주의를 캐비아에, 국가를 호랑이에 비유하는, 극단적인 민족주의를 과장하는 말들 말이야."

오랜만에 입을 연 그녀에게 모든 사람의 시선이 쏠렸다. 그녀는 계속 말했다. "민주주의를 포기해서는 안 돼. 게다가 선한 독재 따위는 없어."

"어째서요?" 건축가는 바로 질문을 던졌다.

"왜냐하면, 작은 하나님이란 있을 수 없기 때문이죠. 누군가가 하나님의 역할을 하기 시작하면 언젠가는 통제할 수 없는 상황에 이르니까요."

그녀의 마음은 아주르 교수에게로 향했다. 아주르가 좀 더 겸손하고, 아주르 자신이 자기 제자들처럼 '단순한 사람'이라는 걸 받아들였다면 두 사람의 이야기는 달라졌을까?

"조금 현실적으로 봐요." 건축가는 단호하게 말했다. "여기는 당신의 세련된 옥스퍼드가 아니에요. 우리는 현실 정치를 말하고 있어요. 우리 이웃 나라들을 한번 봐요. 시리아, 이란, 이라크! 저런 핀란드, 스웨덴, 덴마크 같은 나라가 아니라고요. 중동에서 스칸디나비아식 민주주의는 불가능해요."

"불가능할 수도 있죠." 페리가 대답했다. "하지만 꿈을 꾸고, 요구하고, 시도하는 것을 멈춰서는 안 돼요. 우리가 갈망하는 걸 당신이 막을 수는 없어요."

"갈망! 말은 좋지! 이제 당신은 위험한 바다로 뛰어들었군요." 건축가는 식탁 위에 손바닥을 대고 몸을 앞으로 숙이며 말했다. "당신도 나도 사람이 어느 정도 나이가 들면 원했던 것들을 포기하면서 산다는 것 정도는 알 만한 나이잖아요."

"아, 나이에 관해 이야기할 필요가 뭐 있어요." 사업가의 아내가 끼어들었다. 그녀는 분위기를 부드럽게 만들어 보려고 했다.

페리는 깊게 숨을 들이마셨다. '품위 있고 겸손하며 부유한 튀르키예 여성'이 사교 모임에서 인간의 갈망을 옹호할 것이라고는 누구도 생각지 못할 일이었고, 그녀도 그걸 알고 있었다. 그러나 그녀는 오래전부터 품위 있고 겸손하며 부유한 튀르키예 여성들의 모임을 그만뒀으면 했다. 자신의 의사가 받아들여지지 않는다면, 그녀는 자기 발로 나갈 준비가 벌써 되어 있었다.

"만약 내게 모든 열정과 갈망을 잊고 살아야 하는 나이가 되었다고 당신이 말하고 싶고, 국민도 지친 주부들처럼 운명과 독재자를 받아들이고 꿈을 꾸지 말아야 한다고 말씀하신다면, 저는 전혀 동의할 수 없네요." 페리가 말했다. "솔직한 대답을 원하신다면 당신이 불쌍하네요."

잠시 그 누구도 무슨 말을 해야 할지 몰라 했고, 홀 안에는 거의 손으로 만질 수 있을 것 같은 짙은 침묵이 내려앉았다. 집주인 사업가는 상황을 수습할 필요가 있다는 듯 턱을 들고 어깨를 쭉 폈다. 무대에서 돈 보일 준비를 하는 플라멩코 댄서처럼 손뼉을 치며 그는 밝은 목소리로 소리쳤다.

"자, 다음에 나올 음식은 어디 있나?"

부엌과 식당 사이의 여닫이문이 열렸다. 도우미들이 빠른 걸음으로 몰려나왔다.

사전

2000년 옥스퍼드

페리는 옥스퍼드에 다닐 때 펍과 레스토랑에 갈 일이 많지는 않았다. 학생 주머니 사정으로도 갈 수 있는 곳이 많았지만, 페리는 부모님과 함께 펍에 처음 가 본 이후로 그곳에 한 번도 발을 들여놓지 않았다. 그녀가 가입할 수 있는 100개가 넘는 클럽과 동아리도 있었지만, 페미니스트 팀을 포함하여 그 모든 것과 거리를 두었다. 그녀는 책을 읽고, 공부하고, 쉬린과 놀고, 조깅하는 것 외에는 시간을 허투루 쓰고 싶지 않았다. 거기에는 남자도 포함되었다. 사랑은 감정과 신체 부위 그리고 호르몬이 복잡하게 얽혀 만들어 내는 결과물이었다. 이별은 그것보다 더 복잡했다. 서로 오가는 로맨틱한 사연들. 점심 식사, 저녁 식사, 산책, 사소하기 그지없는 문제로 벌어지는 다툼들 그리고 화해. 사랑은 힘든 일이었다. 마찬가지로 우정에도 관심과 노력이 필요했다. 간혹 마음이 끌리는 학생이 나타난다고 해도 그녀는 모두 친해지려고 하진 않았다. 혼자였고, 따로 놀았다. 그녀는 자신에게만 통용되는 슬로건을 만들었다. 공부, 공부, 공부!

학교생활 내내 우수한 성적을 유지했던 페리는 처음으로 자신의 학습 능력에 문제가 있다는 것을 정확히 알게 되었다. 그녀는 연구 내용을 학습하는 데에는 문제가 없었다. 그러나 세미나 수업에서 토론에 참여하고 과제를 써내는 것은 훨씬 어려웠다. 모국어가 아닌 언어로 자신을 표현하기는 쉽지 않았다. 그녀는 끊임없이 아버지를 떠올리며, 아버지가 자신을 자랑스러워하도록 힘써 공부했다.

그녀는 옥스퍼드에서 뭔가를 이루기 위해서는 영어 실력을 향상해야 한다고 생각했다. 묘목이 나무가 되기 위해서는 빗방울이 필요하듯, 그녀의 뇌는 자신을 표현하기 위한 어휘가 필요했다. 그녀는 포스트잇 한 뭉치를 집어 들었다. 자신이 접하는, 기회가 되면 바로 써먹을 수 있는 단어들을 쓰기 시작했다. 모든 외국인과 마찬가지로 그녀도 새로운 단어에 관심이 많았다.

한번은 그녀가 수업 중에 숙제를 큰 소리로 읽었는데, 교수는 그녀의 발표 방식을 무시했다. 페리의 사기는 곤두박질쳤다. 그녀에게 번뜩이고 미묘하게 다가왔던 문장들이 교수에게는 공허한 말에 지나지 않았다. 그래도 그녀는 의욕을 유지하려고 노력했다. 계속해서 단어를 모으고 사전을 만드는 작업을 지속했다. 새로운 단어들은 어린 시절 가족과 함께 해변에 갈 때마다 모았던 조개껍데기와 핑크빛 산호초를 떠올리게 했다. 셀 수 없는 밀물과 썰물에서 남겨진 아름다운 것들이었다. 더군다나 단어들은 조개껍데기와 달리 숨 쉬고 살아 있었다.

페리는 방향 감각이 부족해서인지 초창기에는 여러 번 길을 잃었다. 좁고 오래된 길은 미로와 같았고 그녀는 그 길들을 빙빙 돌았다. 이렇게 길을 잃고 돌아다니다가 페리는 한 서점을 발견했다. 서점 이름이 흥미로웠다. 두 종류의 마음. 가게 앞의 울퉁불퉁한 나무 바닥은 손님들이 지나갈 때마다 삐걱거렸다. 책장은 벽의 천장까지 올라가 있었다. 구석에 있는 벽난로 안에는 오래된 옥스퍼드 그림이 놓여 있었다. 나무 계단으로 연결된 위층의 두 개의 작은 방은 철학, 심리학, 종교 철학 그리고 과학사에 관한 엄선된 책들로 가득했다. 벽에는 액자가 걸려 있고, 바닥에는 고객이 앉을 수 있는 파스텔 색상의 쿠션이 있었으며, 온종일 무료로 커피를 제공하는 커피 머신이 있는 이곳은 순식간에 페리가 가장 좋아하는 곳 중 하나가 되었다.

아내는 스코틀랜드인, 남편은 파키스탄인인 부부가 그 서점을 운영하고 있었다. 서점 주인 부부는 페리가 서점 이름을 어디서 따왔는지 알고 있다는 사실에 놀랐다. 그것은 메블라나[6]의 시 제목이었다. 페리는 시의 몇 줄을 암송했다. *"마음에는 두 가지 종류가 있지. 첫째는 배우는 마음… 아이가 학교에서 어떻게 배우든 그렇게 배우는 것… 다른 마음의 근원은 영혼에 있지. 당신은 샘물을 당신의 마음에서 찾기를!"*

"대단하네요." 주인이 말했다. "원하면 언제든지 여기서 책을 읽어요."

---

6   Mevlana Celaleddin-i Rumi(1207-1273). 이슬람 신비주의 종파인 메블라나 창시자이자 시인, 사상가

"당신의 마음을 살찌우기 위해. 두 종류의 마음 전부!" 남편이 말했다.

페리도 그렇게 했다. 그 서점을 부지런히 다니는 것은 곧 그녀의 습관처럼 되어 버렸다. 그녀는 커피를 마시고 팁 상자에 50펜스를 넣었고, 쿠션 중 하나에 앉아서 허리가 아프고 다리가 저릴 때까지 읽고 또 읽었다. 옥스퍼드는 책을 사랑하는 사람들에게는 천국 같은 곳이었다. 그녀는 다른 여러 도서관도 찾아다녔다. 외진 구석에 자리를 잡고 앉아 읽을 수 있는 것보다 훨씬 더 많은 책을 앞에 쌓아 둔 채 몰래 크래커 한 통을 따서 옆에 두고 책에 묻혀 지내곤 했다.

1379년에 건축된 거대한 홀에서 하는 식사는 그녀에겐 가장 인상 깊은 일 중 하나였다. 식탁은 학교 문양이 새겨진 은색 식기 세트로 장식되어 있었고 흰색 재킷을 차려입은 직원들이 음식을 서비스했다. 학교 가운을 입은 학생들과 유화로 그린 전 총장들의 초상화로 둘러싸인 고풍스러운 참나무 탁자에 앉아 있자면, 페리는 마치 자신이 다른 세계에 온 것 같다고 느꼈다. 학교 대부분은 수 세기 동안 변하지 않은 채 남아 있었다. 페리는 이런 역사를 손으로 만지며 '연속성'을 느끼는 게 너무 좋았다. 그녀는 종종 책꽂이에 꽂혀 있는 책 냄새를 맡기 위해 오래된 도서관을 찾곤 했다. 원하는 책을 보기 위해서 지하실로 내려가 금속 레버로 선반을 옮겼다. 거기에 있는 수천 권의 책들은 하나하나가 성전과 같았다. 그 책들 속에서 페리는 행복감과 편안함 그리고 완벽함을 느끼곤 했다. 이상하게도 그녀가 지적 탐구에 빠져 있을 때 가장 많이 떠오르는 생각은 하나님이었다.

그녀는 자신의 이런 상황을 그 누구에게도 설명할 수 없다고 생각했다. 그건 그녀가 독실한 신자도 아니었고, 영성이 심오하지도 않았기 때문이었다. 그녀는 단지 호기심이 많고, 하나님은 그녀가 알기도 하고 모르기도 한 가장 흥미로운 수수께끼 같은 것이었다. 때때로 자신이 뭔가를 믿고 있는 것인지 아니면 그렇지 않은 것인지 의심이 들었다. 그녀는 이 사실을 누구에게도 털어놓을 수 없었다. 문화적으로 본다면 페리는 당연히 이슬람 신자였다. 라마단 기간이나 명절에 맛볼 수 있는 이슬람 문화의 수많은 것들이 그녀의 마음을 따뜻하게 만들었다. 이슬람은 페리에게 어린 시절 추억과도 같았다. 친숙하지만 너무 추상적이었고, 알고는 있지만 아주 멀게 느껴지기도 했다.

페리는 튀르키예인 대부분이 기도문의 의미도 묻지 않고 아랍어로 암송하는 게 이상하다고 생각했다. 그녀는 낱말을 좋아했다. 어휘 하나하나가 조심스러웠다. 금방이라도 깨질 것 같은 달걀처럼 한 자 한 자 소중하게 손에 쥐었다. 생명으로 가득 찬 작은 심장의 박동을 피부로 느낄 수 있었다. 그녀는 낱말의 의미를 찾았고, 어원을 연구했고, 의미의 차이를 중요하게 생각했다. 그러나 많은 신자는 아무 생각 없이 기도문만 암기했다. 자신들이 본 모든 아랍 문자가 신성하다고 생각하는 사람들도 있었다. 아무 생각 없이 모방하고, 하나하나 찾아보는 것보다 무조건 따라 하는 것을 선호하는 사람들……. 그들은 말했다. "믿음은 가슴속에 있고 질문을 버려야 답이 나온다." 그러나 페리는 질문하고 고민하는 것을 좋아했다.

페리는 일기에 이렇게 썼다.

신앙을 가진 사람들은 질문보다는 답을 원한다. 혼란을 정리해 줄 명확한 답을. 어떻게 보면 무신론자들도 마찬가지다. 이상하게도 하나님에 대한 우리의 지식은 매우 제한적인데도 일어나서 "나는 모릅니다."라고 말할 수 있는 사람은 극소수다. 우리 주변에는 늘 '많이 아는' 사람들로 넘쳐난다. 나는 아직 "확실치 않아, 아직 결정하지 못했어, 아직 답을 찾고 있어."라고 말하는 사람을 만나지 못했다. 이런 말을 하는 건 어쩌면 나 혼자일지도 모르겠다.

천사

2000년 옥스퍼드

옥스퍼드에 온 이후 페리는 집에 자주 전화를 걸었다. 특히, 아빠와 편안하게 이야기할 수 있는 시간에 전화하기 위해 신경 썼다. 그날은 엄마가 전화를 받았다.

"페리야……." 셀마는 애잔하고 다정하게 통화를 시작했지만, 금세 목소리가 바뀌었다. "오빠 결혼식에 오는 거 맞지?"

"네, 엄마. 약속했잖아요."

"우리 며느리는 천사야! 얼마나 예쁜지."

셀마는 결혼식 준비의 설렘에 푹 빠져 있었다. 페리도 금방 알아챌 수 있을 정도로 과하게 예비 며느리를 칭찬했다. 페리는 엄마의 찬사가 반짝이에 싸인 사탕 같다고 생각했다. 하지만 이 과자에는 불쾌한 맛이 숨겨져 있었다. 알아듣기 힘들었지만, 엄마의 찬사 이면에는 페리에 대한 질타가 있었다. 내 며느리한테 하는 말이지만, 네게 하는 말이니 알아들어. 왜냐하면, 며느리는 페리가 결코 될 수 없었던 '이상적인 자식'이었기 때문이다. 독실한 신자였고, 보수적이며, 온화한 성격에 순종적이었다.

"어휴, 잘됐네. 우리 가족에는 그런 천사가 없었지." 페리가 투덜거렸다.

"애야, 무슨 말이니?"

"아니에요."

셀마는 한숨을 쉬었다. "너 결혼식 전날 밤에 꼭 여기 와 있어야 해."

"엄마, 전에 이야기 다 했잖아요. 결혼식 날만 갈 수 있다고."

"안 돼. 사람들이 수군거릴 거란 말이야. 더 일찍 와야 해."

"누가 수군거리는지 내가 알면 좋겠네요. 그 사람들의 생각이 왜 그렇게 중요한 건데요?"

"말도 안 되는 소리 하지 마." 셀마가 말했다. "네 이웃이 이 이야기를 하고 다니길 원하니?"

페리는 눈이 뒤집히는 것 같았다. 이 세상에서 그녀의 엄마만이 그런 몇 마디 말로 그녀를 미치게 할 수 있었다. 피가 빠르게 흐르도록 정확하게 딸의 심장 어느 곳을 쥐어짜야 하는지 알고 있는 유일한 사람인 것 같았다.

"더는 수업에 빠질 수 없어요." 페리가 단호하게 말했다. 나머지 대화는 순탄치 못했다. 두 사람 모두 상대방을 이기적이라고 비난했다. 두 사람 모두 기분이 상했다. 페리는 전화를 끊은 후 슬퍼졌다. 입으로 내뱉었거나 속으로 삼켰던 모든 말과 절대 복구되지 않는 그녀와 어머니의 망

가져 버린 관계… 찐득하고 강렬한 슬픔이 남았다.

*

페리는 그날 밤 잠자리가 불편했다. 어둠 속에서 잠시 깨어났을 때, 끔찍한 편두통 발작 직전이라는 것을 알았다. 서랍을 뒤져 보았지만 진통제는 없었다. 그녀는 관자놀이를 마사지하고 차가운 음료수 캔을 아픈 눈에 갖다 댔다. 조금 효과가 있었다. 다시 침대로 돌아와 몸을 웅크리고 누웠다. 그녀는 잠이 들 것이라고 기대하지 않았지만, 오래 지나지 않아 꿈을 꾸기 시작했다.

그녀는 비틀어 짠 빨래처럼 보이는 구부러진 나무가 있는 정원에 있었다. 바람에 흩날리는 드레스를 입고 혼자 걷고 있었다. 그런데 갑자기 그녀 앞에 거대한 떡갈나무가 나타났다. 가지 중 하나에 바구니가 매달려 있었다. 그 안에는 아기가! 아기 얼굴의 절반은 검은 반점으로 덮여 있었다. 페리는 나뭇가지들이 불타고 있다는 사실을 깨닫고 무서움에 떨었다. 땅에서 솟아오르는 불꽃이 나무 몸통을 타고 올라가고 있었다. 그녀는 양동이를 들고 근처 개울에서 물을 길어 오기 시작했다. 그녀의 발밑에서는 물결이 일어나 소용돌이쳤다. 그녀가 다시 고개를 들었을 때, 아기는 나무에 없었다. 강이 되어 버린 개울물과 함께 떠내려가고 있었다. 끔찍하고 돌이킬 수 없는 실수를 저질렀음을 깨닫고 그녀는 한 번 더 비명을 질렀다.

어디선가 노크 소리가 들렸다. 부드러운 노크 소리가 계속 이어졌다. 이 소리가 꿈인지 생시인지 완전히 알아차리기도 전에 페리는 눈을 떴다.

"너 거기 있니? 나야, 쉬린. 놀랐잖아." 문 반대편에서 목소리가 들렸다. "괜찮아?"

페리는 침대에 앉아 어리둥절한 표정으로 눈을 비볐다. "난 괜찮아." 그녀가 말했다. 그녀의 목구멍은 가을 낙엽처럼 말라 있었고, 혀는 입천장에 붙어 있었다. 옆방에서도 들릴 만큼 큰 소리로 비명을 질렀다는 사실이 믿기지 않았고, 창피했다.

"내가 직접 보기 전에는 한 발짝도 안 움직일 거야!"

페리는 천천히 침대에서 일어나 문을 열었다. 쉬린은 복숭아색 새틴 잠옷을 입고 있었다. 두꺼운 크림에 둘러싸인 맨눈은 평소보다 더 짙은 색이었고 작아 보였다.

"너 공포 영화에 나오는 여자 같았어!" 쉬린이 말했다. "있잖아, 뱀파이어 같은 걸 보면 도망가는 대신 벽장에 숨어 있는 바보 같은 금발들처럼 비명을 질렀다고."

"내가 널 깨웠구나, 미안해."

"나는 신경 쓰지 않아도 돼." 쉬린은 가슴 앞으로 팔짱을 끼면서 말했다. "늘 이런 악몽을 꾸니?"

"가끔……." 페리가 대답했다. 그리고 고개를 숙였다. 이전에는 눈치채지 못했던 벽과 카펫의 얼룩들이 눈에 들어왔다. "말도 안 되는 꿈들이야."

"반복해서 꾸니?"

"그런 것 같아, 맞아."

쉬린은 한 움큼의 머리카락을 귀 뒤로 넘겼다. "나는 우리 가족들에게서 미친 행동을 충분히 봤어. 알라께서는 알고 계시겠지만 나도 정상은 아니지. 나는 보면 알아."

"뭐라고? 날 '미친 사람'이라고 하는 거야?"

"정말 미쳤다는 말이 아니라, 내가 들은 비명은 뭔가 이상했어. 심리적인 문제가 있다면 그 문제를 해결해야만 해. 정면으로 부딪치는 게 제일 나은 방법이야."

"심리적인 문제 같은 건 없어!"

"아니야!" 도망가다 화살에 맞은 들짐승처럼 쉬린은 분노와 고통이 담긴 소리를 질렀다. "사람들이 '심리적'이라는 말을 들으면 과민 반응을 보이는 것 때문에 미치겠어. 내가 '치이질'이 있다고 했다면 넌 그렇게까지 반응하지 않았을 거라고 확신해."

"치질." 페리가 쉬린의 말을 고쳤다.

"뭐였든 간에. 단어 하나에 집착하는 건 너야."

"날 보러 와 줘서 정말 고마워. 하지만 난 괜찮아, 정말." 페리가 말했다. 창을 통해 들어오는 달빛이 얼굴의 반쪽을 환하게 비췄다. 이어서 덧붙였다. "오빠 결혼식 때문에 집에 가 봐야 해."

"수업에 빠질 것 같아서 스트레스를 받았거든. 가족에 대한 책임이 우선되어야 하니, 그래서 긴장했나 봐."

쉬린은 이해한다는 듯이 고개를 끄덕였다. "알았어, 결혼식에 가. 하지만 돌아오면 좀 더 밖으로 나다녀야 해. 넌 아직 젊잖아. 작은 올빼미처럼 밤에는 항상 방구석 아니면 도서관에만 있잖아. 좀 즐기고, 긴장도 풀고, 스트레스도 날려 버려."

"난 너 같지 않단 말이야." 페리가 낮은 목소리로 말했다.

"그러니까 '난 불행을 즐겨'라는 말이니?"

이 논쟁에서 이길 수 없다고 느낀 페리는 주제를 바꿀 수 있는 유일한 방법을 썼다.

"그나저나 네가 말했던 그 교수님 있잖아, 세미나 수업을 찾아봤어."

"봤어?" 쉬린의 뺨이 분홍빛으로 변했다. "괜찮지 않아?" 그녀는 밝은 얼굴로 말했다.

"모르겠어. 만난 게 아니라서. 그냥 강의 목록에서 강의 설명을 읽어 본 거야."

"그랬구나!" 쉬린이 말했다. "그래서? 어떨 것 같아?"

"재미있어 보이더라." 페리가 대답했다. "근데… 성적은 어떻게 줘? 짜니?"

"성적?" 쉬린은 헛웃음을 지었다.

"그러니까, 어려운 세미나 수업이냐고?"

쉬린은 문 쪽으로 향했다. "친절하게 조언을 해 줄까? 이란 여자가 튀르키예 자매에게, 일 대 영으로 이긴 상태에서 경기를 시작하는 사람들의 연대 같은 거로 생각해."

페리는 고개를 들었다. 그 말이 흥미로웠다.

"어느 날 아주르 교수를 만나게 되면, 그러니까 그의 세미나 수업을 수강할 수 있는 자격을 얻게 되면, '정말 흥미롭네요.'라는 말은 절대 하지

마. 그 교수님은 그 말을 정말 싫어해. 교수님은 '흥미롭다는 단어, 흥미에서 작품이 나오는 것 아냐.'라고 말씀하시거든."

쉬린은 그렇게 말하고는 나가 버렸다. 그녀는 페리의 방문을 닫았고, 페리를 악몽과 비밀 그리고 누구에게도 밝히지 않은 우울증과 함께 홀로 남겨 두었다.

축하

2000년 옥스퍼드

쉬린 생일이었다. 그녀는 스무 살이 되었다. 터프 태번이라는 수백 년 된 허름한 펍에서 축하 파티가 열렸다. 페리는 파티에 늦었다. 그녀는 겨드랑이 사이에 선물을 끼고는 빠른 걸음으로 걸었다. 친구에게 무슨 선물을 할지 많이 고민하고 고민한 끝에 쉬린이 좋아할 것 같은 반짝이는 구슬로 장식된 청재킷을 발견했다. 이 선물을 사는 데 꽤 많은 돈이 들었다.

참나무 벽에 천장이 낮은 공간에 들어서자 따뜻한 습기가 페리를 감쌌다. 정말 많은 사람으로 붐볐다! 쉬린이 얼마나 인기 있는지 알 수 있었다. 여러 사람, 시끄러운 친구들 한 무리가 쉬린을 둘러싸고 있었다. 그녀의 새 남자 친구도 곁에 있었다.

쉬린은 물리학과 2학년에 똑똑하고 친절한 전 남자 친구가 자기 시간표에 맞추어 데이트를 계획한다는 이유로 헤어졌었다. 그녀는 "한 주 스케줄을 보자마자 그 남자를 차 버리기로 했어."라고 말했다. 오전 수업, 도서관, 체육관 그리고 공부 시간에는 만날 수가 없었다. 쉬린의 이름은 4시 15분과 5시 15분 사이에 기록되어 있었다. 금요일 저녁 그녀를 위해 예약한 시간이 하나 더 있었다. "나를 7시 30분에서 10시 30분 사이에 끼워 넣었다니 믿을 수 있겠니, 페리? 저녁 식사, 영화, 섹스. 말도 안 돼!" 이 말을 들은 페리는 얼굴이 빨개졌고 어찌할 바를 몰랐다. 페리는 그 순간을 떠올리며 쉬린에게 다가갔다.

"헤이 페리!"

자개 액세서리가 달린 블라우스와 허리가 드러나는 흰색의 꽉 끼는 청바지로 사람들의 이목을 집중시키던 쉬린은 선물을 받고는 페리에게 볼을 맞추었다.

"어디 있었어? 귀빈을 놓쳤어. 방금 나갔다고."

"누구 말하는 거니?"

"아주르 교수지 누구겠어!" 반짝이는 눈동자로 쉬린이 말했다. "조금 전까지 여기에 있었어. 굉장했지! 여기 들러서 축배를 들고 나서 나갔어."

쉬린은 뭔가 더 말하고 싶은 것 같았지만, 누군가 그녀의 팔을 잡고 케이크의 초를 끄라고 데리고 가 버렸다. 서서 술을 마시면서 큰 소리로 떠드는 소란스러운 타입의 사람들을 전혀 모르는 페리는 주위를 둘러봤다. 바로 그때 낯익은 얼굴이 보여 놀랐다. 모나였다. 그녀는 바지 위에 긴팔 카키색 튜닉 블라우스를 입고 같은 색의 히잡을 쓰고 구석진 테이블에 앉아 물을 홀짝이고 있었다.

"안녕, 모나."

"널 보게 되다니 반가워." 모나가 말했다. 그녀는 대화할 사람을 찾은 것에 안도하는 것 같았다.

"쉬린과 친구인 줄은 몰랐네." 페리가 모나 옆에 앉으며 말했다.

"사실 친구라고 하기엔 그렇지만 나를 자기 생일 파티에 초대했어. 나도 생각해 보니⋯⋯." 모나는 갈수록 작은 목소리로 말했다.

페리는 모나가 제대로 말하지 못하고 있다는 사실을 알게 되었다. 쉬린은 이 도시에서 가장 인기 있는 학생 중 한 명이었다. 그런 사람이 초대했으니 쉽게 거절할 수 없었던 것이었다. 사실 모나는 도전적이고 겁이 없는 여자였다. 그녀는 따뜻한 마음과 자신감으로 무슨 일인지도 알지 못하고 온 것이었다. 지금 이 시끄럽고 언제든 난장판을 칠 수 있는 사람들 속에서 편하지는 않았지만, 그걸 드러내지는 않았다.

쉬린과 그녀의 친구들이 성대한 생일 축하 파티를 함께 즐기는 동안 모나와 페리는 멀찌감치 앉아서 이야기를 나눴다. 생일 케이크 한 조각씩을 먹는 건 잊지 않았다. 페리는 모나가 페미니즘 외에도 보스니아 원조 클럽, 팔레스타인 평화 클럽, 수피즘과 이슬람 신비주의 연구회, 이민 연구회, 옥스퍼드 이슬람 학회 등 많은 사회적 문제를 지원하는 단체의 회원이라는 사실을 알게 되었다. 모나는 대부분의 단체에서 주도적인 역할을 맡고 있었다. 그녀는 음악도 좋아했는데, 힙합을 듣고, 노래 가사를 쓰기도 했다.

"세상에나, 이 많은 활동에 어떻게 시간을 내니?"

모나는 어깨를 으쓱했다. "문제는 시간을 내는 게 아니라, 잘 활용하는 거지. 왜 알라께서 우리에게 매일 다섯 번의 기도를 의무화하셨을까? 단지 믿음을 갖게 하려고 그러신 게 아니라, 가능한 최고의 방법으로 우리가 일상생활에 규칙을 정할 수 있도록 하신 거야."

아버지의 심장 마비 이후, 한때 독실한 믿음을 가졌을 때도 하루 다섯 번 기도를 지키지 않았던 페리는 입술을 오므렸다.

"넌 종교와 큰 문제가 없어 보이는구나."

"나 자신과는 큰 문제가 없어."

모나는 자기 자신과 과거, 꿈에 대해 더 많은 이야기를 했다. 한참이 지나, 뒤에서 들려오는 웃음소리에 그녀의 말은 끊겼다. 누군가 쉬린의 새 남자 친구와 미터 맥주 내기를 했다. 91센티미터의 유리잔에 맥주가 가득 찼다. 쉬린의 남자 친구는 그것을 가능한 한 빨리 마셔야 했다.

박수와 휘파람 그리고 고함이 높아졌다. 쉬린의 남자 친구는 아주 빠르게 그 큰 술잔을 비웠다. 그의 셔츠는 흠뻑 젖었고, 자랑스럽게 웃었다. 환성 소리에 맞춰 쉬린의 입술에 길고 축축한 입맞춤을 했지만, 토하기 위해 이내 밖으로 달려 나가야 했다.

모나는 앞을 바라보더니 부드럽게 말했다. "이제 가야 할 것 같아."

"나도 너랑 같이 갈래."

사실 페리는 모나처럼 술이나 키스가 불편하지는 않았다. 페리의 불편함은 다른 종류였다. 오래전부터 페리는 다른 사람들의 열광 앞에서 공황을 느꼈고, 그들과 함께할 수 없다는 두려움에 고슴도치처럼 몸을 웅크리고 소심해졌다. 어째서인지 그녀는 사람들이 흥이 넘치는 걸 보면 괜히 슬퍼졌다.

결국 페리와 모나는 아무도 눈치채지 못하게 술집을 나섰다. 보름달이 떠 있었다. 돌다리 아래를 지나 어두컴컴한 골목으로 들어섰다.

"이해가 안 돼." 모나가 말했다. "쉬린은 왜 나를 초대했지?"

페리도 사실 같은 점을 궁금해하고 있었다. "쉬린은 새로운 친구를 사귀는 것을 좋아하나 봐."

모나는 고개를 가로저었다. "아니, 다른 뭔가가 있어. 뭔지 정확히는 모르겠어. 우리가 오랫동안 알고 지냈지만, 나는 늘 쉬린이 날 좋아하지 않는다는 걸 느꼈거든. 아마도 내 히잡 때문일 거야."

쉬린이 어머니를 노려보는 모습을 떠올리며 페리는 아무 말도 할 수 없었다.

"그렇다면 난 상관없어. 쉬린은 왜 나와 친구가 되려고 하는 걸까?" 모나가 말했다. 자존심에 상처 난 분노가 그녀의 얼굴에 드리워졌다. "네가 보기엔 내가 편집증적인 것 같아?"

"아니." 페리가 말했다. "그러니까 응, 조금. 나는 너희들이 좋은 친구가 될 수 있다고 확신해."

"그래, 나중에 알게 되겠지." 모나가 말했다. "쉬린이 아주르 교수의 세미나 수업을 들어 보라고 했어."

"정말?" 페리가 궁금해하며 모나에게 물었다. 아직 이성이 파악하지 못한 위험을 감지라도 한 듯 몸이 긴장했다. "내게도 똑같이 말했어. 모든 사람에게 '아주르 교수의 수업을 들어 봐'라고 하나 보네."

"그러니까 나한테만 그런 게 아니었네……." 모나가 말했다. 그녀의 주의가 산만해졌다. 모나는 골목을 가리켰다. "어쨌든 내 기숙사는 저쪽

이야."

"그래, 잘 자."

"너도 잘 자, 자매." 모나가 말했다. "더 자주 보자."

그렇게 말하고는 모나는 두 손으로 페리의 손을 잡고 거칠게 흔들었다. 그것이 모나의 작별 인사법이었다. 꼭 쥐는 악수, 약간 역동적이었다. 어쩌면 그녀는 자신이 얼마나 건강한지 보여 주고 싶었던 것인지도 모르겠다. 모나는 한밤중 그렇게 눈앞에서 사라졌다.

다시 한번, 페리는 혼자만의 생각에 빠졌다. 그녀는 자신 앞의 어둠 속에서 나트륨 가로등의 황색 불빛에 비친 한 사람을 발견했다. 옷과 골판지, 비닐봉지 등을 잔뜩 얹은 녹슨 유모차를 밀고 있는 거지 여자였다. 어느 곳에도 도달하지 못한 영원한 여행자 중 한 명 같았다. 페리는 그 여자를 유심히 살펴보았다. 그녀가 입은 꼬질꼬질 더러운 옷은, 마치 물이 묻은 것처럼 몸에 달라붙어 있었다. 그녀의 머리카락은 때와 오물이 묻어 염소 털을 뭉쳐 놓은 것 같았다. 페리는 다른 부분들도 자세히 봤는데, 손에는 사마귀가, 오른쪽 광대뼈에는 멍 자국이 있고, 눈 주위는 부어 있었다. 이스탄불에서는 늘 이런 비참한 얼굴과 마주치곤 했다. 어떤 사람들은 구석에 몸을 웅크리고 숨어 있고, 또 어떤 사람들은 음식과 돈을 구걸했다. 그러나 이곳 옥스퍼드에서 노숙자를 보게 되니 묘했다. 도시의 우아한 고요함과 극명한 대조를 이뤘다.

페리는 짧은 보폭으로 불규칙하게 걷는 이 여성에게 묘한 이끌림을 느끼며 그녀를 따라가기 시작했다. 바람이 방향을 바꾸자 악취가 코를 가득 채웠다. 소변, 땀, 대변이 섞인 냄새.

거지는 자신의 상상 속 누군가와 싸우며 혼자 소리를 지르고 있었다. 그녀의 목소리는 긴장되어 있었다. "몇 번이나 말해 줘야 해?"라고 소리 쳤다. 대답을 기다리는 동안 그녀의 얼굴은 굳어졌다. 기쁜 듯 킥킥대고 웃었지만, 다시 분노하는 데는 그리 오래 걸리지 않았다. "아니, 이 더러운 새끼야!"

페리의 마음에 불행의 감정이 찾아왔다. 옥스퍼드에서 촉망받는 학생인 그녀와 인생에 아무것도 가진 게 없는 미친 여자를 구분 짓는 것은 정확히 무엇일까? 어쩌면 사회의 주변부에는 사람들이 떨어질까 봐 두려워하는 벼랑이 있는지 모르겠다. 아니면 갈라진 틈이. 전혀 생각지도 않게 한쪽에서 다른 한쪽으로 건너갈 수 있었다. 어제는 '상식'이었던 것에 내일은 '미친 짓'이라는 낙인이 찍힐 수 있었다. 그 절벽에 페리는 너무나 가까이 있었고 그걸 잘 알고 있었다.

여자는 갑자기 뒤를 돌아봤다. 그녀의 시선이 페리를 꿰뚫었다. "날 찾고 있었니?" 그녀는 니코틴으로 얼룩진 이빨을 드러내며 크게 웃었다. "아니면 하나님을 찾고 있었니?"

페리의 얼굴이 새하얗게 질렸다. 뭐라고 대답해야 할지 몰라 고개를 저었다. 페리는 그 여자에게로 몇 걸음 다가가서 손을 펴고 준비했던 돈을 내밀었다. 여자는 먹이를 삼키는 도마뱀처럼 재빨리 돈을 낚아챘다.

페리는 곧바로 뒤로 돌아섰다. 기숙사를 향해 달리기 시작했다. 그녀는 자신이 발걸음을 내디딜 때마다 거지 여자와 멀어졌으면 했다. 왜냐하면, 둘 다 똑같이 끝없는 암흑, 똑같은 광기를 가졌다고 확신했기 때문이다.

페리는 그날 밤늦게까지 앉아서 책을 읽었다. 동이 틀 무렵 창밖 잔디밭을 내다보니, 닫혀 있는 문을 열쇠로 열고 기숙사로 들어가려다가 실패하자 하이힐을 벗은 채 3.5미터나 되는 돌담을 남자 친구의 도움을 받아 뛰어넘고 있는 쉬린이 보였다. 그러나 꽉 끼는 흰 청바지가 죽 찢어졌고 쉬린은 정원 꽃밭에 엉덩방아를 찧었다. 그녀는 일어나서 1층 아무 방이나 창문을 두드리더니 기숙사 건물 안으로 들어갔다. 그 순간에도, 쉬린은 술에 취해 인사불성인 상태로 킥킥대며 고대 페르시아 노래를 흥얼거리고 있었다.

뮤직 박스

2016년 이스탄불

크림을 바른 초콜릿 헤이즐넛 무스 케이크와 생크림을 얹은 설탕에 절인 모과가 크리스탈 접시에 담겨 디저트로 나왔다. 손님들은 칭찬과 투정이 뒤섞인 말을 동시에 쏟아 내기 시작했다.

"이런, 오늘 밤 확실히 2킬로는 찌겠어." 광고 회사 대표가 자신의 배를 살짝 두드리며 말했다.

"걱정하지 마세요. 집에 도착할 때까지 꺼질 겁니다." 사업가의 아내가 말을 받았다.

"그냥 정치에 대해 계속 이야기하면 돼요." 유명 기자가 말을 이었다. "그게 이 나라에서 우리가 몸매를 유지하는 방법이에요."

도우미가 곁으로 왔을 때 페리는 아무에게도 들리지 않도록 속삭였다. "모과 디저트만 아주 조금 주세요, 그거면 충분해요."

"물론이죠, 부인." 공범자를 자처한 사람처럼 도우미도 목소리를 낮춰 말했다.

하지만 이 대화는 안주인의 예민한 청각을 피하지 못했다. 그녀는 테이블 끝에서 이렇게 외쳤다. "절대 안 돼! 조금 전 민주주의에 대한 우리의 견해에 반대한 것에 대해서는 기분이 안 나빴지만, 내 케이크를 맛보지 않는다면 다시는 자기를 안 볼 거야."

페리는 그 말을 받아들일 수밖에 없었다. 그녀는 모과 디저트와 케이크 둘 다를 접시에 받았다. 그녀는 왜 여자들이 서로를 살찌게 만드는 데 그토록 열중하는지 결코 이해할 수 없었다. '비교 미학의 원리'. 누가 다른 누군가를 살찌게 하여 자신이 날씬한 상태를 유지하는 것. 어쩌면 페리가 불필요하게 파고드는 것일 수도 있었다. 쉬린이었다면 아마 이렇게 말했을 거다. "페리야 내 말 믿어, 넌 제대로 파고든 것도 아냐!"

만족한 집주인이 다른 손님에게 시선을 돌리자 페리는 와인 잔을 쥐었다. 그녀는 오늘 저녁에 평소보다 더 많은 술을 마셨지만, 그녀 자신을 비롯한 누구도 눈치채지 못했다. 그녀는 과거를 생각하지 않을 수 없었다. 대학 시절을 떠올리지 않기 위해 마음 깊이 쌓아 두었던 댐에 이제 깊은 균열이 생기기 시작했다. 그리고 그 틈새로 슬픔이 한 방울씩 스며들었다. 그러는 동안, 그녀의 마음 한편에는 이로 인해 발생할 수 있는 위험과 파멸을 인지한 경고등이 켜졌다. 모든 것이 정상으로 돌아갈 수 있도록 균열을 막으려 애쓰고 있었다.

"오늘 밤에 심령술사가 온다고 하지 않으셨나요? 저도 묻고 싶은 것들이 있어요." 유명 기자의 여자 친구가 담배를 피우는 사람들 특유의 허스키한 목소리로 말했다.

그 여자가 왜 긴장하고 있는지 모르는 사람은 없었다. 그녀의 남자 친구인 기자가 전처와 낭만적인 저녁 식사를 하는 모습이 목격되었고, 두 사람이 재회할 것이라는 소문이 최근 언론사 홈페이지에 게시되는 바람에 그녀는 고민에 빠져 있었다.

"그 사람 오는 중이에요." 사업가가 말했다. "한 시간 전에 여기에 도착했어야 했는데, 분명히 교통 체증 때문일 거야."

"그러니까 심령술사들도 이스탄불에서 어떤 길이 안 막히는지 모르는군요." 미국인 펀드 매니저가 농담을 했다.

"이봐, 친구, 이 심령술사는 지금껏 당신이 알던 사람들과는 달라." 집주인 사업가는 반은 영어, 반은 튀르키예어로 심령술사를 치켜세웠다. "그가 금융 위기를 예측했다니까!"

"우리는 이제 전문가를 믿지 않아. 모두 심령술사에게 상담해 보자고, 그러는 게 가장 좋을 것 같아. 간단하잖아!" 광고 회사를 운영하는 여자가 말했다.

페리는 조용히 양해를 구하며 식탁에서 일어났다.

"오, 이런, 우리 대화가 지루했나요?" 건축가가 물었다. 보잘것없는 것에도 복수심에 불타는 사람이라 조금 전 페리와의 설전을 마음에 담아 두었던 모양이다.

페리는 차분한 표정으로 남자를 바라봤다. "전화를 걸어 아이들이 어떻게 있는지 확인해 봐야겠어요."

"당연하지." 사업가가 말했다. "내 서재로 올라가요. 아무도 방해하지 않을 겁니다."

페리는 남편의 휴대 전화를 빌렸다. 넓은 대리석 계단을 통해 2층으로 올라갔다. 그녀는 서재 문으로 들어서면서 잠시 멈췄다. 너무나 멋진 곳이었다. 천장부터 바닥까지 내려오는 대형 창을 통해 장엄한 보스포루스 해협의 전경을 감상할 수 있었다. 가죽 패널로 인테리어를 한 벽과 나무로 장식된 천장, 마호가니와 대리석 테이블, 노란색의 높은 의자, 골동품 장신구와 값비싼 그림이 있는 이곳은 작업 공간이라기보다 호화로운 마피아 두목의 거실처럼 보였다.

한쪽 벽에는 정치인, 유명 인사, 재력가들과 함께 찍은 사업가의 수많은 사진 액자가 걸려 있었다. 페리는 액자 속에서 권좌에서 물러난 중동 독재자의 억지 미소를 보았다. 그는 보여 주기 위해 세워 둔 베두인 텐트 앞에서 우리 사업가들과 악수를 하고 있었다. 또 다른 사진에는 자신이 태어난 도시 곳곳을 자신의 사진으로 도배하고, 일 년 열두 달 중 한 달의 이름은 자신의 이름으로, 다른 한 달의 이름은 자기 어머니의 이름으로 바꿔 버린 중앙아시아 독재자의 금형에서 찍어 낸 것 같은 얼굴이 굳은 표정으로 정면을 바라보고 있었다. 페리는 깊게 숨을 들이마셨다. 부정한 거래를 통해 흘러나온 돈으로 지은 이 저택에서 뭘 하겠다는 말이지? 그 순간, 그녀는 자신이 흐르는 강 물살에 굴러다니는 조약돌 같다고 느꼈다. 아주르 교수가 여기 있다면 무슨 말을 할지 페리는 떠올려 볼 수 있을 것 같았다. '자유가 없으면 사랑도 없다. 자유로워지는 방법은 하나뿐이다. 너무 익숙해져서 무감각해진 자신을 버려야 한다! 감당할 수 있겠어?'

이런 생각에서 도망치듯 페리는 얼른 집 전화번호를 눌렀다. 아이들을 보러 온 그녀의 엄마가 전화를 받기를 기다리는 동안, 그녀는 이마를 창문에 대고 바깥 풍경을 바라보았다. 유리 너머에는 너무 밝아서 진짜가 아닌 것 같은 초승달 아래로 대도시가 펼쳐져 있었다. 비밀을 속삭이듯 서로를 기대고 있는 집들, 가파른 언덕을 오르는 구불구불한 골목, 문을 닫는 커피숍, 마지못해 떠나는 마지막 손님……. 그녀의 가방을 훔친 아이들은 무엇을 하고 있을지 궁금했다. 그 아이들은 자고 있을까? 만약 그렇다면 배고픈 채로 잠자리에 들었을까? 어쩌면 아이들은 지금 꿈을 꾸고 있을 것이다. 그 아이들의 꿈속 어딘가에 그녀는 그들을 쫓는 미친 여자일지도 모를 일이었다.

페리의 엄마 셀마는 네 번째 벨이 울리고서야 전화를 받았다.

"만찬 끝났어?"

"아직 안 끝났어요." 페리가 말했다. "우리 아직 여기에 있어요. 애들은 괜찮아요?"

"괜찮지 않을 일이 뭐 있겠니? 이 할미랑 잘 놀다가 지금은 자."

"애들은 밥 먹었고요?"

셀마는 포기한 듯 입을 열었다. "내가 내 손자들을 배고픈 상태로 재우겠니? 만트[7]를 해 줬더니, 싹 먹어 치우더라. 귀여운 것들! 만트를 먹고 싶었나 봐."

셀마의 요리 실력을 닮지 않은 페리의 귀에 엄마의 나무라는 투의 목소리가 들려왔다.

---

7   튀르키예식 만두로, 엄지손톱만큼 작은 만두를 삶은 다음 요구르트를 끼얹어 먹는 요리

"고마워요. 걔들이 엄청나게 좋아했을 게 분명해요."

"괜찮다. 그래 이따 보자꾸나."

"잠깐만!" 페리는 망설였다. "엄마, 뭐 하나 부탁해도 돼요?"

바스락거리는 소리가 났다. 페리의 엄마가 더 잘 들으려고 전화기를 왼쪽 귀에 갖다 댄 것이었다. 셀마는 남편이 사망한 후 눈에 띄게 늙었다. 그렇게 다투면서 살았으면서도 남편 멘수르가 사라지자 이상하게도 셀마는 무너져 버렸다.

"침실에 공책이 있을 거예요……. 두 번째 서랍이나 세 번째 서랍에." 페리는 하나씩 말했다. "청록색이에요."

"아빠가 너한테 준 거 말이니?"

셀마는 줄곧 남편과 딸 사이의 유대감을 질투했다. 멘수르의 죽음도 그녀의 그런 감정을 바꿔 놓지 못했다. 페리는 죽은 자와 그 죽은 자가 산 자에게 미치는 영향을 계속 질투하는 게 가능하다는 걸 자신의 경험을 통해 알고 있었다.

"응, 엄마." 페리는 대답했다. "잠겨 있을 건데, 맨 아래 서랍에 열쇠가 있어요. 수건 밑에. 공책 뒷장에 보면 전화번호가 있을 거예요. 옆에 쉬린이라고 적혀 있어요. 그 전화번호 좀 알려 줘요."

"아침에 하면 안 되겠니? 내 눈이 예전 같지가 않아서 말이야."

"부탁이에요, 꼭 전화 통화를 해야 해요. 오늘 밤에."

"알았다, 조금 기다려 봐." 셀마는 한숨을 쉬며 대답했다. "보자꾸나, 내가 할 수 있을지."

"아, 그리고 엄마……."

"응?"

"공책을 다시 열쇠로 잠가 줄래요?"

"잠깐만, 하나씩 하자." 셀마는 지친 목소리로 말했다. "헷갈리게 하지 말고."

엄마가 수화기를 옆에 치워 두고 걸어가는 발소리가 들렸다. 그녀는 아랫입술을 깨물며 기다렸다. 저 멀리 이스탄불 제2 현수교의 불빛 아래로 바다는 초록빛이 도는 파란색이 되어 있었다. 유리에 비친 자신의 모습을 본 그녀는 배에 지방이 조금 있는 걸 발견하고 불쾌해졌다. 그래도 그녀는 아직 두려워했던 것만큼 그렇게 빨리 늙지는 않았다. 어쩌면 늙어 가는 방식은 다양한 형태일지도 모른다. 어떤 사람은 몸이 먼저 생기를 잃고, 어떤 사람은 마음이, 어떤 사람은 정신이 그렇게 된다.

뇌에는 기억을 저장하는 구석진 곳에 뮤직 박스가 존재한다. 오래된 멜로디의 악보만 연주하면서 비밀을 쏟아 내는 뮤직 박스. 잊고 싶지 않았지만 기억할 용기도 내지 못한 모든 것이 여기에 숨겨져 있다. 스트레스나 트라우마의 순간에 또는 가끔은 아무런 이유 없이 갑자기 그 상자는 열리고 모든 것이 쏟아져 나온다. 페리는 지금 자신이 겪고 있는 상황이 바로 그렇다고 생각했다.

"못 찾겠구나." 셀마가 숨을 몰아쉬며 말했다.

"좀 있다가 한 번 더 찾아봐 줄 수 있어요? 찾으면 전화 주세요."

"지금 텔레비전을 보고 있었다고." 셀마는 싫다는 의사를 보이는 듯했지만, 곧바로 알겠다는 어투로 말했다. "그래, 최선을 다해 보마."

두 사람의 관계는 이전보다 훨씬 나아졌다. 마치 멘수르의 부재가 둘 사이를 더 가깝게 만든 것 같았다. 그의 죽음이 만들어 낸 빈자리는 공간과 감정의 공유로 바뀌었다.

"한 가지 더." 페리가 덧붙였다. "전화기를 도난당했어요. 아드난에게 문자를 보내면 되는데, 아무 말 하지 말고 '집에 전화해'라고만 보내시면 내가 전화할게요."

"무슨 일이니?" 약간 의심하는 듯한 목소리로 셸마가 물었다. "쉬린이라는 애 거기 영국에 있는 미친 아이 아니니?"

페리는 심장이 쿵 하고 내려앉는 걸 느꼈다.

"뭐 때문에 개랑 통화하려는 거니?" 셸마는 추궁하기 시작했다. "별로 좋은 애가 아니야. 그런 애랑 친구 하지 마."

'하지만 그녀는 가장 친한 친구였어.'라고 생각하며 페리는 입을 다물었다. 쉬린, 모나 그리고 나. 그렇게 셋이었다. 한 명의 죄인과 한 명의 신자 그리고 한 명의 방황하는 영혼. 무신론자, 독실한 신자 그리고 이도 저도 아닌.

"오래된 일이야." 페리가 쉬린이라면 대답했을 말을 대신해서 말했다. "이제 우리 모두 어른이 됐잖아. 걱정할 것 없어요. 벌써 잊었을 거야."

페리는 자신의 말을 믿으려고 했지만, 어떤 것도 맞는 말이 아니라는 걸 알고 있었다. 쉬린은 쉽사리 지난 일을 잊을 아이가 아니었다. 페리가 그렇듯이.

처녀 리본

2000년 이스탄불

페리는 오빠의 결혼식에 참석하기 위해 바람 부는 어느 가을날 이스탄불에 도착했다. 그녀는 고향이 몹시 그리웠다. 이곳에 살면서 아무리 외로웠다고 해도 멀리 떨어진 곳에서 지내는 것은 그보다 더 외로웠다. 그녀는 여행 가방을 내려놓자마자 기나긴 '해야 할 일 목록'을 보았다. 인사드려야 할 친척들, 받을 선물, 해야 할 일들.

페리는 자신이 없는 동안 날반트오울루 가족의 분위기가 더욱더 무거워지고, 긴장감이 높아졌다는 것을 아주 금세 눈치챘다. 집 안에 맴도는 긴장감의 이유는 오래전부터 이어졌고 잘 알고 있던 문제였다. 그건 바로 어머니와 아버지 사이의 갈등 때문이었다. 게다가 또 다른 새로운 요소가 있었다. 바로 결혼 준비였다. 신부 가족은 *외동딸*에 걸맞은 호화로운 결혼식을 고집했다. 임대했던 결혼식장은 마지막 순간에 더 큰 장소로 교체되었다. 더 많은 하객 초대, 더 많은 음식 주문. 이는 궁극적으로 더 많은 돈의 지출을 의미했다. 그런데도 그 누구도 만족하지 못했다. 가족들은 서로에게 좋은 말로 칭찬을 했지만, 예의로 덧칠된 말 아래에는 응축된 불만이 있었다.

결혼식 날 아침, 페리는 집을 가득 채운 맛있는 음식 냄새에 눈을 떴다. 부엌에 가 보니 그녀의 엄마가 데이지 문양으로 가득한 앞치마를 두르고 시금치, 치즈, 다진 고기를 넣은 세 가지 종류의 뵈렉을 만들고 있었다. 셀마는 초인적인 속도로 밀가루 반죽을 펴고, 달걀을 풀면서 청소까지 하고 있었는데, 속도를 늦출 기미가 보이지 않았다.

그러는 동안 딸이 온 것을 본 멘수르는 수년째 구독하고 있는 좌파 성향의 일간지 신문에서 눈을 떼지 않고 중얼거렸다. "페리야, 저 여자분한테 이야기해 줄래, 쓸데없는 일에 용쓰지 말라고."

"페리야, 저 남자한테 네가 말해 줄래, 오늘 자기 아들이 결혼하는데, 의자에 앉아서 신문이나 보고 있을 거냐고." 셀마는 곧바로 받아쳤다. "사람이면 도와야지!"

"뭘 도와 달라는 거야?" 그는 즉시 반박했다. "아무것도 못 하게 하면서. 돈 쓸 때나 '돈 줘, 멘수르'라고 하지. 결정할 순간이 되면 '닥쳐, 멘수르'!"

페리는 한숨을 쉬었다. "둘 다 어린아이 같아요. 말다툼하는 거 지겹지 않으세요?"

대답 대신에 그녀의 아빠는 바스락거리는 소리를 내면서 신문을 넘겼고, 그녀의 엄마는 화가 나 반죽 밀대를 반죽에 내리쳤다. 페리는 마치 완충 지대를 만들려는 듯 그들 사이에 있는 의자에 앉았다. "결혼식 전날 헤나 의식은 어땠어요?"

셀마는 입술을 삐죽거리면서 차가운 시선으로 말했다. "네가 놓친 거지. 거기에 있었어야 했어."

"내가 못 온다고 말했잖아요. 수업이 있었다니까요."

"사람들이 다 너 어디 있냐고 묻더라, 알고나 있어. 뒤에서 흉보더라. '큰아들도 안 보이고, 딸도 안 보이네. 무슨 가족이 이 모양이냐?'라고 말이야."

페리의 오빠 우무트는 오겠다고 했다가 마지막 순간에 마음을 바꿨다. 감옥에서 나온 이후로 우무트는 작은 해변 마을에서 은둔 생활을 했다. 생계를 위해 자신의 얼굴에 그려 놓은 조개껍데기처럼 희미한 미소를 띠고서 자신이 '집'이라고 부르는 오두막에서 관광객들을 위한 뭔가를 만들었다. 가족들은 우무트를 몇 번 찾아갔었다. 그는 가족에게 항상 친절했지만, 남이었고 그만큼 다가가기 어려웠다. 이스탄불로 돌아가고 싶지 않아 하는 게 분명했다. 우무트는 아이가 둘 달린 여자와 함께 살고 있었다. 셀마는 그게 마음에 들지 않았지만, 아무 말도 하지 않았다. 그 여자는 우무트가 대체로 괜찮게 지내는데 가끔 '정신적인 문제'가 나타난다고 했다. 그녀의 말에 따르면, 우무트가 팔, 다리와 배에다 자해를 한다는 것이다. "그이는 누구도 해치지 않을 거예요. 하지만 그이가 자신에게 무슨 짓을 할까 두려워요." 그녀는 그게 무엇을 의미하는지 정확하게 밝히지 않았고, 날반트오울루 가족들도 물어볼 용기를 내지 못했다. 이 세상에는 모르는 것이 더 나은 것들이 있다.

"엄마, 미안해요. 올 수 있었으면 왔지." 페리는 엄마의 마음을 풀어 보려 노력하며 말했다. 엄마와 싸울 생각은 없었다. "말해 줘요, 어땠어요?"

"뭐, 네가 아는 그런 헤나 의식이었지. 그냥 헤나의 밤이었어. 특별한 건 없었어." 셀마가 말했다. "대신 그쪽에서 우리가 그 대가로 자기들한테 폐물을 많이 줄 거라고 기대하고 있어. 그건 또 다른 문제지."

셀마는 깐깐한 회계사처럼 날반트오울루 가족의 주머니에서 나간 돈에 비해 상대 쪽은 얼마를 썼는지, 신부 측 하객 수에 맞게 자기들도 몇 명을 초대할지 계산했다. 마치 그들의 삶의 한가운데에 가게 저울이 갑자기 나타난 것 같았다. 가족 중 하나가 저울의 한쪽에 올려놓는 무게만큼 상대측에서도 균형을 맞춰야만 했다. 페리는 엄마가 한편으로는 모든 것을 비교하며 불평을 늘어놓으면서도, 다른 한편으로는 안사돈과 전화 통화를 하면서 고등학생처럼 장난치며 킥킥대고 웃는 모습을 어이없는 듯 바라보았다.

하지만 결혼 비용을 떠나 셀마는 며느리를 마음에 들어 했다. 셀마는 "사돈 측에서 알라를 위해 헤나 의식 때 아주 특별한 선생님을 모셔 왔지 뭐냐."라고 했다. "그의 목소리는 나이팅게일 울음소리 같았어! 모두를 울렸다니까. 저쪽은 우리 7대 조상님들보다 더 신앙심이 깊어. 그 사람들은 이슬람 종단 스승들과 지도자 쉐이크 집안이야." 그녀는 남편이 들을 수 있도록 그 말을 강조했다.

"멋지네!" 멘수르는 한쪽 구석에서 대답했다. "그러니까 그들의 후손 중에 무신론자와 신앙심이 없는 사람이 많은 거 아냐. 페리야, 네 엄마한테 말해. '변증법'이라는 게 있다고. 부정의 부정. 모든 요소는 반대급부를 낳고, 모든 반대급부는 독단을 낳지. 순례자와 이슬람 지도자들이 많다면 반드시 그만큼의 죄를 범한 자도 많을 거야!"

셀마는 인상을 찌푸렸다. "페리야, 저 사람이 또 얼토당토않은 말을 한다고 전해 줘."

"아빠, 엄마. 그만하세요." 페리가 지쳐서 중얼거렸다. "오빠가 행복해하잖아요, 좋은 아내를 찾았으니까. 그게 중요한 거지."

하지만 그녀는 새언니를 몇 번밖에 보지 못했다. 새언니는 보조개가 들어간 볼과 살짝 깜박이는 녹갈색 눈동자를 지닌 매력적인 젊은 여자였다. 그녀는 트위스트 금팔찌를 좋아했다. 그리고 부끄럼을 탔다. 그녀는 히잡을 쓰고 있었다. 페리는 새언니가 소위 두바이 스타일로 히잡을 묶고 있다는 사실을 나중에야 알았다. 페리는 히잡 스타일에 관해 공부한 적이 있었다. 이스탄불 스타일은 둥근 얼굴에 더 잘 어울리는 모양이다. 두바이 스타일은 타원형 얼굴, 걸프 스타일은 각진 얼굴에 잘 어울렸다. 거대한 '이슬람 패션 산업'이 활황을 맞고 있었다. 새로운 산업이거나 아니면 그전에도 있었는데 페리가 알지 못했던 산업이었다. '특별히 디자인된 히잡'에서 '무슬림 여성용 수영복'은 물론 '히잡용 바지'에 이르기까지 하나하나가 패션 산업을 주도하면서 돈을 쓸어 담는 거대한 산업이었다.

그녀의 아버지를 포함하여 그녀가 만난 세속적이고, 현대적인 지인들과 달리 페리는 베일을 쓴 여성들에게 아무런 반감이 없었다. 이 세상의 누구라도 옷차림으로 차별을 한다는 생각은 그녀에게는 너무나도 낯설었다. 그녀는 사람들의 머리 위에 있는 것보다 머릿속에 있는 것을 더 중요하게 여겼다. 하지만 이 순간 그녀에게는 아무에게도 말할 수 없는 문제가 있었다. 그렇다, 부모님에게도 말하지 않았고, 자신도 인정하기 어려웠지만, 페리는 새언니가 마음에 들지 않았다. 그 여자는 독서나 책과는 거리가 멀었다. 새언니는 아마도 자기 스스로 책을 산 적이 없을 것이다. 같이 있을 때 페리는 대화하는 데 어려움을 겪었다. 새언니는 인기 있는 텔레비전 드라마나 엉덩이와 허리 지방을 없애는 다이어트 같은 페리가 가장 관심 없어 하는 주제에 관심이 있었다. 물론, 그녀의 예비 남편도 그녀 못지않게 무지했다. 사실 페리는 작은오빠 하칸을 속으로는 무시하고 있었다. 페리는 작은오빠와 마지막으로 언제 진지하게 솔직한 대화를 나눴는지 기억도 나지 않았다.

페리에게 '지식인의 속물근성' 같은 게 있다면 그것은 오직 젊은이들을 겨냥한 것이었다. 그녀는 정보와 뉴스에 접근하는 데 있어 젊은 세대만큼 운이 좋지 않았던 노인들에 대해서는 항상 별도로 생각했다. 그녀는 나이 든 사람에겐 결코 화를 내지 않았다. 그러나 동년배 중에서 특히, 잡지와 책을 살 여유가 있음에도 읽지 않는 사람들, 그리고 심지어 고전 소설을 가구에 어울리는 장식품 따위로 취급하는 사람들의 천박함은 참을 수 없었다.

'내가 어느 날 사랑에 빠진다면 나는 반드시 그 사람의 머리와 사랑에 빠질 거야.' 페리는 스스로와 약속했다. '뭐든지 생각과 지성, 경험이 있다면 그 사람의 스타일이나 지위는 아무 상관없어.'

*

결혼식장은 보스포루스 해협이 내려다보이는 고급 호텔이었다. 새틴 식탁보, 실크로 만든 꽃, 거대한 금빛 테두리를 두른 의자, 띠와 설탕으로 만든 잎사귀로 장식된 8단 케이크 그리고 중간에 계속 색이 변하는 크리스탈로 만든 나무 장식. 페리는 이 모든 화려함이 그녀의 부모님 주머니에 구멍을 내고 있다는 걸 알고 있었다. 그녀가 장학금을 일부 받았음에도 불구하고, 옥스퍼드에서의 지출—특히 리라가 파운드에 대해 평가절하되었을 때—은 이미 가계 예산에 상당한 부담이 되었다. 그녀는 영국으로 돌아가자마자 파트타임으로 할 수 있는 아르바이트를 찾기로 마음먹었다.

얼마 지나지 않아 손님들이 오기 시작했다. 양가 친척과 이웃, 그리고 '초대하지 않으면 예의가 아닌' 범주에 속하는 사람들이 거대한 홀에 늘어선 멋진 테이블에 자리를 잡았다. 정작 주인공들은 긴장한 것 같았다. 신랑은 모두에게 손을 흔들었고, 신부는 줄곧 바닥만 바라보았다. 한 사람은 너무 요란스러웠고, 다른 한 사람은 너무 조용했다. 신부는 은사와 반짝이는 도금 비즈로 장식한 아이보리색 실크 소재의 레이스가 달린 긴팔 웨딩드레스를 입고 있었다. 이 웨딩드레스는 카탈로그에서 '고급스럽고 눈부신 히잡 웨딩드레스'로 설명되어 있었다. 우아했지만 옷감이 약간 두꺼웠다. 신부는 스팟 조명 아래에서 이미 땀을 흘리고 있었다. 검은 턱시도를 입은 신랑은 더워지자 재킷을 벗었다. 신부에겐 그런 선택권이 없었다. 손님들이 하나둘 찾아와 젊은 부부를 축하해 주었다. 그들은 금과 리라, 달러, 유로 같은 지폐를 예복에 달아 주었다. 신부의 웨딩드레스는 금세 너무나 많은 돈과 금으로 뒤덮여서, 자리에서 일어나 사진을 찍을 때는 미친 조각가 손으로 만들어진 이상한 조각품 같이 보였다.

그러는 사이, 아마추어 밴드는 옆에서 연주하고 있었다. 그들은 내륙지방의 민요에서부터 사랑받는 비틀즈 노래에 이르기까지 다양한 음악들을 선곡해서 연주했다. 그들의 의도는 연주곡 사이에 어울리지 않더라도 자신들의 노래를 끼워 넣는 것이었다. 그들은 돈을 벌기 위해 결혼식에서 연주하는 록 밴드였다. 신부 측의 반대에도 불구하고 홀 한쪽 구석에서는 술이 제공되었다. 멘수르는 완고했고 와인과 라크가 없다면 아들의 가장 행복한 날에 참석하지 않을 것이라고 모든 사람에게 엄포를 놓았다. 손님들 대부분은 음료수를 선호했지만, 술의 위치를 알아낸 사람들의 수도 절대 적지 않았다. 더욱이 그곳에 가장 먼저 발을 디딘 사람 중 한 명은 바로 신부의 삼촌이었다. 얼마나 빨리 잔을 비우던지 빠른 속도로 마시다 결국 몸을 가누지 못할 정도로 만취하고 말았다. 이날 밤 멘수르를 가장 신나게 한 사건 중의 하나도 이것이었다.

페리는 무릎까지 오는 청록색 드레스를 입었다. 미용사는 그녀에게 머리의 무게 중심이 옮겨질 정도로 커다란 올림머리를 해 주었다. 이제 그녀는 손님 한 명 한 명과 이야기를 나누면서 활짝 웃어야 했다. 그녀는 도망갈 구멍을 찾았다. 아이들을 예뻐해 주고, 공경의 의미로 어른들의 손에 입을 맞추고, 또래 친구들의 수다를 듣고 있는 동안, 자신을 바라보는 한 청년을 발견했다. 페리는 짜증나고 불편했다. 청년은 여전히 페리를 바라보고 있었다. 그렇게 멀찌감치 떨어져서 공손하게 자신의 마음을 표현하는 것으로 그치는, 물러설 줄 아는 그런 시선이 아니었다. 뭔가를 요구하고, 강요하고, 지배하려는 눈빛이었다. 너무나 공격적이고 무례했다. 눈이 마주치자 페리는 불쾌한 표정을 지었다. 그러나 청년은 마치 답이라도 받은 양 오만하게 웃으며 계속 그녀를 쳐다보았다.

30분 후 페리가 화장실에 가는데 그 청년이 길을 막아섰다. 그는 벽에 팔을 기대어 페리의 길을 막았다. "당신은 요정 같아, 어머니가 이름을 잘 지으신 게 분명해."

페리는 화가 머리끝까지 치솟는 게 느껴졌다. 그녀는 입에서 나오는 대로 말을 내뱉었다. "누가 당신한테 그런 말을 해도 된다고 했어? 몇 시간 동안 날 쳐다보던데, 당신에게 무슨 권리가 있다고 그러는 거야?"

청년은 깜짝 놀라 눈을 깜박였다. 그는 억지로 팔을 내렸다. 조금 전까지 얼굴에 자리 잡고 있던 자신감 넘치는 미소는 뚜렷한 적개심으로 바뀌었다.

"사람들이 거만하다고 그러던데, 그 말을 들을 걸 그랬네. 옥스퍼드 다닌다고 우리 같은 사람을 우습게 보는 모양이지!"

"그게 옥스퍼드와 무슨 상관이야?"

"건방진 년."

그 청년은 낮은 소리로 속삭이듯 말했지만, 페리가 들을 수 있을 정도였다. 그리고는 가 버렸다.

페리는 멍한 채로 서 있었다. 놀라고 혼란스러워서 그 자리를 떠나지 못했다. 너무 쉽게 지나침과 부족함 사이를 오가는 사람들—특히 이 땅의 남성들. 중동 남성—의 심장은 진자의 끝에 있는 구슬처럼 한쪽 끝에서 다른 쪽 끝으로 밀려갔다. 그들은 과장된 찬사와 과장된 경멸 사이를 오갔다. 어제는 '열정'이었던 감정도 순식간에 '혐오'로 바뀌었다. 남성들의 여성과의 관계는 늘 '극단적'이었다. 미치광이처럼 지나치게 사랑에 빠졌고, 과하게 갈망하고, 원하는 것을 얻지 못하면 과민 반응을 보이며 분노했다. 늘 그랬다. 극단적이었다.

페리가 결혼식장으로 돌아오니 모두가 기다리던 신랑 신부의 춤 순서가 시작되었다. 사방에서 쏟아지는 수십 개의 시선에 눌려 신랑 신부는 마치 지팡이처럼 꼿꼿이 펴진 등과 경직된 손으로 서로를 제대로 건드리지도 못하고 붙어서는 몸을 흔들고 있었다. 그들은 같은 최면에 걸린 두 명의 몽유병자 같았다. 그 순간 페리는 그들 사이에 약간의 끌림도 없다는 것을 눈치챘다. 슬펐다. 이건 사랑해서 한 결혼이 아니었다. 수많은 결혼이 그렇듯이.

페리가 자신의 내면에 숨겨 둔 여자와 사람들이 페리에게서 기대하고 있는 여자의 이미지 사이에는 간극이 있었다. 그녀가 자라 온 환경과 그녀 자신이 선택하고 싶은 생활 방식 사이에는 메울 수 없는 거리가 있었다. 하지만 그녀는 단호했다. 이런 신부가 되지는 않을 생각이었다. 그녀는 어머니의 삶을 반복하고 싶지 않았다.

'어쩌면 여기 사는 사람과는 절대 결혼하지 말아야 할지도 모른다'라는 생각이 불현듯 들었다. 그녀의 이런 생각은 너무나 우스꽝스럽고 자신이 지금까지 배워 온 것과 반대되는 것이었다. 누군가 자신의 눈에서 이런 생각을 읽을까 봐 시선을 바닥에 둘 수밖에 없었다. 그랬다, 그녀는 다른 문화권의 남자를 남편으로 선택할 생각이었다. 멀면 멀수록 좋다. 에스키모가 제일 좋지! 아크발라바아크투크라는 이름의 에스키모.

그녀는 부모님의 반응을 상상하며 미소를 지었다. 그녀의 아버지는 아마도 한잔하자고 에스키모인 사위를 집으로 부를 것이다. 생선 수프, 물개 고기로 만든 새로운 안주와 함께. 한편, 그의 어머니는 당연히 그 남자를 무슬림으로 만들어야 한다고 고집부릴 것이다. 할례도 시키겠지. 아크발라바아크투크는 압둘라가 될 테고. 그런 다음 그의 오빠 하칸은 에스키모를 데리고 나가서 예의를 가르칠 거다. 만약 카페를 드나들며 좋지 않은 사람들과 시간을 보내기 시작하게 되면, 그도 머지않아 이곳의 수많은 남자처럼 행동하기 시작하겠지. 단지 남성의 성기가 있다는 이유만으로 특권과 우선권을 요구하면서. 페리와 아크발라바아크투크의 북극에서 이뤄진 사랑은 가부장적 전통의 열기를 견디지 못하고 녹아 버릴 것이다.

결혼식은 자정이 넘어서야 끝났다. 남은 하객들이 하나둘씩 작별 인사를 하고 악단 단원들이 짐을 챙겨서 떠나자 가까운 가족들만 남았다. 다음 날 아침에 신혼부부는 일주일간의 신혼여행을 떠날 예정이었다. 그들은 남녀로 나눠진 해변, 온천과 디스코텍으로 많은 논란거리가 됐던 지중해 연안의 고급 호텔에 갈 예정이었다.

하지만 오늘 밤은 셀마가 고집을 부리기도 했고, 편하기도 해서 날반트오울루 가족의 집에서 보내기로 했다. 이스탄불 반대편에 사는 사돈들도 초대되었다. 이렇게 해서 가방, 바구니, 실크 부케를 들고 모두 함께 미니버스에 올랐다. 매년 이맘때는 예상 밖으로 추웠다. 돌풍은 복수하려는 한 맺힌 영혼처럼 차창을 때리고 있었다.

미니버스가 비 오는 거리를 질주하고 있을 때, 페리는 신부의 어머니가 그녀의 가방에서 빨간 실크 리본을 꺼내 딸의 허리에 묶는 것을 봤다. 처녀 리본. 페리는 작게 한숨을 쉬었다. 그러나 그녀는 그것에 대해 많이 생각하지 않았다. 그녀는 옆에 앉아 있던 오빠와 결혼식에 관해 대화를 시도했다. 하지만 하칸은 말을 하지 않았다. 그의 이마는 약간 땀에 젖어 있었고 피곤하고 긴장되어 보였다. 페리도 곧바로 자기 생각에 빠졌다.

병원

집에 도착하자마자 신혼부부에게는 안방 침실이, 사돈들에게는 페리의 방이 제공되었다. 이렇게 해서 엄마 셀마와 아빠 멘수르는 몇 년 만에 처음으로 아들의 방에서 함께 자야 했고, 같은 침대를 쓸 수밖에 없었다. 페리는 거실에 있는 접이식 소파에서 잠을 청해야 했다.

페리는 이를 닦기도 전에 머리를 베개에 대자마자 피로가 파도처럼 밀려드는 걸 느꼈다. 비몽사몽이던 순간 멀리서 마지막 불빛이 꺼지기 전 허공에 흩날리던 몇 마디 웅얼거리는 소리가 그녀의 귓가에 맴돌았다. 누군가 기도를 하고 있었다. 그녀는 누구인지 추측해 보려 했지만, 그 목소리에는 나이도 성별도 없었다. 어쩌면 그녀는 꿈을 꾸고 있는지도 모른다. 복도에 사원과 첨탑이 있는 벽시계의 자장가처럼 들리는 똑딱 소리를 들으며 숨을 쉴 때마다 가슴이 위아래로 솟았다가 내려갔고, 그렇게 잠이 들었다.

한 시간 후, 어쩌면 그 이상 시간이 지났는지도 모른다. 그녀는 화들짝 놀라 잠에서 깼다. 그녀는 누군가의 목소리를 들었다고 생각했지만 확신할 수 없었다. 팔꿈치에 의지해서 몸을 일으켜 보려 했지만 몸은 뻣뻣한 채로 움직이지 않았다. 귀를 기울이며 기다리는 동안 그녀가 어둠 속에서 나는 소리를 듣고 있는 것인지, 어둠이 그녀를 듣고 있는 것인지 알수 없었다. 숨을 참으며 심장 박동을 세었다. 셋, 넷, 다섯……. 목소리가 다시 들려왔다. 누군가 울고 있었다. 흐느끼는 소리 사이로, 폭풍 전 집파리들이 윙윙거리는 소리에 이어 중얼거리는 소리가 들렸다. 그때 문이 열렸다가 쾅 하고 닫혔다. 만약 바람이 그런 것이 아니라면 이유는 단 하나, 분노의 폭발이었다.

그녀는 뭔가 안 좋은 일이 벌어지고 있음을 감지했지만, 저절로 해결되길 바라며 다시 잠에 빠졌다. 하지만 그 소리는 더 커졌다. 속삭임은 더 커져 고함으로 바뀌었고, 발소리는 복도를 따라 메아리쳤으며, 뒤에서 흐느끼는 소리는 알라에 대한 간청으로 바뀌었다.

"무슨 일이야?" 페리가 일어나면서 말했다. 그녀의 무서움에 떠는 목소리가 그녀보다 먼저 복도 끝에 닿았다.

그녀는 엄마와 아빠가 자는 방으로 갔다. 얼굴이 백지장처럼 새하얗게 된 셀마가 일어나 있었다. 그녀의 아빠는 손을 등 뒤로 깍지 끼고 앞뒤로 서성거렸다. 오빠인 하칸이 부모님과 함께 있었다. 그는 손가락 사이에서 타고 있는 담배 때문에, 이따금 깊은 숨을 몰아쉬었다. 페리는 그들을 바라보면서 모두가 낯선 사람 같은 이상한 느낌을 받았다. 마치 가족으로 위장한 낯선 사람들이 자기 앞에 있는 것 같았다.

"왜 다들 서 있어?"

그녀의 오빠는 분노에 가득 차 그녀를 바라보았다. 가늘게 뜬 그의 눈은 칼날처럼 얇았다.

"넌 상관하지 마. 방으로 가!"

"그래도……."

"가라고 했잖아!"

페리는 한 발 물러섰다. 하칸이 이러는 걸 전에는 본 적이 없었다. 오빠가 평소에도 쉽게 화를 내는 성격이긴 했지만, 이번에는 화를 주체하지 못했고 정도가 심했다.

그녀는 거실로 가지 않고 안방으로 향했다. 열린 문을 통해 그녀는 잠옷을 입고 침대 가장자리에 앉아 울고 있는 새언니를 보았다. 그녀의 검은 머리카락은 어깨 위로 떨어져 있었다. 한쪽에는 그녀의 어머니가, 다른 한쪽에는 아버지가 있었다.

"맹세하건대 사실이 아니야." 신부가 쉰 목소리로 말했다. 지쳐 보였다.

"그럼 신랑이 왜 그런 말을 하는 거야?" 신부의 어머니가 화를 냈다.

"그 사람 말을 믿을 거야, 아니면 엄마 딸이 하는 말을 믿을 거야?"

신부의 어머니는 잠깐 침묵했다. "의사가 뭐라고 하든 그 말을 믿을 거야."

마치 빙의가 된 것처럼 페리는 조금 전 벌어진 소란의 이유를 천천히 깨달았다. 그녀의 오빠는 신부가 처녀가 아니라고 확신하고는 화가 나서 침실에서 뛰쳐나온 것이었다.

"무슨 의사?" 신부가 물었다. 신부는 두려움에 가득 차 붉게 충혈된 눈으로 창밖의 도시를 바라보았다. 달은 구름 뒤에서 순간적으로 미끄러져 나왔다. 달은 다시 사라지기 전, 짙은 어둠 속에서 은화처럼 빛을 발했다.

"의사에게 가는 게 진실을 알아낼 수 있는 유일한 방법이야." 신부의 어머니가 말했다. 그녀는 딸의 손을 잡고 침대에서 일으켜 세웠다.

"엄마 제발 그러지 마." 신부가 말했다. 그녀의 목소리는 진주알처럼 작고 조용했다.

그러나 신부의 어머니는 아랑곳하지 않았다. 그녀는 남편에게 "가서 우리 코트 좀 가져와요."라고 말했다. 남편은 같은 생각이어서가 아니라 습관적으로 고개를 끄덕였다.

화가 머리끝까지 난 페리는 그녀의 엄마와 아빠에게 달려갔다. "아빠, 좀 말려 봐. 병원에 간다잖아!"

면 파자마를 입고 있던 멘수르는 그 자리에 없는 사람 같은 표정을 하고 있었다. 마치 연극에서 갑자기 대사를 까먹은 배우처럼 혀가 굳은 것 같았다. 그는 딸을 한 번 보고, 그리고 그때 지나가던 신부와 사돈들을 바라보았다. 멘수르는 오래전 경찰이 그의 집을 압수 수색 했던 밤, 자신이 느꼈던 절망감과 똑같은 걸 느끼고 있었다.

"잠시만, 조금 진정합시다." 멘수르가 말했다. "이 일에 다른 사람들이 낄 필요는 없습니다. 우리는 이제 가족 아닙니까."

신부의 어머니는 손을 가로저으며 이 말을 무시했다. "내 딸의 잘못이라면 나 자신이 벌 받겠어요. 하지만 알라께서도 아실 겁니다. 만약 당신의 아들이 거짓말을 한 것이면, 이 짓을 한 걸 후회하게 만들어 줄 거예요."

"제발… 분노를 다스리지 못하는 사람만 손해를 본다는 속담도 있지 않소." 멘수르가 말했다.

"마음대로 하라고 하세요." 하칸이 끼어들었다. 그의 콧구멍에서 담배 연기가 피어올랐다. "나도 진실을 알고 싶어요. 어떤 여자와 결혼한 건지 나도 알 권리가 있어요."

페리는 입을 다물지 못한 채 오빠를 보고 있었다. "어떻게 그런 말을 할 수가 있어?"

"닥쳐!" 하칸은 그에게 어울리지 않을 만큼 무뚝뚝한 목소리로 말했다. "이 일에 상관하지 말라고 했잖아."

*

곧 그들은 가장 가까운 병원으로 몰려갔다. 모두 복도에 줄지어 앉아 있었다. 신부만 제외하고.

페리는 오랫동안 그 밤을 잊지 못했다. 사라진 대륙의 지도를 닮은 천장의 균열, 콘크리트 바닥에 울리는 간호사의 발걸음 소리, 소독제와 소독제를 아무리 많이 사용해도 사라지지 않는 피와 세균 감염의 냄새들, 무덤의 초록색과 이끼의 초록색 사이 어디쯤인 벽의 페인트 색깔, 한 글자가 빠져 있는 '응급실' 표지판……. 사실은 서로 아무 관련 없는 것들을 보면서 계속 같은 생각이 머릿속에 각인되었다. 사실, 바로 지금 그 검사실에 앉아 있는 사람이 나일 수도 있다! 그렇다, 그녀가 만약 공부를 계속하지 않고 자발적으로 결혼했거나 떠밀려 결혼을 했더라면, 그녀의 남편 또는 남편의 가족이 이런 말도 안 되는 불평을 심각하게 받아들였다면, 그녀 자신도 이런 병원에서 비슷한 검진을 받았을 것이다.

페리는 예전에 첫날밤의 위기 상황에 대해 들어 본 적은 있었지만, 항상 다른 사람들, 그러니까 외딴 시골 마을에 살거나 시골 풍습 그대로 도시에서 사는 사람들에게나 일어나는 그런 일이라고 생각했다. 그녀의 가족은 한밤중에 처녀성 검사나 하는 그런 종류의 가족은 아니라고, 그녀는 그동안 그렇게 생각했다. 페리는 어렸을 때부터 오빠들과 동등하게, 오히려 조금 더 나은 대우를 받았다. 그녀는 부모님이 애지중지했고 가족들의 존중과 사랑을 받고 자랐다. 그러나 한편으로는 모든 집 창문 커튼 뒤에 자신을 감시하고 재단하는 눈이 있다는 것도 일찍부터 배웠다. 작은 동네에서 자라면서 그녀는 넘지 말아야 할 선들, 무엇을 입어야 하는지, 무엇을 입지 말아야 하는지, 낯선 사람 앞에서는 어떻게 앉아야 하는지, 저녁에 외출하면 몇 시까지 집에 돌아와야 하는지 등을 알고 있었다. 그러니까 대부분 알고 있었다.

고등학교 시절 또래의 많은 친구에게 영향을 주었던 반항심과 저항심은 페리에게 그리 오래 영향을 미치지 않았다. 친구들이 금기를 깨고, 서로의 마음에 상처를 주는 동안 그녀는 조용한 삶을 살았다. 하지만 고등학교를 졸업하고 상황은 달라졌다. 페리는 사랑에 빠졌다. 그리고 이 짧지만 용감한 사랑은 그때까지 지켜 온 선을 무너뜨리고 넘어 버렸다. 그녀는 유럽 문학만 찾는다고 비난했던 좌파 남자 친구와 잤다. 한 번이 아니라 여러 번이었다. 남자 친구가 원해서가 아니라, 처음부터 그녀가 원했기 때문에 벌어진 일이었다. 물론 그녀의 부모는 이 사실을 전혀 몰랐다. 가족의 '사랑하는 딸'이라는 위치가 얼마나 불안정한 자리인가. 그녀는 자리를 박차고 일어나 그녀의 오빠와 새언니의 가족들에게 하고 싶은 말을 쏟아 내고 싶었다. 그러나 그녀는 그러지 않았고, 그렇게 할 수도 없었다. 그녀는 자신이 위선자라고 느꼈다. 자신은 처녀도 기혼도 아니면서 다른 젊은 여자의 처녀성 검사 결과를 기다리고 있다니. 그것도 마치 처녀인 척하면서.

"왜 이렇게 오래 걸려? 무슨 문제라도 있는 거야?" 신부의 아버지가 말했다. 이 말을 하면서 그는 벌떡 일어났다가 다시 바로 앉았다.

"당연히 없지." 그의 아내는 대꾸했다. 그녀가 너무 긴장해 있는 바람에 당직 의사가 두 번이나 와서 목소리를 낮추라고 말해야 할 정도였다.

한 시간이 지났다. 아니면 그들에게 그렇게 느껴졌다. 드디어 여자 의사가 나타났다. 근시의 눈이 안경 너머에서 이글거렸다. 그녀는 숨길 필요가 없는 혐오감으로 그들을 바라보았다. 그녀가 한 일을 증오했고, 이 일을 할 수밖에 없게 한 그들을 더욱 증오하는 것이 분명했다.

"궁금하실 테니 말씀드리죠. 따님은 처녀예요." 의사가 말했다. "어떤 여자들은 처녀막 없이 태어납니다. 알고 계셨나요? 일부 처녀막은 성교 중에 파열되지 않습니다. 마찬가지로, 일부는 단순한 육체적 활동을 하거나, 스포츠, 걷다가도 찢어질 수 있습니다. 꼭 두 방울의 피를 봐야겠다는 건 이성, 과학, 의학에 모두 완전히 어긋나는 겁니다."

의사는 일부러 그렇게 말했다. 그녀는 그들이 신부에게 가한 수치심을 조금이라도 맛보게 해 주고 싶었던 것이었다.

"여러분은 젊은 여성의 영혼을 망쳐 놓았어요. 그녀의 건강이 걱정된다면, 그녀를 심리 치료사에게 치료받도록 하는 걸 권해 드립니다. 이제 가십시오. 정말 힘든 환자들이 많이 있습니다. 당신 같은 사람들 때문에 우리는 시간 낭비를 하고 있어요. 시간이 아깝네요!"

의사는 그 이상 아무 말도 하지 않고 돌아서서 가 버렸다. 1분 동안 아무도 말을 하지 않았다. 마침내 침묵을 깬 것은 신부의 어머니였다.

"알라시여, 당신은 위대하십니다!" 신부의 어머니가 소리쳤다. "저들이 우리 딸을 더럽히려 했습니다. 하지만 전능하신 하나님이 저들의 뺨을 내리치셨어요. '어찌 한 처녀를 더럽히려 하느냐? 어떻게 장미 꽃봉오리를 더럽히느냐?' 알라시여!"

페리는 곁눈질로 아빠가 고개를 숙이는 것을 보았다. 마치 '쥐구멍이라도 들어갔으면'이라고 말하는 듯 콘크리트 바닥에 시선을 고정시키고 있었다.

"당신네 아들이었네, 제대로 알지 못하는 게. 들었죠? 남자 같은 남자가 못되니 내 딸이 어쩔 수 있나요? 사실 당신네 아들을 어디로든 데려갔어야 하는 거네!"

"여보, 진정해." 그녀의 남편이 중얼거렸다. 그는 수치심에 몸을 떨었다.

남편이 개입하자 여자는 더욱 화를 냈다. "왜? 저 사람들이 우리한테 무슨 짓을 했는데. 자기들이 한 대로 돌려받을 거야! 죗값을 받을 거라고!"

바로 그때, 복도 문이 열리고 신부가 나타났다. 그녀는 서두르지 않고 적당한 발걸음으로 그들을 향해 걸어왔다. 그녀의 어머니는 갑자기 앞으로 튀어 나가며 마치 장례식에서 곡을 하듯 무릎을 치기 시작했다. "꽃 봉오리같이 예쁜 내 새끼. 저 사람들이 너한테 무슨 짓을 한 거니? 네게 튈 뻔했던 똥물이 저들에게 튀기를! 알라시여, 제발 그렇게 해 주세요. 아이고, 내 새끼!"

신부는 자신의 어머니 말을 듣지 않고 과감하게 출구를 향해 걸어갔다. 그녀는 날반트오울루 가족과 벤치가 흔들릴 정도로 다리를 심하게 떨고 있는 신랑 곁을 지났지만 턱을 빳빳이 들고 그 누구에게도 눈길을 주지 않았다. 페리는 신부의 매니큐어가 칠해진 손과 헤나가 남아 있는 손바닥에 날카로운 보라색의 긁힌 자국들이 움푹 패어 있는 것을 보았다. 이 끔찍한 밤에 목격한 그 어떤 것도 이 작은 흉터보다 충격적이지 않았다. 젊은 여자가 처녀성 검사를 받으면서 참느라고 움켜쥔 손에 남은 손톱자국들…….

"페리데… 기다려 봐요, 제발." 페리가 순간적으로 말했다. 그녀가 새 언니의 이름을 부른 것은 처음이었다. 그날까지 페리는 항상 '그녀', '신부' 또는 '당신'이라고 했다.

신부 페리데는 걷는 속도를 조금 늦췄지만, 멈추지도 뒤돌아보지도 않았다. 그녀는 똑바로 걸어갔다. 그녀는 부모님을 남겨 두고 자동문을 통해 사라졌다.

이기심과 자신에 대한 불신 때문에 이 재앙을 초래한 오빠에게, 이렇게 되지 않도록 충분히 노력하지 않은 그녀의 부모에게, 다리 사이에서 사람의 가치를 찾는 이 수백 년 된 모호하고 어두운 전통에 대해 끓어오르는 분노를 느꼈지만, 무엇보다도 그녀의 분노는 자신을 향한 것이었다. 그녀는 페리데를 돕기 위해 뭔가를 할 수 있었지만, 그렇게 하지 않았다. 항상 그랬다. 극도로 긴장한 상태가 되면, 행동으로 뭔가를 해야 할 바로 그 시점에 그녀는 거의 얼어붙어 버리고, 마비되었다. 전구가 하나씩 꺼지듯 감각이 둔해졌다.

집으로 돌아갈 땐 결혼식을 위해 임대한 미니버스에 날반트오울루 가족들만 탔다. 하칸은 차를 운전했다. 멘수르는 뒷자리로 갔고 페리는 엄마 옆에 앉았다.

"이제 어떻게 되는 거야?" 페리가 걱정스럽게 물었다.

"아무 일도 없겠지, 인샬라." 셸마가 말했다. "초콜릿, 꽃, 보석을 사 들고 사과하러 가자. 병원에 가자는 생각은 우리가 한 게 아니지만 어쨌든. 이제 신부를 데려오기 위해 최선을 다해야지."

페리는 잠시 생각했다. "이렇게 끔찍하게 시작했는데 결혼 생활이 이후에 유지가 된다고?"

셸마의 얼굴에 뒤틀린 미소가 그려졌다. 그녀의 반쪽 얼굴은 가로등 불빛에 환하게 빛났고 나머지 반쪽은 그늘져 있었다. "그래 페리야, 대부분의 결혼은 이보다 더 금이 간 바다 위에 세워져 있단다. 나를 믿어도 돼. 아무 일도 일어나지 않을 거야, 인샬라."

페리는 놀라서 어쩌면 처음으로 엄마의 얼굴을 유심히 바라봤다. 그리고 그 짧은 순간, 소름 돋는 불안감이 엄습해 왔다. 부모님의 결혼 생활이 겉으로 보이는 것과 다를 수도 있다는 생각이 들었다. 그들은 마치 위기를 넘긴 사람들 같았다. 그것도 여러 번의 위기를. 지금 나빠진 부부 관계의 이유는 과거의 시간 속에 숨겨져 있을지도 몰랐다.

그녀는 진열장 안 보이지 않는 곳에 있는 액자 속 사진으로 다가갔다. 사진관에서 찍은 엄마 아빠의 결혼사진이었다. 그들은 경직되어 있었고, 미소도 짓지 않는 불편한 포즈 속에 갇혀 있는 것 같았다. 그들 뒤에는 야생 난초와 날아다니는 기러기가 그려진 터무니없는 배경이 있었다. 그때까지만 해도 히잡을 쓰지 않은 그녀의 엄마는 데이지꽃 조화 왕관을 머리에 쓰고 있었다. 조화의 어색한 아름다움은 적어도 부부의 행복만큼이나 가짜였다.

페리는 다시 현실로 돌아왔다. 그녀는 엄마의 손을 찾아 가볍게 쥐었다. 셀마도 딸의 손을 꼭 잡았다. 이렇게 친근하게 느껴진 것은 처음이었다. 항상 강박 관념에 사로잡혀 있고, 불필요하게 눈물을 흘린다고 생각했던 이 여성도 자신의 내면에서 어떤 저항이 일고 있을지도 모른다고 페리는 생각했다.

셀마는 딸이 뭘 느끼고 있는지 알기라도 하는 듯 "나는 믿음이 있는 사람이야."라고 말했다. "알라께 의지하지. 우리에게 일어나는 일에는 반드시 이유가 있어. 우리가 알지 못하더라도 그분은 아시지."

페리는 엄마의 뺨에 도는 홍조와 눈동자에 타오르는 불꽃을 보고 진심이라는 걸 알 수 있었다. 셀마는 진심으로 복종하는 마음으로 믿음에 접근했기에 무기력하지 않았고 오히려 강했다. 사실이었다, 종교는 항상 남성을 선호해 왔다. 하나님도 어머니와 같이 스스로 할 수 있는 일이 제한된 여성들에게 더 많은 힘과 용기를 주기는 하는 걸까? 다음 날 페리는 답을 찾을 수 없는 복잡한 질문을 안고 영국으로 돌아왔다.

날강도

전화를 끊자마자 페리는 재빨리 식탁으로 돌아왔다. 그녀는 어머니를 통해 쉬린의 전화번호를 알아낼 수 없자 실망스러웠다. 사실 그녀에게 무슨 말을 해야 할지, 쉬린이 자신의 말을 들어줄지 어떨지도 전혀 알지 못했다. 과거에 그녀는 옥스퍼드 대학을 중퇴한 후, 쉬린에게 여러 번 전화를 걸었었다. 하지만 스캔들 이후 시간이 얼마 지나지 않은 때였고, 그들 사이의 상처는 아물지 않았었다. 쉬린은 그녀와의 대화를 원치 않았다. 페리는 그녀가 오랜 세월이 지난 후에도 자신을 용서했는지 어떤지 알아낼 방법이 없었다.

그녀가 홀에 들어섰을 때 술 진열장 옆에 서 있는 광고 회사 대표가 보였다. 페리를 기다리고 있던 게 분명했다.

"당신이 자리에 없는 동안 내 동생에게 전화를 걸었어요." 그 여자가 말했다. 그녀의 입술은 웃고 있었지만, 눈은 흐릿했다. "동생은 당신이 자기와 같은 시기에 옥스퍼드에 있었다는 사실에 흥미를 느끼더군요. 두 사람이 공통으로 아는 사람이 있을 거예요."

페리도 똑같이 진지하게 대답했다. "옥스퍼드는 큰 대학이에요."

그 여자는 페리의 말을 무시하고 자기 말만 계속했다. "동생에게 스캔들에 연루된 교수와 함께 찍은 사진이 있다고 말했더니 많이 놀라던데요."

페리는 많이 당황했다. 그녀의 표정은 평온했지만, 눈동자에는 수심이 가득했다.

"교수 이름이 뭐였더라? 동생이 말해 줬는데 잊어버렸네요."

"아주르." 페리는 천천히 말했다. 그 이름의 알파벳 하나하나가 불똥처럼 떨어져 페리의 입술을 태우는 것 같았다.

"아, 그 이름이었어! 이상한 이름인 건 알고 있었어요!" 그녀는 자신이 말한 것을 강조하기 위해 손가락을 흔들었다. "그게, 동생이 궁금해 해서… 당신에게 물어보라고 하던데. 아주르 교수의 학생이었나요?"

"아니요, 교수님을 거의 몰랐어요." 페리는 주저하지 않고 말했다. "사진 속 여자애들은 아주르 교수의 학생들이었죠. 저는 걔들 친구였고요. 사실 안 만난 지 오래됐어요."

"아, 그래요?" 여자는 실망한 기색이 역력했지만, 거기서 그만둘 것 같지 않았다. "페이스북을 해 보세요. 대학 때 친구들을 그런 식으로 찾았거든요. 정말이에요. 초등학교 친구들도 찾은걸요. 병아리콩이 든 쌀밥 먹는 날 행사도 하고……."

페리는 점령군처럼 사생활과 과거를 약탈하는 이 성가신 여자에게서 벗어나고 싶었다. 페리는 인터넷에서 아주르의 이름과 그의 업적, 받았던 상, 저서, 사진, 인터뷰 등을 몇 번이나 찾아봤었다. 물론 스캔들에 대해서도. 모든 것이 인터넷상에 남아 있었다. 사이버 공간에서는 모든 것이 절대 사라지지 않도록 처리되어 있었다. 물론 페리는 이 여자에게 그 사실을 말해 주지 않았다.

"동생이 당시에 이 교수의 강의를 들었던 튀르키예 여학생이 있었다고 하더라고요. 도시 전체가 그 학생에 대해 수군거렸나 봐요. 동생이 그랬어요."

두 사람 사이에 찬바람이 일었다.

"무슨 말을 하고 싶은 거죠?" 페리가 물었다. 그녀의 목소리도 몸도 굳어 버렸다.

"아니요, 그냥 궁금해서요." 광고 회사 대표인 그 여자는 퉁명스럽게 말했다.

순간 부랑자가 떠올랐다. 그의 깡마른 몸, 꿰뚫어 보는 듯한 눈동자, 습진이 있던 손 그리고 본드 냄새. 특권적인 지위와 재산에도 불구하고, 이 여자는 부랑자만큼이나 중독자였다. 잠깐 자신의 삶에서 탈출하기 위해 다른 사람들의 사생활을 파헤치는 것이다. 그녀는 비밀과 험담이 가득한 비닐봉지 속에 코를 박고 숨을 들이마시고 또 들이마셨다.

"이야기해 줄 만한 흥미로운 게 있으면 좋을 텐데." 페리가 말했다. 그녀는 '흥미로운'이라는 단어 때문에 잠시 주춤했다. "저는 평범한 학생이었고, 그런 스캔들에 휘말리기에는 너무 조용한 타입이었어요."

광고 회사 대표는 공감하는 척 입술을 오므렸다.

"동생과 다시 이야기할 기회가 오면 '다른 사람이었나 봐.'라고 하세요."

"오, 물론이죠."

이렇게 대화를 마치고 그들은 식탁으로 돌아갔다. 페리는 식사 내내 그 대표와 눈을 마주치지 않았다. 그 여자에게 거짓말을 해서 기분이 나쁜 건 아니었다. 페리는 낯선 사람, 특히 소문과 스캔들을 쫓는 독수리 같은 인간에게 자신의 과거를 밝힐 생각은 추호도 없었다.

솔직히 거짓말은 아니었다. 지금의 그녀에 비해 젊은 시절의 그녀는 너무나도 달랐다. 그녀는 변했다. 한때, 아주르 교수라는 남자에게 처음에는 학생이었다가 나중에는 재앙이 되어 버린 그 여자가 페리 자신이 아니라 마치 다른 사람이었던 것처럼 느껴졌다……

저녁 조깅

2000년 옥스퍼드

학교로 돌아오자마자 페리는 수업에 열중했다. 순결 검사를 받는 곳에서 벗어나, 남녀가 자유롭게 손도 잡고 키스도 하는 곳, 섹스가 금기가 아닌 곳에 오니 혼란스러웠다. 사실은 항상 혼란스러웠다! 아침이면 그녀는 익숙한, 설탕을 조금 넣고 거품이 많은 튀르키예 커피와는 완전히 다른 드립 커피를 마셨다. 그러면서 사람들을 살펴보곤 했다. 멍한 표정으로 책과 노트를 손에 들고 이 건물에서 저 건물로 달려가는 학생과 교수들을 바라볼 때마다, '이들 중에 몇 명이나 세상의 다른 곳의 삶에 대해 알고 있을까?'라는 궁금증이 들곤 했다. 여기 있는 사람들은 너무나 쉽게 옥스퍼드나 또는 다른 어떤 곳이 세상의 중심이라고 생각했다.

그녀는 수요일 어둠이 내릴 무렵 도서관에서 나왔다. 거의 세 시간 동안 공부를 했다. 그녀의 머릿속은 수많은 생각으로 가득 차 있었다. 가끔 페리는 자신이 읽고, 듣고, 본 모든 것을 머릿속 지하실에 모아 두고 있는 것처럼 느껴졌다. 모아 둔 것들은 그 지하실에서 세세하게 걸러지고, 분류되어, 영원히 숨겨 둘 수 있는 곳으로 보내졌다. 즉, 자신의 뇌가 정확히 무엇을 알고 있는지 자신도 인지하지 못할 것 같았다.

그녀는 달려야겠다고 마음먹었다. 대출한 책을 놓고 신발을 갈아 신기 위해 페리는 방에 들렀다. 그런 다음 그녀는 천천히 속도를 높이면서 홀리웰 스트리트에서 밑으로 달리기 시작했다. 얼굴에 부딪히는 바람이 좋았다.

어둠 속에서 윙크하는 것처럼 반사등을 단 자전거들이 지나갔다. 사람들은 상점, 레스토랑, 강의실, 어디든 자전거를 타고 다녔다. 수석 교수가 바람에 날리는 가운을 입고 자전거를 타고 있는 모습은 페리가 매우 좋아하는 광경 중 하나였다. 그녀도 자전거를 샀지만, 자전거를 타다 여러 번 넘어졌다. 자전거도 꼭 배워야만 하는 것 중 하나였다. 마치 행복해지는 것처럼.

페리는 평소의 경로에서 벗어나 버려진 느낌이 드는 거리와 도로를 따라 달렸다. 이름 모를 겨울 식물들의 냄새를 들이마시며 어느 모퉁이를 돌았다. 숨이 차서 달리기를 멈췄는데 벽에 붙은 포스터 한 장이 눈에 들어왔다.

- 옥스퍼드 대학 주최 -

신神에 관한 토론

로버트 파울러 교수, 존 피터 교수

그리고 A. Z. 아주르 교수

우리 시대 가장 위대한 지성들이 벌이는

이 역사적인 토론을 놓치지 마세요!

페리의 눈은 커다래졌다. A.Z. 아주르. 쉬린이 사랑하는 바로 그 교수였다. 페리는 포스터에 적혀 있는 날짜, 시간과 장소를 확인했다. 오늘이었다. 5시. 자연사 박물관.

토론은 벌써 시작되었다. 그곳은 적어도 1킬로미터 이상 떨어져 있었다. 그녀는 입장권조차 가지고 있지 않았다. 입장권을 구할 수 있다고 해도 돈을 가지고 있지 않았다! 그런데도, 페리는 토론장에 들어갈 수 있을지 어떨지도 모르면서 결국 그곳으로 가기로 마음을 먹었다. 박물관을 향해 방향을 돌렸다. 그녀는 심호흡을 한 번 한 후, 전속력으로 달리기 시작했다. 아주르라는 사람이 누구인지 알아보고 싶은 마음이 아주 강하게 일었다.

제3의 길

2000년 옥스퍼드

헝클어진 머리칼에 송골송골 이마에 땀방울이 맺힌 채로 목적지에 도착했을 때, 해는 하늘에 호박색 붉은 노을만을 남기고 이미 넘어간 뒤였다. 그녀는 '과학의 대성당'으로 설계된 웅장한 신新고딕 양식 건물에 숨을 헐떡이며 도착했다. 옥스퍼드에서 건축은 기억과 상상 이 두 가지 범주로 나뉘었다. 자연사 박물관은 기억과 상상을 동시에 할 수 있는 건축물 중 하나였다. 자갈을 밟으며 걸어가면서 페리는 감탄 속에 건물을 바라보았다.

입구에는 밝은 청색 셔츠를 입고 지루한 표정을 한 남학생과 여학생이 있었다.

"토론을 보러 왔는데요." 페리는 숨을 고르며 말했다.

"입장권은요?" 남학생이 물었다. 그는 빨간 머리에 튀어나온 귀, 멀대같이 큰 키에 턱은 약간 돌출되어 있는 스타일이었다.

"아… 아니요." 페리가 걱정하며 말했다. "지갑을 안 가져왔어요."

"지갑을 가져왔어도 달라질 건 없어요." 남학생은 고개를 저었다. "표가 몇 주 전에 매진됐거든요."

페리는 참을 수가 없었다. "그래도 여기까지 달려왔는데!"

페리의 진심 어린 대답에 여학생은 이해한다는 듯 미소를 지어 보였다. "거의 끝나 가요, 늦었어요."

페리는 마지막 실낱같은 희망으로 물었다. "한번 슬쩍 보기만이라도 하면 안 될까요?"

여학생은 반대하지 않는다는 듯이 어깨를 들썩였다. 그러나 남학생은 완강했다. "안 돼요, 규정에 어긋납니다." 그는 예기치 않게 권한을 갖게 되자 그 권한을 최대한 써먹기로 작정한 사람의 교활한 어조로 말했다.

"전체 토론을 녹화하고 있어요. 나중에 무료로 상영할 거예요." 여학생이 말했다.

페리는 받아들일 수 없었다. 그래도 그녀는 고개를 끄덕였다. "알겠어요, 고마워요."

페리는 돌아섰다. 전등의 희미한 불빛 아래에서 인상을 쓰고 있는 그녀의 얼굴은 뭔가에 실망한 아이 같아 보였다. 누군가가 그녀에게 왜 그렇게도 들어오고 싶어 하느냐고 묻는다면 그녀가 할 수 있는 대답은 직감 때문이라는 것뿐이었다. 내면의 깊은 곳에서 그동안 그녀가 마음속으로 던졌던 질문의 상당 부분이 이 토론에서 다뤄질 거라고 말하고 있었다. 이 직감에 용기를 얻어 그녀는 큰길로 나가지 않고 다른 문을 찾을 생각으로 건물 주위를 살펴보았다. 어깨너머로 입구 쪽을 다시 바라봤을 때 예상치 못한 일이 일어났다. 표를 검사하는 여학생이 거기에 없었다. 근무 중이던 남학생도 몇 초를 기다리다가 건물 안으로 사라졌다.

페리는 충동적으로 그들이 입구를 지키지 않은 틈을 타서 박물관 안으로 들어갔다. 그녀는 항상 규칙을 잘 따르는 학생이었다. 갑자기 큰 용기를 낸 것이다. 박물관 안에서 그녀는 조심스럽게 행동했다. 입구를 지키던 남학생이 언제 한쪽 구석에서 나타나 자신을 쫓아낼지도 모르기에 페리는 두려움에 촉각을 곤두세웠다. 그러나 아무도 그녀의 길을 막지 않았다. '신에 관한 토론'이라고 적힌 표지판을 따라가다 보니 얼마 지나지 않아 크고 붐비는 홀을 찾을 수 있었다.

학생과 교수들로 이뤄진 청중은 비좁은 줄에 앉아서 무대 위의 네 사람에게 귀를 기울이고 있었다. 그들 중 한 명은 BBC의 저명한 기자였는데, 이 토론의 사회를 맡고 있었다. 나머지 세 명은 토론 패널이었다. 페리는 유심히 살폈다. 누가 아주르 교수인지 너무 궁금했다! 그리고 토론을 경청하기 시작했다.

첫 번째 교수는 명석한 눈빛과 찢어진 눈매에 약골인 대머리였다. 그는 자신의 마음에 들지 않는 말을 들을 때마다 약간 회색빛이 도는 수염을 잡아당기는 것 같았다. 회색 양복에 분홍색 체크무늬 셔츠, 붉은색 멜빵, 그리고 옅은 미소 속에 가끔 비집고 나오는 조금은 호전적이고 고집스러운 모습이었다.

나이가 가장 많아 보이는 다른 교수는 넓은 얼굴에 홍조를 띤 볼을 하고 있었고, 머리카락은 숱이 적었다. 그는 흥분하면 솟아오르는 볼록 나온 큰 배를 숨기지 못했다. 그가 입고 있는 적갈색 재킷은 몸에 꽉 끼어서 불편해 보였다. 구부정하게 앉은 모습과 초점이 흐트러진 눈에서 불편함을 읽을 수 있었다. 페리는 무대에 올라 신에 대해 논쟁하기보다는 집에서 손자들과 시간을 보내는 것을 좋아하는 증조할아버지 같다는 인상을 받았다.

세 번째 패널은 사회자의 왼쪽에 다른 사람들과 떨어져 홀로 앉아 있었다. 물결치는 듯한 금빛이 도는 갈색 머리는 어깨까지 흘러내렸다. 크고 마치 위엄을 드러내는 것 같은 코, 각이 진 턱에 이마는 넓었다. 드러나지 않는 미소로 관객들을 바라보고 있었는데, 눈동자가 안경 너머 저 멀리 있는 별처럼 빛을 발했다. 나이를 가늠하기 어려웠지만, 체격과 자세는 다른 교수들보다 젊다는 것을 알 수 있었다. 페리는 그가 바로 쉬린이 이야기했던 교수라고 확신했다.

"멋진 토론을 함께 했습니다. 도발적이고, 시사하는 바가 있는 생각들을 들었습니다. 저를 포함한 모든 관객을 대표하여 패널들께 감사의 말씀을 전합니다."

사회자가 끝을 맺었다. 사회자는 피곤해 보였다. 학문적 품위라는 외양 아래 긴장이 흐르고 있음을 감지한 페리는 자신이 오기 전에 어떤 토론이 있었을까 궁금했다.

"이제 관객들에게 발언권을 드릴 시간이 왔습니다. 몇 가지 기본 규칙을 상기시켜 드리겠습니다. 질문은 짧고 간결하게 해 주십시오. 마이크가 전달될 때까지 기다려 주시고, 질문 전에 자기소개를 부탁드립니다."

밀밭을 스치고 지나가는 산들바람처럼 흥분의 움직임이 홀 전체로 퍼져 나갔다. 여러 명이 손을 높게 들었다. 용감하고 적극적인 사람들인 게 분명했다.

첫 번째 질문은 한 남학생이 했다. 그는 간단히 자기소개를 마치고 고대 그리스와 로마 시대에서 중세에 이르는 역사와 철학에 대한 일장 연설을 시작했다. 이런 사람은 늘 있었다. 질문보다는 자신이 알고 있는 지식을 강의하려 드는 소수의 관객. 남학생의 연설이 르네상스 시대에 이르렀을 때 청중은 웅성대기 시작했다. 사회자인 기자가 끼어들었다.

"알겠습니다. 그런데 질문을 하실 생각은 있으신 건가요, 아니면 우리에게 설교하실 생각이신가요?"

여기저기서 웃음소리가 터져 나왔다. 학생은 얼굴을 붉혔다. 그는 결국, 질문도 하지 못한 채 마이크를 넘겨줘야 했다. 물론 마지못해서였다.

다음으로 일어선 사람은 검은 사제 옷을 입은 성직자였다. 아마도 성공회 신부인 것 같았다. 페리는 사제들의 소속을 구별할 수 없었다. 그 사제는 토론이 재미있었지만, 첫 번째 패널의 의견에는 동의하지 않는다고 말했다. 종교가 자유로운 토론의 걸림돌이라는 주장은 사실이 아니며, 기독교 교회의 역사에는 반대되는 예들로 넘쳐난다고 했다. 옥스퍼드를 비롯한 유럽의 많은 대학의 씨앗은 신학을 통해서 뿌려졌다고 했다. 그러니까 종교 기관이 대학으로 진화했다는 것이었다. 사실을 왜곡하지 않는다는 조건에서 무신론자들도 자신의 의견을 표현할 권리가 있다고 했다.

페리는 대머리에 수염 난 교수가 무신론자라는 걸 알 수 있었다. 그와 성직자 사이에 짧은 논쟁이 벌어졌다. 교수는 종교가 자유 토론의 지지자가 아니라, 최대의 적이라고 말했다. 스피노자가 랍비들의 가르침에 의문을 제기했을 때, 아무도 그의 생각에 찬사를 보내지 않았다는 것이다. 오히려 랍비들은 스피노자를 회당에서 쫓아냈는데, 이와 같은 행동 패턴은 기독교와 이슬람 역사에도 존재한다고 말했다. 학문과 열린 사고에 헌신한 한 사람으로서 종교의 권위에 굴복할 생각은 없다고 덧붙였다.

그다음으로 마이크를 잡은 관객은 우아한 중년 여성이었다. 그녀는 역사를 통틀어 종교 세력에 의해 재판을 받은 동서양 철학자의 예를 들었다. 그녀는 과학과 종교는 결코 공존할 수 없다고 말했다. 이 주장을 두 번째 교수에게 했다. 페리는 뚱뚱한 외모의 패널이 독실한 신앙을 가진 학자라는 걸 알 수 있었다.

두 번째 교수는 부드럽지만, 의욕 없는 어투였다. 무신론자 동료만큼 언변이 있지는 않았지만, 짙은 아일랜드 억양으로 마치 단어 하나하나가 맛있는 요리라도 되듯이 입 안에서 돌려 가며 강조했다. 그는 종교와 과학 사이에 근본적인 부조화는 없다고 주장했다. 자신의 분야에 탁월한 일부 과학자들이 사생활에도 매우 충실하다는 것이었다. 그는 다윈도 자신을 무신론자로 여기지 않았다고 덧붙였다. 오늘날 '요지부동의 무신론자'라고 칭송받는 많은 과학자가 실제로는 유신론자였다고 주장했다.

한편, 페리는 빈자리를 찾지 못해 벽에 기대어 서 있었다. 그녀는 흘러내린 머리카락이 이마를 가린 상태에서 손바닥으로 턱을 괴고 앉아서 모든 대화에 귀를 기울이고 있는 아주르를 쳐다보았다. 이런 모습으로 그리 오래 있을 수는 없었다. 왜냐하면, 다음 질문은 그에게로 향할 것이기 때문이다.

앞줄에 앉은 젊은 여자가 자리에서 일어섰다. 그녀는 어깨를 뒤로 젖히고 천장에서 비추고 있는 조명 아래 칠흑같이 검은 머리카락을 포니테일로 묶은 채 똑바로 서 있었다. 뒤에서 보아도 페리는 바로 그녀를 알아보았다. 바로 쉬린이었다!

"아주르 교수님, 저는 저 자신을 자유롭고 독립적인 영혼이라고 생각합니다. 제가 태어날 때부터 속해 있었던 종교, 문화와 단 한 번도 화해해 본 적이 없습니다. 저는 종교에 대해 예단하는 사람들의 오만함을 참을 수 없습니다. 저는 랍비, 사제, 이맘[8]의 확신에 찬 태도가 마음에 들지 않습니다. 너무 뻔한 설명들은 제게 와닿지 않습니다. 죄송합니다만 전혀 관심이 없어요. 교수님의 책에는 저의 분노와 비판을 이해하는 듯한 글이 있었습니다. 민감한 문제들을 어떤 편견도 없이 보시는 것 같았습니다. 교수님께서는 책을 쓰실 때 어떤 독자를 염두에 두십니까?"

아주르는 부드러운 미소를 지으며 고개를 옆으로 기울였다. 그의 목소리는 차분했고, 제스처는 악센트가 있었고, 유연했으며, 자주 사용되었다. 페리는 아주르 교수가 한 말 대부분을 놓쳤다. 왜냐하면, 바로 그 순

---

8 이 명칭은 네 가지로 사용된다. ①일반적인 명칭으로 사용되는 경우로서, 집단적으로 예배할 때의 지도자를 가리킨다. ②수니파※에서는, 이슬람 교단의 우두머리인 칼리프를 가리킨다. ③시아파※의 경우에는, 특수한 의미가 있는데, 각 지파에 따라 그 해석이 다르나 공통적으로는 제4대 칼리프인 알리의 자손만을 이맘으로 인정, 고유의 신적 성격을 부여하였다. ④수니파나 시아파를 불문하고 학식이 뛰어난 이슬람학자에 대한 존칭으로도 사용된다.

간 청색 셔츠가 눈에 들어왔기 때문이었다. 바로 건물 밖에서 봤던 빨간 머리에 귀가 튀어나온 남학생이었다. 페리는 그 남학생이 자신을 찾을까 봐 두려워 벽에 몸을 딱 붙였다. 하지만 그 남학생은 부인할 수 없는 적의가 담긴 표정으로 무대를 노려보고 있었다. 그는 특히 패널 한 명에게 시선을 고정시키고 있었다. 바로 아주르 교수였다!

쉬린이 자리에 앉자마자 그 남학생이 달려와 쉬린의 손에서 마이크를 낚아챘다. 둘 사이에는 묘한 긴장감이 있는 것처럼 보였지만, 페리가 있는 곳에서는 그 상황을 온전히 알 수는 없었다.

"저도 아주르 교수님에게 질문이 있습니다!" 그 남학생이 외쳤다.

아주르의 얼굴이 어두워졌다. 천천히 고개를 흔드는 것만으로도 청년을 알아보는 것이 분명했다. "듣고 있어, 트로이." 그가 냉정하게 말했다.

"교수님, 교수님의 초기 저서 중 하나인 '이중성을 깨라'에서 무신론자와도, 유신론자와도 논쟁하고 싶지 않다고 하셨습니다. 그러나 지금보니까 교수님은 논쟁하고 계십니다! 혹시 제 앞에 계시는 분이 복제 인간입니까? 무엇이 변한 겁니까? 그때 잘못 생각하신 겁니까, 아니면 지금 실수를 하고 계시는 겁니까?"

아주르는 냉정하고 자신감 있는 눈빛으로 남학생을 바라보았다. "내 말을 비판하려면 먼저 제대로 인용해야죠. 나는 결코 유신론자들 그리고 무신론자들과 절대 논쟁하지 않겠다고 말한 적이 없습니다. 내가 한 말은……." 그는 장난스럽게 한쪽 눈썹을 추켜세웠다. "책을 가지고 있는 사람이 있을까요? 내가 뭐라고 했는지 한번 보죠."

폭소가 터졌다. 사회자는 곧바로 그에게 책을 건넸다. 아주르는 자신이 찾으려던 페이지를 바로 찾아냈다. "여기 있군!" 부드럽게 목을 가다듬고 연극 대사처럼 그는 읽기 시작했다.

"엄격한 유신론자도 엄격한 무신론자도 확신의 지배를 벗어날 준비가 돼 있지 않다는 것을 여러 차례 경험했을 것이다. 이 두 부류 사이의 불화는 반복되어 왔다. 서로 똑같은 말을 돌리고 돌려서 계속해서 반복할 뿐이다. 이것은 후렴구의 반복이나 다름없다. 신의 존재 여부에 대한 논쟁만큼 불필요하고 무의미하며 천박한 논쟁도 드물다. 이를 토론이라고 할 수도 없다."

책을 덮기 전 아주르 교수는 목을 쭉 빼고 청중을 훑어보았다. 그리고 나머지 부분을 읽어 내려갔다.

"지적인 논쟁에 참여하는 것은 사랑에 빠지는 것과 같다. 그래서 그것이 끝나면 변하고 다른 사람이 된다. 물론 옆에 있는 사람도 변한다. 자신의 의견을 재고할 준비가 되지 않았다면, 어떤 문제로든 누구와도 논쟁을 벌여서는 안 된다. 변화에 열린 사람만이 진정으로 토론할 수 있는 것이다. 그렇지 않으면, 우리의 자아가 우리의 마음을 닫아 버릴 것이다. 기어이 자신이 옳다고 생각하는 사람은 대화할 수가 없다. 과거에 나는 이렇게 말했고 지금도 그렇다."

곳곳에서 관객들의 박수가 터져 나왔다. 사회자가 마이크를 들었다. "시간이 얼마 남지 않았습니다. 마지막 질문을 받겠습니다."

한 노인이 일어섰다. "존경하는 선생님들에게 신에 관해 쓰인 시들 중 가장 좋아하는 시가 무엇인지 물어보고 싶습니다만…… 시인들이 신을 믿고 안 믿고를 떠나서요."

관객들은 각자의 자리에서 들떠 있는 모습이었다.

"내가 가장 좋아하는 시는 그날그날에 따라 다릅니다." 무신론자 교수가 말했다. 그는 바이런 경의 프로메테우스에서 몇 구절을 암송했다.

독실한 종교인인 교수는 "나는 시를 잘 외우지 못합니다."라고 했고, 기억할 수 있는 부분까지 T. S. 엘리엇의 시 몇 구절을 인용했다.

아주르 교수는 자신의 차례가 되었지만, 한동안 침묵했다. "페르시아 땅의 고대 시인인 하피즈의 시입니다." 그가 너무 조용히 암송하는 바람에 다른 관객들과 마찬가지로 페리도 듣기 위해 몸을 앞으로 기울여야 했다.

> 신에게서 그로록 많은 것을 배우다 보니
>
> 나는 더는 기독교인도, 힌두교도도, 이슬람교도도,
>
> 불교도도, 유대교인도 아니다……
>
> 내가 그로록 많은 진리를 깨닫다 보니
>
> 나는 이제 남자도, 여자도, 천사도 아니며,
>
> 더욱이 순수한 영혼이라고 생각지도 않는다……

아주르 교수는 이 시를 읊조리면서 눈을 들어 관객들 너머 허공을 응시했다. 그 순간 페리는 아주 묘한 기분을 느꼈다. 마치 이 말들과 이 시구가 자신을 위해 하는 말 같았다. 그녀는 우울감과 근심, 두려움이 너무 커서 미래에 무슨 일이 일어날지에 대한 걱정 때문에 현재를 살고 있지 못했다.

사회자는 눈에 띄지 않게 힐끗 시계를 쳐다보았다. "각 패널로부터 마지막 한마디씩 들을 시간만 남았습니다. 여러분, 여러분의 의견을 한 문장으로 요약해 보라고 한다면 뭐라고 말씀하시겠습니까?"

무신론자인 교수는 "저는 여러분도 잘 아시는 말을 되풀이하며 끝을 맺고자 합니다. 종교는 어둠을 두려워하는 사람들을 위해 꾸며 낸 동화입니다."라고 말했다.

독실한 가톨릭 신자인 교수는 아일랜드 억양으로 r을 가볍게 누르는 듯한 발음으로 했다. "그렇다면 무신론은 빛을 두려워하는 자들을 위해 꾸며 낸 동화입니다."

모든 사람의 시선이 아주르 교수에게로 향했다. 그는 장난스럽게 말했다. "저는 동화를 좋아합니다. 동료 교수님 두 분 다 틀리셨습니다. 한 분은 믿음을 없애려고 하시고, 다른 한 분은 의구심을 없애려고 하십니다. 우리가 알아야 할 것은 사람이 사람다워지기 위해서는 믿음과 의구심 모두 필요하다는 것입니다. 두 분은 절대적인 것을 추구합니다. 저는 우유부단은 축복이라고 생각합니다. 완전성에 대한 집착은 경직된 사고의 산물입니다. 탐구와 혼란은 인식력의 증거입니다. 우리는 하나의 완전성에서 다른 완전성으로, 하나의 편견에서 또 다른 편견으로 건너갈 필요가 없습니다. 제3의 길이 있습니다! 딜레마 너머의 또 다른 영역. 그곳에서 만나야 합니다."

아주르 교수의 말이 새로운 논쟁을 불러일으킬 수 있다는 점을 우려한 사회자는 "이 시점에서 존경하는 청중 여러분께 감사를 표하며 토론을 마칩니다."라고 말했다. 그는 이번 토론이 영국과 옥스퍼드의 토론 전통의 완벽한 선례로, 좋은 분위기에서 검열 과정 없이 진행되었다고 덧붙였다.

"패널들에게 따뜻한 박수를 부탁드립니다."

관객들은 오랫동안 박수를 보냈고 마침내 박수 소리가 멈췄다. 교수들과 이야기를 나누기를 원하는 사람들이 무대를 향해 나가는 동안 다른 관객들은 서로 속삭이며 대화를 주고받고 있었다. 나머지 관객들은 출구로 향했다.

페리는 자신의 주변에서 들려오는 말에 귀를 기울이며 관객들과 함께 천천히 걸어 나갔다. 그녀는 홀을 나가기 직전에 고개를 돌려 무대를 바라보았다. 두 명의 원로 교수는 몇몇 지인들과 이야기를 나누고 있었고, 사회자는 서류 가방에 메모한 종이를 넣기 바빴다. 네 번째 의자에 앉아 있던 아주르 교수의 앞에는 팬들의 긴 줄이 늘어서 있었다. 페리는 비록 찾을 수는 없었지만, 쉬린이 그들 속에 있다는 것을 알고 있었다.

경계경보

첫 학기는 어떻게 지나갔는지도 모르게 끝났다. 새해 연휴를 맞아 집에 돌아온 페리는 아빠의 건강이 악화되고 있고, 엄마의 청소에 대한 집착이 강박 수준이 되었다는 걸 모르는 척 행동했다. 한 해의 마지막 날, 아버지와 딸은 텔레비전 앞에 앉아 밤을 까먹으며 벨리 댄스를 시청했다. 이건 멘수르의 오랜 새해맞이 방식이었다. 셸마는 평소처럼 일찍 방으로 들어갔다. 잠을 자기 위해서가 아니라 기도를 하기 위해서였다. 우무트와 하칸이 독립한 후, 옛날처럼 집에는 아버지와 딸 둘만 남게 되었다. 그들은 둘만의 언어가 있는 것처럼 아무 말도 하지 않고 침묵 속에 앉아 있었다. 느릿느릿 해변을 산책하기, 메네멘⁹ 만들기, 창가에 있는 선인장 옆 탁자에서 주사위 놀이 하기 등, 오직 부녀만의 독특한 옛 습관들

---

9   토마토, 달걀, 고추를 넣어 만드는 튀르키예 요리

이 그리웠다.

일주일 후 페리는 옥스퍼드로 돌아왔다. 이스탄불을 연달아 가는 바람에 돈을 다 써 버려서 그녀는 파트타임 아르바이트를 찾기로 했다. 그리고 그녀의 머릿속에는 한 가지가 더 있었다. 아주르 교수를 만나는 것!

*

페리는 새 학기를 새로운 꿈과 결심으로 시작했다. 그녀는 학업 문제에 대한 조언을 얻기 위해 지도 교수와 약속을 잡았다. 금테 안경에 늘 어려운 방정식을 풀고 있는 사람처럼 산만한 분위기인 레이몬드 박사는 작은 키에 굳은 표정의 사람이었다. 그는 자신이 지도하는 모든 학생에게 지적 자원을 가장 완벽하게 사용할 수 있는 자신만의 프로그램을 찾아야 한다고 권장하곤 했다. 그래서 학생들은 그에게 '미스터 권장'이라는 별명을 붙였다.

레이몬드 박사는 페리에게 2학기 때 어떤 과목을 수강해야 하는지에 대해 자세히 조언했다. 사실 그는 융통성이 있는 사람은 아니었다. 허락하는 몇몇 선택 과목을 제외한 수강 과목은 고정되어 있었다.

"제가 듣고 싶은 수업이 하나 더 있습니다. 모두가 훌륭한 수업이라고 했어요." 페리가 말했다. "그러니까 사실은 모든 학생이 그렇게 말한 게 아니라, 제 친구 한 명이 그렇게 말했어요."

"그래, 무슨 수업이죠?" 레이몬드 박사가 안경을 벗으며 물었다. 지도 교수를 하는 동안 그는 학생들이 서로를 잘못된 길로 안내하는 것을 여러 번 봐 왔다. 어떤 사람에게는 '훌륭한' 교훈이 다른 사람을 망쳐 놓을 수도 있었다. 사실 젊은 학생들은 계속해서 생각을 바꿨다. 자신들이 좋아하는 애창곡이 매주 바뀌는 것처럼 수업에 관한 생각들도 마찬가지로 유동적이었다. 학기 초에는 떠받들던 수업을 학기가 끝나면 바닥으로 뭉개 버릴 수도 있었다. 그는 23년 동안 교직에 있으면서 학생들에게 많은 선택권을 주지 않는 것이 더 옳다는 믿음을 갖게 되었다. 선택지와 혼란은 쌍둥이 같은 것이었다.

지도 교수가 어떤 생각을 하고 있는지 알지 못한 채, 페리는 자신의 말을 이어 갔다. "신에 관한 세미나 수업이에요. 교수님은 아주르 교수님을 혹시 아시나요?"

미소로 고정되어 있던 레이몬드 박사의 입술이 거의 감지할 수 없을 정도로 살짝 아래로 움찔했다. 그가 기분이 나쁘다는 걸 드러내는 유일한 방법은 한쪽 눈썹을 살짝 꿈틀거리는 것뿐이었다.

"당연히 알지요. 모르는 사람이 있을까?"

페리는 잠시 멈칫했다. 영국인은 자신의 마음을 드러내지 않는 대화에 능숙했다. 일종의 문화 코드였고, 그들의 대화를 해독하는 건 불가능했다. 튀르키예인들처럼 분노를 분노로, 질투를 질투로, 화를 화로 표현하지 않았다. 그랬다, 그들의 대화는 겹겹이 쌓여 있었다.

한편, 레이몬드 박사는 민감한 주제에 관해 이야기할 때 가장 적절할 대화법을 고민했다. 그는 다시 대화를 이어 가면서 단어 하나하나를 신중하게 선택해서 한 마디 한 마디 또박또박 말했다. 우울한 아이에게 삶의 불편한 진실을 말해 주는 아버지처럼.

"페리 양, 잘 들어 봐요. 이 세미나가 당신에게 맞는 수업인지 아닌지 난 확신이 서질 않아요."

"하지만 교수님께서는 선택 과목 목록에 있는 한 제가 관심이 가는 모든 수업을 들을 수 있다고 말씀하셨습니다. 이 수업도 목록에 있습니다."

"음… 이 과정을 수강하려는 이유를 말해 줄래요?"

"수업의 주제가 제겐 중요해요……. 가족 문제 때문에."

"가족 문제?"

"네, 신神은 저희 집에서는 논란거리입니다. 그러니까 더 정확하게는 종교죠. 저희 어머니와 아버지는 서로 반대되는 시각을 가지고 계세요. 저는 이 문제를 과학적, 학문적 관점에서 연구하고 싶습니다. 객관적으로요."

레이몬드 박사는 목을 가다듬었다.

"우리는 세계 최대 규모의 책이 소장된 곳에서 공부할 기회를 잡은 사람들이에요. 페리 양은 신에 관해 원하는 대로 책을 읽을 수 있어요."

"하지만 전공 교수님의 지도하에 하는 것이 좋지 않을까요?"

레이몬드 박사는 이 질문에 대답하고 싶지 않아 했다.

"여기서 말하는 교수는… 어… 아주르… 아주 지식이 풍부하고 경력도 있지만… 교수법은 평범하지 않아요. 그래서 이 수업은 학생들을 둘로 나뉘게 만들어요. 어떤 학생들은 그 수업을 매우 좋아하지만, 다른 학생들은 극도로 불만을 갖지요. 나중에 그런 학생들이 내게 와서 불만을 털어놓곤 합니다."

페리는 꼼짝 않고 가만히 앉아 있었다. 이상하게, 지도 교수의 꺼리는 듯한 태도가 그녀의 호기심을 자극했다. 그녀는 이 수업을 듣고자 더 열성을 보였다.

"기억하세요, 이것은 소규모 수업입니다. 아주르는 소수의 학생만 받아요. 그리고 전체 세미나 수업은 두 학기 만에 끝나요. 아주 열심히 해야 할 거예요."

"저는 공부하는 걸 좋아합니다."

레이몬드 박사는 한숨을 쉬었다.

"좋아요, 아주르 교수에게 가서 수업에 관한 강의 계획서를 보여 달라고 요청하세요." 그는 부드럽게 덧붙였다. "물론, 강의 계획서가 있다면."

"무슨 말씀이세요, 교수님?"

레이몬드 박사는 머뭇거렸고 평소에 웃는 상이었던 그의 얼굴에 불안감이 드리워졌다. 그리고는 그는 옥스퍼드에서 예전에 한 번도 하지 않았던 행동을 했다. 레이몬드 박사는 처음으로 학생 앞에서 동료 교수가 없는데 그에 대한 부정적인 말을 했다.

"잘 들어요, 아주르 교수는 좀 특이하고 이상한 사람으로 알려져 있어요. 그는 규칙을 따르지 않아요. 학생들을 쥐어짜요. 자신과 같은 '천재'는 일반 사람들의 규칙과 질서를 따를 필요가 없다고 생각하죠."

"아……." 페리는 호기심에 "사실입니까?"라고 물었다.

"뭐가 사실이라고 묻는 거죠?"

"정말 천재인가요?"

레이몬드 박사는 그가 비꼬아서 한 말을 페리가 잘못 이해했다는 걸 깨달았다. "반어적으로 말한 거예요."

"농담이시죠? 알 것 같습니다……."

"서두르지 말고, 침착해야 해요." 레이몬드 박사가 말했다. 그는 다시 안경을 쓰는 것으로 대화가 끝났다는 신호를 보냈다. "먼저 강의 계획서를 어떻게 찾을 건지 그것부터 해결해요. 망설여지면 다시 나한테 와서 말해요. 다른 방법을 찾아봅시다. 더 적절한 수업으로."

그렇지만 듣고 싶은 말을 들은 페리는 자리에서 벌떡 일어났다.

"감사합니다, 교수님!"

페리가 나간 뒤 지도 교수는 입술을 깨물며 생각에 잠겼다. 그의 턱은 긴장되어 있었고, 콧구멍이 벌어진 채로 손가락을 턱 아래에 모은 채 움직이지 않았다. 결국, 그는 자신이 할 수 있는 최선을 다했다고 생각하며 어깨를 으쓱했다. 어리석은 소녀가 큰일을 저지른다 해도, 그 모든 책임은 소녀 자신이 져야 하는 것이다.

청춘

2016년 이스탄불

"엄마, 나 이제 가고 싶어."

딸 데니즈가 페리 뒤에 갑자기 나타났다. 옆에는 데니즈의 친구도 함께 있었다. 두 10대 소녀는 지루해 보였다. 어른들의 세계에 빠져들고 싶어서 옆방에서 대화를 엿듣는 것도 재미가 없었다.

"셀림이 우리를 집에 데려다줄 거야." 데니즈가 말했다.

데니즈는 허락을 받으려는 게 아니라 단지 부모에게 보내는 통보였다. 이미 다른 여자아이도 오고 있었고, 그 아이도 자신의 부모에게 말했다고 했다. 그들은 벌써 계획을 세우고 있었다.

"그래, 얘야." 페리가 말했다. 그녀는 오랜 시간 그들의 곁에서 일해 온 운전기사 셀림을 전적으로 신뢰했다. "그럼 너희 둘이 먼저 가거라. 아빠와 나도 너무 늦지는 않을 테니."

손님들은 눈을 크게 뜬 채 미소를 지었다. 10대 자녀를 둔 사람들에게는 익숙한 대화였다.

"챠오, 아가씨들!" 테이블 구석에 앉아 있던 광고 회사 대표가 말했다.

"자, 내가 밖에까지 너희들을 배웅해 줄게." 페리가 의자를 뒤로 빼며 말했다.

아드난이 일어섰다. "당신은 앉아 있어. 내가 할게."

두 사람의 눈이 마주쳤을 때, 아드난의 얼굴은 사랑으로 가득한 표정이었다. 폴라로이드 사진 때문에 일었던 그의 화는 가라앉고 없었다. 그는 더 이상 생각지 않기로 했다. 아드난은 이런 건 잘했다. 페리와는 달리 그는 과거를 잊어버리는 법을 알았다. 그는 책임을 마다하지 않는 사람이었다. 천성이 그랬다. 그는 냉정하고 합리적이었다. 문제를 해결하는 것을 좋아했고, 해결할 수 없을 때는 그 문제를 어떻게 관리해야 하는지 그 방법도 알고 있었다. 페리와는 너무나 달랐다. 페리에게 과거는 모기에 물려 생긴 상처와 같았다. 그녀는 긁고 긁어서 결국 흉터를 만들었다. 아드난은 그걸 고치는 쪽이었다. 깨져 버려서 조각이 나도 붙이는 사람이었다. 마음이 조각난 사람들마저도. '그런 성격이 아니었다면, 아드난이 왜 내게 마음을 줬겠어.' 페리는 생각했다. 남편이 자신에게 매력을 느끼는 걸 어떻게 설명해야 할까?

남편과 딸이 자신의 옆을 지날 때 그녀는 자리에서 일어났다. 그녀는 일부 손님들이 부적절한 행위로 볼 것이며, 더욱이 예의에 어긋난다고 생각할 거라는 걸 알고도 아드난의 입술에 입을 맞췄다. "고마워, 자기야." 가끔 그녀는 작고 평범한 일로 남편에게 고마워했지만, 사실 훨씬 더 큰 일로 남편에게 감사하고 있는 것 같은 느낌이 들었다. 그랬다, 그녀는 남편에게 감사하고 있었고, 그를 만나게 해 준 운명에도 감사했다. 아드난 덕분에 그녀는 스캔들 이후 몸과 마음을 회복할 수 있었다. 하지만 '감사'와 '사랑'이 같은 것이 아님을 잘 알았다. 그녀는 남편에게 감사했지만, 사랑에 빠진 건 아니었다.

"내 말을 들어 봐, 생쥐야, 두 부류의 남자가 있어. 부수는 남자와 고치는 남자. 우리는 첫 번째 남자들과 사랑에 빠지지만, 두 번째 남자들과 결혼하고 가정을 꾸리지."

참 이상하게 인생은 쉬린의 이론이 옳다는 걸 증명했다.

페리는 다정한 눈으로 딸에게 고개를 돌렸다. 그녀가 딸을 껴안으려 했을 때 딸의 얼굴에서 엄마, 제발 이러지 마, 사람들 앞에서 이건 아니야 하고 말하는 표정을 읽었다.

"사랑해." 페리가 작은 소리로 말했다.

데니즈는 잠시 멈칫했다. "나도. 손은 어때?"

페리는 가장자리에 마른 피가 묻어 있는 붕대를 뒤집어 보여 줬다.

"괜찮아. 내일이면 아무 이상 없을 거야."

"다시는 그러지 마." 데니즈가 속삭였다. 마치 자기가 걱정스러워하는 엄마고, 페리가 장난꾸러기 딸인 것처럼. 그리고는 손님들을 향해 "모두 안녕!"이라고 유쾌하게 인사를 했다. "이제 담배 좀 끊어. 엄마는 절대 좋은 본보기는 아냐!"

"잘 가라." 여러 목소리가 합창으로 인사했다.

"오, 젊음이란!" 아이들 뒤에 있던 사업가의 아내가 말했다. "시간을 되돌릴 수 있다면 얼마나 좋을까. 60대가 아니라 다시 40대로 되돌아갈 수 있다면…… 다 거짓말이야. 젊음보다 좋은 건 없어."

"그러나 빨리 늙는 것은 중동 지역의 특징이죠." 유명 기자가 말했다. "서양인들을 보세요. 주름지고 백발인 사람들도 여전히 해외여행을 다녀요. 무리를 지어 성 소피아 성당을 구경하거나, 에페스 유적지 돌 위를 새처럼 뛰어넘는 미국인 할아버지들을 보면 부끄럽더라구요. 70대의 중동 사람 관광객이 세계를 여행하는 것을 본 적이 없어요."

"난 아냐." 사업가가 말했다. "나는 젊어." 그는 아내에게 고개를 돌려 윙크를 했다.

그러나 그 사업가의 아내는 전화로 문자를 보내느라 바빴다. 그녀가 고개를 들었을 때 그녀의 얼굴은 환하게 밝아져 있었다. "기적이야! 10분 뒤에 심령술사가 도착한대. 막 메시지를 주고받았어."

"좋았어." 광고 회사 대표는 몸을 뒤로 기대고 페리를 향해 미소를 지었다. "물어볼 게 많아. 이제 아이들도 갔으니, 나쁜 이야기를 해도 되잖아요. 이제부터 말조심 같은 건 없어요, 숨기는 것도 없고! 모든 걸 털어놔 봐요!"

다채로운 이방인

2001년 옥스퍼드

페리는 여태껏 한 번도 아르바이트를 한 적이 없었다. 그녀는 어디서부터 일자리를 찾아야 할지 알 수 없었다. 하지만 그녀는 많은 수업과 일주일에 정해진 시간만 일을 할 수 있는 학생 비자의 제한에도 불구하고 일자리를 찾기로 했다. 그래서 페리는 아르바이트(심지어 자신이 알지 못하는 분야까지도)에 관해 모르는 게 없는 생기발랄한 친구의 방문을 두드렸다.

쉬린은 말했다. "직업 경험을 나열한 이력서를 작성해야 해."

"근데 난 경험이 없는걸."

"자, 그럼 뭔가 대충 만들어 봐! 네가 이스탄불의 어떤 피자 가게에서 일했는지 누가 확인하겠어?"

"그러니까 거짓말을 하라는 거야?"

쉬린이 눈을 동그랗게 떴다. "오, 말의 힘이란! 그런 말을 하니까 끔찍하게 들리네. 너의 상상력을 이용하라고, 내가 말한 건 그게 다야. 너의 이력에 약간 화장을 덧칠하라는 거야. 너도 화장을 반대한다고 하지는 않을 거 아냐!"

화장을 한 여자와 하지 않은 여자는 아주 잠깐 서로의 얼굴을 바라봤다. 침묵을 깬 건 쉬린이었다. "널 도와줘야 할 것 같네."

*

다음 날 아침 일찍, 페리는 자신의 방문 밑에 던져져 있는 봉투를 발견했다. 쉬린이 페리를 위해 이력서를 준비한 게 분명했다. 그건 엄청난 이력서였다! 페리는 이력서를 읽으며 쉬린의 방으로 달려갔다. 문이 열려 있는 것을 발견하고 바로 방 안으로 들어갔다.

"이게 뭐야? 나는 여기에 적혀 있는 일들을 한 적이 없어!"

아직 베개 밑에 머리를 파묻은 채로 침대에 누워 있는 쉬린에게서 "아, 알고 있어. 꼭 보답해야 해."라는 답이 나왔다.

"글쎄… 도와줘서 고마워. 하지만 넌 내가 이스탄불에서 가장 화끈한 바의 웨이트리스였다고 썼잖아. 거기가 불에 타기 전까지! 게다가 오스만 제국 시대 서예도 공부했다고 했어! 오스만 제국의 내시와 궁궐의 어릿광대에 관한 전문가였다고 썼네. 아, 또 하나 더. 여름에 부잣집 수족관에 있는 문어를 내가 돌봤군!"

이번에는 쉬린이 연어 색깔의 실크 잠옷 차림으로 몸을 일으키더니 침대에 앉았다. 그녀는 같은 색의 안대를 이마로 올렸다. "그 마지막 부분은 조금 과했을 수도 있어."

"거기만? 이 엉터리 이력서가 아르바이트 자리를 찾는 데 어떻게 도움이 된다는 거야?"

"내가 이렇게 쓴 이유는 너를 더… '화려한 이방인'으로 만들기 위해서야. 날 믿어, 배운 영국인들은 다문화주의를 엄청나게 좋아해. 다문화주의가 뭐지? 다양한 색을 의미하잖아. 너나 나 같은 타입의 사람들이 약간 괴짜이기를 기대한단 말이야. 이방인들이 맛있는 음식과 약간의 흥분을 불러일으키지 않는다면 영국에서 누가 이방인들을 원하겠어?"

페리는 아무 말도 하지 않았다.

"보통의 영국인이 네 나라에 대해 뭘 알고 있을 것 같아? 영국인들에게 물어보면 튀르키예에서는 사람들이 다 돌고래와 함께 수영하고, 오징어를 먹거나, 차도르를 입고 이슬람 구호를 외친다고 할 거야."

머릿속에 수많은 장면이 떠오른 페리는 눈만 깜빡이고 있었다.

"내가 하고 싶은 말은, 그들의 머리에는 태양, 바다, 해변, 튀르키예식 손님 접대와 같은 예쁜 이미지나 이슬람 근본주의, 미드나이트 익스프레스[10]가 만든 암울한 이미지가 있지. 최고의 교육을 받은 사람도 고정 관념에서 자유롭지 않아." 쉬린은 세수하기 위해 자리에서 일어나 벽에 있는 세면대로 갔다. "좋든 싫든 네가 들은 것들은 아픈 진실이야. 나는 문화적 고정 관념을 가지고 그 사람들과 즐겨, 좋지 않니? 다른 모든 것을 즐기는 것처럼."

---

10 알란 파커 감독, 올리버 스톤 각본의 1978년 영화로 아카데미 음악상과 각본상을 수상했다. 튀르키예 현실을 과하게 왜곡하였다는 비판을 받았으며, 튀르키예에 대한 부정적인 이미지를 남긴 영화로 유명하다.

이렇게 해서 페리는 화장한 이력서를 손에 들고 거리로 나섰다. 그녀는 먼저 가게 창문에 '직원 구함'이라는 구인 광고가 붙어 있는지 확인했다. 하지만 그런 건 없었다. 그녀는 용기를 내어 제과점에 들어가 주인과 이야기를 했고 정중하게 거절당했다. 그다음 페리는 부모님과 함께 갔던 펍에서 자신의 운을 시험해 보기로 했다. 결과는 같았다. 그녀가 세 번째로 들른 곳은 그녀가 가장 좋아하는 서점이었다. 서점 주인은 페리의 질문에 놀란 것 같지 않았다. 학생들이 항상 와서 아르바이트가 있냐고 묻는 모양이었다.

"전에 다른 곳에서 일한 적이 있어?" 남자 주인이 말했다.

페리는 머뭇거렸다. 그들을 속일 배짱은 없었다. "없어요. 하지만 제가 책을 좋아하는 건 아시잖아요."

여자 주인은 미소를 지었다. "네겐 운이 좋은 날인 것 같네! 우리는 앞으로 몇 주 동안 우리를 도울 수 있는 사람을 찾고 있었거든. 그 뒤는 약속할 수 없어. 가끔 일이 많아지면 다시 와서 일해 주고. 어때?"

"정말 좋아요!" 페리가 답했다. 그녀는 자신의 귀를 믿을 수 없었다.

페리는 서점에서 나오다가 아빠가 가장 좋아하는 시인인 우마르 하이얌의 루바이야트를 보았다. 이 오래되고 좋은 책을, 삽화까지 넣어서 만들었는데 사지 않을 수 없었다. 밖에 비가 내리기 시작했다. 가늘고 따뜻한 물방울이 그녀의 사기를 북돋아 주었다. 그녀는 미소를 지었다. 자신의 이력서를 책 속에 넣고 시계를 보았다. 다음 수업까지 한 시간이 남아 있었다. 바로 그 순간 페리는 아주르 교수를 찾아가서 그 유명한 신에 관한 수업의 강의 계획서를 알아보기로 마음먹었다.

3장

◆

그녀는 밤을 느꼈다. 밤은 커졌고,
그녀의 폐에서 타오르고, 그녀의 혈관을 타고 흐르고 있었다.
오랜 세월 품고 있었던 두려움과 대면하는 것보다
더 경이로운 홀가분함은 없었다.

진박새

2001년 옥스퍼드

아주르 교수가 어디에 있는지 알 수 없었던 페리는 신학과로 가면 그분을 찾을 수 있으리라 생각했다. 하나님에 대해 강의를 하고 있었기에, 신학과에 계실 게 분명했다. 그래서 페리는 그곳으로 향했다.

중세 시대에 지어진 이 건물은 옥스퍼드에서 가장 오래된 건물 중 하나였다. 복합 아치 구조, 조각된 나무 문과 부벽으로 인해 멀리서 보면 건축의 걸작이라기보다 상상력이 풍부한 화가의 붓으로 그려진 우아한 수채화처럼 보였다. 마치 그 고대의 석재들이 수 세기 동안의 나른함에 지쳐 특별한 일이 생기기를 바라는 것처럼 보였다. 흡사 뭔가를 기다리고 있는 듯한 분위기였다.

페리는 조용히 건물 안으로 들어갔다. 15세기 아치형 천장은 눈부셨다. 세로로 길게 난 창문으로 환한 빛이 드는 긴 복도 바닥에는 양반다리를 하고 앉아서 책을 읽는 데 몰두한 한 학생 외에는 아무도 없었다. 페리의 발걸음 소리를 듣고 남학생이 고개를 들었다. 창문에서 들어오는 비스듬한 빛에 잠시 얼굴 윤곽이 가려지더니 곧바로 선명하게 드러났다. 튀어나온 귀, 붉은 머리, 주근깨가 있는 뺨. 바로 트로이였다. '하나님에 관한 토론'의 입구에서 페리를 막더니, 나중에 토론장에 들어와서 아주르를 비방했던 학생이었다.

"저기, 안녕." 페리가 조심스럽게 말했다.

"아, 무슨 일이죠?" 남학생은 바로 페리를 알아보았다.

"전날 박물관에 있던데. 거기서 일하는 거였어?"

"아니, 난 그날 자원봉사자였어. 나도 가난한 학생일 뿐이야."

페리는 표도 없이 토론장에 몰래 들어간 것 때문에 위축되었지만, 남학생은 그날 아무것도 눈치채지 못했거나, 지금 그 이야기를 하고 싶지 않은 것 같았다. 대신 그는 페리에게 어디에서 왔고 무엇을 공부하고 있는지 물었다. 그는 호의적이었고 친절하기까지 했다. 그들은 여러 주제에 관해 대화를 나눴다.

"아주르 교수를 찾고 있어." 대화가 잠시 멈췄을 때 페리가 말했다. "그분 방이 어디인지 아니?"

순간 트로이의 표정이 굳었다. 다시 입을 열었을 때, 그의 목소리는 공기가 빠진 풍선처럼 공허했다.

"이곳에는 없어. 근데 그 자식을 왜 찾는 거야?"

예상하지 못했던 반응에 페리는 웅얼거렸다.

"그러니까… 그분 생각이 인상적이잖아."

"오, 하나님과 관련된 수업을 들을 생각이라는 말만은 하지 마."

"왜?" 페리가 물었다. "뭐가 문젠데?"

"문제가 아닌 게 뭐가 있겠어." 트로이가 말했다. "그 인간은 교수의 탈을 쓴 늑대야!"

"그분을 별로 안 좋아하는구나, 그렇지?"

"아주르 교수가 나를 세미나 수업에서 내쫓았어. 뻔뻔해. 난 이의 제기했어. 심의가 있을 거야."

"세상에!"

그녀는 학생들이 교수들에게 공식적으로 불만을 제기할 수 있다는 것을 모르고 있었다.

"음… 수업에서 쫓겨나서 안됐네."

트로이는 인상을 찌푸렸다.

"모두가 그 사람을 좋아하지만 나는 아냐. 내가 보기엔 아주르는 악마 그 자체야. 메피스토펠레스! 메피스토가 누군지 알지?"

"물론, 파우스트에 나오는."

트로이는 튀르키예 소녀가 괴테를 읽었다는 사실이 왠지 놀랍고 기뻤다.

"넌 좋은 아이인 것 같아, 근데 넌 외국인이잖아. 넌 이 사람이 얼마나 미친 사람인지 이해하지 못할 거야. 내 말 들어. 아주르를 가까이하지 마!"

"충고 고마워."

페리가 말했다. 차가운 바람이 그들 사이에 불었다.

"하지만 내 일은 내가 알아서 해."

트로이는 어깨를 으쓱했다.

"좋아, 선택은 네 몫이야. 연구실은 그가 있는 단과 대학교에 있어. 머튼 스트리트. 앞에 정원이 있는 건물, 왼쪽에서 세 번째 방이야. 건물 입구에 연구실 리스트가 있어."

페리는 그 남학생에게 다시 감사의 인사를 했다. 남학생이 '악마'라고 한 그 교수를 언급할 때의 흥분된 감정을 페리는 놓치지 않았다. 이 트로이라는 학생은 마치 아주르의 팬이면서도 적인 것 같았다. 어떤 사람들은 모든 사람이 좋아하는 사람을 무조건 무시하는 경향이 있기도 하다. 그들은 자신이 다른 사람들과 무조건 다르게 보여야 한다고 생각한다. 사람들과 다르게 보이기라니! 또 어떤 사람들은 강박적인 증오를 키운다. 그래서 그들은 문제 소지가 있는 사람들만 중요하다고 여기고, 그들을 미화하고, 게다가 사랑하기까지 한다. 사랑과 경외심을 담은 증오만큼 이상한 감정은 이 세상에 없다.

*

아주르 교수의 연구실은 조약돌 박힌 구불구불한 골목길에 있었다. 페리는 황갈색 고딕 양식의 아치 아래를 지났다. 그녀는 건물을 쉽게 찾았다. 조정 경기 결과가 외벽 양쪽에 분필로 적혀 있었다. 한 게시판에 교수들의 이름이 있었다. T. J. 패터슨 교수, G. L. 스펜서 교수, M. 리찐거… 교수 그리고 A. Z. 아주르 교수. 페리는 석재 바닥의 어둡고 좁은 복도를 따라 걸었다. 오른쪽에는 문이 있었는데, 그 문짝은 세월의 무게로 휘어져 있었다. 문은 약간 열려 있었고 압정으로 고정한 종잇조각이 붙어 있었다.

A.Z. 아주르 교수

면담 시간: 화요일 10:00-12:00 / 금요일 14:00-16:00

이론: 질문/문제가 있으면, 면담 시간에 대화 가능함.

반박 이론: 질문/문제가 긴급/중요한 경우, 다른 요일/시간에 내 연구실을 방문하는 것을 막지는 않겠으나, 당신을 만나 준다는 약속은 할 수 없음.

주의 사항! 이론이 더 적합한지 반박 이론이 더 적합한지 상황을 신중하게 판단하기 바람!

화요일도 금요일도 아니니 다른 시간에 오는 게 좋을 것 같았다. 하지만 페리는 메모의 모호한 내용 때문에 대담해졌다. 그녀는 연구실 문을 두드렸다. 방 안에 감도는 적막함에 대답할 사람이 아무도 없다는 걸 그녀도 짐작했다. 확실히 하기 위해 한 번 더 연구실 문을 두드렸다. 연구실 안쪽에서 아담의 아들도, 이브의 딸도 낼 수 없을 부드러운 소리가 들려왔다. 페리의 몸은 활시위처럼 팽팽하게 긴장됐다. 그녀는 주의해서 귀를 기울였다. 또다시 절대적 적막함이 주위를 감쌌다.

도달할 수 없는 것을 발견하려는 욕망, 호기심의 물결이 그녀를 휘감았다. 페리는 연구실 안을 한 번 살펴보고, 왔던 것처럼 조용히 돌아갈 생각이었다. 그녀는 문을 가볍게 밀었다.

그녀는 자신이 본 광경에 놀라 몸이 경직되었다. 환상적인 정원이 내려다보이고, 높은 단두대 창을 통해 쏟아져 들어오는 사프란 색깔의 햇빛 아래 책과 원고, 판화로 쌓아 올린 탑이 사방에 있었다. 벽은 바닥에서부터 천장까지 책으로 덮여 있었다. 이스탄불 마을들에서나 볼 수 있는 빨랫줄처럼 마주 보고 있는 선반들 사이로 줄이 연결되어 있었고, 연구실 중앙을 오른쪽과 왼쪽으로 엇갈려 지나가는 줄에는 메모와 지도가 빨래집게에 집혀 있었다. 문 맞은편에는 사자 다리로 책상다리가 조각된 고풍스러운 벗나무 책상이 있었다. 그 책상도 빈틈없이 책으로 덮여 있었다. 책 사이로 보이는 붉은색 종잇조각은 마치 혀를 내밀고 있는 것 같았다. 안락의자, 소파, 커피 테이블, 그리고 바닥의 수제 카펫 위까지 책들이 쌓여 있었다. 페리는 이렇게 많은 책이 이런 식으로 빽빽하게 들어차 있는 걸 본 적이 없었다. 만약 세상에 책과 말씀을 모시는 사원이 있다면 바로 이곳일 거라는 생각이 들었다.

하지만 페리를 그 자리에 묶어 둔 것은 많은 책이나 그 방의 혼잡함이 아니었다. 연구실에 갇혀 있는 새였다! 황록색 깃털과 갈래 꼬리가 있는 진박새[1]. 불쌍한 새가 반쯤 열린 창문을 통해 들어온 게 틀림없었다. 당황한 날갯짓으로 잃어버린 자유를 찾고 있었다. 페리는 숨을 죽이며 몇 걸음 앞으로 내디뎠다. 두 손을 동그랗게 만들어 앞으로 뻗으면서 최대한 부드럽게 온순한 생명체를 잡으려고 했다. 하지만 그녀의 등장에 겁을 먹은 새는 놀라서 파드닥거렸다. 새는 패닉에 빠져 여기저기 다른 모퉁

---

[1] 참새목 박새과의 조류

이를 날아다니더니, 간신히 열린 창문 근처로 날아갔지만 빠져나갈 틈을 찾지 못했다.

페리는 하이얌의 루바이야트를 책 더미 위에 놓고 낡고 무거운 창문을 조금 더 열어 주려고 했다. 하지만 창문 위쪽에 나사가 끼어 있는 게 분명했다. 창문은 꿈쩍도 하지 않았다. 그녀는 온 힘을 다해 창문을 움직여 보려고 했다. 그 소리에 겁에 질린 새는 있는 힘껏 페리 옆으로 날아 유리에 가서 부딪혔다. 드넓은 하늘은 너무나 가까이 있기도 했고, 동시에 한없이 멀리 있기도 했다. 충돌의 충격 때문에 정신을 차리지 못하고 새는 떨면서 선반 위에 내려앉았다. 페리는 이 가녀린 생명체를 다정하게 바라보았다. 그녀는 낯선 환경에서 사는 두려움과 공포를 너무나 잘 이해했다.

당장 뭔가 조치를 취해야 했다. 페리는 주위를 둘러보았다. 좌우를 훑어보는데 묘한 향기가 느껴졌다. 대나무 그릇에 담긴 자몽의 새콤달콤한 향이 책 냄새에 섞인 것 같았다. 그 외에 다른 향기가 더 섞여 있었다. 청동 그릇 위에 향이 피워져 있었다. 이미 손가락 하나 정도는 재가 되고 만 기다란 향이 타고 있었다.

페리는 마침내 금속 편지 오프너를 찾았다. 뾰족한 끝으로 창문을 걸어 잠그고 있는 고리를 풀었다. 그녀는 가까스로 창문을 반쯤 열었다. 이제 그녀가 해야 할 일은 새를 이쪽으로 몰아서 자유를 되찾아 주는 것이었다. 그녀는 스웨터를 벗어 허공에 흔들기 시작했다.

"이게 새로 유행하는 춤인가?" 불현듯 질문 소리가 들렸다.

아무 생각이 없던 페리는 화들짝 놀랐다. 돌아보니 아주르 교수가 문에 팔을 기대고 입구에 서 있었다. 이 광경을 즐기고 있었다는 듯이 미소를 입술에 띠며, 그는 페리를 바라보고 있었다. 가까이에서 보니 그의 적갈색 머리카락은 직조 실처럼 황금빛을 띠었다. 오늘은 안경을 쓰고 있지 않았다. 그리고 그의 청록색 눈동자는 너무나 반짝이고…….

"죄송합니다." 페리는 즉시 사과했다. 그 말을 하면서 그에게 한 발짝 다가섰다가 곧바로 뒤로 물러섰다. "허락 없이 이렇게 들어올 생각은 아니었습니다."

"그럼 왜 들어왔지?" 아주르가 물었다. 그는 정말 궁금했던 것 같았다.

"그러니까, 새를 봤거든요."

"무슨 새?"

페리는 당황해하며 좌우를 둘러봤다. 주위에 새는 이미 날아가고 없었다! 진박새는 종적을 감췄다.

"그게… 우리가 이야기하는 동안 창밖으로 나갔나 봅니다."

아주르는 잠깐 아무 말도 하지 않았다. 그는 언젠가 읽었던 책이 지금 다시 생각난 것처럼 페리를 바라보았다. "그건 그렇고 앰버예요." 그가 말했다.

"예?"

"학생이 방금 본 향에 대해 말하는 거예요. 나는 목요일에 앰버그리스를 켜요. 요일마다 각각 다른 향을 피우지. 앰버그리스를 좋아하나요?"

그것에 대해 조금도 생각해 본 적이 없었던 페리는 정중하게 고개를 가로저었다.

"고대 로마의 여성들은 앰버그리스를 지니고 다녔다죠. 일부 역사가들은 앰버그리스의 좋은 향에 대해 언급하곤 해요. 어떤 이는 마녀와 악마로부터 지켜 준다고도 하고."

페리의 눈은 커다래졌다. 트로이의 경고가 떠올랐다. 이 아주르라는 사람은 참으로 이상한 사람이었다.

"무서운가?" 아주르 교수는 여학생이 불편해하고 있다는 걸 느끼며 물었다.

"앰버그리스가요?"

"마녀가!"

"당연히 아니에요."

페리는 바로 대답했다. 아주르가 향을 보고 있던 자신을 발견했다면, 새를 볼 수 있을 만큼 충분히 오래 이곳에 있었던 것이라고 마음속에서 말하고 있었다.

"허락 없이 연구실에 들어와서 정말로 죄송합니다."

아주르는 시계를 보았다.

"3분에 2회, 그러니까 분당 평균 0.6회."

"예?"

"학생이 얼마나 자주 사과하는지 계산해 본 거야."

페리의 뺨이 붉게 달아올랐다. 실제로 그녀는 약속 시각에 조금 늦었다거나, 길을 걷다가 무심코 누군가에게 가까이 접근했을 때, 인도에서 앞 보행자를 추월하거나, 마켓에서 자신의 쇼핑 카트가 다른 사람의 카트에 닿을 것 같을 때도……. 항상 미안하다고 했다. 그녀는 항상 사과했다. 자주, 쉽게, 많이. 아무도 그녀에게 사과하지 않았는데도.

"봐요, 이건 가설이에요." 아주르가 자신의 눈앞을 가리고 있던 머리카락을 뒤로 넘기며 말했다. "불필요하게 사과하는 사람들은 불필요하게 감사하는 경향이 있죠."

페리는 침을 삼켰다. "과도하게 사과하는 타입의 사람은 걱정과 불안으로 삶을 살아가는 사람들입니다. 자신 외에는 누구에게도 해를 끼치지 않아요. 그런 사람들은 다른 사람들과 보조를 맞추기 위해 최선을 다하지만, 그 간극이 절대 좁혀지지 않을 거라는 것도 알고 있어요."

"어떤 차이를 말하는 거죠?"

페리는 "마치 내가 여기에 속하지 않는 것 같은."이라고 말했고, 곧바로 이 말을 한 걸 후회했다. 왜 모르는 사람에게 이런 이야기를 한 걸까, 그것도 교수에게?

아주르는 페리 곁을 지나 자신의 책상에 앉았다. 종이에 무언가를 쓴다음, 그것을 집어 들고 빨랫줄에 걸었다.

"그러니까 학생은 다른 학생들과 다르다고 생각하고 있고, 다른 학생들이 학생을 따돌릴까 봐 걱정하는 거로군?"

"그렇게 말한 건 아닌데요." 페리는 부인했다.

아주르는 신경 쓰지 않았다.

"말해 봐요, 학생이 옥스퍼드에 맞지 않는다고 생각하는 이유가 뭔가요? 여기서 낙제할 수 있다고 생각하는 이유는요?"

이번에 페리의 귀가 빨개졌다.

"저는 그런 말을 하지 않았는데요!"

페리의 온몸이 긴장으로 뻣뻣이 굳어 버렸다. 그녀의 시선은 페르시아 카펫으로 향했다. 어린 시절 정원에서 세탁하던 카펫들을 떠올렸다. 그러다 그녀는 고백했다.

"여기 학생들은 똑똑하고 교육을 많이 받은 사람들이에요. 저는 매우 다른 환경에서 왔습니다. 제가 따라가지 못한다면……."

"그럼 어떻게 되나요?"

아버지를 실망시키겠죠. 주머니 속 한 푼까지, 가슴속 마지막 힘까지 다해 나를 믿어 주고 지지해 준 유일한 사람을… 물론 그런 말은 하지 않았다. 그 말을 속으로 삼켰고, 침묵했다.

"학생이 보기엔 스스로가 똑똑하다고 생각지 않나요?"

"똑똑하다고 생각합니다만, 그래도 열심히 해야 합니다. 다른 학생들은 대학 생활에 쉽게 적응했어요. 하지만 저는, 그러니까 저 같은 사람에게는 문제가 더 복잡합니다." 페리가 답했다. 그녀는 자신이 무엇 때문에 이 연구실을 찾았는지 그때야 기억났다. "사실 저는 교수님의 하나님에 관한 세미나 수업을 자세히 알아보려고 왔습니다. 레이몬드 박사님이 교수님께 직접 물어보라고 해서서."

"레이몬드 박사라? 아이구!"

아주르 교수의 태도를 보니 그가 페리의 지도 교수를 마음에 들어 하지 않는다는 게 분명했다. 그러나 아주르 교수는 그 주제는 언급하지 않았다. 대신 그는 탁자 위에 놓인 쪽지를 구겨 공 모양으로 만들더니 솜씨 좋게 쓰레기통에 던졌다. 골인!

"다음 학기에 들을 생각이군요." 그가 말했다. "불행하게도 학생이 꽉 찼어요. 예비자 명단도 있고."

페리가 예상하지 못한 상황이었다. 강의를 들을 수 없다고 하니 더더욱 아주르 교수의 강의를 듣고 싶어졌다.

페리의 실망한 얼굴을 본 아주르는 중얼거렸다. "그렇지만……." 그는 바로 이어 말했다. "한 학생이 포기할 거라서. 그러면 자리가 생길 수 있어요."

페리의 얼굴이 밝아졌다. 그러나 그 학생이 트로이일 거라는 생각이 들자 그녀의 의욕은 불안감으로 뒤덮였다.

"남학생이 한 명……."

"그래요…. 신경질적인 남학생." 아주르가 말했다. "화가 많고, 남의 말을 듣지 않는 오만한 사람들은 하나님과 대화가 불가능하죠. 망설이고, 성숙하며, 사려 깊고, 겸양을 갖추고, 고귀한 사람들이 하나님과 대화할 수 있어요."

그렇게 많은 옛 단어를 한꺼번에 듣고 당황한 페리는 입을 다물었다. 아주르는 자기 자리에서 고개를 들었다.

"세미나 수업을 들으려는 이유를 말해 봐요."

"저의 집에서는 신앙, 종교, 신과 같은 문제들이 항상 논란거리였습니다. 모두 매우 감정적이고 즉각 반응을 보이는 편입니다. 엄마 아빠가 너무나도 서로 반대 생각을 가지고 계셔서……."

"하지만 부모님은 여기 안 계시잖아요. 나는 학생에게 묻는 거예요."

페리는 놀랐다. 이제 뭐라고 대답해야 하지?

"그러니까… 조금 혼란스러운데요. 일반적으로 믿음을 가진 사람들은 무관심합니다. 묻고 따지는 사람은 무신론자가 되지요."

"혼란스러움은 축복입니다." 아주르가 말했다. "호기심은 신성하죠.

호기심이 없는 사람은 발전할 수 없습니다. 발전하지 않는 사람은 뒤처지는 것이고요."

밖에서 새 한 마리가 지저귀는 소리가 들렸다. '어쩌면 내가 자유를 찾아 준 진박새일지도 몰라.' 페리는 생각했다. 아무리 위험한 것들이 많다고 해도 자유는 언제나 아름다웠다. 잠시 주의가 산만했던 탓에 그녀는 교수가 우마르 하이얌의 책을 가져갔다는 것을 알아차리지 못했다.

"오! 무슨 내용인지 볼까요? 옛날 판 루바이야트라?" 아주르 교수가 말했다. 페리가 반응을 채 보이기도 전에 그는 이미 책을 펼친 상태였다. 책에서 종이 하나가 떨어졌다. 페리를 위해 쉬린이 썼던 과장된 이력서였다!

"아니, 그건 단지……." 페리는 그 뒷말을 잇지 못했다.

아주르 교수는 바닥에서 종이를 집어 들어서 읽기 시작했다.

"학생! 문어를 돌봤다는 거네?"

페리는 얼어붙었다.

"문어는 뇌뿐만 아니라 몸 전체에 뉴런이 있지. 학생은 이미 그걸 알고 있다는 말이군."

그렇다고 대답할 수밖에 없었던 페리는 고개를 끄덕였다.

"오랫동안 모든 사람이 두뇌가 크면 클수록 그 두뇌를 가지고 있는 생명체가 더 똑똑하다고 생각했죠. 얼마나 성차별적인 접근인지! 남성은 여성보다 뇌 조직이 더 많아요. 사람들은 남성이 더 똑똑하다고 생각했습니다. 그런데 이 엄청난 문어가 나타나 그 모든 오래된 이론을 뒤집었죠. 여섯 개의 팔로, 여기서 문어 팔은 여덟 개가 아니에요. 사람들은 실수로 다리 두 개를 팔로 계산한 거죠. 크고 서투른 두뇌를 가지는 것이 중요한 게 아니에요. 요점은 복잡한 뉴런 네트워크를 갖는 것이죠."

페리는 소름이 돋았다. 비유적인 말로 페리 자신에 대해 뭔가 말하려 하는 걸까? '혼란스러움을 무서워하지 말아라'라는 메시지. 어쨌든 그녀는 자신이 아주르 교수의 이야기를 듣는 걸 좋아하고 있다는 걸 깨달았다.

"나이를 먹을수록 지능은 높아지기 때문에 문어의 수명이 더 길었다면 아마도 세계에서 가장 지능이 높은 생물이 되었을 겁니다. 그러나 위대한 철학자 아리스토텔레스에 따르면 문어는 바보죠. 그렇다면 이건 우리에게 아리스토텔레스에 관하여 무슨 이야기를 해 주는 걸까요?"

페리는 묘한 느낌에 빠졌다. 이 대화는 더는 문어와 철학자가 아니라 자신과 아주르 교수에 관한 것 같았다. 그녀는 자기 생각을 말해야 할 것 같았다.

"그러니까 아리스토텔레스는 충분히 생각하지 않았던 바람에 문어의 깊은 곳까지 보지 못했던 것 같습니다."

아주르는 미소를 지었다. "맞는 말이에요… 페리 양." 그는 이력서에 적힌 이름을 힐끗 쳐다보며 대답했다. "마치 아리스토텔레스의 문어처럼, 하나님도 발견해 주기를 기다리는 불가사리라고 할 수 있죠."

"맞습니다만, 그 과정에 '신앙'이라는 것이 있습니다." 페리가 말했다. "우리는 문어를 '믿을' 필요가 없습니다. 문어가 있다는 것을 알기 때문입니다. 하지만 하나님에 관해서는 존재하는지 존재하지 않는지조차 의견 일치를 볼 수 없습니다."

아주르는 눈썹을 치켜떴다. "내 수업은 신앙이나 종교와 아무 관련이 없어요. 지식을 찾는 겁니다. 제 학생 중에는 무신론자는 물론, 모든 종류의 종교를 가진 사람들이 있죠. 나는 아무도 차별하지 않아요! 무식하지 않고, 무지하지 않으면 됩니다."

"교수님의 수업은 누가 들을 수 있나요?"

"선입견이 없는 사람. 우주의 소리와 색깔에 머리와 가슴이 열려 있는 사람들. 대답보다 질문을 선호하는 사람들. 여행자. 유목민의 영혼을 가진 사람. 항상 길을 찾는 사람들. 어떤 곳에도 도달할 수 없는, 한곳에 정착할 수 없는 사람들. 그들에게는 오만함이 없습니다." 아주르는 페리에게 자신이 한 말을 소화할 기회를 주기라도 하듯이 잠시 멈췄다. "내 세미나 수업은 호기심 많은 사람들이 만나는 공간입니다. 우리 모두 다른 배경에서 왔지만 한 가지 공통점이 있죠. 비판적인 사고. 일반적인 고정관념들에는 가치를 두지 않죠. 독서, 사고, 철학, 연구를 사랑해야 합니다. 나는 학생이 신자이든 아니든 조금도 개의치 않아요. 내 세미나 수업에서 유일한 죄는 게으름입니다."

페리가 조심스럽게 물었다. "강의 계획서는요…?"

"아, 강의 계획서!" 아주르가 큰 소리로 말했다. "학교는 즉흥적인 것들을 싫어하지요. 학생들에게 한 달 또는 심지어 한 해 전에 무슨 책을 읽어야 할지 미리 알려야 해요, 그렇지 않으면 패닉에 빠지니까! 이 무슨 헛소리인지!"

이런 말을 하면서 그는 서랍을 열어 강의 계획서를 꺼냈다. 강의 계획서를 루바이야트 사이에 넣어 페리에게 건넸다.

"자 받아요, 그렇게 필요하다면."

그가 말했다. 이력서는 그녀가 따로 챙겼다.

"고맙습니다."

페리가 중얼거렸다. 그러나 그녀가 받은 강의 계획서가 쉬린이 자신을 위해 써 줬던 이력서만큼이나 현실과 거리가 멀다는 생각이 들었다.

"아, 돌아가기 전에 이건 말해 줘야겠군요." 아주르가 말했다. "학생은 단지 혼란스럽고 호기심만 많은 게 아니라, 스스로 자신의 삶을 어렵게 만드는 사람 같군요. 이런 성격은 스스로를 행복하게 만들지는 못하겠지만, 사실 하나님 철학에 몰두하고 싶은 사람들에게는 좋은 성격이죠."

페리는 이 말이 수강을 허락받았다는 의미인지 확신할 수 없었지만, 감사하다는 표정으로 고개를 끄덕이고 천천히 문을 닫고 나왔다. 그녀는 안뜰을 지나서 건물을 뒤돌아보았다. 진박새를 가뒀던 창문이 어떤 것인지 찾으려 했다. 잠시 후, 희미한 그림자가 미끄러지듯 흘러가며 창문 하나를 지나가는 것이 보였다. 그녀는 그 그림자가 아주르 교수의 실루엣임을 알았다. 그러나 그녀의 상상이었는지도 알 수 없는 일이었다.

강의 계획서

신의 마음 / 우리 마음속 신으로의 입문

목요일 14:00-16:30

수업에 관한 설명

세미나 수업으로 이뤄지는 이 수업에서, 우리는 세계 곳곳에 있는 수많은 사람에게 중요한 근본적 주제임에도 불구하고, 불행히도 공통의 언어와 이해의 기반을 찾지 못한 몇 가지 문제에 초점을 맞출 것입니다. 우리의 목표는 새롭고 공정하며 과학적인 토론 스타일을 갖추는 것입니다. 이를 위해 필요한 지적 개념으로 우리의 이성을 준비해야 합니다. 모든 편협함과 경직된 사고에서 벗어난 자유로운 토론 환경을 만들어야 합니다. 이 수업의 일환으로 학생들은 많은 독서와 연구, 그리고 가장 중요한 것은 자기 생각과 가깝지 않은 작가와 철학자의 견해에 대해 많은 고민을 해야 합니다.

본 수업은 어떤 종교도 우선하지 않고, 어떤 신앙도 선호하지 않으며, 누구에게도 선교를 하지 않습니다. 여러분은 이슬람교도, 기독교도, 유대교도, 힌두교도, 조로아스터교도, 불교도, 도교도, 티베트 불교도, 모르몬교도, 바하이교도, 불가지론자, 무신론자, 신비주의자이거나 심지어 이제 막 개인적인 신앙을 가지려고 하는 단계일 수도 있습니다. 당신은 이 수업에서 동등한 발언권을 가지고 있습니다. 모든 학생은 중앙에서 같은 거리가 되도록 세미나실에서 원을 그리며 앉습니다.

수업 목표

1. 신에 대한 철학과 관련된 주제를 공감, 지식, 이해 및 지혜. 즉 지혜로운 사람을 중시

2. 학생들은 자신과 같지 않고 자신처럼 생각하지 않는 학생들과의 사소통

3. 철학이나 신학 분야뿐만 아니라 심리학, 사회학, 정치학 및 국제 관계학과도 큰 관련이 있는 주제에 대한 비판적이고 과학적인 사고의 장려

4. 보편적이고 포용적인 언어를 습득하는 방법 모색

5. 고정 관념, 무지, 광신주의, 편협함 및 "오, 내가 다른 사람들의 기분을 상하지 않게 해야지"라는 두려움에서 탈피

6. 간략히 말해 독서, 사고, 학습, 자기 계발…

수업 자료

각 학생의 개인 읽기 목록은 학생의 결단력, 노력 및 학업 성취도에 따라 결정됩니다. 당신의 생각과 신념에 상반되는 자료를 읽고 논평할 준비를 하십시오. 당신과 같은 생각, 같은 견해 사람들의 책만 읽는다면 당신은 글을 읽는 것이 아닙니다.

평가

말하라! 강의실에서 토론에 참여하세요.

가져오라! 서면 과제를 빠트리지 마세요.

참여하라! 기말고사를 놓치지 마세요.

오라! 무슨 일이 있어도 수업에 계속 참여하세요.

이 세미나에서 기대하는 것

수업의 주제는 신이기 때문에, 이것은 시작이 없는 것처럼 결론도 나

지 않는 수업이 될 것입니다. 이 경험에서 얼마나 많은 것을 배우고 여기에서 어디로 갈지는 전적으로 학생에 달려 있습니다.

1. 두루미: 중간 고도를 비행하는 것에 만족하지 않고, 교수를 포함하여 모두보다 더 높이 가려고 하는 사람들입니다. 더 많은 공부를 요구하고, 질문에 의혹을 제기하며, 난관에 위축되지 않을 뿐만 아니라, 산길을 넘어 날아갑니다.

2. 올빼미: 두루미만큼 야심 찬 것은 아니지만, 올빼미는 생각이 넓습니다. 그들은 수백 페이지를 집어삼키기보다는 자신의 손에 있는 자료에 집중하고 더 깊이 파고드는 것을 선호합니다. 그들은 수업에 의심을 품고, 자료를 의심하고, 교수를 의심하고, 심지어는 자신을 의심합니다. 세미나 수업에 대한 그들의 기여는 심오하고 특별할 것입니다.

3. 고산 칼새: 두루미만큼 확고하지 않고, 올빼미처럼 깊고 진지하지는 않지만, 고산칼새가 가장 멀리 날 수 있습니다. 그들은 수업을 마친 후, 심지어는 방과 후에도 더 오랫동안 계속해서 읽고 생각합니다.

4. 붉은 코뿔소: 소심하고, 마지못해 최소한의 것에 만족하고, 지적인 충만보다 수료 후 받을 학점을 더 중요하게 생각하며, 피상적인 생각을 뛰어넘지 않고, 앞으로 나아가지 않으려는 붉은 코뿔소는 아마

도 이 세미나의 혜택을 가장 적게 받게 될 사람들일 것입니다. 물론 여전히 좋은 점수를 받을 수 있습니다.

강의실 내 행동 규칙

본 수업은 연구 과정을 거쳐 열린 시각으로 제시하는 모든 생각을 환영합니다. 다른 수업과 달리, 수업 시간에 음식물 섭취가 가능합니다. 여러분이 음식 – 적당량, 과하지 않을 것 – 과 음료 – 무알콜, 뇌가 깨어 있어야 함 – 를 먹는 것을 권합니다. 왜냐하면, 음식은 사기를 북돋우며, '빵과 물'을 나눠 먹는 사람에게는 쉽게 적대감을 느낄 수 없기 때문입니다. 먹을 것을 친구, 특히 여러분과 반대의 시각을 가진 친구들과 나누십시오! 한번 시도해 보세요.

어떤 학생도 내 수업에서 타인을 괴롭히거나 증오하는 언어를 사용해서는 안 됩니다. 다른 학생 – 물론 교수도 포함 – 에 대한 무례하고 악의적인 행동은 용납되지 않습니다. 무례한 행동은 허용되지 않습니다. 이 수업을 받는 것으로 여러분은 개인적인 감수성보다 표현의 자유를 우선한다는 것을 약속하는 것입니다. 자신이 동의하지 않는 의견을 참고 듣지 못한다면, 우리는 자유로운 토론을 할 수 없습니다. 기분이 상할 때 – 매우 인간적인 감정 – 지혜로운 시인의 다음과 같은 조언을 기억하십시오. "모든 일에 불평만 늘어놓는다면 어떻게 당신의 거울이 맑게 빛날 수 있겠는가*?"

---

* 메블라나

이미 신에 대해 모든 것을 안다고 생각하고 자신과 다른 생각에 관심이 없다면 이 수업을 듣지 마세요. 나는 물론 당신의 시간은 소중합니다. 원하는 사람들을 위한 세미나 수업입니다. '매일 아침 다시 학생이 되고픈 사람들**'을 위한 수업입니다. 만약 이 모든 것이 당신에게 지루하고 불필요하게 느껴진다면, 이 말을 기억하세요. '인간이 할 수 있는 가장 높은 수준의 활동은 앎을 위해 노력하는 것이다. 앎은 곧 자유이기 때문이다.***'

**   마이스터 에크하르트

*** 스피노자

판매 전략

빳빳한 검은색 제복을 입고 깨끗한 흰색 앞치마를 두른 도우미 두 명이 표정까지 똑같이 짓고 송로버섯과 초콜릿 볼이 담긴 크리스탈 접시를 들고 나왔다.

"여러분, 이건 꼭 먹어 봐야 해요! 제 자식 같은 거예요." 사업가의 아내가 말했다.

신문에 난 적이 있다. 사업가는 파산한 초콜릿 공장을 매입했다. 결혼기념일 선물로 아내에게 생산과 마케팅을 맡겼다. 그의 아내는 공장 이름을 더 고급스럽게 '아틀리에'로 바꿨고, 브랜드를 'Les Bonbons du Harem'으로 변경했다. 그녀는 신이 나서 외쳤다.

"이것 중 하나를 맛본 사람은 손가락까지 빨아 먹을걸요. 정말이에요."

레이스 종이 받침 위에 정성껏 올려 둔 초콜릿을 손님들은 호기심 가득한 눈으로 살펴보았다.

"세계 여러 도시들의 이름을 붙였어요." 사업가 아내가 말했다. "여기에 라즈베리 리큐어가 들어 있어요, 암스테르담이라고 이름 붙였어요. 이 으깬 아몬드가 들어간 건 마드리드. 베를린은 진저 맥주. 런던은 오래된 위스키, 보시다시피 생산 비용을 절대 아끼지 않았답니다."

"다 맞는 말이야! 18년산 싱글 몰트 위스키를 넣다니! 날 파산시킬 작정이야!"

손님들은 서로를 보며 웃었다.

남편이라 해도 대화에 끼어드는 게 마음에 들지 않았는지 안주인이 말했다. "이젠 사업가의 아내가 아니라 독립한 사업가예요. 그렇게 대해 줘요!"

손님들은 박수를 보냈다. 응원을 받은 사업가 아내는 말을 이어 갔다.

"베니스, 체리 리큐어. 우리는 아마레토로 밀라노를 만들었어요. 취리히는 코냑과 패션 프루트. 그리고 파리는 올라라, 샴페인!"

"당신의 판매 전략에 대해서도 말해 줘, 여보." 사업가가 끼어들었다.

"우리는 두 가지 형태로 포장을 해요. 알코올이 들어간 것들과 독실한 무슬림들을 위한 것들이랍니다. 유럽이나 러시아에는 알코올이 들어간 초콜릿을 수출하고, 중동으로는 알코올이 들어가지 않은 것으로 보내죠. 머리가 좋지요?"

"저 '할랄' 초콜릿에도 이름이 있습니까?" 기자가 물었다.

"물론이죠."

사업가의 아내는 다른 크리스탈 접시를 가리켰다.

"대추야자가 들어 있는 메디나. 두바이는 코코넛. 암만은 캐러멜—헤이즐넛. 저기 분홍색 장미수가 든 것이 있는데 그건 이스파한이죠."

"이스탄불은요?" 건축가가 물었다.

"아하, 그걸 어떻게 빠트릴 수 있겠어요!" 사업가 아내가 말했다.

"이스탄불은 상반되는 것들의 대조를 바탕으로 만들었어요. 바닐라 푸딩과 굵게 간 후추를 함께!"

손님들이 수다를 떨며 초콜릿 볼을 맛보는 동안 도우미들은 뜨거운 음료를 나르기 시작했다. 여자들 대부분은 홍차나 캐모마일 차를 원했고 남자들은 에스프레소, 아메리카노 같은 커피를 마시겠다고 했는데, 유일하게 튀르키예식 커피를 마시겠다고 한 사람은 미국인 펀드 매니저였다. 모든 것을 현지 방식에 맞추기 원했던 그는 "내 커피점을 봐 줄 사람이 있을까요?"라고 물었다.

"걱정하지 마세요." 사업가 아내가 영어로 말했다. "심령술사가 거의 다 와 가요!"

기자의 여자 친구는 "정말 기대되네요. 심령술사와 단둘이 있을 시간이 필요해요."라고 말했다.

페리는 주위의 여자들을 바라보았다. 권력에 대한 두려움, 남편에 대한 두려움, 이혼에 대한 두려움, 자녀들의 유급에 대한 두려움, 생활 패턴이 무너지는 것에 대한 두려움, 테러에 대한 두려움, 군중에 대한 두려움이 있는 여자들이었다. 그들의 집은 항상 반짝반짝 광이 났고, 그녀들의 머릿속에 있는 미래에 대한 기대는 명확했다. 어린 나이에 '아버지를 설득하는 기술'을 버리고 '남편을 설득하는 기술'로 전환한 여자들이었다. 결혼 생활을 오래 한 여자들은 더 과감하고 큰 소리로 자신의 의견을 내

세우면서도 넘지 말아야 할 선을 잘 알고 있었다.

페리는 그들과 함께 걱정을 나누지 않았다. 그녀는 아버지와 남편을 두려워하지 않았다. 신에 관해서도 그녀는 두려워하지 않기로 했다. 왜냐하면, 두려움을 가지고 신에게 다가서고 싶지 않아서였다! 페리의 불안함의 근원은 완전히 다른 것이었다. 그것은 그녀 자신, 내면의 어두움이었다.

"오, 심령술사 그거 괜찮은데! 모든 아름다운 여성과 개인적으로 시간을 갖는 거야? 절대 허락 못 해!"

사업가가 말했다. 그리고 곧바로 속삭이듯 야한 농담을 하자 남자 손님들은 웃기 시작했고, 여자들은 못 들은 척했다.

페리는 쉬린이 모두의 앞에서 얼마나 편하게 욕설을 했는지 떠올렸다. 이 나라에서는 욕을 할 수 있는 여자(소수)와 절대 욕을 못 하는 여자(다수) 이렇게 두 부류가 존재했다. 오늘 초대된 상류층 여성들은 후자였다. 그들이 영어나 불어로 말할 때를 제외하고! 다른 언어로 된 부적절한 말들은 그녀들의 입술에서 너무 쉽게 흘러나왔다. 어째서인지 외국어로 하는 욕은 문제가 되지 않았다. 모국어로는 말할 엄두도 내지 못하는 음담패설과 욕설을 영어로는 조금의 죄책감도 느끼지 않고 내뱉었다.

반면에 남자들은 욕설이 자유로웠다. 그리고 욕을 많이 해 댔지만, 꼭 화가 나서 욕하는 건 아니었다. 욕지거리는 남성 문화에서 '연결자' 역할을 했다. 남자들을 하나로 묶는 접착제 같은 것이었다.

"그런데 아직 이름을 짓지 못한 초콜릿이 있어요." 사업가 아내가 말했다. "화이트 와인과 채를 썬 레몬 껍질을 곁들인 것인데, 페리가 오늘 밤 아이디어를 줬어요. 옥스퍼드로 하죠!"

그렇게 말하고는 사업가 아내는 일어나서 접시를 살펴보았다.

"그래, 여기 있군!"

그녀는 초콜릿 볼을 손가락으로 우아하게 집어서 페리에게 건넸다.

"한번 먹어 봐요."

페리는 모든 사람의 시선을 받으며 초콜릿 볼을 입에 넣었다. 첫 순간
의 달콤함 아래, 날카로운 감귤의 신맛이 그녀의 미각을 자극했다. 사람
을 유혹하기도 하고 잘못 판단하게도 만들었다. 아주르 교수처럼.

빈 페이지

2001년 이스탄불

"네가 없는 동안 새로운 이웃이 이사를 왔어. 품위 있고 정직한 가족이야." 셀마가 말했다. "너랑 같은 나이의 아들이 있더구나. 얼마나 똑똑한지, 네가 한번 봐야 할 텐데, 잘생겼고, 착하고……."

"무슨 말인지 알겠어요. 내게 맞는 남편감을 또 찾아내셨군요." 페리가 중얼거렸다.

그녀는 옥스퍼드에서의 첫해를 넘기고 이스탄불에서 여름 방학을 보내고 있었다. 그녀의 엄마는 그 청년에 대해 줄곧 이야기했다. 셀마의 눈에는 페리의 교육은 지적인 각성이나 꿈을 실현하는 경력의 전제 조건이라기보다, 잠정적인 결혼의 연기인 것이 분명했다.

멘수르는 "애 좀 그냥 내버려 둬."라고 했다. "헷갈리게 하지 마. 공부해야 해."

"이런 여보, 이 아이도 교육을 잘 받았단 말이에요." 셀마가 대꾸했다.

"그 애도 대학을 다니고 있어. 지금 약혼하고, 학교를 마치고 나서 결혼하면 돼. 손해 볼 게 뭐죠?"

"전…혀! 내 자유랑 내 젊음, 내 정신과 영혼의 건강만 잃을 뿐이에요."

"딱 네 아빠처럼 말하기 시작하는구나. 대학에서 그렇게 가르치든? 나는 네 행복을 위해 말하는 거야."

문제는 일단락되었다. 지금으로서는.

*

눈 깜짝할 사이에 여름 방학이 끝났다. 셀마는 적당한 신랑감을 계속 찾았지만, 아무에게도 알리지 않았다. 유학하는 모든 학생처럼 페리도 관찰자의 눈으로 가족의 이상한 모습을 지켜보았다. 사랑과 그리움, 그리고 좁힐 수 없는 거리감과 함께.

이렇게 여름이 끝나 가고 있었다. 옥스퍼드로 돌아가기 전에 쇼핑하려고 페리는 이스탄불의 따뜻한 어느 날 집을 나섰다. 영국에서는 옷이 더 비쌌기 때문에 이스탄불에서 기본적인 것들을 가져가는 게 더 현명했다. 페리는 탁심 근처에서 버스를 내려 걸어갔다. 그녀는 지한기르에서 젊은이들이 자주 찾는 카페 앞에 사람들이 모여 있는 것을 보았다. 그들은 보도에 서서 카페의 열린 문을 통해 텔레비전을 보고 있었다. 어깨가 넓은 한 남자가 이마에 손을 얹고 눈썹을 찌푸렸다. 포니테일을 한 소녀가 놀란 표정을 지었다. 그녀의 몸은 굳어 있었다. 페리는 궁금해서 그들이 있는 곳으로 갔다.

그리고 그녀는 텔레비전 화면에 시선을 집중했다. 깊고 푸른 하늘을 활공하던 비행기가 고층 빌딩과 충돌하는 장면이었다. 같은 장면이 느린 동작으로 반복적으로 나왔다. 하지만 볼 때마다 더 비현실적으로 다가왔다. 건물에서 연기 구름이 치솟았다. 종잇조각들이 실이 끊어진 연처럼 목적 없이 허공에 흩어졌다. 건물 창밖으로 잔해들이 떨어지고 있었다. 페리는 그 가운데 일부가 물건이나 잔해가 아니라, 뛰어내리는 사람들이라는 것을 깨닫고는 할 말을 잃었다.

"미국 놈들……." 옆에 서 있던 남자가 중얼거렸다. "남의 일에 사사건건 간섭을 하면 이렇게 되는 거야."

"미국 놈들은 자기들이 세상을 지배한다고 생각했겠지." 은색 고리 귀걸이를 한 여자가 말했다. "이제야 정신을 차릴 거야. 자기들도 우리 모두와 마찬가지로 죽는다는 걸 말이야."

페리는 주위에서 하는 음모론에 가까운 대화를 듣고 당황했다. 모두들 다른 사람의 고통을 함께하기도 전에 이런 황당한 이론을 만들어 내는 데만 이토록 관심이 많은지. 하지만 화면에 나오는 사람들은 '미국인', '러시아인', '어디 사람', '이런저런 사람'이 아니라, 삶이 나락으로 떨어져 버린 무고한 사람들이었다. 그녀의 머릿속에서는 여러 질문이 메아리쳤다. 그녀는 그 자리를 떠났다. 그녀는 쉬린에게 전화를 해 봐야겠다고 생각했다. 친구의 자신감 넘치는 목소리가 듣고 싶어 공중전화를 찾았다.

"쉬린… 나 페리야."

"안녕 생쥐. 세상은 왜 이럴까, 정말 끔찍하다. 그렇지?"

"이런 일이 일어나다니 믿을 수가 없어."

"세상이 대혼란에 빠졌어." 쉬린이 소리를 지르듯 말했다.

"왜냐면 말이야, 일부 짐승 같은 광신도들이 알라의 이름을 들먹이며 폭력과 공포를 퍼뜨리고 있거든. 종교가 어떻게 이럴 수 있지? 이번 세기는 미친 것 같아. 세상은 더 나빠질 거야, 너도 보게 되겠지."

그제야 페리는 전화기 밑에 껌이 붙어 있다는 걸 알았다. 도대체 누가 이런 짓을 할까? 아주 소소한 나쁜 짓이라고 해도, 그래도 나쁜 짓은 나쁜 짓이었다.

"끔찍해. 어떻게 이런 일이 다 일어나지?"

"확실한 건 모두가 이 문제를 두고 논쟁을 벌일 거라는 거야. 몇 달, 심지어 몇 년 동안. 기자, 전문가, 학자들까지. 하지만 할 얘기는 별로 없을 거야. 종교는 사람들을 '우리 편과 우리 편이 아닌 자들', '천국 갈 사람과 지옥으로 떨어질 자'로 나눌 뿐이잖아. 이것이 편협을 낳고, 편협의 결과는 증오와 폭력이야."

"하지만 그렇게 단정 짓는 건 부당하지 않을까? 개미도 해치지 않는 종교인들이 많이 있잖아. 종교가 이 공포의 원인은 아니야."

"생쥐야, 그거 아니. 나도 오늘 너만큼 혼란스러워. 당장 아주르 교수와 이야기를 해 봐야겠어, 그렇지 않으면 난 미쳐 버릴 것 같아."

페리의 심장이 뛰었다. "아주르 교수를 만나러 갈 거야? 하지만 아직 학기가 시작되지 않았잖아."

"그게 뭔 상관이야? 나는 내일 옥스퍼드로 갈 거야. 그분이 거기에 계신대. 찾아가는 거지 뭐. 너도 어서 표를 바꿔서 일찍 와."

페리는 그녀의 제안을 귀담아듣지 않았다. 이 시간에 당장 표를 구한다 해도, 그 가격 차이를 감당할 수 없을 게 뻔했다. 부자들은 늘 이랬다. 그들은 서민들의 현실과는 너무 동떨어져 있어서, 모두가 자기네 수준으로 산다고 생각했다.

집에 돌아왔을 때, 그녀는 텔레비전 앞에서 자신과 마찬가지로 혼란스러워하는 부모님을 발견했다. 같은 끔찍한 장면이 화면에 계속해서 나왔다.

멘수르는 "광신자들이 세상을 장악하고 있어."라고 말했다. 그는 오늘저녁 이른 시간부터 술을 마시고 있었다. 생각에 잠겨 있었고 말이 없었다. 자신의 딸이 옥스퍼드에 가는 것에 대해 처음으로 주저했다. "어쩌면 널 해외로 보내지 말아야 할 것 같아. 이젠 안전한 곳은 없어."

"운명……." 셀마가 말했다. "이마에 보이지 않는 잉크로 운명이 쓰여 있다면, 여기 있든 세상 어디에 있든 상관없어. 명이 다하면 가는 거야."

멘수르는 낱말 퍼즐을 풀 때 쓰는 볼펜을 집어 들었다. 그는 이마에 삐뚤빼뚤 숫자로 '100'을 썼다.

"뭐 하는 거예요?" 셀마가 물었다.

"나는 내 운명을 바꿀 거야! 나는 백 살까지 살 거야."

셀마는 남편의 종교에 대한 무례함이 부끄럽게 느껴져 고개를 가로저었다. 페리는 아빠의 대답을 들을 수 있을 만큼 오래 그들 곁에 있지 않았다. 그녀는 엄마와 아빠의 싸움에 귀를 기울일 만큼 인내심이 없었다.

짙은 외로움을 느끼며 그녀는 자기 방으로 가서 일기장을 꺼냈다. 그녀는 적당한 쓸거리를 찾으려고 노력했지만, 좀처럼 찾을 수 없었다. 오늘은 쓸 수가 없었다. 그녀의 머릿속에는 종교, 신앙, 신에 대한 많은 질문이 있었다. 신은 어떻게 자신의 이름을 이용하여 사람이 사람을 죽이도록 허락하셨을까? 그녀는 빈 페이지를 바라보며 자신의 마음속에서도 비슷한 공허함을 느꼈다.

쉬린이 아주르 교수를 만나면 교수는 그녀에게 뭐라고 말할까? 그들은 무슨 이야기를 나눌까? 그녀는 창문을 통해 날아든 진박새처럼 그 방에 몰래 들어가서 그들이 말하는 모든 걸 너무나도 듣고 싶었다. 솔직히 그녀도 묻고 싶은 것이 있었다. 그것도 많이. 어쩌면 쉬린이 이 세미나 수업을 들으라고 강요했던 게 옳았던 것 같았다. 페리는 당장 신에 관한 책을 읽고 싶었다. 최고의 존재에 관한 새로운 진실을 발견하기 위해서가 아니라, 자기 내면의 불확실성을 직면해 본래의 자신을 발견하기 위해서였다.

원

2001년 옥스퍼드

새 학기의 첫 주. 페리는 신의 마음/우리 마음속의 신에 대한 입문 수업 첫 번째 시간을 준비했다. 학생 우편함에서 아주르 교수의 봉투를 발견한 지 겨우 며칠밖에 지나지 않았다. 봉투 속 카드에는 오른쪽으로 기울어지게 쓴 메모가 있었는데, 급하게 쓴 게 분명해 보였다.

날반트오울루 양에게

신에 관한 세미나 수업에 여전히 관심이 있다면, 다음 주 목요일 오후 2시 정각에 수업이 시작됩니다! 원한다면 호박 향을 가져올 수 있습니다만 불필요한 사과는 수업에 필요 없습니다.

문어가 당신을 기다리고 있습니다.

A. Z. 아주르

그 쪽지를 읽은 이후로 페리는 수업과 서점 아르바이트 때문에 눈코 뜰 새가 없었다. 지금 그녀는 초조한 마음으로 가슴에 수첩을 꼭 안은 채 강의실로 달려갔다.

*

강의실로 들어가니 아홉 명의 학생이 있었다. 남학생이 네 명, 여학생이 다섯 명이었다. 그들 중에서 모나를 발견하고 페리는 놀랐다. 모나는 오히려 페리가 있는 걸 보고 놀란 표정을 지었다.

페리는 다른 학생들을 쳐다보았다. 어색한 미소와 서로 섞이지 않고 얌전하게 있는 것으로 봐서는 설레는 게 자신만은 아닌 것 같았다. 어떤 학생들은 깊은 생각에 잠겨 있었고, 다른 학생들은 작은 소리로 말하거나 강의 계획서(몇 번이나 읽었을지 모를)를 읽고 있었다. 남학생 하나는 노트에 머리를 대고 졸고 있었다.

페리는 창가 의자에 털썩 앉았다. 그녀는 창밖으로 잎사귀가 루비색과 금빛으로 반짝이는 큰 떡갈나무를 내다보았다. 화장실에 갈 시간이 있는지 궁금했다. 하지만 화장실에서 돌아왔을 때 이미 수업이 시작되었으면 어쩌나 하는 걱정에 꼼짝하지 않았다. 하늘은 흐렸고, 아직 이른 시간인데도 마치 저녁쯤 된 것 같았다.

수업 시간이 되자 정확히 문이 열렸다. 아주르 교수는 파일 더미와 크레용 상자 그리고 모래시계를 들고 강의실로 들어왔다. 그는 팔꿈치에 가죽 조각이 달린 남색 코듀로이 재킷을 입고 있었다. 깨끗한 와이셔츠의 다림질은 흠잡을 데가 없었지만, 넥타이는 마치 매기 싫은데 맨 것처럼 느슨했다. 그의 머리카락은 엉망이었다. 거센 바람을 맞으며 걸어왔거나, 손으로 머리카락을 무의식적으로 헝클어뜨리는 버릇이 있는 것 같았다.

그는 들고 온 모든 것을 한 번에 테이블 위로 내려놓았다. 모래시계를 강단 위에 놓고 바로 뒤집었다. 마치 성지 순례에 참여하는 순례자들이 몰려나오는 것처럼 모래알이 위에서 아래로 흐르기 시작했다. 아주르 교수가 강단 앞에 섰다. 그는 키가 크고 날씬했다. 그의 큰 목소리가 교실의 무기력한 분위기를 뒤흔들었다.

"여러분, 안녕하세요! 샬롬 알레이헴! 살라 말레이쿰! 평화가 당신과 함께하길! 나마스테! 자이 진엔드라! 삿 남! 삿 스리 아칼! 궁금해하는 학생들을 위해 먼저 말씀드리죠. 인사말을 어떤 순서에 따라 한 건 아니에요."

"알로하."

누군가가 대답했다. 다른 학생들도 목소리를 높였다. 인사와 웃음이 뒤섞였다.

"아주 좋아요!" 손을 비비며 아주르가 말했다. "여러분 모두 자신감이 넘치는 것 같군요."

뿔테 안경 뒤에서 반짝이는 그의 눈은 미친 듯이 쏟아져 내리는 냇가의 자갈 같았다. 그의 목소리 톤은 마치 머나먼 땅에서 돌아온 탐험가가 친구들에게 자신의 모험 이야기를 하는 것처럼 갈수록 커졌다. 그는 용기를 내서 이 세미나 수업에 등록한 모든 학생을 축하해 줬다. 또, 학생들이 끝까지 포기하지 않고 수강하기를 기대한다고도 했다.

그의 말은 너무 여유롭다가 빨라지는 게 반복돼서 언제 농담을 하고, 언제 진지한 말을 하는지 분간하기 어려웠다.

"아마도 여러분은 세어 보았을 겁니다, 이 수업에는 모두 열한 명이 참여합니다. 특이하게도 열한 명입니다, 10은 완벽한 숫자인데, 완벽은 지루하죠."

그는 불만스러운 표정으로 주위를 둘러보았다.

"우리가 해야 할 일이 있어요. 도대체, 뭐에라도 물릴 것을 두려워하는 것처럼 여러분은 흩어져 있습니다. 자, 신사 숙녀 여러분, 실례가 되지 않는다면 일어서시겠습니까?"

놀란 학생들은 그 상황을 즐기며 그가 시키는 대로 했다.

"여러분은 너무나 순종적이네요! 신의 눈으로는 순종이 최고의 미덕이라고 하잖아요. 이제 의자를 원 모양으로 배열해 주세요. 왜냐하면, 신에 관해 이야기를 나누기에 가장 적절한 기하학적 모양은 원이기 때문입니다."

아주르는 각각의 주제에 따라 각기 다른 의자 배열을 할 것이라고 했다. 정치에 관해 이야기하기 위해서는 무질서하고 형태를 갖추지 않아야 했다. 사회학은 질서 있는 삼각형, 국제 관계학은 직사각형 프리즘. 그러나 신에 관해 이야기하려면 원을 만들어야 했다. 모든 사람이 중심에서 등거리에 있을 수 있도록.

"이제부터 매주 강의실에 들어설 때 여러분이 원을 만들고 앉아 있는 모습을 기대합니다."

이 의자 배치에 몇 분이 소요되었다. 학생들은 의자와 발을 끌며 다시 자리를 배치했다. 마침내 모두가 앉았을 때, 그들이 형성한 모양은 원이 아니라, 쥐고 짜고 버린 레몬의 형태였지만, 그래도 괜찮았다. 만족스럽지는 않았지만, 아주르 교수는 학생들의 수고에 감사를 표했다. 그런 다음 그는 특히 '학생들에게는 재미있는 수많은 수업'이 있었을 텐데, 왜 신에 관심을 두게 되었는지 말해 달라고 했다.

모나부터 시작했다. 그녀는 9.11 참사 이후 서구에서 이슬람에 대한 인식이 심히 우려된다고 말했다. 그녀는 단어 하나하나를 신중하게 골라, 젊은 무슬림 여성인 것이 자랑스럽고 자신은 자신의 종교를 사랑하고 포용할 수 있지만, 거의 매일 많은 편견과 싸워야 한다고 말했다.

"이슬람에 대해 아무것도 모르는 사람들은 나의 종교, 나의 예언자, 나의 신앙에 대해 과장되고 부정적인 이야기를 합니다." 그녀는 말했다. "그리고 머리에 쓰고 있는 히잡에 대해서도요." 그녀는 덧붙였다. 그녀는 창조주의 본성에 관한 정직하고 편견 없는 연구 토론에 참여하고 싶었기 때문에 이 수업을 수강하기로 마음먹었다고 했다. 신은 모든 사람을 다르게 만들었고, 이 모든 다양성에는 이유가 있을 것이라고 했다. 그녀는 "내가 다양성을 존중하듯 상대방에게서도 존중받기를 기대합니다."라고 말했다.

모나 옆에 있던 남학생은 자기 차례가 되자 등을 곧게 폈다. 그의 이름은 에드였다. 그는 자신이 무교 가정에서 태어났기 때문에 신중하고 공평하게 신의 문제에 접근한다고 말했다. 그는 과학과 신앙은 함께할 수 있다고 확신하지만, 종교의 상당 부분 비논리적인 측면은 걸러 내야 한다고 했다. "아버지는 유대인이고 어머니는 개신교이지만, 부모님은 독실한 신자가 아니었습니다." 그는 덧붙였다. "저도 모나처럼, 하지만 다른 각도에서 현대의 정체성과 신앙에 관심이 많습니다. 솔직히 말하면 한 번도 신이 제게 문제가 된 적은 없었습니다."

"그럼 왜 여기 있는 거야?" 근육질의 곰보 얼굴을 한 금발 남학생이 물었다. 그는 손가락 사이로 연필을 빠르게 돌리고 있었다. "여기 있는 모든 사람은 신과 관련해서 문제가 있다고 생각했는데."

페리는 에드가 고개를 들고 아주르 교수를 바라보았고, 아주르 교수는 에드에게 확실치 않은 고갯짓을 하는 걸 보았다. 마치 그들 사이에 메시지가 오간 것 같았다. 페리가 해독할 수 없는 암호 같은.

아주르는 금발의 남학생에게로 몸을 돌렸다. 아주르 교수는 말했다. "저는 일반적으로 학생들이 서로의 아이디어에 대해 논평하기를 기대하고 심지어 권장합니다. 하지만 아직 이릅니다. 우리는 부화하려는 병아리와 같아요. 껍질에서 머리를 한번 내밀어 봅시다. 그리고 토론을 해보죠."

다음 학생인 올리비아는 스페인어 억양이 뚜렷한 매력적인 학생이었다. 그녀의 눈은 크고 갈색이었고, 머리카락은 검고 실크 같았다. 그녀는 가톨릭 가정에서 자랐고, 매주 미사에 참석할 만큼 독실한 신자라고 자신을 소개했다. 그녀는 옥스퍼드 가톨릭 공동체에서 좋은 친구를 사귀었다고 했다. 하지만 시야를 넓히고 싶다고 말했다. "저는 이 수업이 재미있을 것 같았어요. 익숙한 환경에서 벗어나 다른 사람들이 신에 어떻게 다가가는지를 알고… 그래서……." 그녀는 마치 다른 사람이 자신의 말을 끝내 주기를 기다리기라도 하듯 말을 끝내지 않았다.

"제 차례인 것 같군요." 금발의 남학생이 끼어들었다. 그는 펜을 더 빠르게 돌리고 있었다. "제 이름은 케빈입니다. 저는 캘리포니아에서 온 장학생입니다."

케빈은 모든 문제에 있어 정답을 내놓았던 어니스트 헤밍웨이가 '머리가 돌아가는 모든 사람은 무신론자가 될 것'이라고 한 것은 적절한 말이었다고 했다. 헤밍웨이 자신도 철저한 무신론자였다는 예를 들었다.

"나는 여러분의 말도 안 되는 소리를 믿지 않기 때문에 이 수업을 듣는 거예요. 나는 여러분이 계속해서 신이라고 부르는 것에 대해 건설적인 토론을 하고 싶습니다. 비록 내가 모두를 화나게 할 것이라고 확신하지만서도요."

누군가가 우연이었든 이 말에 대한 반발에서였든 기침을 했다.

그다음 남학생은 자신을 이렇게 소개했다. "안녕하세요. 제 이름은 아비입니다. 저는 옥스퍼드 안식일 공동체 회원입니다. 그리고 유대인 도서관에서 아르바이트하고 있습니다."

아비는 인류를 3차 세계 대전으로 몰아넣을 만큼의 증오와 적의가 현재 세상에 존재한다고 했다. 역사의 망령이 우리 사이를 맴돌고 있다는 것이다. 홀로코스트와 쌍둥이 빌딩에 대한 공격에서 볼 수 있듯이 인류는 상상할 수 없는 죄악을 저지를 수 있다고 했다. 그는 종교 간의 진정한 대화가 활성화돼야 한다고 했다. 신에 대한 두려움은 호모 사피엔스의 폭력적 성향을 가장 강력하게 억제하는 것이고, 현대에는 그 어느 때보다 신이 필요하다고 주장했다.

아비는 뭔가 더 말하고 싶어 하는 것 같았지만, 옆에 있던 에너지 넘치고 조급해하는 인도 학생이 그의 말을 잘랐다. 그녀의 이름은 수자타였다. 그녀는 동양 철학과 서양 철학의 차이점에 대해 이렇게 말했다.

"모든 유일신 종교는 같은 지역에서 나왔습니다. 기원이 같다는 말입니다. 서로 계속 싸우고 있는데 겉으로 보기엔 그 종교들은 너무도 닮았습니다."

수자타는 인도 철학에서 나온 슬로건을 자신의 것으로 받아들였다. '자신을 어떻게 보느냐에 따라 나중에 자신도 그렇게 된다.' 그녀는 누군가의 기분을 상하게 하고 싶지는 않지만, 유일신 종교에서 신에 대한 관념은 가혹하고, 비판적이며, 인간과는 멀다고 했다.

"저는 '모든 것이 신이다.'라고 말합니다. 하지만 여러분은 '모든 것은 신의 것이다.'라고 합니다. 그 작은 소유 접미사가 큰 차이를 만듭니다."

수자타는 이러한 철학적 차이에 대한 치열한 토론을 기대한다고 하면서 자기소개를 마쳤다.

학생들이 말을 할 때마다 페리는 당황하기 시작하면서 의자에서 조금씩 아래로 미끄러졌다. 그녀는 '투명 인간이 되어 여기서 빠져나갈 수만 있다면'이라는 생각을 했다. 그녀는 아주르 교수가 학문적 능력이 아니라 개인적인 이야기로 학생들을 뽑은 거라는 의심이 들었다. 학생들이 한 명씩 선별된 건 분명했다. 마치 교수가 강의실에서 다양성과 갈등 모두를 원하는 것처럼 보였다. 왜냐하면, 이렇게 다양한 배경을 가진 사람들이 합의에 이르는 것은 어렵고, 거의 불가능하기 때문이었다. 아주르 교수가 원하는 게 이것일지도 모르는 일이었다. 모순! 어쩌면 그는 실험실에서 뛰어다니는 쥐처럼 학생들을 대하고 있다. 그는 학생들이 눈치 채지 못하게 실험을 하는 것이다. 만약 그렇다면 뭘 실험하고 있는 것일까? 신에 대한 새로운 인식인가?

페리를 괴롭히는 게 하나 더 있었다. 주위에 있는 모든 학생이 미니어처 바벨탑을 완성하기 위해 특별히 선택받은 것이라면, 자신은 어째서 이 세미나 수업을 들을 수 있게 되었는가 하는 것이었다. 아주르 교수는 페리에 관해 무엇을 알고 있는 걸까? 그가 그녀를 실험에 포함시킨 이유는 무엇일까? 레이몬드 박사의 말이 그의 마음속에서 메아리쳤다. *아주르 교수는 좀 특이하고 이상한 사람으로 알려져 있어요. 그는 규칙을 따르지 않아요. 모든 학생에게 좋은 수업은 아닙니다. 학생들을 둘로 나뉘게 만들어요. 어떤 학생들은 그 수업을 매우 좋아하지만, 다른 학생들은 극도로 불만을 갖지요.*

"안녕하세요. 저는 킴버예요." 곱슬머리 학생이 말했다. 그녀가 머리를 움직일 때마다 그녀의 곱슬머리가 위아래로 출렁거렸다. "제가 왜 이 수업을 신청했을까요? 두 가지로 답할 수 있습니다. 하나는 길고 하나는 짧습니다."

"긴 것부터 하세요." 아주르 교수가 말했다.

킴버는 아버지가 모르몬 교회의 성직자였다고 말했다. 그녀의 가족, 친구, 친척 모두가 모르몬교도였다. 그녀의 삶에 의미를 부여한 유일한 요인은 신이었다. 그녀는 신을 더 잘 이해하고 싶었기 때문에 이 수업에 관심을 가졌다고 했다. 그녀는 오늘날의 젊은이들이 오직 사랑이나 돈, 경력에만 관심을 두는 건 무척 잘못된 것이라고 했다. 그녀는 삶에는 그 이상의 것이 있어야 한다고 믿었다. "우리 각자는 정해진 사명 때문에 이 세상에 온 것입니다. 저는 저 자신을 찾는 중입니다."

"그럼 짧은 것은 뭐죠?" 아주르가 물었다.

킴버는 킥킥대며 웃었다. "친구와 내기를 했어요. 교수님께서 이 대학에서 가장 학점을 짜게 주고, 가장 마음에 들기 힘든 분이라고 하더라고요. 제 성적은 항상 좋았습니다. 유치원 때부터요. 그래서 도전하게 됐습니다."

아주르 교수의 얼굴에 잔잔한 미소가 떠올랐다.

"진실이란 얼마나 찾기 힘든 보석인지……. 말하는 것만으로도 기쁨이다."

앉아 있던 페리는 그 시의 구절을 기억해 냈다. 그녀는 속으로 중얼거렸다. "에밀리 디킨슨."

"계속합시다. 다음!" 아주르 교수가 말했다.

다음 남학생의 이름은 아담이었다. 동그란 콧날, 보조개가 들어간 턱, 마치 계속해서 뭔가에 놀라는 듯한 인상을 주는 위로 치켜 올라간 눈썹.

"신은 사랑입니다." 그가 말했다. "'살고, 사랑하고, 배우라.' 저는 이 보편적인 진리를 믿습니다." 그는 순간을 살아야 할 필요성과 요가와 명상의 기술에 관해 이야기했다.

"제 차례인가요? 제 이름은 엘리자베스입니다." 옆에 앉아 있던 학생이 말했다. "저는 여기서 태어나고 자랐습니다. 집에서 멀리 떨어져 있다고 할 수는 없죠. 저는 신과 아무 관련이 없지만, 신이 남자라는 인식에 의문을 품고 있습니다."

엘리자베스는 인간이 자연 그리고 여신 숭배와 단절되었다고 했다. 역사를 통틀어 여성성은 항상 억압받았다는 것이다. 이에 대한 대가를 전쟁, 피, 늘어나는 폭력으로 치러야 했다고 말했다. 그녀는 고대 종교, 샤머니즘, 티베트 불교에 관심이 있다고 했다. "우리는 대자연과 다시 연결돼야 합니다." 그녀는 지구 온난화와 환경 오염에 관해 이야기했다. 이제부터 신을 남성으로 생각하지 말고, 신을 여성적 에너지로 칭해야 한다고 주장했다.

이렇게 해서 소개를 하지 않는 학생은 페리와 그녀 옆에 있는 남학생까지 두 명뿐이었다. 페리는 남학생에게 먼저 소개를 하라고 손짓을 했지만, 그는 하지 않았다.

"그럼, 제 이름은 페리……."

페리가 말하는 도중에 아주르 교수가 끼어들었다. "조금 전 내가 말한 그 인용구는 에밀리 디킨슨의 시였어요, 그걸 알고 있다니 훌륭해."

페리는 자신의 뺨이 붉게 달아오르는 걸 느꼈다. 혼자 중얼거리는 소리를 교수가 들을 수도 있으리라는 생각은 하지 못했다. "저는 이스탄불에서 왔습니다……." 그녀는 할 말을 잊은 채 더듬거리며 말했다. 다른 사람들처럼 중요한 철학적인 말을 하지 못하고 자신의 고향에 관해 이야기하는 게 바보처럼 느껴졌다. "글쎄… 저는… 왜 여기에 있는지 확신이 서지 않아요."

"그럼 그만둬야지." 케빈이 말했다. "그러면 열 명이 되겠네. 완벽한 숫자잖아!"

웃음소리가 강의실 전체로 퍼졌다. 페리의 시선은 바닥으로 향했다.

여기 모든 학생이 언뜻 보기에는 매우 달라 보였지만, 모두 말하는 데는 거침이 없었다. 하지만 그녀는 이런 단순한 일에도 버벅거리다 말문이 막혔다. 말을 계속할 수가 없었다. 페리는 그냥 침묵했다.

마지막으로 자기소개를 한 사람은 브루노라는 남학생이었다. 그는 자신이 마르크스주의자는 아니라고 말했다. 그러나 종교는 대중의 아편이라는 것과 관련해서는 전적으로 마르크스가 옳았다고 주장했다. 한때 그는 종교에 대한 엔베르 호자[2]의 글을 읽고 매료되었다고 했다. 자신은 그와 같은 생각이라고 했다.

"학생!" 아주르가 말했다. "다른 사람 특히, 인상적인 말을 남긴 철학자나 시인의 말을 인용할 때 주의해야 해. 마르크스가 말한 건 이거였지. *종교는 억압받는 자의 한숨이고, 가슴이 없는 세계의 감정이며, 영혼이 없는 세상의 영혼이다. 종교는 인민의 아편이다.*"

"그래, 맞아요. 똑같은 겁니다." 브루노가 바로 소리쳤다. 그는 자신의 말에 누군가가 끼어드는 걸 좋아하지 않았다. 그리고 그는 갑자기 모나에게 고개를 돌렸다. 브루노는 얻어맞을 준비를 하는 사람처럼 턱을 앞으로 내밀었다. 그는 자신의 말이 일부 학생의 마음에 들지 않을 수도 있겠지만, 항상 솔직하게 말해 왔다고 주장했다. 그는 이슬람교에 불만이 있다고 했다.

"사실 저는 모든 유일신 종교에 불만이 있지만, 기독교와 유대교는 개혁을 거쳤습니다. 그런데 이슬람은 그렇지 않았어요."

---

2 Enver Halil Hoxha(1908-1985). 알바니아 독립운동가이자 공산주의 정치가. 알바니아의 초대 주석

브루노는 여성에 대한 이슬람의 태도는 용납할 수 없다고 하면서, 자신이 여성이면서 무슬림으로 태어났다면 비참했을 거라고 했다. "아마도 삶을 포기했을 겁니다." 브루노에 따르면 이슬람은 바뀌지 않는다면, 오늘날 세상에는 적합한 종교가 아니라는 것이다. 코란과 하디스 모두 절대적이기 때문에 이러한 상황에서 변화를 기대하는 것은 불가능하다고 했다.

"변화가 금지인데 종교를 어떻게 바로잡으라는 거죠?"

모나는 브루노에게 차가운 시선을 보냈다. 그녀는 곧바로 그의 말을 되받아쳤다.

"미안한데 누가 너한테 내 종교를 바로잡으라고 했어? 무슬림 여성이 당신 같은 사람들에 의해 구원받아야 한다는 생각은 어디서 나온 거야?"

"자, 자. 싸우지 말아요……. 좋아요, 아주 좋아. 시작이 아주 멋지군!"이라며 아주르가 개입했다. "여러분의 의견을 유창하게 말해 줘서 고맙습니다. 그러나 우리의 주제는 종교가 아님을 기억하세요. 우리의 주제는 신에 대한 철학입니다."

학생들이 만들어 놓은 원 안에서 아주르 교수는 원을 그리며 걸었다. 그의 움직임에는 자신감이 있었고, 그의 연설은 열정적이었다.

"우리는 이슬람, 기독교, 유대교 또는 힌두교에 대한 의견을 교환하기 위해 여기 모인 것이 아닙니다. 이러한 전통적인 방식을 가끔 접할 수는 있겠지만, 우리의 주요 관심사는 신에 대한 철학이 어떻게 발전했는지 이해하는 것입니다. 개인적인 신앙에 개입하는 것은 허용할 수 없어요. 화가 나고 짜증이 난다면 버트런드 러셀의 명언을 떠올리세요. *사람이*

지식이 부족하면 그만큼 감정적으로 된다."

하늘의 큰 구름이 연약한 태양을 뒤덮었다. 방 안이 갑자기 어두워졌다. 그 어둠 속에서 아주르의 눈이 반짝거렸다. "이해되나요?"

"네." 학생들이 일제히 대답했다.

그러나 몇 초 후 작은 목소리가 들렸다. "음… 아니요."

페리였다. 아주르가 멈춰 섰다. "뭐라고 했죠?"

"죄송합니다……. 그냥… 그러니까… 감정을 고려하는 건 잘못된 것이 아니라고 생각합니다." 그녀는 자신이 없는 사람들처럼 말을 하면서 손짓을 많이 사용했다. "사실 우리는 이성보다는 감정에 따라 행동합니다. 안 그런가요? 어째서 우리의 본성을 경멸하는 거죠? 왜 우리는 감정을 무시할까요?" 그녀는 아주르 교수가 그녀에게 화를 내진 않을까 걱정하며 고개를 들었다.

하지만 아주르 교수는 다정한 표정을 짓고 있었다.

"훌륭하군, 이스탄불 소녀, 계속 그렇게 도전하세요."

그는 대학이라는 환경은 배우고, 생각하고, 성장하고, 이해하기 위해 만들어진 곳이라고 했다. 옥스퍼드에서 몇 년을 보낸 뒤에도 여전히 신입생 때와 같은 생각을 하고 있다면, 그러니까 정체되거나 그대로라면, 무엇을 위해서 공부를 하는 것일까? 자신의 시간과 가족의 돈을 낭비한 것일 뿐이라고 했다. 그냥 집으로 돌아갔더라면 더 좋았을 것이라고.

"변화할 준비를 하세요. 이 세상에서 돌과 바위만이 변하지 않습니다. 사실은 그것들마저도 변합니다."

아주르는 세계에서 가장 오래된 대학이 여기 이곳이라고 말했다. 수 세기 동안 옥스퍼드는 학문적 연구, 한 걸음 더 나아가 신학적 논쟁과 종교적 논쟁의 중심지였다고 강조했다. 신에 관한 철학에 대해 호기심을 갖는다는 것이 반드시 '독실한 신자'가 되어야 한다는 의미는 아니라고 했다. 신에 대한 철학에 대해 전혀 관심이 없는 수많은 독실한 신자들이 있는 것처럼, 관심을 두고 있는 많은 '자유주의자', '세속주의자', '불신론자'들이 있다는 것이었다. 누구도 다른 사람을 구분하려 들어서는 안 된다고 했다.

아주르 교수는 사실 모든 사람은 자신이 많이 들어 왔던 것을 반복할 뿐이라고 했다. 자연적으로 무신론자 학생은 무신론적 관점으로, 모르몬교도 학생은 모르몬 문화로, 인도 학생은 인도 철학으로, 무슬림 학생은 이슬람 관점 등으로 문제를 본다는 것이다. 하지만 '이렇게 다양한 의견이 한곳에 모였을 때 공통 언어를 찾을 수 있을까? 하나님의 철학이 모든 차이점을 포용하는 우산이 될 수 있을까?'라는 물음을 던졌다.

"여러분은 운이 좋은 겁니다! 신에 관해 이야기하기에 적절한 곳에 있는 겁니다!"

그렇게 첫 수업이 시작되었다. 교수는 말을 할수록 그 분위기가 완전히 바뀌었다. 그때까지 침착하고 안정되어 보였던 그의 얼굴 윤곽이 눈에 띄게 움직였다. 그의 어조는 조심스럽고 신중한 게 아니라, 불같고 열정적이었다. 너무나 자신감에 차 있었다. 그의 이런 모습에서 페리는 이스탄불의 길고양이를 떠올렸다. 사람들에게서 멀리 떨어진 겁 많은 고양이가 아니라, 아주 높은 담을 어슬렁거리며 마을이 마치 자신의 왕국인 것처럼 단속하는 거침없는 고양이.

"자, 이제 여러분을 위한 질문입니다. 내가 여러분을 청동기 시대로 순간 이동시켰다면, 그 시대 사람들에게 신을 어떻게 묘사하겠습니까?"

"신은 자비로우십니다." 모나가 말했다. "그분은 너무나 자비로우시고 자애로우십니다."

아비는 "자기 스스로면 충분합니다."라고 하면서 이렇게 덧붙였다. "누구도 필요치 않습니다."

엘리자베스는 말했다. "신은 남자가 아니지만, 남자로 묘사되고 있어요."

"남자도 여자도 아니지." 케빈이 말했다. "어쨌든 다 헛소리야."

아주르 교수가 손짓을 했다. "모두 잘못 짚었어."

"왜죠?" 브루노가 이의를 제기했다.

"왜냐하면, 청동기 시대의 털이 많이 난 조상들은 우리와 같은 언어를 사용하지 않았기 때문이죠. 오늘날의 신에 대한 개념을 들어 본 적이 없는 사람들에게 신을 어떻게 설명할 건가요?" 그는 종이와 크레용 뭉치를 꺼내 모든 학생에게 나눠 주었다. "말은 잊고 상징으로 설명해 보세요!"

"예?" 브루노가 반발했다. "그림을 그리자고요? 우리가 어린이입니까?"

아주르가 말했다. "여러분의 더 넓은 상상력을 보여 줄 수 있을 겁니다."

모나가 손을 들었다. "교수님, 이슬람은 우상을 금지합니다. 우리는 신의 그림을 그리지 않습니다. 창조주는 우리의 인지 한계를 초월한 곳에 존재한다고 믿거든요."

"좋아요. 그럼 학생은 지금 말한 그대로를 그리세요."

이후 10분 동안 학생들은 서로 대화를 나눴고, 한숨을 쉬며 투덜거렸지만, 결국 몇 가지 그림이 나오기 시작했다. 어떤 학생은 별, 은하, 운석 등 우주를 그렸다. 다른 학생은 번개에 의해 뚫린 구름을 그렸다. 신이 그 구름 위에 있었다. 학생 중 몇몇은 팔을 벌리고 있는 예수의 그림을 그렸다. 어떤 학생은 태양 아래에서 금처럼 빛나는 돔 지붕이 있는 이슬람 사원을. 아니면 코끼리 머리를 한 인도의 신인 가네샤를 그렸다. 통통한 가슴을 가진 여신을 그린 학생도 있었고, 또 어떤 학생은 신을 어둠 속의 촛불로 표현했다. 모든 학생이 자신의 방식으로 신을 시각화했다. 페리는 잠시 머뭇거리다가 점을 찍었고, 뒤이어 그걸 물음표로 바꿨다.

"시간이 다 됐습니다." 아주르 교수가 말했다. 그는 새 종이를 나누어 주었다. "여러분이 신이 무엇인지를 그렸으니 이제 신이 아닌 것을 그려 보세요."

"어떻게요?"

아주르는 눈썹을 치켜세웠다. "반발하지 말고 네 일이나 해, 브루노."

무엇을 그릴 수 있을까? 어떤 학생은 뱀의 노란 눈을 가진 악마를 그렸다. 또는 무서운 철 가면을. 피 묻은 칼. 불. 파괴. 지옥의 한 장면……. 이상하게도 신이 아닌 걸 상상하는 게 더 어려웠다. 엘리자베스에게만은 쉬운 일이었다. 그녀는 한 남자를 그렸다.

아주르 교수는 "협조해 줘서 감사합니다."라고 했다. "이제 두 그림을 나란히 들어서 보여 주시겠습니까? 모두에게 보여 주세요."

학생들은 그가 말한 대로 했다. 곁눈질로 서로가 뭘 그렸는지 살펴보았다.

"이제 그림을 자신이 볼 수 있도록 돌리세요. 아시겠죠? 좋아요! 역사를 통틀어 수십 명의 철학자, 사상가, 신비주의자들이 제기한 질문을 여러분께 드릴까 합니다. 이 두 그림 사이의 관계는 무엇인가요?"

"으응?" 이번에는 반발하는 학생이 브루노만은 아니었다.

"첫 번째 그림은 신이 무엇인지에 대한 것이었습니다. 두 번째 그림은 신이 아닌 것에 관한 것이었죠. 여러분에게 질문합니다, 첫 번째 그림이 두 번째 그림을 포함합니까, 제외합니까? 예를 들어, 하나님이 전능하신 분이라면, 신의 약점도 포함한다는 뜻인가요? 신이 절대적으로 선하다면, 악은 신의 선에 포함되지 않는 외부의 힘인가요? 여러분은 두 장의 그림을 그렸습니다. 리포트를 쓰세요. 용기 있고, 대담하고, 정직하게 쓰세요. 책을 읽고 그 리포트를 뒷받침하세요."

누구도 말 한마디 하지 않았다. 학생들은 그림을 그리는 동안 이 수업을 과소평가한 것이었다. 두 그림 사이의 관계에 대한 글을 쓰라는 과제를 받을 줄 알았다면 천천히 그리고 더 많이 생각했을 것이었다. 그러나 학생들은 그림을 이미 다 그렸다. 간단한 질문에서 복잡한 과제가 나온 것이다.

"고대 철학자들을 돌아보세요. 오늘과 같은 토론은 피하세요. 그렇지 않으면 다시 싸우게 됩니다. 자신의 고정 관념에서 벗어나세요."

"고정 관념에서 벗어나야 합니까?" 케빈이 다시 물었다.

"그렇다면 이게 다음 주 숙제입니다. 최선을 다하세요, 많이 읽으세요,

연구하세요. 역사를 통틀어 철학자, 과학자, 종교인들이 이 질문에 어떻게 답했는지 찾아보세요. 나를 놀라게 해 봐요! 하지만 여러분에게 경고하고 싶군요. 내 마음을 움직이는 건 쉽지 않아요!" 아주르가 말했다. 그는 파일과 연필, 마지막 모래알이 아래로 미끄러져 내리고 있는 모래시계를 챙겼다. 그리고 강의실을 나갔다.

야누스

주말이 되자 많은 학생은 한 주 고생에 대해 보상이라도 하듯이 펍과 클럽에 가서 즐겼다. 그 시간에도 페리는 도서관에 머물면서 계속 책을 읽었다. 간간이 들리는 기침 소리, 속삭임, 책장 넘기는 소리마저 사라지면, 도서관 건물에는 침묵이 내려앉았다. 페리는 이따금 창문 밖 어둠 속을 내다보았다. 다른 학생들과 어울리지 못하는 게 아쉬웠지만, 그녀는 책에 둘러싸여 있는 걸 좋아했다. 그것은 그녀에게 다른 어떤 것도 줄 수 없는 자유를 안겨 주었다. 요즘 읽는 책의 대부분은 아주르 교수 수업에 관한 것이었다. 그녀는 몇 시간 동안 책을 읽으며 수업을 충실히 준비했다. 그녀는 교실에서 똑똑하고 현명하게 자신의 의견을 밝히고 자기 생각으로 교수에게 깊은 인상을 주고 싶었다. 하지만 그녀의 수줍음과 부끄러움이 그걸 가로막았다.

책상 위에는 새로 산 폴라로이드 카메라가 놓여 있었다. 그녀는 달리는 동안 산호색 일출, 옅은 보랏빛 일몰, 서리 내린 초원과 같은 매혹적인 풍경을 마주했기에 카메라를 사지 않을 수 없었다. 이런 아름다운 풍경을 영원히 남겨 둘 생각이었다. 카메라는 조금 비쌌지만 그만한 가치가 있었다. 그녀는 책에 많은 돈을 쓰고 있었고, 새 컴퓨터도 살 계획이었다. '어쩔 수 없지.' 그녀는 생각했다. '더 열심히 일하면 될 거야.'

페리는 자리에서 일어나 스트레칭을 했다. 그녀의 주위는 텅 비어 있었다. 그런데 책장 사이를 돌아다니다가 그림자를 발견했다. 그녀는 재빨리 뒤를 돌아봤다. 트로이가 서 있었다.

"안녕. 널 겁주려는 의도는 아니었어."

"날 찾고 있었어?" 페리는 이상해서 물어보았다.

"아니… 그게, 사실은 맞아. 걱정은 하지 마, 네게 피해를 주진 않을 테니까." 트로이는 씩 웃으며 페리의 손에 있는 책을 가리켰다. "너 아리스토텔레스를 읽고 있구나. 아주르의 수업 때문이란 소리는 하지 마."

"맞는데." 페리는 불편해하며 말했다.

"그 인간은 악마라고 말했는데 넌 내 말을 심각하게 안 받아들이는구나."

"왜 아주르를 싫어해?"

"그는 자신의 주제를 몰라. 넌 그걸 좋게 보는 것 같은데 그렇지 않아. 교수라고 하면 교수처럼 행동해야지. 그 이상을 넘어서는 안 되잖아."

"어떻게 행동하는데 그래?"

트로이는 한숨을 쉬었다.

"그 사람은 신에 관한 철학을 가르치는 게 아니야. 너도 보게 되겠지만, 그는 신을 연기하고 있는 거야. 자신이 신이라고 생각하고 학생들의 인생에 간섭해!"

"정말?" 페리는 무슨 말을 해야 할지 몰라 물었다.

트로이는 자신이 말하고 싶은 것보다 더 많은 걸 털어놓았다는 듯, 한 걸음 뒤로 물러섰다. "어쨌든 나는 가 봐야 해. 친구들이 기다리고 있어. 너도 우리랑 함께 놀래?"

"고맙지만 공부해야 해." 그러면서 그녀는 간접적으로 '사귀자는 제안'을 받은 건지 생각했다.

"그래. 다음에 놀까? 자, 몸 잘 챙기고. 내가 한 말을 생각해 봐."

페리가 도서관에서 나왔을 때 날은 어두워져 있었다. 하늘이 너무 가까워서 손을 뻗으면 군청색 숄처럼 끌어당겨 어깨에 둘 수 있을 것 같았다. 그녀는 걸으면서 고개를 하늘로 향했다. 마치 수백 년 된 비밀을 지키고 있는 듯 건물의 흉벽에서 내려다보는 끔찍하고 무서운 괴물 조각상을 쳐다보았다. 왠지 모르게 소름이 돋았다. 옥스퍼드의 오래된 골목들은 수많은 갈등과 이야기를 간직하고 있지 않을까? 그녀는 재킷의 지퍼를 턱까지 올렸다. 곧 새 코트를 사야 할 것 같았다. 돈을 모아야 했다.

페리는 모퉁이를 돌다가 특이한 광경을 마주했다. 인도 위에 촛불이 타고 있었다. 사람들이 촛불을 들고 조용히 기다리고 있었다. 나란히 늘어선 남자들의 사진. 어떤 사건을 추모하기 위한 밤이었다. 그녀는 다가가서 땅에 놓인 사진과 꽃들을 훑어봤다. 포스터 중 한 곳에 "스레브레니차[3]를 잊지 말자"라고 쓰여 있었다.

페리는 사진 속 죽은 자들의 얼굴을 바라보았다. 어린 소년, 아버지, 남편, 할아버지들… 그들 중 한 명은 그녀의 오빠 우무트와 무척 닮았었다. 오빠가 체포되던 당시의 모습 같았다. 코끝이 찡했다. 고개를 돌리니 밤의 추모 행사를 주최한 사람들의 선두에 모나의 모습이 보였다. 모나는 진녹색의 히잡으로 머리와 어깨를 덮고 있었다. 그녀도 페리를 보았고, 손에 촛불을 들고 미소를 지으며 다가왔다.

페리는 사진 속 얼굴을 가리켰다. "너무 안됐어."

"안된 것 그 이상이지." 모나가 말했다. "대량 학살. 우리는 절대 잊지 말아야 해." 그녀는 말을 멈추더니 유심히 페리를 바라보았다. "우리랑 함께하지 그래?"

"음, 좋아." 페리가 답했다. 페리는 오빠와 닮은 소년의 사진을 집어 들고 길가에 자리를 잡았다. 멀리서 밤의 어둠이 강물처럼 불어나고 있었다.

"이 행사엔 무슬림 학생들만 참여하는 거야?"

"무슬림 학생회가 주최했지만, 모든 종교와 국적의 학생들이 지지하기 위해 모였어. 아주르 교수의 세미나 수업을 듣는 학생 중에서도 온 사람이 있어. 봐, 에드가 저기 있어."

정말로 그가 거기에 있었다. 모나가 다른 일로 바쁠 때, 페리는 에드 옆으로 갔다.

---

3 1995년 7월 보스니아 헤르체고비나의 스레브레니차 지역에 살고 있던 무슬림들이 대거 학살 당했던 사건

"안녕, 에드."

"페리, 안녕."

"넌 발칸반도 출신도 아니고 무슬림도 아닌데, 이 추모식을 지지하는 게 흥미롭네."

"응, 여기에 유대인은 나뿐인 것 같은데. 반쪽 유대인도." 에드가 미소를 지으며 말했다.

"뭘 좀 물어봐도 될까? 너는 왜 신에 관한 세미나 수업을 듣니?"

"그건 아주르 교수 때문이야. 그 사람이 내 삶을 바꿔 놨거든."

"정말?" 페리는 에드와 아주르 교수 사이의 눈빛이 떠올랐다.

"지난해 교수님이 날 많이 도와주셨어. 여자 친구와 헤어지려고 했거든."

"헤어지지 말라고 하셨어?"

"딱 그렇게 말한 건 아니었어. 먼저 그녀를 이해하려고 노력하라고 하셨지." 에드가 말했다. "여자 친구와 나는 중학교 때부터 사귀었어. 근데 그녀가 많이 달라졌어. 새로운 친구들이 생겼거든. 더는 그녀를 알아볼 수 없을 정도가 됐지 뭐야." 에드는 학문에 계속 전념했고, 여자 친구는 점점 더 종교에 빠진 모양이었다. 그들 사이에 틈이 생겼다.

"왜 그랬는지는 모르겠지만 아주르 교수에게 조언을 구했지. 랍비를 찾아가도 되지만, 아주르 교수가 딱 맞는 사람인 것 같았어."

"네게 뭐라고 했는데?"

"정말 이상한 말을 했어. '40일 동안 여자 친구의 말을 들어라. 이의를 제기하지 말고, 토 달지 말고. 여자 친구를 이해하는 데 한 달 열흘을 바처. 누군가를 사랑한다면, 이 정도는 그리 오랜 기간이 아니야. 함께 안식일을 보낸다고 생각해.'라고 했어. '여자 친구가 말하게 하고, 너는 들어.'라고 하더라고."

"그렇게 했어?"

"했지. 정말 힘들었어. 근거 없는 헛소리, 미안한데 모든 극단주의적인 종교 발언이 내게는 그렇게 들려, 그 헛소리를 들으면 그때 나는 견딜 수가 없었거든. 그런데 아주르 교수는 '철학자는 판단하는 것이 아니라, 이해하려고 노력하는 거야.'라고 했어." 에드는 웃었다. "이게 다가 아냐."

"다른 게 또 있다고?"

"40일 뒤에 아주르 교수가 나를 부르더니 '훌륭해'라고 하지 뭐야. '이제 여자 친구의 순서야. 이번에는 여자 친구가 널 이해하도록 노력해야 해. 40일 동안 여자 친구에게 왜 종교를 믿지 않는지 이야기해 주고, 여자 친구는 들어야 해."

"그렇게 한 거야?"

"물론 아니지." 에드는 고개를 가로저었다. "결국, 헤어졌어. 하지만 아주르 교수가 뭘 하고자 했는지는 알았지. 그 사람이 마음에 들었어."

에드의 흥분된 모습에서 페리는 제자가 스승에게 느끼는 무한한 신뢰를 볼 수 있었다. 페리는 불편했다.

"하지만 우리는 철학자가 아니잖아. 우리는 학생이라고."

"사실 그게 핵심이야. 아주르를 제외한 다른 교수님들은 우리를 어린애 취급하거나 하찮게 여기지. 아주르 교수는 우리를 동등한 존재로 생각하기 때문에 우리를 쥐어짠다고 생각해. 그는 우리가 어떤 직업을 선택하게 되든 우리가 모두 철학자가 될 수 있다고 믿고 있어."

"평범한 학생들에게 너무 많은 것을 바라는 건 아닐까?"

에드는 페리를 바라보았다. "넌 평범하지 않아. 누구도 평범하지 않아."

페리는 입술을 깨물었다. 에드가 왜 그런 말을 했는지 알 수 없었다.

"왜 그래? 아주르 교수가 싫어?"

"좋아, 단지……." 페리는 침을 삼켰다. "그가 우리를 실험하고 있는 건지 의심이 들어. 난 그게 싫은 거야."

"실험? 그런 건 없어." 에드가 말했다. "그는 내 인생을 바꿔 놨어. 좋은 방향으로 말이야."

비가 내리기 시작했다. 지금은 가벼운 이슬비였지만, 금방이라도 폭우로 바뀔 것 같았다. 추모식을 연기한다고 했다. 그들은 포스터, 양초, 사진을 수거했다. 모나는 여기저기 뛰어다니고 있었고, 많은 일을 책임지고 있었다.

페리는 에드에게 손을 내밀었다. 하지만 에드는 부드럽게 페리를 끌어당겨 진심으로 안아 줬다. "몸조심하고. 아주르를 믿어, 그는 훌륭한 사람이야. 그런 사람이 많아지면 얼마나 좋을까."

어둠 속에 홀로 남겨진 페리는 기숙사로 걸어갔다. 그녀는 쏟아지는 비에는 신경 쓰지 않았다. 수 세기 동안 열띤 논쟁을 목격했을 건물들을 바라보았다. 많은 충돌을 보았겠지……. 모두 다 신의 이름이라는 명분으로 생겨났을 충돌들. 왜, 왜 그래야 했을까?

누가 옳은 거지, 트로이일까, 에드일까? 하룻밤 사이에 그녀는 아주르 교수에 관한 두 가지 상반된 견해를 들었다. 이상하게도 그녀에게는 두

가지 의견이 모두 맞는 것처럼 느껴졌다. 그는 하늘의 달과 비슷했다. 밝은 면이 있었다. 반짝반짝 빛나고, 매력적이고, 매혹적이었다. 동시에 그에겐 첫눈에는 드러나지 않는 어두운 면도 있었다.

핍박받은 사람들

2016년 이스탄불

*Les Bonbons du Harem*의 마지막 남은 걸 막 먹고 나니, 개 한 마리가 가녀린 몸에서 예상치 못한 에너지로 꼬리를 흔들며 열린 문을 통해 홀 안으로 들어왔다. 길고 촘촘한 털은 늦가을 낙엽 색깔이었다. 머리는 조그맣고 가엾은 눈빛을 하고 있었다.

"사랑하는 폰폰, 내가 보고 싶었구나?" 사업가 아내가 말했다.

그녀는 개를 들어 무릎 위에 앉혔다. 개는 눈을 깜박이며 손님들을 살폈다. 여우를 닮은 얼굴 모양이 언제라도 적대감으로 변할 수 있는 표정을 지었다.

"언제 이 나라가 변했다고 생각했는지 아세요?" 사업가 아내가 손님들에게 물었다. "지난달에 폰폰을 동물 병원에 데려갔을 때였어요."

그녀의 말에 따르면, 보통은 수의사가 정기적으로 집에 방문했다고 한다. 그런데 수의사가 몇 주 전에 다리를 다쳤고, 예전처럼 계속 일은 했지만 집으로 올 수 없는 상황이 되었다. 그녀는 폰폰을 겨드랑이 사이에 끼고 병원에 갔던 모양이다. 옛날에는 개 주인들이 거의 비슷했다고 한다. 현대적이고, 도시 사람들인 데다, 세속적이고 서구화된 사람들이었다는 것이다. 보수적인 무슬림들은 개를 꺼리기 때문에 생활 공간을 개와 공유하는 데 관심이 없었다는 것이다.

"정말 나는 개나 그림이 있는 집에 왜 천사들이 못 들어간다고 하는지 도무지 이해할 수가 없어요." 사업가 아내가 말했다.

최근 이 모임에 들어온 언론사 사장은 "이맘 부하리가 편집한 하디스에서죠."라고 했다. 그의 새하얀 와이셔츠에는 옷깃이 없었다. 그는 턱수염이나 콧수염도 기르지 않았고, 머리카락을 전체적으로 같은 길이로 자른 헤어스타일이었다. 만찬에 참석한 다른 사람들과 달리 그는 새로 부상하는 이슬람 부르주아 계급이었다. 자신이 '유럽풍의 부르주아'라고 규정하는 사람들과 친구가 되고 싶어 했지만, 이런 만찬에 히잡을 쓴 아내를 절대 데려오는 법은 없었다. "하디스에서 언급한 그림은 평범한 그림을 말하는 게 아닙니다." 그가 뒤로 몸을 젖히며 말했다. "우상 숭배를 막기 위해 초상화에 대해서만 경고하고 있어요."

"야, 그럼 우린 큰일 났네." 사업가가 말했다. 그는 웃으며 두 팔을 벌리고 벽에 걸린 그림을 가리켰다. "우리는 개도 있고 초상화에 누드화도 많은데. 어쩌면 오늘 밤 우리 머리 위로 돌이 비처럼 쏟아질지도 몰라!"

손님 중 몇몇은 그가 농담하고 있다는 것을 알면서도 불편한 미소를 지었다. 긴장을 감지한 폰폰은 반짝이는 이를 드러내며 으르렁거렸다.

"쉬이잇, 엄마가 여기 있잖아." 사업가 아내가 자그마한 개에게 말했다. 그런 다음 그녀는 남편에게로 고개를 돌렸다. "내 말에 끼어들지 않으면 안 될까?"

화가 목을 타게 한 것인지, 그녀는 잔에 담긴 물을 다 비웠다.

"어쨌든 수의사한테 갔을 때 대기실에서 히잡을 쓴 여자들이 개를 발 밑에 두고 있는 걸 보고 깜짝 놀랐지 뭐예요! 치와와, 시추, 푸들. 나보다 개에 대해 더 관심이 많더라고요! 독실한 여성 신자들이 바뀌고 있는 게 분명해요."

"저는 그렇지 않다고 생각해요." 언론사 사장은 이의를 제기했다. "들 어 보세요, 독실한 무슬림들은 한 번도 여러분이 가졌던 자유를 누린 적 이 없어요. 기분 나쁘게 생각하지 마시고요. 우리는 수십 년 동안 여러분 과 같은 세속적 엘리트들에게 억압받아 왔습니다."

아드난은 발끈했다. "이것은 역사를 왜곡하는 매우 편향된 해석입 니다."

"맞는 말입니다. 설사 그렇다손 치더라도 그 시절은 지나갔습니다. 이 제 모든 권력이 당신들의 손에 있지 않습니까." 투자 은행의 CEO가 말 했다. 자기 생각을 말하고 싶지 않지만 참을 수 없다는 듯, 그의 목소리 가 갈라졌다.

언론사 사장은 인상을 찌푸렸다. "난 동의하지 않습니다. 한 번 억압받 은 사람은 늘 억압을 받아요. 억압당한다는 게 무슨 뜻인지 여러분은 모 릅니다."

"아니, 무슨 말씀을!" 유명 기자의 여자 친구가 나섰다. 술을 잘 못하는 젊은 사람이 취한 것 같았다. "억압을 받는 사람이 당신의 아내는 아니잖아요! 당신도 아니고! 내가 억압을 당하고 있다니까!" 그녀는 손가락으로 가슴을 쳤다. "금발 머리, 미니스커트, 메이크업, 여성스러움 때문에······."

기자는 놀라서 눈이 동그래졌다. 자신의 여자 친구가 언론사 사장을 화나게 한다면, 자기가 직장에서 쫓겨날 수도 있다는 생각에 두려워 탁자 아래로 그녀의 다리를 툭툭 쳐서 신호를 보내려고 했지만, 다리에 닿지 못하고 허공에만 헛발질을 해 댔다.

집주인 사업가는 긴장을 풀기 위해 말했다. "글쎄요, 우리 모두 억압을 받죠."

성형외과 의사는 "사실 아주 간단합니다."라고 말했다. "사람들은 돈을 더 많이 벌수록 새로운 라이프 스타일을 원합니다. 히잡을 쓴 제 환자들이 많아요. 주름과 처진 살에 대한 관심은 모든 여자가 같습니다."

사업가는 바로 고개를 끄덕였다. "그리고 이것은 내 이론을 증명하지요. 문제에 대한 유일한 해결책은 자본주의라는 것! 지하디스트 광신자들에 대한 유일한 해독제는 자유 시장이라는 거죠. 자본주의가 제 길을 갈 수 있다면, 가장 광신적인 사람들도 시스템 속으로 들어오게 된다는 겁니다."

그는 이렇게 말하며 안에 피델 카스트로의 사진이 있는 우아한 호두나무 시가 상자를 열고는 윙크를 하며 기자에게 건넸다. "이건 귀한 거예요, 베이루트 면세점에서 샀죠, 한두 개씩 가져가세요."

남자 손님들은 사업가 아내의 눈치를 살피며 각자 상자에서 시가를 꺼냈다.

"제 아내의 눈치를 보지 마세요." 사업가가 말했다. "이 집에는 자유가 있습니다. 레세페르!"

모두가 웃었다. 소란스러운 소리에 폰폰은 화가 나 짖어 댔다.

이 기회에 페리는 담배에 불을 붙였다. 입구에서 봤던 도우미가 발뒤꿈치를 들고 주위를 돌아다니며 재떨이를 여기저기에 놓고 있는 것을 발견했다. 그녀는 손님들에 대해 어떻게 생각할까? 같은 집에서 사는데도 주인과 손님은 다른 현실에서 살고 있었고, 도우미와 직원들은 더욱 달랐다. 얼마나 이상한가. 같은 지붕 아래에서도 사람들의 이야기는 제각각 달랐다.

"왜 그렇게 조용해, 페리?" 사업가 아내가 물었다.

페리가 대답하기도 전에 그녀의 남편이 비밀을 말하려는 듯 몸을 앞으로 기울이는 게 보였다. 아드난은 설탕 한 조각을 입에 넣고 우유를 타지 않은 진한 커피를 마셨다. 그는 입 안에 든 설탕을 녹이며 말했다. "가끔씩은 아내가 현실보다 소설 속의 주인공들을 더 사랑하는 것 같아요."

"오, 정말 좋으시겠네? 부러워요." 인테리어 디자이너가 말했다. "저는 책 읽을 시간이 없어요."

"침실에 줄을 매고는 가장 좋아하는 시를 줄에 걸어요. 아침에 가장 먼저 하는 일이 그 시를 읽는 겁니다." 아드난이 말했다.

페리는 미소를 지었다. 이것은 아주르 교수에게 배운 습관 중 하나였다.

"아, 나도 시를 좋아해요." 광고 회사 대표가 말했다. "때로는 모든 것을 내려놓고 남쪽으로 내려가고 싶은 생각이 듭니다. 예를 들어, 어촌 마을 같은 곳으로요. 이스탄불은 우리의 영혼을 썩게 만들어요!"

"마이애미로 와요. 태평양 바닷가에 집을 샀거든요." 사업가가 말했다.

그의 아내는 눈썹을 치켜세웠다. "이 사람 감성 없는 것 좀 보세요! 예술 감각이 제로예요. 우리는 문학을 말하고 그는 마이애미의 부동산을 말하죠. 세상에 그 집을 앞으로 어떻게 하려고!"

"내가 또 잘못이라도 저지른 거야?" 사업가는 푸념을 늘어놓았다.

아무도 사업가를 비난하지 않았다. 면전에서 그를 비난하기엔 그는 너무 부자였다. 바로 그때 초인종이 한 번, 두 번, 세 번 울렸다. 난처함, 사과와 조바심이 뒤섞인 소리였다.

"아, 드디어." 사업가 아내는 벌떡 일어섰다. "심령술사가 왔어!"

"만세!" 모두의 외침이 울렸다.

폰폰은 맹렬히 짖으며 문을 향해 달려갔다.

뒤이은 소란 속에 근처에서 신호음 소리가 페리의 귓가에 울렸다. 그녀는 남편의 휴대 전화를 들어 화면을 눌렀다. 그녀의 엄마에게서 온 메시지였다. 페리의 엄마는 페리가 이야기한 대로 하지 않고, 있는 그대로 메시지를 보냈다. "번호를 찾았어, 텔레비전 드라마를 못 봤네."

그 밑에는 페리가 찾아 달라고 부탁한 전화번호가 있었다. '0044 1855······.'

쉬린의 전화번호! 페리의 숨이 막혔다. 그 숫자는 오랫동안 잠겨 있는 금고의 비밀번호 같았다. 그것을 열면 안에 무엇이 있을지 그녀는 상상도 할 수 없었다.

꿈 해몽가

2001년 옥스퍼드

다음 수업에 아주르 교수는 손에 책을 가득 들고 강의실에 들어왔다. 그를 따라 한 남자도 같이 들어왔다. 철제 난로, 검은 종이 더미, CD 플레이어 및 작은 베개들이 들어 있는 비행기 내 카트와 비슷한 수레를 밀고 들어온 사람은 이 건물 청소부였다.

'거의 매 수업이 연극 같네.' 페리는 속으로 생각했다. '그는 무대 위의 배우이고 우리는 관객.'

아주르 교수는 생각에 잠긴 것처럼 보였고, 그의 눈동자는 오늘따라 더 짙은 색으로 뒤덮여 있었다. 마치 숲속에서 넘쳐흐르는 냇물 같았다.

"수고했어 짐, 고마워요." 아주르 교수가 청소부에게 말했다.

"수고라니요, 교수님."

"수업 마칠 때 오는 거 잊지 말고요, 알겠죠?"

남자는 '물론이죠.'라는 의미로 고개를 끄덕이고 나갔다.

아주르 교수는 자신의 주위로 원을 그리고 앉아 있는 호기심 어린 얼굴들을 바라보았다. "다들 어떻게 지냈나요?"

대답이 합창처럼 한꺼번에 쏟아져 나왔다.

"아주 좋아요! 어젯밤에 이런저런 이유로 잠을 못 이뤘고, 과학적으로 불가능하다고 입증된 이 격차를 좁히고 싶다면 여러분께 기회를 드리겠습니다. 저 베개 좀 전달해 주시겠어요?"

모든 학생이 베개를 받았다. 그사이 교수는 난로를 바라보았다.

"학교에 불이라도 지르는 건가요, 교수님?" 케빈이 말했다.

"어떻게 알았지? 아니, 우리는 아무것도 태우지 않을 것입니다. 아직은 아닙니다. 가짜 난로예요."

난로 안의 석탄이 붉게 타오르는 것 같아서 믿기 어려웠지만, 교수의 말이 맞았다. 전기난로였다.

"자, 신사 숙녀 여러분. 베개를 받았습니다. 이제 뜨거운 난로가 있고 밖이 꽁꽁 얼었다고 가정해 보죠. 잠자는 것 외에 뭘 할 수 있을까요?"

학생들은 서로를 바라보았다.

"머리를 베개에 대세요!" 아주르 교수가 지시했다.

학생들은 시키는 대로 했다. 몸속에 막대기가 든 것처럼 똑바로 앉아 있는 페리를 제외한 모두가 의심에 찬 눈을 크게 떴다.

"브라보 페리! 절대 날 믿지 마세요. 내가 화난 고양이들로 베개 속을 채웠을지 누가 알겠습니까."

페리의 얼굴은 빨개졌고, 이번에는 그의 말대로 했다.

아주르 교수는 검은 종이를 꺼냈다. 그리고 테이프도. 그는 창문을 막기 시작했다. 외부의 빛이 차단된 방은 반쯤 어둠에 잠겼다. 그런 다음 그는 CD 플레이어를 틀었다. 음악은 아니지만, 벽난로가 타는 소리가 방에 퍼져 나갔다.

"뭐 하는 거죠, 교수님?" 케빈이 다시 물었다.

"우리는 데카르트가 자주 가는 곳으로 갑니다. 꿈의 세계로."

누군가가 비웃었지만, 나머지 학생들은 흥분한 것 같은 표정이었다.

"제가 여러분께 말하려는 것을 데카르트는 여러분 나이쯤에 경험했어요. 여러분도 위대한 철학자가 되고 싶다는 꿈이 있습니까?"

"물론입니다." 브루노가 거만하게 대답했다.

아주르 교수는 이글거리는 눈으로 그를 바라봤다. "데카르트의 유명한 세 가지 꿈을 만나게 될 것입니다. 첫 번째로 젊은 철학자 데카르트가 언덕을 힘겹게 오르고 있습니다. 그는 떨어질까 봐 두려워합니다. 실패할까 봐. 그는 자신의 목표를 달성하기 위해 열심히 일해야 한다는 것을 알고 있지만, 절대자, 하나님에게 도움을 청합니다."

베개에 머리를 대고 페리는 눈을 반쯤 감은 채 듣고 있었다.

"그는 멀리 신의 집인 교회를 발견합니다. 갑자기 불어닥친 바람이 철학자를 휩쓸고 가서 그를 그곳에 내던졌습니다."

케빈이 말했다. "내가 말했잖아요, 신에 대한 희망을 버리고 무신론자가 되라고 말예요."

아주르 교수는 계속 말을 이어 갔다. "데카르트가 일어나 온몸에 묻은 먼지를 털어 냅니다. 안뜰에서 웬 낯선 남자가 낯선 땅에서 온 잘 모르는 과일인 멜론을 그에게 건네줍니다. 신비롭습니다."

"이런!" 페리 옆에 앉아 있던 에드가 중얼거렸다. 에드는 가지고 온 양철 상자를 열고 안에 든 수제 쿠키를 여기저기 나눠 줬다.

아주르 교수는 계속해서 다음과 같이 말했다. "데카르트는 땀을 흘리며 잠에서 깨어납니다. 꿈을 메시지로 해석합니다. 그러나 그게 신의 메시지였을까요? 악마의 메시지였을까요? 의심, 불안, 두려움은 어디에서 오는 걸까요? 외부에서? 내부에서? 신이란 과연 무엇일까요? 외부의 힘일까요? 아니면 우리 정신의 산물일까요? 그가 다시 잠들었을 때 두 번째 꿈으로 이끈 것은 바로 이 질문들이었습니다."

아주르는 CD에 있는 두 번째 녹음된 소리를 틀었다. 천둥과 번개 치는 소리가 방을 가득 채웠다. "폭풍이 다가오고 있습니다. 데카르트는 '왜 인생에서 나쁜 일이 일어나는가?'라고 묻습니다. 그는 '신이 어떻게 그 많은 타락을 허락하실까?'라고 생각했고 혼란스러워합니다. 그는 혼자 있었습니다. 어둡고 좌절감을 주는 꿈입니다."

"세 번째는요?" 엘리자베스가 물었다.

"아, 가장 중요한 것이 있네요. 데카르트는 사전을 보게 됩니다. 그는 글을 사랑하기 때문에 매우 기뻐합니다. 책 한 권이 눈에 들어옵니다. 라틴 시 선집. 아무 페이지나 열었고 데시무스 마그누스 아우소니우스의 시를 발견합니다."

"누구라 하셨죠?" 브루노가 놀라 말했다.

"로마 시인이자 문법학자, 수사학자." 아주르 교수는 손가락으로 페리를 가리켰다. "아우소니우스가 당시에 학생의 고향인 콘스탄티노플을 방문했다는 사실을 알고 있었나요? 황제인 콘스탄틴 1세의 아들을 가르쳤습니다.”

아우소니우스의 이름을 전에 들어 본 적이 없었던 페리는 고개를 양옆으로 저었다.

“시의 첫 줄은 이렇습니다. 나는 인생에서 어떤 길을 가야 할까?” 아주르 교수는 잠시 주저했다. “그때 한 남자가 나타나 데카르트에게 시에 관해 묻습니다. 그러나 데카르트는 대답할 수 없었어요. 남자는 그를 비웃으며 사라졌습니다. 데카르트는 부끄러웠습니다. 사람이 아무리 많이 읽고 배우더라도 아는 것은 제한적입니다. 그는 자신을 의심합니다. 모든 똑똑한 사람들처럼. 자, 지금 이 꿈을 누가 해석해 보겠습니까?”

“정말로 난 그 멜론이 마음에 들지 않아요, 안 좋은 것처럼 들리네요!” 브루노가 말했다. “데카르트가 숨겨진 게이였을 수도 있고, 꿈에 나타난 사람이 누군지 몰라도 그 남자를 사랑했을 수도 있죠.”

“어쩌면.” 아주르 교수는 한숨을 쉬었다. “하지만 사전은 지식과 지혜를 상징했을지도 모릅니다. 시는 철학이자 사랑입니다! 데카르트는 신이 이 모든 것을 이성을 통해 결합하여 ‘경이로운 학문’을 창조하도록 권고했다고 결론 지었습니다. 이 확신은 그의 모든 철학에 등불이 됐어요. 내가 여러분에게 하고자 하는 질문은, 여러분은 신을 연구하기 위해 여러분 자신만의 경이로운 학문을 창조할 수 있습니까? 여러분 모두의 학문은 달라야 합니다. 누구도 흉내를 내선 안 됩니다.”

“이걸 어떻게 해야 하는 거죠?” 모나가 물었다.

“박학다식한 사람이 되세요.” 아주르 교수가 대답했다. “다양한 학문을 종합하세요. 신이 궁금하다면 절대 종교에만 집착하지 마세요.

종교적 다툼과 분쟁은 인류를 분열시키고 마음을 닫게 만듭니다. 수학, 물리학, 음악, 회화, 시, 무용에 적용하세요. 예술은 탐구하는 것입니다. 신학도 탐구입니다. 그러니까 신을 믿든 안 믿든 창의적으로 접근해야 합니다."

페리는 마음속에서 흥분이 솟아오르는 것을 느꼈다. 자신만의 경이로운 학문을 만들 수 있을까? 이 얼마나 근사한 일인가!

아주르 교수는 말했다. "나는 그의 꿈에 대해 생각해 봅니다. 데카르트는 다른 사람들로부터 평가받는 것을 두려워했을까? 우리가 봤을 땐 르네 데카르트는 거장입니다! 반면에 그는 자신을 작고, 유한하며, 때로는 저급하다고 여겼을지도 모릅니다. 여러분 중에 자신을 특별한 사람이라고 느끼지 못하는 사람이 있다면 기억하세요. 심지어 데카르트마저도 때때로 자신이 특별하지 않다고 생각했습니다."

페리의 눈은 바닥으로 향했다. 그녀는 아주르 교수가 무엇을 말하려고 하는지 이해했다. 그래서 그녀가 그를 존경하면서도 거부감을 느끼는 것이다. 그랬다, 아주르 교수는 페리가 자신감을 느끼도록 도움을 주려는 게 분명했다. 그는 자신의 연구실에서 페리와 나눈 대화를 잊지 않고 있었다.

아주르 교수는 말을 마치고 CD의 마지막 녹음된 소리를 틀었다. '베토벤의 장엄 미사곡'이라고 했다. "음악에 심취해 보세요. 자 다시 잠을 청해 보세요!"

학생들은 베개에 머리를 대고 음악을 즐겼다. 아무도 입을 열지 않았다. 음악이 끝날 때까지 아무도 움직이지 않았다.

"세미나 수업은 끝났습니다." 교수가 말했다.

그와 동시에 가볍게 문을 두드리는 소리가 들렸다. 아주르 교수는 그 방향으로 소리쳤다. "짐, 들어와요. 자넨 언제나처럼 시간을 잘 지키는 군요."

그 남자는 안으로 걸어 들어와 곧장 난로 쪽으로 향했다.

"자 여러분." 아주르 교수가 말했다. "오늘 우리의 논의에 비추어 데카르트와 신에 관한 연구 과제를 작성하세요. 그건 그렇고, 여러분 모두 지난 수업 작문 과제는 괜찮았습니다. 이번에는 더 잘하세요. 글을 쓰기 전에 많이 찾아보세요. 지식이 없으면 추론할 수 없어요. 만약 지식 없이 추론한다면 헛소리가 될 것입니다. 이해되죠?"

"네, 교수님." 학생들은 한목소리로 대답했다.

*

밖으로 나왔을 때 페리의 머리는 욱신거렸다. 상징, 시, 우리의 통제 밖에 있는 것들, 마음속의 혼란, 선과 악의 이중성, 혼돈에 의미를 부여할 필요성, 꿈에 담긴 암호들, 젊은 철학자의 고독함, 오늘날에도 여전히 의미가 있는 고전 시의 첫 구절. 나는 삶의 어떤 길을 선택해야 할까?

아주르의 말을 듣는 동안 그녀의 내부에서 뭔가 움직임이 있었다. 거의 감지할 수 없는 작지만 깊은 균열이 영혼의 벽에 생긴 것이다. 저 깊은 내면의 심연에서 자신을 매료시킬 사람을 만나고 싶다는 열망이 얼마나 강했던가. 아주르 교수가 잠시도 쉬지 않고 며칠이고 강의를 해 준다면, 페리 자신에게만이라도.

아주르가 신과 삶, 믿음과 학문에 관해 이야기할 때, 그의 말은 작은 쌀알처럼 주위에 흩어졌다. 그렇게 풍요로웠다. 그녀는 아주르 교수와 함께 있을 때 완벽하다고 느꼈다. 다른 길이 하나 더 있는 것 같았다. 다른 세상. 그녀는 날반트오울루 가족들 속에서 자라면서 갇혀 있었던 악순환의 고리에서 벗어날 길을 찾고 있었다. 아주르와 함께 있을 때 그녀는 혼돈이 두렵지 않았다. 삶이 순조로웠다. 혼자가 아니었다. 그녀는 자신을 억누르거나 숨길 필요가 없었다. 아주르의 우주는 경직된 이분법의 테두리 밖에 있었다. 루미가 말했듯이 '선과 악을 넘어선 곳'에는 또 다른 곳이 있었다. 페리는 오랫동안 엄마와 아빠의 다툼으로 슬프고 지쳐 있던 자신의 영혼이 아주르 옆에서는 자유롭고 행복하다는 걸 알았다. 누구에게도 이 사실을 털어놓을 수는 없었지만, 자신이 아주르 교수에게 빠져 있다는 것을 그녀는 알았다. 비록 드러낼 수는 없었다 해도.

망토

2001년 옥스퍼드

"항상 두 개 이상의 새로운 이야기를 찾아보세요." 아주르 교수가 강의실 한가운데를 서성이며 말했다.

아주르 교수의 말에 따르면, 최근까지 가장 뛰어나다는 사상가들마저도 21세기에는 지구상에서 종교가 사라질 것이라고 확신했다는 것이다. 그러나 신앙의 문제는 인기 여성 가수가 무대에 오르듯 강렬하게 재등장했다. 그 이후로도 이 논쟁은 결코 끝나지 않았다. 더욱이, 현세기는 이전 세기보다 인구학적 측면에서 더 '종교적'이 될 것이라고 보았다. 왜냐하면, 전 세계적으로 독실한 신자들이 세속적인 사람들에 비해 자녀를 더 많이 낳는 경향이 있기 때문이다. 그러나 이러한 모든 종교적, 경제적, 정치적, 문화적 모순 속에서 종종 간과되는 한 가지 문제가 있는데, 그건 바로 신이라는 것이다. 고대 철학자들과 그들의 제자들은 종교보다 신에 대한 관념에 더 관심이 있었다고 했다. 그러나 이제 상황은 역전되었다는 것이다. 대서양 양쪽에서 유행하게 된 '유신론-무신론 논쟁'조차도 신의 존재보다는 최근 정치와 종교에 관한 것이었다. 늘 같은 얘기를 하다 보니 사람들이 가진 상상력의 폭이 좁아졌다고 그는 말했다.

페리는 다른 학생들이 한 단어도 놓치지 않고 필기하는 것을 보았다. 하지만 그녀는 오로지 듣고 싶었다.

아주르 교수는 "K.I.로 고통받는 사람들이 너무 많습니다. 그게 뭔지 아는 사람 있나요?"

케빈이 과감하게 나섰다. "예의 없는 사람들?"

"여성 학대?" 엘리자베스가 끼어들었다.

아주르는 이 대답을 기다렸다는 듯 미소를 지었다. 그는 "확실성 맹신병"이라고 말했다.

태양이 이카루스의 날개를 녹인 것처럼, 확실성 맹신 병은 과학적 호기심을 파괴할 것이라고 했다. 확실함에 대한 맹신은 예리함을, 예리함은 오만함을, 오만함은 무지를, 무지는 암흑을, 암흑은 더 많은 확실성을 요구하기 때문이라는 것이다. 학생들은 이 수업의 그 어떤 것, 심지어 강의 계획서까지도 확신할 수 없었다. 왜냐하면, 그것들도 다른 모든 것과 마찬가지로 언제든지 변할 수 있기 때문이었다. 그들은 지식의 바다에 그물을 던지는 어부였다. 마지막에 황새치를 잡을 수도, 빈손으로 돌아올 수도 있었다.

아주르 교수는 이 세미나 수업에서 모두가 여행자고 동반자라고 말했다. 학생들이 아직 목적지에 도달하지 못한 것처럼, 어쩌면 결코 목적지에 도달하지 못할 수도 있다고 했다. 학생들은 단지 노력하고 찾고 있는 것이라고 했다. 이 세상에 단 한 가지 분명한 건 근면이 게으름보다 낫고, 열정이 나태함보다 낫다는 것이라고 말했다. 대답보다 질문이 더 중요하고 확신을 하는 것보다 호기심을 갖는 것이 더 중요하다고도 했다.

'확실성 맹신 병'을 완전히 없애는 것은 불가능하지만, 벗을 수 있는 망토로 상상하는 것은 가능했다. "이제부터는 강의실에 들어오기 전에 모두 오만함의 망토를 벗길 바랍니다." 이 말에는 아주르 자신도 포함이었다. "그것이 오래된 코트라고 상상해 보세요. 벗어서 옷걸이에 걸어 두세요. 문밖에도 옷걸이를 하나 두었습니다. 원하면 나가서 구경해도 됩니다."

교수가 진지하다는 것을 학생들이 깨닫는 데는 1-2분이 걸렸다. 수자타가 가장 먼저 일어섰다. 그녀는 교실을 가로질러 걸어가 문을 열고 복도로 나갔다. 거기에 옷걸이가 있다는 걸 보고 그녀의 얼굴이 밝아졌다. 그녀는 어깨에 무거운 짐을 지고 있는 척하며 가상의 망토를 벗어 고리에 걸고 의기양양하게 돌아왔다. 다른 학생들도 한 명씩 이걸 따라 했다. 페리는 자신의 차례가 되었을 때 옷걸이 아래에 적힌 글을 읽었다. 에고 옷걸이.

마지막으로 아주르 교수가 복도로 나왔다. 허공에서 손이 움직이는 모습을 보니 더 무거운 망토였다. 그도 똑같이 망토를 옷걸이에 거는 동작을 하고 강의실로 들어왔다. "아주 좋아요! 이제 우리는 적어도 상징적으로는 에고에서 벗어났으므로 수업을 시작할 수 있겠군요."

"이걸 왜 한 겁니까, 지금?" 브루노가 투덜거리며 물었다.

"의식은 중요해요. 과소평가하지 마세요." 아주르가 대답했다. "이 세미나 수업에서도 우리만의 공통 의식을 가질 겁니다."

그는 분필을 가져다가 칠판에 *문자로서의 신*이라고 적었다.

"오늘날 우리가 정의하는 의미의 문명은 6천 년 전이었습니다. 그러나 인간은 훨씬 더 오래전부터 존재했습니다. 2억 9000만 년 전 두개골이 발견됐습니다. 우리가 우리 자신에 대해 알고 있는 것은 우리가 발견하려고 하는 것에 비하면 하찮은 것입니다. 고고학적 증거에 따르면 수천 년 동안 사람들은 나무, 동물, 자연 현상 또는 사람과 같은 다양한 형태의 신이나 신들에 관한 생각들을 남겼습니다. 그러다가 역사의 어느 단계에서 상상의 비약적 발전이 이루어집니다. 유형적이고 가시적인 신이라는 개념에서 '말로서의 신'으로의 전환이 있었습니다. 그 순간부터 그 어떤 것도 예전과 같지 않게 되었습니다."

주위를 둘러본 아주르 교수는 페리가 메모하지 않고 있는 것을 발견했다. "여기까지 이해하겠어요, 이스탄불 여학생?"

페리는 교수의 송곳 같은 시선에 얼굴을 붉히지 않으려 노력하며 의자에 똑바로 앉았다. "예, 교수님."

그녀가 무슨 말인가 더 해 줄 걸 기다리기라도 하듯, 아주르의 열린 마음과 넘치는 자신감이 담긴 시선이 몇 초 동안 페리의 얼굴에서 머물렀다.

"만약 저 문 뒤에 신이 계시고, 여러분은 신을 볼 수 없지만, 그의 음성은 들을 수 있다고 내가 여러분에게 말한다면, 신이 여러분에게 무슨 말을 해 주기를 원하나요?"

"나를 사랑한다는 말을 듣고 싶습니다." 아담이 말했다.

"예, 신이 나를 사랑하고 내가 그를 사랑한다는 것을 알고 있다고." 킴버가 말했다.

"사랑……." 다른 학생들도 비슷한 감정을 표현했다.

"내 말이 옳다고 하는 신의 대답입니다. 신에 대한 이 모든 이야기가 헛소리라는 것을 신 자신도 알고 있다는 말을 듣게 된다면 나쁘지 않을 것 같은데요." 케빈이 말했다.

"그런데 신이 너에게 그것을 말할 수 있으려면 그가 먼저 존재해야지." 아비가 말했다. "넌 스스로 모순에 빠졌어."

케빈의 표정이 굳었다. "나는 단지 너희들의 어리석은 게임에 동참한 것뿐이야."

이제 모나의 차례였다. "저는 알라와 천국이 실제로 존재하고 선한 사람들이 천국에 가며, 사랑과 평화가 자리 잡게 될 것이라는 말을 듣고 싶어요."

아주르 교수는 페리에게 고개를 돌렸다. 어찌나 빨리 돌렸던지 페리는 아주르 교수의 시선을 피할 수 없었다.

"그럼 페리 양은? 신께서 개인적으로 어떤 말씀을 해 주시길 원하나요?"

"신이 제게 사과를 했으면 합니다." 페리가 말했다. 페리는 자신의 대답에 스스로도 놀랐다.

"사과했으면 한다고요?" 아주르 교수가 물었다. "뭐에 대해서죠?"

"모든 불공정과 불의에 대해서……." 페리는 대답했다.

밖에서는 떡갈나무 잎사귀가 바람에 날려 흔들리다 마침내 땅에 떨어졌다. 강의실 안의 모두가 너무 집중하고 있어서 침묵이 손에 닿을 것만 같았다.

아주르 교수는 말했다. "보시다시피, 오늘의 우리 토론에서 하나님에 대한 두 가지 다른 인식이 드러났습니다. 물론, 무신론자임에도 불구하고 우리 게임에 참여한 케빈에게 감사하고 싶어요. 이 두 가지 접근 방식은 무엇이었나요? 첫 번째는 신을 사랑과 연관시키는 것입니다. 신을 찾을 때 사랑을 갈구합니다. 다음은 페리의 스타일입니다. 그녀는 정의를 추구합니다. 정의를 찾을 수 없을 때 화를 내죠."

아주르 교수의 목소리 톤이 딱딱해졌다.

"그러나 정의는 복잡한 단어입니다. 누구를 위한, 무엇을 위한 정의인가? 세계 역사상 가장 극단적인 광신도와 맹신자들이 '정의'를 위해 가장 큰 불의를 저질렀습니다."

페리는 주저했다. 그녀는 아주르 교수에게 마음을 열었지만, 아주르 교수는 모든 주의를 페리에게로 돌리고 있었다. 잠재적인 광신도로 비난하면서 말이다. 페리는 아빠의 딸이었다. 뭐가 되어도 상관이 없지만, 광신도는 아니었다!

아주르 교수는 이처럼 소리 없는 그녀의 항의를 들을 수 없었다. 그는 손가락으로 페리를 가리켰다. "학생이 그토록 높이 평가하는 '정의'와 관련해서 주의하는 게 좋을 겁니다. 학생처럼 생각하는 사람들이 세상을 혼란스럽게 만든 겁니다. 보세요."

세미나 수업은 얼마 지나지 않아 끝났다. 페리는 마지막 몇 분은 수업을 듣지 못했다. 그녀의 마음은 다른 곳에 가 있었고, 머리는 욱신거렸다. 그녀는 자신이 얼마나 상처를 받았는지 보여 주기가 두려워 움직일 수도, 다른 사람을 쳐다볼 수도 없었다. 아주르를 포함해 모두가 떠난 후, 그녀는 교실에서 모나와 단둘이 있는 자신을 발견했다.

"야, 슬퍼하지 마." 모나가 페리의 어깨에 손을 얹으며 말했다. "알아, 그는 너에게 가혹하게 말했어. 교수님은 신경 쓰지 마. 마음에 두지 마, 진짜로."

페리는 눈에 눈물이 고이는 것을 느끼며 고개를 숙였다. "쉬린은 늘 그 사람이 얼마나 멋진 사람인지 이야기하지만, 그게 다였어……."

"가끔 우리를 무시해." 모나가 말했다.

그 둘은 함께 나갔다. "원한다면 수업을 듣지 마." 모나가 말했다. "널 힘들게 한다면 말이야."

"그래." 페리가 코를 훌쩍이며 말했다. "아마도 그래야 할 것 같아."

*

다음 날 아침, 페리는 개인 우편함에서 또 메모를 발견했다.

페리에게,

에밀리 디킨슨과 우마르 하이얌을 읽는, 모든 것을 진지하게 받아들이는 소녀에게… 타인이 아니라 자신과 싸우는, 자신을 가장 무자비하게 비판하는 소녀에게… 쓸데없이 모든 사람에게 사과하면서, 남

모르게 하나님의 사과를 기다리는 소녀에게…….

아마도 내가 끔찍한 사람이라고 생각할 겁니다. 어쩌면 세미나 수업을 그만둘 계획일 수도 있겠죠. 지금 포기하면 나에 대한 당신의 의심이 옳은 것인지 알 수 없을 겁니다. 진리를 찾고자 하는 열망이 있다면 더 고집스러워야 하는 게 아닐까요?

나의 농담과 강한 언사를 용서하기 바랍니다. 계속 정진하세요, 페리 양. 자신을 알아 간다는 것은 자신이 찢겨 나갈 것을 감수해야 한다는 뜻입니다.

먼저 '나'를 부숴야 합니다. 그런 다음, 그 파편 조각으로 완전히 다른 나를 만들어야 합니다. 포기하지 마세요!

페리는 메모를 주머니에 넣은 후 조깅을 위해 운동화를 신고, 기숙사를 나섰다. 숨을 깊게 들이쉬고 운동복의 지퍼를 턱까지 올렸다. 습기를 머금은 대지와 가을의 향기를 품은 아침 공기를 가르며 달리면서, 입 속으로는 아주르 교수를 향해 욕을 퍼부었다. 날이 선 한 마디, 한 마디가 소금 알갱이처럼 혀에서 미끄러져 나왔다. 페리는 살면서 누구를 향해 욕을 해 본 적이 없었다.

욕을 하니 기분이 꽤 괜찮아졌다. '절대 못 해'라고 했던 걸 하고 나니 너무나 가벼워진 느낌이었다. 바람을 맞으며 교수에게 욕을 해 대면서 뛰고, 뛰고, 또 뛰었다.

자동 응답기

 손님들이 심령술사가 들어오기를 기다리는 동안 테이블 주위에는 흥분으로 가득 찬 침묵이 흘렀다. 열린 문 너머로 집주인이 그를 맞이하는 소리가 울렸다.

 "아, 어디 있었던 거야? 우리는 언제 오시나 기다렸지."

 "길이 너무 막혀서! 완전 악몽이야." 콧소리로 한 남자가 말했다.

 "모를 리가 있겠어." 사업가 아내가 말했다. "자, 자기야, 안에 자기를 보고 싶어 미치는 사람들이 있어."

 잠시 뒤, 검은색 바지와 흰색 셔츠, 다른 시대의 것처럼 보이는 금색과 청록색의 인도식 문양이 실크로 수놓아진 조끼를 입은 심령술사가 나타났다. 여기저기 조금씩 자란 그의 수염을 보니 이곳으로 오는 동안 자란 것 같았다. 작고 미간이 좁은 눈, 가늘고 뾰족한 코가 돋보이는 각진 얼굴, 나중에야 덧붙인 듯한 턱은 먹이를 찾는 교활한 여우를 떠올리게 했다.

"손님이 많기도 해라!" 홀로 들어서자마자 심령술사가 말했다. "만약 여러분 모두가 미래를 궁금해 하신다면 글쎄요, 나는 여기에서 자야 할 것 같네요."

"좋지, 우리 집에서 자리를 잡아, 그러면 되잖아." 사업가 아내가 말했다.

"여자들만 관심이 있다네." 모퉁이 자리에 앉아 있던 사업가가 말했다. 사업가 처지에서는 남의 미래를 듣는 것만큼 지루한 일도 없었다. 그는 자신의 미래는 자신이 개척하는 것이라고 믿었다. 그는 아내가 허튼 일로 바쁠 때, 사실은 은행 CEO와 개인적으로 이야기를 나누고 싶은 게 있었다. 그를 힘들게 하는 문제가 하나 있었기 때문이다. 그는 제안했다. "숙녀 여러분, 이쪽 소파로 이동하지 않으시겠습니까? 여기가 더 편안하실 겁니다."

사업가 아내는 심령술사와 여성들을 가죽 소파로 안내했다. 그녀는 도우미들에게 손짓하며 말했다. "새로운 손님에게……."

"뜨거운 물이면 돼요." 심령술사가 말했다.

"술 한잔 어때요? 안 마시면 진짜 화낼 거야."

"일 끝나면." 심령술사가 자신감 있는 투로 말했다.

한편, 남자들은 홀의 다른 구석에 있는, 입술에는 립스틱을 바르고, 머리에는 페즈 모자를 쓴 선사 시대 물고기의 거대한 동상, 예술 조형물 아래에 모였다. 마침내 사교계 여성들로부터 해방되었기에 그들은 마음 놓고 욕설을 할 수 있었고, 시가 연기를 눈치 보지 않고 뿜어낼 수 있었다. 사업가는 같은 도우미를 보며 말했다. "이봐, 코냑과 아몬드 좀 가져다줘."

다른 손님들과 함께 테이블에서 일어난 페리는 홀 한가운데서 머뭇거렸다. 이런 상황이면 그녀는 늘 그랬듯이 자신이 중간에 끼어 있다고 느꼈다. 그녀는 이스탄불의 사교 모임에서 흔히 볼 수 있는 이러한 성별 분리가 마음에 들지 않았다. 보수적인 분위기에서는 이렇게 성별로 분리된 채 집 안에 각각 자리잡고 서로 말 한마디 섞지 않았다. 부부는 모임에 도착하면 헤어지고, 밤늦게 문을 나서면서 다시 만났다. 이 무의미한 관행에서 자유주의자들도 완전히 예외는 아니었다. 식사 후, 여자들은 서로에게 위안과 안도감이 필요한 듯, 한쪽 구석에 모였다. 그녀들은 다양한 주제에 대해 잡담을 나누었다. 비타민, 글루텐프리 요리법, 아이들과 여름 캠프, 필라테스, 요가, 피트니스 그리고 전 국민적인 스캔들······. 연예인들이 마치 자신들의 친구인 것처럼, 친구들 이야기는 마치 유명 연예인의 이야기인 것처럼 해 댔다.

페리의 경우에는, 주제가 더 우울하긴 했지만, 대체로 여자들보다는 남자들과의 대화를 선호했다. 예전에 그녀는 스스럼없이 남자들 사이에 합류했고, 남자들이 이야기하던 모든 주제에 관해 이야기를 나눴다. 경제, 정치, 축구······. 남자들도 그녀를 반쯤 남자라고 여겼고, 그녀의 존재를 불편해하지 않았다. 물론 그녀가 함께 있는 동안 남자들이 입에 담지 않는 이야기도 있었다. 바로 섹스였다. 한편 페리의 이런 행동이 다른 여자들은 신경 쓰였고, 짜증이 났다. 게다가 일부 여자들은 자신의 남편 옆에 그녀가 앉는 것을 불편해하기도 했는데, 페리는 이 사실에 놀랐다. 시간이 흐르면서 그녀는 이런 작은 저항을 포기했다. 그녀가 포기했던 수많은 저항처럼.

　그러나 이 순간 그녀는 남자들 사이에도 여자들 사이에도 끼고 싶지 않았다. 그녀는 단지 혼자 있고 싶었다. 테라스로 나갔다. 바다에서 불어오는 차가운 바람에 몸이 떨렸다. 해초 냄새가 코끝에 닿았다. 보스포루스 해협 건너 아나톨리아 내륙 쪽 하늘은 유난히 짙은 파란색을 띠었다. 아주 얇은 천 조각을 연상시키는 가벼운 안개가 솟아오르고 있었다. 멀리 어선 한 척이 바다로 나갈 채비를 하고 있었다. 페리는 어부들을 떠올렸다. 사냥감들이 겁먹지 않도록 목소리를 낮추고, 생계를 이어 가는 바다에 눈을 고정한, 매서운 눈빛의 과묵한 어부들. 그녀는 한편으로 그 배와 그 고요함 속에 있고 싶었다.

　바로 그때, 페리의 마음을 조롱이라도 하듯 경찰 사이렌 소리가 이스탄불 유럽 대륙 쪽 어딘가를 뚫고 지나갔다. 그녀가 그곳에서 경치를 바라보고 있는 동안, 이스탄불의 어딘가에서는 누군가는 구타하고, 누군가는 얻어맞고, 누군가는 성폭행을 당하고… 이 모든 일이 같은 순간에 벌어지고 있을 터였다. 그리고 그래, 바로 이 순간에도 누군가는 사랑에 빠질 것이다.

　그녀의 왼손에는 남편의 전화기가 들려 있었다. 쉬린과 대화하지 않은 지 몇 년이 되었다. 그녀의 번호가 바뀌었을 수도 있다. 번호가 맞다 하더라도 쉬린이 그녀와 이야기하고 싶어 할 것이라는 보장은 없었다. 하지만 시도해야만 했고, 무슨 일이 있어도 포기하지 않아야 했다. 오늘 밤 과거의 상자를 열었으니, 그 상자에서 무엇이 나오든지 대면해야만 했다. 그녀는 전화를 만지작거리다 연락처 목록을 훑어보았다. 그녀의 엄지손가락은 익숙한 이름인 멘수르에 잠시 멈췄다. 그 옆에는 '아버지'라고 쓰여 있었다. 생각해 보면 얼마나 이상한 일인가. 아드난과 페리가 결혼했다고 해서 어떻게 멘수르가 아드난의 아버지가 된단 말인가? 결혼의식은 배우자의 부모가 자동으로 자신의 부모가 되는 것이다. 누군가가 수년간 쌓아 온 사랑, 실망, 원망, 갈등이 모두 하루 만에 서명으로 다른 사람에게 옮겨질 수 있다는 말인가. 결혼의 메커니즘이란 얼마나 인위적이고 강제적인가.

그녀의 남편은 아버지 멘수르가 갑작스럽게 사망한 후에도 휴대 전화에서 멘수르의 이름을 삭제하지 않았던 것이다. 어쩌면 이것이 노화의 첫 징후일지도 모른다. 그러니까, 죽은 친구와 친척을 주소록에서 삭제하지 않음으로써 가상으로 계속 존재하도록 하는 것이다. 어쩌면 삭제하는 행위 자체를 감당하기 어렵기 때문일 수도 있고, 아니면 언젠가 삭제될 이름들에 우리의 이름과 번호가 추가될 것을 알기 때문일 수도 있다.

페리는 재빨리 엄마에게서 받은 번호로 전화를 걸었다. 그녀는 국제통화 연결 전의 그 짧은 시간을 기다리고 있었다.

"페리, 올 거지?" 뒤에서 소리가 들렸다.

그녀는 전화기를 귀에 대고 뒤를 돌아보았다. 아드난이 손에 물 한 컵을 들고 문틀에 기대어 고개를 내밀고 있었다. 페리는 그녀의 아버지와 달리 남편이 술을 마시지 않고, 앞으로도 술을 마시지 않을 것이라는 사실에 기뻤지만, 때때로 아드난이 자신을 내려놓거나 자제력을 잃었으면

하는 순간도 있었다.

"모두 당신이 어디에 있는지 궁금해하고 있어." 아드난이 말했다.

바로 그때, 여러 나라와 바다를 건넌 영국에서, 아마도 여기와는 많이 다른 집에서 전화벨이 울렸다.

"곧 갈게."

얼굴이 약간 어두워진 아드난은 고개를 끄덕였다.

"그래 여보, 너무 늦지는 마."

페리는 남편 쪽으로 뒤돌아서서 소란스럽고, 들떠 있는 손님들을 향해 걸어가는 남편의 모습을 바라보았다. 그녀는 숫자를 셌다. 하나, 둘, 셋……. 전화 연결음. 쉬린의 목소리를 듣기 위해 마음의 준비를 하는 동안 그녀의 심장은 멈출 것 같았다. 실제로 그녀의 목소리였지만, 차갑고 기계적인 말투가 들려왔다. 자동 응답기였다.

"안녕하세요, 쉬린입니다. 미안하지만 저는 지금 집에 없습니다. 제게 좋은 말을 남기실 거면 신호음 뒤에 이름과 번호를 남겨 주세요. 만약 나쁜 말을 할 생각이면, 제가 듣지 않도록 신호음 전에 말씀하세요. 킥킥! 그리고 다시는 전화하지 마세요!"

페리는 바로 전화를 끊었다. 그녀는 자동 응답기와 그 가짜 친절을 싫어했다. 하지만 그녀는 곧바로 그 번호로 다시 전화를 걸었다. 이번에는 메시지를 남겼다. "안녕, 쉬린… 나야, 페리." 그녀는 자신의 목소리가 힘이 없는 게 마음에 들지 않았다. "나와 이야기를 하고 싶지 않을 수도 있겠지, 널 비난할 생각은 없어. 세월이 지났잖아……." 그녀는 침을 삼켰다. 입이 바짝 말라 있었다. "아주르 교수와 이야기를 해야 할 것 같아. 그가 나를 용서하는지 아닌지 들어 봐야겠어."

신호음이 울렸다. 전화를 끊었다.

페리는 꼼짝 않고 가만히 서서 자신의 입에서 나온 말을 되새기려 했다. 왠지 그녀는 가뿐해진 것 같은 기분을 느꼈다. 그녀의 머릿속은 이제 걱정, 후회, 억압된 욕망의 오케스트라가 아니었다. 그녀는 그녀가 할 일을 한 것이었다. 쉬린에게 전화를 걸었다. 결과가 어떻든 그녀는 그것을 받아들일 준비가 되어 있었다. 그녀는 밤을 느꼈다. 밖이나 주위가 아니라, 마음속 가슴의 밤을. 밤은 커졌고, 그녀의 폐에서 타오르고, 그녀의 혈관을 타고 흐르고 있었다. 오랜 세월 품고 있었던 두려움과 대면하는 것보다 더 경이로운 홀가분함은 없었다.

리무진

쉬린은 바퀴 달린 여행 가방을 끌고 페리의 방으로 들어왔다. 그녀는 크리스마스와 연말 연휴에 가족을 만나기 위해 런던으로 돌아갈 준비를 하고 있었다. 모두 자신들의 집으로 향했다. 학생, 교수, 교직원 모두. 페리는 학기 중 돈을 다 써 버려서 비행기 표를 살 수 없었다. 그녀는 옥스퍼드에서 연말 연휴를 보내야 했다.

"나랑 같이 가기 싫다는 거 확실해?" 쉬린은 아마도 열 번은 물었을 말을 반복했다.

"그래. 난 여기 있어도 괜찮아. 걱정하지 마."

사실, 바로 '여기' 있을 건 아니었다. 옥스퍼드에서는 기숙사 건물을 학술회의 참석자들에게 제공했기 때문에 방학 동안 학생들은 방을 비워야 했다. 페리처럼 학교에 남아야 하는 사람들을 위해 학교에서는 임시 숙소를 마련했다.

쉬린은 페리에게 한 걸음 다가가서 그녀의 눈을 뚫어지게 바라보았다. "생쥐야, 나 진심이야. 마음 바뀌면 전화해. 우리 엄마가 널 보고 싶어 해. 친구들이 우리 집에 오면 엄마가 너무 좋아해. 엄마는 편하게 내 흉도 보시고, 내 어린 시절에 관해 이야기할 수 있으니까. 우리는 불행한 가족이고 서로 못 잡아먹어서 안달이지만, 가족 외의 사람들에게는 친절해. 믿어도 돼. 잘 모실게."

"고마워. 심하게 외로우면 전화할게, 약속해."

"그래. 내가 돌아오면 우리는 기숙사에서 나가야 한다는 것을 잊지 마. 이제는 우리가 살 집을 구해야 할 때가 온 거야."

페리는 쉬린이 그걸 잊어버리기를 기대했지만, 그녀는 잊지 않은 게 분명했다. 쉬린은 집을 구해서 나가자고 고집했다. 셀 수 없이 많은 옥스퍼드 학생들이 실제로 같은 방식으로 살았다. 처음에는 비교적 생활이 수월한 기숙사 생활이 익숙해져 좋았지만, 시간이 지나면서 기숙사 삶은 숨 막히게 답답했다. 이 때문에 학생들은 같은 생각을 하는 친구들과 집을 구해 기숙사를 떠났다. 기숙사에 모두가 들어갈 방이 부족해지면서, 일정 시간이 지나면 학생들이 기숙사를 떠나는 건 당연시되었다.

지금까지 쉬린이 이 문제를 거론할 때마다 페리는 정중하면서도 단호하게 거절했다. 그러나 쉬린은 염소처럼 고집이 셌다. 그녀는 부동산 중개인을 찾아다녔고, 찾은 집과 아파트의 사진을 페리와 공유했다. 그녀는 "돈 문제는 걱정하지 마."라고 했다. 임대료는 쉬린이 낼 생각이었다. 쉬린은 외로움을 싫어하고 절대 혼자 집에 살 수 없는 성격이어서, 그녀의 제안을 페리가 수락한다면, 오히려 페리가 쉬린에게 호의를 베푸는 셈이었다. 그러니까 페리가 신세를 진다고 생각할 이유는 없었다.

"생각해 볼게." 페리는 확실치 않은 대답을 했다.

"생각할 거 없어. 기숙사 생활은 신입생들을 위한 거야. 집을 구할 배짱이 없는 겁쟁이들이 여기서 사는 거야. 그리고 공부만 하는 애들이나."

"아니면 돈이 없는 사람도."

"돈이라고?" 쉬린은 불쾌한 말을 들은 것처럼 찡그린 얼굴로 말했다. "그건 걱정하지 마. 그 일은 내게 맡겨."

시간이 지나면서 쉬린의 가족이 꽤 부유하다는 게 드러났다. 그랬다, 이란을 탈출했지만, 경제적으로는 문제가 없었다. 페리가 해야 할 것이라고는 옷과 책을 몇 개의 상자에 담아 새로운 모험에 뛰어드는 것뿐이었다.

"그래, 이제 난 가야 해." 쉬린이 말했다. 그녀는 향수 냄새로 페리를 감싸며 두 뺨에 볼을 맞댔다. "새해 복 많이 받아! 2002년이 빨리 왔으면! 우리 인생 최고의 해가 될 것 같은 느낌이 들어."

페리는 책상 위에 있던 물병을 들고 친구를 정문까지 배웅했다. 경비원이 서 있었다. 그 남자는 모든 학생의 이름을 알고 있었다. "즐거운 연휴 보내, 쉬린. 내년에 봐." 경비원은 유쾌하게 말하면서, "페리 너도."라고 덧붙였다.

페리에게 인사를 건네는 남자의 목소리는 좀 더 측은하게 들렸다. 아마 그도 그녀가 안쓰럽다고 생각했을 것이다. 페리는 집에 가지 못한 유일한 학생이었다.

밖에는 새까만 색의 리무진이 운전기사와 함께 기다리고 있었다. 쉬린은 하이힐을 신고 뒤에 분홍색 여행 가방을 끌며 자갈 위에서 약간 비틀거리며 걸었다. 그녀를 바라보는 페리는 만감이 교차했다. 쉬린과 같은 집을 쓴다면 쉬린의 강한 성격 때문에 불편함이 커질 게 뻔했다. 그건 위험 요소였다. 게다가 페리는 쉬린이나 다른 누구에게도 빚지고 싶지 않았다. 다른 한편으로, 페리는 조만간 기숙사를 떠나야 했으니, 자신의 집이 있다는 건 정말 멋진 일이라는 생각이 들기도 했다.

차가 멀어지자 페리는 쉬린이 가는 길에 물병에 든 물을 부었다. 친구야, 물처럼 잘 갔다가 물처럼 잘 돌아와.

눈송이

2001년 옥스퍼드

열광적인 새해 전야가 옥스퍼드에도 찾아왔다. 비교적 조용하고 화려하지 않은 이스탄불의 신년 축하 행사에 익숙했던 페리는 반짝이는 불빛으로 장식된 거리, 상점 진열대를 가득 채운 선물 꾸러미들, 어둠 속에서 반딧불처럼 영롱한 등불을 들고 크리스마스 송가를 부르는 합창대처럼 세심한 새해맞이 준비를 놀라움과 호기심으로 지켜보았다. 온갖 행사의 요란함에도 불구하고, 학생들이 없는 옥스퍼드는 마치 멈춰 있는 것 같았다. 평소 혼자 있는 것을 꺼리지 않는 페리 같은 사람에게도 연말에 여기 홀로 지내는 건 무척 힘든 일이었다. 그녀는 테이블이 세 개밖에 없는 작고 허름한 중국집에서 매일 혼자서 밥을 먹었다. 음식은 그런대로 좋았지만, 가끔씩은 맛이 없었다. 어쩌면 요리사가 조울증을 앓고 있을지도 모를 일이었다. 요리사의 기분 변화는 음식에도 반영되니까.

그녀는 서점에서 파트타임 아르바이트를 다시 시작했다. 가게 주인은 그녀에게 고객의 이목을 끌기 위해 책을 새롭게 배치해 보라고 했다.

"괴상한 크리스마스트리는 어떨까요? 금서로 장식된." 페리가 말했다. 마치 금지된 열매를 맺은 지식의 나무처럼, 그들의 크리스마스트리에도 세계 곳곳에서 검열을 받은 작품을 나뭇가지에 달자는 것이었다.

"멋진데!"

서점 주인 내외가 말했다. 그들은 이 작업을 페리에게 완전히 맡겼다.

이렇게 해서 페리는 서점 진열장 중앙에 은빛 나무를 설치하게 되었다. 이상한 나라의 앨리스, 1984, 캐치-22, 멋진 신세계, 채털리 부인의 사랑, 롤리타, 네이키드 런치, 동물 농장… 카프카, 베르톨트 브레히트, 슈테판 츠바이크, 잭 런던, 우마르 하이얌, 나즘 히크메트, 파티마 메르니시… 그녀는 곳곳에 '금지', '검열된', '재판받은', '불태워진'과 같은 형광 카드를 흩어 놓았다. 튀르키예에서 금지된 책 목록만으로도 너무 길어서 숲 전체를 덮을 정도였다.

페리는 몇 년 전 새해 전야를 떠올렸다. 그녀가 열 살이나 열한 살쯤 됐을 때의 일이었다. 아빠 멘수르가 거대한 크리스마스트리를 집으로 가져왔었다. 상점과 슈퍼마켓에는 이런 장식을 했지만, 마을 이웃들 중 어느 가정에도 이런 크리스마스트리는 찾아볼 수 없었다.

집으로 돌아가는 길을 찾기 위해 길에 빵 부스러기를 던진 동화 속 이야기처럼 문에서 크리스마스트리가 만들어질 모퉁이로 옮겨질 때까지 플라스틱으로 만든 침엽이 바닥에 흩뿌려졌다. 멘수르와 페리는 엄청난 노력을 들여 금박 리본과 은빛 공으로 크리스마스트리를 정성을 다해 장식했다. 걸어 둘 장신구가 바닥나면 색칠한 호두와 솔방울, 병뚜껑, 코르크 마개로 만든 동물 등 자신들만의 장식을 만들었다. 크리스마스트리는 볼품없었고 집과 어울리지도 않았지만, 그래도 아빠와 딸은 만족했다.

저녁 무렵 장을 보고 돌아온 셀마는 거실 한가운데에 있는 크리스마스트리를 보고는 인상을 썼다.

"이런 게 왜 필요해?"

"새해가 오잖아."

멘수르는 아내가 몰랐을 수도 있다는 듯 대답했다.

"이건 기독교 전통이라고." 셀마가 말했다. "무슬림은 이런 짓을 하지 않아."

"저런. 장신구 몇 개 건다고 종교가 바뀌나? 조금 즐길 수 있는 권리 정도는 우리에게도 있잖아?" 멘수르는 화를 냈다. "내가 트리를 좀 꾸몄다고 신이 우리를 버리시겠어?"

"당신이 알라께서 당신을 사랑하게끔 하는 노력은 아무것도 하지 않는데, 알라께서 뭐 하러 당신을 사랑하겠어? 어디가 좋다고?"

페리는 고개를 숙였다. 그녀는 죄책감을 느꼈다. 그녀의 아빠는 그녀를 기쁘게 하려고 이 소나무를 산 것이었다. 그녀는 긴장된 분위기에 대해 책임감을 느꼈다. 문제를 해결할 방법을 찾아야 했다. 아이디어가 떠올랐다! 소녀는 그날 밤 잠을 자지 않고 모두가 잠자리에 들기를 기다렸다. 자신의 계획을 실행에 옮기기 위해 그림자처럼 조용히 움직였다.

다음 날 아침, 가족들이 거실에 나왔을 때, 그들은 신비롭게 장식된 나무를 발견했다. 엄마 셀마의 묵주, 도자기로 만들어진 말, 얇게 자른 리본으로 만든 비단 천이 나뭇가지에 매달려 있었다. 나무 꼭대기에는 작은 사원 그림이 있었고, 그 옆에는 균형을 잡아서 놓아둔 기도 책과 하디스가 있었다.

페리가 밝은 미소를 지으며 말했다.

"내가 우리 나무를 무슬림으로 만들었어. 마음에 들어, 엄마?"

셀마는 너무 놀라 꼼짝할 수 없었다. 그녀는 무슨 말을 해야 할지 몰랐다. 어쩌면 무언가를 말하려고 했을 것이다. 하지만 그들 뒤에서 딸이 만든 기념탑을 보고 깜짝 놀라 살펴보던 멘수르가 갑자기 킥킥대며 웃기 시작했다. 남편이 자신을 놀리고 있다고 생각한 셀마는 화가 나서 곧장 거실에서 나가 버렸다. 부모님을 기쁘게 해 주려고 애쓰던 꼬마 페리는 어쩌할 바를 몰랐다.

몇 년의 세월이 지났다. 하지만 여전히 그녀는 그날 꼬마 아이의 머리로 만든 '이슬람 크리스마스트리'에 대한 엄마의 생각을 알 수가 없었다.

*

새해를 이틀 앞둔 어느 날, 페리는 서점에서 일하고 있었다. 서점에는 몸을 녹이기 위해 들른 노파 외에는 다른 손님이 없었다. 가게 주인은 친구를 만나러 갔고, 다른 직원들도 휴가를 가고 없었다.

페리는 책장의 먼지를 털고, 커피를 내렸다. 바닥을 쓸고, 쿠션을 제자리에 정돈했으며, 재고를 확인했다. 갈수록 더 마음에 드는 이 서점에서 그녀는 편안함을 느꼈다. 일이 끝나자 그녀는 아주르 교수의 책 중 하나를 가져와 안락의자에 웅크리고 앉았다. 그녀는 이곳에서 아주르 교수의 모든 책을 찾았다. 눈에 띄는 제목과 기하학적 패턴의 겉표지가 있는 아홉 권의 책을 발견했다. 수치상으로만 보면 그의 책은 잘 팔렸다. 지금 그녀가 보고 있는 책은 아주르 교수의 초기 작품 중 하나였다. *머리가 복잡한 사람들을 위한 지침서*.

페리 맞은편 안락의자에 앉은 노파의 눈은 감겨 있었고, 고개는 옆으로 젖혀져 있었다. 그녀는 곧 잠들었다. 페리는 담요를 찾아 노파에게 살포시 덮어 주었다. 아나톨리아 반도의 소나무에서 떨어지는 송진과 같은 접착제처럼 시간은 늘어지고 느려졌다. 읽고 싶은 책으로 둘러싸인 채 아주르 교수의 글을 손에 쥔 페리는 몇 년 동안 느껴 보지 못한 행복을 느꼈다. 그래, 그녀는 여전히 교수에게 화가 나 있었지만, 그의 책에 분풀이할 수는 없었다. 그리고 그녀는 수업을 그만두지 않았다. 그만둘 수가 없었다.

그녀가 책의 한 단락을 다 읽었을 때, 서점의 문이 놋쇠 방울 소리와 함께 열렸다. 얼음장 같은 거센 바람과 함께 한 남자가 들어왔다. 아주르 교수였다! 검정 외투에 스카프는 불교 승려들이 질투할 만큼 짙은 사프란색이었다. 헝클어진 곱슬머리를 간신히 눌러 주고 있는 중절모가 그의 멋진 외모를 완성했다.

"우리 들어가도 될까요?" 그가 서점 안쪽을 향해 말했다.

페리는 쏜살같이 자리에서 일어났다. 그녀는 서두르다가 발이 걸려 넘어질 뻔했다. 문으로 다가가니, 왜 아주르 교수가 우리라고 했는지 이유를 알 것 같았다. 교수 옆에는 뾰족한 코에 흑백의 긴 털을 가진 콜리 종의 개가 한 마리 있었다.

아주르 교수는 놀란 눈으로 그녀를 바라보았다.

"안녕 페리 양. 놀랐네요. 여기서 뭐 하는 겁니까?"

"저는 서점에서 파트타임 아르바이트를 하고 있어요."

"좋네요! 근데 스피노자를 어떻게 할까요?"

"예?"

"내 개 말이에요." 아주르 교수가 말했다. "밖은 너무 추워서."

"괜찮아요, 안으로 데리고 들어오셔도 됩니다. 스피노자가… 입구 근처에서 교수님을 기다리게 하면 어떨까요?"

그러나 아주르 교수는 그의 뒤에 있는 개와 함께 이미 안으로 들어와 있었다. 그들은 이집트 상형 문자처럼 머리를 들고 똑바로 걸었다.

"한참 동안 여기 못 왔었는데." 주위를 둘러보며 아주르 교수가 말했다. "바뀌었군. 이전보다 더 크고 밝아 보이네."

"배치를 바꿨어요, 오래된 가구도 버렸고요." 페리가 말했다. 그녀는 스피노자가 주변의 냄새를 맡고는 가장 부드러운 쿠션을 찾아 예쁘게 앉는 모습을 지켜보았다.

아주르 교수는 자신만의 방식으로 목소리를 높였다 낮추면서 다른 주제로 넘어갔다.

"그건 그렇고, 나는 창가에 있는 금서의 나무가 마음에 드네요. 좋은 아이디어예요."

페리는 미소를 지었다. 그녀는 아주르 교수에게 자신의 디자인이자 작업이라고 말하고 싶었다. 하지만 그 대신 그녀는 먼저 머릿속에 떠오른 말을 해 버렸다.

"찾고 계시는 특별한 책이 있으세요?"

"지금은 없어요."

아주르 교수가 말했다.

"출판사가 나더러 여기 와서 독자들을 위해 책에 사인을 미리 해 놓으라고 하더군요. 나도 그렇게 하기로 약속했고요."

그의 시선이 페리가 방금 앉아 있던 의자로 향했다.

"페리 양이 읽고 있던 건가요?"

페리는 불안해하며 발을 바닥에 비볐다.

"네, 이제 막 시작했어요."

아주르 교수는 책에 대한 그녀의 의견을 기다렸지만, 페리는 침묵했다. 그들은 아직 의사소통할 수 있는 공통의 언어를 발견하지 못한 것 같았다.

"앉으세요."

마침내 페리가 테이블을 가리키며 말을 건넸다.

"교수님께서 사인하실 책을 가져오겠습니다."

일곱 권의 저서는 재고가 남아 있었고, 나머지 두 권의 저서는 주문한 상태다. 하지만 얼마나 책이 많던지, 책마다 열다섯 권이면 작은 탑을 쌓을 수 있을 만큼의 양이었다. 아주르 교수는 의자를 끌어당긴 다음 외투를 벗어 던졌고, 만년필을 꺼내 본격적으로 사인을 하기 시작했다. 페리는 교수에게 커피를 가져다주었다. 그런 다음 그녀는 눈에 띄지 않게 그를 바라볼 수 있는 구석으로 물러났다.

쌓아 둔 책 더미의 중간쯤 사인을 마쳤을 때, 아주르 교수는 하던 일을 멈추고 궁금한 눈으로 페리를 쳐다보았다.

"왜 가족과 함께 새해를 보내지 않죠?"

"못 갔어요."

페리는 마치 이스탄불이 바로 근처에 있는 것처럼, 문을 열면 밖에 바로 있는 것처럼 손사래를 치며 말했다.

"그리 큰일도 아닌걸요. 크리스마스는 우리에겐 그렇게 중요한 날이 아니거든요."

아주르 교수는 한참을 속을 꿰뚫어 보는 듯한 눈빛으로 페리를 바라봤다.

"연휴를 가족들과 보내지 않아도 속상하지 않는다는 말인가요?"

"그런 말은 아닙니다. 기독교 학생들에게 이 연휴가 더 중요하다고 말씀드리는 것뿐입니다."

그녀는 잠시 주저했다. 뭔가 잘못 말한 게 있나? 그녀는 항상 말을 신중하게 선택했다. 얼음 위를 걷는 것처럼 조심스럽게 앞으로 나아갔고, 밟았던 곳 표면에 금이 갔는지 때때로 확인까지 했다.

한편 아주르는 그녀를 똑바로 응시했다. 그의 눈동자에는 마치 마음을 꿰뚫어 볼 수 있을 것 같은 이상한 눈빛이 있었다.

"부모님은 독실한 신자이신가요?"

"엄마와 작은오빠가 그렇습니다. 하지만 아빠와 큰오빠는 그렇지 않고요."

"아, 어떻게 그렇게 나뉘었군요." 아주르가 관심을 보이며 말했다. "어디 보자. 페리 양은 아버지와 더 가까운가요."

페리는 침을 삼켰다. "그러니까… 네, 맞습니다."

아주르는 고개를 끄덕이며 다시 책에 사인하기 시작했다.

"그럼 교수님은요?" 페리는 소심한 목소리로 물었다. "가족과 함께 연말을 보내십니까?"

아주르 교수는 듣지 못한 것처럼 책에 계속 사인을 했다. 잠시, 가게 안에는 콜리의 숨소리, 노파의 코 고는 소리, 괘종시계의 똑딱거리는 소리, 종이 위에 만년필이 스치는 소리 외에는 아무 소리도 들리지 않았다. 페리는 아주르 교수의 턱이 경직되고, 그의 눈에 초점이 사라지는 것을 보았다. 그의 몸 전체, 심지어 그의 존재조차도 움직이고 있는 것 같았다. 아주르 교수의 곁에 있으면 과거도 미래도 없어져 버렸다. 오로지 현재 시제만이 있었다. 그것마저도 날아가 버리고 있었다.

아주르 교수는 커피를 한 모금을 마셨다.

"내 가족은 이젠 스피노자뿐이에요."

이젠. 그 말을 하는 투에서 페리는 건드려서는 안 될 비밀을 건드렸다는 느낌을 받았다. "죄송합니다."

만년필이 멈췄다. "이리 와 봐요, 우리 합의합시다." 아주르 교수가 말했다. "학생이 내게 너무 많은 사과를 했기 때문에 앞으로는 당신이 어떤 끔찍한 일을 저지르더라도 내게 사과하는 말을 듣고 싶지 않군요. 약속할 수 있겠어요?"

페리는 자신의 심장이 가슴 속에서 빠르게 뛰는 것을 느꼈다. 이 세상에는 차라리 하지 않는 합의가 더 나은 경우가 있다. 설령 그렇다 하더라도 그녀는 주저하지 않았다. "약속하겠습니다."

"좋아요!" 아주르 교수는 쌓여 있던 책 더미 전부에 사인을 마치고 일어섰다. "커피 고마웠어요."

"책 위에는 제가 라벨을 붙일게요." 페리가 말했다. "저자의 사인이 들어간 책이라는 라벨을."

"멋지군." 아주르 교수가 웃으며 말했다. 그는 개를 향해 돌아섰다. "가자, 스피노자!"

긴 머리의 교수와 긴 털의 콜리는 오랜 세월의 우정으로 완성된 조화로운 동작으로 문을 향해 걸어갔다. 문고리로 손을 뻗던 아주르는 멈칫하더니 돌아서서 바라보았다.

"내가 제안을 하나 하죠. 몇몇 오랜 친구와 한두 명의 동료 그리고 조교들과 모여서 식사를 할 겁니다. 조교 중 한 명은 학생의 동료라고 할 수 있겠군요. 당신이 좋아할 거 같은데요. 새해 전야에 혼자 있으면 안 되죠. 영국은 이상한 곳이지. 자유로움과 외로움을 동시에 느끼게 하거든요. 우리와 함께할 생각 있어요?"

페리가 무슨 말을 해야 할지 생각하기도 전에 아주르 교수는 이미 수첩을 꺼낸 다음 한 장을 찢어 주소와 저녁 식사 시간을 적고 있었다.

"자. 생각해 봐요. 압박이라고 생각하지는 말고. 원하면 와요. 아무것도 가져올 필요는 없어요. 꽃도, 포도주도, 튀르키예식 젤리도. 그냥 혼자 오면 돼요."

그는 문을 열고 밖으로 나갔다. 눈이 내리고 있었다. 눈송이는 바람에 정처 없이 휘날렸다. 하늘에서 떨어지는 것이 아니라 땅에서 솟아올라 소용돌이치는 것 같았다. 옥스퍼드는 스노우 볼 속의 도시처럼 보였다.

"경이롭군." 아주르 교수가 중얼거렸다.

"너무 아름답네요." 페리도 문에서 그의 말에 조용히 호응했다. 그리고 그녀는 예상치 못한 행동을 했다. 아주르가 막 떠나려고 할 때, 시간은 늦었고 날은 춥고, 페리 자신도 스웨터에 팔짱을 끼고 몸을 떠는 상황인데도 갑자기 아주르 교수의 책에 관한 이야기를 쏟아 낸 것이다. 숨이 입 밖으로 나오자 응축되어 입김이 되는데도 페리는 질문하지 않을 수 없었다.

"교수님, 제가 이해하지 못한 것이 있습니다. 교수님은 우리의 삶이 우리가 살아갈 수 있는 수많은 삶 중 하나일 뿐이라고 말씀하셨습니다. 교수님은 우리가 모두 그것을 너무나 잘 알고 있다고 하셨는데요. 그러니까 행복한 결혼 생활과 화려한 경력조차도 항상 약간의 의구심을 가져야 한다는 말씀이시잖아요. 의심해 봐야 할 것이 존재한다는 뜻인데요. 우리가 어떤 길… 그러니까 다른 길들을 선택했다면, 우리의 삶이 어땠을지 궁금합니다. 교수님께서는 우리 머릿속에 있는 신에 대한 관념은 신에 대한 수많은 인식 중 하나일 뿐이라고 말씀하셨죠. 그래서 '우리가 유신론자든 무신론자든 신에 대해 독선적으로 행동하는 것은 의미가 없다.'라고도 하셨고요."

"그래요." 아주르 교수가 페리의 얼굴을 응시하며 말했다. 그는 학생이 한순간에 자기 생각을 이렇듯 잘 표현한 것에 놀라지 않을 수 없었다.

"하지만 이 세상에는 저희 엄마처럼 종교로 피신해 그곳에서 버틸 힘을 얻는 사람들이 많이 있습니다. 특히 여성은요. 그들은 신께 도달하는 방법은 단 한 가지이며, 이 방법을 알고 있다고 믿고 있습니다. 이제 와서 이 사람들에게 '다른 생각에 마음을 열고 자신이 옳다는 것을 확신하지 마세요.'라고 말하는 게 무슨 소용일까요? 그들이 가진 유일한 보호 장치를 제거해야 하나요? 붙잡을 수 있는 믿음조차 없다면 엄마는 미쳐 버릴 겁니다."

"연구하고 공부하지 않고, 단지 외워서 믿을 뿐 다원주의의 가치를 이해하지 못하고 자신의 견해가 하나님께로 가는 유일한 길 또는 가장 높은 길이라고 생각하는 것은 착각일 뿐입니다. 절대적인 것은 부족함을 뜻합니다." 아주르가 말했다. "절대적 무신론이나 절대적 독실한 신앙은 내겐 똑같이 문제일 뿐입니다. 내 역할은 믿지 않는 사람에게 약간의 믿음을 심어 주고, 믿는 사람에게 약간의 회의론을 심어 주는 것입니다. 경계를 흐릿하게 만드는 겁니다. 범주에 대한 회의지요."

"근데, 왜 그렇게 하시는 거죠?"

아주르 교수의 눈이 그녀를 꿰뚫고 있었다.

"획일적인 것은 좋은 것이 아니기 때문이죠. 획일적인 곳에서는 철학도 예술도 나오지 않아요."

눈송이 하나가 와서 그의 모자에 떨어졌고 다른 눈송이는 머리카락에 떨어졌다.

"자, 종교인들은 비판적 사고와 회의적 질문의 가치를 이해하지 못하고, 과학계의 많은 학자는 믿음이 사람에게 얼마나 중요한지 이해하지 못하죠. 나는 새로운 언어를 찾고자 합니다. 나는 모든 감각이 깨어 있는 것을 좋아합니다. 그 멋진 문어처럼. 철학, 시, 예술, 과학… 이것들을 한데 섞자는 거죠. 딜레마를 제거하자는 거예요. 우리 시대에 우리는 정체성과 규정, 구분에 너무 집착한 나머지 신에 대한 철학에서 멀어진 겁니다. 그게 아니고, 우리가 모든 걸 잘못 알고 있다면?"

그는 더 할 말이 없었다. 아주르 교수가 작별 인사를 하려고 손을 들었고, 페리도 고개를 끄덕였다. 그와 개는 그들 앞에 펼쳐진 어둠 속으로 걸어갔다. 페리는 배에 힘이 빠지고 호흡이 불규칙한 것을 느꼈다. 그녀는 신비의 가장자리에 서 있는 것 같았다. 설레기도 하고 두렵기도 했다. 페리는 그와 그의 개가 모퉁이를 돌 때까지 지켜봤다. 이것은 평범한 순간이 아니었다. 사람은 사랑에 항복하는 순간을 알고 있다.

심령술사

2016년 이스탄불

페리가 홀로 들어섰을 때, 홀은 고가의 향수 냄새에 뒤섞인 커피, 코냑, 시가 향으로 가득했다. 그녀의 생각은 여전히 쉬린의 자동 응답기에 남긴 메시지에 가 있었다. 그때 갑자기 몇 미터 떨어진 곳에 있는 심령술사가 눈에 들어왔다. 그 남자는 마치 기이한 오리엔탈리즘 판타지 속의 술탄처럼 만족스러운 미소를 지으며 안락의자에 앉아 있었고, 그의 마음에 들어 보려는 여자들로 둘러싸여 있었다. 미국인 펀드 매니저도 거기에서 커피점을 보려고 인내심을 갖고 기다리고 있었다.

페리는 사회 행동 규범을 무시하고 남자들이 모여 있는 곳으로 향했다. 그녀는 회청색 시가 연기 아래 자신의 남편 맞은편, 무리의 한가운데에 자리를 잡았다.

아드난은 페리의 어깨에 손을 올려 가볍게 쥐었다. '지루해?'를 의미하는 자신들만의 행동이었다. 페리는 남편의 손을 두 번 꼭 쥐었다. 이건

'난 괜찮아'라는 뜻이었다.

그때 민족주의 성향의 건축가가 "이건 제쳐 두고라도 중동의 지도가 다시 그려지게 될 거야."라고 말했다. "서구 강대국은 거대한 계획을 세우고 있어."

"그들은 어쨌든 무슬림들이 번영하는 것을 원하지 않아요." 보수 언론사 사주가 그 말에 동의했다.

"맞아요, 지금의 튀르키예는 절대 옛날 튀르키예가 아닙니다." 건축가가 말했다. "우리는 온순한 양이 아니에요. 유럽의 환자도 절대 아니고요. 유럽은 우리를 너무 두려워하기 때문에 우리를 망쳐 놓으려고 온갖 짓을 다 하는 겁니다."

언론사 사주도 같은 생각이었다. "그들은 어떻게 망쳐 놓을지를 알고 있습니다. 보이지 않는 손이 버튼 하나만 누르면 모든 분쟁이 다시 시작되는 겁니다. 피와 폭력이 난무하게 되는 거죠. 우리 모두 정신을 똑바로 차려야 합니다."

남자 손님들은 열심히 듣고 있었다. 일부는 고개를 끄덕였고, 나머지는 조용히 들었다. 그런 말을 진지하게 받아들이지 않고, 음모론을 그다지 좋아하지 않는 페리는 자리에서 일어났다. 그녀는 방을 가로질러 여자들에게로 갔다.

그녀를 본 광고 회사 대표는 몸을 숙여서 심령술사의 귀에 속삭였다. 남자는 눈살을 찌푸리며 그녀의 말을 듣고 있었다. 그리고 고개를 들어 페리를 바라보았다.

"저 손님은 왜 우리와 함께하지 않는 거죠?"

심령술사는 폰폰을 무릎 위에 올려 두고 자신의 곁에 앉아 있던 사업가 아내에게 물었다. 칭찬과 관심을 받는 데 익숙한 모든 사람과 마찬가지로 심령술사는 자신에게 관심을 보이지 않는 사람에게 집착했다. 페리에게.

사업가 아내는 즉시 자리에서 일어났다. 한 손은 폰폰의 배 아래에 집어넣어 들고, 다른 한 손으로는 페리를 붙잡았다. 그녀는 상냥하지만 단호하게 페리를 심령술사 쪽으로 끌어당겼다.

"페리와 인사를 나눴나요?" 사업가 아내가 심령술사에게 물었다. "페리도 당신처럼 오늘 늦게 도착했어요. 도중에 사고를 당해서 말이에요."

"쾌유를 빕니다. 운이 좋으셨네." 심령술사가 붕대로 감싼 페리의 손을 바라보며 말했다.

"별거 아니에요……."

"이 모든 난관을 겪은 당신은 선물을 받을 자격이 있다고 생각해요. 자, 당신의 앞날에는 무슨 일이 있으려나……." 그는 자리에서 일어나면서 윙크를 하며 덧붙였다. "공짜로 봐 드리지."

심령술사의 양쪽 옆에 앉아 차례를 기다리던 기자의 여자 친구와 광고 회사 대표는 그 말이 별로 달갑지 않았다.

"저는 방해하고 싶지 않은걸요. 기다리는 사람들이 있잖아요."

"이런, 무슨 말씀을. 나는 모두를 위해 여기에 온 겁니다."

그는 무슨 말을 하려고 했지만, 이내 자기만 알고 있기로 마음먹은 사람처럼 얼굴에 미소가 번졌다.

"그래도 점 같은 건 보고 싶지 않아요."

페리가 완고하게 말했다.

그는 웃었지만, 그의 눈동자에는 강렬한 빛이 자리했다.

"난 이 일을 25년 동안 해 왔습니다. 근데 여태껏 자신의 미래를 알고 싶지 않다고 하는 여자를 만나 본 적이 없어요."

"그럼 과거는요?"

기회를 엿보고 있던 광고 회사 대표가 말했다.

페리는 갑자기 용기를 내며 말했다.

"그것도 싫네요."

"이해합니다."

심령술사가 말하고는 손을 내밀었다.

"그래도 만나서 반가웠어요."

아무 생각이 없던 페리는 거의 반사적으로 손을 내밀었다. 악수하는 대신에 심령술사는 그녀의 손목을 잡고 몇 초간 있었다. 마치 바늘에 찔린 것 같은 느낌, 수십 개의 바늘이 한 번에 들어간 것처럼 둘 사이에 뭔가 지나갔다.

"사기꾼을 믿지 마세요." 심령술사가 말했다. "하지만 제대로 된 심령술사는 믿으셔야지."

"우리 심령술사님은 최고지. 다른 사람들과는 달라."

사업가 아내가 그를 두둔하고 나섰다.

"다음번에요."

페리가 손을 거두며 말했다.

한 발자국 정도 떼어 놓았을까, 심령술사의 목소리가 뒤에서 들렸다.

"누군가를 그리워하고 있군요."

페리는 어깨너머로 심령술사를 바라보았다.

"뭐라고 하셨나요?"

그가 페리에게 가까이 다가왔다.

"사랑하는 사람. 당신이 잃어버린 사람."

페리는 재빨리 정신 차렸다.

"전 세계 남자와 여자들의 절반 정도가 그럴 것 같은데요."

심령술사는 가식적인 웃음소리를 내며 크게 웃었다.

"그래도 이건 다른데."

페리는 의식하지 못한 채 두 팔로 팔짱을 꼈다. 이 사람과 더 이야기를 나눌 생각이 없었다.

"그 사람의 이름 중 첫 번째 알파벳이 보이는군요."

심령술사가 말했다. 비밀을 알려 주는 것처럼 목소리를 낮췄지만 그래도 모든 여자가 들을 수 있는 목소리로 "A"라고 했다.

"남자 이름들 대부분이 A로 시작해요." 페리가 말했다. "전 세계적으로요."

"흠. 어떻게 할지 아세요? 모두의 앞에서 당신이 창피하지 않도록 냅킨에 적어드리죠."

"빨리!" 사업가 아내가 쩍쩍거리듯 도우미들에게 소리를 질렀다. "펜 가져와, 빨리!"

광고 회사 대표는 교활하게 말하며 끼어들었다. "그게 과거의 이야기라면 우리도 들으면 좋을 텐데."

"누가 과거 이야기라고 했나요?" 심령술사는 페리에게서 눈을 떼지 않고 말했다. "아직 생생한데, 신선하고, 숨을 쉬고 있어. 이분의 과거는 현재에도 진행되고 있어요."

마음속에서 큰 동요가 일고 있었음에도 페리는 침착함을 유지했다. 그녀가 원했던 건 심령술사가 자신을 그냥 내버려 두는 것뿐이었다. 그뿐만 아니라, 이 여자들과 남자들, 그리고 끝없는 혼돈의 이 거대한 도시…….그녀는 지금 당장 이 모든 것에서 멀리 떠나고 싶었다.

도우미가 안주인이 원했던 물건을 손에 들고 너무도 빨리 나타나는 바람에, 마치 이 순간을 기다리기라도 했나 싶은 생각이 들 정도였다. 심령술사는 냅킨을 보란 듯이 접어서는 다른 사람들이 볼 수 없도록 안에 뭔가를 적었다.

"내 선물입니다."

그가 페리에게 냅킨을 건네면서 말했다.

"네, 고마워요."

그녀는 또 불필요하게 그에게 감사하다고 했다. 마치 아주르의 이론이 옳았다는 걸 증명하듯이. 페리는 여자들이 있는 곳에서 나와 테라스로 나갔다. 바다를 바라보았다. 어선은 사라진 지 오래였다. 엔진 소리와 함께 열린 차창을 통해 음악이 울려 퍼지는 자동차 한 대가 지나갔다. 이 심야에 누가 그렇게 시끄러운 음악을 틀까? 어떤 남자가—이런 짓을 하는 사람은 늘 남자였다— 밤과 잠든 도시에 도전이라도 하려는 듯, 개인의 행진곡이라도 되는 듯, 외국 노래를 틀어 놓고 텅 빈 길을 과속하는 이유가 궁금했다.

그녀는 심령술사가 준 접힌 냅킨을 펴 보았다. 접힌 표면에는 세 마리의 현명한 원숭이처럼 세 명의 여성 형상이 그려져 있었다. 쉬린, 모나, 페리……. 첫 번째와 두 번째 형상 아래에는 "나쁜 것을 보았다.", "나쁜 것을 들었다."라고 쓰여 있었다. 세 번째 형상 아래에는 "나쁜 짓을 했다!"라고 쓰여 있었다.

페리는 원숭이 형상을 유심히 살펴보았다. 한 손에는 붕대가 감겨 있었다. 그랬다, 의심의 여지가 없었다. 그녀는 세 번째 원숭이, 사악한 원숭이였다.

4장

✦

그녀는 인생의 어딘가에서 자신의 심장에 특별한 씨앗이 떨어져,
자기도 모르는 사이에 움을 틔우고,
이제는 그 싹이 올라오기를 기다리고 있었다.

씨앗

한 해의 마지막 날, 페리는 설레어서 가만히 있을 수가 없었다. 아침이 되자 조깅하러 나갔지만, 템포를 조절하지 못해 중간에 포기할 수밖에 없었다. 책을 읽으려고 책상에 앉아도, 단어들이 개미처럼 종이 위를 기어 다녔다. 그녀는 집중할 수 없었다. 속이 쓰려 왔다. 하지만 빈속에 긴장하면 과식하는 경향이 있어서 저녁에 게걸스럽게 먹게 될까 봐 걱정됐다. 그녀는 사과와 오렌지를 먹으며 저녁까지 기다리기로 했다. 그녀는 마음을 진정시키기 위해 라디오를 켰다. 세계 뉴스, 지역 뉴스, 정치 토론, 심지어 아스테카 제국에 관한 BBC 다큐멘터리까지 들었다. 그 프로그램 중 어떤 것도 그녀의 신경을 다른 곳으로 돌리게 하기에는 충분치 못했다. 그녀는 저녁 초대에 관해 생각하고 있었다. 어떤 저녁이 될까, 어떻게 보내게 될까?

드디어 준비할 시간이 되었다.

평소에 화장을 잘 하지 않고 화장을 어떻게 해야 하는지도 모르는 여성들이 겪곤 하는 거울 앞에서의 공황을 그녀도 겪어야 했다. 그녀는 마스카라, 검은색 아이라이너, 립글로스를 발랐다. 그 정도에서 화장을 마쳤다. 그녀는 자신의 얼굴을 뜯어보았다. 균형 잡힌 얼굴선, 도톰한 입술, 큰 눈을 가진 아름다운 사람이었지만, 역시나 자신의 마음에 들지 않는 부분으로 시선이 갔다. 예를 들면, 그녀의 엄마를 닮은 코. 화장품으로 코를 갸름하게 보이게 하는 방법이 있다고 해도 그녀는 그런 방법을 전혀 알지 못했다. 쉬린이 여기 있다면 그녀에게서 조언을 얻을 수 있을 텐데.

하지만 쉬린이 여기 있다면, 페리는 아주르 교수의 저녁 초대에 틀림없이 가지 않았을 것이다. 새해 전야에 혼자 있으면 안 된다고 말했던 교수가 그저 자신이 불쌍해 보여서 초대한 게 아니길 바랄 뿐이었다.

뭘 입을까도 큰 문제였다! 선택지가 많아서가 아니었다. 좀처럼 결정을 할 수 없었기 때문이다. 그녀는 가지고 있는 몇 벌 안 되는 옷들로 수십 가지 조합을 만들어 하나씩 입어 보았다. 검은 데님 스커트에 헐렁한 블라우스, 블라우스에 청바지, 청바지에 초록색 재킷……. 학생처럼 보이고 싶지 않았지만, 학생처럼 보이지 않으려고 꾸민 것처럼 보이는 건 더 싫었다. 절대 그렇게 입고 싶지 않았다. 그녀는 침대 위에 옷을 잔뜩 쌓은 후, 마침내 벨벳 스커트와 캐시미어—캐시미어는 아닌— 같은 하늘색 스웨터를 입기로 했다. 짙은 파란색의 마비본주우 목걸이로 옷차림을 완성했다.

아주르 교수가 아무것도 가져오지 말라고 미리 당부했지만, 그녀는 엄마로부터 '초대받아 갈 때는 절대 빈손이어서는 안 된다'라고 배웠다.

페리는 빵집에서 작은 파이 여덟 개를 샀다. 그녀는 큰 케이크를 샀더라면 더 경제적이었을 것이라며 속으로 아까워했다.

페리는 버스 정류장으로 걸어가서 버스를 기다렸다. 이윽고 버스가 도착했다. 하지만 그녀는 그냥 서서 버스 문이 열리고 닫히는 것을 지켜봤다. 그리고는 자신의 방으로 돌아왔다. 입고 있던 스커트와 스웨터를 갈아입기로 했다. 그 옷들 대신에 긴 검정색 드레스와 두꺼운 부츠를 골랐다. 이렇게 입는 것이 더 마음에 들었다.

*

아주르는 도심 바로 외곽에 우드스탁 로드에서 버스로 20분 위에 있는 갓스토우 마을에 살고 있었다. 이곳은 봄이 되면 마을이 초원의 온갖 초목으로 둘러싸이곤 했다. 포트 메도우 너머에 있는 옥스퍼드의 꿈같은 첨탑은 분명 멋진 풍경일 테지만, 지금은 어둠이 내려앉아 있었다. 페리가 버스에서 내리자 다시 눈이 내리기 시작했다. 커다란 눈송이가 그녀의 머리카락과 코트 위로 떨어졌다. 그녀는 어디를 둘러봐도 다른 집이 보이지 않는다는 사실에 그리 놀라지 않았다. 아주르 교수에게 그런 야성적인 면이 있을 거라고 페리는 예상했다.

그의 집은 대칭적인 외관을 가진 웅장한 석조 집이었다. 집주인처럼 집의 나이를 가늠하기 어려웠다. 격동의 과거와 많은 이야기가 있는 곳 같았다. 페리는 양옆으로 잎이 다 떨어지고 없는 떡갈나무가 우거진 구불구불한 오솔길에서 미끄러지지 않으려고 조심하며 걸었다. 바람이 살을 파고들었다. 그녀는 떨고 있었다. 그것은 추위만큼이나 큰 설렘 탓이기도 했다. 페리는 걱정스러워서 뒤로 돌아 버스 정류장을 바라보았다. 밤에 어떻게 집으로 돌아가지? 하지만 파티에 온 사람 중에 옥스퍼드에 사는 사람이 있을 것이고, 그런 손님 중 한 명이 친절하게 차로 자기를 데려다주리라 생각했다. 그녀의 엄마가 이 광경을 봤다면 얼마나 나무랐을지! 그녀는 깊게 숨을 들이마셨다. 이번에도 역시 같은 모습을 보였다. 그녀의 마음은 걱정과 근심으로 가득 찼다. 저녁은 아직 시작도 하지 않았는데 벌써 끝날 때를 생각하며 걱정하고 있었다. 집의 1층 창문에서 흘러나오는 빛은 따스한 노란색이었다. 페리는 문 앞에 서서 파이 상자를 가슴에 꼭 안고 안에서 들려오는 소리에 귀를 기울였다. 유쾌한 대화, 웃음소리, 배경에 깔린 음악 소리까지.

갑자기 그녀는 바스락거리는 소리를 들었다. 돌아서서 길을 쳐다보았지만, 이 험한 날씨에 차도, 자전거도 없었다. 그러는 동안 그녀의 뇌다른 쪽에서는 그 소리가 더 가까운 곳에서 나는 것이라고 경고하고 있었다. 페리는 주위를 둘러보았다. 그녀의 시선은 오른쪽에 있는 키 큰 덤불로 향했다. 그림자! 몸은 얼어붙었고 심장 박동이 빨라졌다. 이제 확신했다. 누군가 그곳에 숨어 있는 것이었다.

그녀는 공포에 질려 "거기 누구야?"라고 외쳤다.

덤불 뒤에서 실루엣이 나타났고 한 걸음 앞으로 나왔다.

"트로이! 너야?"

그의 얼굴은 창백했고 어쩔 줄 몰라 했다.

"세상에, 무서웠단 말이야." 페리가 말했다. "나를 따라온 거니?"

"너 아냐, 바보야!" 트로이가 말했다. 그는 고개로 집을 가리켰다. "나는 악마 아주르를 쫓고 있어." 그는 잠시 주저하더니 물었다. "넌 여기 어쩐 일이야?"

"초대받았어." 페리가 대답했다. "그러니까 교수님을 몰래 감시하는 거네! 부끄러운 줄 알아!"

"내가 그 사람을 법정에 세울 거라고 네게 말했잖아. 증거가 필요해."

그러는 와중에 집 안에서 폭소가 터져 나왔다. 트로이는 곧바로 덤불 뒤로 도망쳤다. 그는 "내가 여기 있다고 아무에게도 말하지 말아 줘."라고 그녀에게 간청했다.

페리는 얼굴을 일그러트렸다. "내 말 잘 들어, 너에게는 이럴 권리가 없어. 들어가서 10분 동안 기다릴 거야. 나중에 다시 나와서 확인할 거야. 만약 그때까지 가지 않고 있다면 맹세컨대 아주르 교수에게 말할 거야. 아마 경찰을 부를지도 몰라."

"알았어, 젠장!" 트로이는 손을 허공으로 추어올리며 말했다. "쏘지 마. 갈 테니까."

이렇게 해서 페리는 트로이를 보냈다. 페리는 청색과 녹색, 보라색 유리로 장식된 스테인드글라스 현관문을 향해 돌아섰다. 프레임 중앙에 무늬가 있었다. 아주르 교수의 연구실 그리고 쉬린의 방에서 본 것과 같은 문양이었다. 무엇을 상징하는 것일까?

페리는 재빨리 벨을 눌렀다. 새소리 같은 벨이 울렸다. 귀여운 카나리아나 장난꾸러기 나이팅게일의 지저귀는 소리가 아니라, 문 앞에 재수 없는 손님이 왔다고 경고하는 올빼미 소리 같았다. 내부의 소란스러움이 잠시 멈췄다가 이전 분위기로 계속 이어졌다. 스테인드글라스 유리 뒤에 그림자가 나타났다. 다가오는 발걸음 소리. 페리는 립글로스를 다시 발라 볼까도 생각했지만, 너무 늦었다.

문이 열렸다.

한 여자가 입구를 막으려는 것처럼 서 있었다. 그녀는 큰 키에 굴곡진 몸매, 매력적인 금발을 하고 있었다. 의기양양한 미소를 지으며, 그녀는 페리를 머리부터 발끝까지 훑어보았다. 그녀는 자신이 섹시하다는 것을 아는 것 같았다. 그녀의 몸을 감싼 미드나잇 블루 스트랩리스 드레스는 모래시계 같은 몸매를 드러내게 했다. '학자가 아닌 것은 확실해.' 페리는 생각했다. 페리는 파란색 스웨터를 갈아입고 온 것이 다행이라고 생각했다. 왠지 모르게 이 여자와 어떤 공통점도 갖고 싶지 않았다. 그것이 단지 옷 색깔이라고 해도.

아주르 교수가 서점에 들렀을 때, 개 스피노자 외에는 가족이 없다고 말했다. 하지만 그렇다고 해서 그에게 여자 친구가 없다는 의미는 아니지 않은가. 아니면 그의 아내일까? 아주르는 결혼반지를 끼고 있지 않았지만, 결혼한 사람 모두가 손가락에 반지를 끼고 있는 건 아니었다. 교수의 삶에 누군가가 있을지도 모른다는 것을 왜 그전에는 생각하지 못했을까? 페리의 얼굴이 희미하게 일그러졌다.

"어서 오세요! 너무나 젊고 아름다우시네요." 여자가 말했다. 그녀는 페리의 손에서 상자를 받아들었다. "당신이 바로 그 튀르키예 학생이군요."

바로 그때, 아주르 교수가 따지 않은 와인 병을 마치 미니어처 박격포처럼 들고 나타났다. 그는 계피색 스탠드 업 칼라 스웨터와 울/캐시미어 재킷을 입고 있었다. 그는 프랑스의 지식인 루이 알튀세르를 연상케 했는데, 알튀세르가 자신의 아내를 목 졸라 죽이기 전 모습 같았다.

"페리 양, 왔군요!" 아주르 교수가 기뻐하며 말했다. 그의 이마가 불빛에 빛나고 있었다. "추운데 거기 서 있지 말고. 어서 들어와요!"

페리는 그들을 따라 응접실로 갔다. 복도 벽은 사진 액자로 덮여 있었다. 세계 여러 지역 사람들의 초상화였다. 여러 인종과 여러 국적의 사람들. 색상이 너무 선명하고 이미지가 너무 아름다워서 페리는 눈을 뗄 수 없었다. 사진 속 이미지들은 마치 그녀가 아직 발견하지 못한 비밀을 알고 있는 듯 신비로운 자세로 그녀를 보고 있었다.

"너무 인상적이야. 누가 찍었을까?" 페리가 중얼거렸다.

아주르 교수는 뒤돌아보며 장난스럽게 윙크했다. "내가."

"예? 정말이세요? 여행을 정말 많이 다니셨네요?"

"음, 조금 다녔지." 평소 같지 않은 겸손함으로 아주르 교수가 말했다. "튀르키예에도 갔었는데 몰랐죠?"

"이스탄불에요?"

아주르 교수는 고개를 저었다. 아니었다, 그는 대부분의 관광객이 꼭 찾거나 언젠가는 가고 싶어 하는 이스탄불엔 가지 않았다. 그는 튀르키예의 다른 곳을 여행했다. 그는 거대한 신상이 있는 넴루트산에서 눈을 떴고, 가파른 절벽 위에 있는 수멜라 수도원에 감동했으며, 노아의 배가 좌초된 아라라트산에서 연구 조사하고, 주변 마을 사람들과 이야기를 나눴다……. 페리는 아직 가 보지 못한 이런 곳들에 관해 교수가 물어볼까 봐 겁이 나서 조용히 입을 닫았다. 앙카라에서 동쪽으로는 한 번도 가본 적이 없는 많은 튀르키예 젊은이처럼 그녀도 자신보다 튀르키예를 더 많이 여행한 외국인을 만났을 때 당황스러웠다.

페리는 거실로 들어갔다. 마주 보고 있는 두 벽에는 천장부터 바닥까지 내려오는 책장이 늘어서 있었다. 이 책장들 사이에 한 무리의 멋진 사람들이 손에 술잔을 들고 서서 화기애애한 대화를 나누고 있었다.

아주르 교수는 손님 중에서 한 청년을 불렀다. "데런, 잠시만 와 보겠나. 가장 열심히 공부하는 학생 중 한 명을 자네가 만나 봤으면 하네." 아주르 교수는 그 청년이 그들에게 다가오는 것을 보자마자 사라졌다. 젊은이들끼리 있도록 자리를 비켜 준 것이다.

데런은 물리학과 석사 과정 학생이었다. 그는 친절하고 예의 바른 태도로 대화를 시작했다. 그는 페리의 '이국적' 억양을 칭찬했다. 분명 페리를 칭찬할 생각으로 그렇게 말했을 것이다. 하지만 외국어를 배우려고 노력하는 사람은 억양에 대한 언급을 듣고 싶어 하지 않는다.

데런은 페리에게 가족과 출신 환경에 관해 물었지만, 자신에 관해 이야기하는 것을 더 좋아했다. 그는 똑똑하고, 결단력이 있었고, 사랑에 너무 목말라 있었다. 그는 연이어 농담을 터뜨리며 페리를 웃게 하려고 애썼다. 어디선가 여자들이 자신을 웃게 만드는 남자를 좋아한다는 글을 읽은 게 분명했다. 그는 엉뚱한 유머 감각이 있는 귀여운 남자였다. '여자 친구의 마음을 상하게 하거나, 학대하거나, 경쟁 상대로 보고 짓누르려 하지 않을 타입의 남자'라고 페리는 생각했다. 그럼에도 불구하고, 그녀는 그들 사이에 순간적인 불꽃 외에는 다른 끌림은 없을 것이며, 데런

은 절대 자신이 마음을 줄 상대가 아니라는 걸 알았다. 왜 이렇게 되어야
만 하지? 그녀는 왜 부드럽고, 친절하며, 나이에 맞고, 그녀에게 잘 어울
리는 남자들에게서 매력을 느끼지 못하는 것일까? 왜 그 대신 교수—자
신이 결코 소유할 수 없고, 훨씬 더 나이가 많은 데다, 처음부터 끝까지
잘못된 생각이고, 해서는 안 되는—를 몰래 좋아하는 걸까. 아니면 그녀
는 행복해지고 싶지 않은 건가? 그토록 많은 책과 학회에서 주제로 다뤄
졌던 '행복'이 어째서 그녀의 삶의 중요한 목표가 아닐까? 물론 그녀는
불행해지고 싶지 않았다. 그러나 어떤 이유에서인지, 그녀는 자신을 행
복하게 해 줄 남자를 선호하지 않았다. 그렇지 않다면, 왜 그녀가 아주르
와 같은 불가능한 사람에게 빠지겠는가?

페리는 크게 숨을 들이켰다. 그리고 주위를 둘러보았다. 자신에게서
기대하지도 않았고, 자신이 가졌는지도 몰랐던 대담함이 매혹적인 향수
처럼 그녀를 감싸기 시작했다. 그녀는 자신이 내면의 변화를 겪고 있음
을 알아챘다. 변화하고 있다는 게 외부로 보이는 걸까? 그녀의 눈에 드
러나는 걸까? 사회생활에 대한 이러한 모든 행동 패턴과 사고 저편에는
얕은 문턱이 있었다. 그녀가 그 문턱을 넘어서면 어떻게 될까? 그녀가
'정직하고 겸손하며 품위 있는 튀르키예 여자'라는 범주에서 벗어나고
싶다면? 생전 처음으로 미친 짓을 하고 싶다면? 자유로워지고 싶다면?
'착한 여자'와 '나쁜 여자'를 구분 짓는 터무니없는 인공적 경계선에 접
근하고 다가서면… 그리고 짠하고 반대편으로 넘으면! 무엇이 '도덕적'
이고 무엇이 '비도덕적'인지를 누가 판결할까? 그녀는 엄마가 자신의
두 아들에게 도덕과 명예에 관해 설교했던 걸 본 적이 없었다. 그러나 페

리는 딸이라는 이유로 이런 설교와 주의를 여러 번 들어야 했다. 그녀가 받을 수밖에 없었던 이 모든 교육으로부터 떨쳐 나갈 수만 있다면. 단 하룻밤만이라도 가벼워질 수만 있다면. 땅이 끝나고 허공이 시작되는 곳을 발로 느껴 보고, 한순간에 자신을 허공에 내던져 홀가분하고 걱정 없는 '부도덕'한 사람이 되면 어떤 느낌일까?

"식사 시간……." 얼마 지나지 않아 아주르가 방 반대편에서 소리쳤다. 그의 얼굴에는 매혹적인 미소가 자리하고 있었고, 손에는 누구라도 찌를 것 같은 서빙 포크를 들고 있었다.

페리는 잠시 교수와 눈이 마주쳤다. 이상하게도 이번엔 그녀가 시선을 돌리지 않았다. 그녀는 미치지도, 용감하지도 않았다. 급진적이거나 혁명적이지도 않았다. 그러나 그녀는 인생의 어딘가에서 자신의 심장에 특별한 씨앗이 떨어져, 자기도 모르는 사이에 움을 틔우고, 이제는 그 싹이 올라오기를 기다리고 있었다. 항상 여성스럽고, 균형 잡히고, 신중하고, 적절하게 행동했던 나즈페리 날반트오울루는 사실 한계, 한계를 넘고 싶었다.

죄책감

페리는 다른 사람들과 함께 중세 배경의 연극 무대 장치로 사용될 만큼 거대한 연회 테이블로 향해 걸어갔다. 페리는 그 테이블을 보며 영주와 귀부인, 그리고 기사들이 둘러앉아 있는 식탁, 그 위에 바비큐로 요리한 양, 공작새 요리와 반짝이는 젤리를 상상했다. 하지만 지금은 은으로 된 식기 세트도 황금 잔도 없었다. 그냥 평범한 식기들이었다.

테이블 뒤에는 벽난로가 있었고, 벽난로의 겉면은 이탈리아 타일로 덮여 있었다. 그 위에는 흑백 사진이 걸려 있었다. 춤추는 듯한 불꽃에 매료된 페리는 활활 타오르는 불길 옆으로 다가갔다. 그때 그녀는 타일마다 각각 다른 인물이 그려졌다는 걸 알게 되었다. 대부분은 남성이었지만, 여성도 몇 명 있었다. 인물들의 의상은 각각 다른 시대의 것들이었고, 표정은 매우 근엄했다. 그것들은 선지자, 예언자, 성인들을 묘사한 것이었다. 그들 중 일부는 이름이 있었다. 솔로몬, 성 프란체스코, 아브라함, 부처, 성 테레사, 라마난다……. 그들 중 일부는 물을 나르고 있었고, 일부는 양피지에 글을 쓰거나, 제자들과 대화를 나누거나, 사막에서 혼자 걷고 있었다. 그들을 정해진 순서에 따라 붙여 놓은 건 아닌 것 같았다. 이렇게 그들이 나란히 있는 게 신기했다. 마치 그들이 대화를 나누는 것 같았다. 이 성스러운 인물들을 따로따로 상상하는 건 쉬울 테지만, 이렇게 함께 있는 것을 보니 놀라웠다. 페리의 눈은 예언자 무함마드를 찾고 있었다. 그가 포함되어 있는지 궁금했다. 그도 거기 있었다. 그는 말을 타고 하늘로 올라가고 있었다. 그의 얼굴은 보이지 않았지만, 그의 머리는 고대 페르시아 미니어처에서처럼 신성함을 상징하는 불꽃으로 둘러싸여 있었다. 성모 마리아와 아기 예수도 날개 달린 천사와 함께 거기에 있었다. 성모 마리아의 피부는 새하얀 눈 같았다. 타일에는 예언자 모세도 있었다. 그는 땅바닥에서 뱀으로 변한 지팡이를 가리키고 있었다.

아주르는 왜 이런 이미지를 벽난로 주위에 붙여 두었을까? 미학적 선택이 아니라면, 자신의 세계관을 표현한 걸까? 그리고 만약 그렇다면 이 사람은 정확히 무엇을 믿는 것일까? 페리는 지금까지 그의 책도 읽었고, 그의 수업도 들었지만, 아주르 교수는 여전히 수수께끼였다. 마음을 갉아먹는 듯한 질문에 대한 답을 찾지 못한 그녀는 벽난로 위의 사진에 집중했다.

그것은 오래전에 이 집을 찍은 사진이었다. 버스 정류장에서 여기까지 걸어올 때 보았던 떡갈나무와 구불구불한 길은 그대로였다. 꽃이 만발한 정원과 지붕에 닿을 것 같은 흰 구름 때문에, 그 아래에 있는 집은 더 작아 보였다. 아마도 몇 년에 걸쳐 추가로 지어졌을 것이다. 봄의 풍요로움과 자연의 아름다움을 보여 주었지만, 그 사진에는 어딘가 슬픔과 고요함이 숨겨져 있는 것 같았다. 페리는 아무에게도 밝히지 않은 과거가 아주르 교수에게도 있을지도 모른다는 생각이 들었다. 그녀는 궁금했다. 누군가와 사랑에 빠진다는 건 그의 모든 결점, 비밀, 결핍과 함께 그를 알아 가고 싶은 미칠 듯한 욕망을 뜻하는 것이었다.

이제 손님들 모두가 손에 잔을 들고 테이블 주위에 모였고, 호스트가 모든 손님에게 앉을 자리를 지정해 주길 기다리고 있었다.

"아주르, 우리가 어디에 앉아야 하는지 말해 줘." 마른 체구의 사각 턱 남자가 물었다. 페리는 나중에야 그 사람이 양자 물리학계의 유명한 인물이라는 것을 알게 되었다.

"이런, 마치 집주인 자신은 알고 있는 것처럼! 몇 년 동안 아주르를 알고 지냈고, 모두 다 마음이 내키는 대로 이 집에서 놀았잖아." 배가 엄청나게 나온 남자가 말했다. 그는 신학 및 종교 철학 교수였다. 아주르의 오랜 친구인 그는 아주르를 가장 잘 아는 사람 중 하나였다. 그는 자신이 한 말을 증명이라도 하듯 의자를 꺼내 앉았다.

그의 행동을 따라 다른 사람들도 하나둘 자리를 잡았다. 페리가 테이블에 자리를 잡자마자 데런이 다가와 그녀 옆에 앉았다. 아름다운 금발의 여자는 아주르와 가까운 맞은편 자리에 앉았다.

신학 교수는 몸을 의자 뒤로 기댄 채 여전히 흘러나오는 음악을 듣고 있었다. 그리고는 그가 잔을 들며 말했다. "고매하신 주인장을 위하여. 이 추운 밤 괴로워 몸부림치는 외로운 사람과 불행한 사람을 모일 수 있게 해 준 그에게 감사하며."

아주르 교수는 벽에 그림자를 드리우는 촛대 너머로 미소를 지었다.

한편, 페리는 함께 저녁 식사를 하게 된 사람들을 둘러봤다. 다양한 학과의 교수, 조교, 학생들이었다. 그녀가 처음 도착했을 때는 이 모든 사람이 한 가지 공통점을 가지고 있을 거라고 가정했는데, 그건 바로 지성이었다. '아주르 교수와 가까운 주변 사람들인 것으로 보아 선택된 희귀하고 비범한 사람들임이 틀림없어.'라고 생각했다. 하지만 틀린 것 같았다. 그들의 공통점은 모두 새해를 혼자 맞이한다는 것이었다. 아주르가 끼어들어 황량한 해변의 조개껍데기 같은 그들을 모은 것이었다.

"내가 호스트를 위해 건배하고 싶은 또 다른 이유가 있습니다." 노교수가 말했다. "보세요, 그는 바흐를 틀어 놓았습니다. 모든 사람이 하루에 10분씩 바흐를 듣는다면, 지구상에서 신앙을 갖는 사람들이 늘어날 겁니다."

아주르 교수는 눈썹을 치켜세웠다. "절대 알 수 없는 일이지. 자네도 알다시피 바흐는 복잡한 음악가잖아. 신학적 지뢰밭! 사람들에게 믿음을 심어 줄 수 있는 것처럼 의심도 심어 주지. 어떤 사람은 바흐를 들으며 신을 찾았고, 어떤 사람은 종교의 세계를 완전히 떠났으니까."

손님들은 미소를 지었다.

"식사를 시작하시죠." 아주르 교수가 양손을 펼치며 말했다.

한순간에 모든 손님의 관심이 테이블로 향했다. 테이블 한가운데에는 커다란 접시 세 개가 놓여 있었다. 첫 번째는 삶은 콩 더미, 두 번째는 흑미 쌀밥, 세 번째는 오븐에 구운 큰 칠면조였다. 그리고 루비 빛깔의 레드 와인 한 병. 그게 전부였다. 소스도, 향신료도 없었다. 꽤 단출한 식단이었다. 페리는 엄마를 떠올리며 혼자 미소를 지었다. 셀마는 이런 조촐한 식탁에 사람들을 초대하느니 차라리 죽는 걸 택했을 것이다. 그녀는 딸에게 성공적인 만찬의 비결은 "손님 한 명당 두 종류의 요리"라고 말하곤 했다. "네 명의 손님을 위해서는 여덟 가지 다른 요리가 있어야 해. 다섯 명이라면 열 가지." 오늘 밤에는 열두 명이 앉은 식탁에 세 종류의 음식이 있었다. 그녀의 엄마가 이걸 본다면 분명 깜짝 놀랐을 것이다.

손님들이 접시를 전달했다. 자신의 차례가 되었을 때 페리는 온종일 아무것도 먹지 않았다는 것을 기억하고는 넉넉한 양을 담았다.

이름을 알 수 없는 금발의 여자는 아주르 교수를 향해 몸을 숙이고는 물었다. "모두 직접 요리하셨나요?"

페리는 기분이 좋았다. 그런 질문을 하는 걸 보니 그녀는 그의 아내가 아니었다.

"그래요, 당신이 좋아할지 봅시다." 아주르 교수가 말했다. 그런 다음 그는 모든 손님에게 이렇게 말했다. "맛있게 드세요."

흔들리는 촛불 속에서 그의 눈동자는 한여름 숲의 녹색을 띠고 있었다. 속눈썹 끝에서는 은빛이 반짝이며 춤을 췄다. 페리가 지금까지 살펴보거나 쳐다볼 엄두도 내지 못했던 그의 입술은 그가 마신 와인과 거의 같은 톤이었다. 교수님과 키스를 하면 어떤 기분이 들까? 입술에 입술이 닿는 걸 느낀다는 건…….

아주르 교수는 페리의 시선을 눈치채기라도 한 듯 갑자기 고개를 돌려 그녀를 바라보았다. 페리는 범행 현장을 들킨 듯 얼굴을 붉혔다. 그녀는 재빨리 데런에게로 시선을 돌렸다. 그녀는 식사하는 동안 아주르 교수에게 너무 많이 눈길을 주지 않으려고 노력했다. 하지만 마음대로 되지는 않았다.

*

마지막으로 식탁에 오른 건 자두 디저트였다. 아주르 교수는 아직 따뜻한 디저트 위에 브랜디를 붓고 성냥으로 불을 붙였다. 푸른 불꽃이 디저트 걸면에서 솟아올랐다. 불길이 휘감기면서 타올랐다. 몇 초간의 눈요깃거리였다. 아주르는 능숙한 손놀림으로 디저트를 자른 다음 크림소스와 함께 충분한 양을 손님들에게 나누어 주었다. 감사한 마음으로 이 광경에 호평을 쏟아 내던 손님들은 처음 한 입을 먹자마자 아주르에게 찬사를 아끼지 않았다.

"자네 요리책을 쓰는 게 어때, 철학은 관두고 말이야." 물리학 교수가 권했다. "이거 아주 맛있는데. 어떻게 한 거야?"

"뭐, 내가 할 수밖에 없다 보니." 아주르 교수는 얼버무렸다.

이 말이 페리에게는 아주르 교수의 사생활에 관한 단서가 되었다. 그가 독신이라는 말이었다. 페리는 누군가 이 주제를 계속 이야기해 주길 바랐지만, 아무도 그러지 않았다. 그 대신 그들은 아프가니스탄 침공에 관한 대화에 몰두했다. 일부 손님들이 토니 블레어 총리에 대한 불만을 표명하면서 식탁의 분위기가 바뀌었다. 그러나 긴장하거나 화를 내고 목소리를 높이는 사람은 아무도 없었다. 영국인들은 논쟁을 벌일 때도 차분했다. 여기의 분위기는 튀르키예에서 정치에 관해 이야기할 때 봐왔던 긴장된 분위기와는 거리가 멀었다. 그녀가 튀르키예에서 목격한 정치적 논쟁은 분노, 적대감, 공격으로 간힌 상태에서 진행됐다. 하지만 여기서는 다들 서로 다른 생각을 주장하면서도 침착함을 유지했다. 서로를 가차 없이 비판해도 함께 잔을 부딪칠 수 있었다. 그녀의 생각이 이런 문화적 비교에 빠져 있는 동안, 식탁에서 나누고 있던 대화를 놓쳤다. 갑자기 모두가 자신을 쳐다보고 있는 걸 보고 페리는 그 이유를 바로 알아차리지 못했다.

노교수가 그녀를 도와주었다. "우리는 당신의 나라가 흥미롭다고 막 이야기하던 참이라오."

'흥미롭다'라는 단어에 대해 쉬린이 주의하라고 한 것을 기억한 페리는 자신의 교수를 쳐다보았다. 그러나 아주르 교수는 그녀에게 시선을 고정시킨 채 무슨 말을 할지 궁금해하며 기다리고 있었다.

"어떻게 생각해요? 튀르키예가 유럽 연합에 가입할 수 있을까요?" 짧고 흰 머리를 군데군데 땋아서 세운 여자가 물었다. 그녀는 노교수의 아내였다.

"그러길 바라고 있습니다." 페리가 말했다.

"그렇지만 튀르키예는 문화적으로 유럽과 조화를 이루지 못해요." 금발의 여자가 대화에 끼어들었다.

"조화를 이루지 못한다는 말이 무슨 뜻인지 정확히 모르겠습니다." 페리가 말했다. 그녀의 마음이 두 개로 나뉘었다. 한편으로는 자신의 나라에 산적해 있는 문제들을 공개적으로 비판하고 싶었다. 하지만 다른 한편으로는 이 사람들이 자신의 나라를 사랑하게 만들고 싶었다. 방어적 분위기가 자신을 뒤덮었다. 일종의 책임감. 그녀는 자신이 집단적 존재를 대표한다고 느낀 적이 한 번도 없었다.

"그럼, 종교가 걸림돌이 된다고 보진 않나요?" 아주르 교수가 물었다. "튀르키예가 이란처럼 될까 봐 걱정되진 않아요?"

페리는 "그런 위험은 항상 존재합니다. 광적인 신앙은 끔찍한 것이니까요."라고 말했다. "반면에 이란은 기억과 전통의 나라입니다. 우리 튀르키예인들은 망각의 달인들입니다. 기억이란 게 없죠."

"어느 쪽이 더 나은 것 같아?" 데런이 물었다. "기억일까, 망각일까?"

"둘 다 과하면 해롭겠죠, 물론." 페리가 대답했다. "하지만 저 개인적인 생각으로는 과거는 짐이죠. 부담입니다. 우리가 아무것도 바꿀 수 없다면 기억하는 것이 무슨 소용이 있겠습니까?"

"젊은이들만이 망각의 사치를 누릴 수 있답니다." 노교수가 말했다. "나이가 들면 들수록 기억의 소중함을 깨닫게 되지요."

페리는 고개를 숙였다. 그녀는 미숙한 학생처럼 말하고 싶지 않았다. 그녀는 똑똑하고 지혜로운 말을 하고 싶었다. 다행히 그녀는 아주르 교수가 고개를 끄덕이며 자신의 말에 동의하고 있다는 걸 알아챘다.

"선택해야 한다면 난 기억을 포기할 겁니다. 사실 가능한 한 빨리 알츠하이머에 걸리길 학수고대하고 있어요."

아름다운 금발의 여자가 아주르 교수의 손을 잡았다. "그게 무슨 말씀이에요? 좋은 말만 해요!"

페리는 질투가 나서 눈을 돌렸다. 페리는 이 사람들을 알지 못했다. 그들의 과거와 그들 사이의 관계도 그녀는 몰랐다. 페리는 그가 말하지 않고 넘어간 것들, 조심스럽게 돌려서 말한 것들을 눈치챌 수는 있었지만, 그것이 무엇인지 파악할 수는 없었다.

자정 직전, 차와 커피가 나오는 동안 페리는 화장실로 갔다. 손을 씻으면서 바라본 거울에는 좀처럼 자신감 있고 진취적으로 행동하지 못하는 젊은 여자의 얼굴이 비치고 있었다. 그녀는 즐길 줄 모르는 자신을 항상 탓해 왔다. 이렇게 어디서든 불행을 만들어 내는 거로 봐서는 뭔가 잘못된 것이 있는 게 분명했다. 하지만 행복 시험을 통과하지 못한 것은 어쩌면 그녀의 잘못이 아닐 수도 있었다. 슬퍼하는 것이 고의적 범죄는 아니었다. 아마도 그녀는 그렇게 태어난 것일지도 모른다. 무조건 행복해지려고 애쓰는 것은 키가 크려고 애쓰는 것만큼 헛된 것이었다.

화장실에서 돌아오다 복도에서 마주친 수십 장의 인물 사진 가운데 한 장의 사진이 그녀를 멈춰 서게 했다. 높이 솟은 광대뼈, 미간이 약간 넓은 눈, 두꺼운 입술을 한 사진 속의 여성은 허리에 느슨하게 묶인 체리 브라운 스카프를 제외하고는 누드였다. 그녀의 머리는 대충 쪽을 지어 묶여 있었고, 어깨는 광택이 나는 상아 조각상처럼 하얗고 반짝였다. 그녀의 가슴은 크고 둥글었으며, 그녀의 젖꼭지는 두드러지고 유선 한가운데에 선명하게 솟아 있었다. 배꼽은 약간 돌출되어 있었다. 그녀는 한 손으로 다리를 덮고 있는 천을 잡고 있었는데, 마치 언제든지 놓을 준비가 된 것 같았다. 웃는 표정에서 촬영을 즐기는 게 분명해 보였고, 동시에 사진 찍는 사람을 잘 아는 것 같았다.

멍해진 페리는 금단의 영역에 들어온 것 같은 기분이 들었다. 그녀는 움직일 수 없었다. 집 깊숙한 곳에서 시계가 똑딱거리고 있었다. 갑자기 소름이 돋았다. 안개에 싸인 아기가 여기 나타난 것이었다. 무서울 정도로 가까웠다. 아기는 그녀에게 뭔가를 말하려 했다. 사진 속의 여성에 대한 미스터리에 관해서. 슬픔이었다. 이 사진의 주위에 너무나 많은 슬픔이 둘러싸여 있었다. 페리가 이 에너지를 몰고 온 것인지, 아니면 여기에 따로 한 무더기의 슬픔이 자리하고 있는지 확실치 않았다.

"저리 가!" 페리는 안개에 싸인 아기에게 속삭였다. 그녀는 아기와 상대하지 않을 생각이었다. 지금은 아니었다. 더욱이 여기서는 절대로.

안개에 싸인 아기는 입술을 오므렸다.

"무슨 말을 하려는 거야?" 페리가 말했다. "여기는 오면 안 돼." 좀 더 야단치려는데 뒤에서 소리가 들려왔다.

"누구랑 얘기하는 거지?"

페리가 돌아보니, 그녀 앞에 아주르 교수가 있었다. 황금색 물결이 반짝이는 그의 눈동자는 무엇으로도 설명할 수 없었다.

"저는… 저 사진을 보느라고요." 페리는 벽을 가리키며 말했다. 그녀는 곁눈질로 안개에 싸인 아기가 공기 중의 증기처럼 흩어지기 시작하는 것을 확인하고 안심했다.

"내 아내." 아주르 교수가 말했다.

페리는 깜짝 놀랐다. "교수님의 부인이라고요?"

"그녀는 4년 전 봄에 세상을 떠났지."

"아, 정말 죄송합니다."

"또 용서를 구하는 건가요?" 아주르 교수는 사진 속 여인을 바라보던 시선을 자신 앞에 서 있는 페리에게로 돌리며 물었다. "언젠가는 이 버릇을 버릴 날이 오겠지, 그렇죠?"

"음. 부인의 얼굴형은 마치 중동 사람 같아요." 페리는 이야기 주제를 바꾸기 위해 재빨리 덧붙였다.

"맞아요, 그녀의 아버지는 알제리 사람이었죠. 베르베르인이었어요. 성 아우구스티누스처럼."

"어떻게 그럴 수 있죠? 그는 기독교인이잖아요."

아주르는 그녀를 바라봤다. 너무 어리고 미숙하다고 생각했을 것이다.

"역사는 끝이 없어요. 베르베르인들은 한때 유대교인, 기독교인, 심지어는 우상 숭배도 했죠. 그리고 이슬람교도가 됐고. 과거는 오늘날 우리에게 이상하게 보이지만 당시 사람들에게는 자연스럽게 다가온 수많은 경험이라고 할 수 있죠."

그의 말은 그녀와는 직접 관련이 없었음에도, 그녀의 가슴속에 지금껏 발견하지 못한 어떤 공간을 열어 주었다. 그녀로서는 단지 과거뿐만 아니라, 현재도 이해할 수 없는 경험들로 가득했다.

"창백해 보이는군요." 아주르가 말했다. 그의 목소리는 부드러웠다.

바로 그때 페리는 처음으로 마음속에 있는 이야기를 털어놓았다. 그곳에 서서 얼마 멀지 않은 곳에 있는 손님들의 목소리를 들으며, 도무지 이해할 수 없지만 페리는 자신이 어릴 적부터 '초현실적인 일'을 겪었다고 말했다. 그녀가 이것을 부모님에게 말했을 때, 아빠는 '말도 안 되는 미신'이라고 일축했고, 그녀의 엄마는 그녀가 귀신 들렸다고 무서워하며 퇴마사에게 데려갔었다고도 말했다. 부모님 중 누구도 그들의 문제를 해결하지 못했으며, 그 이후로 이 이야기를 누구와도 함께 나누지 않았다고 했다.

아주르 교수는 놀라며 듣고 있었다. "나는 이 초현실적인 경험에 대해 뭐라고 말할 수는 없어요. 하지만 한 가지만은 확실히 말할 수 있어요. 다르다는 걸 무서워하지 마세요."

응접실에서 갑자기 들려오는 유쾌한 목소리들로 그의 말은 중단되었다.

"자정이 되었네!" 아주르 교수가 웃으며 말했다. "이 이야기를 여기서 끝내지 말고, 나중에 꼭 길게 이야기 나누도록 하죠!"

그는 페리에게 다가가 두 뺨에 자신의 볼을 맞댔다. "새해 복 많이 받아요!" 그런 다음 그는 뒤돌아서 다른 사람들에게 새해 인사를 하기 위해 응접실로 갔다.

"새해 복 많이 받으세요, 교수님!" 페리는 그의 뒷모습을 바라보며 속삭였다. 그의 온기가 여전히 그녀의 살갗에 남아 있었다.

*

자정이 조금 넘은 시간에 손님들이 모두 떠났다. 페리는 추운 바깥으로 나오자 트로이가 생각났다. 그녀는 긴장된 눈으로 키 큰 덤불을 바라보았다. 주위에는 캄캄한 어둠 외에 아무도 없었다.

페리와 데런을 제외하고 모두 차가 있는 것처럼 보였다. 아름다운 금발의 여자는 이 두 학생을 집까지 데려다주겠노라고 제안했다.

옥스퍼드로 돌아가는 길은 짧았고, 저녁의 소란스러움이 끝난 후 어색해진 침묵 속에 그 시간이 지나갔다. BBC 라디오에서는 귀스타브 플로베르의 연애편지에 관한 프로그램이 나오고 있었다. 차 안으로 쏟아져 나오는 색욕과 욕정으로 가득 찬 말들은 듣는 이들이 외로움을 느끼게 했다. 아직 시작하지 않은 사랑을 갈구하는 것처럼. 운전석 옆에 앉은 페리는 자신을 바라보는 데런의 시선을 느낄 수 있었다. 페리는 반쯤 얼어붙은 차창에 이마를 기대고, 자동차 헤드라이트 때문에 잠깐잠깐 밝아졌다가 다시 어둠 속으로 사라지는 도로에 시선을 두었다. 그녀는 아주르 교수를 생각했다. 손님들이 음식을 접시 가득 담는 걸 보면서 그가 짓던 미소와 두 손으로 커피 잔을 감싸고 자신의 뺨에 대던 모습, 모두에게 작별 인사를 하면서 여자들의 코트를 들고 있던 모습까지, 수업 때와는 너무나 다르다고 생각했다. 덜 무서웠고, 놀라울 정도로 다정했다.

옥스퍼드에서 페리와 데런은 함께 차에서 내렸다. 저녁 무렵의 칼날 같던 추위는 건조하고 맑은 겨울 날씨로 바뀌었다. 그들은 쉴 새 없이 이야기를 나누며 페리가 임시로 머무는 숙소까지 걸어갔다. 그들은 가로등 아래에서 멈췄고 키스를 했다. 어두운 곳에서 한 번 더. 점점 전보다 더 대담해졌다. 페리는 포도주보다는 그날 분위기에 더 취해 있었다. '어쩌면'이라고 페리는 혼자 생각했다. '쉴린처럼 생각 없이 아무나 만나는 여자가 아니라, 나처럼 착한 여자들이 취했을 때 조심해야 해. 예상치 못한 놀라움으로 가득 찬 우리 같은 여자들 말이야!'

"나도 올라가도 될까?" 데런이 부드럽게 물었다.

페리는 그의 질문에 담긴 설렘과 기대를 알 것 같았다. 그는 여자를 존중했고, 아마도 어머니에게서 이성을 대하는 법을 배운 것 같았다. "아니, 안 돼."라고 말하면 그는 고집하지 않을 것이다. 비록 실망은 하겠지만, 그는 무례하게 행동하지 않고 자기 숙소로 갈 것이다. 다음 날 만나면 그는 페리에게 친절할 것이고, 페리도 그에게 상냥하게 대할 것이다. 그녀는 데런의 억압적이지 않고, 자유롭게 놔주는 성숙한 태도가 마음에 들었다.

"그래, 올라와." 페리는 충동적으로 말했다.

그녀는 아침에 엄청난 죄책감과 함께 일어나게 될 것이라는 걸 알고 있었다. 사랑하지도 않았고, 앞으로도 사랑하지 않을 사람과 자는 것에 대한 후회와 아빠의 신뢰를 저버리고 엄마가 가장 크게 두려워했던 짓을 저질렀다는 죄책감에 짓눌릴 것이다.

그렇지만 그녀를 괴롭히는 또 다른 것이 있었다. 그녀가 데런의 손길과 키스에 반응하면서도 다른 사람을 상상하고 있었다는 것이었다. 사랑을 나누면서도 함께 있는 사람이 아니라 아주르 교수를 간절히 원하고 있었고, 그와 함께 있다고 상상했다.

그런 말이 있지 않은가, 사람은 한 해의 첫 순간에 느낀 대로 그해 내내 같은 기분을 유지한다고. 그 말이 사실이 아니라면 좋았을 텐데. 왜냐하면, 페리는 새해 첫날을 더없이 혼란스러운 감정으로 시작했기 때문이다.

거짓말

마침내 쉬린의 초대에 응하기로 한 건 데런에게서 잠시 벗어나고 싶어서였다. 페리는 연휴가 끝나기 전에 기차에 올라 런던으로 향했다. 학생과, 아이가 있는 가족들이 열차 칸을 가득 채운 걸 바라봤다. 실수로 일등석 표를 사는 바람에 그녀가 탄 객실에는 잘 차려입은 중년 남성 세 명과 황갈색 머리를 완벽하게 다듬은 여성이 있었다. 그들은 마치 넌 이 일등석에 어울리지 않는다는 듯한 차가운 시선으로 페리를 바라보았다.

그녀는 좌석 번호를 찾아 앉았고, 마이스터 에크하르트의 신비주의에 관한 글에 몰두했다. 그녀는 가지고 왔던 일기장에 이렇게 기록했다.

에크하르트는 '내가 신을 보는 방식으로 신도 같은 눈으로 나를 보고 있다.'라고 했다. 내가 신에게 엄격하게 다가가면, 그도 엄격함으로 내게 다가설 것이다. 내가 사랑으로 신을 바라보면, 그도 사랑으로 나를 바라볼 것이다. 내 눈과 신의 눈은 하나다.

잠시 후 승무원이 덜그럭거리며 아침 식사와 다양한 음료가 담긴 수레를 밀면서 객실로 들어왔다. 페리에게 다가온 승무원은 두 가지 음식 중 하나를 선택할 수 있다고 했다. 첫 번째 메뉴는 햄과 치즈 크루아상. 두 번째 메뉴는 돼지고기 소시지를 곁들인 스크램블드에그.

페리는 인상을 찌푸렸다. "다른 건 없나요?"

"채식주의자신가요?" 승무원이 물었다.

"아닙니다. 돼지고기가 문제라서요."

남자의 까맣고 푹 꺼진 눈동자는 잠시 그녀의 얼굴을 훑어보았다. 페리의 시선은 '압둘라'라고 쓰인 남자의 명찰로 옮겨 갔다.

"다른 먹을 것을 찾을 수 있을지 한 번 보겠습니다."라고 말하고 그는 사라졌다.

잠시 후 승무원이 치킨 샌드위치를 들고 나타났다. 그는 웃으며 그것을 페리에게 건넸다. 그가 떠난 후에야 승무원이 자신의 먹을 것을 준 것일 수도 있다는 생각이 들었다. 아마 그의 점심이었을 것이다. 세상 여러 곳을 다니다 보면, 낯선 사람들이 서로 같은 종교나 민족이라는 걸 알게 되는 순간 그 낯선 사람들 사이에 연대의 끈이 생겨나고, 순식간에 친밀감이 형성되는 걸 볼 수 있다. 미소, 고갯짓 또는 샌드위치 같은 가장 사소한 것들에서도 연대와 친밀감의 표현이 담긴 대화가 된다. 하지만 페리는 자신이 사기꾼처럼 느껴졌다. 그 승무원은 아마도 자신이 훌륭한 이슬람교도라고 생각했겠지만, 실제로는 아니지 않은가?

문화적으로 그녀는 의심할 여지없이 무슬림이었다. 그녀가 태어나고 자란 문화가 그랬다. 그러나 그녀가 알고 있는 기도문의 수는 한 손으로 꼽을 정도였다. 그녀는 모나처럼 종교적 의무를 다해야 할 필요성을 느끼지 못했고, 쉬린처럼 종교와는 거리가 있다고 공개적으로 밝힐 수도 없었다. 어쩌면 그녀는 라벨, 도장, 소속 같은 것을 원하지 않았는지도 모른다. 믿음은 복잡한 문제였다. 그녀는 계속해서 질문해야 했다. 혼란은 계속되는 여정 같은 것이었다. 영원하고 무한한 것이었다. 삶에서 그녀의 자리가 있다면, 그건 어찌할 바를 모르고 있는 사람들 곁이었다. 이 말을 승무원 압둘라에게 말하면 그가 샌드위치를 돌려 달라고 했을까?

*

페리가 어렸을 때, 희생절 때마다 집에서는 큰 싸움이 벌어졌었다. 아빠 멘수르는 제물로 희생양을 잡는 걸 전적으로 반대했다. 그는 그렇게 쓸 돈을 궁핍한 사람들에게 베풀면 더 좋을 것이라고 믿었다. "이렇게 하면 굶주린 자는 배를 불리고, 가축들은 죽지 않아도 된다." 그리고 그는 해마다 같은 말을 반복했다.

셀마는 남편의 말에 조금도 동의하지 않았다. "알라께서 사람들에게 이렇게 하라고 하신 데에는 분명한 이유가 있어서야. 물론 그걸 이해하는 사람들에게나 해당되는 거겠지만. 코란을 읽어 보면 당신도 알 텐데 말이야. 이 사람아."

"읽어 봤어." 한 번은 멘수르가 대답했다. "그것과 관련된 걸 어디서 읽었다고. 그래도 이해가 안 돼."

"이해가 안 되는 게 뭔데?" 셀마가 화를 내며 말했다.

"이 문제는 모든 유일신 종교에 해당되는 거야. 그런데 전능하신 알라께서는 성자 아브라함에게 자기 아들을 희생양으로 바치라고 정확하게 말씀하지 않았어. 그 양반이 잘못 알아들은 거야."

"그 양반이라니!"

"아, 미안, 말하다 보니 그렇게 된 거야. 아브라함은 알라께서 자기 아들을 죽이라고 명령한 걸 듣지 못했어. 그는 꿈에서 본 거야, 그렇지? 그럼 그가 꿈을 잘못 해석했다면? 그건 꿈일 뿐이야! 자비로우신 알라께서 아브라함이 얼마나 잘못 이해하고 있는지를 보시고는 어린 양을 보내 아들을 구원하신 거야."

셀마는 한숨을 쉬었다. "내가 뭘 하겠다고 당신과 논쟁을 벌이는지 모르겠네. 당신은 심술궂은 아이 같아. 천만다행으로 내가 내 아이들을 키웠지. 당신은 전혀 철이 안 드는 것 같아."

셀마는 희생절에 쓸 자신의 양을 사기 위해 일 년 내내 저축을 했다. 그 양을 마당에 묶어 두고, 헤나로 표식을 낸 다음 도살장으로 보내질 때까지 키웠다. 희생양을 잡은 다음에는 고기를 이웃과 가난한 사람들에게 나누어 주었다.

페리가 13살쯤이었던 여느 해와 다름없던 한 해, 이웃들이 함께 돈을 모아 황소를 사기로 했다. 그리고 짙은 그림자와 함께 힘세고 위풍당당한 짐승이 나타났다. 황소는 덩치가 컸지만 긴장해 있었고, 화가 나 있었다. 그게 눈에 드러났다.

이틀 동안 차고에 가두어 놓자 황소는 더 힘들어했다. 밤에 황소가 몸부림치는 소리가 들렸다. 탈출을 시도하고 있었다. 아마도 다가올 일을 감지했던 모양이었다. 사흘째 되는 날, 황소를 밖으로 꺼내던 순간 황소는 도망쳐 버렸다. 전속력으로 달리던 황소는 앞에 있던 남자를 공격해 땅바닥에 끌고 다녔다. 무슨 일이 일어났는지 모른 채 길을 지나가던 남자는 간신히 빠져나와 쓰레기통 뒤에 숨었다. 모여든 사람들 사이에서 폭소가 터져 나왔다. 그들 중 누군가가 겨우 도망친 남자의 등을 두드려 주었다. 아이들은 무슨 소란인지 궁금해 달려왔다. 벽을 타고 올라간 페리는 황소가 뿔을 여기저기 휘두르며 몰려든 사람들을 혼비백산하게 만드는 광경을 지켜보았다.

희생양과 달리 황소는 불굴의 전사였다. 사방에서 자신을 몰아붙이는 스무 명을 상대로 엄청난 싸움을 벌였다. 멘수르는 땀을 쏟으며 황소를 쫓는 무리로부터 황소를 보호하려고 했지만 허사였다. 아무도 그의 말을 듣지 않았다. 그러는 동안 황소는 전속력으로 차도로 달려갔고, 한순간에 금속 괴물들 무리에 둘러싸여 버렸다. 황소를 진정시키는 데 적어도 세 시간은 걸렸다. 마취 총을 쏴야 했다. 나중에 일부 이웃들은 마취제 때문에 황소 고기가 할랄이 아니라고 말하기도 했다. 그러나 그 시점에 와서 그들의 의견을 들어줄 사람은 아무도 없었다.

"이게 무슨 야만적인 짓이야." 집으로 돌아온 멘수르는 투덜거렸다. "우리 종교는 '누구에게도 해를 끼치지 말라.'라고 하는데, 짐승을 포함해서 말이야. 불쌍한 것들이 두려움 속에서 죽잖아. 짐승을 고문한 거야.

난 고기를 안 먹을 거야. 더러워졌어."

셸마는 잠시 아무 말도 하지 않았다. "먹지 마! 당신은. 나도 못 먹을 것 같아."

부부 싸움을 예상했던 페리는 이번 한 번이지만 부모님이 같은 생각을 하는 것을 보고 놀랐다. 그들의 몫이었던 고기는 가난한 사람들에게로 갔다.

그날 저녁 식탁에서 페리는 아빠가 라크 잔을 연달아 비우는 걸 유심히 지켜보았다.

"정말 힘든 하루였어, 안 그래?" 멍한 채로 멘수르가 말했다. 멘수르의 정신은 다른 곳에 가 있는 것 같았다. "내가 마지막으로 그렇게 지쳤을 때가 너희 둘이 태어났을 때야. 잠 못 이루는 밤이었지."

그때 물병을 향해 손을 내밀던 페리는 물을 쏟을 뻔했다.

"무슨 말이에요? '너희 둘'이라니?"

멘수르는 자기도 모르게 자신의 이마를 손으로 짚었다. 중요한 비밀을 말해 버렸다는 것을 깨달은 사람의 당황스러움이 얼굴에 드러났다. 그는 계속 말을 해야 할지, 말아야 할지 몰랐다.

"너 뭔가 기억하는 것 같구나."

"뭘요?"

"아들이 하나 있었단다, 너의 쌍둥이 형제. 그 아이는 살지 못했어."

페리의 의식 깊숙한 곳에서 그림자가 꿈틀거렸다.

"왜요?"

"오, 얘야, 너무 알려고 파고들지 마라. 슬픈 일이었지, 아주 슬픈 일.

오래전 이야기잖니." 멘수르는 말했지만, 궁금함을 참을 수 없어서 페리에게 물었다. "정말 기억이 안 나니?"

"무슨 말을 하는지 모르겠어요. 아빠."

"정말로? 이상하네……. 난 항상 네가 뭔가를 기억하고 있다고 생각했거든."

페리는 아빠가 말하지 않은 비밀을 알아내는 데 몇 년이 걸렸다. 비밀의 실체를 알게 되었을 때, 그녀의 마음은 완전히 붕괴되고 말았다.

*

기차가 드디어 패딩턴역에 도착했다. 쉬린은 무릎까지 오는 은색 모피코트를 입고 자동 매표기 옆에서 기다리고 있었다. 그녀는 도시 한가운데에서 대초원의 야생 동물처럼 서 있었다.

"네가 입고 있는 이 옷 때문에 몇 마리의 동물이 희생당했을까?"

"걱정하지 마. 진짜 모피가 아니야." 쉬린은 그렇게 말하고 페리의 뺨에 볼을 맞췄다.

페리는 친구의 얼굴을 유심히 바라보았다. "거짓말이지, 그렇지?"

"아!" 쉬린이 말했다. "처음으로 잡아냈네. 축하해. 널 대신해서 기뻐할게, 생쥐야. 이제 눈을 뜨나 보다."

페리는 쉬린이 자신을 놀리고 있다는 것을 알았다. 웃기는 했지만, 친구의 말에 일정 정도의 진실이 담겨 있다는 걸 느끼고 불편했다. 그러니까 쉬린이 전에도 거짓말을 한 적이 있는 것이다. 아마 한 번 이상이었을 텐데 무슨 거짓말을 한 것인지 왜 했는지 알 수 없었다.

그날 저녁, 페리는 쉬린의 어머니를 만났다. 쉬린이 이야기했던 것을 바탕으로 페리는 끔찍하고, 질식할 것 같으며, 강압적인 어머니의 모습을 예상했다. 모든 일에 간섭하고 화를 내는 그런 타입일 것이라고. 그런데 그녀의 눈앞에는 어른스럽고, 차분하며, 수다스러운 여자가 있었다. 붉게 염색한 그녀의 머리에는 스카프가 없었고 깔끔했다. 식탁에서는 와인을 마시고, 발코니에서 담배를 피우는 여자였다. 그녀는 똑똑하고, 우아하며, 재치가 있었고, 딸과 다르게 믿음이 아주 깊은 여자였다. 물라와 호메이니 정권, 도덕 경찰의 감시, 이란에서 온 가족이 탈출해야 했고, 망명 생활 때문에 직면했던 모든 어려움에도 불구하고, 그들의 종교나 조국에 대한 열정을 아직 간직하고 있었다. 오히려 그녀의 신념은 더욱 강해져 있었다. 그녀는 자신만의 강한 정신력을 가졌다. 그래서 그녀는 누구에게도 자신의 상황을 해명할 생각이 없었다.

정말 알 수 없는 일이다. 한 지붕 아래에서도 신앙의 문제란 세대에 따라 그리고 사람에 따라 이토록 다를 수 있는 걸까. 같은 사건을 겪은 가족들은 이런 경험을 통해 서로 다른 결론을 내렸고, 같은 기억인데도 모두 각각 다르게 기억하고 있었다.

벨리 댄서

페리는 창문을 열고 살갗을 어루만지는 시원한 공기를 즐겼다. 마침내 연휴가 끝나고 다시 자신의 기숙사 방으로 돌아오니 행복했다. 한 손에 책을 들고 침대에 앉아 무릎을 자기 쪽으로 당겨 보았다. 오늘 세미나 수업에서 아주르 교수는 모든 학생에게 '칸트 철학에서의 신의 개념'에 대한 자료를 읽고 의견을 말할 수 있도록 준비하라고 했다. 신학뿐 아니라 철학의 악동들인 니체와 다윈도 칸트의 영향을 많이 받았다. 그는 다재다능한 독일 철학자였다. 페리는 칸트가 변덕스럽고, 다층적이고, 복잡한 이스탄불과 같다고 결론을 내렸다.

놀랍게도 아주르 교수는 칸트를 좋아했다. 그도 복잡한 사람이었다. 마치 그의 내면에는 한 무리의 합창단이 있는 것 같았다. 토론장에서는 자신감 있는 패널, 일상생활에서는 끊임없이 관심받는 것을 좋아하는 자기중심적 학자, 강의실에서는 학생을 겁에 질리게 만드는 잔인한 교수, 연구실에서는 따지고 드는 종교 재판관, 사생활이 보장되는 집에서는 친절하고 자애로운 집주인……. 그 외에 얼마나 많은 다른 모습이 있을까? 페리의 생각은 크리스마스 저녁과 그 후에 일어난 일로 옮겨 갔다. 그녀는 그날 이후로 데런을 피했다. 하지만 데런은 여러 차례 전화를 걸었고, 매번 더 걱정스럽고 삐친 듯한 메시지를 남겼다. 페리는 그에게 잘못하고 있었다. 그러나 그에게 잘 대해 줄 마음도 없었고, 할 수도 없었다. 수업과 서점에서의 아르바이트가 아니었더라면 그녀는 방에 처박혀 나오지 않았을 것이다. 물론 이런저런 핑계를 대며 문을 두드리는 쉬린과 정기적으로 만나는 모나가 아니라면 말이다.

아주르 교수에게 끌리기 시작하면서 페리는 세미나 수업이 고통스러워졌다. 그녀는 그의 모든 움직임, 모든 말에 의미를 두려고 했지만, 잘못 이해했을 가능성이 컸다. 객관적인 눈으로 교수를 바라볼 수 없었다. 그녀는 모든 곳에서 영적 계시를 발견하는 예언자처럼 가장 평범하고 보잘것없는 것에서도 숨겨진 의미를 찾으려고 했다. 아주르에게 깊은 인상을 남기고 싶어 페리는 안달했다. 그래서 그녀는 미친 듯이 읽고 공부했다. 그러나 강의실에서는 속이 쓰려 왔고, 입을 열지 못한 채 조용히 앉아 있었다. 마음먹은 것과 정반대로 행동했다. 그러다 갑자기 용기가 솟거나 눈이 뒤집히기도 해서, 아주르의 생각에 반대하며 논쟁하기도 하고 도전적으로 질문하기도 했지만, 다시 침묵에 빠졌다. 그녀의 정신은 흔들리는 추와 같았다. 오락가락하고 있었다.

사실 그녀는 이런 일은 자신에겐 일어나지 않을 거라 생각했다. 자신보다 훨씬 나이가 많은 남자에게 끌리는 순진한 여자아이가 될 거라곤 생각지 않았다. 이렇게 된 건 자신의 삶에서 빈자리가 생긴 아버지의 모습을 쫓고 있는 것일지도 모른다고 추측했다. 그녀는 다른 사람들을 자신의 시각으로 판단하는 실수를 한 것이다. 아주르에게 끌리는 게 무엇 때문인지 페리 자신조차도 설명할 수 없었다.

그녀는 교수에 대한 자신의 감정을 다른 사람에게 이야기할 생각은 애초부터 없었다. 어릴 때부터 써 온 신에 관한 일기장, 안개에 싸인 아기처럼, 아주르 교수도 은밀한 비밀이 되어 버렸다. 아무도 알지 못하겠지만, 그녀는 잠들기 전에 아주르 교수의 책 한 권을 들고 음악을 들으며 어둠 속에서 허공에 교수 이름을 손가락으로 쓰는 습관이 생겼다. 낮에는 아주르 교수의 연구실이 있는 건물 근처에서 서성댔고, 혹시라도 거기에 있을까 해서 길모퉁이에서 살피곤 했다. 그가 자주 가는 카페에서 모닝커피를 사려고 그녀가 다니던 길이 아닌 다른 길로 다녔다. 한두 번은 그가 오는 것을 보고 화장실로 달려가 숨기도 했다. 그녀가 이 모든 우스꽝스러운 일들을 하는 동안, 그녀의 또 다른 자아는 이런 모든 것을 혐오스럽게 지켜보았고, 이것은 한때의 광기라 여기며 곧 끝나기만을 바라고 있었다.

자기 생각도, 칸트의 생각도 더 견딜 수 없었던 페리는 운동화를 신고 다시 달리기 시작했다. 추위에도 불구하고 바깥 공기를 마시니 상쾌했고, 건강해지는 것 같았다. 긍정이라는 알갱이가 수정 같은 이슬방울로 허공에 매달려 있는 것 같았다. 그녀가 이스탄불에서 여기로 처음 왔을 때는 이상하게만 느껴졌던 적막함도 이젠 익숙해졌다.

그녀는 롱월 스트리트 모퉁이에 있는 전화 부스를 발견했다. 두 시간의 시차가 있었기 때문에, 그의 아버지는 지금 집 식탁에 앉아 있을 시간이었다. 혼자거나 아니면 친구와 함께.

멘수르는 바로 전화를 받았다. "여보세요?"

"아빠… 미안, 전화 받기 어려운데 내가 전화 걸은 건 아니죠? 전화 받을 수 있어요?"

"페리, 내 새끼." 멘수르가 말했다. 그의 목소리가 떨렸다. "전화를 받을 수 있냐니 그게 무슨 말이야? 네가 원하면 언제든지 전화하렴, 내 딸. 더 자주 전화하지 그랬어."

그녀는 아버지의 다정함에 숨이 멎을 것 같았다.

"딸, 괜찮아?"

"난 괜찮아요." 페리가 말했다. "엄마는 어때요?"

"자기 방에 있어. 내가 불러 줄까?"

"아니, 다음에 통화할게요." 그녀는 부드럽게 말을 이어 갔다. "아빠 너무 보고 싶어요."

"아, 너 지금 날 울리려는구나."

"이번 연말에 집에 못 가서 너무 슬펐어요."

"이런, 연말 그게 뭐라고?" 멘수르가 말했다. "네 엄마가 또 칠면조를 요리하려고 하다가 밥이 다 탔어. 우리는 팝콘이랑 밤, 귤만 먹었단다. 빙고 놀이를 했는데 네 엄마가 이겼어. 우리는 텔레비전으로 벨리 댄스도 봤어. 그러니까 내가 봤지, 우리가 아니라. 그게 다야. 벨리 댄스 방송 시간이 줄었어! 이 사회가 점점 더 종교화되고 있어. 민주주의가 서서히 우리 발밑으로 가라앉고 있는 거야. 벨리 댄스 보는 즐거움밖에 없었는데 그것조차도 과하다고 생각하나 봐. 우리가 꼼짝 못 하도록 도덕을 내세우는 놈들. 눈은 내 거잖아, 그게 죄라면 내 죄지, 왜 텔레비전을 막으려고 하냔 말이야?"

물론 그가 전부 다 이야기한 건 아니었지만, 페리는 그게 뭔지 알고 있었다. 새해를 축하하기 위해 아내와 건배를 고집한 것이며, 벨리 댄서에 환호한 것과 이 모든 것들이 마음에 들지 않아 인상을 쓰고 있었을 엄마 셀마 그리고 그들의 말다툼……. 모든 게 눈에 선했다.

멘수르는 페리의 생각을 듣기라도 한 듯, "물론 한두 잔 더블로 마셨지."라고 말했다. "그 말 있잖아, 어떻게 새해를 시작하느냐에 따라 그 해는 그렇게 간다고 말이야!"

페리는 심장이 조여 왔다.

"못 왔다고 슬퍼하지 마. 함께 새해를 축하할 많은 세월이 남았잖니. 무엇보다 학교가 중요하지."

학교… 대학교나 단과대가 아닌 '학교'라고 했다. 학교는 자신들은 교육을 많이 받지는 못했지만, 교육을 믿고 자녀의 미래에 모든 것을 투자하는 수많은 부모에게는 신성한 마법과 같은 단어였다.

"오빠는 어때요?" 페리가 물었다. 어떤 오빠인지 굳이 밝힐 필요는 없었다. 그들은 우무트에 대해서는 거의 이야기하지 않았기 때문에 페리가 말한 오빠는 하칸이라는 게 분명했고, 그들이 하칸에 대해 이야기할 땐 늘 다른 어투로 말했다.

"잘 지내. 괜찮아. 곧 아기가 태어날 거야."

"네? 정말요?"

"그래." 멘수르는 자랑스러운 듯이 큰 목소리로 "아들이야."라고 했다.

그 끔찍했던 병원에서의 밤 이후로 1년 이상이 지났지만, 그 기억은 여전히 생생했다. 소독약 냄새, 불쾌했던 벽의 페인트칠, 신부 손바닥의 손톱자국……. 그리고 이제 페리데는 이 결혼의 열매를 출산할 예정이었다. 엄마의 말이 그녀의 머릿속에서 울려 퍼졌다. '*대부분의 결혼 생활은 금이 간 바닥 위에 세워진다.*'

"아빠, 난 절대 그렇게 못 해……."

"뭘 말이니?"

"날 함부로 대한 사람과 결혼 못 해요. 아니면 결혼 생활을 계속 못 하든가."

멘수르는 조용히 한숨을 쉬었다. 반은 한숨, 반은 수긍이었다. 멘수르는 "네 엄마도 나도 널 너무 사랑한단다."라고 말하고 잠시 머뭇거렸다. "네가 뭘 원하든 우리는 널 지지할 거야. 네가 행복하기만 하면 돼."

페리의 눈에 눈물이 고였다. 왠지 몰라도 그녀는 다정한 말을 들으면 마음이 약해져서 어찌할 바를 몰랐다.

"왜 그러니 얘야? 우는 거니?"

페리는 그 질문을 못 들은 척했다. "근데 아빠… 만약 내가 아빠를 부끄럽게 하면 날 싫어할 거예요?"

"그게 무슨 말이니? 무슨 일이 있다고 해도, 내 피 같은, 내 생명 같은 자식을 거부할 수 있겠니?" 멘수르가 말했다. 멘수르는 농담을 했다. 이럴 땐 유머가 치료제였다. "턱수염을 길게 기른 광신도 놈을 신랑으로 데려오지 않는 한 말이야. 그런 놈을 데리고 오면 못 참는다! 아, 그리고 하나 더, 문신한 털북숭이에다가 음악 하는 놈이랑 결혼하겠다고 하지는 않겠지? 뭐라고 하더라? 그런 애들을? 사타니스트? 헤비메탈 그룹? 나는 괜찮지만, 불쌍한 네 엄마는 기절할 거다. 그러니까 나막신 신고 종교에 빠진 광신도나 메탈 음악 하는 사타니스트만 아니면 되니 너에겐 선택권이 많아."

페리는 웃었다. 그녀는 아빠가 휘파람 부는 법과 풍선껌을 부는 법, 이빨로 해바라기 씨를 까는 법을 가르쳐 줬을 때를 떠올렸다.

"진심이야, 그 운 좋은 녀석이 누구니?"

'녀석'이라는 말에 페리는 정신이 들었다. 그녀의 아빠 관점에서 페리는 또래의 남자를 사랑하는 것이었다. 그녀가 교수에게 마음을 빼앗겼다는 것을 알았다면!

"아냐, 그냥 학생이야, 심각한 것도 아니고. 심각한 관계를 생각하기에는 난 아직 어려."

"물론이지." 멘수르는 안심했다. "그런 관계는 지나가는 것들이야. 넌 공부에 집중해."

"걱정하지 마세요, 열심히 하고 있어요."

"장하다. 아, 그리고 엄마한테는 그런 이야기 하지 마. 괜히 걱정한단다."

"당연히 안 해요."

페리는 전화를 끊고 한 시간 동안 달렸다. 그녀의 발이 얼어붙은 보도 블록에 미끄러졌지만, 그녀는 포기하지 않았다. 얼마나 무리해서 뛰었던지 기숙사로 돌아왔을 땐 종아리가 욱신거렸고, 침을 삼킬 때마다 목이 아팠다. 이것은 심한 독감에 걸렸다는 신호였다. 그녀는 즉시 잠자리에 들었다. 그녀는 꿈속에서 여전히 달리고 있었고, 잠들기 직전에 읽었던 쉬린이 책상 위에 두고 간 쪽지가 그녀의 손에 쥐어져 있었다.

생쥐야 우리한테 딱 맞는 집을 구했어! 준비해, 이사할 거야!

리스트

"무슨 일이 있었는지 들었어? 난리 났어!"

이 말을 한 사람은 광고 회사 대표였다. 그녀는 화장실에 가려고 방을 나갔다가 급하게 바로 돌아왔다.

"또 무슨 일이 난 거야?" 누군가가 말했다.

세상에는 두 종류의 도시가 있다. 첫 번째, 내일과 그 다음 날이 거의 같을 것이라는 걸 보장하는 도시. 그리고 그 정반대인, 언제든 사람을 놀라게 하고, 곤란하게 만드는가 하면, 동요케 하는, 연속성이라고는 일절 없는 도시가 있다. 오늘날의 이스탄불은 분명히 후자다. 계속해서 휴대전화, 텔레비전, 인터넷을 확인해야만 한다. 또 무슨 일이 있었는지 확인하기 위해서. 빠르게 흘러가는 시간 앞에 깊게 생각하고 명상할 여유가 있을 리 없었다. 속보가 하나 나오면 바로 뒤이어 또 다른 속보가 나오는데 그런 여유를 어떻게 찾을 수가 있을까.

"트위터에서 봤어." 광고 회사 대표는 말했다. "폭발이 있었대."

"이스탄불에서?" 누군가가 물었다. "언제?"

세 가지 기본 질문은 항상 이런 순서로 나왔다. 무엇을? 어디서? 언제? 무엇을: 무시무시한 폭발이 보고됨. 어디서: 가장 인구가 많은 지역 중 하나인 역사적인 반도에서. 언제: 4분 전. 폭발은 너무 강력해서 현장의 모든 건물 전면의 창문과 창틀이 부서지고, 보행자가 다쳤으며, 자동차 경보가 울렸고, 하늘은 잠시 적갈색으로 변함.

사업가 아내가 맨 앞에 섰고 대부분의 손님은 그녀의 뒤를 따라 뉴스를 보기 위해 위층으로 달려갔다. 페리도 천천히 생각에 잠긴 발걸음으로 그들을 따라 올라갔다. 손님들은 밝고 편안한 분위기의 '텔레비전 방'에 도착했다.

화면에서는 들떠 있는 초보처럼 보이는, 망토처럼 사용할 수 있을 만큼 길고 풍성한 머리카락을 가진 기자가 두 손으로 마이크를 잡고 빠르게 말하고 있었다.

"몇 명이 사망하고 부상했는지 아직 파악되지는 않았습니다만, 상황이 좋지 않아 보입니다. 유일하게 밝혀진 것은 강력한 폭탄이었다는 것입니다. 주지사 발표에 따르면……."

폭탄. 그 단어는 출처를 알 수 없는 유독 가스처럼 방 한가운데에 떠 있었다. 그때까지 손님들은 가스 누출이나 발전기 결함으로 인해 폭발이 발생했기를 바라고 있었다. 물론 그랬다고 하더라도 위험한 사건이었다는 것은 바뀌지 않았을 것이다. 하지만 폭탄은 달랐다. 폭탄은 비극적인 사고나 자연재해가 아니다. 의도적인 악은 고의적인 범죄를 의미한다.

모든 종류의 사고는 무시무시하다. 하지만 눈도 깜박이지 않고 사람을 죽이는 것, 그건 최고의 악행이었다.

그렇다 하더라도 사람들은 폭탄 또는 폭탄일 가능성과 함께 사는 법을 배웠다. 수많은 무원칙한 패턴과 공포 조장에도 불구하고 테러리스트들이 따르는 특정한 행동 양식이 있었다. 예를 들어, 그들은 밤에 공격하지 않았다. 거의 매번 그들은 가능한 한 빠른 시간 내에 많은 사람을 목표로 할 수 있고, 다음 날 헤드라인을 장식할 수 있는 낮 시간대를 선호했다. 이스탄불의 밤은 다른 측면에서 위험하거나 소름 끼칠 수 있다고 해도, 폭탄 테러 가능성에서는 안전했고, 지금까지 그렇게 여겨졌다.

그래서 사업가 아내가 이렇게 물은 것이었다. "폭탄? 이 시간에?"

그녀의 남편은 농담을 했다. "테러리스트들이 교통 체증 때문에 늦은 모양이네. 이스탄불에서는 이젠 어떤 것도 제시간에 할 수가 없어. 악마들조차도 말이야."

손님들은 짧고 씁쓸한 웃음을 지었다. 재난이 닥쳤을 때 하는 농담은 자신을 더럽혔고 죄책감까지 느끼게 했다. 하지만 그런 농담은 두려움을 덜어 내고 견딜 수 없는 불확실성의 무게를 줄여 주었다. 페리는 아빠를 생각했다. 멘수르가 항상 말했듯이 상처 많고 고장이 난 나라에서 유머는 치료제였다.

한편, TV에서는 현지 사람들이 취재진 뒤에 모여들었다. 그들은 화면에 등장한다는 설렘과 자신들과 인터뷰를 할 수도 있다는 기대감으로 기자의 입에서 나오는 모든 말을 유심히 듣고 있었다.

현장을 하늘에서 보여 주는 헬리콥터 카메라 영상이 텔레비전에 나왔다. 서로 다다다닥 붙어서 지은 집들이 얼마나 촘촘하게 들어서 있던지 콘크리트 블록 같아 보였다. 하지만 자세히 살펴보니 차이점이 있었다. 특히 한 건물은 수년간 지속된 내전 지역에서 나오는 그런 모습이었다. 날아간 창문, 불에 탄 벽, 깨진 유리. 엉망이었다.

"우리는 아이들과 함께 집에 있었는데요……. 가족이 함께 TV를 보고 있었어요. 꽝 소리를 들었고, 땅과 하늘이 흔들렸어요." 잠옷과 속옷 차림의 키가 작고 땅딸막한 한 목격자가 말했다. 그의 목소리에는 그가 간신히 이야기할 수 있을 정도의 힘만 남아 있었다. 그는 조금 전까지만 해도 자신이 시청하고 있던 채널에 출연해서, 수백만 명의 사람들이 자신을 보고 있다는 데 놀라고 기뻐하는 것 같았다.

"기분이 어떠십니까? 선생님께서 어떤 걸 느끼고 계시는지 말씀해 주시겠어요?" 기자가 말했다.

자신의 감정을 평생 많은 사람 앞에서 말해 본 적이 없던 그 남자는 눈만 깜박였다. 하지만 카메라에는 계속 잡히고 싶어 막 이야기하려던 찰나, 화면 하단을 지나는 빨간 줄에 사망자 수가 발표되었다.

한편, 저택에서는 손님들이 다른 사람들에게 소식을 전하기 위해 하나둘씩 홀로 돌아갔다. "5명 사망, 15명 부상."

"안타깝게도 이 숫자는 늘어날 수 있어요. 부상자 중 일부는 위독하다고 하네요." 자신의 신문사에 전화해서 정보를 입수한 기자가 말했다.

식탁에서 애피타이저 접시를 건네는 것처럼, 그들은 이제 피와 공포로 가득한 부분적인 정보를 교환하고 있었다. 같은 내용을 계속해서 반복했다. 비극도 소비되는 것이었다. 다른 모든 것들처럼, 개인적으로 그리고 집단적으로.

기자의 여자 친구는 깊게 숨을 들이마신 후, "세상에나, 집에서 폭탄을 만들고 있었다는 거잖아요."라고 말했다. "생각해 봐요. 악마의 레고 같은 것을 조립하고 있었던 거네요. 그러다가 펑! 그들 손에서 터진 거죠. 좋은 소식은 테러리스트들이 그 자리에서 사망했다는 것이고, 나쁜 소식은 위층에 살던 사람들도 사망했다는 것이죠. 정년퇴직한 교사라고 그러네요."

"아마 그는 지리 과목 선생이거나 그럴 거야, 불쌍한 양반." 사업가가 말했다. "운명이라는 게……. 수년간 시험지를 채점하고, 적은 돈 모아 보겠다고 낡은 양복을 입고, 품위 있는 시민이 되려고 노력했을 텐데. 마침내 정년퇴직해서 직장을 떠났는데. 학부모와 학생들의 변덕에 지쳤을 테고. 그런 다음에 온 곳이라는 데가 테러리스트들 위층이라니……. 그놈들은 폭탄을 만들기 시작했고… 빌어먹을… 펑! 이게 선생님의 종말이라니. 제자들에게 산과 계곡에 대해 가르치는 것보다 여기가 얼마나 힘들고 피비린내 나는 곳인지 알려 줬으면 더 나았을 텐데!"

다른 손님들은 고개를 끄덕이며 그의 말에 동의했다. 그들은 '살기 힘들고 피비린내 나는 지역에서 죽는 가장 흔한 10가지 방법'의 리스트를 만들기 시작했다. 1. 교통사고 2. 뚜껑이 열려 있는 맨홀로 추락 3. 발코니에 앉아 있는 동안 자신이 응원하는 팀이 이겼다고 훌리건이 쏜 총알에 희생 4. 보도를 걷다가 브레이크가 터진 버스에 치여서 사망 5. 테러리스트 공격 6. 난폭한 훌리건, 테러리스트 그리고 맨홀에 희생될까 두려워 생긴 스트레스 관련 질병…….

누군가가 다시 말을 할 때까지 잠시 침묵이 내려앉았다.

"폭탄 테러범이 누군지 혹시 아시나요?" 광고 회사 대표가 물었다. "마르크스주의자? 쿠르드족? 이슬람 근본주의자?"

짜증이 난 건축가는 킥킥대며 말했다. "야 얼마나 많은 선택권이 우리한테 있는 거야. 이놈의 나라 꼴 좀 봐!"

페리는 남편이 가볍게 목청을 가다듬는 걸 보았다. 아드난은 말했다. "문제는 단지 테러가 주는 공포만이 아니에요. 문제는 우리가 이런 뉴스에 익숙해져 있다는 겁니다. 내일 이 시간쯤 그 선생님을 기억할 사람이 몇이나 될까요? 일주일이면 잊힐 겁니다."

페리는 고개를 숙였다. 남편의 말에 담긴 슬픔이 그녀의 마음에 스며들어 꺼져 가던 불 속에 남은 열기처럼 그녀의 마음에 화상을 남겼다.

차크라

"정년퇴직한 그 교사도 잊히겠죠." 아드난이 다시 한번 말했다. "이제는 어떤 것도 우리를 놀라게 하지 못해요. 우리는 무감각해진 겁니다. 국민 모두가 몽유병자 같아요."

"너무 지나친 거 아니에요? 우리가 뭘 할 수 있겠어요?" 사업가 아내가 물었다. "그렇게라도 하지 않으면 우리는 미쳐 버렸을 거예요! 집단으로 미쳤을 거야!"

이 말에 심령술사가 고개를 내밀며 끼어들었다. "나라에도 사람처럼 12궁도가 있어요. 튀르키예가 언제 세워졌습니까? 10월 29일. 그래서 전형적인 전갈자리죠. 화성과 명왕성의 영향 아래에 있거든요. 화성은 누구를 상징하죠? 전쟁의 신. 명왕성은 누구죠? 지하 세계의 신. 행성이 모든 것을 말해 줍니다. 우리 나라의 운명도 평탄하지만은 않아요."

"점성술적인 의미 없는 소리죠." 보수 언론사 대표가 끼어들었다. "한

459

분만 믿고 있는데 '신들'이라니. 우리 모두 알라를 믿으면서 뭘 말하려는 겁니까? 난 이해할 수가 없네요."

심령술사는 자세를 바로잡고 앉았다. "선생님, 먼저 저는 매우 독실한 신자라는 걸 밝히고 싶네요! 제가 하고자 한 말은, 국가로서 우리의 차크라가 닫혀 있다는 겁니다. 우리가 차크라를 열지 않으면 반드시 긴장과 폭력이 일어날 겁니다."

"그러면 중동 전체의 차크라도 닫혀 있다는 거네요." 유명 기자가 말했다.

"놀랄 일도 아니지." 사업가가 대화에 참여했다. "중동 사람들이 아는 유일한 '에너지'는 석유지. 영적 에너지의 흔적은 없어."

"그럼, 당신의 전문적인 견해로는 우리 차크라 중 어느 것이 막혀 있습니까?" 사업가 아내는 남편의 말을 무시하고 물었다.

"제2 차크라와 제4 차크라가 제대로 순환되지 않고 있어요." 심령술사가 대답했다. "제6 차크라도 흐름이 막혀 있는데, 사실 최악은 제5 차크라예요."

밖에서 갈매기 소리가 났다. 페리는 입술을 꼭 다물었다. 사실 그녀도 비명을 지르고 싶었다.

"실례지만, 제5 차크라라는 게 뭔가요?" 호기심이 넘치고 부정적인 사람인 광고 회사 대표가 물었다.

"제5 차크라는 목 차크라입니다." 심령술사는 비밀을 알려 주기라도 하듯 목소리를 낮춰 말했다. "억눌린 생각, 표현되지 않은 욕망이 여기에 모여 있죠. 그건 입 안쪽에서 시작됩니다. 식도로 위장에 압력을 가한 다음 전신에 압력을 가하지요."

몇몇 손님들은 무심코 목에 손을 얹었다.

사업가는 "목이라고 하니 내 목도 건조해진 것 같아. 차크라를 열어야겠어."라고 말했다. "여기, 위스키 좀 가져와."

심령술사는 계속 말을 이었다. "나라의 막힌 차크라를 여는 기술이 있기는 한데……."

"혹시 민주주의인가요?" 페리가 대화에 끼어들며 물었다.

"나는 정치 얘기를 하는 게 아니에요, 부인!" 심령술사가 화를 내며 말했다.

저녁 내내 조용히 앉아 있던 성형외과 의사가 시계를 보았다. "맙소사, 늦었어. 아침 일찍 비행기를 타야 해요." 그는 몇 년 전에 스톡홀름에 정착했지만, 사업상의 이유, 그리고 소문에 따르면 그의 숨겨 둔 정부 때문에 이스탄불을 자주 방문했다.

"오, 내일 가시는군요. 여기 난리 난 걸 처리하는 건 우리가 할게요." 광고 회사 대표가 가시 돋친 어조로 말했다.

이런 식이었다. 다른 삶을 살기 위해 외국으로 간 사람들은 멸시와 부러움, 미움을 받았고, 따돌림 당했다. 문제는 뉴욕, 런던 또는 로마 같은 도시로 이민 간 것이 아니었다. 다른 곳에서 산다는 생각이 여기 남아 있는 사람들의 호기심을 자극한 것이다. 그들은 종종 다른 세상, 다른 하늘을 갈망했다. 이 사회의 다른 계층 사람들과는 달리 저녁 식사에 참석한 사람들은 재정적으로 '정리하고 떠날 수' 있었다. 최소한 이론적으로는 그랬다. 아침이나 브런치를 먹을 때, 헬스장에서 땀을 흘리며 운동할 때, 차를 몰면서도 그들은 해외 이주를 이야기했다. 그런데 그들이 말하는 해외는 대부분이 서구 유럽이었다. 물이 들어오는 해변의 모래성처럼 서서히 현실성을 잃어 가는 세부적이고, 포괄적인 계획을 세우곤 했다. 여기, 익숙해진 문화 속에서, 그들이 잘 아는 거리에서, 같은 과거와 유머 감각을 공유하는 사람들 속에서 사는 것을 그들은 선호했고, 편안해했다. 친척, 친구, 추억, 일과 삶의 연결 고리들이 그들을 이 항구에 닻을 내리게 했다. 일상이 주는 안정감과 편안함은 말할 것도 없었다. 그들은 수없이 계획하고 꿈을 꾸었지만, 수도 없이 그 계획과 꿈을 포기했다. 어느 날 그들이 생각했던 '여길 떠나자'라는 생각을 실행에 옮긴 누군가를 만날 때까지 그랬다. 그리고 그런 사람을 만나면 그 사람 때문에 기분이 상했다. 남은 사람들은 떠난 사람들에게 늘 분노했다.

"스웨덴도 천국은 아니에요." 분위기를 부드럽게 하려고 성형외과 의사가 말했다.

누구도 이해시키지 못하는 궁색한 변명이었다. 그는 내일 유럽으로 돌아갈 것이고, 여기 문제는 남아 있는 사람들의 몫이 될 것이다. 남은 사람들이 지역 사회의 불안, 정치적 혼란, 폭탄 테러, 양극화된 사회의 고조되는 긴장에 대처하는 동안, 그는 아마도 카페에서 커피를 즐기며 앉아 있을 것이다.

페리는 순식간에 따돌림을 당한 성형외과 의사에게 동정의 미소를 지었다. "남는 것도 쉬운 일이 아니지만, 떠나는 것도 마찬가지죠."

페리는 남아 있는 사람들은 그 모든 어려움에도 불구하고, 영구적이고 견고한 우정과 동료애, 광범위한 사회적 관계망, 가족 간의 연대에서 오는 즐거움을 만끽할 수 있다는 걸 알고 있었다. 그러나 영구 이민자나 해외 거주자의 마음은 실제로 훨씬 더 고독했다. 조각이 빠진 퍼즐처럼 항상 어정쩡한……

"그래 물론이지, 물론이야! 알프스산맥에서 사는 건 너무 힘들 거야." 기자가 무릎을 치는데도 계속 마시고 있던 그의 여자 친구가 조롱하듯 말했다.

누군가가 "알프스는 스웨덴이 아니라 스위스에 있어요."라고 고쳐 주려고 했지만, 기자의 여자 친구는 듣지도 못했다. 꽉 끼는 미니스커트 속으로 배를 집어넣고 벌떡 일어서며, 물어뜯은 손톱이 있는 검지로 디자이너를 가리켰다. "당신들 모두 도망자야! 겁쟁이! 당신은 편안하게 살지, 유럽에서… 미국에서… 호주에서… 뒤치다꺼리는 우리 몫이야. 광신주의와 이슬람 근본주의, 성차별, 권위주의, 독재와 시대착오, 가부장제, 그리고 튀르키예 방식……" 그녀는 새로운 것을 찾는 듯 주위를 둘러보았다. "이 나라에서 위협을 받는 건 내 자유라고……. 나 같은 사람들은 포위당해 있고, 둘러싸여 있다고. 숨조차 쉴 수 없어."

"위험하다는 말이 나와서 말인데……." 안주인은 심령술사에게 고개를 돌렸다. "자기, 내가 자기한테 집을 꼭 보여 줘야겠어. 우리한테 일어나지 않은 사고가 없어, 전화로 말했잖아. 파이프가 터졌고, 물이 잠기고, 벼락도 떨어졌어. 배 이야기는 들었지? 액션 영화처럼 집으로 바로 들어왔다니까!" 그녀는 잊은 것이 있는지 체크하려는 듯 남편을 쳐다보았다.

"나무." 사업가가 도와주는 듯한 태도로 말했다.

"오, 그래, 나무가 우리 지붕으로 쓰러졌어. 별별 일이 다 일어났어! 사악한 기운이 있는 것 같아?"

"그런 것 같네요." 심령술사가 말했다. "일하는 사람들의 방은 확인했나요? 그들 중 한 명이 주술을 부렸을 수도 있어요."

"이런! 진짜? 감히 그럴 수가 있을까? 조금이라도 의심스러운 점을 찾아내면 바로 다 쫓아낼 거야." 안주인은 심장이 제대로 뛰고 있는지 확인이라도 하듯 손을 심장에 갖다 댔다. "어디부터 시작할까?"

"지하실에서부터. 우선, 항상 어두운 구석을 들여다볼 필요가 있지."

심령술사와 안주인이 옆으로 지나갈 때 페리는 진동을 감지했다. 무슨 일인지 깨닫는 데는 일 초가 더 걸렸다. 남편의 전화기였다. 그녀의 얼굴이 창백해졌다. 조금 전 그녀가 건 번호였다. 쉬린이 그녀에게 전화한 것이다.

대타자의 진면목

2002년 옥스퍼드

정원 문밖에는 택시가 기다리고 있었다. 두 친구는 택시에 올랐다. 페리가 재채기로 평온을 깰 때까지 차 안은 침묵이 지배했다.

"내가 너랑 같은 집으로 이사한다는 게 아직도 믿어지지 않아!" 중얼거리듯 페리가 말했다.

쉬린은 학기 중간에 기숙사를 나가는 것과 관련해 기숙사 측을 설득하는 데 성공했다. 쉬린의 강력한 의지 때문에 집을 찾는 데는 그리 오랜 시간이 걸리지 않았다. 이 꽃에서 저 꽃으로 윙윙거리며 옮겨 다니는 꿀벌 같은 부지런함으로 그녀는 집세와 보증금을 지급하고 얼마 안 되는 짐을 실을 택시를 예약한 것이다. 모든 것을 얼마나 철저하게 준비했던지 이사하는 날이 되었을 때 페리가 할 일은 외투를 들고 문밖으로 나가는 것뿐이었다.

"진정해. 우리가 얼마나 재미있게 지내게 될지 보게 될 거야." 쉬린이 들뜬 목소리로 말했다. "우리 셋이서!"

페리는 깜짝 놀랐다. "우리 셋이라니 무슨 말이야? 또 누가 와?"

대답하기 전에 표정을 확인하겠다는 듯 쉬린은 가방에서 파운데이션 케이스를 꺼내 거울 속 자신을 바라보았다. "모나도 우리와 함께 지낼 거야."

"뭐라고? 그걸 나한테 지금 말하는 거야?"

"집을 함께 쓸 거잖아, 둘보단 셋이 낫지."

웃는 모습을 보니 쉬린도 자신이 한 말을 믿을 수 없는 것 같았다. 페리는 인상을 찌푸렸다.

"나한테 물어봤어야지."

"미안, 잊어버렸어. 너무 정신없었어." 쉬린의 목소리가 부드러워졌다. "무슨 일이야, 왜 화났어? 난 네가 모나를 좋아한다고 생각했는데."

"그래 좋아해. 근데 넌 모나를 좋아하지 않잖아. 너희 둘은 함께 살 수 없을 거야."

"맞아!" 쉬린이 답했다. "그래서 바로 내가 이 모험을 시작해야 하는 거야."

"무슨 말이야?"

쉬린은 아무 대답도 하지 않았다. 그들은 택시 기사에게 건넸던 주소에 도착했다. 커다란 유럽풍 돌출 창문, 높은 천장, 작은 정원이 있는 빅토리아 시대에 지어진 주택이었다.

모나는 가방과 상자를 옆에 두고 현관 계단에서 기다리고 있었다. 모나는 그들에게 손을 흔들며 내려왔다. 긴장했다는 걸 얼굴에서 확인할 수 있었다. 바로 그때 페리는 모나도 자신과 마찬가지로 쉬린의 속임수에 당했다는 걸 깨달았다.

"안녕, 모나." 택시비를 내고 내리면서 쉬린이 소리쳤다.

셋은 길가에 서서 긴장한 상태로 서로 인사를 나눴다. 긴 적갈색 코트와 베이지색 히잡을 쓴 모나, 풀메이크업에 겨우 종아리까지 내려오는 드레스와 굽 높은 부츠를 신은 쉬린, 청바지와 평범한 파란색 비옷을 입은 페리. 그들의 '스타일 차이'는 너무나 확연했다.

"이걸 세 개 더 복사해야겠어." 쉬린의 손에 들린 열쇠가 짤랑거렸다. "두 개는 내가 가지고 있을게, 어차피 하나는 잃어버릴 테니까. 여분이 필요할 거야." 쉬린은 이 말을 하면서 문을 열고는 곧장 들어갔다.

뒤이어 모나가 들어갔는데, 먼저 오른발을 내밀고 중얼중얼 기도했다. "비스밀라히라흐마니라힘."

마지막으로 페리가 들어갔다. 그녀는 독감이 심해져 기침과 재채기를 하면서 문턱을 넘었다. 가구가 반만 채워진 내부 사진을 전에 봤음에도 불구하고, 집은 텅 비어 보였다. 한 지붕 아래서 다른 사람들과 생활하고 매일 그들과 지내는 것, 한마디로 이 의무적인 친밀감이 두렵게 느껴졌다. 그녀는 불안감을 떨쳐 버리려 노력했지만 허사였다. 운명은 계속 판돈을 늘리는 미친 도박꾼 같았다. 페리는 이 경험이 끝나면 그들이 가까운 친구가 되어 평생 떼려야 뗄 수 없는 관계를 유지하거나, 아니면 이 모험이 싸움, 다툼, 좌절로 끝날 것 같다는 느낌이 들었다.

*

건물이 사람 같다면, 이 집은 아마도 쉴 새 없이 말하는 젊은이일 것이다. 왜냐하면, 집이 끝없이 불평해 댔기 때문이었다. 계단은 삐걱거렸고, 바닥은 덜걱거렸다. 문 경첩은 끼익 소리를 내는가 하면 냉장고는 덜덜거렸고, 부엌 찬장은 찍찍거리는 것 같았다. 커피 머신은 내려 주는 커피의 마지막 한 방울까지 다 마시기라도 하듯 호로록 소리를 냈다. 그래도 그들에게 특별한 장소가 있다는 것은 굉장한 일이었다. 날씨가 좋아지면 바비큐 파티를 할 수 있는 작은 정원마저 있었다.

위층에 있는 세 개의 침실 중 두 개는 크기가 거의 같았고, 하나는 더 작고 어두웠다. 페리는 이 마지막 방을 갖겠다고 고집했다. 집세에 대한 그녀의 기여도가 미미한 것을 고려하면 그게 공평했다. 약속대로 집세는 쉬린의 주머니에서 나올 것이었다. 모나는 공과금을 내기로 했지만, 그녀가 기숙사비로 낸 금액을 초과하지 않을 게 확실했다. 페리는 장 보는 데 들어가는 비용을 일부 부담하는 게 전부였다. 이런 조건에서 그녀가 큰 방을 차지할 수는 없었다.

"말도 안 돼!" 상냥한 미소를 지으며 페리의 의견에 모나가 반대했다. "제비를 뽑는 거로 해. 짧은 막대를 뽑는 사람이 세 번째 방을 갖는 거다."

"운명에 맡기는 거야?" 쉬린이 놀라서 고개를 가로저으며 물었다.

"너의 생각은 뭔데?" 모나가 물었다.

"더 좋은 생각이 있어." 쉬린이 말했다. "돌아가며 방을 쓰자. 매달 모여서 유목민처럼 다른 방으로 옮기자. 훈족들처럼. 그러면 모두가 평등하잖아."

"두 사람 다 고마워, 정말 친절하구나. 하지만 절대 안 돼." 페리가 말했다. "작은 방이 내 방이 되든지, 아니면 나 나갈 거야."

쉬린과 모나는 서로를 바라봤다. 그녀들은 페리가 그런 식으로 말하는 걸 들어 본 적이 없었다.

"좋아!" 쉬린이 말했다. "하지만 제발 돈 걱정은 하지 마. 인생은 짧아. 나중에 내가 너희들한테 뭘 빚지게 될지 누가 아니? 어쩌면 내게 돈으로 살 수 없는 교훈을 줄 수도 있잖아?"

살다 보면 그냥 우리가 아무 생각 없이 내뱉는 말이 가끔은 생각지도 않은 예언처럼 되기도 한다…….

*

그 후 한 시간 동안 그들은 방으로 돌아가 짐 정리를 했다. 작은 크기에도 불구하고 페리는 뒷마당이 내려다보이는 창문이 있는 작은 방에 매료되었다. 방에는 무거운 목재로 만들어진 기둥 있는 침대가 있었다. 다른 시대의 유물처럼 보이는 이 침대에 누워 커튼을 치니 마치 마차를 타고 여행을 떠나는 기분이 들었다. 창턱에는 작고 멋진 선반이 있었다. 그녀는 팔걸이 의자를 거기에 놓고는 '독서 코너'라고 이름 붙였다.

식사 시간이 되자 그녀는 모나의 방문을 노크했다. 두 사람은 첫 저녁을 준비하기 위해 부엌으로 내려갔다. 쉬린은 이미 식탁에 자리 잡고 있었다. 그들은 와인 한 병, 사과 주스, 약간의 치즈와 올리브를 보곤 놀랐다.

"축하 파티를 해야지!" 쉬린이 말했다. "옥스퍼드의 젊은 무슬림 여성 셋! 한 명의 죄인과 한 명의 신자 그리고 한 명의 방황하는 영혼."

모나와 페리가 어떤 별명이 누구에게 붙여진 것인지 고민하는 동안 잠시 침묵이 흘렀다. 페리는 와인 잔을 들어 올렸다. "그럼 자, 우리 자매들을 위하여!"

쉬린은 "우리 공통의 실존적 위기를 위하여!"라고 했다.

"네 이야기만 해." 모나가 사과 주스를 한 모금 마시며 말했다. "나는 실존적 위기에 처하지는 않았어."

"아하! 네가 원하는 대로 거부해도 돼." 쉬린이 말했다. "지금 많은 이슬람교도가 실제로 정체성 위기를 겪고 있어. 특히 여성이. 대부분 우리 같은 여자들!"

"그게 무슨 말이야?"

"하나 이상의 문화에 노출된 사람들, 동양과 서양 모두를 알고 있지만 둘 사이를 연결할 다리를 놓지 못한 사람들! 그들은 그 사이에 끼어 있지. 장 폴 사르트르가 무덤에서 벌떡 일어나겠네! 진정한 실존의 위기는 우리한테 있는데 말이야!"

"그 말은 별로 마음에 들지 않는데." 모나가 말했다. "오늘날의 무슬림 여성들이 다른 여성들과 매우 다르다는 건 어디서 나온 말이야? 누가 들으면 우리가 다른 행성에서 왔다고 생각하겠네!"

쉬린은 서둘러 와인을 한 모금 마셨다. "이봐요, 정신 차리세요, 자매! 우리 주위에는 종교의 이름으로, 그러니까 우리 종교의 이름으로, 어쩌면 내 것이라고 할 수는 없겠지만, 네 것인 건 확실한 그 종교의 이름으로 끔찍한 일을 저지르는 광신도들이 있어. 이건 네게 아무런 상관없는 거야? 마음 아프지 않아?"

"이런! 그 광신도들이랑 내가 무슨 상관이 있어?" 모나는 턱을 추켜올리면서 말했다. "넌 네 앞에 있는 모든 기독교인으로부터 종교 재판에 대한 사과를 기대하니?"

"우리가 중세 시대에 살았다면 아마 사과를 기대했을 거야."

"아, 그러니까 옛날에는 문제가 있었는데, 요즘은 기독교인이나 유대인이 다 천사지 않냐, 그런 말이야?" 모나가 말했다. "가자 지구에 가 본 적이 있어, 거기 국경을 통과해 본 적이 있어? 없을 거야!"

"음, 저기… 그만 좀 싸울래?" 페리가 말했다. 그녀는 분위기가 과열되고 있음을 느꼈다.

쉬린은 그만둘 생각이 없었다. "물론 기독교인과 유대인 중에도 보수적이고 편협한 사람들이 있지. 국적과 출신에 상관없이 모든 종류의 인종주의를 비판하고 저주해야지. 하지만 우리 지역에 더 많은 광신주의와 성차별이 있다는 사실을 부정할 수는 없어. 예를 들어 카이로나 다마스쿠스에서 추행이나 모욕을 당하지 않고 돌아다닐 수 있을까? 날이 어두워지면 길거리로 나가는 건 생각지도 말아야 해! 내가 개인적으로 아는 사람은 성지에서도 추행을 당했어. 대낮에! 사우디 경찰이 보는 앞에서! 그 경찰은 왜 여성을 돕지 않았을까? 우리는 부끄러워하기 때문에 그런 문제에 침묵하고 있어. 왜 여성들이 이슬람 세계에서 그렇게 억압받고 뒤로 밀려나는 걸까? 우리가 의문을 가져야 할 것이 너무나도 많아."

"나도 의문을 품고 있어." 모나가 말했다. "역사에 의문이 있고, 정치에 대해 의문을 제기해. 빈곤. 자본주의. 불공정. 소득 격차. 인재 유출. 전쟁 산업. 식민주의가 남긴 끔찍한 유산을 잊지 마. 서구에 의한 수 세기에 걸친 약탈과 착취 끝에 중동은 불쌍하게도 지금 이 꼴이 된 거야. 국경마저도 자기네들 편한 대로 그었어. 그래서 우리는 가난하고 서양은 부유한 거야! 이슬람 세계는 내버려 두고 실제 문제에 관해 이야기하는 게 어때?"

"상투적이야." 쉬린이 손을 치켜들며 말했다. "우리 자신의 문제인데 다른 사람들을 비난하는 것. 뭐가 됐든 하는 일이라곤 외세만 비판하는 거지. 왜냐고? 우리 자신을 비판하는 것보다 그게 더 쉬우니까!"

"그게⋯ 우리 밥 먹을까?" 페리는 다시 한번 시도해 보았지만, 답을 기대하지는 않았다. 그녀는 지난날 많이 경험했던 긴장감의 한가운데 다시 서게 됐다. 마치 그녀가 다시 부모와 함께 사는 것 같았다. 여기저기 빗발치는 분노, 비난, 오해. 그래도 여기서 다툼을 보고 지내는 건 더 쉬웠다. 가족끼리의 다툼만큼 그녀에게 영향을 미치지는 않았기 때문이다. 어쨌든 서로의 목을 움켜쥔 건 쉬린과 모나였다. 그녀의 엄마 아빠는 아니었다. 그녀는 그들을 꼭 화해시켜야 할 필요를 느끼지 못했다. 감정적으로 책임감을 느끼지 않자, 그녀의 머리는 자유롭게 두 사람의 대화를 분석할 수 있었다. 실은 진심으로 이 두 사람이 부러웠다. 명백하고 중대한 의견 차이에도 불구하고, 그들은 똑같이 열정적이었다. 모나는 확고한 신앙이 있었고, 쉬린에게는 견고한 반발감이 있었다. 그렇다면 페리는 어떤가, 무슨 신념이 있는 걸까?

"내가 말한 건," 쉬린이 말을 이어 갔다. "오늘날 젊은 무슬림들 앞에 놓인 철학적, 정치적, 종교적 문제가 불교 신자나 모르몬교도보다 더 깊고 복잡하다는 거야. 이 정도는 인정하고 넘어가자."

"나는 어떤 것도 인정할 수 없어." 모나가 말했다. "네가 네 종교에 대해 편견을 가진 한, 우리 사이에 제대로 된 토론이 이루어질 수가 없어."

"자, 어서." 쉬린이 목청을 높이며 말했다. "내가 입을 열고 의견을 말하는 순간 넌 과민 반응을 하잖아. 어째서 젊은 무슬림들이 그렇게 쉽게 화를 내는지 누가 설명해 줄 수 있나? 극도로 민감하네!"

"우리가 끊임없이 공격과 의심을 받고, 부당한 대우를 받고 있기 때문이지 않을까?" 모나가 말했다. "나는 아무 잘못도 하지 않고 내 신앙에 따라 살기를 원하는데도, 날마다 나 자신을 변호해야만 해. 내가 잠재적인 자살 폭탄 테러범이 아님을 증명해야 해. 지구촌 어딘가에서 알지도 못하는 사람이 끔찍한 일을 벌여. 그렇게 되면 모든 무슬림이 의심을 받아. 이게 말이나 돼? 나는 끊임없이 감시를 받고 있다고 느껴. 그게 사람을 얼마나 외롭게 만드는지 알아?"

이 물음에 대답이라도 하려는 듯 종일 도시 위로 모여 들던 비구름이 한꺼번에 비를 쏟아 내며 유리창을 두드리기 시작했다. 페리는 근처의 템스강을 생각했다. 지금 물이 많이 불었겠지.

"네가 외롭다고? 무슨 소리를!" 쉬린이 말했다. "수백만 명의 동지들이 있잖아. 정부들과 지도들. 국가 기관. 이슬람 사원들. 언론 매체. 대중 문화. 군중. 힘 있는 자들. 게다가 알라도 네 편이라고 생각하잖아. 몇 명의 동지를 더 원하는 거야? 중동에서 정말로 외로운 사람이 누군지, 정

말로 혼자뿐인 사람이 누군지 알기나 해? 야지디 종파, 동성연애자, 환경
운동가, 무신론자, 양심적 병역 거부자, 성전환자들이야. 그들이야말로
사회가 배제한 사람들이야. 이 범주에 속하지 않는다면 외롭다고 불평
하지 마."

"넌 아무것도 몰라, 그냥 아무것도 모르고 말하는 거야." 모나가 말했
다. "몇 번씩이나 폭력과 부당한 대접을 당했어. 거리에서 추잡한 별명으
로 불리기도 했고. 한번은 버스에서 강제로 하차당한 적도 있어. 내게 나
쁜 짓을 하거나 나를 바보 취급한다니까. 젊은 여성이 히잡을 쓰면 '억압
을 당하거나', '스스로 생각할 수 없는 상황'에 있다고 생각해. 머리에 히
잡을 쓰고 있다는 이유만으로 내가 얼마나 많은 편견과 싸워야 하는지
상상조차 못 할 거야! 기껏해야 천 조각인데!"

"그런데 왜 쓰고 다녀?" 쉬린이 즉시 말했다.

"네가 무슨 상관이야? 내 선택이고 내 정체성이야." 모나가 말했다.
"네가 하는 행동이 나를 불편하게 하지 않는데, 넌 왜 나 때문에 불편함
을 느끼는 거지? 내가 물어보자, 이런 상황에서 네가 더 '개방적인 사고
를 하는 사람'이니, 아니면 내가 그런 사람이니? 생각해 봐!"

"나는 그런 말에 속지 않아." 쉬린은 곧바로 응수했다. "모든 것은 작은
천 조각에서 시작돼. 열 명이 됐다가, 그 다음엔 백 명, 그러다 수백만 명.
보다시피 히잡 공화국이 되는 거야! 이래서 부모님, 형제들과 이란을 떠
나야 했던 거야. 너의 그 히잡이 우리를 망명 생활로 떠민 거야!"

두 사람이 쏟아 내는 말들과 함께 페리의 얼굴은 조금씩 더 창백해져
갔다. 이렇게 싸우지 않으면 좋을 텐데. 그녀는 모서리가 긁힌 나무 식탁

을 바라보았다. 사물에도 사람처럼 생채기가 있었다.

"넌 어떻게 생각하니, 페리?" 갑자기 쉬린이 물었다.

"그래, 우리 중 누가 옳은 거야?"

페리는 불안해하며 꼼지락거렸다. 그녀는 어떤 면에서는 쉬린이 옳았고, 어떤 면에서는 모나가 옳았다고 말했다. 예를 들어, 유럽의 일부 지역에서는 머리에 히잡을 쓴 젊은 여자는 정말로 어려움을 겪거나 편견에 노출될 수 있었다. 반면에 폐쇄적이고 내향적이며 보수적인 이슬람 사회에서 소수 집단의 일원 또는 다른 생각을 가지는 것은 극도로 어려운 일이었다. 사실, 문제는 둘 다 비슷했다. 다름을 인정하지 않는 것이었다. "나는 어떤 곳의 소수고, 소수 집단이라면, 그리고 곤란을 겪는 사람이라면, 그러니까 '다른' 상황에 있는 사람들이라면, 바로 다가가는 편이야. 내 마음이 그쪽으로 향하거든. 그래서 고정된 경향은 없어. 히잡을 쓴 사람들이 억압을 받으면 그들을 지지하고, 미니스커트가 억압받는다면 미니스커트를 지지해 주고 싶어……."라고 말하고 싶었지만, 그럴 수 없었다. 그녀는 자신을 표현할 수도, 친구들을 설득할 수도 없었다.

"나는 한 가지는 분명히 하고 싶어." 모나가 다시 쉬린을 보며 말했다. "나는 무신론자들과 아무 문제도 없어. 동성애자들도 마찬가지야. 성전환자들도. 그들의 인생은 그들의 인생이야. 내게 문제가 되는 건 이슬람 공포증이 있는 사람들이야. 만약 전쟁 호객꾼 네오콘처럼 말할 거면 난 이 집에서 나갈 거야, 그게 더 나아."

"네오콘이라고? 참 나! 내가?" 쉬린이 잔을 얼마나 세게 내리쳤던지 술이 쏟아졌다. "너 나가고 싶은 거니? 그래, 그럼! 그런데 이걸 쉬운 도피라고 하는 거야. 우리 둘 다 상대방의 말을 듣고 이해하려고 노력해야 해."

"동의해." 모나가 말했다.

"좋아. 합의한 거다, 이제." 쉬린이 말했다. "우리 머리를 맞대고 무슬림 여성 선언문을 작성하자. 약자로 멋진 로고도 만들자. 우리를 괴롭히는 것이 무엇이든, 그걸 다 넣자. 광신주의. 성차별. 편견. 동성애 혐오증."

"이슬람 혐오증."

"이제 저녁 준비를 시작해 볼까? 속이 쓰릴 정도야." 페리가 말했다.

그녀들은 크게 웃었다. 잠시나마 폭풍이 지나간 것 같았다. 밖에는 비가 잦아들었다. 저녁의 군청색이 그녀들 주위에 내려앉았다. 달은 하늘 한가운데 자개로 만든 부적처럼 매달려 있었다. 템스강은 포트 메도우를 가로질러 깊게 소용돌이치며 흘렀고, 어둠 속에서 은빛의 길을 열고 있었다.

"그거 아니?" 모나가 한숨을 쉬며 말했다. 그녀는 자신이 이해하는 데 오랜 시간이 걸렸던 무언가를 말하려는 것 같았다. "넌 지구상에서 가장 완벽한 종교 속에서 태어났고, 너를 인도하는 분은 최고의 예언자이지만, 너는 이걸 감사하고 더 나은 사람이 되려고 노력하는 게 아니라 계속 불평만 해."

쉬린은 다시 대화에 몰입했다. "당연히 네가 잘못 알고 있는 거야, 나는 구식이라고 생각되는 모든 것을 거부해. 다른 방식으로 어떻게 이슬람 사회가 발전하겠어? 그리고 그 선지자에 대하여 말이 나와서 말인데,

네게 묻고 싶은 게 있어…….”

“그 이야기는 꺼내지 마.” 모나가 말했다. “나를 헤집어 놓을 수는 있어. 그건 문제가 안 돼. 하지만 나의 예언자에 대해 아무것도 모르는 사람이 그분을 비난하려고 하는 건 보고만 있을 수 없어. 이슬람 세계의 많은 것들에 대해 의문을 제기하는 것은 인정하지만, 그분과 그 시대의 선한 사람들은 이 논쟁에서 제외되어야 해.”

쉬린은 짜증스러워하며 한숨을 쉬었다. “내가 무슨 말을 할 건지 알기도 전에 넌 내 입을 막잖아! 모르겠니? 우리가 이야기하지 않으면 다른 사람들이 우리에 관해 마음대로 이야기할 거라고. 이슬람 사회 내에서 진보적이고 혁신적인 비평이 나온다면 더 좋지 않을까? 그런데 누군가 다른 목소리를 내면 바로 입을 막아 버리거든. 특정 주제가 금기시되는 이유는 뭐야? 왜 비판적 사고를 피하는 거야? 특히 대학에서! 자유로운 사고를 원하지 않는 거니?”

“너야말로 이해를 못 하는구나! 네가 생각하는 ‘비판적 사고’는 편견이 낳은 망상이야!” 모나가 말했다. 처음으로 그녀의 목소리가 떨렸다. “나는 네가 무슨 말을 하려는지 어느 정도는 알겠고, 네가 깨끗한 눈으로 보고 있지 않다는 것도 알아. 21세기의 안경으로 7세기를 판단할 수는 없어.”

“7세기가 21세기를 지배하려 한다면, 그건 내가 심판할 수 있지.”

“네가 자존감을 좀 가졌으면.” 모나가 말했다. “난 네가 너의 근본이 되는 문화와 네가 속한 종교에 대해 자부심을 느꼈으면 해!”

“아.” 쉬린이 마치 아프기라도 한 듯이 말했다. “그게 뭐라고 사람들이 종교나 인종에 대해 자랑스러워해야 해? 미국인, 아랍인, 러시아인… 기독교인, 유대교인, 이슬람교도에 무슨 차이가 있다고? 선택의 여지가 없는 일을 왜 자랑스러워해야 하지? 내가 불교 가정에서 태어났다면, 불교 신자가 됐을 거고, 엄마가 러시아 정교회 교인이었다면 나는 러시아 정교회 신자가 되었을 거야. 내가 이런 선택을 한 걸까? 키가 1미터 75센티라서 자랑스럽다는 말과 똑같은 거야. 또는 아치형 코를 가졌다고 나 자신에게 축하하는 것처럼. 유전적인 복불복이잖아!"

"무신론자가 돼서 아주 좋은가 봐."

"나는 전투적인 무신론자였지……. 아주르 교수에게 감사해야지, 그가 나를 변화시켰고, 유연하게 만들었어. 이제는 옛날 같지 않아." 쉬린은 극적인 분위기를 연출하며 말했다. "근데 무신론은 내가 많이 연구해왔던 거야. 그건 말해야 할 것 같아. 내 생각과 마음, 용기를 여기에 쏟아부었어. 무지한 대중과 나 자신을 구분 지었지! 그러니까 가만히 앉아서 찾아낸 게 아니란 말이야. 나는 나의 이런 과정이 자랑스러워."

모나는 멈추지 않았다. "넌 너의 문화를 경멸해. 나에 대해서도. 네 눈에 나는 '고리타분한' 또는 '세뇌당한' 사람일 뿐이야. 억압받는 사람인 거지. 하지만 나는 너와 달리 코란을 읽고 공부했어. 배우고 연구했지. 몇 달, 몇 년을 노력했어. 나는 코란이 매우 설득력 있고, 현명하며, 평화적이라는 것을 알게 됐어. 세상에서 가장 시적인 문체를 코란에서 찾았지. 동정과 자비가 곧 나의 신이야. 넌 아무런 관심도 없지? 내가 왜 너랑 같은 집으로 이사하기로 했는지 도무지 알 수가 없네!"

"첫날부터 후회된다는 말이니?" 쉬린이 물었다.

"정확히 그래!" 그리고는 모나는 바닥을 쿵쿵 밟으며 계단을 통해 위층으로 올라갔다. 분노의 무게 때문에 바닥에서 큰 소리가 났다.

짜증이 난 쉬린은 갑자기 빈 잔을 들어 벽에 던졌다. 유리잔이 산산조각 났다. 페리는 유리 조각을 치우기 위해 자리에서 벌떡 일어났다.

"절대 움직이지 마." 쉬린이 말했다. "내가 한 짓이야. 내가 치울게."

"그래……." 하지만 페리는 쉬린이 큰 조각만 줍고 말 것이고, 남겨진 작은 파편은 바닥 사이로 들어가 어느 날 그 파편들이 예상하지 못할 때 자신의 발에 상처를 내리라는 걸 알고 있었다. "내 방으로 갈게."

쉬린은 한숨을 쉬었다. "잘 자, 생쥐."

페리는 무거운 걸음을 옮겼지만 멀리 가지 않았고 친구를 바라보고 있었다.

혼자라고 생각했던 쉬린의 입술이 조용히 움직였다. "쉽지 않을 거라고 했어. 나에게 경고했는데." 그녀가 중얼거렸다.

"누가 경고했다는 거니?" 페리가 그녀의 말이 끝나자마자 물었다.

쉬린은 고개를 들고 눈을 깜박였다. "아냐." 그녀가 답했다. 그녀의 말투에는 전에 없던 날이 서 있었다. "나중에 얘기하자, 응? 나는 지금 목욕을 해야 할 것 같아. 너무 긴 하루였어."

방으로 갈 생각을 접고 부엌에 홀로 남은 페리는 와인을 한 잔 더 따랐다. 비밀을 발견한 것일까, 아니면 우연일까? 쉬린이 내뱉은 말이 그녀의 마음에 박혔다. 쉬린이 함께 살자고 설쳤던 배경에는 그녀를 조종하는 누군가가 있다는 의심이 들었다. 아주르 교수!

페리는 기억났다. 아주르 교수가 어느 고서에서 서로 심한 불화를 겪으며, 서로를 비난하는 사람들을 밀폐된 공간에 두고 서로의 눈을 쳐다보게 하는 기묘한 발상을 우연히 발견한 적이 있다고 말했던 게 떠올랐다. 예를 들어, 백인 인종 차별주의자인 수감자를 힘든 환경에서 자란 절도범 흑인 죄수와 함께 감방에 가두는 것이다. 옥 광산 사장은 환경 운동가와 공간을 공유해야 하고, 명성을 얻기 위해 동물을 사냥하는 사람을 멸종 위기에 처한 동물을 보호하기 위해 헌신하는 활동가와 함께 같은 방에 넣는 것이다. 페리는 자신이 그런 게임 속에 있다고 생각했다. 그녀는 원격 두뇌 조종 아래에서 자신도 모르는 사이에 자기에게 맡겨진 역할을 하고 있는 것이다.

페리는 좌절감을 느끼며 위층으로 올라갔다. 모나의 방문이 닫혀 있었다. 복도 끝에 있는 욕실에서 물 흐르는 소리가 들렸다. 쉬린이 잘 알려진 노래 구절을 흥얼거리고 있었다.

페리는 뒤꿈치를 들고 쉬린의 방으로 들어갔다. 개봉해야 할 종이 상자들이 줄지어 있었다. 쉬린이 아직 짐 정리를 마치지 못한 게 확실했다. 그녀는 게으름을 부리고 있었다. 상자 중 하나에는 책이라고 큰 글씨로 쓰여 있었다. 일부 책은 선반 위에 놓여 있었다. 짐 정리가 지루해서 중간에 그만둔 것 같았다.

페리는 상자 안을 뒤져 보기 시작했다. 그녀가 찾고 있는 것을 찾는 데는 오랜 시간이 걸리지 않았다. 아주르 교수의 저서 목록에 있는 모든 책이 그곳에 있었다. 그녀는 그 책들을 하나하나 꺼냈다. 그 책 중 하나를 집어 들고 첫 페이지를 펼쳤다. 그녀가 짐작한 대로, 사인이 되어 있었다.

귀여운 쉬린에게,

영원한 망명자, 떠돌이 기뢰, 고집쟁이 그리고 반항아,

질문하고 답을 찾는 것을 두려워하지 않는 페르시아 땅에서 온 용감

하고 씩씩한 소녀에게…….

A.Z. 아주르

페리는 질투의 아픔으로 책을 덮었다. 친구가 교수님을 정기적으로 찾아가고 두 사람이 꽤 친한 사이라는 사실을 모르는 건 아니었지만, 자신이 사랑하는 사람이 쉬린에게 가치를 두고 있는 걸 보니 불편했다. 그녀는 다른 책들도 확인했다. 다른 책들에도 사인이 되어 있었다. 그녀가 마지막으로 펼쳐 본 작품에는 더 긴 글이 있었다.

이름의 뜻과는 달리,

사나운 사자와 불타는 태양의 땅 페르시아의 석류처럼

시고 달달한, 그리고 진한 쉬린에게…….

누구도 무시하고 배제하지 말길. 최소한 이해하려고 노력해.

다른 이의 거울을 통해서만, 신을 볼 수 있어.

사랑해 봐.

보고, 알아 가며, 이해하고 사랑을 해 봐, 자신의 이복 자매들을…….

A.Z. 아주르

무슨 이복 자매? 페리는 쉬린에게 그런 형제가 없다는 걸 알고 있었다. 아니면 이 말은 '다른 여자'라는 의미가 있는 비유일까?

481

그녀는 심호흡했다. 갑자기 자신이 함정에 빠졌다는 느낌을 받았다. 쉬린은 공개적으로 종교와 독실한 신자인 사람들을 멸시하곤 했다. 온갖 보수적인 것들이 있음에도 불구하고, 그녀가 가장 비판했던 것은 의심할 여지 없이 이란에서 자신의 가족이 살지 못하도록 했던 종교였다. 그것은 그녀에게 큰 상처를 남겼다. 그녀는 특히 자신의 의지로 머리를 가리는 젊은 무슬림 여성에 대한 알레르기가 있었다. "물라와 도덕 경찰이 외부에서 우리의 입을 막고 있었어. 반면에 남성을 유혹하지 않으려면 자신을 가려야 한다고 생각하는 여성들은 내부에서 우리의 입을 막고 있었던 거야." 한번은 쉬린이 이렇게 말한 적이 있다. 이런저런 정황을 통해 페리는 아주르 교수가 쉬린에게 '다른 사람', 그녀의 '이복 자매', 즉 모나에게 연락을 하도록 했고, 일종의 '감정 이입 연구소'에 배치했을 것이라는 결론을 내렸다.

이 발견은 매우 충격적이었다. 하지만 페리를 괴롭히는 또 다른 문제가 있었다. 그녀는 처음으로 쉬린의 눈으로 자신을 바라보며 침묵했다. 우유부단함, 머뭇거림, 소심함, 수동적, 초조함……. 이 모든 것이 쉬린 같은 사람에게는 하찮고 무시할 만한 특성이었다. 그렇다, 쉬린은 모나뿐만 아니라 페리도 좋아하지 않았다. 옥스퍼드의 세 젊은 이슬람 여성: 한 명의 죄인과 한 명의 신자 그리고 한 명의 방황하는 영혼. 이 기괴한 사회 실험을 위해 쉬린과 함께 같은 공간에 놓인 사람은 모나만이 아니었다. 이제야 페리는 자신도 선택되었다는 것을 알았다. 그녀는 다른 이복 자매였다.

그녀는 책을 제자리에 넣고 상자를 닫고 방을 나갔다. 고요한 기숙사

방을 떠나 그녀의 모든 대화가 아주르 교수에게 보고되는 이 집에 온 것을 너무나 후회했다. 그녀는 자신이 항아리에 갇힌 파리처럼 느껴졌다. 얼핏 보기에 따뜻하고 안전한 그녀의 새집은 그녀의 모든 움직임을 지켜보는 유리벽으로 둘러싸여 있었다.

유리벽으로 만든 집

2002년 옥스퍼드

얼마 지나지 않아 세 여자가 집 안의 각각 다른 공간을 선호한다는 것이 분명해졌다. 쉬린이 가장 좋아하는 장소는 욕실, 특히 욕조 받침에 다리가 있는 골동품 욕조였다. 그녀는 양초, 목욕 파우더, 크림 그리고 오일로 그곳을 안식의 사원으로 바꾸어 놓았다. 저녁 의식으로 그녀는 욕조에 뜨거운 물을 가득 채우고 매혹적인 향을 넣었다. 그런 다음 잡지를 읽고, 음악을 듣고, 손톱을 다듬고, 상상의 나래를 펴면서 약 한 시간 동안 욕조 속에 머물렀다.

모나가 선호하는 장소는 주방이었다. 그녀는 일찍 일어났고, 새벽 기도를 놓치지 않았다. 몸을 씻고 그녀의 할머니가 선물로 주신 비단으로 만든 기도용 깔개를 깔았다. 그녀는 자신과 다른 사람들을 위해 기도했다. 그녀는 알라의 가르침이 필요한 쉬린을 위해서도 기도했다. 그 가르침이 무엇인지 결정하는 것은 알라께 맡겼다. 알라께서 가장 잘 알고 계실 것이다. 그런 다음 그녀는 아래층 부엌으로 가서 모두를 위한 아침 식사로 팬케이크, 오믈렛, 밀가루 음식을 준비했다. 그녀는 능숙하고 부지런했다.

페리에게 특별한 장소는 그녀 방에 있는 침대였다. 쉬린이 준 토끼털처럼 부드러운 이집트산 면직물 침구 세트를 깔아 놓으니 근사했다. 그녀는 침대에서 공부했다. 밤이면 침대에 누워 바깥에 있는 오리나무 가지를 흔들어 대는 바람 소리, 멀리 흐르는 강물 소리를 들었다. 반대편 벽으로는 조용한 리듬을 따라 흔들리는 그림자가 보였다. 그녀는 그 그림자에서 실제 존재하거나 존재하지 않는 나라들의 지도처럼 생긴 것들을 보았다. 수천 명이 목숨을 잃은, 피 위에 또 피를 흘린 땅들. 너무 빠른 상상의 전개에 지치자, 다음 날 일어나면 모든 것이 그대로 있을 거라는 희망을 안고 페리는 잠을 청했다.

아침에 잠이 많은 쉬린이 코를 고는 동안, 일찍 일어나는 모나는 예배를 드렸고, 페리는 조깅하러 나갔다. 그녀는 속도를 높이면서 아주르 교수를 생각했다. 그는 이 어울리지 않는 세 여자를 모아 놓고 정확히 뭘 기대했던 것일까? 여기서 무엇을 얻으려 한 것일까? 이 수수께끼를 풀려고 하면 할수록 분노는 커져만 갔고, 원망이 목구멍까지 차올랐다.

오븐에서 구워지는 쿠키 냄새와 함께 집 안에 있는 적개심 대부분은 식탁 주위를 맴돌았다. 한번은 쉬린이 더는 참을 수 없다고 비명을 지르며 나가더니 저녁을 먹을 때가 되어서야 돌아왔다. 한번은 모나도 마찬가지 행동을 했다. 토론은 주로 신, 종교, 신념, 정치에 관한 것이었다. 때때로 남자와의 섹스에 관한 것도 있었다. 모나는 결혼할 때까지 처녀로 있는 것이 옳다고 믿었고, 결혼할 남편에게도 같은 것을 기대했다. 반면에 쉬린은 이런 생각을 대놓고 비웃었다. 그녀는 일부일처제를 믿지 않았다. 서로가 자유롭고, 성인이며, 평등하다면 누구든지 원하는 사람과 잘 수 있다는 것이다. 중요한 것은 진솔함이었다. 페리의 경우, 순결을 강요하는 걸 좋아하지도, 그렇다고 섹스에 관해 편안하게 생각하는 것도 아닌 중간 어디쯤 있었다. 언제나처럼.

*

어느 목요일 오후, 집에 돌아온 페리는 말없이 텔레비전을 통해 혼란스러운 장면을 보고 있는 모나와 쉬린을 발견했다. 카메라는 울려 퍼지는 사이렌 소리에 맞춰 좌우로 돌아가고 있었고, 바닥에는 산산조각이 난 유리와 핏자국이 보였다. 테러리스트들이 튀니지에 있는 한 유대교 사원을 공격한 것이었다. 폭발물을 가득 실은 트럭이 건물 바로 앞에서 폭발해 열아홉 명이 사망했다.

모나가 입술을 깨물며 말했다. "알라시여, 이런 끔찍한 일을 저지른 사람들이 자신을 스스로 무슬림이라고 칭하는 사람은 아니기를 빕니다." 그녀의 얼굴은 창백했다.

"쓸데없는 곳에 에너지 낭비하지 마." 쉬린이 중얼거렸다.

모나는 그녀에게 차가운 시선을 보냈다. 그녀가 다시 말했을 때 목소리에 부드러움은 사라지고 없었다. "너 날 우습게 보는 거니?"

"네가 아니라 너의 기도가 논리적이지 않다는 말이야." 쉬린이 대답했다. "사건은 벌어졌고, 몇 시간이나 지났어, 되돌릴 수 있겠니?"

"나 건드리지 마."

쉬린이 어깨를 으쓱했다. "또다시, 누군가가 신의 이름을 들먹이며 사람을 죽였어. 모두가 일어나야 해! 이슬람 지역에서 태어난 여성들은 편견에 반대하는 개혁 운동을 시작해야 해! 개혁이 아니라, 혁명이어야 해! 종교가 인류에게 큰 피해를 주고 있잖아."

"어떻게 그렇게 일반화할 수 있어? 나에겐 종교가 평안을 주는데!"

쉬린은 쏘아붙였다. "이 세상에서 신에 대한 인식을 자신의 이익을 위해서 이용하는 사람만큼 위험한 건 없어."

"몇몇 테러리스트의 잔학한 행위 때문에 모든 종교인을 비난할 수는 없어. 내겐 종교란 평화와 안녕을 의미해!"

"내겐 전쟁과 적개심이야!"

그날 밤 모나와 쉬린의 싸움은 그 어느 때보다 뜨거웠다. 그들은 서로 목소리를 높여 소리를 질러 댔다.

한편 페리는 먹지도 않고 방으로 들어가 침대에 몸을 던졌고, 아래층에서 계속되는 고성이 들리지 않도록 귀를 막았다.

'내일 아침 저들은 서로에게 했던 말을 부끄러워하겠지.' 페리는 생각했다. 적어도 그렇게 됐으면 하고 바랐다.

그러나 그들은 아마 기억조차 하지 못할 것이다. 쉬린도 잊어버릴 것이고, 모나도 잊어버릴 거다. 오직 페리만 기억할 것이다. 그녀는 모든 말과 모든 비난 그리고 모든 몸짓까지 기억에 담아 두는 사람이 될 것이다, 자기 혼자만. 그녀는 어린 시절부터 기록관이고 수집가였다. 그녀는 슬픈 기억과 치유되지 않은 상처의 기록자였다. 비록 그녀가 차곡차곡 쌓아 둔 상처들이 마음을 무겁게 할지라도.

어린 시절 그녀는 집 앞 길가에서 차에 치여 죽은 고슴도치를 발견했던 적이 있다. 그녀의 어머니는 병이 전염되지 않도록 발로 동물의 사체를 밀어 버렸다. 그러나 페리는 불쌍한 고슴도치도 '천국'에 갈 수 있도록 장례를 치러 주고 싶었다. 셀마는 인상을 썼다. 천국은 제한적이고 특별한 영역으로 선택받은 사람들만이 갈 수 있으며, 동물은 거기 갈 수 없다고 설명했다.

"그러면 누가 갈 수 없는 거야, 엄마?"

"죄인들, 우리 종교를 믿지 않는 자들…, 신이 주신 생명을 버리려고 자살하는 자들."

그날 저녁, 페리는 참을 수 없어 밖으로 몰래 빠져나왔다. 손으로 구덩이를 파서 고슴도치를 묻고 자신이 할 수 있는 기도를 했다. 맨 손가락으로 동물의 사체를 만지자 소름이 끼쳤다. 마치 동물의 사체에서 그녀의 육체와 자아로 뭔가 전해지는 것 같았다. 그래도 그녀는 장례식을 계속했다. 그녀는 옛날부터 이랬다. 천국에 가지 못하는 자들이 뒷문을 통해서라도 천국에 가길 바라는 감성적인 소녀였다…….

체스 판의 말

페리는 책이 가득한 가방을 어깨에 메고 점심으로 먹다 남은 포도 한 송이를 들고는 자전거를 타고 래드클리프 광장으로 갔다. 그녀는 한 시간 전에 모나와 브루노를 한 카페에서 봤었다. 그들의 얼굴에는 서로에 대한 증오의 긴장감이 역력했다. 아주르 교수는 학기의 마지막 과제를 위해 이 두 사람이 팀을 구성하도록 했고, 도서관에서 하룻밤을 함께 보내야 한다는 조건을 달았다. 둘 다 이 요구가 마음에 들지 않았다.

아주르 교수는 종교가 전부인 독실한 무슬림 모나와 공공연하게 이슬람을 혐오하는 브루노를 짝지은 것이다! 미치광이나 할 수 있는 일이었다. 그가 이 두 학생 사이에 공감대를 만들 수 있다고 생각했다면, 그건 오산이었다. 그런 건 생기지 않았다. 이제 페리는 아주르 교수의 세미나 수업에서 일어나는 일은 그 어떤 것도 우연이 아니라는 걸 분명히 알게되었다. 모든 것이 치밀하게 계획된 일이었다. 학생들 각자는 아주르 교수가 마음속으로 두는 체스 판의 말이었다. 그녀는 자신도 그 말 중 하나라는 걸 알고 있었다. 생각할수록 그녀의 뺨은 뜨겁게 달아올랐다.

페리는 래드클리프 건물 앞에서 친구들 한 무리와 벤치에 앉아 열띤 이야기를 나누는 트로이를 보았다. 페리를 본 트로이는 그녀에게로 걸어갔다.

"안녕 페리. 아직도 아주르 교수를 위해서 공부하고 있는 거야?"

"그럼 넌… 숨어서 그를 계속 감시하고 있고?"

그의 일그러진 입술에서 어떤 답이 나올지 알 수 있었다. "그 사람은 명문 대학에서 강의해서는 안 돼. 교수 자격을 박탈해야 해! 그가 자신의 학생들을 조금도 생각하지 않는다는 것을 알고 있니? 모두 자신의 자아와 관련된 거야."

"학생들은 그를 좋아해."

"그래, 물론이지. 특히 여학생들은… 예를 들어 쉬린. 네 친구 말이야."

페리는 신발 뒤 굽을 땅에 비볐다. "쉬린이 어쨌는데?"

"그러지 마, 마치 모르고 있는 것처럼." 그는 페리의 얼굴을 바라보았다. "꼭 내가 말로 해야 해?"

"뭘 말로 한다는 소리야?"

"알겠니? 아주르 교수가 쉬린이랑 그렇고 그런 관계라고." 트로이의 눈동자가 빛났다.

페리의 심장이 덜컹 내려앉았다. 쉰 목소리가 나왔다. "하지만 쉬린은 아주르 교수가 예전에 가르친 학생인데……."

"예전이고 뭐고, 그건 모르겠고. 내 생각에는, 쉬린은 아주르 교수의 수업을 듣는 동안 확실히 그와 잤어. 그들은 침대에서 숙제도 함께 했을 거야. 그녀의 성적이 높은 비결이 그거라고 봐."

페리는 시선을 피했다. 트로이의 목소리에서 질투심이 느껴졌지만, 그 순간 그녀는 자신의 감정에 너무 몰두해서 그의 감정에 신경을 쓸 상황이 아니었다. 마치 누군가의 손이 자신의 목을 조르는 것 같았다.

"가끔 아주르 교수의 연구실에 가서는 문을 닫는다니까. 대체로 10분에서 20분 정도 걸리더군. 내가 밖에서 기다려 봐서 알아."

"이제 그만해. 그런 식으로 말하지 마." 페리가 말했다. 그녀의 관자놀이가 뛰고 있었다.

"미안해. 내가 충격적인 말을 했나 보군!" 트로이가 장난하듯 말했다. "너도 알아야 하는데. 그 자식은 사냥꾼이야. 젊은 정신은 젊은 육체를 쫓아다니지."

"난 가야겠어." 페리가 말했다. 그녀의 목소리는 이제 속삭이는 것처럼 작게 들렸다.

*

그날 저녁, 페리는 부엌에 혼자 있는 쉬린과 마주했다. 그녀는 음악을 틀어 놓고 춤을 추면서 참치 샐러드용 토마토를 썰고 있었다. 쉬린은 기분에 따라 불었다 줄었다 하는 체중에 신경을 썼다. 집에는 그들 둘밖에 없었다. 모나는 시외에서 자기를 찾아온 친척들과 저녁 식사를 하러 갔고 늦을 예정이었다.

"네게 물어볼 게 있어."

"응, 물어봐."

"우리 셋이서 한집에서 사는 게 아주르 교수의 계획이었어? 우정이라는 건 거짓말이었고, 그가 하라고 해서 한 거지? 처음부터?"

쉬린이 한쪽 눈썹을 추켜세웠다. "그건 어디서 나온 말이야?"

"제발 거짓말은 마……." 페리가 말했다. "이건 그를 위한 실험이지? 아주르 교수의 사회 연구실인 거야. 서로 다른 생각을 하는 학생들을 한군데 모아서 조금 싸우게 만들고, 나중에 공감대가 형성되는지 보지! 우리가 기니피그야?"

"세상에, 이 무슨 음모론이야?" 쉬린은 양상추 그릇에 토마토를 던지듯 넣었고 올리브 몇 개를 추가했다. "교수님이랑 너 사이에 무슨 일이라도 있는 거야?"

"나는 교수가 학생들의 삶에 간섭하는 것을 좋아하지 않아."

"아하! 그럼 다른 식으로 어떻게 가르칠 수 있는데? 학자들이 역사 전반에 걸쳐 학생들을 어떻게 교육했다고 생각하니? 장인과 견습생. 수년간의 노력과 규율. 우리는 이 모든 것을 잊었어. 지금 대학들은 이윤을 남기는 데 얼마나 혈안이 되어 있는지, 등록금을 낼 수 있는 학생들은 왕족처럼 대우받고 있다고."

"아주르 교수는 우리의 장인이 아니고, 우리도 그의 견습생은 아냐."

"하지만 난 그래." 쉬린은 샐러드를 섞으며 말했다. "나는 나 자신을 그의 견습생이라고 생각해. 나중에 나는 그분의 조교가 되고 싶거든."

페리는 입을 다물었고, 뭐라고 대답해야 할지 몰랐다.

"모나와 내가 가진 유일한 공통점은 아주르 교수를 존경한다는 것뿐이야. 너한테 무슨 일이 생긴 거야? 교수님을 좋아하는 줄 알았는데."

페리는 쉬린이 자신의 눈에서 감정을 읽지 못하도록 시선을 피했다. 속마음을 숨기지 못하는 자신이 싫었다. "그분이 우리에게 너무 많은 걸 기대하는 것 같아. 그분의 요구를 충족시키는 게 가능할까?"

"오, 그래서 넌 그를 실망하게 할까 봐 두려운 거구나." 쉬린이 다 안다는 듯한 미소를 지으며 말했다. 그녀는 샐러드 그릇을 들고 그녀의 방으로 갔다. "그럼 실망 안 하게 해!"

"잠깐만."

그녀의 심장이 거칠게 뛰었다. 쉬린을 불편하게 할 질문을 던진 후 일어나게 될 일이 두려웠지만, 물어봐야만 했다.

"너 그 사람과… 그런 관계야?"

계단을 반쯤 올라갔던 쉬린은 멈칫했다. 난간에 한 손을 올려놓고, 뒤쪽 아래를 바라봤다. 그녀의 두 눈은 불덩이 같았다.

"만일 편집증 때문에 이런 걸 묻는 거라면 그것은 네 문제이지 내 문제는 아냐. 그게 아니라, 질투해서 묻는 거라면 그것도 네 문제야."

"나는 편집증 환자도 아니고, 질투하지도 않아." 페리가 말했다. 그녀는 화를 주체하지 못했다.

"정말로?" 쉬린이 크게 웃었다. "이란에 있을 때 엄마가 속담 하나를 가르쳐 줬어. *자신을 연약한 쥐로 만든 사람은 언젠가는 고양이의 먹이가 된다.*"

"무슨 말을 하고 싶은 거야?"

"내 일에 끼어들지 말라고, 생쥐. 만약에 끼어들면 널 가만두지 않을 거야. 그건 알고 있어!"

그렇게 말하고 쉬린은 자신을 작고 보잘것없다고 느끼는 페리를 부엌에 두고 쿵쿵거리며 그녀의 방으로 올라갔다.

불길한 침묵이 온 집 안에 내려앉았다. 페리는 아주르 교수가 너무나 증오스러웠다. 오만함과 그의 무모함 때문에. 가장 큰 이유는 쉬린과 사귀었기 때문이다. 게다가 그녀는 늘 자신에게는 무관심했다. 증오의 바퀴가 그녀의 영혼에서 돌고 있었다. 페리 자신의 탓도 있었다. 그녀는 쉬린처럼 용감하지도 못했고, 자신감도 없었다. 그리고 모나처럼 독실하지도 않았고, 지구력도 없었다. 그녀는 자기 자신에게 신물이 났다. 페리로 산다는 것이 얼마나 피곤한 일인지 아무도 모를 것이고 누구도 이해할 수 없을 것이다.

그날 밤 그녀는 안개에 싸인 아기를 보았다. 얼굴의 반을 덮은 보랏빛 반점이 온몸에 퍼져 있었다. 아기는 속삭이듯 그녀에게 무언가를 말했다. 그리고 이번에는 아기가 하는 말을 이해했다. 슬픔과 절망이 너무 깊어 가슴이 조여 왔다. 그래 어쩌면 때가 되었는지도 모른다. 너무 늦었을지도. 몸부림을 그만둬야만 했다. 그녀는 따라갈 수 없었다. 다른 사람을. 삶을. 그녀는 하나님을 따라갈 수도 없었다. 신물이 났다.

그녀는 잠들었다. 다른 사람으로 깨어날 수만 있다면. 아니면 영영 깨어나지 않았으면……. 그녀는 길가에 누워 있던 고슴도치를 떠올렸다. 고슴도치는 아마도 천국에 가지 못했을 것이다. 페리도 가지 못할 것이다. 만약 그녀가 감히 마음먹은 일을 오늘 밤에 저지른다 해도.

통로

2016년 이스탄불

쉬린에게 다시 전화하기 위해 테라스로 나갔던 페리는 구석에 모인 두 사람을 보았다. 그들은 반쯤 그늘이 드리워진 곳에 있었지만, 알아볼 수 없을 정도는 아니었다. 사업가 집주인과 은행 CEO였다. 곱사등처럼 등을 추켜올린 채, 고개를 숙이고 바닥을 바라보는 두 사람은 제법 진지한 이야기를 하는 것 같았다.

"그래, 어떻게 할 생각인가?" 은행 CEO가 물었다.

"아직 결정하지 않았어." 사업가가 시가 연기를 내뿜으며 말했다. "하지만 알라께서 내 증인이시니, 내가 그 창녀 새끼들에게 대가를 치르게 해야지. 그 자식들도 알게 될 거야, 누구를 건드렸는지."

"서면으로 남긴 게 없는지 확인해 봐." 은행 CEO가 말했다. "증거는 남기지 마."

그들은 문 옆에 서 있는 페리를 눈치채지 못했다. 그녀는 들은 이야기에 놀라 천천히 돌아나갔다. 그리고 서재에서 본 사진들을 떠올렸다. 독재자, 마피아 두목들과의 사진……. 집주인의 사업상 거래는 의심스러웠고, 페리의 남편을 포함해서 저녁 식사에 참석한 대부분의 손님은 아마도 이걸 알고 있을 것이다. 알지 못했다 하더라도 눈치는 챘을 것이다. 하지만 이러한 상황이 그와 인맥을 맺는 걸 막을 수는 없었다. 어떤 시점에서 사람이 공범이 될까? 적극적으로 참여할 때일까, 아니면 소극적으로 못 본 척할 때일까?

주방과 거실 사이에는 통로가 있었고, 한쪽 벽은 전면 거울로 되어 있었다. 페리는 그 좁은 공간에 서 있었다. 누가 손에서 빼앗을까 봐 염려스러운 듯 그녀는 전화기를 꼭 쥐었다. 도우미들이 주방 문을 통해 드나들 때마다 그녀는 주방을 힐끔힐끔 쳐다봤다. 요리사는 마늘을 다지고 있었다. 칼이 도마 위에서 플라멩코를 추었다. 피곤하고 짜증 나 있는 것 같았다. 그가 준비한 수많은 맛있는 음식 다음으로 이번에는 이쉬켐베 수프[1] 주문을 받은 것이었다.

페리는 요리사가 조수에게 조용히 뭔가 중얼거리자, 조수가 크게 웃는 것을 보았다. 그들은 식탁에서 하는 모든 말을 듣고 손님들을 조롱하고 있었을 것이다. 문이 닫히면서 주방의 다채로운 세계와 분리되었다. 통로에 혼자 남자 익숙한 불안이 그녀를 덮쳤다. 오랫동안 미루던 일을 해결하려고 드는 건, 마치 얼음장 같은 바다에 뛰어드는 것과 같았다. 잠시의 망설임이 그녀의 모든 용기를 무너트릴 수 있었다. 그녀는 곧바

---

1   İşkembe Çorbası, 이쉬켐베 초르바스. 튀르키예에서 해장 음식으로 통하는 소 위 등 내장을 고아서 만든 수프

로 쉬린의 번호로 전화를 걸었다. 전화 신호가 가자마자 연결되었다.

"안녕, 쉬린. 나 페리야."

거칠게 숨을 들이마시는 소리가 들렸다. "알아."

그녀의 목소리는 전혀 변하지 않았다. 생생하고 활기차고 자신감 넘치는 어투였다.

"우리가 이야기를 못 나눈 지 너무 오래됐네."

"그래 맞아, 너의 메시지를 듣고는 내 귀를 의심했어." 쉬린이 말했다. "참 이상하지, 사실, 이 순간을 대비해서 준비도 했는데. 다시 전화하면 무슨 이야기를 할 건지 계획도 했는데 지금은……."

"뭐라고 말하려고 했는데?" 페리가 다른 쪽 귀로 전화기를 옮기며 물었다.

"알고 싶지 않을 거야. 신경 쓰지 마." 쉬린이 말했다. "왜 더 일찍 전화 안 했어?"

"처음에 전화했지, 네가 다시 내게 전화를 안 한 거야. 그러다 나도 그만둬 버렸지. 네가 아직도 화나 있을까 봐 꺼림칙하기도 했고."

쉬린은 "당연히 화가 나 있었지."라고 했다. "난 아직도 네가 왜 그랬는지 이해가 안 돼. 넌 그분한테 사과조차 안 했잖아."

"우리가 합의했던 게 있어." 페리가 말했다. 그녀의 입에서는 음절들이 끊어지고 흩어졌다. 그녀는 말을 하는 게 어려웠다. "그분은 나에게 '무슨 일이 있어도 나에게 사과하지 마.'라고 했거든."

"그게 무슨."

페리는 말을 잇지 못했다. "내가 너무 어렸어."

"넌 우리를 질투했던 거야!"

페리는 고개를 끄덕였다. "맞아……. 질투했어."

주방 문이 열렸다. 도우미가 김이 나는 그릇들로 가득한 커다란 쟁반을 들고 나왔다. 마늘과 식초 냄새가 퍼졌다.

"지금 어디 있는 거야?" 쉬린이 물었다.

"바닷가, 호화로운 저택, 근사한 파티 중이야. 수족관, 디자이너가 직접 만든 가방, 시가… 네가 이걸 봤다면 싫어했을 텐데……."

쉬린은 크게 웃었다.

"얼마나 이상한 하루를 보냈는지 몰라." 페리가 말했다. 말을 하기 시작하자 저절로 말이 쏟아져 나오기 시작했다. "핸드백을 날치기 당했어. 소매치기를 거의 죽일 뻔했지 뭐야." 그녀는 그 남자가 자신을 강간하려 했다는 사실은 언급하지 않았다. 쉬린에게 비슷한 일이 있었다면 그녀는 망설임 없이 말했을 것이다. "강간범은 부끄러운 줄 알아야 해.", "우리가 왜 부끄러워해야 해?" 쉬린과 페리는 서로 달라도 너무 달랐다. 그동안 세월이 흘렀음에도 그들은 여전히 달랐다.

"내 지갑에 넣어 두고 잊고 있었던 우리 사진을 찾았어."

"뭐? 우리 사진을 들고 다니니?" 쉬린이 물었다. "어떤 사진?"

"한겨울에 도서관 앞에서 찍은 거, 기억나?" 그녀는 쉬린의 대답을 기다리지 않았다. "너, 모나, 그리고 나… 아주르 교수. 정말 추웠지. 사진 찍겠다고 나왔을 때." 그녀는 잠시 침묵했다. "나는 내가 옥스퍼드를 잊었다고 확신했는데, 지난 몇 년 동안 나 자신을 속여 왔던 거였어. 젊은 시절 미완성으로 남겨 둔 이야기가, 그리 쉽게 잊히지 않는 모양이야."

"그래도 너 정말 열심히 공부했는데. 넌 우리 중 최고의 학생이었어. 네가 공부를 그만뒀다는 게 믿기지 않아."

"나 많이 변했어." 페리가 말했다. "내 인생에서 다른 것들이 더 중요해졌어. 엄마 역할, 결혼… 자선 재단 이사로 있어. 우리 엄마는 '남편은 외무부 장관이니까 밖에서 일하고, 아내는 내무부 장관이니까 집에서 일해야 한다.'라고 말하곤 했어. 나는 엄마가 그런 고리타분한 말을 하는 게 싫었었지. 그런데 지금 보니 내무부 장관이 된 것 같아. 이상한 건, 별로 불만스러운 게 없어. 집안일에 적응했고, 집안일 하는 걸 내가 좋아하기도 해. 가끔은 소리를 지르고 싶은데, 그건 다른 문제고."

"있잖아, 너 술 좀 마셨니?"

"응. 내 주량보다 많이 마셨을 수도."

부딪히는 잎사귀들에서 나는 것 같은 작은 웃음소리가 전화기로 들렸다. 그러다가 쉬린이 뭔가 말을 했지만, 페리는 듣지 못했다. 왜냐하면, 바로 그때, 귀신과 재수 없는 일 찾기를 마치고 손님들이 있는 홀로 돌아가던 심령술사와 안주인이 나란히 페리의 앞을 지나갔기 때문이다. 심령술사는 '누구랑 통화하는지 알고 있지.'라고 말하듯 입술을 실룩거리며 페리 쪽으로 돌아보더니 윙크를 했다.

"쌍둥이들은 어때?"

"쌍둥이가 있다는 걸 어떻게 알았어?"

"들었어." 누구에게서 나온 이야기인지 추측하는 것은 어렵지 않았다. 쉬린도 페리처럼 정기적으로 모나와 통화하고 소식도 주고받고 있었다.

모나는 미국으로 돌아갔다. 그녀는 워싱턴에 있는 연구소에서 일하고 있었다. 행복한 결혼 생활과 함께 네 명의 자녀를 두었다.

"잘 자라고 있어. 딸은 나한테 냉전을 선포했어. 지금은 그 애가 이겨."

상황을 이해한다는 듯 쉬린은 한숨을 쉬었다. 얼마나 잘 호응해 주는지, 쉬린은 페리가 예상했던 것보다 훨씬 괜찮았다. 뭔가 이상했다.

"넌 요즘 어때?" 페리가 물었다. 페리도 뭔가 들은 게 있었다. 쉬린이 인권 변호사인 그녀의 오랜 남자 친구와 헤어졌다 다시 화해하기를 반복한다는 걸 알고 있었다.

"잘 지내……. 실은 나 임신했어. 5월 출산이야."

그게 이유였다. 호르몬. 쉬린은 엄마가 되려는 참이었다. 그래서 그녀는 더 부드럽고, 더 동정심이 많아졌고, 더 정서적으로 차분해진 거였다. 새 생명을 맞이할 준비를 하면서 오래된 원한을 품고 있는 건 어려운 일이었다.

"정말? 축하해. 멋진 소식이네." 페리가 말했다. "정말 기뻐. 딸이야 아들이야?"

"아들."

"생각해 둔 이름이 있어?" 페리는 묻자마자 답이 무엇일지 짐작했다.

"아마 짐작했을 거야……. 아주르 교수보다 좋은 이름이 있겠어?" 쉬린이 말했다. 짧은 침묵이 흘렀다. "내가 널 너무 미워한 바람에 이제 그 미움도 남지 않았나 봐."

"알아." 페리가 말했다. "미안해. 근데 그분은? 그분도 날 증오해?"

그 일이 있고 거의 14년이 흘렀다. 페리는 그동안 교수의 목소리를 들지 못했다. 가끔은 그의 존재에 대해 의심이 들기도 했다. 어쩌면 이 모든 것이 그저 꿈이었을 수도 있다는 생각이 들었다.

"전화해, 그 사람한테 물어봐. 아주르 교수는 지금 집에 있을 거야. 연필 있어?"

예상하지 못했던 페리는 깜짝 놀라 주위를 둘러보았다. "잠깐만."

그녀는 전화기를 귀에 대고 주방 문을 밀치고는 붕대를 감은 손으로 글을 쓰는 제스처를 취했다. 요리사는 가슴 주머니에서 만년필을 꺼냈고, 냉장고 위에 있던 노트에서 찢은 종이와 함께 페리에게 건넸다.

페리는 다시 통화를 이어 갔다. "그래. 불러 줘."

쉬린은 두 번 반복해서 불러 줬다. "꼭 전화해 봐!"

바로 그때, 아래층 문의 벨소리가 저택에 울렸다. 한 도우미가 문을 확인하기 위해 부엌에서 뛰쳐나왔다. 그녀는 손바닥에 먹을 것을 들고 있었다. 아마도 배가 고팠고, 일하는 사이에 간식을 먹고 있던 모양이다. 페리는 궁금했다. 일하는 사람들은 자신들이 만들어서 내놓는 음식을 맛보기나 했을까? 아니면 아무것도 먹지 못하고 이 오랜 시간 동안 일한 것일까?

쾅 하는 소리가 났다. 확 열어젖힌 문이 뒷벽에 쾅 하고 부딪히는 소리! 연이어 소음이 들렸다. 소리를 못 지르게 입을 틀어막는 상황에서 나오는 여자의 비명과 빠르고 거친 발걸음 소리였다.

"보고 싶었어." 페리가 전화기에 대고 말했다.

"나도 네가 보고 싶었어……."

페리는 마음이 아팠다. 최종 결과가 이것이었다. 아주르 교수가 달성하고자 했던 것. 그녀들은 서로의 모든 차이에도 불구하고 영혼의 단짝이 된 것이었다! 쉬린, 모나 그리고 페리. 무신론자, 독실한 신자, 우유부단한 자. 서로를 이해하지 못하는 중동 문화권의 성난 자매들. 이브의 세 딸들.

바로 그때, 거실에서 몸싸움이 벌어졌다. 두 명의 가면을 쓴 남자가 총을 들고 들이닥쳤다. 그들 중 한 명이 큰 소리로 외쳤다. "모두 일어나!"

"무슨 일이야?" 사업가 아내가 물었다.

"입 닥쳐! 내가 시키는 대로 해, 당장!"

"내게 그따위로 말하지 마!" 아직 테라스에 남아 있는 남편을 찾으며 주위를 둘러보고 있는 안주인에게서 쉰 목소리가 들렸다.

"한 번만 더 헛소리 지껄이면 죽여 버릴 거야, 이 여자야!"

페리는 자신이 있던 복도에서 꼼짝할 수 없었다. 그가 총을 가까이서 본 것은 살면서 두 번째였다. 그의 오빠인 우무트의 것과는 달리 이들의 총은 크고 짙은 녹색이었다.

"페리, 괜찮니?" 쉬린이 물었다. "너 거기 있는 거니?"

그녀는 대답할 수 없었다. 한마디도 할 수 없었다. 그녀는 벽 뒤에 숨었다. 천천히, 보스포루스 해협에서 떠오르는 안개처럼 조용히 그녀는 전화를 끊었다.

셰리주 한 잔

2002년 옥스퍼드

총장실은 15세기에 지어진 건물의 전면 전체를 차지하고 있었다. 아주르 교수는 조각된 까만색 문으로 걸어가 벨을 눌렀다. 잠시 후 한 남자가 나타났다. 그는 경력이 많고 나이가 있는 깡마른 사람이었다. 그는 아주르 교수를 현관으로 안내했다. "이쪽으로 오세요, 교수님……."

그는 아주르 교수를 참나무 계단을 지나 나무 벽이 있는 복도로 안내했다.

*

한편, 집무실에서는 총장이 그를 기다리고 있었다. 그는 원하지 않는 면담을 해야 할 때마다 지금처럼 긴장을 내려놓기 위해 문서를 정리하곤 했다. 중요한 파일은 상아 선반으로, 중간 정도의 중요한 파일은 갈색 선반으로, 나머지 파일은 주황색 선반에 올려놓았다. 그는 힘든 대화를 앞두고 있었으니, 정신을 좀 차려야 했다. 그래서 그는 책상 정리에 전념했다. 메모지, 스테이플러, 은으로 처리된 자개 편지 오프너······. 그는 염소 가죽으로 만든 원통 상자에 뾰족하게 깎은 연필을 하나씩 꽂았다.

문을 두드리는 큰 소리에 그는 화들짝 놀랐다. "들어오세요."

아주르 교수는 남색 벨벳 재킷을 입고 들어왔다. 재킷 안에는 재킷보다는 약간 옅은 색의 목이 높은 스웨터를 입고 있었다. 평소처럼 머리는 헝클어져 있었다.

"좋은 아침이군요, 레오 총장님. 못 만난 지 꽤 됐네요."

"아주르 교수, 이렇게 보게 돼 반갑군요." 총장이 말했다. 그의 목소리는 부드러우면서도 다정했지만, 그만큼 긴장되어 있었다. "오랜만이오, 정말. 나도 막 차 한잔하려고 했는데 같이 할까요? 아니면 몇 시지? 셰리주 한잔 어때요?"

아주르 교수는 점심 식사 전에 셰리주를 마시는 습관은 없었지만, 총장의 제의를 거절하지 않았다. 솔직히 그에게도 술이 필요했다.

"좋습니다."

나이 많은 남자가 다시 나타났다. 그의 얼굴은 신중함 때문에 딱딱한 표정이었고, 그의 등은 오랜 세월 해 온 일로 굽어 있었다. 벽에 걸린 초상화나 창문 앞에 있는 조각된 의자처럼 그는 이 학교의 비품 같은 존재였다.

두 사람은 한동안 말이 없었다. 대신, 나이 많은 직원이 한쪽 팔을 등에 붙이고 떨리는 손으로 잔에 셰리주를 따르는 걸 바라보았다. 은으로 된

술병, 크리스털 잔, 소금이 쳐진 아몬드… 모든 것이 준비되었다.

"타임즈와 최근에 한 인터뷰를 봤어요. 정말 좋더군요." 그들이 마침내 둘만 남았을 때 총장이 입을 열었다.

"고맙습니다, 레오 총장님. 마음에 드신다니 다행이군요."

"내가 교수님을 얼마나 좋아하는지 알잖아요." 총장이 말했다. "우리 학교 교수로 모셔 올 수 있었던 것만 해도 우리에게는 행운이었죠. 아니 사도 너무 좋아했고."

"감사합니다, 총장님. 그런데 총장님이 죽은 아내에 관해 이야기하려고 저를 여기로 부른 것 같지는 않은데요." 아주르 교수가 말했다. "총장님께 고민이 있다는 걸 알 만큼 우리는 오랫동안 알고 지냈잖아요. 무슨 문제인지 말해 주시죠."

총장은 포스트잇 한 뭉치를 꺼냈다. 그는 그것들을 노란색, 녹색, 분홍색으로 색상별로 배열했다. 그는 아주르 교수를 쳐다보지도 않고 중얼거렸다. "교수님에 대한 진정서가 접수되었어요."

아주르 교수는 총장을 유심히 살펴보았다. 관자놀이에서 회색으로 변하기 시작한 머리카락, 주름진 이마, 움찔거리는 입 등.

"어떤 진정이 들어온 거죠? 솔직히 말씀하셔도 괜찮아요."

"물론, 당연하지요. 우린 오랜 벗 아닌가요. 누군가가 교수님을 공격할 때마다, 하나님은 알고 계실 거야. 몇 번 있었잖아요……. 교수님의 시각, 때로는 교수님의 교수법 때문에…. 그러니까 당신은 사랑받는 교수예요, 오해는 말아요. 하지만 모든 사람에게 사랑받는 게 아닌 건 확실하죠. 물론 교수님도 그걸 알고 있고……. 나는 항상 교수님을 지지했지요."

"알고 있죠." 아주르 교수가 침착하게 말했다.

총장은 포스트잇 뭉치로 작은 탑을 만들었다. "나는 교수님이 쌓아 온 것들과 정직함을 믿었기 때문에 항상 당신 편에 서 있었어요. 나는 과학과 자유로운 사고에 대한 교수님의 헌신을 존경하고 있고요." 총장은 한숨을 쉬었다. "이렇게 많은 사람을 적으로 만들지 않았더라면? 왜 모든 사람과 잘 지내지 못하는 건가요?"

"모든 사람과 어울리려면 공기 같아야 해요. 무색에 형체도 없이. 나에게는 나만의 생각과 나만의 가치가 있어요. 믿는 것도 있고 싫어하는 것도 있고요."

"물론이지요. 하지만⋯⋯." 총장은 말하지 않았지만 두 사람 모두 알고 있었다. 아주르 교수는 때때로 학생들의 정신을 흔들어 놓았고, 조금이라도 게으름을 피우는 걸 보면 학생들을 꾸짖으며 창피를 주었다. 그 학생들은 눈물을 흘리면서 항의하러 오곤 했다. "학생들을 너무 세게 몰아붙이진 않았나요?"

"몰아붙일 필요가 있어요." 아주르 교수가 말했다. "여기는 유치원이 아니에요. 초등학교도 아니고. 대학교란 말이죠. 성장할 때죠. 영원히 다독거림을 받고 돌봄을 받을 수는 없어요. 우리 학생들은 새로운 생각들을 듣고, 많이 읽고, 세상을 이해해야 해요. 몰아붙이지 않고서야 이것들이 어떻게 가능하겠습니까?"

"맞아요, 하지만 그건 정확히 교수님이 해야 할 일은 아니라고 봐요."

"내가 볼 땐 해야 해요."

"교수님이 할 일은 철학을 가르치는 거죠."

"그렇죠!"

"책 속에 있는 철학."

"삶 속에 있는 철학."

총장이 또 한 번 한숨을 쉬었다. "단지 문제가 그것만 있는 게 아니라……" 총장은 포스트잇 탑을 넘어뜨렸다. "다른 문제가 하나 더…… 중요한 문제가."

"그게 뭔가요?"

"여학생."

그 말은 사라지지 않고 허공을 맴돌았다.

"사람들이 그 여학생이 교수님과 매우 가깝다고 말하고 있어요."

"이건 누구도 상관할 일이 아니지 않은가요? 제가 누굴 학대하지 않는 한."

총장은 고개를 가로저었다. "이것은 다소 논란의 여지가 있는 주장이에요."

"쉬린과 관련된 이야기인가요? 우선, 그녀는 내 학생이 아니에요, 알고는 있으세요. 이젠 아니라는 말입니다."

"으음……. 아니, 내게 들어온 진정서에 있는 이름은 그 이름이 아니었어요."

아주르 교수는 인상을 찌푸리며 의문의 눈으로 그를 바라보았다. "그럼 누구를 말하는 건가요?"

"튀르키예 학생이에요. 교수님 수업을 듣는." 총장은 피곤한 눈동자를 들어 올렸다. "어젯밤에 자살을 시도했어요."

아주르 교수의 얼굴은 창백해졌다. "페리? 맙소사! 그 학생은 괜찮아요?"

"그래요, 괜찮은데요⋯⋯. 젊다는 게 그렇죠." 총장이 말했다. "그 학생은 과도한 양의 파라세타몰을 복용했어요. 다행히도 간이 버텨 냈죠."

"믿을 수 없어요. 어떻게 그런 일이?"

아주르 교수는 얼굴에서 피가 다 빠져나간 것 같았고, 앉아 있던 자리에서 축 늘어졌다.

"내가 들은 바로는⋯ 교수님 때문이라고 하더군요. 두 사람이 관계가 있었는데 교수님이 그 학생을 버렸다고 말이에요."

"뭐라고요?" 아주르 교수는 한 대 얻어맞은 듯 정신을 차리지 못했다. "페리가 그렇게 말했어요?"

"아니, 그렇다고 할 수는 없고요. 그 학생은 지금 말할 수 있는 상황이 아니에요." 총장이 말했다. "교수님을 고소한 남학생, 트로이가 한 말인데요⋯⋯. 언론에 알리겠다고 우리를 협박했어요. 화가 난 것 같더군요. 교수님을 표적으로 삼고 있었어요. 서면 진술서가 우리에게 있어요."

"그걸 볼 수 있을까요?"

"그건 안 될 것 같아요. 윤리 위원회로 보내야 해요. 교수님은 윤리 위원회에 출두해야 합니다."

"총장님께 맹세하건대 페리와 나 사이에는 아무것도 없습니다. 그런 건 생각조차 해 본 적이 없어요. 총장님이 할 일은 그 여학생에게 똑바로 물어보는 겁니다. 그녀가 진실을 말할 거예요."

"아주르 교수님, 당신은 아주 좋은 교수지만, 그 전에 이 학교의 일원입니다. 우리 대학의 명예가 훼손되는 것은 용납할 수 없어요. 오랜 세월 동안 교수님이 많은 적을 만들어 왔다는 건 알고 있잖아요." 총장은 셰리주를 한 모금 마셨다. "언론을 상상해 보세요……. 그들은 배고픈 늑대처럼 이 이야기에 몰려들 거예요."

"무슨 이야기를 하자는 건가요?"

"음… 어쩌면 잠시 쉬는 걸 생각해 보라고 말하고 싶어요. 당분간 강의를 쉬면……. 이 일이 해결될 때까지 말이죠. 윤리 위원회가 사건을 검토하게 하고, 조사를 마친 뒤에 결정을 내리게 두고 보자는 겁니다. 그 여학생이 증언하면 모든 것이 잘될 거고요. 그때까지 이… 스캔들의 내면을 조사해 봐야 하지 않겠어요."

아주르 교수는 의혹의 눈으로 총장의 얼굴을 바라보았다. 그리고 그는 일어섰다. "총장님은 나를 오랫동안 알고 지냈어요. 나는 비윤리적인 행동을 한 적이 없어요. 물론 제가 쉬린과 가까워졌지만, 그녀가 내 수업을 듣는 동안에는 절대 아니었죠. 지금은 내 학생이 아니니 우리 사이에 이해관계가 없단 말입니다. 그 외에는 누구와도 관계를 맺지 않았어요. 나는 페리에게 손도 대지 않았다고요."

총장은 일어섰다. "들어 보세요……."

아주르 교수가 그의 말을 잘랐다. "트로이의 발언은 고의적이고 악의적이에요. 아나이스 닌이 뭐라고 했는지 아세요? *우리는 사물을 있는 그대로 보지 않고 자기 방식으로 본다.*"

"맙소사, 이 상황에서 아나이스 닌의 말을 인용하는 사람은 교수님뿐일 겁니다."

"나는 페리가 진실을 말할 때까지 기다릴 겁니다." 아주르 교수가 말했다. 그는 마음 아파하면서도, 침착했다. "불쌍한 아이, 자기 자신에게 무슨 짓을 한 거지?"

그리고는 총장실을 나갔다. 그는 무겁지만 단호한 발걸음으로 건물에서 벗어났다. 그는 아침부터 그치지 않고 쏟아지는 비를 맞으며 시내로 향했다. 빗물은 발자국을 씻어 내렸다, 한 방울 한 방울…….

마음속의 하나님, 그 뒤에 남겨진 공허함

2002년 옥스퍼드

페리는 존 래드클리프 병원 정신과 병동의 한 병실에서 깨어났다. 그녀는 자신이 어떻게 여기로 오게 되었는지 알지 못했고, 아무것도 기억하지 못했다. 오랫동안 그녀는 자신이 어디에 있는지 인지할 수 없었다. 눈에 보이는 색상들은 너무 진했고, 마치 자신을 공격하는 것 같았다. 시트의 흰색은 너무 밝았고, 침대보의 파란색은 너무 날카로워서 거의 인광에 가까웠다. 창밖 하늘의 잿빛은 그녀의 엄마가 불운을 막으려고 녹였던 납 조각을 연상시켰다. 그녀의 눈앞에 호두색, 산호색, 보라색, 진한 붉은색, 흰색 등 얼룩덜룩한 색들이 소용돌이쳤다. 그녀는 뇌 속에서 속삭이는 소리를 들을 수 있었다. 어쩌면 소리가 사라질까 하는 불안 속에 눈을 다시 감으려 했다. 하지만 옆에 있는 60대 여성 환자는 이야기하고 싶어 안달했다.

"세상에나 결국! 결국에는 깨어났구나, 애야! 영원히 잠들어 있을 줄 알았단다."

그녀는 속에서 말이 쏟아지기라도 하듯이 우울한 에너지가 담겨진 말투로 결혼한 지 40년이 되었다고 했다. 그 사이에 수차례 자살 기도를 했고, 병원에 자주 입원하는 바람에 모든 직원을 가족처럼 알고 있을 정도였다. 그녀의 목소리는 부풀어 오르는 풍선처럼 방을 가득 채우고 페리의 귓속을 울렸다.

"안됐네, 너무 젊은데. 이번이 처음이야? 아니면 나처럼 여러 번 한 거야?" 그녀가 물었다.

페리는 대답하지 않았다. 입 안에서 끔찍한 화학 약품의 맛이 느껴졌다. 그녀는 자신의 목소리를 찾기 위해 목을 가다듬었다. 그녀는 고개를 저었다. 말을 할 수 없었다. 전날의 기억이 되살아났고, 그녀는 침대 시트에 몸을 파묻으며 창가로 얼굴을 돌렸다. 얼마나 끔찍한 일을 저지른 것인가! 그녀는 스스로 목숨을 끊으려 했다. 살면서 떨쳐 내려 그토록 애썼지만 떨쳐 낼 수 없었던 무가치하다는 그 느낌에 굴복하고 말았던 것이다. 시간이 흐르면서 선택에서 필수, 심지어 저주로 변한 외로움……. 그녀의 가슴속 공허함은 얼마나 깊은지 오직 신의 부재와만 비교할 수 있을 것 같았다. 어쩌면 문제는 이것이었을지 모른다. 그녀는 신의 부재를 마음속에 짊어지고 있었다. 신의 부재는 허무가 아니라 무겁게 느껴졌다.

아버지를 생각하자 눈물이 볼을 타고 흘러내렸다. '넌 나의 똑똑한 딸이야.' 그녀는 날반트오울루 가족의 자랑거리였다. 있는 돈 없는 돈 모아서 옥스퍼드로 보내 놨더니, 모범적인 자식이라고 믿었던 자식이 성공은 고사하고 대실패, 자부심은커녕 수치스러운 존재로 전락한 것이다. 인간에게 자신을 미워하는 것보다 더 나쁜 감정은 없을 것이다. 페리는 울기 시작했다. 그녀를 걱정한 다른 환자는 호출 벨을 눌러 간호사를 불렀다. 몇 분 후, 간호사들은 그녀에게 이상한 맛보다 더 기이한 냄새가 나는, 여러 색이 섞인 액체를 마시게 했다. 베개에 머리를 파묻었고, 눈꺼풀은 무거워졌다.

반쯤 몽롱해 있는 상태에서 눈앞에 떠오른 얼굴은 안개에 싸인 아기 얼굴뿐이었다. 지금, 마침 그녀가 필요로 할 때, 안개에 싸인 아기는 어디에 있는 걸까? 정말 존재하는 것일까? 그러니까, 독립적이고 자신의 의지대로 움직일 수 있는 것이었을까? 아니면 허상이었을까? 죄책감으로 가득 찬 페리의 정신이 만들어 낸 장난일 뿐이었을까?

그녀가 자라는 동안 그녀의 부모가 조심스럽게 숨겨 왔고, 단 한 번 멘수르가 실수로 입 밖으로 내뱉었던 진실을 알게 되는 데에는 몇 년이 걸렸다. "내가 마지막으로 그렇게 지쳤을 때가 너희 둘이 태어났을 때야. 잠 못 이루는 밤이었지." 그랬다, 셀마가 늦은 나이에 예상치 못하게 임신한 것도 맞지만, 낳은 아이는 하나가 아니라 둘이었다. 페리와 포이라즈. 눈동자에 황금색 반점이 있는 여자아이와 영혼에 강한 바람이 불던 남자아이.

그녀가 네 살이던 어느 조용한 오후, 셀마는 두 아이를 소파에 잠시 남겨 둔 채 부엌으로 갔다. 그녀는 자두 잼을 만들고 있었다. 시장에서 잔뜩 사 온 자두 중 일부는 작은 커피 테이블 위 그릇에, 나머지는 조리대 위에 있었다. 삶아서 설탕에 절인 다음 병에 넣으려고 했던 것이다. 주위는 자두에서 나오는 엷은 보라색 에너지로 넘쳐났다.

얼마 지나지 않아 지루해진 페리는 소파에서 카펫으로 내려왔다. 그릇에 담긴 자두를 손에 들었고 호기심으로 살펴본 다음 깨물었다. 신맛이 났다. 페리는 생각을 바꿔서 쌍둥이 동생에게 자두를 내밀었고, 동생은 그 선물을 받아 쥐었다. 모든 건 단 몇 초 만에 일어났다. 포이라즈는 씹지도 않고 큰 자두를 꼴깍 삼켜 버리고 말았다. 숨이 막혔다. 페리는 동생을 도우려 했지만, 너무 당황한 나머지 꼼짝할 수가 없었다. 발부터 시작해서 온몸이 얼어붙은 것 같았다. 움직일 수 없었다.

셀마가 이윽고 부엌에서 돌아왔을 때는 너무 늦었고, 그녀의 어린 아들은 이미 질식해 있었다. 아들의 얼굴은 그를 죽게 만든 과일과 같은 색깔이었다.

동생의 죽음을 처음부터 끝까지 목격한 페리는 충격을 받았고, 덜덜 떨고 있었다. 페리는 몇 주 아니 몇 달 동안 아무 말도 하지 않았다.

"동생이 숨이 막혀 죽어 가는 동안 페리는 왜 나를 부르지 않았던 거야? 왜 날 부르지 않았냐고?" 장례식이 끝난 후 이웃 사람들이 집에 모였을 때 셀마가 소리쳤다. "망할 계집애! 쌍둥이 동생이 죽는 것을 보고도 손가락 하나 움직이지 않았어!"

"그런 말 하지 마, 언니." 이웃들이 말했다. "고통스러워서 그런 말을 하는 것이겠지만."

엄마와 딸의 거리는 절대 좁혀질 수 없었다. 네 살짜리 아이가 도움을 청하는 게 뭐가 그리 어렵다고? 나를 부르기만 했어도, 소리만 질렀어도 내가 부엌에서 뛰쳐나갔을 거고, 포이라즈를 구했을 텐데. 그녀의 엄마가 쌍둥이 동생에게 일어난 일에 대해 영원히 그녀에게 책임을 물으리라는 것을 페리는 마음속 깊은 곳에서 감지했다. 사실 그녀는 자신을 탓하고 있었다. 수치심, 후회, 슬픔, 쓸모없다는 느낌이 절대 사라지지 않았다. 그녀는 몇 번이나 죽을 마음을 먹었는지 모른다. 그녀는 자살을 생각하고 있었다.

포이라즈가 죽은 후 멘수르는 본격적으로 술을 마시기 시작했다. 셀마는 이단 종파의 지도자를 찾아갈 만큼 독실한 무슬림이 되었다. 같은 비극이 두 사람을 정반대 방향으로 몰아넣은 것이다. 남편과 아내는 두 번 다시 화해하지 않았다. 그래서 페리는 부모님의 파탄 난 결혼 생활에 대한 책임이 진심으로 자기에게 있다고 생각했다. 모든 걸 그녀가 망쳐놓았다고 생각한 것이다.

무감각. 이것이 페리의 유일한 소원이었다. 기억하지 않을 수만 있다면. 하지만 아무리 애를 써도 과거는 갈라진 틈 사이에서 스멀스멀 스며나왔다. 그날 오후의 기억, 쌍둥이 동생의 유령은 어디를 가든 안개 속에서 그녀와 함께했다.

*

다음 날 아침, 심리 치료사가 침대에 있는 페리를 찾아왔다. 다정한 시선을 가진 젊은 전문가였다. 모든 말끝에는 "당신은 어떻게 생각하세요? 괜찮겠어요?"라고 물어보는 버릇이 있었다. 치료사는 그녀에게 혼자가 아니라고 말했다. 두 사람은 치료 과정 동안 함께했다. 그는 새로운 페리를 만들어 낼 작정이었다. 페리 자신의 영혼을 새로 지어 올리는 건축가가 될 사람이었다. 치료를 받으면 자살 경향이 완전히 사라지지는 않겠지만, 그러한 충동에 대처하는 방법을 배울 수 있다고 했다. 그는 마치 폭풍우에 관해 말하는 것처럼 자살 기도에 관해 이야기했다. 피할 수는 없더라도 손에 우산이 있다면, 젖지 않을 수 있다고 했다.

치료사는 물었다. "한 가지 더 있습니다. 당신이 준비되었다고 느끼면요. 강제는 아니구요. 사람들이 아주르라는 교수에 관해 몇 가지 질문을 할 겁니다. 그가 학생들을 괴롭히고 당신의 마음에 상처를 줬다는 비난이 있습니다. 대학은 당신과 다른 모든 학생을 위해 이 문제를 조사하고 있어요. 전혀 서두를 필요 없지만, 준비되면 증언해야 할 겁니다. 당신의 이름이 사건 조사서에 나와요. 어떻게 생각해요, 괜찮겠어요?"

그들은 아주르 교수가 자신의 자살 기도를 촉발한 것으로 생각한 것이다! 페리는 이 말을 듣고 놀랐지만, 치료사에게 아무 말도 하지 않았다. 그녀는 몸을 뒤로 기댔다. 그녀의 머릿속은 엉망진창이었다. 어쩌면 그들이 옳았을지도. 그게 다 아주르 교수 때문인지도 모를 일이다. 평생 한 방울 한 방울 모인 슬픔과 고통의 원인이 한 사람이라고 생각한다는 게 얼마나 말도 안 되는 소린가. 하지만 인간의 두뇌는 자기 자신을 속이는 데 전문가였다.

메타세쿼이아

2002년 옥스퍼드

윤리 위원회에 출두할 예정이었던 아침, 페리는 막달렌 다리 옆 식물원에 혼자 앉았다. 이곳에 올 때마다 그녀는 어린 시절에 놀던 곳을 산책하는 것처럼 편안하고 평화로운 느낌을 받았다. 그 이름도 마음에 꼭 드는 20미터 높이 메타세쿼이아가 자신이 앉은 벤치 위로 높이 솟아 있었다. 이전에는 화석으로만 존재가 알려졌던 이 나무는 중국의 외딴 계곡에서 발견되었다고 한다. 페리는 이 식물의 발견에 관해 전해지는 마법 같은 이야기가 마음에 들었다.

태양을 등지고 다리를 몸으로 끌어당긴 다음 무릎에 턱을 기댔다. 그녀는 희귀한 식물과 나무 사이에서 마음의 평정을 찾았다. 손에 든 종이컵을 뺨에 가져다 댔다. 커피의 온기는 연인의 손길처럼 위안이 되었다.

귓가에 쉬린의 목소리가 들렸다. '왜 항상 자신을 스스로 불행하게 만드는 거야, 생쥐? 언제쯤 즐기고, 행복해지는 법을 배울래?'

아주르 교수는 그녀에게 행복을 강요하지 않았다. 그는 '신에 대한 철학'을 공부하는 가장 좋은 방법은 독실한 신자가 되는 것이 아니라, 고독한 사람이 되는 것이라고 했다. 모든 신비주의자가 금욕적인 여행을 떠난 것은 우연이 아니라고 했다. 다른 사람들과 함께 있을 때 덜 관대하고 훨씬 더 반발적으로 된다는 것이다. 혼자 있을 때, 세상의 모든 소리에 훨씬 편견 없이 더 열려 있을 수 있다고 했다.

그럴 생각이었다. 그녀는 가서 아주르 교수에게 유리하게 증언할 계획이었다. 그녀는 그에게 빚이 있었다. 물론 자신의 불행에 교수도 기여했지만, 자살 기도에 대한 책임을 질 이유는 없었다. 게다가 그에게 감사하고 있었다. 아주르 교수는 의식의 심연에 잠들어 있던, 자신이 알지 못했던 전혀 다른 차원을 열어 주었다. 그는 학생들이 먼저 자신의 문화적, 개인적 편견을 자각하고, 그것을 버리길 기대했다. 그는 훌륭한 교수이자 덕이 있는 학자였다. 그는 페리를 흔들어 놓았고, 동기를 제공했고, 독려했다. 그를 위해서 페리는 다른 어떤 수업보다 더 열심히 공부했다. 세미나 수업의 문은 학생의 배경이나 견해와 관계없이 누구에게나 열려있었고, 모든 학생은 동등하게 대우받았다. 아주르 교수가 신성하게 여기는 것이 있다면, 그것은 의심의 여지없이 지식이었다. 그 외에 아무것도 중요하지 않았다.

그녀는 햇빛에 반사돼 금빛 톤으로 변하는 그의 머리카락, 책이나 가설에 관해 이야기할 때 반짝이는 그의 눈이 너무나 좋았다. 그는 가르치는 일에 푹 빠진 사람이었다. 많은 교사가 수년 동안 같은 강의 계획서를 사용하고 같은 수업을 반복했지만, 아주르 교수의 수업은 늘 새로웠다. 일상적이라고 할 수 있는 건 없었고, 실험과 위험만 존재했다. 그가 체스터튼의 말을 인용했던 게 기억났다. '인생은 실제보다 더 수학적이고 질서 있는 것처럼 보이지만, 오류들은 숨겨져 있고 야만적인 면은 함정을 파고 기다리고 있다.'

한편으로는 그녀가 아주르 교수에게 감탄하고 빠져 있는 만큼, 그의 오만함이 밉기도 했다. 그는 학생들에게 일종의 심리적인 압박을 가했다. 그것도 감정을 상하게 하거나 괴롭히는 방식으로.

그러나 페리에게 가장 상처를 준 것은 아주르 교수와 쉬린이 함께 있는 모습을 상상하는 것이었다. 그의 손이 쉬린의 머리카락과 목을 쓰다듬는 게 눈에 선했다. 이야기하고, 웃고, 키스하는 두 사람이 함께 떠올랐다. 밤에 베개에 머리를 대면 계속 머릿속을 맴돌던 장면들이다. 페리에게는 너무 멀고 다가가기도 힘들었던 아주르 교수가 쉬린과는 가까운 사이였다.

단 한 번, 아주르 교수는 안개에 싸인 아기에 관한 페리의 경험을 알고 나서 페리에게 조금 더 관심을 보여 줬다. 그에게 그것은 학문적인 실험 중 하나일 뿐이었다. 호기심의 대상이었다. 그는 새 장난감에 지루해하는 버릇없는 아이처럼 금방 흥미를 잃었다. 페리는 지나친 인식욕과 학문적 연구가 가져다준 오만함을 싫어했다. 그가 쉬린을 몰래 만나고 있다는 것과 쉬린과 같은 방식으로 페리 자신을 사랑해 주지 않는다는 것 중 페리는 어느 것에 더 화가 났을까? 아주르 교수는 갑자기 페리의 삶에 뛰어들어 폐허만 남기고 가 버렸다. 어쩌면 윤리 위원회에서 그에게 불리한 증언을 하는 것이 최선일지도 몰랐다. 쉬린은 아주르 교수에게 유리한 증언을 해 달라고 애원했다. 그녀에게—쉬린의 눈에는 생쥐에게— 자신이 사랑하는 교수를 구해 달라고 부탁한 것이다. 쉬린이 페리를 믿고, 그녀와 친한 친구이자 비밀을 공유하는 사이라고 생각해서였을까? 아니면 페리를 손쉽게 자신의 영향력 아래 둘 수 있다고 생각해서일까? '조용한 말이 뒷발질을 많이 한다.'라고 페리는 생각했다. '그는 항상 나를 짓밟았어. 이제 내 차례일지도 몰라.'

객관적으로 생각하라고 스스로에게 경고했다. 감정을 분리해. 질투심으로 행동하지 마. 적어도 이 정도는 아주르 교수에게 빚이 있어. 감정은 자연스러운 것이지만 과민한 것은 해로울 뿐이야. 그가 네게 이렇게 가르쳤잖아. 쉬린과의 관계는 자의에 따라 성인 둘이서 한 행동이었다. 교수와 학생의 관계도 아니었다. 두 사람 중 누구도 상대를 학대하지 않았다. 오히려 아주르 교수를 쫓아내려는 트로이가 이상하고 기괴한 타입이었다. 그러나 페리는 시간이 지나고 나서야 트로이가 쉬린을 실제로 많이 좋아하고 있었고, 쉬린이 자기가 아니라 아주르 교수에 빠져 있는 것을 알고는 아주르 교수를 더욱 미워했다는 것을 알게 되었다.

그녀가 식물원의 벤치에 앉았을 때, 그녀의 머릿속에서 맴돌던 질문들이 꼬리에 꼬리를 물었다. 그녀의 생각은 흔들리고 있었다. 심리 치료사는 기분이 나아질 때까지 중요한 결정을 내리는 것을 미루라고 그녀에게 말했다. 하지만 그는 어떻게 그런 상황에서 그럴 수 있단 말인가? 그녀는 자신이 사라져 버린 것 같은 느낌을 받았다. 그녀를 육지에 묶어 두던 밧줄이 풀어져 버린 것이다. 그녀는 어디로 가야 할지 모르는 뗏목처럼 거친 바다에서 표류하고 있었다. 페리는 곧 윤리 위원회 위원들 앞에서야 했다. 뭐라고 말할까? 그리고 그들은 그녀의 진술을 듣고 어떤 질문을 할까? 그녀의 감정이 팽이처럼 빠르게 돌았다. 자신의 의도를 말로 제대로 표현할 수 있을지 확신이 서지 않았다.

페리는 시계를 보았다. 심장이 한순간에 가슴에서 터져 나올 것처럼 거세게 뛰었다. 페리는 자리에서 일어나 아주르 교수가 곧 심의를 받게 될 건물을 향해 발걸음을 옮기기 시작했다.

*

한편, 아주르 교수는 연구실 책상에 앉아 창밖을 바라보았다. 그는 윤리 위원회 결과에 대해 걱정하지 않으려 노력했다. 그러나 그를 사랑하는 사람들이 상처를 받을 수 있다는 걱정이 양심을 무겁게 짓눌렀다. 두 사람의 관계에 관한 질문이 쉬린을 진땀 빼게 할 것이라는 걸 그는 알았다. 쉬린은 아주르 교수를 보호하기 위해 진실을 숨기려 할 것이다. 그는 쓸데없는 걱정이라고 생각했다. 왜냐하면, 있는 그대로 진술하기로 이미 결심했기 때문이다. 숨길 게 없었다. 그는 아무 잘못도 하지 않았다.

물론 트로이도 소환될 예정이었다. 그는 거짓말을 늘어놓을 게 분명했다. 거짓말로 점철된 망상들. 아주르 교수는 트로이를 따뜻하게 대해 주지 않았다. 교활한 놈이었다. 쫓아내길 잘했다고 생각했다. 아주르 교수는 적지 않은 자신의 적들이 손을 비비 대며 이 스캔들을 간절히 기다리고 있다는 걸 알았다. 일부는 분명히 그가 대학에서 퇴출당하길 바랄 것이다. 세상에는 남에게 닥친 재난을 기뻐하는 부류의 사람이 있다. 다른 사람의 굶주림으로 자신의 배를 채울 수 있다고 생각하는 것만큼 어리석은 게 어디 있을까?

그리고 페리……. 아름답고 소심하고 연약한 페리. 그녀는 뭐라고 할까? 하지만 아주르 교수는 그녀에 대해서는 걱정하지 않았다. 페리와 관련된 비난은 어쨌든 터무니없는 것이었다. 그는 페리가 객관적이고 정직할 거라고 확신했다. 비단 아주르 교수를 위해서가 아니어도 진실에 충실하기 위해 진술을 할 아이였다. 이리저리 생각해 보아도 당연히 그렇게 할 사람이었다.

아주르 교수는 손에 가상의 저울을 들고 이번 심의에서 긍정적 또는 부정적 영향을 미칠 요소를 올려 보았다. 그에게 불리한 점: 일부 학생들은 모욕적이라고 생각할 수 있는 과제로 학생들을 힘들게 했고, 서로 미워하는 학생들을 한 팀으로 만들어 과제를 주었으며, 일부 학생들은 눈물을 흘리고 정신 쇠약을 일으켰다. 물론 쉬린과의 관계도 있다. 그에게 유리한 점: 그의 수년간의 강의, 연구 및 조사 활동, 지적 및 학문적 공헌. 그리고 심의에서 유일하게 도덕적인 면과 관련된 부분은 쉬린과의 관계였는데, 그때 이미 그녀는 자신의 학생이 아니었다. 트로이와 그를 지지하는 사람들의 온갖 노력에도 불구하고 그의 눈에는 불리한 점이 상대적으로 약해 보였다.

그는 맞는 걸 싫어하는 사람은 싸움에서 이길 수 없다고 늘 주장했다. 이제 맞아야 할 시간이었다. 그래도 돌이켜 보면 그가 얼마나 오만했는지 알 수 있었다. 온갖 모호함과 신비로움을 지닌 신에 관한 문제를 공통적이고 보편적인 언어로 바꾸려 했다. 모든 사람을 포용하는 방식은 가능했을까? 그는 신을 무서운 존재나 구름 위에서 꾸짖는 부족의 토템이 아닌, 융합의 에너지이자 모두가 함께 추구해야 할 대상으로 제시했다. 요점은 답을 찾는 것이 아니라, 질문하는 것이었다. 도달하는 것이 아니라, 갈 수 있는 것, 길로 나서는 것이다! 무신론자를 포함해서 모든 꼬리표와 독단에서 해방된 사람들이 가치를 부여할 수 있는 중립적인 토론 공간을 열고 싶었다. 신의 철학은 오늘날의 혼란스러운 세상에서, 누구도 무시당하지 않는 연구의 대상으로서 신앙과 믿음의 체계가 아닌, 융합의 역할을 할 수 있을까? 이것은 정신적 실험이었다. 하페즈가 말했듯이 세상의 모든 영혼이 신을 완성한다면, 그러니까 신의 철학이 유사성이 아니라 차이점에 바탕을 둔 것이라면, 가장 어울리지 않는 사람들을 같은 방에 넣고 서로의 눈을 바라보게 하면 어떻게 될까? 그는 때때로 자신이 너무 많은 것을 요구하고, 조종하려고 행동했다는 것은 인정했다. 그렇다, 그는 강의실을 실험실로 사용했다. 하지만 좋은 목적으로. 공감을 위해서.

학생들… 용감하고 생기 넘쳤지만, 수줍음과 편견이 많았다. 나이 면에서는 유리했지만, 타인에 대한 평가에서는 성급하고 너무나 자기중심적이었다. 교수들에게도 사연이 있고, 문제가 있으며, 강의실에서와는 다른 삶, 심지어는 비밀이 있다는 걸 학생들은 생각지 못했다. 아주르 교수는 그들과 함께 바벨탑을 만들고 싶었다. 힌두교도, 기독교인, 유대교인, 무슬림, 이슬람 혐오자, 무신론자, 모신 숭배자, 신비주의자, 혼란스러운 자……. 그는 다양한 배경의 학생들을 선별했다. 그리고 최대한 그 학생들의 머리를 쥐어짜게 했다. 이제 그는 자신의 실험이 실패했음을 깨달았다. 그는 패배했다.

그의 실수 중 하나는 한동안 페리와 가까웠던 것이다. 그는 그렇게 조용하고 내성적인 소녀에게 '초자연적' 면이 있다는 사실에 흥미를 느꼈다. 그의 세미나 수업에서 페리만큼 실제로 신에 관한 공부를 한 학생은 없었다. 그것 또한 아주르 교수의 마음에 들었다. 그는 그녀가 자신에게 감정이 있다는 것을 알면서도 많은 시간을 보냈다. 그녀가 자신을 좋아한다는 것이 너무나 명백히 드러나는데도 '안개에 싸인 아기'의 신비를 밝히기 위해서 그렇게 했다. 페리는 너무 어리고 순진했다. 아주르 교수는 그녀가 자신을 사랑하지 않도록 더 조심했어야 했지만, 그는 별로 염두에 두지 않았다.

아주르 교수는 종교적으로 독실한 가정에서 자라지 않았다. 그의 아버지는 행복과 성공이 반비례하는 부유한 영국 사업가였다. 그녀의 어머니는 재능은 있었지만, 인생이 그녀에게 절대로 허락하지 않는 명성을 갈망했다. 그녀는 낙심한 칠레 피아니스트였다. 아주르 교수는 그의 가족 사업이 쿠바의 하바나에 있었기 때문에 그곳에서 태어났다. 그의 아버지는 어니스트 헤밍웨이와 함께 상어 낚시를 다녔지만, 그들의 우정은 사진 몇 장 말고는 남아 있지 않았다. 아주르 교수는 가족의 기대를 무시하고 철학에 눈을 돌렸다. 하지만 부모님을 기쁘게 해 드리려고 기꺼이 경제를 전공했다. 그는 하버드에서 경제학과 철학을 공부했다.

보스턴에서의 대학 생활 마지막 해, 중동 연구로 유명한 교수의 강의를 듣고 그의 인생은 바뀌었다. 네심 교수는 그 누구도 견디지 못할 정도로 젊은 아주르를 쥐어짰다. 알제리 베르베르족 출신인 교수는 아주르에게 다양한 문화를 경험하고, 균형 잡힌 시각을 가지며, 심오한 질문을 하도록 이끌어 주었다. 동시에 그는 신비주의 사상가의 작품들, 즉 이븐 아라비, 이삭 루리아, 마이스터 에크하르트, 파리드 우딘 아타르, 라비아, 테레사 데 헤수스를 만나게 해 주었다.

어느 날 오후, 아주르는 브루클린에 있는 네심 교수의 자택을 찾았다. 그는 그날 그곳에서 네심 교수의 작은딸 아니사를 만났다. 큰 녹갈색의 눈, 검고 곱실거리는 머리카락을 지닌 그녀는 주위의 모든 사람을 살피고 생명을 불어넣어 주는 따사로움 그 자체를 지닌 여자였다. 아주르와 아니사는 책, 음악, 정치에 대해 끊임없이 이야기를 나눴다. 아니사는 독립하고 싶어 했다. 그녀는 "하지만 내가 사는 곳이 어디든 물과 가까워야만 해."라고 했다.

네심의 가족은 저녁 식사에 아주르가 함께해 주기를 원했다. 음식은 그가 전에 맛본 어떤 음식과도 달랐다. 그러나 그를 매료시킨 것은 식탁에서 울려 퍼지는 웃음소리, 아랍어 노래들, 그리고 사랑으로 가득한 분위기였다. 촛불 때문에 얼굴 위로 아니사의 눈동자가 둥둥 떠 있는 것 같았다. 그는 '우리 가족도 이랬다면' 그리고 '이 사람들이 내 가족이었으면' 하고 생각했다. 절제된 예의와 가족 간에도 거리를 두는 자기 집의 문화와는 너무나 달랐다. 지금도 아주르는 자신이 아니사가 마음에 든 게 먼저인지, 가족이 마음에 든 게 먼저인지 확신이 서지 않았다.

그로부터 7주가 지나 그들은 결혼했다.

그들이 너무나 어울리지 않는 커플이라는 걸 확인하는 데는 그리 오랜 시간이 걸리지 않았다. 아니사는 종종 환상의 세계에서 살았다. 그녀는 질투심이 매우 많았고, 감정적으로도 항상 무너지기 직전이었다. 그녀는 너무나 아무것도 아닌 이유로 우울증에 빠졌다. 그때 아주르는 그의 젊은 아내가 10대 때부터 마약을 복용해 왔다는 것을 알게 되었다.

아니사에게는 네심 교수와 첫 번째 부인 사이에서 태어난 이복 언니가 있었다. 그녀의 이름은 누르였다. 이해심이 많고 사려 깊고 친절한 누르는 가족이 모일 때마다 아주르 옆에 앉아서 아버지와 아주르의 대화를 경청하다 심오한 질문을 던지곤 했다. 아주르는 서서히 그녀를 다른 면에서 보기 시작했다. 아름다운 미소, 반짝이는 눈동자, 우아한 손가락, 예리한 영민함. 누르는 아주르를, 아주르는 누르를 존중했다. 그때까지 아주르는 남자와 여자 사이의 상호 존중이 성적 매력을 유발할 수 있다는 걸 알지 못했다. 같은 해 여름 끝자락, 그들은 선을 넘고 말았다. 그들은 함께하기 시작했다. 가족들은 곧 상황을 알게 되었다. 품위 있는 노교수 네심 교수는 아주르에게 고래고래 소리를 질렀다. 그의 목에 있는 핏대가 섰다. 그 핏대가 범람하는 강물처럼 부풀어 올랐다. 그는 아주르를 악마에 비유했다. 아주르는 자기 집 안으로 잠입해 가정의 평화를 파괴한 자였다.

아주르와 아니사는 관계를 회복할 수 있었다. 그들은 화해했다. 보스턴에서 떠나는 게 최선이었기에 그들은 그렇게 했다. 아주르가 옥스퍼드에서 일자리 제안을 받았고, 그들은 영국으로 왔다. 아니사도 영국에 쉽게 적응하면서 아주르는 빠르게 명성이 올라가기 시작했다. 옥스퍼드는 그의 직업적인 면에서 도움이 되었다. 아니사를 만난 사람 중 누구도 그녀의 영혼을 갉아먹는 어둠의 깊이를 볼 수 없었다. 그녀는 기쁠 때는 마치 하늘을 나는 것 같았다. 하지만 슬플 땐 산산조각이 났다. 그녀는 기쁠 때나 슬플 때나 항상 그 극단적 정점에 있었다. 그녀의 영혼은 잉여와 결핍 사이를 오갔다. 그녀는 조울증을 앓고 있었다.

실종 당시 그녀는 임신 4개월이었다. 그녀는 아침에 강가로 산책하러 나갔다가 돌아오지 않았다. 경찰 잠수부는 강을 반복해서 수색했다. 결국 26일 만에야 시신을 발견했다. 그 사건과 관련한 기사가 옥스퍼드 메일Mail 신문에 아니사의 사진과 함께 실렸다. 경찰 대변인은 그녀의 사인이 '확인되지 않은 이유'로 기록되었다고 밝혔고, 살인으로 의심되지는 않는다고 말했다. 아주르는 보고서에서 '확인되지 않는 이유'라는 문구에 집착했다. 그랬다, 인생에는 설명할 수 없는 일들이 있었다. 우울증이라는 괴물이 특정 사람들을 사로잡는 이유는 무엇일까? 다른 사람들은 손도 대지 않는데 말이다.

네심 교수는 아니사의 대책 없는 정신적 불안을 잘 알고 있었음에도 이 사건을 아주르의 책임으로 돌렸다. 자신의 딸에게 사위가 맞지 않았다는 것이었다. 그녀의 가족은 그를 절대 용서하지 않았다. 아주르도 자신을 진심으로 용서하지 않았다. 어쩌면 이 때문에 그가 사과에 민감했는지도 모른다. 그는 인생에서 표현할 수 없는 더 크고 중요한 사과들이 있는데도, 사람들이 사소한 일에 대해 용서를 구하는 게 싫었다. 그는 학계의 원칙과 학계를 벗어난 바깥세상 삶의 무질서 사이에 자신이 들어갈 자리를 억지로 만들었다. 그는 설명할 수 없는 일에 몰두할 생각이었다. 가장 설명할 수 없는 것이 신이었기에, 그는 이 주제에 대한 세미나 수업을 하고, 책을 쓰고, 강연을 하면서, 알지 못하는 것에 대한 도전에 나섰다.

*

아침 바람이 잦아들면서 해륙풍으로 바뀌자 페리는 꿈속을 걷는 것처럼 진술해야 할 곳으로 향했다. 그녀의 다리는 무겁고 뻣뻣했다. 태양이 구름 뒤에 숨었고, 칼새 한 마리가 높게 날았다. 갑자기 계절이 변한 것처럼 느껴졌다. 식물원과 메타세쿼이아 그늘을 지나자 마치 세상이 달라진 것 같았다.

그녀가 건물에 다다랐을 때 트로이가 입구를 서성거리고 있었다. 쉬린은 계단에 앉아 팔짱을 끼고 있었다. 그녀의 눈은 울어서 부어올라 있었다. 둘 다 페리를 자기편으로 끌어들이려고 그녀가 도착하기만을 기다렸다. 그 건물 내부 어딘가에는 알 수 없는 표정으로 진땀 흘리게 하는 질문을 하는 사람들이 있었다.

아주르 교수는 어디에 있고, 무슨 생각을 하고 있을까? 페리는 지금 그와 함께하기를 간절히 원했다. 둘이 함께 여기서 도망갈 수만 있다면. 지금이 밤이라면, 아주르 교수가 자신에게 시, 철학, 신의 역설에 관해 이야기해 준다면. 별이 없는 우주에 둘만 남는다면, 아주르 교수의 어깨에 머리를 기댈 수 있다면. 두 사람이 지식과 미지의 것에 대해 더 오래 이야기할 수 있다면. 아주르 교수가 그녀를 향해 몸을 숙여 그녀의 얼굴을 만지고, 그녀의 입술에 입 맞추고, 마법의 단어처럼 그녀의 이름을 불러 준다면. 아주르 교수의 마음속에 있는 쉬린에 대한 사랑을 없앨 수만 있다면. 그녀는 살면서 무언가를 이렇게까지 간절하게 원해 본 적이 없었다.

춥지 않았지만, 페리는 외투를 꼭 여몄다. 만일 페리가 아주르 교수에게 유리한 진술을 한다면—그게 가장 옳은 일이었다, 왜냐하면 혐의와는 반대로 아주르 교수가 페리와 함께한 적이 없었기 때문이었다— 어쩌면 아주르 교수도 그녀가 자신을 얼마나 사랑했는지 깨달을 수 있지 않을까……. 예상치도 못한 사랑이 이 스캔들을 통해 싹틀지도 모르는 일이었다. 하지만 마음속 깊은 곳에서는 그런 일이 일어나지 않을 것이라는 걸 알고 있었다. 그가 긍정적으로 증언하면 아주르 교수는 결백을 입증할 것이고, 아주르 교수는 항상 자신이 원하는 것을 다 얻었던 쉬린과 함께 축하할 것이다.

페리는 생각했다. 양심이 아니라, 질투심에 귀를 기울였다. 그녀는 건물을 바라보았다. 그리고 천천히 뒤돌아 가 버렸다. 진술은 하지 않을 생각이었다. 지금 하지 않을 것이고 나중에도 하지 않을 것이다. 그녀는 배우가 아니라 관객이었다. 이건 그들의 문제였고, 그들의 연극이었다.

그녀는 평생 수동적이었다. 그녀의 쌍둥이 동생이 질식사할 때도 충격 때문에 꼼짝 못 하고 한쪽 구석에 서 있었다. 엄마 아빠가 싸울 때마다 그녀는 갈팡질팡했다. 쉬린과 모나가 싸우는 동안 그녀는 둘 다 이해하려고 노력했다. 그녀는 동양과 서양 사이에 끼어 있었다. 매번, 항상 경계에서……. 그녀의 영혼은 자신의 틀에서 탈출하기 위해 발버둥 쳤다. 어느 방향인지 알 수가 없었다.

만약 그녀가 진술하지 않고 진실을 밝히지 않는다면, 아주르 교수에 대한 비난과 의혹은 더욱 거세질 것이다. 아주르 교수에 관해 늘어 가는 파일에는 '학생의 자살 기도에 원인 제공'도 추가될 것이었다.

때로는 수동적이며 아무것도 하지 않는 것이 실수를 저지르는 것보다 더 심각한 결과를 초래하기도 한다. 그녀는 자신의 수동적인 성격이 자신이 사랑하는 사람을 파멸로 이끌 것이라고 그때는 생각지 못했다. 그녀는 오랜 시간이 지난 후에야 그것을 알게 되었다. 너무 늦었을 때에야 비로소……

옷장

2016년 이스탄불

저택을 급습한 두 남자에 이어 가면을 쓴 세 번째 남자가 합류했다. 말하는 투에서 그가 그들의 우두머리인 게 분명했다. 다른 두 사람이 집 안으로 뛰어 들어와 기습하는 동안 그는 바깥 정원에서 망을 보고 있었던 모양이다.

"모두 내 말을 따른다면 아무도 다치지 않을 거다." 그 남자는 말했다. 화나 있다거나 흥분된 목소리가 아니었다. 냉정하고 거리감이 있는 목소리였다. "선택은 당신들 몫이다."

페리는 여전히 주방과 거실 사이의 좁은 통로에 있었다. 그녀는 잠시 주방으로 도망칠까 생각하다가 그만뒀다. 홀에서 그녀를 볼 수도 있었다. 무의식적으로 한 발 물러섰다. 뒤에 있던 거울의 표면이 그녀의 손에 느껴졌다. 그 거울이 약간 움직였다. 그녀가 거울이라고 생각했던 것이 옷장의 문이라는 것을 알았다.

그녀는 조심스럽게 옷장을 열었다. 안에는 코트, 상자, 신발, 우산이 있었다. 그녀는 아무 생각 없이 안으로 들어가 조용히 문을 닫았다. 어둠 속에서 몸을 웅크렸다. 어렸을 때 그랬던 것처럼, 그녀는 또 한 번 옷장에 숨었다.

1분쯤 지났을까, 누군가가 "주방에서 나가! 모두 다. 당장, 빨리!"라고 외치며 복도를 오갔다.

일하는 사람들을 집합시키고 있었다. 요리사, 비서, 도우미, 오늘 밤에 고용된 웨이터들까지 모두 끌려 나왔다. 급하게 걷는 발소리. 무거운 부츠가 바닥에 닿는 소리. 조용한 속삭임. 두려움.

옷장 안에서 페리는 전화기의 무음 버튼을 누르고 엄마에게 문자를 보냈다. *경찰에 전화해, 긴급 상황이야. 강도가 들어왔어. 내가 어디에 있는지 알지.*

'젠장!' 메시지를 보내자마자 그녀가 한 생각이었다. 셀마는 다음 날 아침까지 메시지를 보지 못할 것이다. 분명 잠들어 있을 시간이었다. 그나마 다행인 건 딸 데니즈가 친구들과 함께 안전하게 있다는 것이었다. 하지만 아드난은 안에 있었다. 남편이자 가장 친한 친구. 그녀는 가슴이 미어졌다.

페리는 쿵 소리를 들었다. 한 여자가 비명을 질렀다. 히스테릭한 웃음 소리처럼 들리는 비명이었다. 저명한 기자의 여자 친구였다. "저자들이 오는 것도 몰랐어? 그래 놓고 네가 심령술사라고 떠들어! 등신 같은 심령술사!"

"입 닥쳐, 이 여자야!"

이런 말싸움 소리가 들렸다.

페리는 떨고 있었다. 이 사람들은 누구일까? 테러리스트? 마피아? 도둑? 사업가가 테라스에서 한 말이 떠올랐다. 화려한 집의 멋진 겉치레 뒤에 어떤 어두운 비밀이 숨겨져 있는지 모르는 일이었다.

세상은 위험으로 가득 차 있다. 구석구석 이면에는 모순과 갈등이 도사렸다. 과거에 우리가 저질렀던 것들과 관련된 일종의 신의 징벌인가, 아니면 운명의 장난인가? 세상이 이렇게 제멋대로라면 이런 세상에서 더 나은 사람이 되려고 노력하는 게 의미가 있을까? 페리는 좋은 사람이 되려고 노력했다. 그녀는 오래전부터 사랑했고, 마음속 깊은 곳 손닿지 않는 한구석에 자리하고 있는, 여전히 사랑하는 한 남자를 제외하고 모든 사람에게 잘 대했다.

아주르 교수는 그녀에게 혼란은 가치 있는 것이라고 가르쳤다. 하지만 혼란스러운 게 우리의 머리가 아니라 세계 그 자체이고, 우주라면? 질서라는 건 없고 오직 혼돈만 존재한다면?

그녀는 황급히 경찰에 전화했다. 한 경찰관이 전화를 받았고 곧바로 페리에게 질문을 쏟아 냈다. 마치 그녀가 목격자가 아니라 범죄자인 것처럼 대했다. 페리는 최대한 작은 목소리로 경찰관의 말을 가로막았다.

"무장한 사람들이 있다고 했잖아요……."

"잘 안 들립니다, 부인. 더 크게 말하세요." 경찰관이 그녀를 나무랐다.

페리는 주소를 알려 주려고 했다.

"부인은 왜 그 집에 계시는 거죠?"

"손님으로 왔어요." 그녀가 속삭였다. "남자들이 총을 가지고 있어요.

경찰을 보내 주세요!"

"집 어디에 계시는 거죠?" 경찰관이 물었지만, 대답을 기다리지 않았다. 그는 그녀의 이름, 직업, 그녀가 사는 곳을 알고 싶어 했다. 쓸데없고, 불필요한 질문들. 페리는 그동안 괜찮은 시민이었지만, 국가의 데이터베이스에 있는 디지털 존재에 불과했고, 자신의 인생 이야기가 존재하지 않는 숫자에 불과했다. 모든 사람과 마찬가지로.

"알겠습니다." 마침내 경찰관은 말했다. "순찰 팀을 보내겠습니다."

그 후 페리는 배터리 상태를 확인했다. 10분에서 15분 정도 사용 가능할 것 같았다. 그다음에 어떻게 될지는 알 수가 없었다. 다른 사람들과 함께 인질로 잡힐 것인지, 아니면 경찰이 와서 그들을 구출할 것인지? 어쩌면 배터리가 끝나기 전에 싸움이 벌어질 것이고, 튀르키예 부르주아의 마지막 만찬이 끝날지도 모를 일이다. 그녀의 눈에 눈물이 고였다. 삶은 불공정해 보이지만, 가장 큰 불공정은 사실 죽음이었다.

그녀의 다친 손이 다시 욱신거리기 시작했다. 그녀의 남편과 친구들은 밖에 인질로 잡혀 있는데, 어두운 옷장 안 코트와 신발들 사이에서 쉬린이 알려 준 전화번호를 핸드폰 불빛으로 비췄다.

아주르 교수에게 전화를 걸었다.

낙인

2016년 옥스퍼드

아주르 교수는 매일 저녁 해 질 녘이 되면 산책을 즐겼다. 그는 오래된 오솔길을 따라서 삼림 지대와 구릉이 많은 농경지를 지나 몇 킬로미터씩 걸었다. 밖으로 나오면 정신이 맑아졌다. 피상적인 생각을 걸러 내고 심오한 생각에 빠질 수 있었다. 인간은 이상한 존재다. 수치와 망신에도 적응할 수 있다. 그는 전혀 예상하지 못했던 일들을 겪었다. 다른 사람들 때문에 재판을 받아야 했고, 수모를 당했고, 배척받았다. 조롱과 험담의 대상이 되었다. 만약 젊은 시절에 누군가 그에게 그토록 사랑했던 학계에서 오래 버티지 못할 거라고 조언했다면, 절대 믿지 않았을 것이다. 그게 현실이라고 생각했다면 너무나 슬프고 절망했을 것이다. 그는 이런 재앙을 감당할 수 없으리라 생각했을 것이다. 사실, 젊은 시절 아주르 교수였다면, 그런 불명예를 겪느니 차라리 죽는 걸 선택하겠다고 말하지 않았을까. 그러나 그는 스캔들 이후에도 10년이 넘도록 이곳에 머물렀다. 마음속 깊은 곳에 큰 상처를 받았다는 걸 부인하지는 않았지만, 여전히 살아 있었다. 그는 다른 사람들이 어떻게 생각하든 신경쓰지 않는 법을 터득했다. 힘들게.

14년 전, 그는 교수직에서 사임할 수밖에 없었다. 그 이후로 그는 끊어 버릴 수 없는 감정의 탯줄처럼 한때 자신의 집처럼 생각했던 대학과의 관계를 느슨하게나마 유지했다. 아무도 그를 찾아와 강의를 부탁하지는 않았다. 그도 대학과 학과를 곤경에 빠뜨리고 싶지 않았기에 돌아가지 않았다. 원한다면 미국이나 호주로 가서 다시 시작할 수 있었지만 그는 이곳에 머물기를 선택했다. 행정적 책임과 강의 부담이 없어지자 그는 책을 읽고, 연구하고, 글을 쓰는 데 더 많은 시간을 할애할 수 있었다. 여기에 영혼을 둘러싸고 있던 열정이 더해졌고, 그것을 동기로 책을 집필했다. 수년에 걸쳐 출판된 모든 작품은 그에게 점점 더 많은 명성을 가져다주었다. 세계 여러 곳에 독자와 팬들이 있었다. 그가 학계에 계속 남아 있었다면, 지금의 자리에 오지 못했을 정도로. 어쩌면 플루타르코스가 옳았을지 모른다. '운명은 뜻이 있는 사람의 손을 잡고 길을 안내한다.' 자신처럼 운명에 맞서는 사람은 억지로 끌려다닐 뿐이었다.

그는 돌출 창문이 숲으로 향하고 있는 그 집에 여전히 살고 있었다. 그는 정원에서 먹을 수 있는 향신료, 채소, 과일을 키웠고, 소수의 사람과만 친구 관계를 유지했다. 그는 요리하는 걸 좋아했다. 그의 삶은 조용하고 질서 정연했다. 그렇게 살기를 원했다. 중간중간 사랑하는 사람도 있었지만, 그와 침대를 함께 쓰는 여자가 대학과 관련이 있는지는 이제 중요하지 않았다. 그는 새처럼 자유로웠다. 이상하게도 사회로부터 당한 부당한 배척과 낙인이 사람을 자유롭게 만드는 면도 있었다. 존경과 명예를 잃자 홀가분해졌다. 원했든 아니든 모든 역할에서 벗어나 그는 자기 자신으로 돌아갔다.

가끔 그를 인터뷰하고 싶어 하는 기자나 그의 견해와 관련된 논문을 쓰는 학생에게서 전화나 이메일이 왔다. 일부는 요청을 받아들였지만, 일부는 거절했다. 처음에는 자신의 사생활을 침범하려는 모든 사람을 완강하게 거부했다. 시간이 그렇게 흘렀는데도 사람들이 그에게 던질 첫 번째 질문은 그 오래된 스캔들이라는 걸 그는 알고 있었다. 인터뷰할 때 묻지 않았는데도 기사에는 버젓이 그 이야기가 실렸다. 그는 가능한 한 인터뷰를 거절했다. 하지만 접근 불가의 상황은 그를 독자들로 하여금 더욱 '신비로운' 사람으로 만들었다. 그에게는 수년 동안 그가 집필한 모든 글을 읽고 공유하는 충성스러운 독자층이 있었다. 한 기자는 그를 '현대 사상가들 사이에서 미움과 사랑을 가장 많이 받는 사람'이라고 평가했다.

스피노자가 죽었다. 그는 다른 개를 입양하고 싶지 않았다. 이 결심은 그리 오래가지 않았다. 어느 날, 쉬린이 생일 선물로 목줄에 청록색 리본을 단 생후 2개월짜리 루마니아 양치기 개를 데리고 그의 집 앞에 나타났다. 온몸에 회색 반점이 있었고, 빽빽하게 난 흰색 털이 풍성한 개였다. 숲과 초원을 달리는 걸 좋아하는 이 개는 점잖고, 똑똑했다. 그는 그 강아지를 보자마자 끌리는 걸 느꼈다. 그는 신, 세계, 인류 모든 것에 대한 비관론으로 유명한 루마니아 철학자의 이름을 따서 강아지 이름을 지었다. 이 이름은 그의 심리 상태와도 일치했다. 그날 이후로 아주르 교수의 산책에는 시오랑[2]이 함께했다.

*

오늘 아침 쉬린이 솟아오른 배와 새빨간 볼을 한 채 아주르 교수의 집 현관문을 두드렸다. 임신 중인 일부 여자들에게는 후광이 보이는데, 쉬린도 그들 중 한 명이었다. 죄 많은 성자의 그림이 있다면, 아마도 그 중간쯤에 쉬린이 있을 것 같았다.

"오는 거 맞죠? 제발 아니라고 하지 말아요. 내가 다 뒤집어 놓을 거예요, 정말로." 그녀는 오렌지색 매니큐어를 칠한 손톱으로 테이블을 두드리며 말했다.

쉬린은 훌륭한 학자가 되었다. 스캔들 이후, 그녀는 미국 프린스턴 대학에 갔다가 다시 모교로 돌아와 학생들에게 강의하기 시작했다. 아주르 교수와의 나이 차이, 맞지 않는 생활 방식, 그리고 한때 연인이었음에도 그들은 친구로 남았다.

엄청난 논란을 부르고 있는 연사가 오늘 네덜란드에서 옥스퍼드 대학으로 올 예정이었다. 거의 2세기 동안 옥스퍼드 연합 학회는 다양한 생각을 하는 연사들을 초대해 왔다. 하지만 여태껏 이번에 오는 사람만큼 야단법석을 피우는 사람은 없었다.

---

2 에밀 시오랑(Emil M. Cioran, 1911-1995). 루마니아 출신 프랑스 수필가이며 비평가. '절망의 심미가'라고 불릴 정도로 현대 문명의 퇴폐를 고발하는 작품에 주력했다.

"이 네덜란드 사람은 끔찍한 타입이에요. 인종 차별주의자, 여성 혐오주의자에 반동성애, 반이민 정책, 반이슬람. 불쌍한 모나가 이 사람을 본다면 심장 마비를 일으킬걸요. 파시스트 같은 새끼! 그리고 종교를 이용해요. 뻔뻔하게도 '하나님의 말씀을 여러분에게 가져왔습니다.'라고 한다니까요."

아주르 교수는 미소를 지었다.

"그런 녀석들이 많으니 적응하는 게 좋을 거야."

"적응 안 할 거예요. 제발, 오세요."

"내게 뭘 기대하는 거야? 내가 거기 간다는 게 누구에게, 특히 그 녀석에게 무슨 의미가 있겠니? 그들의 눈에 나는 망신살일 뿐이야. 게다가 나는 신을 주제로 논쟁하는 것을 그만뒀어. 더는 안 해."

"그 말은 절대 안 믿어요. 안 믿는다고요. 오세요, 제발."

쉬린이 돌아간 뒤 그는 차를 끓여 식탁에 앉았다. 바깥에 있는 잣나무 잎 사이로 비치는 햇빛이 그의 얼굴에 체크무늬 문양을 만들었다. 깎아 놓은 듯한 그의 얼굴 윤곽이 두드러졌다. 그의 옆에는 지역 신문이 접혀 있었다. 이슬람, 난민, 유럽 연합, 동성혼, 국제 정세 등 여러 이슈에 대해 논란을 불러일으키는 네덜란드 사상가에 관한 기사가 신문에 있었다. 그는 자신이 하나님과 직접 접촉하고 있다고 주장했다. 클럽의 VIP 회원처럼.

아주르 교수가 찻잔을 들자 신문에 실린 사진 속 연사의 머리 바로 주위에 원형 자국이 생겼다. '이제 정말로 신성해 보이는걸.' 아주르 교수는 이런 생각을 하며 미소를 지었다. 그러다 갑자기 마음을 먹은 듯 자리에서 일어나 재킷을 걸치고 자동차 키를 들었다.

*

20분 뒤, 그가 맑은 청록색 하늘 아래 실루엣이 드러나는 건물에 다다랐을 때, 한 무리의 학생들이 플래카드를 들고 연사에게 항의 시위를 하고 있었다. 학생들은 네덜란드 전도사가 대학에 들어오지 못하도록 막아 달라고 요구했다.

한 남학생이 그의 앞을 막았다. 그는 1학년 학생처럼 보였다. 그는 아주르 교수를 알아보지 못했다.

"이 괴물을 막기 위한 서명 운동을 시작했습니다. 서명해 주시겠습니까?" 그의 영어는 억양은 달랐지만 듣기 좋았다.

"좀 늦은 게 아닐까?" 아주르 교수가 말했다. "10분 뒤면 연설을 할 텐데."

"상관없습니다. 충분히 많은 서명을 받으면 이런 사람들을 다시는 초청하지 못할 겁니다. 그리고 안으로 들어가서 그가 연설을 못 하도록 방해할 계획입니다." 그는 볼펜과 패드를 내밀었다.

"실망하게 해서 미안하네." 아주르 교수가 말했다. "서명하지 않겠네."

청년의 얼굴에 무시하는 듯한 표정이 스쳤다. "이런, 바른 생각을 하는 사람인 줄 알았는데. 그러니까 당신은 이런 파시스트가 옳단 말입니까?"

"나는 옳다고 말하지 않았네. 오히려 정반대야."

그러나 학생은 그 말을 듣지도 않았다. 그는 돌아서 빠르게 멀어졌다.

아주르 교수는 잠시 머뭇거렸다.

"잠깐만!" 그는 서둘러 그 학생을 따라갔다.

학생은 깜짝 놀라 걸음을 멈췄다.

"자네 무슬림이지, 그렇지?"

학생은 '예'라는 의미로 조심스럽게 고개를 끄덕였다.

"메블라나를 읽어 봤을 테지. 이 구절을 기억하나? 모든 어려움과 고통에 화를 내고 원한을 갖는다면 영혼의 거울을 어떻게 닦고 광을 내겠나? 꼭 맞아떨어지는 건 아니지만, 이 말은 방법에 대한 말일세."

"예?"

"내 말은, 이 나쁜 자식이 말을 하게 놔두라는 거네. 사상에는 사상으로 저항하는 것이지. 책에는 더 좋고 더 믿을 만한 책으로 대답하는 것이고. 유머에는 유머로. 아무리 어리석더라도 그 사람들을 거부해서는 안 되고, 입을 막아서도 안 되네. 그렇게 하면 정작 우리가 파시스트가 되는 걸세. 연사들을 못 들어오게 하는 건 해결책이 아니라는 말이지. 특히 대학에서는. 자유로운 생각과 다원주의를 억압해서는 안 되네……."

"충고는 본인한테나 하시죠." 그 학생이 말했다. "아무도 내 종교를 모욕할 권리는 없어요. 저런 놈들이 연설하도록 놔두지 않을 겁니다. 바로 입을 막아 버릴 겁니다."

"하지만 생각해 보게, 이 사람은 증오의 언어로 말하고 있어. 자네도 그 언어로 대답하게 되면, 그자를 더 강하게 만들어 주는 셈이야. 증오를 뛰어넘는 새로운 스타일을 찾을 수 있다면, 자네는 자유로워질 거야. 우리는 모욕을 모욕으로 대응할 게 아니라, 이해와 지혜로 대응해야 한다네.”

“이것도 당신의 그 메블라나가 한 말인가요?”

“아니, 그의 가장 친한 친구였던 샴스가⋯⋯.”

“난 상관없어요. 내버려 두세요.” 그 학생은 친구들에게 다가가 속삭였다. 그들은 모두 돌아서서 아주르 교수를 노려보았다.

왜 말을 참지 못했을까? 그의 인생에 수많은 문제를 일으킨 게 바로 그 혀였다. 그는 머리카락을 손가락으로 쓸어 넘기고 옥스퍼드 연합 학회 건물로 들어갔다. 입구에는 ‘유럽은 유럽인의 것이다!’라는 강연 제목이 쓰인 포스터가 붙어 있었다.

그의 동료 중 몇몇은 뒤에서 그에게 손을 흔들었고, 다른 몇몇은 못 본 척했다. 수치심은 투명 망토였다. 그는 공공장소에 외출할 때 등에 그것을 걸쳤다. 사람들이 다른 사람들을 얼마나 쉽게 재단하고 배척하는지를 목격하는 것이 적어도 예전만큼은 고통스럽지 않았다. 그럴 때면 그는 페리를 생각했다. 그녀가 이스탄불에서 무엇을 하고 있을지, 자기 자신을 위해 어떤 삶을 살고 있는지 궁금했다. 아주르 교수가 오랜 세월 계속될 망신살로 낙인찍혔다면, 페리는 오랜 세월 계속될 죄책감을 안고 있을 게 분명했다. 사람의 정신에 어떤 것이 더 나쁜지 누가 알 수 있을까?

그가 오는 걸 보고 쉬린이 일어나서 배에 한 손을 올리고 다른 손을 들어 흔들었다. 그녀가 지나치게 반기는 모습에 아주르 교수는 슬퍼졌다. 아주르 교수의 분별력을 깬 건 그를 고발한 겁쟁이와 거짓말쟁이들이 아니었다. 그 모든 것에도 불구하고, 그를 버리지 않고 계속해서 사랑해 주는 사람들이었다. 그들은 항상 아주르 교수가 자신의 누명을 벗기 위해 나서기를 기다렸다. 하지만 아주르 교수는 그렇게 하지 않았다. 오래된 사건을 들추면 페리가 곤경에 빠질 게 뻔했다.

"고마워요." 쉬린이 말했다. "올 줄 알았어요."

"일찍 나갈 거야. 나는 이자를 오래 참고 볼 수 없을 것 같거든."

쉬린도 그의 말에 동의했다.

연사는 잠시 후 연단에 올랐다. 그는 넥타이 없이 밝은 갈색의 캐시미어 양복을 입고 있었다. 30분 동안 그는 서구 문명에 닥치게 될 위험들에 대해 언급했다. 그의 목소리는 계산된 리듬에 따라 오르락내리락했고, 때때로 쉰 목소리로 속삭이기도 했으며, 두려움을 자아내는 단어들에서는 다시 목소리가 높아졌다. 그는 자신이 인종 차별주의자가 아니라고 주장했다. 외국인 차별주의자는 더더욱 아니라고 했다. 자신이 가장 좋아하는 빵집 주인은 아랍 부부라고 했고, 자신의 주치의는 파키스탄계라고 했다. 그러나 유럽의 문은 굳게 닫혀 있어야 한다는 것이다. 그는 그것이 유일한 해결책이라고 했다. 유럽 대륙은 그들의 집이었다. 이민자들은 외부인이었다. 낯선 사람을 함부로 집에 초대해서는 안 된다고 했다. 외부인들은 밖에 있어야 했다. 그들이 속한 곳에. 그는 유창하게 연설했고, 영리했다. 여느 선동가들과 마찬가지로 그는 농담도 해야 할 때를 알고 있었다.

유럽의 문제는 신을 버린 것이라고 그는 말했다. 그는 대륙 전체가 무교로 변했으며, 이는 역사적인 실수라고 주장했다. 구세주 하나님을 다시 학계와 공공장소로 모실 때라는 것이다. 종교가 공공장소를 지배해야 하고, 자유를 무신론과 혼동해서는 안 된다고 했다. 야만인들이 문 앞까지 왔는데, 유럽은 예를 들어 동성혼과 같은 말도 안 되는 주제들을 주제로 토론하면서 시간을 낭비하고 있다는 것이다. 사람들은 동성애를 선택할 수 있지만, 그 결과는 감당해야 한다고 했다. 그렇다, 자신들이 선택한 것이지 선천적일 수 없다는 것이다. 그들은 하나님께서 남자와 여자 사이로 분명히 정의하신 서약에 서명하는 결혼을 요구할 수 없었다. 현재의 테러, 난민 위기, 금융 위기와 같은 혼란은 하나님께서 인류에게 주신 교훈이라는 것이다. 사회가 종교와 신앙에서 멀어지면 그런 참사와 재앙을 맞이한다고 그는 주장했다.

"여러분 신은 여기에 있습니다. 그들은 신을 대학에서 추방하려 했습니다. 그들은 세속주의라는 이름으로 종교를 억압했습니다. 그러나 그분은 모든 그분의 영광으로 여기에 계십니다. 저는 겸손한 대변인일 뿐입니다. 내 입을 통해 나오는 모든 것들은 하나님의 말씀입니다!"

객석에 앉아 있던 아주르 교수는 크게 웃지 않을 수 없었다. 그의 대담한 웃음소리가 강당의 정적을 꿰뚫었다. 모든 시선이 그에게로 향했다. 연사를 포함해서.

"이런, 이런! 내 앞에 있는 분이 누군가요? 내가 틀리지 않았다면, 아주르 교수께서 참석하셔서 그 존재만으로도 영광스럽게 해 주셨네요." 그가 비꼬듯이 말했다. "그렇지만 이젠 교수가 아니시지."

동료들과 학생들이 대다수인 청중들은 그를 더 잘 보기 위해 목을 빼고 있었고, 웅성거리는 소리가 파도처럼 강당에 퍼져 나갔다. 아주르 교수는 천천히 일어났다. 그의 옆에 앉아 있던 쉬린의 얼굴은 백지장처럼 하얗게 변했다.

"당신 말이 맞습니다. 이제는 강의하지 않습니다."

연사는 입술을 삐죽거리며 "예, 들었습니다."라고 했다. "네덜란드까지 소식이 전해졌습니다." 아주르 교수의 상황을 이해했다는 듯한 묘한 미소가 그의 얼굴에 번졌다. "하지만 전능하신 하나님께서 후회의 빛으로 당신을 비추실 것이라는 걸 알고 있습니다. 나도 죄 사람을 위해 기도하겠습니다."

"당신의 기도를 받고 싶지 않은데." 아주르 교수가 말했다. "그리고 누가 내가 어둠 속에 있다고 말하던가요?"

"글쎄, 뻔해 보여서……."

아주르 교수는 흔들리지 않았다. "죄인이라고 하고, 악하다고 하는 것들은 다 내게 있다고 합시다. 그런데 신이 존재하고 당신의 말대로 우리를 인도하신다면, 우리 모두 희망을 품을 수 있겠네요. 왜냐하면, 그날이 와서, 당신 같은 거미 대가리 광신도 놈도 바꿔 놓을 수 있을 테니. 어쩌면 그날이 와서 당신도 편견의 껍질을 벗게 될지 누가 알겠소."

"세상에, 정말 멋지겠는걸." 연사가 말했다. "모든 사람 앞에서 한 번 토론합시다. 재미난 시간이 될 겁니다. 하지만 지금은 당신이 아니라 내 말을 듣기 위해 이곳에 모였으니, 실례하겠습니다."

이렇게 말한 뒤 연단 위의 남자는 서 있는 아주르 교수를 그대로 두고 자신의 말을 이어 갔다.

*

밤이 되자 아주르 교수는 집으로 돌아왔다. 등골이 서늘해짐이 느껴졌다. 벽에 걸려 있는 사진들, 벽난로 주변의 타일을 둘러보았다. 죽은 아내의 초상화를 바라보며 키스를 보냈다. 전날 먹다 남은 라자냐를 냉장고에서 꺼내 데웠다. 절반을 덜어 개에게 주었다. 바로 그때 전화벨이 울리기 시작했다. 모르는 번호였다. 국제 전화인 것 같았다. 그는 누구와도 이야기할 기분이 아니었기에 받지 않기로 했다. 갑자기 벨소리가 멈췄고 침묵이 내려앉았다. 시오랑은 그의 발밑에서 작은 소리로 낑낑댔다. 그리고 다시 전화벨이 울리기 시작했다. 이번에는 전화를 받아야 한다는, 중요한 전화일 수도 있다는 속삭임이 마음속에서 들렸다.

전화기를 들었다. 전화기 반대편에 이스탄불에 살고 있는 페리가 있었다.

세 가지 열정

괴한들은 모든 손님과 도우미를 위층 서재로 끌고 갔다. 옷장 안에서 페리는 발소리에 귀를 기울였다. 이제 저택에는 아무 소리도 들리지 않았다. 그녀는 상대방이 전화를 받기만을 기다리며 전화기를 꼭 쥐었다. 갑자기 아주르 교수의 목소리가 들렸다. 그녀는 숨을 쉴 수가 없었다.

"여보세요?"

익숙한 목소리가 그녀의 마음을 건드렸다. 그녀의 혀가 조각나는 것 같았다. 그들이 함께한 과거가 액체로 변해 그녀의 상처에 스며들었다. 그녀는 잠시 동안 말을 할 수가 없었다.

"여보세요? 누구세요?"

무슨 말을 해야 할지 몰라 페리는 하마터면 전화를 끊을 뻔했다. 그러나 그녀는 자신에게서 도망치는 데도 이제 지쳐 있었다. 두려움과 욕망에 직면할 시간이었다.

"아주르 교수님… 저예요, 페리."

"페—리."

아주르 교수는 그녀의 이름을 부르는 것이 너무 힘들다는 듯 한동안 말이 없었다.

페리는 심장이 두근거렸다. 머릿속이 혼란스러웠다. 하지만 그녀가 다시 말을 꺼냈을 땐 목소리가 차분해져 있었다.

"더 일찍 전화했어야 했는데. 저는 겁쟁이예요."

아주르 교수는 침묵했다. 그는 이 순간이 언젠가 오리라는 걸 알고 있었지만, 아무런 준비도 없었다.

"목소리를 듣게 되다니 정말 놀랐어." 그가 마침내 입을 열었다. 그는 뭔가 더 말하려고 했지만, 생각을 바꾼 것 같았다. "잘 지내지?"

"그다지요." 페리는 대답했지만, 더는 말하지 않았다. 자신이 있는 집에 총을 든 강도들이 있다고 말할 수는 없었다. 배터리가 다 되어서 이 대화가 갑자기 중단될 수도 있었다. 수화기 너머로 갑자기 개 짖는 소리가 들렸다. "스피노자인가요?"

"스피노자는 죽었어. 더 나은 세상으로 갔을 거야."

페리는 소리 없이 울기 시작했다. "사과드려야 할 것 같아요, 아주르 교수님. 윤리 위원회에 가서 말했어야 했어요. 내 자살 기도에 교수님의 잘못은 없었어요."

"자신을 탓하지 마." 아주르 교수가 부드럽게 말했다. "너는 합리적인 결정을 내릴 수 있는 위치에 있지 않았어. 게다가 너무 어렸고."

"전 충분히 어른이었어요."

"나도 좀 더 신중하게 행동했어야 했어."

페리는 그런 말을 듣게 되리라 기대하지 않았다. 아주르 교수는 그 오랜 세월 동안 그녀가 두려워했던 것처럼 그녀를 미워하고 있지 않았다. 오히려 그는 자신을 탓했다.

교수님의 최근 책을 읽었다고 페리는 말하고 싶었다. 그때 이후로 교수님이 집필하신 모든 작품을 읽었다고……. 교수님께선 변하셨더군요. 스타일도 달라졌어요. 이젠 제3의 길을 믿지 않으시더군요. 왜죠? 마음이 차갑게 가라앉은 것 같아요. 예전만큼 교수님의 글이 뜨겁지 않아요. 하지만 이것이 좋은 징조인지, 아니면 열정을 잃으신 것인지 모르겠어요. 그런 게 아니길 빌어요.

이런 생각을 하면서도 아무 말도 할 수 없었다. 갑자기 위층에서 우왕좌왕 왔다 갔다 하는 발소리가 들렸다. 저 멀리서 발 구르는 소리도 들려왔다. 짧은 혼돈. 무거운 뭔가가 땅에 내팽개쳐져 떨어졌다. 어쩌면 물건일 수도 있고, 몸뚱이일 수도 있었다. 누군가 비명을 질렀다. 총성이 허공을 뚫고 멀리 울려 퍼졌다.

페리는 몸을 떨기 시작했다. 호흡이 가빠졌다.

"무슨 소리지?"

"그게… 아무것도 아니에요."

그녀는 말을 더듬었다. 그녀가 어렸을 때 종종 그랬던 것처럼.

"어디에 있는 거야?"

총을 든 자들이 습격한 호화 저택 안의 옷장에요. 아니, 그에게 그런 말을 할 수는 없었다.

아주르 교수는 페리의 마음도, 그녀가 어떤 상황에 부닥쳐 있는지도 알지 못했다. 그는 말했다. "내가 널 처음 만났을 때, 모르긴 해도 이 소녀는 버트런드 러셀이 말한 기본적인 세 가지 열정을 다 가지고 있다고 생각했어. 그러니까 사랑에 대한 갈망, 지식 탐구, 타인의 슬픔을 짊어지는 포용력 모두 말이야."

페리의 얼굴이 어두워졌다.

"세 가지 열정이 다 너에게 있었어. 사랑에 대한 갈망은 끝이 없었어. 배움과 학문에 대한 경외심도. 다른 사람들에 대한 동정심도 깊었어. 때로는 자신을 희생해 가면서까지 말이야. 난 널 걱정했어. 하지만 동시에 화가 나기도 했지. 너에게서 예전에 알던 여자 모습을 봤으니까."

"교수님의 아내 말인가요?" 페리가 조심스럽게 물었다.

"아니, '누르'라는 이름의 여자였어. 내게는 아주 특별한 사람이었어. 그녀에게 상처를 줬던 것처럼 네게도 그럴까 봐 두려웠지. 사실 난, 나를 사랑하게 된 모든 여자에게 상처를 줬고 불행에 빠뜨렸어. 그들을 망쳐 놨어."

"쉬린은 아니잖아요."

"맞아, 쉬린은 패배라는 걸 몰랐어. 그렇게 보였지. 어렸지만 강하고 고집스러웠어. 쉬린 곁에 있으면 걱정할 게 없었지. 마치 그녀에게는 나쁜 일이 절대 일어나지 않을 것 같았거든."

"교수님은 죄책감 없는 사랑을 원했던 거군요."

"아마도." 아주르 교수가 말했다. "잘 생각해 봐. 너는 하나님의 사과를 기다렸고, 나는 아무도 모르게 하나님에게 사과할 방법을 찾고 있었어."

전화기의 배터리 표시가 검은색에서 빨간색으로 변했다. "제 부탁 하나만 들어주시겠어요?" 페리가 말했다.

"말해 봐."

"지금 강의를 한 번만 더 해 주세요. 마지막으로."

아주르 교수는 웃었다. "무슨 말이야? 뭐에 대해서?"

"사랑, 탐구, 용서에 관해," 그녀가 속삭였다. "그리고 지식! 하지만 이번에는 제가 교수가 되고 교수님은 학생이에요."

"필기를 해야 하나?" 아주르 교수가 장난스럽게 말했다. "귀담아 들을게."

"좋아요." 페리가 말했다. "오늘의 수업은 이븐 아라비와 이븐 루시드에 관한 겁니다. 이 두 학자가 처음 만났을 때, 이븐 루시드는 존경받는 철학자였고 이븐 아라비는 젊은 학생이었습니다. 두 사람은 책, 과학, 그리고 사랑에 대한 열정이 남달라서 곧 서로를 이해하고 받아들였죠. 그러나 그들은 너무 달랐어요."

"어떻게 달랐다는 거지?"

"인간이 소우주인 자신과 대우주에 관한 지식을 어떻게 늘려 나갈까라는 주제에 대한 이븐 루시드의 대답은 사색을 통해서라는 것이었죠. 그러나 이븐 아라비는 신비주의자들의 생각에 가까웠습니다. 두 사람이 만났을 때 이븐 루시드가 이븐 아라비에게 '진실은 이성과 논리로 밝히는 것인가?'라고 물었어요."

"그래, 이븐 아라비가 뭐라고 했어?"

"그럴 수도 있고 아닐 수도 있다고 대답했어요. '예'와 '아니오' 사이라는 것인데, 영혼은 물질에서 나오지만 육체에서 시작한다고 대답한 거죠."

"설명을 해 봐. 이해가 안 되는데."

"저는 항상 '예'와 '아니오' 사이의 문턱에 있었어요. 그러다 보니 머리는 혼란스럽고 복잡했어요. 하지만 그런 저를 만드는 건 저 자신이었죠. 동시에 외로움도 커졌어요." 그녀는 깊게 숨을 들이마셨다. "안개에 싸인 아기에 대해 말한 적 있죠. 만약 환각이 아니라면, 교수님도 이전에 알지 못했던 지식인 거죠. 다른 학자나 과학자라면 저를 비웃었을 거예요. 교수님은 그러지 않았어요. 항상 새로운 것에 열려 있었어요. 그래서 교수님에게 제가 빠진 거죠."

"그럼 어디에서 문제가 생긴 거지?"

"교수님께 너무 과하게 빠졌던 거죠." 페리가 말했다. "사랑하는 사람을 마음속에서 지나치게 과장하다 보면, 신처럼 숭배하게 되잖아요. 그러다 그 사랑이 반응이 없으면, 단번에 신을 파괴해 버리고요."

페리는 말을 이어 갔다. "사랑도 사실 신앙과 같아요. 결과를 알지 못하고, 알 수 없어도, 자신을 쏟아붓는 거죠. 이 세상의 많은 것이 실제로 신앙을 갖는 것과 마찬가지라고 생각해요. 책을 쓰는 것도, 새로운 도시에 정착하는 것도, 끝을 알 수 없는 모험을 시작하는 것도 말이죠. 이것들 모두 일종의 신앙과 같은 거죠. 사랑은 감정을 강하게 만들죠. 황홀경에 빠지게 돼요. 제한된 자신의 존재를 넘어 누군가와 연결되는 아름다움. 그러나 사람이 사랑 또는 신앙에 지나치게 집착하면 모든 것이 독단적 신념이 돼 버려요. 사랑도 믿음도 과장되어서는 안 돼요. 어떤 것도 우상화해서는 안 되는 거죠."

이렇게 이야기는 계속되었다. 목소리는 점점 더 강해졌고, 눈은 어둠에 적응했으며, 다친 손 안에서 반짝거리는 휴대 전화를 들고 페리는 옥스퍼드 인근 외곽에 살고 있는 외로운 남자에게 강의를 계속 이어 갔다. 아주르 교수가 위험에 처해 있고, 페리가 안전한 곳에 있는 것일 수도 있었다. 오늘은 페리가 교수였고, 아주르 교수는 학생이었다. 세상에서 역할이라는 건 계속 바뀌는 것이다. 원자는 제자리에 머물지 않고 항상 움직인다. 삶의 형태는 원이고, 원 위의 모든 점은 중심에서 등거리에 있다. 그 중심을 신이라고 부르든, 사랑이라고 부르든, 아니면 전혀 다른 뭐라 부르든 중요하지 않다.

저택으로 접근하는 경찰차 사이렌 소리가 들렸다. 상황은 몇 분 만에 완전히 뒤바뀌게 될 것이다. 새로운 시작이 될 수도 있고, 종말이 될 수도 있다. 전화가 갑자기 꺼졌다. 그녀는 자신의 숨에서 아주르 교수의 숨결을 느꼈다. 그의 심장이 그녀의 심장에서 뛰고 있었다. 그녀는 조심스레 옷장 문을 열고 밖으로 나갔다. 페리는 자유를 향해 한 걸음, 또 한 걸음 걸어 나갔다.

이따금 벅찬 감동으로 다가오는 외국 작가의 작품들이 있다. 나라, 민족, 언어, 문화, 종교가 모두 다른데 어떻게 지구 저편의 독자에게 감동을 줄 수 있을까?

그것은 '다름'과 '차이'를 펼쳐 내면서도 '보편'으로 귀결시키는 탁월함일 것이다. 그 탁월함은 다름 아닌 작가의 통찰력이다. 삶과 역사, 사물의 본질을 파고드는 역량. 『이브의 세 딸』 중에서도 핵심을 차지하는 주인공 페리와 페리의 삶 주변에서 살아가는 인물들은 우리와 상당히 다른 맥락 속에 살고 있음에도 불구하고, 모두 우리 자신의 삶과 닿아 있음을 느낀다. 그들 속에 내가 있고, 내 속에 그들이 있는 듯하다.

절대자 신은 존재하기는 하는 걸까? 그렇다면 왜 이 세상은 온갖 불의와 악행이 사라지지 않는 것일까? 신은 왜 착하고 선한 사람이 고통 속에 사는 걸 묵인하시는 걸까? 종교마다 각각 다른 그 신들이 만든 이 세상은 왜 하나일까? 우리는 왜 태어난 걸까? 사람은 꼭 행복해야만 하는 걸까? 신이 결정한 운명이 정해져 있다면 우리는 왜 이리 아등바등 살아야만 하는 걸까? 삶을 살아 내면서 만나게 되는 근원적인 질문들과 세상에 대한 원망……. 뒤엉킨 고르디우스의 매듭처럼 그렇게 우리들의 삶은 펼쳐진다.

『이브의 세 딸』에는 페리를 중심으로 주어진 자기 앞의 생을 각자 나름의 방식으로 대응하며 살아가는 가족과 친구들의 인생 이야기가 펼쳐진다. 그 누구도 완벽하게 행복하지도 불행하지도 않다. 서로의 신념과 신앙과 삶의 방식 때문에 부딪히고, 할퀴며 싸우기도 하지만 적당한 접점에서는 화해하기도 한다.

이 책을 처음 접했을 때부터 페리는 나를 그 책 속으로 끌어들였다. 번역을 시작하면서 마치는 순간까지 주인공 페리는 내게 설렘을 주기도 했고, 가슴을 찌르는 연민과 고통을 주기도 했다. 내가 어린 시절부터 겪었던 여러 우여곡절과 아픔의 성장통을 페리도 겪는 것 같아서 한동안 번역이 진척되지 않기도 했다. 튀르키예에서의 유학 생활과 오버랩되면서 그 시절에 겪은 고통과 고뇌, 극복 과정이 아련한 추억으로 되살아나기도 했다.

강인한 듯 보이는 페리도, 페리를 둘러싼 주변 인물들도 엄밀하게 보면 하나같이 나약하다. 불완전한 존재인 인간이 만들어 내는 조화와 불협화음은 그 자체로 아프기도 하지만 그래서 아름답기도 하다.

동양과 서양의 접점이라는 튀르키예 이스탄불에서 나고 자란 페리가 아이에서, 여성으로, 그리고 인간으로 성숙하고 성장해 가는 과정을 함께 호흡하면서, 나는 번역 작업 내내 지나간 내 인생을 다시금 추억하고 기억하고 보듬었다. 나는 페리의 인생 여정에서 아무도 그리 크게 느끼지 않았을 거라 생각되는 그녀의 소외와 고독을 보았다. 객관적으로 크게 부족하지도 않고, 크게 성공한 것도 아닌 인생을 사는 지식인 여성 페리가 세상과 타협하고 화해하면서 절대자와의 관계에 대한 해답을 찾아가는 과정은 그래서 더 큰 감동이었다.

우리는 자신을 해방하고 자유를 얻고자 하지만 그 방법에 대해서는 잘 알지 못한다. 제3의 길, 자유, 사랑……. 그녀는 이븐 아라비를 통해 사랑과 자유를 터득한다.

역자 후기를 몇 번째 다시 쓰는 것은 이번이 처음이다. 『이브의 세 딸』에는 튀르키예 문학을 전공하는 '여성' 연구자인 내가 '튀르키예'라는 낯선 공간을 통해 세상을 만나고, 성장하고, 나 자신을 세상과 조율해 왔던 그 과정과 본질적 질문이 모두 녹아 있다. 거리 두기가 힘들었던 것은 그 안에 내가 있었고, 과거의 나와 조우하는 회상의 시간이었기 때문이었으리라.

질문하기와 사랑하기. 이 두 가지는 인간을 가장 인간답게 그리고 위대하게 만드는 힘이라는 말이 있다. 작가 엘리프 샤팍은 『이브의 세 딸』을 통해 세상을 살아가는 모든 영혼의 근원적 질문과 사랑, 그리고 자유를 말하고자 한 것은 아닐까. 이 책으로 나는 작가의 삶에 대한 인식의 깊이가 그의 명성만큼이나 놀라운 수준임을 확인할 수 있었다.

한 인간을 자유롭게 하는 사랑, 영혼의 떨림……. 어쩌면 작가는 페리를 통해 한 여성의, 한 인간의 해방 일지를 쓰고 싶었는지도 모르겠다.

그 여정을 튀르키예라는 세계와 한국 독자를 이어 주는, 번역이라는 '영매靈媒' 작업을 통해 함께 할 수 있음에 감사한다. 그래서 번역 '일'은 소중했고, 행복했다. 그 행복을 한국 독자들과 '영혼의 떨림'으로 함께 나누길 소망한다.

2022년 5월
가슴에 오직 사랑만이 가득한 날
오은경